Der *Fluch*
des *Highlanders*

Amanda Scott

Der Fluch des Highlanders

Der Macleod-Clan 5

Deutsch von Carola Kasperek

Originaltitel: *King of Storms*
Originalverlag: Warner Books, New York

Dieses Werk wurde vermittelt durch die
Literarische Agentur Thomas Schlück GmbH, 30827 Garbsen.

Die Autorin

Amanda Scott stammt aus einer alten Juristen-Dynastie und ist in Kalifornien aufgewachsen. Die studierte Historikerin mit Schwerpunkt in englischer Geschichte hat einige Jahre als Lehrerin gearbeitet, bevor ihr Ehemann sie zum Schreiben brachte. Seither hat Amanda Scott jedes ihrer Manuskripte verkauft und mittlerweile weit über 40 Titel veröffentlicht. Ihre Romane stehen auf den Bestsellerlisten und haben zahlreiche Auszeichnungen gewonnen. Die Autorin lebt mit ihrer Familie in Nordkalifornien. Im Weltbild Buchverlag erschienen folgende Titel von Amanda Scott: *Das Erbe des Highlanders, Die Rückkehr des Highlanders, Das Vermächtnis des Highlanders, Das Schwert des Highlanders, Die Tochter des Highlanders, Der Schatz des Highlanders* und *Die List des Highlanders.*

In memoriam Jeanne Rose Fontana Lower
(Mills College '39) und Ray Lower.
Für ihre großzügige Unterstützung über die Jahre hinweg,
den Zugang zu ihrer wunderbaren Bibliothek, ihr Wissen
über alles, was die Sinclairs betrifft – und dafür,
dass sie mich mit Donal Sean bekannt gemacht haben.

Die größte Stärke eines Menschen
kann zugleich auch seine größte Schwäche sein.

Verfasser unbekannt

Prolog

England, nahe der schottischen Grenze, Oktober 1378

Es goss in Strömen in dieser dunklen Nacht, sodass man kaum die Hand vor den Augen sehen konnte. Seine Hosen, die Stiefel und das Leder seines Panzerwamses waren durchnässt. Da das Prasseln des Regens alle anderen Geräusche übertönte, gelang es dem Schotten, sich unbemerkt an den dritten englischen Posten anzuschleichen. Er versetzte dem Mann, wie schon den beiden anderen zuvor, mit einem Stein einen Schlag auf den Kopf, fing den Ohnmächtigen auf und ließ ihn behutsam zu Boden gleiten.

Anschließend machte er sich daran, den ersten Gefangenen loszubinden. »Seid Ihr es wirklich, Kapitän?«, flüsterte dieser.

»Ja, sicher«, antwortete Sir Giffard MacLennan. »Wer sollte es denn sonst sein?«

»Hier gibt es jede Menge Engländer, Sir. Und sie haben obendrein Verstärkung von Carlisle angefordert«, erwiderte der andere.

»Dann sehen wir am besten zu, dass wir so schnell wie möglich zur *Storm Lass* zurückkommen. Also hilf mir, die anderen zu befreien. Wir waren zu neunt; sind die Übrigen auch alle hier?«

»Ja, Sir. Unsere Feinde werden doch wohl nicht die *Lass* mitgenommen haben, oder?«

»In dem Fall knüpfe ich denjenigen eigenhändig auf, der das zugelassen hat«, erwiderte Giff und half dem Gefangenen beim Aufstehen. »Und jetzt beeil dich, die Ruderer warten sicher schon auf uns.«

Kurz darauf waren auch die anderen befreit, und die neun Männer huschten den morastigen Weg entlang, der zum Solway Firth führte.

»Wie habt Ihr Euch befreien können, Kapitän?«, fragte einer von ihnen.

Giff zuckte die Achseln. »Sie haben uns vorher nicht gezählt, und als sie dann den Donnerschlag nutzten, um über uns herzufallen, passte ich eben den richtigen Augenblick ab.«

»Und welcher Augenblick war das?«, fragte der andere belustigt.

»Als dieser gewaltige Blitz niederging und der Donner so dröhnte, dass die Erde erzitterte, machte ich einen Satz rückwärts und kauerte mich zwischen die Büsche. Hat außer euch jemand bemerkt, dass ich nicht dabei war?«

»Nein. Aber unsere Gegner haben gehofft, sie hätten den König der Stürme erwischt.«

Giff lachte leise. »Jetzt sollten wir uns besser ruhig verhalten, falls sich hier noch irgendwo Wachen versteckt halten. Ich würde nur ungern als Gefangener auf Burg Carlisle landen.«

»Ja, Sir. Ich dachte schon, wir wären verloren.«

»Du weißt doch, dass ich das niemals zulassen würde«, entgegnete Giff.

Eine Viertelstunde später standen sie in der Nähe des Dorfes Bowness auf einer Anhöhe über dem Firth. »Wo ist denn die *Storm Lass?*«, fragte einer der Männer.

»Da, wo wir sie zurückgelassen haben. Dort hinten zwischen dem Strauchwerk.« Giff deutete in die entsprechende Richtung und stieß dann einen leisen Pfiff aus, der aus dem nahen Wald erwidert wurde.

Daraufhin tauchten weitere Männer zwischen den Bäumen auf und zogen die Zweige beiseite, mit der sie die vierzehnrudrige Inselgaleere getarnt hatten.

»Wir lassen sie zu Wasser und rudern so leise wie möglich«, sagte Giff, als er bei seinen Männern angelangt war. »Das Segel brauchen wir nicht. Wir können es leicht bis zur Powfoot Bay schaffen, bevor die Ebbe einsetzt. Dann gehen wir zu den anderen nach Brydekirk, wo wir endlich ein trockenes Plätzchen haben werden.«

Bald wiegte sich die *Storm Lass* auf den Wellen. Hoch oben am Mast flatterte ihr Banner im Wind, und die Ruderer legten sich in die Riemen. Von Galloway bis Cape Wrath und darüber hinaus kannte jedermann das rote Banner der *Lass* mit der einzelnen schwarzen Wolke darauf.

Noch immer wütete der Sturm und türmte die Wogen auf, als wären alle Götter in Aufruhr. Doch an Bord waren alle davon überzeugt, dass ihr Kapitän auch die raueste See glätten konnte, wie es einstmals dem heiligen Columban nachgesagt wurde.

Noch bevor sie den halben Weg hinter sich hatten, ließ der Wind nach, und kurz vor Morgengrauen erreichten sie das schottische Ufer des Firth, wo bereits zahlreiche Kochfeuer brannten.

Da es nur noch leicht nieselte und es im Lager Zelte gab, konnte sich Giff auf ein einigermaßen trockenes Bett und ein paar Stunden Schlaf freuen.

Zehn Minuten, nachdem sie angelegt hatten, sah er, wie Sir Hugo Robison aus seinem Zelt trat und auf ihn zukam.

»Guten Morgen, Hugo. Hast du mich schon vermisst?«

»Wo zum Teufel bist du gewesen, Giff?«

»In England. Wollte mal sehen, was Northumberland im Schilde führt.«

»Und?«

»Anscheinend ist er mit fünfhundert Mann auf dem Weg nach Osten und will den Fluss Sark überqueren.«

»Dann ist er immer noch in der Nähe. Warum hast du dich so lange aufgehalten?«

»Diese Halunken haben neun von uns gefangen genommen.«

»Von *uns?* Soll das etwa heißen, du hast dich von Northumberland schnappen lassen?«

»Ja, aber nur für ein paar Minuten. Im richtigen Augenblick habe ich mich davongemacht, bin ihnen gefolgt und habe mir meine Jungs zurückgeholt.«

»Und für diese Heldentat erwartest du wohl auch noch Beifall, was?«, fragte Hugo.

»Meine Güte, ich dachte, du wärst froh, uns wiederzusehen.«

»Wenn ich recht verstanden habe, hast du dein Leben und das von dreißig Männern aufs Spiel gesetzt, nur um einen Blick auf Northumberlands Lager zu werfen. Dann habt ihr euch gefangen nehmen lassen, und jetzt erwartest du, dass ich dich lobe, weil du deinen Jungs mit viel Glück aus einer Klemme geholfen hast, in die du sie selbst gebracht hast?«

»Naja, ob das eine Frage von Glück war, weiß ich nicht«, erwiderte Giff. »Aber es war auf jeden Fall Pech, dass wir einer englischen Jagdgesellschaft in die Arme gelaufen sind. Bei dem Donner hörten wir sie nicht kommen, und außerdem wären wir in diesem Wolkenbruch fast abgesoffen. Aber schließlich gelang es mir …«

Er konnte den Satz nicht zu Ende bringen, denn Hugo versetzte ihm einen Faustschlag, der ihn hintenüber fallen ließ.

Als Giff sich mühsam wieder aufrichtete, fuhr Hugo ihn an: »Von allen deinen leichtsinnigen, hirnrissigen Aktionen ist das hier … Was gibt's da zu grinsen?«

Giff, der sich noch immer das schmerzende Kinn rieb, antwortete: »Ich dachte gerade, wie gut es ist, wieder zu Hause zu sein. Würde es vielleicht helfen, wenn ich dir sage, dass Northumberland seine Truppen mit Bewcastles fünfhundert Mann vereinigen will, und dass sie dann bei Kershopefoot den Liddel Water überqueren wollen, nachdem sie Douglas' Leute weit nach Osten gelockt haben?«

»Warum hast du das nicht gleich gesagt?«, fragte Hugo.

»Weil du mich mit deiner Fragerei ganz aus dem Konzept gebracht hast, nehme ich an.«

»Na gut, am besten bleibst du sitzen und hörst dir an, was ich dir sonst noch zu sagen habe. Sobald du nämlich aufstehst, verpasse ich dir einen Hieb, dass du gleich wieder umkippst. Also, erstens …«

Giff ließ das Donnerwetter über sich ergehen, wobei er nicht zum ersten Mal bewundernd feststellte, dass Hugo eine endlose Standpauke halten konnte, ohne dass ihm auch nur einmal die Worte ausgegangen wären.

Glücklicherweise war Hugo nicht nur mit dem Mundwerk so tüchtig. Er würde den Earl of Douglas rechtzeitig warnen und so verhindern, dass die Engländer wieder einmal Unruhe in Schottland stiften konnten.

1

Edinburgh Castle, königliche Gemächer,
Dienstag, 4. Juni 1381

Der Earl of Fife, inoffizielles Oberhaupt Schottlands, saß behaglich an einem Tisch vor dem Feuer in seiner Lieblingskammer im David's Tower und bereitete Dokumente vor, die sein Vater unterzeichnen und mit dem königlichen Siegel versehen sollte. Fife herrschte gern über Schottland und konnte sich nicht vorstellen, warum er es nicht noch viele weitere Jahre tun sollte.

Er war großgewachsen und schlaksig, besaß ausgeprägte Gesichtszüge und trug ausschließlich Schwarz. Obgleich er die vierzig schon weit überschritten hatte, war er in guter körperlicher Verfassung und darüber hinaus ein Mensch, der sich nur selten Illusionen machte. Als Urenkel von Robert the Bruce und dritter Sohn des Obersten Königs der Schotten war Fife ein gerissener, skrupelloser Politiker, dabei jedoch durchaus leutselig, wenn er es für angebracht hielt, und außerordentlich begabt. Er hatte die Macht gekostet und wollte nun immer mehr, auch wenn er in den vergangenen Jahren mit seinen langen schlanken Fingern schon eine gehörige Portion davon an sich gerissen hatte.

Fife wusste, dass er besser geeignet war, Schottland zu regieren als sein altersschwacher, halb blinder Vater, der noch der offizielle König war, oder sein unfähiger, gleichgültiger älterer Bruder, der Earl of Carrick. Doch da Robert the Bruce einst auf die dumme Idee verfallen war, dass stets der älteste Sohn eines Königs seinem Vater auf den Thron folgen sollte, war nun einmal Carrick der Thronerbe.

Bevor Bruce diese neue Regelung eingeführt hatte, hatten die schottischen Adeligen ihren König durch Wahl bestimmt. Im Unterschied zu den Engländern und Franzosen waren sie nicht davon überzeugt, dass ein König von Gott auserwählt wurde. Der König der Schotten war nicht mehr und nicht weniger als der Oberste der Clanchiefs. Er verfügte weder über ein eigenes Heer noch über eine Flotte, sondern war ganz und gar darauf angewiesen, dass ihn seine Adeligen mit ihren Schiffen und Kriegern unterstützten.

Hätte Bruce nicht entschieden, dass der älteste Sohn oder der nächste männliche Verwandte eines Herrschers sein Nachfolger sein sollte, wäre niemals ein Stewart König der Schotten geworden, denn viele Adelige betrachteten die Stewarts als Emporkömmlinge. Selbst ihr Name war neu; er leitete sich vom Hofamt des High Steward – des obersten Truchsessen ab, das Fifes Vater Robert innegehabt hatte. Nach dem Tod des kinderlosen Königs David II. war ihm sein nächster Verwandter, Robert the Steward, auf den Thron gefolgt.

Aber auf welche Weise die Stewarts an die Macht gekommen waren, interessierte Fife im Augenblick nicht. Das war alles längst vorbei, und er war sicher, dass er Carrick genauso leicht würde lenken können wie jetzt seinen Vater. Dennoch träumte er davon, selbst den Thron zu besteigen. Er wusste, dass die Anführer im schottischen Parlament stets einen starken Mann einem schwachen vorziehen würden. Und, was noch wichtiger war, möglicherweise ließen sie sich dazu bewegen, Bruces Thronfolgeregelung außer Kraft zu setzen.

Es war unbestreitbar, dass sowohl Fifes Vater als auch sein Bruder zu schwach waren, um ein Land voller starrsinniger Adeliger zu regieren, die fast unbeschränkte Macht über die Mitglieder ihres Clans hatten und sich vehement gegen jede Einmischung von außen wehrten. Fife glaubte, er habe bereits hinreichend bewiesen, dass er sie im Zaum halten konnte und es daher verdiente, König zu werden. Er wusste nur noch nicht, wie weit er würde gehen müssen, um sein Ziel zu erreichen.

Er würde alles tun, was er für nötig hielt, doch am liebsten hätte er den Mitgliedern des Parlaments einen eindeutigen Beweis geliefert, dass er der geeignetste Bewerber war. Ein Jahr zuvor schien die Gelegenheit für einen solchen Beweis gekommen, doch aufgrund eines feigen Verrats hatte er sie nicht nutzen können.

Doch seiner Erfahrung nach bot sich immer eine neue Chance. Also hielt er die Augen offen und traf für alle Fälle seine Vorbereitungen. Dazu gehörte auch sein neues Schiff, die *Serpent Royal.*

Als er mit dem letzten Schriftstück fertig war, klopfte ein Diener an die Tür und meldete einen Besucher.

»Der Chevalier de Gredin, Mylord.«

Fife war verblüfft. Dieser Name fügte sich perfekt in seine Gedankengänge. Er nickte, schob die Dokumente beiseite und sah mit zusammengekniffenen Augen zu, wie der Chevalier eintrat und eine schwungvolle Verbeugung machte. In der Hand hielt er ein Schreiben, an dem ein halbes Dutzend rote Wachssiegel baumelten.

Als sich der Ankömmling wieder aufgerichtet hatte, blickte er den Grafen mit seinen grünen Augen an und sagte kühl: »Ihr seid zweifellos erstaunt, mich zu sehen, Mylord, doch ich bringe Euch eine Nachricht von seiner Heiligkeit, dem Papst.«

»Ach ja? Ich dachte eigentlich, Ihr wäret mit eingekniffenem Schwanz nach Norden geflohen.«

»Aber nicht doch, Mylord. Ich wollte mich lediglich davon überzeugen, wie die Dinge dort stehen. Da mir jedoch nur norwegische Schiffe und diejenigen meines Gastgebers zur Verfügung standen, konnte ich weder mit dem Papst noch mit meinen Freunden in Frankreich Verbindung aufnehmen. Daher kehrte ich auf den Kontinent zurück und kann Euch nun vermelden, dass seine Heiligkeit Eure Bestrebungen weiterhin unterstützt und bereit ist, Euch Schiffe zur Verfügung zu stellen. Mit Eurer gnädigen Erlaubnis soll ich hier als sein Gesandter bleiben.«

»Als sein Gesandter oder als meine Geisel?«, fragte Fife mit trügerisch sanfter Stimme.

»Es sei, wie Ihr befehlt, Mylord«, erwiderte de Gredin und sank in einen unterwürfigen Kniefall. »Wir beide verfolgen noch immer die gleichen Ziele«, fuhr er fort. »Wir wollen den Templerschatz finden, um ihn Seiner Heiligkeit zurückzugeben, und Euch zu der verdienten Stellung als Oberster König der Schotten verhelfen.«

Fife ließ ihn weiter knien und überdachte kurz die Situation.

Der Orden der Tempelritter war ursprünglich als Armee des Papstes gegründet worden, um die Pilger während der Kreuzzüge auf ihrem Weg ins Heilige Land zu beschützen. Im Laufe der Zeit jedoch hatten sich die Templer zu zuverlässigen Bankiers entwickelt, denen man die heiligsten und wertvollsten Kostbarkeiten der Welt anvertraute, und die den Reichen und Mächtigen riesige Geldsummen liehen. Auf diese Weise war es dem Orden gelungen, unvorstellbare Reichtümer anzuhäufen. Doch zu Beginn des vierzehnten Jahrhunderts hatte sich der Orden mit König Philipp IV. von Frankreich überworfen, der bei den Templern enorm verschuldet war. Auf seinen Befehl hin erklärte der Papst – eine bloße Marionette in der Hand des Königs – die Tempelritter zu Ketzern und befahl in einem Erlass die Zerschlagung ihres bis dahin hoch angesehenen Ordens. Im Oktober 1307 überfiel der französische König den Sitz des Ordens in Paris und ließ jeden Tempelritter in ganz Frankreich, dessen er habhaft werden konnte, verhaften, einschließlich des Großmeisters.

Sein eigentliches Ziel erreichte Philipp indes nicht. Als die Angreifer den Tempel durchsuchten, fanden sie die Schatzkammern leer. Die meisten Tempelritter waren geflohen, und auch ihre große Flotte, die in La Rochelle vor Anker gelegen hatte, war verschwunden. Auch nach nunmehr fast fünfundsiebzig Jahren blieb der Schatz der Templer unauffindbar.

Noch immer erhob die Römische Kirche Anspruch darauf, und der gegenwärtige Papst, der offenbar davon überzeugt war, dass ein Gutteil des Schatzes mit einigen Tempelrittern nach Schottland gelangt war, hatte bereits zweimal Männer ausgeschickt, um ihn zu suchen – doch bisher vergeblich.

Einer dieser Männer des Papstes war de Gredin, der bestimmt nicht ohne Grund zurückgekehrt war.

Fifes Interesse an dem Schatz beschränkte sich auf einen einzigen Gegenstand, der sich nach Auskunft eines seiner Informanten mit ziemlicher Sicherheit in Schottland befand. Es könnte sich also für ihn lohnen, de Gredin und dem Papst bei der Schatzsuche zu helfen. Denn selbst wenn sie den Schatz nicht fanden, konnte es nicht schaden, wenn er sich mit dem Papst gut stellte. Vielleicht würde ihm das ja eines Tages von Nutzen sein, wenn es galt, das Parlament von seiner Eignung als König zu überzeugen.

Doch für de Gredin hatte er nicht viel übrig. Daher warf er ihm einen finsteren Blick zu und erklärte rundheraus: »Ihr habt mich letztes Jahr verraten. Warum sollte ich Euch jetzt trauen?«

Der Chevalier reichte ihm, noch immer kniend, das versiegelte Schriftstück. »Lest dies, Mylord. Und dann trefft Eure Entscheidung.«

Im Wald der Holyrood-Abtei,
Dienstag, 4. Juni 1381

Die zarten Kringel, die sich um die bislang unbewegte Angelschnur bildeten, waren ein erstes Zeichen dafür, dass sich ein Fisch für den Köder am Haken interessierte.

Die neunzehnjährige Lady Sidony Macleod hielt reglos die Angelrute und starrte wie gebannt auf die Wasseroberfläche, wo die Ringe jetzt immer größer und zahlreicher wurden. Seit mindestens einer Stunde saß sie auf dem flachen Felsvorsprung über dem langen, schmalen Loch, ohne dass sie einen einzigen Fisch gesehen hatte. Dabei hatte der dicke grauhaarige Gärtner, dem die Angelrute gehörte, ihr doch versichert, dass der Loch bei der Abtei von Fischen nur so wimmelte.

Sie überlegte, ob sie die Schnur einholen sollte. Im Grunde genommen wollte sie gar nichts fangen. Sie hatte die Angel nur mitgenommen, um ihrem Ausflug einen sinnvollen Anstrich zu geben.

Daher wäre es nicht schlecht, wenn sie auch einen Fisch vorzuweisen hätte, doch andererseits hatte sie keine Lust, sich auf dem Rückweg damit abzuschleppen. Wenn sie sonst angeln gegangen waren, hatte immer ihre ältere Schwester Sorcha den Fang nach Hause getragen.

»Glaubst du wirklich, ich fange einen?«, hatte sie den Gärtner gefragt.

»Aber sicher, Mylady«, hatte der Mann entgegnet. »Wahrscheinlich erwischt Ihr einen schönen Lachs oder eine Forelle für's Frühstück.«

Sidony wollte nicht unhöflich sein und die angebotene Angelrute ablehnen, daher dankte sie ihm und nahm auch noch das Töpfchen mit Regenwürmern mit, die sie als Köder verwenden konnte. Dann durchquerte sie die drei Bereiche des Gartens, die Clendenen House vom Waldrand trennten, schlüpfte durch die Begrenzungshecke und schritt zwischen Bäumen, Farnen und Blumen dahin. Der Boden war unangenehm morastig, doch schon bald erreichte sie den glasklaren dunkelgrünen Loch, dessen ruhige Schönheit sie den sumpfigen Untergrund schnell vergessen ließ.

Spiegelglatt lag der See unter dem grauen Himmel. Sein Wasser, das in der Mitte graugrün schimmerte, wurde zu den Rändern hin immer dunkler, wo die Bäume bis dicht ans Ufer wuchsen und ihren Schatten auf die Wasseroberfläche warfen.

Die Luft war mild, und der Wald schien unnatürlich still. Sidony folgte dem Uferpfad, bis sie zu einem Felsvorsprung kam. Nach ihrem Marsch durch das sumpfige Gelände wirkte der grauweiße Granit einladend sauber und trocken.

Ihre Stiefel waren schlammverklebt, und auch der Saum ihres Kleides aus feiner blauer Wolle, über dem sie eine passende Tunika trug, hatte ein paar Schmutzspritzer abbekommen. Doch es war nur ein altes Kleid, das sie nicht besonders mochte. Sie hatte es angezogen, um mit ihrem vierzehn Monate alten Neffen zu spielen, der mit seinen schmuddeligen Händchen ein besseres Gewand nur verdorben hätte.

Sie spießte einen Wurm auf den Haken, wie sie es von den Angelausflügen her kannte, die sie mit Sorcha in der Nähe von Chalamine Castle, ihrem Zuhause im Hochland, unternommen hatte. Unwillkürlich musste sie seufzen, als sie an die Burg und das nahe gelegene Bächlein dachte, das munter durch das dichte Strauchwerk plätscherte.

Jetzt war sie schon mehr als ein Jahr von zu Hause fort – viel zu lange.

Bei dem Gedanken kamen ihr die Tränen, doch im selben Augenblick ruckte es an der Schnur. Sidony packte die Rute fest mit beiden Händen und sprang unbeholfen auf, wobei sie aufpassen musste, nicht auf ihr Kleid zu treten und ins Wasser zu fallen oder aber den Fisch zu verlieren.

Das Tier war größer als erwartet und kämpfte so verbissen, dass Sidony sich wünschte, niemals die Angel ausgeworfen zu haben. Sie erwog kurz, es vom Haken zu lösen und zurück ins Wasser zu werfen.

Doch bei einer ähnlichen Gelegenheit hatte ihre ältere Schwester Sorcha ihr erklärt, dass der Fisch sowieso sterben und zuvor womöglich noch tagelang leiden würde. Als er daher schließlich schwach zuckend vor ihr auf der Felsplatte lag, ergriff Sidony einen Stein und machte seinem Leben entschlossen ein Ende.

Sie verzog das Gesicht, als sie auf den toten Fisch hinunterblickte, dann sah sie sich nach einer Efeuranke um, die sie dem Tier durch die Kiemen ziehen konnte, um es besser tragen zu können. Sie lobte sich im Stillen selbst für ihre Geschicklichkeit, beschloss jedoch, auf keinen Fall noch mehr Fische zu fangen. Also packte sie ihre Sachen zusammen und machte sich auf den Rückweg nach Clendenen House.

Als sie einige Minuten später noch immer nicht auf einen Pfad gestoßen war, wurde ihr klar, dass sie sich verlaufen hatte.

Bei Sonnenschein wäre es vielleicht möglich gewesen, sich zu orientieren, auch wenn Sidony nicht genau wusste, wie. Sorcha konnte die Richtung nach dem Stand der Sonne bestimmen, doch Sidony hatte nie gefragt, wie sie das machte. Sie wusste nur, dass die Sonne im Westen unterging, und hatte noch am Abend zuvor beobachtet, wie sie auf der Burgseite von Clendenen House hinter dem Horizont versank.

Ebenso wie Edinburgh Castle lag auch Clendenen House auf einem zerklüfteten Felsen nördlich der Stadt, in welcher der König residierte. Das Gebäude war von allen Seiten gut sichtbar, außer von Sidonys gegenwärtigem Standpunkt, wo das Blätterdach zu dicht war.

Sie beschloss, dann eben noch ein wenig ihre Freiheit zu genießen. Irgendjemand würde schon nach ihr suchen, wenn sie nicht nach Hause kam. Außerdem läutete die Glocke der Abtei jeden Tag zur Vesper, und den Weg von der Abtei nach Clendenen House kannte sie gut.

Wahrscheinlich wunderten sich schon alle, wo sie blieb, denn sie war schon eine ganze Weile fort. Vielleicht waren sie auch böse mit ihr, weil sie nicht gesagt hatte, wohin sie ging, doch sie hatte weder ihre Schwester Isobel noch ihre Gastgeberin aufwecken oder die Männer stören wollen, und außerdem hatte sie sich ja nicht mit Absicht verlaufen. Wenn sie nach ihr suchten, würde sie eben ein wenig früher zurück sein, dachte sie – falls überhaupt schon jemand gemerkt hatte, dass sie fort war. Oft nahmen die anderen sie überhaupt nicht wahr.

Vielleicht würde jemand sie hören, wenn sie ein Liedchen pfiff.

Pfeifen gehörte sich nicht für eine Lady, und wahrscheinlich würde man sie dafür ausschimpfen. Doch Isobel war die einzige ihrer sechs Schwestern, die sich zurzeit in Clendenen

House aufhielt, und sie war erneut schwanger und schlief bestimmt noch tief und fest.

Sidony kannte nicht viele Lieder, daher pfiff sie immer wieder ihre Lieblingsmelodie. Es war ungerecht, dass Damen nicht pfeifen durften, da das zu den wenigen Dingen gehörte, die Sidony gut beherrschte. Wie schon so oft fragte sie sich auch jetzt, wer derartige Regeln eigentlich aufstellte.

Wenn sie das Sagen hätte, wäre sie nicht so streng.

Genau in diesem Augenblick begann zu ihrer Erleichterung die Glocke der Abtei zu läuten. Der Klang hallte durch den ganzen Wald. Kurz bevor die Glocke wieder verstummte, erkannte Sidony, dass der Ton irgendwo von rechts kam.

Als alles wieder still war, hörte sie plötzlich ein Pferd schnauben.

Sie öffnete schon den Mund, um zu rufen, überlegte es sich dann jedoch anders. Es konnte ja auch ein Fremder, ja sogar ein Feind sein. Wie die schrecklichen Kerle, die damals ihre Schwester Adela entführt hatten.

Falls der Reiter auf der Suche nach ihr war, würde er ihren Namen rufen. Dass er es nicht tat, deutete – bestenfalls – auf einen Fremden hin.

Als er das leise Pfeifen vernahm, zügelte der Reiter sein Pferd. Die Melodie faszinierte ihn, und er hätte gerne noch ein wenig zugehört. Doch sein starrköpfiges Reittier, das bei Weitem nicht so gut ausgebildet war wie seine eigenen Pferde, protestierte schnaubend. Er konnte nur hoffen, dass es kein Feind war, der dort vor sich hin pfiff. Doch er tröstete sich mit dem Gedanken, dass kaum einer seiner vielen Freunde und Feinde ihn ausgerechnet hier im Wald bei der Abtei vermuten würde.

Dennoch stieg er vorsichtshalber ab und vergewisserte sich, dass sein Schwert, das er in einer Scheide quer über den Rücken geschnallt trug, erreichbar und beim Reiten nicht verrutscht war. Dann schlang er die Zügel um einen Zweig und ging mit den raschen, lautlosen Schritten des erfahrenen Waldläufers in die Richtung, aus der das Pfeifen kam. Dabei achtete er instinktiv darauf, nicht auf Zweige, lose Steine oder in Bodensenken zu treten.

Gleich darauf erblickte er sie – eine kleine, schlanke Schönheit mit wohlgeformtem Körper und nahezu weißblondem Haar. Es war zu zwei dicken Zöpfen geflochten, von denen ihr einer nach vorne über die Schulter gefallen war, während der andere ihr auf dem Rücken bis zu den Hüften herabhing. Die Zöpfe sahen so glatt und seidig aus, dass er sie am liebsten gestreichelt hätte.

Sie ging mit zögernden Schritten und blickte sich dabei in alle Richtungen um, wirkte dabei jedoch eher ein wenig unsicher als ängstlich.

Ihr Kleid befand sich in einem traurigen Zustand, was sehr bedauerlich war, da ein prächtiges Gewand ihre Schönheit noch unterstrichen hätte. Sie hätte Seide und Satin tragen sollen, Pelz und Geschmeide – und nicht einen großen frisch gefangenen Lachs in der einen und eine alte Angelrute in der anderen Hand.

Ihr Vater hätte Prügel verdient, dass er ein so schönes Mädchen unbeaufsichtigt herumstreifen ließ, dachte der Beobachter. Aber da sie nun einmal da war, wollte sich Giff MacLennan die Gelegenheit nicht entgehen lassen. Er schlich näher, wobei er, um seine Schritte zu dämpfen, auf Büschel von Glockenblumen trat. Dabei schlug er einen Bogen, um sich ihr nicht von hinten zu nähern und sie zu erschrecken.

Als er fast bei ihr angelangt war, blickte er zu Boden und tat, als hätte er sie nicht gesehen. Er wollte auf keinen Fall, dass sie schrie. Daran, dass sich ihre Schritte auf dem weichen Boden verlangsamten, merkte er, dass sie ihn nun auch bemerkt hatte. Als sie stehen blieb, blickte er auf, während sie ihn mit großen Augen anstarrte.

Auch ihre Augen waren schön; klar und von einem so hellen Blau, dass sie beinahe durchsichtig wirkten. Ihre Wimpern und

Augenbrauen waren einige Nuancen dunkler als ihr Haar, doch nicht so dunkel, dass man sie braun nennen konnte. In der linken Hand hielt sie mit festem Griff die Angelrute, von der rechten baumelte an einer Efeuranke der appetitlich aussehende Lachs.

»Einen schönen guten Morgen, Mistress«, sagte er. »Habt Ihr Euch im Wald verirrt?«

Sie nickte, ohne ihn aus den Augen zu lassen, die weichen Lippen leicht geöffnet. Dabei hoben und senkten sich ihre ebenso weich und einladend wirkenden Brüste leicht und rasch unter dem Mieder. Noch immer hatte sie kein Wort gesprochen.

»Ich kann Euch den Weg zeigen, wenn Ihr wollt«, fuhr er fort und schenkte ihr sein gewinnendstes Lächeln, das normalerweise stets erwidert wurde. Doch sie blickte ihn nur weiter ernst und stumm an.

»Möchtet Ihr, dass ich Euch den Weg zeige, Mädchen?«

Wieder nickte sie, und ihr Blick ließ ein erregendes Gefühl in seinen Lenden aufsteigen.

Noch immer lächelnd setzte er hinzu: »Ich verlange auch nur eine ganz kleine Belohnung dafür, dass ich Euch rette.«

Er hätte sich nicht vorstellen können, dass sie die Augen noch weiter aufreißen konnte, doch da hatte er sich geirrt.

Noch immer sagte sie kein Wort.

Ohne sie aus den Augen zu lassen, trat er auf sie zu, gespannt, ob sie wohl zurückweichen würde. Seine Füße sanken in den weichen Boden ein, doch er achtete nicht darauf.

Von Nahem wirkte sie noch schöner und verlockender.

Sidony konnte die Augen nicht von dem dunkelhaarigen Fremden wenden. Er trug ein mit Metall verstärktes Lederwams, dazu Stiefel und eine lederne Hose, die sich eng an seine muskulösen Oberschenkel und Waden schmiegte. Das Schwert, das er auf dem Rücken trug, und der Dolch in seinem Stiefel hätten durchaus bedrohlich wirken können, doch nicht eine Sekunde lang hielt sie ihn für einen der Räuber, die das Grenzland unsicher machten.

Das lag nicht nur daran, dass sein weißes, gut geschnittenes Hemd aus feinem Leinen bestand; er legte darüber hinaus auch eine Arroganz an den Tag, wie man sie nur bei adeligen Grundbesitzern fand.

Er war nicht gerade der schönste Mann, den sie je gesehen hatte. Dafür waren seine Züge zu unregelmäßig, seine Nase zu scharf geschwungen. Dennoch ging etwas von ihm aus, das sie in seinen Bann zog.

Ihr gefiel das übermütige Funkeln seiner dunkelblauen Augen und seine honigsüße, gewinnende Stimme. Andererseits war er groß und um die Schultern herum ebenso breit gebaut wie Hugo oder Rob, und sie bevorzugte Männer, die nicht ganz so viel Raum einnahmen. Diese glaubten für gewöhnlich, sie könnten alle Welt herumkommandieren. Sidonys Schwäger gehörten ohne Ausnahme in diese Kategorie. Allerdings musste sie zugeben, dass sie ihnen auch tatsächlich gehorchte, was sie in ihrer Überheblichkeit vielleicht noch bestärkte.

Sie überlegte noch, welche Art von Belohnung der Fremde wohl gemeint haben könnte, als er sich geschwind hinunterbeugte und ihr einen Kuss auf die Lippen drückte. Dabei legte er auch noch eine Hand um ihren Hinterkopf, sodass sie nicht ausweichen konnte.

Seine Lippen lagen zuerst sanft auf den ihren, dann wurde der Druck stärker, fordernder. Er schloss die Augen, was schade war, da es die dunkelsten blauen Augen waren, die sie jemals gesehen hatte. Ähnlich wie das Wasser im Loch wirkten sie beinahe schwarz.

Als er den anderen Arm um ihre Taille legte, wurde ihr klar, dass sie sich hätte wehren und ihn wegstoßen müssen. Doch derartige Freiheiten hatte sich ihr gegenüber noch nie jemand herausgenommen, und sie fand die Erfahrung interessanter, als sie gedacht hätte – wenn sie denn jemals darüber nachgedacht hätte.

Plötzlich schlüpfte seine Zunge zwischen ihren Lippen hindurch in ihren Mund. Ohne nachzudenken oder auf Fisch und Angel zu achten, stieß sie ihn daraufhin mit beiden Fäusten kräftig gegen die Brust.

Er ließ sie los und trat verblüfft einen Schritt zurück. Für einen winzigen Augenblick vermeinte sie einen Schatten in seinen Augen zu sehen, doch sofort war da wieder dieses mutwillige Grinsen.

»Warum denn gleich so heftig, Schätzchen? Du kannst doch nicht leugnen, dass es dir gefallen hat.« Noch immer grinsend stemmte er herausfordernd die Hände in die Hüften.

Der Zorn übermannte sie so schnell, dass es sie selbst überraschte. Ohne zu zögern oder lange darüber nachzudenken, was sie tat, holte sie aus und klatschte ihm den Fisch ins Gesicht.

In einer Abwehrbewegung riss er die Hand hoch und tat einen Schritt rückwärts, doch der morastige Boden gab unter ihm nach, und der satte Schlag mit dem Fisch tat ein Übriges. Sein linkes Bein rutschte nach vorne weg, und er landete mit einem lauten Platschen mitten in den Glockenblumen auf dem Hosenboden.

Entsetzt drehte sie sich um und ergriff die Flucht, doch sie war noch keine vier Schritte weit gekommen, da legte sich eine Hand wie eine eiserne Klammer um ihren Oberarm, brachte sie zum Stehen und riss sie herum.

Sein wütendes Gesicht war jetzt ganz dicht vor dem ihren. »Für so ein Benehmen sollte ich Euch weiß Gott übers Knie legen!«, sagte er drohend.

Sidony richtete sich stocksteif auf und fand endlich ihre Stimme wieder. »Wie könnt Ihr es wagen!«, fauchte sie ihn an. »Lasst mich gefälligst los!«

Zu ihrer Überraschung gehorchte er. Doch noch immer sprühten diese erstaunlichen Augen Funken, bevor er sie drohend zusammenkniff. »Was macht Ihr hier draußen alleine, gekleidet wie eine einfache Dienstmagd?«

»Ich hielt Euch für einen Gentleman«, gab sie zurück und starrte ihn ebenfalls an. »Aber ich wusste nicht, dass ein Gentleman so mit einer Dienstmagd umgeht.«

»Treibt's nicht zu weit, Mistress. Ich bin ein duldsamer Mensch, aber eine solche Unverschämtheit lasse ich mir von niemandem gefallen.«

»Was ist an meiner Frage unverschämt?« Sie reckte trotzig das Kinn. »Es ist viel unverschämter, einfach herumzulaufen und ohne lange zu fragen unschuldige Dienstmädchen zu küssen.«

»Die sind gewöhnlich gar nicht so unschuldig«, erwiderte er grinsend.

»Und woran, glaubt Ihr, liegt das?«

Er machte den Mund auf, klappte ihn aber rasch wieder zu und runzelte die Stirn. Schließlich sagte er: »Ich muss mich doch sehr wundern. Da stellt Ihr anzügliche Fragen und bleibt dabei so kühl, als würdet Ihr übers Wetter reden.«

»Ihr habt mir noch keine Antwort gegeben.«

»Nein, Mädchen, und das werde ich auch nicht tun. Denn entweder wisst Ihr genau, warum die meisten Dienstmädchen nicht so unschuldig sind, und wolltet mich mit Eurer Frage nur in Verlegenheit bringen, oder Ihr wisst es wirklich nicht. Dann werde ich es Euch bestimmt nicht verraten. Außerdem habt Ihr meine Frage auch noch nicht beantwortet, und ich habe sie zuerst gestellt.«

»Ich habe vergessen, worum es dabei ging«, erwiderte sie, obwohl sie sich sehr gut erinnerte.

Einen Augenblick lang sah er aus, als wollte er sie schütteln, und zu ihrer eigenen Überraschung hätte sie gerne gewusst, wie sich das anfühlte.

Der Gedanke brachte sie wieder zur Besinnung. Wie kam sie nur auf eine solche Idee?

Mit mühsam beherrschter Ungeduld erklärte er: »Ich habe Euch gefragt, was Ihr hier draußen alleine tut, und noch dazu in der Aufmachung einer einfachen Magd.«

»Es ist überaus unschicklich, eine Bemerkung über die Kleidung einer Dame zu machen, findet Ihr nicht auch?«

Zufrieden stellte sie fest, dass sich seine Augen schon wieder verengten.

Er stieß einen Laut aus, der wie ein unterdrücktes Knurren klang, sagte jedoch nur: »Also, habt Ihr Euch nun verlaufen oder nicht?«

»Ja, schon. Obwohl ich jetzt, da ich weiß, wo die Abtei liegt …« Sie brach ab und blickte sich um. Bei ihrer kopflosen Flucht und der kurzen Verfolgungsjagd hatte sie erneut die Orientierung verloren. »Ich weiß immer noch nicht, wo ich bin«, musste sie zugeben.

»Wo wohnt Ihr denn?«

»In Clendenen House an der Canongate«, antwortete sie.

»Ich kenne die Canongate, dann werden wir auch Clendenen House finden. Wenn Ihr dem anderen Weg am Ufer des Lochs gefolgt wärt, hättet Ihr schon bald die Abtei gesehen.«

Da sie keine Lust hatte, darüber zu diskutieren, was sie hätte tun sollen, sagte sie nur: »Es war nicht recht von Euch, einen Lohn für Eure Hilfe zu verlangen.«

»Stimmt, aber ich habe es trotzdem genossen«, entgegnete er grinsend.

»Tatsächlich? Warum?«

Giff zuckte die Achseln. Sein Grinsen erstarb, als ihn wieder dieses ungewohnte Schuldgefühl überkam wie kurz zuvor bei ihrer naiven Frage über die Dienstmädchen. Den Grund dafür hätte er selbst nicht nennen können, doch die beiden schlichten Wörtchen verursachten ihm Gewissensbisse, zumal sie ihn so eindringlich anblickte, als wäre seine Antwort ihr wichtig. Auf einmal hatte er Angst, sie zu verletzen, wenn er behauptete, der Kuss hätte ihm nicht mehr bedeutet als jeder andere geraubte Kuss zuvor.

Er wollte ihr nicht wehtun, sondern sie lächeln sehen. Denn das hatte sie bisher noch nicht ein einziges Mal getan.

Sein Gewissen, das praktischerweise so lange geschwiegen hatte, regte sich erneut. Der Grund dafür war gewiss nicht sein Verhalten, denn daran trug sie genauso Schuld wie er. Er war ein Mann, der sich an Abenteuern und Vergnügungen nahm, was er kriegen konnte, meist ohne Rücksicht auf Verluste. Doch in diesem Fall hätte er seinen Fehler gerne wiedergutgemacht. Noch immer wartete sie geduldig auf seine Antwort, doch er wollte ihrer Eitelkeit nicht noch schmeicheln, indem er ihren Kuss als etwas Besonderes darstellte. Sie war ohne Zweifel eine Schönheit, und er hätte nichts dagegen einzuwenden gehabt, sie näher kennenzulernen, doch ein Mann seines Schlages durfte seine Zeit nicht mit Tändelei vertun. Schon gar nicht, wenn es um eine Jungfrau von edler Geburt ging, die womöglich noch eine Vermählung im Sinn hatte.

Daher sagte er schroffer als beabsichtigt: »Ich muss Euch jetzt nach Hause bringen, also lasst uns dort entlang gehen.« Mit diesen Worten legte er ihr eine Hand unter den Ellbogen und drängte sie in die bezeichnete Richtung, wobei er hinzufügte: »Weiß jemand, dass Ihr Euch hier im Wald aufhaltet?«

»Ja, der Gärtner«, antwortete sie mit einem kleinen enttäuschten Seufzer, der ihm durch und durch ging.

»Wieso habt Ihr nur dem Gärtner und sonst niemandem Bescheid gesagt?«

»Ich habe mit meinem kleinen Neffen gespielt, damit sich meine Schwester ungestört mit unserer Gastgeberin unterhalten konnte«, erklärte sie erstaunlich gleichmütig. »Als sein Kindermädchen ihn zum Mittagsschlaf holen kam und ich feststellte, dass auch Isobel und Lady Clendenen sich ein wenig hingelegt hatten, ging ich in den Garten. Den Gärtner habe ich ganz zufällig getroffen.«

»Es ist ja nicht besonders ungewöhnlich, im Garten auf einen Gärtner zu stoßen«, bemerkte er.

»Ich weiß, und er ist auch sehr nett. Aber ich wollte allein sein, und daher sagte ich, als er mich fragte, ob ich auf einem Spaziergang wäre, ich wolle in den Wald gehen.«

»Er hätte Euch davon abraten sollen, den Garten zu verlassen«, erwiderte er streng.

»Manch einer wäre bestimmt der gleichen Meinung«, sagte sie, »aber er fragte mich nur, ob ich nicht eine Angelrute mitnehmen wolle. Er war so freundlich, dass ich nicht ablehnen wollte; also nahm ich die Angel mit und fing diesen Fisch hier. Dann habe ich mich verlaufen, und Ihr kamt genau in dem Augenblick, als ich dachte, ich wüsste wieder, in welcher Richtung die Abtei liegt.«

»Aber warum wolltet Ihr denn unbedingt weg? Gab es in Clendenen House keinen, mit dem Ihr Euch unterhalten konntet?«

»Oh doch, zwei meiner Schwäger waren da, aber ich wollte sie nicht bei ihrem Gespräch stören.«

»Sind sie denn nicht nett zu Euch?« Am liebsten hätte er ein Wörtchen mit diesen Männern geredet, damit sie dieses unschuldige Mädchen nicht mutterseelenallein herumlaufen ließen.

Sidony musste ein Lächeln unterdrücken, als sie sah, wie ungehalten er über Hugo und Rob war. »Sie sind sogar ausgesprochen freundlich, Sir«, sagte sie. »Aber man unterbricht solche Männer doch nicht in ihrer Unterhaltung. Und außerdem wollte ich allein sein. Ich bin nun schon ein volles Jahr hier in Midlothian, müsst Ihr wissen, und manchmal tue ich gern so, als wäre ich wieder zu Hause. Heute war ein solcher Tag.«

»Ihr lebt also nicht immer in der Stadt des Königs?«

»Aber nicht doch! Ich wohne abwechselnd bei drei meiner Schwestern. Meine Schwester Sorcha und ich kamen zusammen mit unserer älteren Schwester Adela nach Midlothian. Isobel lebte bereits hier, nachdem sie unserer Schwester Cristina einen Besuch abgestattet hatte.«

»Na hört mal, wie viele Schwestern habt Ihr eigentlich?«

»Noch sechs. Früher waren es sieben, aber dann starb

Mariota, und jetzt sind nur noch Cristina, Adela, Kate, Maura, Isobel und Sorcha übrig. Sie sind alle schon verheiratet, und in einem Monat vermählt sich mein Vater mit Lady Clendenen. Bis dahin …«

»Euer Vater ist also auch hier? Habt Ihr vielleicht gehofft, ich würde ihn nicht kennenlernen?«

»Nein, er ist zu Hause, im Hochland. Er ist ein Mitglied des Inselrates, wisst Ihr?«, erwiderte sie.

»Nein, das konnte ich doch gar nicht wissen«, widersprach er. »Wer ist denn nun Euer Vater?«

Sidony verzog das Gesicht. »Ach herrje, da gehen wir miteinander spazieren wie alte Freunde, und Ihr kennt noch nicht einmal meinen Namen. Ich Euren übrigens auch nicht«, fügte sie ein wenig spitz hinzu.

»Nein, das stimmt«, erwiderte er. »Ich weiß sehr wohl, dass Ihr glaubt, ein echter Gentleman hätte sich bereits vorgestellt. Aber ich möchte nicht, dass Eure Familie und Freunde meinen Namen erfahren, und ich weiß nicht, ob ich mich auf Eure Verschwiegenheit verlassen kann.«

»Nun gut«, sagte sie und dachte, dass er in diesem Fall wohl auch weder Hugo noch Rob kennenlernen wollte, was ihr nur recht sein konnte. »Mein Vater ist Macleod von Glenelg, Sir. Ich bin seine jüngste Tochter Sidony.«

»Lady Sidony, um genau zu sein«, erwiderte er in leicht belustigtem Ton. »Da kann ich wohl froh sein, dass Euer Vater gerade nicht in der Stadt ist.«

»Ich glaube nicht, dass er mit Euch schimpfen würde«, sagte sie. »Wahrscheinlich wäre er eher böse auf mich, weil ich mich im Wald verlaufen habe.«

»Ja, aber es könnte sein, dass er mich kennt, Mädchen. Ich stamme nämlich auch aus Kintail.«

Sie betrachtete ihn mit neu erwachtem Interesse. »Seid Ihr gerade erst angekommen? Oh bitte, sagt mir doch, wie das Wetter dort ist. Blühen die Wildblumen schon? Aber bestimmt haben unsere Familien miteinander zu tun, Sir. So viele gibt es dort ja nicht, und die meisten von ihnen sind mir bekannt. Die Macleods sogar alle. Seid Ihr also ein Mackenzie oder ein MacRae?«

»Darüber sprechen wir später, Mädchen. Erzählt mir erst mehr über Eure Familie. Ich weiß natürlich, wer Euer Vater ist, aber in den vergangenen zehn Jahren war ich mehr unterwegs als zu Hause. Wo ist Eure Mutter, und wie kommt es, dass drei von Euren Schwestern als geborene Hochlandmädchen hier in Midlothian leben? Aber wartet mal, hat nicht Eure Schwester, Lady Cristina, Hector Reaganach Maclean von Lochbuie auf der Insel Mull geheiratet?«

Nachdenklich zog er die Stirn kraus.

Sie überlegte, wie viel sie ihm erzählen sollte. Ihrer Erfahrung nach wollten die meisten Männer kurze, präzise Antworten und keine weitschweifigen Berichte.

»Meine Mutter starb, als ich zwei war, und Cristina ist tatsächlich mit Hector dem Grimmigen verheiratet«, begann sie mit den einfachsten Antworten. »Alles andere ist ein bisschen schwerer zu erklären. Adela sollte Ardelve von Loch Alsh heiraten, müsst Ihr wissen. Doch kurz vor ihrer Hochzeit wurde sie entführt und hierher gebracht. Sorcha und ich sind ihr gefolgt, doch Sir Hugo hat uns eingeholt. Ach ja, und davor heiratete Isobel …«

»Sir Hugo?« Sein Tonfall brachte sie zum Schweigen. Es schien, als sei er nicht allzu erfreut, Hugos Namen zu hören.

»Ja«, sagte sie. »Sir Hugo Robison. Er ist der Gemahl meiner Schwester Sorcha.«

Da zuckten seine Lippen, seine Augen funkelten, und schließlich schüttelte er lachend den Kopf. »Jetzt habe ich mich aber wirklich reingeritten«, sagte er, als er wieder sprechen konnte.

»Was meint Ihr damit?«

»Als ich Hugo Robison das letzte Mal sah, hat er mich niedergeschlagen. Und wenn er erfährt, wie wir beide uns kennengelernt haben, wird er es zweifellos wieder versuchen.«

»Hugo ist selbstverständlich ebenso ein Gentleman wie Ihr«, erwiderte sie ernsthaft. »Ich wüsste zu gerne, ob er sich auch einen Spaß daraus macht, unschuldige Dienstmädchen zu küssen.«

»Um Gottes willen, Mädchen, Ihr werdet ihn doch wohl hoffentlich nicht danach fragen!«

»Aber meine Schwestern sagen immer, wenn man etwas wissen will, *soll* man fragen.«

Er warf ihr einen drohenden Blick zu, den sie jedoch unbefangen erwiderte, auch wenn sie wieder dieses leichte, gespannte Prickeln empfand wie zuvor. »Wirklich, Sir, Ihr braucht Hugo nicht zu fürchten. Ihr müsst ihm nicht einmal begegnen. Sobald wir an der Abtei sind, gehe ich einfach wieder durch den Garten zurück. Dann wird er nie erfahren, dass wir uns getroffen haben.«

Erneut blickte er sie amüsiert an. »Dass Euch das am liebsten wäre, kann ich mir vorstellen. Wahrscheinlich wird er ebenso wütend auf Euch wie auf mich sein, nicht wahr?«

»Ja, vermutlich, wenn wir so dumm wären, ihm gemeinsam unter die Augen zu treten. Und deshalb solltet Ihr mich besser alleine zurückgehen lassen.«

»Das kann ich nicht«, sagte er mit schiefem Lächeln und bot ihr nun höflich seinen Arm. »Wisst Ihr, ich habe die Erfahrung gemacht, dass man unangenehme Dinge am besten rasch hinter sich bringt. Außerdem könnte Eure Anwesenheit mich schützen.«

Sidony, die sich fragte, wer denn sie beschützen würde, ignorierte seinen Arm und sagte nur: »Bevor wir weitergehen, solltet Ihr wohl besser Euer Pferd holen, Sir.«

2

Das kleine Biest hatte ihn erst einen halben Kilometer laufen lassen, bevor sie ihn an sein Pferd erinnerte, doch Giff beschloss, ihr keine Vorwürfe zu machen. Falls er behauptet hätte, sie habe es mit Absicht getan, hätte sie ihn mit Sicherheit daran erinnert, dass er es war, der zum Aufbruch gedrängt und sie ihm lediglich gehorcht hatte.

Darüber hinaus war natürlich er für das Pferd verantwortlich. Dieser Meinung wäre zweifellos auch der Verwandte, von dem er sich das Tier geliehen hatte. Und da dieser Mann, ein stämmiger Grenzbewohner, bestimmt sehr ungehalten auf den Verlust seines Pferdes reagieren würde, entschloss sich Giff, es unverzüglich zu holen. Er warf einen Blick auf das Mädchen, das ihn mit der ihr eigenen Gelassenheit ansah, und fragte sich, was wohl geschehen musste, um sie aus der Ruhe zu bringen. Sie trug noch immer den Fisch, dem man es nicht ansah, dass sie ihn Giff um die Ohren geschlagen hatte, beachtete ihren Fang allerdings so wenig, als ob es nur wertloser Tand wäre.

»Ich kann Euch hier nicht allein lassen«, sagte er. »Ihr müsst schon mitkommen, um das Pferd zu holen.«

»Hat Euer Pferd keinen Namen?«

»Doch, wahrscheinlich schon«, antwortete Giff. »Aber ich kenne ihn nicht.«

»Um Himmels willen, habt Ihr es etwa gestohlen?«

Er grinste. »Wenn ja, wäre es nicht das erste Mal. Aber nein, Ihr braucht mich nicht so böse anzusehen. Ihr seid viel zu schön, um die Stirn so in Falten zu legen.«

Ihre Augen leuchteten auf, als hätte ihr noch nie zuvor jemand ein Kompliment über ihr Aussehen gemacht. Während er noch über diese widersinnige Vorstellung nachdachte, wandte sie den Blick ab und sagte zart errötend: »So etwas dürft Ihr nicht sagen.«

»Ich kann mir vorstellen, dass Ihr Derartiges andauernd zu hören bekommt«, erwiderte er. »Aber Ihr tut recht daran, mich an meine guten Manieren zu erinnern. Hugo wird es bestimmt auch tun.«

»Woher kennt Ihr ihn?«, wollte sie wissen.

»Ihr wollt wohl wissen, woher Hugo einen Pferdedieb kennt«, fragte er spöttisch.

»Seid Ihr wirklich ein Pferdedieb?«

»Ab und zu.« Er blickte sich um, in der Hoffnung, das verflixte Biest irgendwo zu entdecken. Derart orientierungslos war er sonst nie, doch seit er das Mädchen zum ersten Mal erblickt hatte, hatte er nur Augen für sie gehabt. Nur gut, dachte er, dass sie kein Lockvogel seiner Feinde war.

»Stehlen ist eine schlimme Sünde«, bemerkte sie tugendhaft.

»Ja, mag sein, aber manchmal bleibt einem Mann nichts anderes übrig. Im Grenzgebiet, woher ich gerade komme, ist Viehdiebstahl nichts Verwerfliches, sondern eine ganz alltägliche Angelegenheit. Wenn ein Mann ein Pferd braucht oder ein paar Rinder, um seine Familie zu ernähren, geht er eben auf Raubzug. Ah, da ist es ja«, fügte er hinzu.

»Ihr klingt ja ziemlich erleichtert. Hattet Ihr Angst, Ihr hättet es verloren?«, fragte sie.

»Seid nicht albern. Ein Mann verliert doch nicht sein Pferd.«

»Aber wenn es doch nicht Euer Pferd, sondern gestohlen ist …«

»Jetzt hört mir mal zu«, unterbrach er sie. »Ich habe dieses Pferd nicht gestohlen, sondern nur geborgt.«

Sie nickte bedächtig. »Das behaupten Pferdediebe immer, wenn sie ertappt werden. Was man sich borgt, gibt man gewöhnlich auch zurück.«

»Das habe ich auch vor«, erwiderte er, nun wieder grinsend.

»Sonst würde der Verwandte, der es mir geliehen hat, auch ziemlich unangenehm werden.«

»Habt Ihr Angst vor ihm?«

»Du lieber Himmel, Ihr könnt einem vielleicht die Worte im Mund umdrehen! Kommt her, ich hebe Euch in den Sattel, dann braucht Ihr nicht den ganzen Weg zu laufen. Ich hoffe, Ihr fürchtet Euch nicht vor Pferden.«

»Natürlich nicht. Ich bin schon mein ganzes Leben lang geritten.«

»Tatsächlich?« Er schien überrascht. »Hochlandfrauen reiten selten, und wenn, dann meist nicht besonders gut.«

»Ich schon«, entgegnete sie. »Aber auf einem gestohlenen Pferd will ich nicht reiten.«

»Ich wünschte, Ihr würdet nicht andauernd behaupten, ich hätte dieses Tier gestohlen«, erwiderte er schroff, während er den Braunen losband und ihm beruhigend über Hals und Nase strich.

»Aber das habt Ihr doch selbst gesagt.«

»Habe ich nicht. Vor zwei Minuten sagte ich klar und deutlich, dass ich ihn *nicht* gestohlen habe.«

»Ja, schon, aber vorher habt Ihr gesagt …«

»Ich sagte lediglich, wenn ich es gestohlen hätte, wäre es nicht das erste Mal gewesen.«

»Also seid Ihr doch ein Dieb.«

Er wandte sich ihr zu, um ihr eine passende Antwort zu geben, zögerte jedoch, als er ihren Blick bemerkte. Sie fixierte ihn wie ein Rotkehlchen einen schmackhaften Wurm, und ihre hellblauen Augen blitzten erwartungsvoll. Daher sagte er in trügerisch sanftem Ton: »Versucht Ihr, jeden Mann, der Euch über den Weg läuft, so zu reizen?«

Zu seiner Überraschung widersprach sie ihm nicht, sondern sagte mit einem wehmütigen Lächeln: »Mir laufen nicht viele Männer über den Weg. Bei einem Spaziergang bin ich noch keinem begegnet, und einem wie Euch schon gar nicht.«

»Einem Dieb, meint Ihr?«

Sie nickte und bedachte ihn erneut mit diesem prüfenden, herausfordernden Blick.

Er seufzte. »Mädchen, ich werde nicht aus Euch schlau. Aber eines ist klar: Je eher ich Euch bei Eurer Familie abliefere, desto besser für uns beide. Ich werde Euch also jetzt auf das Pferd heben.« Er wollte nach ihr greifen, doch sie trat ein paar Schritte zurück und sagte ruhig: »Nein danke, ich laufe lieber.«

»Seid doch nicht dumm«, entgegnete er schon etwas bestimmter. »Meine durchnässten Hosen müssen sowieso erst trocknen, und Ihr werdet Euch Eure Stiefel noch mehr ruinieren, wenn Ihr durch diesen morastigen Wald marschiert. Außerdem ist Reiten viel bequemer.«

»Das finde ich nicht, aber trotzdem vielen Dank.«

»Ich habe es Euch nicht angeboten, damit Ihr mir dankbar seid«, grollte er.

»Ich möchte jedenfalls lieber zu Fuß gehen.«

»Und ich sage, Ihr reitet.« Er stemmte die Hände in die Hüften und setzte seine strengste Miene auf, die normalerweise ausgewachsene Männer einschüchterte.

In diesem Augenblick stupste das Pferd ihm mit der Nase gegen die Schulter, sodass er unwillkürlich einen Schritt auf sie zu taumelte. Da zuckte es um ihre Lippen, und ihre Augen funkelten noch vergnügter.

»Zum Donnerwetter! Wagt Ihr es etwa, Euch über mich lustig zu machen?« Wieder griff er nach ihr, worauf sie erneut zurückwich. Doch sie war nicht schnell genug, und es gelang ihm, sie am Arm zu packen.

Sie stieß ein leises Keuchen aus, wandte jedoch den Blick nicht ab, und als er ihr in die Augen sah, bemerkte er, dass das übermütige Funkeln verschwunden war. Stattdessen sah sie ihn ruhig und erwartungsvoll an und fuhr sich mit der Zungenspitze blitzschnell über die vollen, rosigen Lippen – ein überaus einladender Anblick, wie er fand.

***

Während er sie festhielt, stand Sidony ganz still und überlegte, ob sie ihn wohl verärgert hatte. Von ihren Erfahrungen mit ihren Schwägern wusste sie, dass Männer es nicht mochten, wenn eine Frau sich über sie lustig machte, doch als das Pferd ihn anstieß, hatte sie sich ein Lächeln einfach nicht verkneifen können.

Noch immer sah er sie mit diesem eigenartig abschätzenden Blick an, als überlegte er, was er von ihr zu halten hatte und ob er mit ihr schimpfen sollte. Das würde er bestimmt tun, denn auch die Männer, die sie kannte, duldeten keine Aufsässigkeit.

Dabei wollte sie überhaupt nicht aufsässig sein. Sie hatte nur einfach keine Lust, mit ihrem Fisch in der Hand zu reiten, während er nebenher ging und das Pferd führte. Dabei wäre sie sich komisch vorgekommen, und außerdem wäre sie ihm dann noch mehr zu Dankbarkeit verpflichtet. Allein schon die Tatsache, dass er sie nach Hause brachte, würde Hugo und Rob davon überzeugen, dass ihr Ausflug leichtsinnig und gefährlich gewesen war, und sie würden ihr bestimmt verbieten, in Zukunft allein spazieren zu gehen.

Diese Gedanken schossen ihr durch den Kopf, doch gleich darauf bemerkte sie, dass er sie mit einem ganz neuen Ausdruck in den Augen ansah. Plötzlich war ihr Mund wie ausgetrocknet, sodass sie sich mit der Zunge über die Lippen fuhr. Daraufhin wurde sein Blick geradezu hungrig, und der Griff um ihren Arm verstärkte sich.

Sie schluckte ohne die Augen abzuwenden. Gleich würde er sie wieder küssen. Obwohl es eine Dreistigkeit gewesen wäre, wünschte sie es sich. Doch schon änderte sich sein Blick erneut, und unversehens fasste er sie um die Taille und hob sie in den Sattel.

Blitzschnell und ohne den Fisch loszulassen schwang sie das Bein über den Pferderücken und ließ sich hinuntergleiten. Rasch trat sie ein wenig zurück, für den Fall, dass das Tier stieg oder ausschlug, doch es schnaubte nur und begann unruhig zu tänzeln. Als er die Zügel ergriff, beruhigte es sich wieder.

»Langsam geht Ihr mir wirklich auf die Nerven, Mädchen.«

»Das tut mir leid, denn Ihr wart sehr freundlich zu mir«, erwiderte sie. »Aber ich möchte einfach nicht reiten, während Ihr lauft, und auch nicht hinter Euch im Sattel sitzen. Was sollen die Leute denken, wenn wir so die Canongate entlangkommen. Sie würden uns angaffen und sich alles Mögliche ausmalen.«

»Meint Ihr denn, das wäre anders, wenn wir beide zu Fuß gingen?«

»Ja, natürlich. Dann sähe es so aus, als hätten wir uns einfach im Wald getroffen und wären ein Stück gemeinsam gegangen. Wenn ich jetzt darüber nachdenke, wäre es wirklich das Beste gewesen, ich wäre denselben Weg zurückgegangen, den ich gekommen bin, und Ihr wärt einfach weitergeritten.«

»Ihr seid also der Meinung, ich sollte Hugo besser nicht unter die Augen treten?«

»Nun ja, so hätte ich es nicht ausgedrückt, aber ich glaube, es wäre wirklich das Beste.«

»Das kann ich mir vorstellen.« Er schüttelte den Kopf. »Und wie sollen wir uns Eurer Ansicht nach verhalten, wenn wir uns wieder begegnen – denn ich werde Hugo auf jeden Fall besuchen? Sollen wir dann einfach so tun, als hätten wir uns noch nie gesehen?«

Daran hatte sie überhaupt nicht gedacht. »Müsst Ihr Hugo denn unbedingt besuchen?«

»Ja, aus diesem Grund bin ich schließlich nach Edinburgh gekommen.«

»Ach so. Aber wenn Ihr aus dem Grenzland kommt, warum seid Ihr dann nicht auf dem gewöhnlichen Weg in die Stadt geritten, geradewegs über die Cowgate zur High Street?«

»Ich glaube nicht, dass Euch das etwas angeht«, erwiderte er. »Ihr solltet nur wissen, dass ich unschuldigen Mädchen, besonders wenn sie adelig sind, nichts antue, was Ihr auch von mir denken mögt. Und es gefällt mir ganz und gar nicht, wenn solche Mädchen ohne männlichen Schutz durch die Gegend laufen. Besonders«, fügte er in strengem Ton hinzu, »wenn sie mit meinen Freunden verwandt sind. Wenn sich meine Schwester so benehmen würde, würde mein Vater sie mit der Rute züchtigen.«

»Habt Ihr überhaupt eine Schwester?«

»Ja, zwei sogar.«

»Na, jedenfalls habt Ihr nicht das Recht, mich zu züchtigen«, erwiderte sie. »Und auch wenn Hugo manchmal ganz schön wütend werden kann, würde er so etwas wohl auch nicht tun.« Ihr kam ein unerfreulicher Gedanke. »Ihr werdet es ihm doch nicht raten, oder?«

Sogleich wurde seine Miene sanfter. »Nein, Mädchen, das nicht. Doch nun kommt, wir haben uns schon lange genug aufgehalten.«

»Aber Ihr wollt mich nicht wieder auf dieses Pferd setzen, nicht wahr?«

»Nein, dieses eine Mal sollt Ihr Euren Willen haben.«

Bei seinen Worten wurde ihr ganz unbehaglich, doch sie fing sich rasch wieder. Immerhin war es sehr unwahrscheinlich, dass sie ihn noch einmal wiedersehen würde.

Giff sah zu, wie sie sich ihren Weg durch den sumpfigen Wald bahnte, und überlegte, warum er so ohne Weiteres nachgegeben hatte. Schon alleine für ihre Dickköpfigkeit hatte sie einen kräftigen Schlag aufs Hinterteil verdient. Dennoch hatte sich bei dem Gedanken, dass Hugo oder sonst jemand sie schlagen könnte, tief in seinem Inneren etwas empört.

»Wollt Ihr den ganzen Weg vor mir hergehen?«, fragte er.

Sie blickte sich zögernd um. »Versprecht mir, dass ich nicht reiten muss.«

»Das habe ich doch schon gesagt. Auf mein Wort könnt Ihr Euch verlassen.«

Sie nickte. »Also gut, wenn Ihr wollt, gehe ich neben Euch.«

So schritten sie eine Weile schweigend dahin, doch nachdem sie ihn zum dritten Mal angesehen hatte, als hätte sie etwas auf dem Herzen, und dann doch schwieg, fragte er: »Was ist denn, Mädchen? Habt Ihr mir etwas zu sagen?«

Sie nagte an ihrer Unterlippe, dann blickte sie auf und sagte: »Ich wollte nur etwas fragen. Aber eigentlich sollte ich Euch die Frage gar nicht stellen.«

»Nur heraus mit der Sprache. Mir macht es nichts aus.«

»Es gehört sich wirklich nicht, aber ich möchte so gerne wissen, ob Eure Bemerkung ernst gemeint war.«

»Ihr müsst mir schon sagen, um welche Bemerkung es geht.«

Sie wandte den Blick ab. »Ich weiß, es ist albern, und man sollte auf dergleichen gar nichts geben, aber wenn es einem nun einmal nicht aus dem Kopf geht …«

»… dann muss man eben fragen«, beendete er den Satz für sie. Er konnte es vor Neugier kaum noch aushalten und hätte sie für ihr Zaudern am liebsten geschüttelt. Doch er hatte das Gefühl, wenn er jetzt unfreundlich zu ihr wäre, würde er nie erfahren, um was es ging. Und er wollte es unbedingt wissen.

Als sie noch immer zögerte, schwieg er in der Hoffnung, dass sie zu den Leuten gehörte, die eine Gesprächspause nicht lange ertragen konnten. Doch da hatte er sich offensichtlich geirrt. Sie schwieg ebenfalls, ganz in Gedanken versunken, und obwohl er sie erst seit Kurzem kannte, schien es ihm geraten, sich seine Ungeduld nicht anmerken zu lassen.

Es fiel ihm schwer, sich zu beherrschen, doch er schaffte es.

Endlich ergriff sie das Wort: »Sagt Ihr zu Frauen oft Dinge, die Ihr nicht ernst meint?«

»Normalerweise meine ich immer, was ich sage. Aber verratet mir doch endlich, was ich denn gesagt haben soll.«

Sie errötete und verstummte erneut. Da sie zuvor nicht so scheu gewesen war, musste es wohl an einer seiner Bemerkungen liegen, dachte er. Doch er konnte sich nur noch entsinnen, dass er es töricht genannt hatte, allein in dem Wald zu gehen. Und diese Bemerkung konnte sie wohl kaum meinen.

Mit so sanfter Stimme, wie er es selbst nie für möglich gehalten hätte, fuhr er fort: »Fragt nur, Mädchen. Ich werde es Euch nicht übelnehmen und Euch eine ehrliche Antwort geben.«

Mit einem dankbaren Blick sprudelte sie hervor: »Ihr habt gesagt, ich wäre schön. Findet Ihr das wirklich?«

Er hätte sie beinahe gefragt, ob sie verrückt sei, doch als er ihre bange Miene bemerkte, blieben ihm die Worte im Hals stecken.

Stattdessen sagte er in sachlichem Ton: »Ihr müsst doch selbst wissen, dass Ihr schön seid. Bestimmt hat es Euch bereits jeder, der Euch kennt, gesagt.«

Sie schüttelte den Kopf. »Nein, niemand.«

»Aber das kann doch nicht sein. Ihr braucht doch nur in den Spiegel zu schauen.«

»Ihr versteht nicht«, erklärte sie. »Ich habe sechs Schwestern. Jedermann nennt uns die schönen Macleod-Töchter, doch die meisten Leute kennen nur meine älteren Schwestern. Cristina, die älteste, ist eine außergewöhnliche Schönheit. Im Vergleich zu ihrem Haar ist meines fad; ich bin nicht so drall wie sie und vom Wesen her viel zurückhaltender. Und diejenigen, die meine Schwester Mariota kannten, behaupten, Cristina könnte ihr nicht das Wasser reichen. Und ich kann mich mit keiner von ihnen messen.«

»Mariota ist diejenige, die gestorben ist«, erinnerte er sich.

»Ja, und Isobel sagt, dass sie zwar gut aussah, aber keinen guten Charakter hatte. Doch die anderen Leute erinnern sich nur noch an ihre überwältigende Schönheit.«

»Habt Ihr sie nicht mehr gekannt?«

»Nein. Ich war noch ein Baby, als sie starb. Ihr seht also, mich findet keiner schön, weil die anderen mir so viel voraushaben.«

»Aber Ihr wart gewiss schon am Königshof. Dort wird man Euch doch Komplimente gemacht haben.«

»Nein. Ich mag nämlich keine großen Gesellschaften. Einmal war ich mit Sorcha und Isobel auf Edinburgh Castle, weil mein Vater wollte, dass Lady Clendenen mich Seiner Gnaden vorstellt. Doch Seine Gnaden war krank, daher hielten wir uns höchstens eine halbe Stunde dort auf. So einen Krach habe ich noch niemals gehört. Ich weiß gar nicht, wie man sich an solch einem Ort unterhalten soll.«

Er lachte leise, als er an seinen eigenen kurzen Aufenthalt auf Stirling dachte. »Der halbe Hofstaat ist taub und die andere Hälfte betrunken, aber die meisten amüsieren sich prächtig. Außerdem muss jeder Mann, der in Schottland etwas werden will, dort seinen Kratzfuß machen.«

»Habt Ihr das auch getan?«

Er nickte und sagte: »Mir gefiel es dort ebenso wenig wie Euch, aber ich habe meinen eigenen Weg gefunden, mir einen Namen zu machen, bevor ich unseren Familiensitz im Hochland übernehme. Was ich wohl eines Tages tun muss, wenn ich meine Abenteuerlust gestillt habe. Im Westen des Landes schert sich keiner groß um das, was am Königshof vorgeht, außer der Lord der Inseln und andere wichtige Männer, die so viel Macht wie möglich erringen wollen. Doch selbst sie lassen sich nur selten in Stirling und Edinburgh sehen und halten sich lieber am Königshof der Inseln auf.«

»Gilt das auch für Euch?«

»Nein. Ich bin schon seit Jahren nicht mehr dort gewesen.«

»Führt Ihr denn ein abenteuerliches Leben?«

»Oh ja, das liebe ich. Und gerade heutzutage gibt es für einen Mann wie mich jede Menge zu erleben.«

»Erzählt mir davon.«

»Vielleicht ein andermal«, erwiderte er lächelnd. »Dort hinten liegt die Abtei, also ist es bestimmt nicht mehr weit bis nach Clendenen House, nicht wahr?«

»Nein, gar nicht mehr weit«, sagte sie stirnrunzelnd.

Viel zu bald waren sie am Haupttor von Clendenen House angelangt, dem Wohnsitz von Ealga, Lady Clendenen. Es lag an der Südseite der Canongate, die von der Kirche St. Giles zur Holyrood-Abtei führte. Dicht an dicht drängten sich an der breiten Straße die Häuser aus Stein und Holz, die fast alle über eine Zufahrt zu den Ställen und Gärten dahinter verfügten.

An der Nordseite, näher an St. Giles, befand sich Sinclair House, wo Sidony gegenwärtig bei ihrer Schwester Isobel und deren Gemahl, Sir Michael Sinclair, lebte. Im Nordwesten ragte Edinburgh Castle auf seinem schroffen Burgfelsen über der Stadt auf.

Mit ihren vierhundert Häusern und zweitausend Einwohnern war die Residenzstadt die größte Ansiedlung, die Sidony jemals gesehen hatte, doch mittlerweile hatte sie sich an den Lärm und die Betriebsamkeit gewöhnt. Gott sei Dank ging es in der Canongate stiller zu als auf den Straßen, die näher an der Burg lagen, auch wenn soeben ein mit Wolle hoch beladener Karren auf seinem Weg zum Hafen von Leith vorüberratterte.

Sidonys Begleiter warf einem Gassenjungen, der auf dem schmalen gepflasterten Gehsteig herumlungerte, eine Münze zu und bat den erfreut grinsenden Jungen, sein Pferd zu halten. Dann bot er Sidony den Arm, doch sie beachtete ihn genauso wenig wie zuvor. Sie wollte vermeiden, dass man sie für mehr als nur flüchtige Bekannte hielt.

Noch bevor sie das Haus erreicht hatten, öffnete sich die Tür, und zu Sidonys Erleichterung trat Rob – und nicht Hugo – heraus.

»Wir haben uns Sorgen um Euch gemacht, Mädchen.« Seine Stimme war etwas rau, und er sprach langsam und bedächtig. Doch als er ihren Begleiter erblickte, riss Rob die braunen Augen, die normalerweise ein wenig schläfrig wirkten, weit auf.

Bevor er etwas sagen konnte, legte sich von hinten eine große Hand auf seine Schulter, und Sir Hugo Robison trat neben ihn. Er war größer, breiter und dunkler als sein Schwager, und man konnte seine Verärgerung deutlich spüren.

Die Ehemänner ihrer Schwestern waren durchweg große Männer, doch Sidony kannte nur einen, der Hugo überragte, und das war Cristinas Mann, Hector der Grimmige.

Sidony warf Hugo einen vorsichtigen Blick zu. Sie wagte es nicht, zu ihrem Begleiter hinüberzusehen, um herauszufinden, wie er auf Hugos offensichtlichen Unmut reagierte.

Daher erschrak sie, als der Mann neben ihr laut auflachte und sagte: »Meine Güte, Hugo, du siehst aus, als wolltest du das arme Mädchen auffressen. Wenn es schon sein muss, dann lass deine Wut an mir aus, Mann. Ich kann mich wenigstens wehren.«

Hugo richtete seinen Blick auf ihn und antwortete ohne eine Spur von Heiterkeit: »Du willst dich wohl mal wieder mit mir messen, du elender Halunke.«

»Mit dem größten Vergnügen. Beim letzten Mal hast du mich überrumpelt. Das passiert mir nicht noch einmal.«

»Beim letzten Mal habe ich dich niedergestreckt, bevor es überhaupt zu einem Streit kommen konnte«, erwiderte Hugo. »Ich habe gehofft, es wäre dir eine Lehre gewesen.«

»Das werden wir ja sehen, wer hier wem eine Lehre erteilt, mein Junge.«

Er hatte ganz leise gesprochen, doch Hugo hatte ihn trotzdem verstanden, denn er verzog unwillig das Gesicht und schüttelte den Kopf. Dann sagte er zu Sidonys Erleichterung ohne jeden Groll: »Du kannst doch sicher dafür garantieren, dass dem Mädchen in deiner Obhut nichts zugestoßen ist, Giff.«

»Das weißt du doch. Sollen wir hier auf der Schwelle stehen bleiben? Wie ich gehört habe, ist es ja noch nicht einmal dein Haus, sondern das von Lady Clendenen. Du könntest auch einen Diener rufen, damit er Lady Sidony den Lachs abnimmt und ihn ihr zum Abendessen zubereiten lässt. Wie du siehst, ist es ein schöner fetter Bursche.«

»Also gut, gehen wir hinein«, sagte Hugo und ließ sie eintreten. Zugleich bedeutete er einem Pagen, Sidony Fisch und

Angel abzunehmen. »Du kannst ihm auch dein Schwert geben, Giff«, fügte er hinzu.

»Die gehört dem alten Gärtner«, erklärte Sidony, als der Page nach der Angel griff. »Gib sie ihm bitte mit meinem Dank zurück.«

»Jawohl, Mylady«, sagte der Bursche, bevor er das wuchtige Schwert nebst Scheide von ihrem Begleiter entgegennahm.

Nachdem der Diener gegangen war, sagte Hugo: »Es wurde aber auch Zeit, dass du kamst, Giff. Wir hätten dich schon fast aufgegeben.«

»Ich war in Galloway, daher mussten deine Jungs lange nach mir suchen.«

»Wie bist du denn auf Lady Sidony gestoßen?«, erkundigte sich Hugo beiläufig.

»Lasst uns in Ealgas kleinen Salon gehen; dort können wir weiterreden«, schlug Rob vor.

Giff schüttelte Rob die Hand und sagte: »Ich wusste nicht, dass du auch hier sein würdest. Wir sind Vettern, müsst Ihr wissen, Mylady«, fügte er an Sidony gewandt hinzu. »Ich habe eine Menge Vettern unter den Logans, weil die MacLennans ursprünglich selbst zum Clan Logan gehörten, bevor sie aus irgendwelchen Gründen ins Hochland übersiedelten. Aber hast du denn mit unserer Sache auch zu tun, Rob?«

»Wir unterhalten uns im Salon weiter«, sagte Hugo bestimmt.

»Sidony, da bist du ja!« Die vertraute Stimme klang zutiefst erleichtert. Sidony drehte sich um und begrüßte Isobel, die auf der obersten Treppenstufe erschienen war.

Man merkte es Isobel noch nicht an, dass sie zum zweiten Mal schwanger war. Mit ihren blonden Haaren und den grauen Augen sah sie so schön aus wie immer, und Sidony stellte fest, dass Giff sie ebenso hingerissen betrachtete wie fast jeder Mann, der sie zum ersten Mal erblickte.

Isobel, die es gar nicht zu bemerken schien, sagte: »Aber wo bist du nur gewesen, Liebes? Wir haben uns schreckliche

Sorgen gemacht, weil du so lange fort warst. Hugo wollte schon nach dir suchen lassen.«

»Ich wollte euch nicht beunruhigen«, erwiderte Sidony zerknirscht. »Ich war nur spazieren.«

»Aber wo denn bloß?«, fragte Isobel. »Und wer ist der Mann dort neben dir?«

Sidony biss sich auf die Lippen, weil sie nicht wusste, was sie sagen sollte. Sie konnte ihn ja schlecht Giff nennen, wie Hugo es getan hatte. Andererseits wollte sie lieber nicht zugeben, dass sie seinen Namen nicht kannte, denn das hätte alles noch schlimmer gemacht.

In der eintretenden Stille warf der Neuankömmling Hugo einen beredten Blick zu, der daraufhin sagte: »Verzeiht, Mylady, und erlaubt mir, Euch meinen Freund Giffard MacLennan von Duncraig vorzustellen. Er erhielt seine Ausbildung bei meinem Vater auf Dunclathy und war, wie ich hinzufügen darf, für uns alle eine rechte Nervensäge.«

Isobel lächelte den Gast an. »In diesem Fall sollte ich Euch wohl *Sir* Giffard nennen, nicht wahr?«

Sidony blickte Sir Giffard mit neu erwachtem Interesse an. Wenn er auf Dunclathy ausgebildet worden war, hatte er die gleichen ritterlichen Fertigkeiten erlernt wie Michael, Hugo und Rob. Auf Burg Dunclathy war Hugo aufgewachsen, und sein Vater, Sir Edward Robison, war ein berühmter Krieger und Schwertkämpfer, der sich nur der fähigsten jungen Männer annahm.

Bevor Sir Giffard antworten konnte, sagte Hugo: »Isobel ist Michaels Lady, Giff. Also sieh zu, dass du dich in ihrer Gegenwart benimmst.«

»Etwas anderes würde ich mir gar nicht einfallen lassen«, erwiderte Sir Giffard und machte eine tiefe Verbeugung. »Es ist mir eine große Ehre, Eure Bekanntschaft zu machen, Mylady.«

»Woher kennt Ihr meine Schwester, Sir?«, fragte Isobel unumwunden.

»Das kann ich dir erklären«, mischte Sidony sich hastig ein, bemüht, so gelassen wie immer zu sprechen. »Ich bin sicher, dass Sir Giffard, Hugo und Rob sich viel zu erzählen haben. Also lassen wir sie jetzt besser allein. Hoffentlich nimmst du es mir nicht mehr übel, dass ich dir Sorgen bereitet habe, Isobel.«

»Natürlich nicht«, sagte ihre Schwester und schloss sie zärtlich in die Arme. Dann fragte sie Hugo: »Bleibt Sir Giffard zum Abendessen, Sir?«

»Vielleicht«, erwiderte Hugo. Als Sidony Isobels Arm nahm und sie in Richtung Treppe dirigierte, rief er ihr nach: »Wir unterhalten uns noch vor dem Abendessen, Sidony.«

»Ja, Sir.« Sidony unterdrückte einen Seufzer. Dann besann sie sich auf ihre guten Manieren. Sie drehte sich zu Sir Giffard um, machte einen Knicks und sagte mit gesenktem Blick: »Ich danke Euch für Eure Freundlichkeit, Sir, und hoffe, es missfällt niemandem, dass Ihr mich nach Hause begleitet habt.«

Ebenso höflich erwiderte er: »Ich bin froh, dass ich Euch zu Diensten sein konnte, Mylady.«

Sie hob den Blick und hätte am liebsten gesagt, dass sie ihn nicht darum gebeten hatte. Doch als sie Hugos Blick sah, der sie aus schmalen Augen interessiert betrachtete, verkniff sie sich die Bemerkung, machte stattdessen noch einen Knicks und folgte Isobel nach oben.

3

Giff sah den beiden Frauen nach, als sie die polierte Holztreppe hinaufstiegen, und wünschte, Lady Sidony würde sich noch einmal zu ihm umdrehen. Mit halbem Ohr hörte er, wie Hugo einen Pagen nach Erfrischungen schickte. Dann war alles still, bis auf das Rauschen der Damenröcke und die leichten Schritte auf den Stufen. Schließlich räusperte sich Hugo.

Obgleich er wusste, wie ungeduldig sein Freund war, nahm sich Giff die Zeit, noch einmal tief durchzuatmen, bevor er sich umwandte und sagte: »Gehen wir in den Salon, Jungs. Ich bin gespannt, was für neue Abenteuer auf uns warten.«

Er bemerkte, wie die anderen beiden einen Blick wechselten, und wusste, dass Hugo im Stillen die Augen verdrehte. Doch das überraschte ihn nicht. Die beiden Männer waren – ebenso wie Michael – mehrere Jahre älter als er und hatten sich seinerzeit bei seiner Ankunft bereits gut auf Dunclathy eingelebt. Damals glaubten sie sich ihm überlegen, und obwohl Giff ihnen mittlerweile bewiesen hatte, was in ihm steckte, war noch immer ein Rest dieser alten Überheblichkeit spürbar.

Jetzt ergriff er erneut das Wort: »Ich war sehr traurig, als ich vom Tod deines Vaters und Bruders hörte, Rob. Jetzt trägst du den Titel Logan von Lestalric, nicht wahr?«

»Ja«, antwortete Rob. »Und ich bin sicher, du bringst Neuigkeiten von unseren Verwandten in Galloway, stimmt's?«

»Ja, sicher.« Giff musste daran denken, dass das widerspenstige Tier, das er auf dem Weg nach Edinburgh geritten hatte, einem von diesen Verwandten gehörte. »Aber vielleicht ist jetzt nicht der rechte Augenblick …«

»Jetzt in diesem Augenblick«, unterbrach ihn Hugo und schloss die Tür, »möchte ich zuerst einmal wissen, wo du Sidony getroffen hast, Giff. Du wirst sie ja wohl kaum auf der Straße angesprochen haben.«

»Viel schlimmer«, grinste Giff. »Du hast ihren prachtvollen Fisch ganz vergessen. Ich hörte sie im Wald bei der Abtei pfeifen und bin dem Klang gefolgt.«

Als er Hugos grimmige Miene sah, zog Giff es vor, den geraubten Kuss nicht zu erwähnen. Den wollte er sich als mögliches Ablenkungsmanöver in Reserve halten. So wie er Hugo kannte, konnte eine solche Taktik durchaus erforderlich werden.

»Wahrscheinlich hast du das Mädchen zu Tode erschreckt«, sagte Hugo.

»Überrascht habe ich sie vermutlich schon, aber wohl kaum zu Tode erschreckt«, entgegnete Giff. »Die Dame lässt sich anscheinend nicht so leicht aus der Ruhe bringen.«

»Meinst du? Was hattest du überhaupt dort im Wald zu suchen?«

»Hast du dir mal die Landstraßen angesehen?«, fragte Giff zurück. »Wollkarren, so weit das Auge reicht. Und Schafe! Bei dem Geblöke und Gedränge ist es kein Wunder, wenn ein Pferd scheut. Das Tier, das ich mir geborgt habe, hat jedenfalls nicht viel für Schafe übrig.«

Rob grinste. »Ich muss zugeben, das kann schon manchmal ein Problem sein, aber die Wolle muss schließlich irgendwie zu den Schiffen kommen. Und mir machen die Tiere noch mehr zu schaffen als dir. Ein ziemlich großer Uferstreifen am Hafen von Leith gehört nämlich mir, musst du wissen, und so müssen die ganzen Karren und Schafe über mein Land, um zur Anlegestelle zu kommen. Ich habe den Schäfern sogar erlaubt, am Weg Unterstände gegen den Regen zu errichten. Manche von ihnen, besonders diejenigen, die nur einen oder zwei Karren besitzen, treiben ihre Schafe bis nach Lestalric und scheren sie erst dort.«

»Das erklärt, warum man ebenso viele geschorene wie ungeschorene Tiere sieht«, sagte Giff.

Hugos Gesichtsausdruck verriet, dass er sich nicht im Geringsten für Schafe interessierte. Stattdessen blickte er Giff scharf an und fragte unvermittelt: »Was hast du denn da an der Backe?«

Urplötzlich war Giff zumute, als sei er wieder elf Jahre alt. Er legte eine Hand auf die Wange und musste sich zwingen, nicht zurückzuweichen.

»Nimm die Hand weg«, sagte Hugo und schaute noch genauer hin. »Verflixt noch mal, das sieht ja aus wie Fischschuppen!« Er blickte zu Rob hinüber, der sich krampfhaft auf die Lippen biss, um nicht in Gelächter auszubrechen. »Findest du das so witzig, mein Lieber?«

»Ja«, antwortete Rob schlicht.

In der Hoffnung, die beiden vom Thema abzulenken, begann Giff: »In nur zwei Tagen bin ich von Galloway hierher gekommen, Hugo. Du wirst also schon entschuldigen müssen, wenn ich ein wenig Schmutz an der Wange …«

Er brach ab, als Hugo ihm kräftig über die Wange rubbelte und dann an dem Finger roch.

Er warf Giff einen schwer zu deutenden Blick zu und sagte: »Dieser Lachs war also zu mehr gut als nur zum Essen. Womit hast du dir den Schlag eingehandelt, Giffard?«

»Meine Güte, wie kommst du denn darauf?«, erwiderte Giff entrüstet.

»Ich kenne dich, und ich kenne die Macleod-Schwestern«, gab Hugo zurück. »Du musst wissen, dass ich mit derjenigen von ihnen verheiratet bin, die Lady Sidony im Alter am nächsten ist. Meine Sorcha würde ohne zu zögern jeden Mann niederschlagen, der ihr zu nahe tritt, doch bei Sidony überrascht es mich, ehrlich gesagt, ein wenig, dass sie es versucht hat.«

»Wenigstens gehst du davon aus, dass sie es nur versucht hat«, erwiderte Giff und verdrängte die Erinnerung daran, wie er auf dem schlüpfrigen Boden ausgerutscht war. Dann fügte er unbefangen hinzu: »Ich fürchte, ich hielt sie versehentlich für eine Dienstmagd. Als ich meinen Irrtum aufklärte, verpasste sie mir eine Ohrfeige. Können wir uns nicht setzen, Hugo? Ich habe wenig Schlaf abbekommen in den letzten zwei Tagen.«

»Halte dich von ihr fern, Giff«, sagte Hugo. »Eine Macleod-Schwester kann sich ihren Ehemann aus den höchsten Kreisen wählen. Ihr Vater und ihre Schwäger werden für Sidony jemanden suchen, der wohlhabend, solide und zuverlässig ist – und nicht so ein Bruder Leichtfuß wie du.«

»Na gut«, erwiderte Giff, nun wieder lächelnd. »Nicht dass ich die Absicht hätte, mir eine Frau zu nehmen, und sei sie noch so hübsch, aber das Motto der MacLennans lautet: ›Man soll die Hoffnung nie aufgeben‹.«

Hugo zuckte die Achseln. »Das spielt in diesem Zusammenhang keine Rolle.«

»Ja, sicher; aber eben, weil wir MacLennans nach dieser Devise handeln, hast du mich doch holen lassen, oder etwa nicht?« Er schaute zu Rob hinüber. »Und du, werter Freund, machst keinen Mucks und amüsierst dich nur im Stillen. Hast du nichts dazu zu sagen?«

Rob lächelte schläfrig. »Ich verlasse mich darauf, dass Hugo die richtigen Worte findet, und meiner Erfahrung nach können die Macleod-Mädchen ganz gut auf sich selbst aufpassen.«

»Oh Gott, du willst doch wohl nicht sagen, dass du auch eine von ihnen geheiratet hast!«

»Doch, Lady Adela.«

Giff schüttelte den Kopf. »Ich nehme an, diese Frauen sind nicht der Grund, warum ihr mich gerufen habt.«

»Wir haben dich kommen lassen, weil wir eine gefährliche Aufgabe für dich haben und du in dem Ruf stehst, solche Aufgaben mit Bravour zu meistern«, erklärte Hugo ohne Umschweife. »Wir wollen nur hoffen, dass du auch diesmal Erfolg hast, denn andernfalls müsste Schottland jahrelang, wenn nicht sogar für immer, leiden.«

»Du machst mich neugierig.« Ohne Hugos Erlaubnis abzuwarten, zog sich Giff einen Hocker heran und setzte sich. »Worum geht es denn bei dieser so überaus wichtigen Aufgabe?«

Da klopfte es hart an der Tür. Draußen stand der Page mit den Erfrischungen. »Gedulde dich einen Augenblick«, murmelte Hugo.

Der Junge goss ihnen allen einen Becher Ale ein und sagte: »Die Lady schickt Euch einen kleinen Imbiss aus Käsebrötchen zum Ale, doch ich soll Euch ausrichten, dass das Abendessen in einer Stunde auf dem Tisch steht. Es gibt Lammbraten und Lachs.«

Nachdem Hugo ihm versichert hatte, dass sie pünktlich sein würden, wartete er, bis der Diener die Tür hinter sich zugezogen hatte. Dann wandte er sich wieder an seine Gefährten: »Es gibt ein paar Dinge, die du wissen musst, Giff. Aber zunächst eine Frage: Du verfügst doch noch immer über mehrere seetüchtige Schiffe, nicht wahr?«

»Ja, schon. Allerdings nützt euch das hier nicht viel, da sie im Westen vor Anker liegen. Aber natürlich …«

Als er von einem zum anderen blickte, erkannte er an ihren trübsinnigen Mienen, dass das nicht die Antwort war, die sie erhofft hatten.

»Zuallererst musst du dieses scheußliche Kleid ausziehen«, sagte Isobel, während sie Sidony von Kopf bis Fuß musterte. Sie standen in der Schlafkammer, die den Macleod-Schwestern vorbehalten war, wann immer sie Lady Clendenen besuchten. »Wo ist eigentlich dasjenige, das du bei unserer Ankunft getragen hast?«

»Ich habe nicht vor, es schon wieder anzuziehen«, erwiderte Sidony, schloss die Tür und begann, die seitlichen Schnürbänder ihrer alten blauen Tunika zu lösen. »In diesem Jahr bin ich so viel herumgereist, dass meine Kleider auf drei Burgen verteilt sind, ganz abgesehen von denen hier und in Sinclair House. Das blaue habe ich nur angezogen, um mit deinem kleinen William Robert zu spielen. Da hinten in der Truhe liegt bestimmt noch eines, das ich zum Abendessen mit den Gentlemen tragen kann.«

»Dann sollten wir es gleich hervorholen und aufhängen, denn es ist bestimmt zerknittert«, sagte Isobel und schritt sogleich zur Tat. »So schlimm ist es gar nicht«, sagte sie, nachdem sie das zartgelbe Kleid, das ordentlich zusammengefaltet in der Truhe gelegen hatte, ausgeschüttelt und gemustert hatte. Dann fügte sie augenzwinkernd hinzu: »Erzählst du mir jetzt alles über ihn?«

Sidony schoss die Hitze in die Wangen, als sie daran dachte, was im Wald bei der Abtei vorgefallen war. Sie drehte ihren Rock herum, damit sie das Band in der Taille lösen konnte, und sagte: »Sollten wir nicht erst eine Dienstmagd um heißes Wasser schicken?«

»Nein, das sollten wir nicht«, entgegnete Isobel. »Ich will jetzt alles von dir wissen, und vor einer Dienerin wirst du bestimmt kein Wort sagen. Du kannst dir diesmal Gesicht und Hände mit dem kalten Wasser in dem Krug dort hinten waschen, und ich werde dir beim Umziehen helfen. Wo sind bloß die Bürste und der Kamm, die sonst immer hier auf dem Tisch liegen?«

Sidony fügte sich ihrer Schwester. Sie fand die gesuchten Utensilien auf dem Waschtischchen zwischen den beiden hohen schmalen Fenstern, die auf den Garten hinausgingen. Dann zog sie sich bis aufs Unterhemd aus, während Isobel das mit Goldspitze besetzte Mieder ausschüttelte, das zu dem hellgelben Seidenrock gehörte.

»Ich glaube, in der Truhe ist auch ein sauberes Hemd«, sagte Sidony.

»Stimmt«, erwiderte Isobel. »Mir kommt es so vor, als hätte eines der Mädchen die Sachen gelüftet, weil sie so frisch riechen. Also, jetzt erzähle mir auf der Stelle alles. Wie hast du ihn kennengelernt?«

Da ihr nichts anderes übrig blieb, erstattete Sidony ihrer Schwester Bericht, wobei sie nur Giffs Kuss und den Schlag mit dem Lachs ausließ. Als sie an die Stelle kam, wo er sie aufgefordert hatte, auf seinem Pferd nach Clendenen House zu reiten, errötete Sidony, worauf Isobel argwöhnisch die Augen zusammenkniff.

Doch das hatte offensichtlich noch einen anderen Grund, denn schon sagte Isobel neckend: »Du hast mir noch nicht alles erzählt, Siddie. Wie gefällt er dir? Er ist sehr attraktiv, nicht wahr? Allerdings sieht er nicht so gut aus wie Michael«, fügte sie pflichtschuldigst und ein bisschen wehmütig hinzu.

Sidony, die wusste, woher diese Wehmut rührte, sagte tröstend: »Er kommt bestimmt bald nach Hause.«

»Es dauert mir immer noch zu lange. Und außerdem kommt er nur, weil er weiß, dass ich notfalls auch ohne ihn zu der Hochzeit ins Hochland aufbrechen würde«, entgegnete Isobel sarkastisch.

»In deinem Zustand solltest du wirklich nicht allein reisen.«

»Das sagt Michael auch, und ich kann es ihm nicht verdenken. Schließlich kann ich kaum das Essen bei mir behalten, selbst wenn ich nicht auf einem schwankenden Schiff bin. Aber das geht bald vorüber. Trotzdem wird Michael mich davon abhalten wollen, zur Hochzeit unseres Vaters zu fahren.«

»Das wäre vielleicht auch besser«, sagte Sidony in der Hoffnung, ihre Schwester vom Thema Sir Giffard MacLennan abzulenken.

»Mit Michael werde ich schon fertig«, erwiderte Isobel zuversichtlich. »Doch um ihn geht es jetzt nicht. Du hast mir noch immer nicht verraten, was du von Sir Giffard hältst.«

Sidony war zum Waschtisch gegangen, goss Wasser aus dem Krug in die Schüssel und feuchtete einen Lappen darin an. Dabei überlegte sie, was sie sagen sollte.

»Nun?«, ermunterte sie Isobel. »Sein freundliches Lächeln

ist mir bereits aufgefallen. Außerdem scheint er Sinn für Humor zu besitzen; und vor Hugo hat er eindeutig keine Angst.«

»Ich weiß nicht recht, was ich von ihm halten soll«, gestand Sidony schließlich, ohne sich umzudrehen. Das Nachdenken fiel ihr leichter, wenn sie ihre Schwester nicht ansehen musste. »Aber wenn er keine Angst vor Hugo hat, scheint er ihn nicht besonders gut zu kennen.«

»Meine Güte, du fürchtest dich doch wohl nicht etwa vor Hugo?«

»Nein, das nicht, aber manchmal brüllt er so wütend herum, dass alle vor ihm erschrecken. Als ich ihn das erste Mal sah, ging es mir genauso. Doch mittlerweile weiß ich, dass ich mich auf ihn verlassen kann. Seine Männer haben aber durchaus Respekt vor ihm. Ich bin zwar nicht erpicht darauf, ihm noch vor dem Abendessen Rede und Antwort zu stehen, aber zumindest weiß ich, dass er mich nicht schlagen wird. Ich kann nur hoffen, dass Sir Giffard ihn bis dahin nicht noch mehr in Rage bringt.«

»Eine kleine Standpauke hättest du schon verdient«, sagte Isobel in mildem Ton. »Du kannst dir ja nicht vorstellen, was für Sorgen ich mir um dich gemacht habe, als du so einfach verschwunden bist. Aber das kann dir alles Hugo sagen, dann brauchst du es dir nicht zweimal anzuhören. Hast du dir wirklich eine Angelrute vom Gärtner geliehen?«

»Woher weißt du das denn?«, fragte Sidony und drehte sich um. Sie war erleichtert, dass ihre Schwester nicht mit ihr schimpfte.

»Ich hörte, wie du den Pagen gebeten hast, sie zurückzubringen. Bevor ich herunterkam, stand ich einen Augenblick oben an der Treppe.«

»Du hast gelauscht«, stellte Sidony sachlich fest. »Du weißt doch, dass du das nicht tun sollst.«

»Ich tue es ja auch nur noch ganz selten. Um ehrlich zu sein, als ich Rob rufen hörte, dass du wieder da wärst, bin ich so eilig aufgesprungen, dass mir schwindlig wurde und ich ein wenig innehalten musste, bevor ich hinunterging.«

»Was hast du noch mitangehört?« Sidony war nicht sicher, ob sie die Geschichte mit dem Schwindelanfall glauben sollte. Ihre Schwester scheute sich nicht, die Wahrheit ein wenig zurechtzubiegen oder sich Ausreden auszudenken, wenn es ihr in den Kram passte.

Isobel zuckte die Achseln. »Nicht viel. Ich hörte nur, wie Sir Giffard fragte, ob ihr auf der Türschwelle stehen bleiben solltet. Dann neckte er Hugo damit, dass es ja noch nicht einmal sein eigenes Haus wäre.«

»Hugo sagte, es würde auch Zeit, dass Sir Giffard kommt, und dass sie ihn schon beinahe aufgegeben hätten«, sagte Sidony. »Weißt du, was er damit meinte?«

»Du musst aufhören, immerzu das Thema zu wechseln, Liebes«, ermahnte sie Isobel. »Es ist doch egal, was er meinte. Uns wird er es sowieso nicht verraten. Außerdem weiß ich noch immer nicht, wie du Giff MacLennan findest.«

»Du solltest ihn nicht Giff nennen, nicht einmal mir gegenüber«, entgegnete Sidony. *Ganz besonders nicht mir gegenüber,* fügte sie im Stillen hinzu, als sie daran dachte, wie offenherzig sie ihm ihre Gedanken mitgeteilt hatte. Wohin sollte das noch führen, wenn sie anfing, ihn insgeheim beim Vornamen zu nennen?

»Puh!«, machte Isobel. »Hast du Angst, dass du ihn aus Versehen so ansprichst? Wenn das ein ein Hinweis darauf ist, was du von ihm häl-«

»Nein, ist es nicht!«, rief Sidony gereizt. Sie rieb sich eilig das Gesicht ab, faltete das Tuch zusammen und fügte ruhiger hinzu: »Falls du wissen willst, ob ich ihn mag – oder noch mehr für ihn empfinde –, und ob ich ihn mir als Ehemann vorstellen könnte, dann schlage dir den Gedanken aus dem Kopf. Ich weiß, alle fragen sich, wann ich endlich heirate, aber Sir Giffard ähnelt Hector und Hugo viel zu sehr, als dass er für mich in Frage käme.«

»Damit kannst du doch nur meinen, dass beide Männer ganz schön wütend werden können«, sagte Isobel und blickte ihre Schwester gedankenvoll an. »Hast du es schon geschafft, Giff zu verärgern?«

»Nein«, antwortete Sidony. Sie wollte nicht mehr an seinen Gesichtsausdruck denken, als sie ihn geschlagen hatte, und an den Schreck, den er ihr eingejagt hatte, als er ihr nachgelaufen war und sie festgehalten hatte. »Wie könnte ich das, wo wir uns doch kaum kennen?«

»Ja, wie nur?« Isobels Blick wurde eindringlicher. »Du bist nicht gut im Lügen, meine Liebe. Falls du vorhast, es öfter zu tun, solltest du noch üben.«

»Wir haben nicht mehr viel Zeit, denn Hugo will Lady Clendenen bestimmt nicht auf ihr Abendessen warten lassen«, sagte Sidony. »Hilfst du mir jetzt mit dem Rock?«

»Du hast ihn also doch verärgert«, stellte Isobel mit zufriedenem Nicken fest, während sie Sidony das saubere Hemd und danach den Rock reichte. »Dreh dich um, dann binde ich ihn dir zu«, sagte sie, als Sidony ihn angezogen hatte.

»Ehrlich, ich wünschte, du würdest mich nicht damit necken«, erwiderte Sidony und wandte ihrer Schwester den Rücken zu. »Als ich sagte, er wäre wie Hector und Hugo, meinte ich, dass er jeden herumkommandiert, selbst Leute, die er kaum kennt. Ich will keinen Mann, der erwartet, dass ich nach seiner Pfeife tanze.«

»Tut er das denn?«

»Ja. Ich sagte doch, er wollte unbedingt, dass ich nach Clendenen House zurückreite. Ich weigerte mich, weil ich wusste, dass uns alle angaffen würden, wenn wir so die Canongate entlangkämen. Aber er hat mich trotzdem aufs Pferd gehoben.«

»Dann ist er also ein starker Mann«, erwiderte Isobel.

»Na, um mich hochzuheben, braucht man wohl nicht viel Kraft«, widersprach Sidony.

Isobel lachte. »Ich meinte eher die Stärke, die erforderlich ist, um zu tun, was man für richtig hält, auch wenn es anderen nicht passt.«

»Ich würde das als Halsstarrigkeit und Eigensinn bezeichnen.«

»Und was hast du dann getan?«

»Ich schwang das Bein hinüber und stieg auf der anderen Seite wieder ab.«

Isobels Augen funkelten. »Damit hast du ihn also verärgert.«

»Nein, das war es nicht.«

»Aber verärgert hast du ihn doch.«

»Ja schon, aber den Grund dafür werde ich dir bestimmt nicht verraten.«

Isobel sagte nichts mehr, sondern konzentrierte sich darauf, die Reihe winziger Knöpfe am Rücken von Sidonys Seidenmieder zu schließen. Doch Sidony ließ sich von ihrem Schweigen nicht täuschen, denn Isobel war von allen Schwestern die neugierigste. Wenn sie etwas herauskriegen wollte, ließ sie nicht locker. Daher wusste Sidony, dass die Ruhepause, die sie ihr gönnte, nicht von langer Dauer sein würde.

Um weiteren Fragen zuvorzukommen, sagte sie also: »Er ist interessant, und ich mag sein Lächeln. Er würde mir, ehrlich gesagt, besser gefallen, wenn er mehr wie Michael oder Rob wäre.«

»Meiner Meinung nach hast du dir ums Heiraten noch nicht viel Gedanken gemacht«, erwiderte Isobel. »Nur gut, dass Ealga nicht mehr darauf besteht, dass Vater alle seine Töchter unter die Haube bringt, bevor sie seine Frau wird.«

»Ja«, stimmte Sidony ihr zu. »Ich habe schon befürchtet, dass er mich mit irgendeinem beliebigen Mann verheiraten würde, nur um mich loszuwerden. Doch seit Adelas Hochzeit scheinen er und die Lady sich um meine Vermählung keine Sorgen mehr zu machen.«

»Das stimmt, denn im Grunde war Adela das Problem«, sagte Isobel. »Sie ist viel resoluter als du.«

»Ich glaube, es lag eher daran, dass sie uns jahrelang den

Haushalt auf Chalamine geführt hat«, widersprach Sidony. »Selbst ich kann mir vorstellen, wie wenig Ealga diese Konkurrenz im eigenen Heim gefallen hätte. Wahrscheinlich hätte Adela sich nicht beherrschen können und sich in alles eingemischt.«

»Ja, so wie die Dinge jetzt liegen, ist es für beide Seiten besser«, sagte Isobel. »Und nun reich mir die Bürste, dann werden wir Sir Giffard zeigen, wie hübsch du aussehen kannst.«

»Isobel!«, protestierte ihre Schwester. »So etwas darfst du nicht sagen! Ich habe dir doch erklärt, wie ich zu dem Ganzen stehe, und außerdem kehrt er bestimmt bald wieder in den Westen zurück.«

»Das bezweifle ich«, erwiderte Isobel. »Schließlich haben Michael und Hugo nach ihm geschickt.«

»Tatsächlich? Davon hat er mir nichts gesagt, nur, dass er Hugo besuchen wollte.« Sidony nahm die Neuigkeit mit gemischten Gefühlen auf, doch ihr blieb keine Zeit, länger darüber nachzudenken, denn Isobel lachte nur erneut und drückte sie auf den Hocker nieder, damit sie ihr das Haar bürsten konnte.

Mit gerunzelter Stirn wartete Giff, dass Hugo oder Rob ihm erklärten, wofür sie die Schiffe brauchten, doch die beiden älteren Männer blickten einander nur an, als könnten sie sich ohne Worte verständigen.

»Was zum Teufel habt ihr denn?«, fragte er schließlich. »Als ich euch sagte, dass ich zwei Tagen von Galloway hierher gebraucht habe, hättet ihr euch doch denken können, dass ich nicht mit der *Storm Lass* gekommen bin. Für die Strecke um die Nordküste Schottlands herum bis in den Firth of Forth braucht selbst das schnellste Schiff bei günstigem Wind mindestens vierzehn Tage. Die südliche Route ist genauso weit, und außerdem bin ich nicht so dumm, mich in englische Gewässer zu wagen.«

»Ja, mag sein. Wir haben nur gehofft, du hättest ein oder

zwei Boote in der Nähe«, erwiderte Hugo. Dann hob er warnend die Hand, stand auf, öffnete die Tür und spähte hinaus auf die Diele und die Treppe. »Entschuldigt«, sagte er, nachdem er die Tür wieder geschlossen hatte. »Ich wünschte, die Türen hier wären dicker, aber wir müssen eben leise sprechen.«

Giff nickte und sagte mit gedämpfter Stimme: »Selbst wenn ich im Hafen von Leith ein Schiff hätte, brauchte ich noch ein Dutzend weitere als Geleitschutz, wenn ich etwas Wertvolles befördern soll. Aber den Sinclairs gehört doch die größte Flotte in ganz Schottland, Hugo, und schließlich bist du eng mit ihnen verwandt, von Michael ganz zu schweigen. Warum nehmen wir nicht deren Schiffe?«

»Weil die Schiffe der Sinclairs alle für den Wollhandel eingesetzt werden und unterwegs sind.«

»Selbst wenn uns eines davon zur Verfügung stünde, müssten wir es irgendwie tarnen«, fügte Rob hinzu.

»Warum?«, wollte Giff wissen. Als er keine Antwort erhielt, sagte er seufzend: »Ich glaube, ich könnte einen Boten zu meinen Männern nach Galloway schicken. Sie würden etwa drei Wochen brauchen, um mit einer Flottille von den Inseln hierher zu segeln. Allerdings sollten wir bedenken, welche Wirkung es auf die Leute hier hätte, wenn unversehens fremde Schiffe auftauchen. Euer Plan kann sowieso nicht auf der Stelle ausgeführt werden, also können wir die drei Wochen nutzen, um uns alles reiflich zu überlegen.«

»Du lieber Himmel«, sagte Hugo spöttisch, der bisher in Gedanken versunken dagesessen hatte. »Erzähl mir nicht, dass du dich plötzlich aufs Abwägen verlegt hast, mein Junge. Ich kann mir nicht vorstellen, dass du dich auch nur einmal im Leben an eine Abmachung gehalten hast.«

»Das zeigt nur, wie wenig du mich kennst, Hugo«, erwiderte Giff etwas gekränkt. »Du kannst sicher sein, Douglas gegenüber bin ich der Gehorsam selbst. Schließlich ist er der wahrscheinlich mächtigste Mann in Schottland, noch vor dem

König und seinem ehrgeizigen Sohn Fife. Mit Männern wie Douglas …«

»Ja, schon gut«, unterbrach ihn Hugo. »Ich habe schon verstanden, dass du dich zu rechtfertigen versuchst, mein Junge. Der Kapitän eines Schiffes muss sicher zuweilen eigenmächtig handeln, wenn die Wetterverhältnisse es erfordern. Dagegen taugt es nicht als Entschuldigung für ein solches Verhalten, dass der Feind nicht genau das tut, was man von ihm erwartet.«

»Glaubst du, ich wollte mich nur herausreden?«

»Da bin ich mir sogar ganz sicher«, erwiderte Hugo und fügte dann kopfschüttelnd hinzu: »Aber ich muss zugeben, dass du mit deinem Vorgehen am Ende meist doch Erfolg hast.«

»Ich treffe eben meine Entscheidungen, ohne vorher Hinz und Kunz nach ihrer Meinung zu fragen«, entgegnete Giff und setzte hinzu: »Weißt du, das ist ja gerade der Trick, dass man im rechten Augenblick die Gelegenheit beim Schopf packt. Und braucht ihr etwa nicht jemanden, der schnell reagiert und so den Sieg davonträgt?«

Giffs Ton war ernst und eindringlich. Der Auftrag interessierte ihn, daher wollte er Hugo nicht verprellen. Andererseits hatte er jedoch auch keine Lust, sich eine Moralpredigt anzuhören. Schließlich sprachen seine Erfolge für sich.

Nachdem er abermals einen Blick mit Rob gewechselt hatte, sagte Hugo: »Ja, so jemanden brauchen wir in der Tat. Aber auf eine Flottille oder auch nur auf ein einziges Schiff können wir nicht mehr warten. Uns läuft die Zeit davon. Fife war nämlich so zuvorkommend, sich das ganze letzte Jahr über im Grenzland aufzuhalten, und wir haben gehofft, er würde noch so lange bleiben, bis wir hier alles vorbereitet hätten, ohne dass er Verdacht schöpft. Doch leider kehrte er genau im falschen Augenblick von dort zurück.«

»Den Männern im Grenzland wird es nicht leid tun, dass er weg ist«, sagte Giff. »Douglas und die anderen, die dort gegen die Engländer kämpfen, sind allesamt viel bessere Krieger als

Fife. Er mag ja gerissen sein, doch von Strategie und Taktik hat er keine Ahnung. Und wenn er unter Druck steht, kann er nicht klar denken. Deswegen sind sie dort bestimmt froh, ihn los zu sein. Im Grunde genommen hat es niemanden überrascht, dass er sich genau in dem Augenblick davonmachte, als die englischen Truppen nach Norden vorrückten.«

»Kämpfen sie nicht noch immer im Süden gegen die Aufständischen?«, erkundigte sich Rob mit seiner sanften Stimme.

»Doch, aber der Aufstand hat sich in den Norden ausgeweitet«, erwiderte Giff. »Aber wir schweifen ab. Erzählt mir doch von eurem Auftrag.«

»Vor allem musst du wissen, dass es dabei um Angelegenheiten der Templer geht«, erklärte Hugo. »Du bist dir doch im Klaren darüber, dass deine Pflicht dem Orden gegenüber Vorrang vor allem anderen hat, oder?«

»Ja«, sagte Giff, dessen Spannung stetig stieg.

»In den vergangenen zwei Jahren ist vieles geschehen, was uns betraf«, fuhr Hugo fort. »Wir brauchen jetzt nicht im Einzelnen darüber zu reden. Nur so viel: Die Sicherheit eines Gegenstandes, der sich in der Obhut zweier unserer Mitbrüder befindet, ist bedroht. Wie du weißt, ist es von alters her Aufgabe der Templer, wertvolle Dinge, die ihnen Herrscher und andere reiche und mächtige Männer anvertraut haben, sicher zu verwahren.«

»Ja«, sagte Giff, »nicht zu vergessen den gewaltigen Schatz des Ordens selbst, der vor mehr als siebzig Jahren aus Paris verschwand.«

Alle schottischen Tempelritter wussten von den niederschmetternden Ereignissen, als König Philipp IV. von Frankreich – wenn auch erfolglos – versucht hatte, sich des Templerschatzes zu bemächtigen.

»Es wird gemunkelt, dass diejenigen Templer, die nach Schottland kamen und sich unter den Schutz von Robert the Bruce stellten, einen Teil des Schatzes mitbrachten«, sagte Giff nachdenklich. »Es ist ja allgemein bekannt, dass der Orden in

Schottland nicht aufgelöst wurde, weil Bruce ein Jahr zuvor vom Papst exkommuniziert worden war und daher den päpstlichen Erlass gar nicht erhielt. Darüber hinaus brauchte er die Templer, da sie ihm bei der Befreiung Schottlands helfen sollten. Doch die meisten Leute hier halten all diese Dinge für Legenden«, schloss er. »Selbst wir Tempelritter glauben ja nicht alle Geschichten über den Schatz, die im Umlauf sind.«

»Unser Orden versteht sich eben darauf, Geheimnisse zu bewahren«, sagte Rob.

»Und so muss es auch bleiben«, setzte Hugo eindringlich hinzu. »Hier geht es nicht um den Schatz von Paris, Giff. Der Gegenstand, von dem wir sprechen, hat Schottland niemals verlassen. Bruce selbst hat ihn zwei Männern anvertraut, von denen er wusste, dass sie Tempelritter waren.« Er zögerte und fuhr dann widerstrebend fort: »Allerdings ist Fife der Meinung, dieser Gegenstand befände sich bei dem restlichen Schatz. Und er vermutet, dass die Familie Sinclair weiß, wo der Schatz sich befindet.«

»Und, hat er recht damit?«

»Das tut nichts zur Sache, und wir brauchen darüber jetzt nicht zu debattieren. Wichtig ist nur, dass Fife alles tun wird, um ihn zu finden. Er hofft, dass er mithilfe des Schatzes ganz Schottland erobern kann, und er ist seinem Ziel schon gefährlich nahe gekommen. Der betreffende Gegenstand muss so schnell wie möglich in Sicherheit gebracht werden, bevor Fife ihn findet.«

»Was, um Himmels willen, könnte so wertvoll sein?«, fragte Giff.

»Es ist das Heiligste, was es in Schottland gibt«, erwiderte Hugo ruhig.

»Eigentlich kann es nur das Zweitheiligste sein, denn das Heiligste befindet sich nicht mehr im Land«, widersprach Giff. »Die Engländer haben es vor beinahe einhundert Jahren geraubt.«

»Meinst du?«

Giff überlief ein Schauer. Ein Gefühl der Hoffnung keimte in ihm auf, so überwältigend, dass er es nur in der Sprache seiner Kindheit, dem Gälisch der Inseln und des Hochlands, ausdrücken konnte: »Der *Lia Fail*«, flüsterte er.

»Ja«, sagte Hugo, brach jedoch sogleich ab, als sich von fern leise Schritte vernehmen ließen. Eine der Frauen kam die Treppe herunter.

»Wir reden nach dem Abendessen weiter«, sagte Hugo und ging zur Tür. »Ihr wollt euch vor dem Essen bestimmt noch ein wenig frisch machen.«

Mit diesen Worten öffnete er die Tür und sagte: »Kommt rein, Mädchen.«

Giff starrte Lady Sidony an, die – ganz in Zartgelb und Gold gekleidet – mit hoch erhobenem Kopf eintrat und sich ruhig neben Hugo stellte.

Sie war selbst eine wahre Kostbarkeit, dachte Giff. Wie eine goldene Statue, die zum Leben erwacht war.

4

Ermutigt Sir Giffard nicht, Mädchen«, sagte Hugo, als er hinter den beiden Männern die Tür schloss. Sidony fragte sich, ob er wollte, dass Sir Giffard seine Worte hörte.

»Ich ermutige niemanden«, sagte sie.

»Das stimmt«, erwiderte er, »aber Ihr handelt nicht immer überlegt, nicht wahr?«

»Ich hatte nicht die Absicht, mich zu verlaufen und so spät heimzukommen, Sir.«

»Ihr wisst genau, dass ich das nicht meinte. Welcher Teufel hat Euch nur geritten, ganz allein im Wald herumzuspazieren?«

Obwohl Sidony es nicht mochte, wenn jemand böse mit ihr war, hielt sie seinem Blick mühelos stand. »Ich bin es leid, ständig unter Menschen zu sein«, antwortete sie. »Im Wald bei der Abtei ist es ruhig und friedlich. Schließlich gehört das Land der Kirche.«

»Trotzdem«, sagte er.

»Aber wer würde mir dort schon etwas antun, wo er doch weiß, dass Gott ihn sieht?«

»Ihr seid mit einem Mann aus dem Wald gekommen, den Ihr nicht einmal kanntet«, erinnerte er sie.

»Aber Ihr kanntet ihn«, sagte sie. »Isobel sagte, Ihr hättet ihn holen lassen.«

»Ja, aber das konntet Ihr ja nicht wissen.« Ein wenig schroffer setzte er hinzu: »Oder hat er sich etwa auf die Freundschaft mit mir berufen, um Euch zu nahe zu treten?«

»Nein«, sagte sie in Erinnerung an ihr Erlebnis. »Er sagte, Ihr wärt Euch bereits in der Vergangenheit begegnet, aber gerade deshalb wollte er mich so schnell wie möglich nach Hause bringen.«

»Ich verstehe.« Ob das nun stimmte oder nicht, jedenfalls sagte er nichts weiter über Sir Giffard, sondern beschränkte sich darauf, sie wegen ihrer Unbedachtheit streng zu ermahnen.

Sidony hörte respektvoll zu, und als er fertig war, sagte sie leise: »Es tut mir leid, dass ich allen hier Sorgen bereitet habe, Sir.«

»Ich wünsche nicht, dass so etwas noch einmal vorkommt.«

»Nein, Sir.«

»Braves Mädchen.« Er tätschelte ihr die Schulter. »Und jetzt gehen wir zu Tisch, bevor Lady Clendenen uns noch holen kommt. Ich kann hören, dass sich die anderen schon alle eingefunden haben.«

Sidony, die froh war, die Standpauke hinter sich zu haben, ging bereitwillig vor Hugo aus dem Zimmer. Sie kamen im großen Saal mit den steinernen Wänden und der Balkendecke mit den Übrigen zusammen. Das Podium an der Südwand und die Tafel mit der Leinendecke, die darauf stand, waren kleiner als in den Burgen, in denen sich Sidony während ihres Jahres in Midlothian aufgehalten hatte. Für die sechs Personen, die sich zum Essen versammelt hatte, war der Tisch jedoch noch immer groß. Die Kammer wirkte gemütlich und verfügte über eine Feuerstelle, deren Kamin bis in die Küche im Keller hinabreichte. Daher war es jetzt angenehm warm in dem Raum, auch wenn die Hausherrin im Winter oft über die Kälte klagte. Während Isobel den Nachzüglern versicherte, dass sie und Lady Clendenen auch eben erst gekommen seien, blickte Sidony verstohlen zu Sir Giffard hinüber, der mit Rob am Feuer stand. Als Giff ihr zulächelte, schaute sie schnell wieder weg, und als sie ein zweites Mal hinsah, hatte er sich Rob zugewandt, der ihn soeben ihrer Gastgeberin vorstellte.

Hugo legte Sidony die Hand unter den Ellbogen und führte sie zum Tisch. Durch einen schmalen gesonderten Korridor an der Ostwand gelangte man zur Speisekammer, zu einem Vorratsraum sowie zur Dienstbotentreppe, die von der Küche bis in die drei oberen Stockwerke führte. Der Tisch war mit Bechern und Platten aus Zinn, polierten Holzbrettern an jedem Platz, einem Korb mit kleinen Weißbroten und einem Weinkrug gedeckt. An den Längsseiten der Tafel befanden sich je zwei Stühle, an den Kopfenden je einer mit Lehne, und an der Tür zur Speisekammer stand schon ein großes Tranchierbrett für den Lammbraten bereit.

Ein Stück vom Podium entfernt hatte man zwei Tische für die Dienerschaft aufgestellt.

»Wir sind heute Abend eine bunt zusammengewürfelte Gesellschaft, nicht wahr?«, bemerkte Ealga, Lady Clendenen, auf dem Weg zu ihrem Platz. »Doch ich freue mich sehr, dass Ihr alle heute hier seid.« Die Dame – eine rundliche, erfreulich anzusehende Person von fast fünfzig Jahren – war zu ihrem Bedauern recht klein gewachsen, doch dafür war sie mit einer glatten, hellen Haut gesegnet und einem freundlichen Lächeln, mit dem sie jetzt Sir Giffard bedachte.

»Ihr dürft Euch zu meiner Rechten niederlassen, wenn Ihr möchtet, Sir«, sagte sie. »Und Ihr, mein lieber Rob, setzt Euch neben ihn. Isobel und Sidony nehmen die Plätze gegenüber ein, und Ihr, Hugo, seid bitte so freundlich, am Kopfende Platz zu nehmen und das Tischgebet zu sprechen.«

Wortlos tat Hugo, wie ihm geheißen, worauf alle anderen sich ebenfalls hinsetzten. Mit einer Handbewegung bedeutete die Lady ihrem Vorschneider, den Braten zu servieren und erklärte den Anwesenden, dass Sidony den prächtigen Lachs, der auf einer Anrichteplatte lag, selbst gefangen hatte. Dann sagte sie: »Und nun, mein lieber Sir Giffard, erzählt uns alles über Euch.«

Seine erschrockene Miene amüsierte Sidony, doch da Hugo ihr gegenüber wahrscheinlich noch immer ungehalten war, versuchte sie, sich ihre Erheiterung nicht anmerken zu lassen. Zu ihrer Überraschung meldete sich Hugo zu Wort: »Ich glaube kaum, dass Ihr wirklich alles über ihn erfahren wollt, Madam. Er ist nämlich vor allem für seine verrückten, unüberlegten

Handlungen bekannt. Doch Rob hat Euch bestimmt schon mitgeteilt, dass Giff auf meine und Michaels Einladung hin hier ist.«

»Nein, Rob hat mir nichts dergleichen gesagt«, erwiderte die Lady mit einem beredten Blick auf den betreffenden Gentleman. Rob sah gerade gespannt zu, wie sich ein Page über die Schulter seiner Herrin beugte, um ihren Kelch mit Wein zu füllen. Offenbar wusste der Junge, dass die Lady zu unverhofften Bewegungen neigte; daher behielt er sie wachsam im Auge und schaffte es, seine Aufgabe ohne Zwischenfall zu Ende zu bringen. Zwei weitere Pagen gingen von einem zum anderen und boten Schüsseln und Platten mit Beilagen an, während der Vorschneider den Gästen die Bratenstücke servierte, die sein Helfer ihm anreichte.

»Sir Giffard kommt auch aus Kintail, Madam«, sprudelte Sidony hervor. »Also sind wir praktisch Nachbarn, nicht wahr, Sir?«

»Ach, kennst du ihn denn von zu Hause?«, fragte Lady Clendenen, während ihr Gast Sidony anblickte. »Ich dachte, du hättest ihn heute Nachmittag zum ersten Mal gesehen.«

Sidony, die wusste, dass man der Lady nichts vormachen konnte, erwiderte: »Das stimmt, aber er hat mir erzählt, dass er aus Kintail stammt. Ich habe den Namen MacLennan auch schon gehört, wenn auch wohl niemand von ihnen bei uns in Glenelg lebt.«

»In welchem Teil Kintails lebt Eure Familie denn dann, Sir?«, erkundigte sich Lady Clendenen. Giff wollte gerade antworten, da fügte sie hinzu: »Ich sollte Euch vielleicht warnen, ich bin sehr neugierig. Außerdem müsst Ihr wissen, dass ich Macleod von Glenelg in gut einem Monat, am sechsten Juli, heiraten werde. Jetzt, da ich Euch kennengelernt habe, muss ich unbedingt dafür sorgen, dass er Eure Verwandten zur Hochzeit einlädt – es sei denn, Ihr könnt mir versichern, dass er es bereits getan hat«, setzte sie mit einem schelmischen Lächeln hinzu.

Wie schon einmal zuvor bemerkte Sidony, dass ein Schatten über seine Züge ging, doch er antwortete leichthin: »Davon weiß ich nichts, Mylady, denn ich bin schon mindestens seit zehn Jahren nicht mehr zu Hause gewesen.«

»So lange? Habt Ihr Euch denn mit Euren Leuten gestritten?«

Der Gast wirkte ein wenig nervös, doch Rob tröstete ihn: »Sie hat dich ja vor ihrer Neugier gewarnt. Aber wenn du erst eine Weile in Edinburgh bist, gewöhnst du dich daran. Genau wie ich.«

»Ach ja«, sagte Lady Clendenen und nickte einem Pagen zu, der mit einer Schüssel voll dampfendem Kohl neben ihr stand, »ich fürchte, ich gehöre zu den Leuten, die das Herz auf der Zunge tragen. Mein Vetter Ardelve – er ruhe in Frieden – pflegte zu sagen, ich hätte keine Spur von Taktgefühl, und vermutlich hatte er recht. Aber dafür nehme ich auch nicht so leicht etwas übel. Wenn ich Euch zu nahe trete, Sir, müsst Ihr es einfach sagen. Ich verspreche Euch, ich werde nicht beleidigt sein.«

Sidony fragte sich, ob das wirklich stimmte. Ihrer begrenzten Erfahrung nach waren Leute, die stets sagten, was sie dachten, keineswegs begeistert, wenn andere es ebenso hielten. Sie warf Sir Giffard einen mitfühlenden Blick zu. Es war bestimmt nicht besonders angenehm, von einer Fremden derart ausgequetscht zu werden.

Doch er lächelte und wirkte vollkommen entspannt. Da sagte Isobel: »Ich möchte Euch danken, dass Ihr heute im Wald so freundlich zu meiner Schwester wart, Sir. Sie hatte Glück, Euch zu begegnen, denn ebenso gut hätte sie einem Schurken in die Hände fallen können.«

Sidony blickte sie ein wenig vorwurfsvoll an, und Lady Clendenen rief: »Um Himmels willen, Isobel, glaubst du wirklich, da lauern Übeltäter im Wald des Abts? Ich selbst würde dort nur ungern spazieren gehen, weil der Boden so feucht ist, aber in diesem Wald ist es so sicher wie in meinem Garten.«

»Ich habe jedenfalls nicht feststellen können, dass dort jemand auf der Lauer lag«, mischte sich Sir Giffard versöhnlich ein.

»Nur du selbst«, sagte Hugo spöttisch. Dann fügte er höflich hinzu: »Das Lamm ist wirklich vorzüglich, Madam.«

»Danke, aber Ihr solltet Sir Giffard gegenüber nicht undankbar sein. Denn Isobel hatte recht damit, ihm zu danken. Ich sage Euch ebenfalls meinen Dank, Sir, und ich bin sicher, dass auch Sidony es getan hat.«

»Ja, wahrscheinlich hat sie das«, bemerkte Isobel und lächelte ihm zu. »Aber ich muss Euch gestehen, dass sie noch immer fürchtet, Ihr könntet aus irgendeinem Grund ärgerlich auf sie sein.«

»Da braucht sich die Lady keine Sorgen zu machen«, erwiderte er und wandte sich an Sidony: »Ich weiß wirklich nicht, wie Ihr auf diesen Gedanken kommt.«

»Es hat etwas mit diesem ausgezeichneten Lachs zu tun«, murmelte Rob und bediente sich ein zweites Mal von der Fischplatte. »Man hätte meinen sollen, dass er einen Schaden davongetragen hat, doch offensichtlich hat er den Zusammenstoß heil überstanden.«

»Zusammenstoß ist gut«, sagte Hugo grinsend.

Sidony hielt den Blick auf ihr Schneidebrett gesenkt und wünschte, sie könnte sich in Luft auflösen.

Giff, der bemerkte, dass sie errötete, wandte sich Lady Isobel zu, die ihn noch immer fragend ansah. Wie sie so mit schräg gehaltenem Kopf dasaß, erinnerte sie ihn an eine Möwe auf der Reling eines Schiffes, die auf einen schmackhaften Bissen lauert. Er würde ihr ganz bestimmt keinen zuwerfen, doch was Hugo und Rob anging, war er sich da nicht so sicher. Vielleicht hatte Rob seine letzte Bemerkung nicht böse gemeint, und wenn doch, war sie wohl eher gegen ihn, Giff, als gegen Lady Sidony gerichtet gewesen. Jedenfalls blickte Rob jetzt reichlich zerknirscht drein.

Giff konnte sich nicht vorstellen, dass Lady Isobel das Thema fallen lassen würde, und er sollte recht behalten.

»Hat der Lachs etwas mit der Missstimmung zwischen Euch und Sidony zu tun, Sir?«, tastete sie sich behutsam vor. »Ich fürchte, ich bin nicht weniger neugierig als Lady Clendenen.«

»Ach was, Isobel ist noch viel schlimmer als ich«, entgegnete die Lady. »Aber sagt doch! Ich kann mir jedenfalls nicht vorstellen, warum sich ein Mann und eine Frau wegen eines Lachses streiten sollten, es sei denn, sie hat ihm den Fisch gestohlen. Und ich glaube nicht, dass unsere Sidony etwas so Ungebührliches tun würde.«

»Nein, Madam«, erwiderte Giff. »Die Lady hatte diesen herrlichen Fisch schon gefangen, als wir uns trafen. Und was den anderen Punkt betrifft, so war ich niemals in irgendeiner Weise ärgerlich auf sie und bin es auch jetzt nicht.«

Und wenn ich mit dieser Lüge meine unsterbliche Seele in Gefahr bringe, dann kann ich es nicht ändern, dachte er.

Er blickte rasch zu Lady Sidony hinüber, in der Hoffnung, sie wüsste seine Rücksichtnahme zu schätzen. Doch sie starrte nur auf ihr Schneidebrett und verzehrte schweigend ihr Mahl. Den Wein rührte sie nicht an.

Als wollte er seinen Fehler wiedergutmachen, schnitt Rob, der sich bisher nur seinem Essen gewidmet hatte, jetzt ein unverfängliches Thema an. Die Unterhaltung plätscherte so dahin, und alle hatten ihre Mahlzeit bereits beendet, als Hugo plötzlich sagte: »Ich glaube, wir müssen uns auf den Weg machen, Jungs. Wir können uns ja beim Reiten weiter unterhalten. Giff kann doch sicher bei dir auf Lestalric übernachten, nicht wahr, Rob?«

»Ja, sicher. Und du bleibst doch wohl auch über Nacht.«

»Ja, aber morgen muss ich unbedingt zurück nach Hawthornden, sonst ergeht es mir schlecht.«

Giff grinste. »Ist deine Frau so temperamentvoll? Dann freue ich mich schon darauf, sie kennenzulernen.«

»Ja, freu dich nur«, erwiderte Hugo, ebenfalls mit einem Grinsen.

»Wir sollten jetzt auch gehen, Sidony«, sagte Lady Isobel.

»Wir begleiten Euch, damit Ihr sicher nach Sinclair House kommt«, erbot sich Hugo.

»Danke, aber zuerst muss ich Will und seine Kinderfrau holen. Der Kleine ist in letzter Zeit recht unruhig, es kann also eine Weile dauern. Und Ihr wollt doch bestimmt aufbrechen. Einer von Lady Clendenens Dienern kann uns ebenso gut …«

»Wir warten auf Euch, Mädchen«, unterbrach sie Hugo. »So eilig haben wir es nun auch wieder nicht. Lestalric ist weniger als zwei Meilen entfernt, also lasst Euch mit dem Kind ruhig Zeit.«

Während sie sich noch in dem großen Saal aufhielten, beobachtete Giff Lady Sidony. Dabei fiel ihm auf, wie ruhig und gelassen sie wirkte, besonders im Vergleich zu den beiden anderen Frauen, die die ganze Zeit über miteinander oder mit den Männern schwatzten.

Dann ging Isobel hinaus, und die Übrigen entschlossen sich, in der Diele auf ihre Rückkehr zu warten. Als Giff merkte, dass Sidony ein wenig zurückblieb, zögerte er ebenfalls und ließ Rob und Hugo mit Lady Clendenen vorangehen. Er wollte sich schon zu seinem geschickten Schachzug gratulieren, da murmelte Sidony, dass sie ihr Messer vergessen hätte, drehte sich um und ging zurück in Richtung Podium.

Da er ihr in Hugos Gegenwart nicht folgen wollte, schloss Giff sich den Übrigen an und erkundigte sich flüsternd bei Hugo: »Sag mal, wo ist denn hier …«

»Hinter uns«, erwiderte Hugo. »Du gehst durch die kleine Kemenate an der südwestlichen Ecke der Kammer und von dort über eine Treppe in den Garten. Der Abtritt ist direkt vor dem Schuppen; du kannst ihn gar nicht verfehlen.«

»Danke«, sagte Giff. Er befürchtete schon, Hugo hätte bemerkt, dass Sidony den gleichen Weg genommen hatte, doch sein Freund ging mit Rob in den Salon. Das Mädchen hatte er offenbar völlig vergessen.

Um zu sehen, ob auch sie auf dem Weg zum Aborthäuschen war, beschleunigte Giff seine Schritte und blickte durch ein Fenster der Kemenate hinaus. Zu seiner Erleichterung erblickte er sie auf dem Weg, der mitten durch den Garten verlief. Er suchte tatsächlich zuerst den Abort auf, teils aus Notwendigkeit, doch auch, weil sie nicht denken sollte, er wäre ihr gefolgt. Dann schlenderte er ebenfalls in den Garten. Bis auf ein paar dahinziehende Wölkchen war der Himmel jetzt klar, und soeben versank die Sonne hinter den Hausdächern im Westen. Ihre letzten Strahlen ließen die Wolken in allen Schattierungen von Rosa und Orange erglühen.

Von der Sonne geblendet, verlor er das Mädchen kurz aus den Augen und fragte sich schon, ob sie wieder heimlich in den Wald gelaufen war, als er sie am anderen Ende des Gartens erblickte. Sie stand dort und betrachtete den Sonnenuntergang.

Als sie seine Schritte auf dem Kiesweg hörte, drehte sie sich um und blickte ihm mit unbewegter Miene entgegen. Von Kopf bis Fuß war sie in goldenes Sonnenlicht getaucht.

»Wie ich sehe, bin ich nicht der Einzige, der frische Luft braucht«, sagte er, als er auf Hörweite herangekommen war.

»Ihr seid mir gefolgt«, stellte sie fest.

Er wollte es schon abstreiten und behaupten, er sei rein zufällig auf sie gestoßen, doch dann überlegte er es sich anders. Lächelnd sagte er: »Stimmt. Ich wollte unsere Bekanntschaft vertiefen. Nehmt Ihr mir das übel?«

»Nein. Aber ich könnte mir vorstellen, dass Hugo Euch gesagt hat, Ihr sollt Euch von mir fernhalten.«

»Ja, ebenso, wie er Euch verboten hat, mich zu ermutigen.«

Jetzt lächelte auch sie. »Das habt Ihr also tatsächlich gehört. Ich habe mich gefragt, ob das wohl seine Absicht war.«

»Ganz bestimmt.«

»Habt Ihr wirklich keine Angst vor ihm? Er kann ziemlich

aufbrausend sein. Ihr habt mir selbst erzählt, dass er Euch bei Eurem letzten Wiedersehen niedergeschlagen hat.«

»Das wird er nicht noch einmal tun«, sagte Giff.

»Ihr klingt ja sehr überzeugt. Ich bin, ehrlich gesagt, froh, dass Ihr ihm nicht verraten habt, warum ich Euch geschlagen habe. Und vielen Dank auch, dass Ihr Isobel nichts erzählt habt«, fügte sie hinzu.

Er runzelte die Stirn. »Würde Hugo Euch deswegen züchtigen?«

»Das hat er noch nie getan. Aber er kann ganz schön schimpfen. Wenn ich allerdings ein Mann wäre, sähe die Sache wohl anders aus. Deshalb verstehe ich nicht, wie Ihr so sicher sein könnt, dass Ihr ihn nicht zu fürchten braucht.« Sie legte den Kopf schief. »Hat es etwas damit zu tun, dass er Euch holen ließ? Warum hat er das eigentlich getan, und wieso habt Ihr mir nichts davon erzählt?«

»Das ist Männersache«, erwiderte er. »Und außerdem pflege ich nicht einmal meine eigenen Angelegenheiten mit jedem hübschen Mädchen zu erörtern, das mir über den Weg läuft.«

»Trefft Ihr denn so viele Mädchen?«

Er lachte leise. »Jeden Tag ein Dutzend. Aber kaum eines, das so schön ist wie Ihr in diesem Kleid. Es steht Euch gut, Mädchen; Ihr solltet es öfter tragen.«

Ihr stieg die Röte in die Wangen. »Warum sagt Ihr so etwas?«

»Weil es wahr ist«, erwiderte er mit einem tiefen Blick in ihre Augen. Ihre Pupillen waren so stark geweitet, dass man kaum etwas von der Iris sehen konnte. Es faszinierte ihn, dass ihr helles Blau sich kaum vom Weiß des Augapfels abhob.

Ihr Mund war rosig und anmutig geschwungen. Als sie ihre vollen, weichen, verführerischen Lippen mit der Zunge befeuchtete, spürte Giff die wollüstige Reaktion seines Körpers.

Sidony wusste nicht recht, was sie von ihm halten sollte. Doch wenn er so nahe bei ihr stand wie in diesem Augenblick, spürte sie, wie er vor Energie förmlich knisterte. Ihr wurde heiß und ein wenig schwindlig, und ihr war, als müsste sie die Hand nach ihm ausstrecken. Um ihn abzuwehren oder ihn an sich zu ziehen – das hätte sie nicht sagen können.

Er war groß und schlaksig mit breiten Schultern, ein Mann, wie geschaffen dafür, eine Frau zu beschützen. Und noch für vieles andere. Außerdem war er forsch und schien sich keinen Deut darum zu scheren, was andere von ihm hielten. Er gab sich einfach, wie er war. So hatte er sich beispielsweise ohne ein Wort der Entschuldigung in seinen Lederhosen und dem Panzerwams, die er auf seinem Zwei-Tage-Ritt getragen hatte, einfach mit ihnen zu Tisch gesetzt.

Sein Hemd war noch so sauber, dass er es zweifellos erst kurz bevor sie sich trafen angezogen hatte. Doch vielleicht war er auch einfach besonders reinlich und hatte es geschont.

Ihr fiel noch eine andere Möglichkeit ein. Vielleicht besaß er gar keine Kleidung, die für die Stadt geeignet war. Oder die Männer in Galloway legten keinen Wert auf feine Gewänder. Doch andererseits hatte Rob dort Verwandte, und er selbst war immer wie aus dem Ei gepellt. Natürlich besaß er auch genug Geld, dachte Sidony. Rob war beinahe so reich wie die Sinclairs. Vielleicht war Sir Giffard ja arm.

Plötzlich merkte sie, dass er sie die ganze Zeit über, während sie ihre Gedanken schweifen ließ, mit diesem seltsamen hungrigen Ausdruck angesehen hatte, der ihr durch und durch ging. Es schien ihr das Beste, ein wenig von ihm abzurücken. Doch noch bevor sie den Gedanken in die Tat umsetzen konnte, streckte er seine großen Hände nach ihr aus.

Er umfasste ihre Oberarme, zog sie sanft an sich und gab ihr einen zarten Kuss auf den Mund.

»Giff! Bist du hier draußen?«

»Das ist Hugo«, flüsterte sie.

»Versteckt Euch hinter dem Baum dort«, sagte er. »Er hat Euch noch nicht gesehen.«

Sie gehorchte, ohne zu zögern, während er sich zwischen sie

und Hugo stellte. Das dichte Gebüsch verdeckte ihre weiten Röcke.

»Ja, Hugo«, rief er und drehte sich um. »Ich bin hier und bewundere den Sonnenuntergang.« Dann flüsterte er ihr zu: »Die Sonne scheint ihm in die Augen. Also verhaltet Euch ganz ruhig, bis ich mit ihm wieder im Haus bin. Es ist unverdächtig, wenn Ihr dann alleine nachkommt.«

»Was ist, wenn er nach mir fragt?«

»Das ist unwahrscheinlich, denn im Augenblick hat er andere Dinge im Kopf«, erwiderte er und entfernte sich einige Schritte. »Können wir aufbrechen?«, rief er Hugo zu.

»Ja. Ich habe die Pferde holen lassen, und Rob wartet schon vor der Tür.«

Wahrscheinlich hatte er recht, was Hugo betraf, dachte Sidony. Doch was sollte sie sagen, wenn Isobel oder ihre Gastgeberin sie aus dem Garten kommen sahen? Sie machte sich weiter keine Gedanken darüber, sondern sah Giff bewundernd nach, als er den Weg entlang zur Treppe ging. Hugo war bereits im Haus verschwunden.

Sie zählte bis hundert und ging dann ebenfalls hinein. Genau in diesem Augenblick kam Isobel mit ihrem Kind und der Kinderfrau die Treppe hinunter. Hugo war Gott sei Dank nirgendwo zu sehen.

Als die letzten Strahlen der Sonne im Westen verblassten, ritt der Earl of Fife an der Spitze eines Dutzends Männer in schlankem Trab über die Canongate. Er war auf dem Weg von der Abteikirche, wo er die Komplet gebetet hatte, zur Kirche St. Giles und dem Schloss. Wie üblich war der Graf ganz in Schwarz gekleidet, ebenso wie die Männer seines Gefolges. Sie waren wohlbewaffnet und ritten edle Pferde, denn das war Fife seinem Rang schuldig.

De Gredin, der noch feiner herausgeputzt als gewöhnlich neben ihm ritt, sagte: »Ich dachte, die Mönche lassen keine Besucher bei ihrer Andacht zu.«

»Ich nehme daran teil, wann immer ich will, ob es dem störrischen alten Abt nun gefällt oder nicht«, entgegnete Fife. »Einmal hat er doch tatsächlich damit gedroht, mich exkommunizieren zu lassen, doch ich mag die Komplet, weil sie kurz ist und ich dabei Gelegenheit zur Beichte habe. Was kann er außerdem schon gegen ein Dutzend Bewaffnete ausrichten, die vor der Kirche auf mich warten?«

»Das stimmt«, sagte de Gredin vergnügt. »Ich bin froh, dass Ihr mir erlaubt habt zu bleiben, Mylord. Dieses Mal werden wir unser Ziel bestimmt erreichen.«

»Ja, sicher, aber hier ist nicht der rechte Ort, um darüber zu reden«, erwiderte Fife. »Ihr wolltet Euch doch um Schiffe kümmern. Ich möchte wissen, wann sie wohl eintreffen werden.«

»Es kann nicht mehr lange dauern. Soweit ich weiß, ist jetzt die Zeit, da die Wolle zu den Hansestädten verschifft wird«, antwortete de Gredin. »Es werden also bald zahlreiche Schiffe hier anlegen. Bei dem Gewimmel, das dann im Hafen von Leith herrscht, fallen ein paar Fahrzeuge mehr oder weniger nicht auf.«

»Ich habe mir auch eines bauen lassen«, schnitt Fife ein unverfängliches Thema an. »Die *Serpent Royal* liegt in Leith vor Anker. Morgen werde ich sie Euch zeigen. Ich kann mir nicht einmal vorstellen, dass der Papst ein so schönes Schiff besitzt.«

De Gredin beteuerte, wie sehr er sich darauf freute, doch Fife hörte schon nicht mehr hin. Er dachte an sein Schiff und daran, dass der Papst ihm seine Unterstützung zugesagt hatte. Anders als in einer früheren vagen Vereinbarung machte der Heilige Vater sein Angebot auch nicht mehr davon abhängig, dass Fife dem Gesandten des Vatikans half, den Templerschatz zu finden und nach Rom zu bringen. Wenn alles gut ging, würde der Graf mit de Gredins Hilfe den Stein der Vorsehung, Schottlands uralten Krönungsstein, aufspüren. Selbst wenn der Stein ein Teil des Schatzes war, könnte der Papst keinen Anspruch darauf erheben, und sobald Fife die Kostbarkeit erst einmal an sich gebracht hatte, konnte er auch ohne päpstliche Hilfe König werden.

»Ich habe noch gar nicht erwähnt, wie erleichtert ich war zu hören, dass Ihr Euch nicht mehr im Grenzland aufhieltet, Mylord«, sagte de Gredin. »Beabsichtigt Ihr, bald dorthin zurückzukehren?«

»Nein, aber die ständigen Scharmützel dort halten Douglas in Atem. So kommt er mir hier nicht in die Quere«, entgegnete Fife in einem Ton, der deutlich machte, dass er nicht weiter über das Thema zu sprechen wünschte. Er hatte de Gredin überhaupt nur mitgenommen, damit er ein Auge auf ihn haben konnte.

»Dann kann ich also davon ausgehen, dass Ihr Euch voll und ganz unserer Suche widmen werdet?«

»Ihr redet zu viel. Schweigen ist Gold«, ermahnte Fife ihn mit einem Blick, der den meisten Männern Angst eingejagt hätte.

Doch de Gredin nickte nur und sagte: »Vergebt mir, Mylord. Ich wollte nicht respektlos sein.«

Fife entgegnete nichts. Dass der Mann sich ihm ohne Weiteres unterwarf, überraschte ihn nicht, sondern bestätigte ihm nur in seinem Misstrauen dem Franzosen gegenüber.

5

Nachdem Giff und Hugo mit Rob und seinen bewaffneten Gefolgsleuten die Damen Isobel und Sidony sicher zum Sinclair House am Ende der Canongate geleitet hatten, machten sie kehrt und ritten auf die Tore der Holyrood-Abtei zu.

Dabei bemerkte Hugo beiläufig: »Übrigens, Giff, mein Junge, falls du dich beim Abt wegen der allzu großen Lachse in seinem See beschweren möchtest, hast du jetzt Gelegenheit dazu.«

Giff warf einen Blick in den dämmerigen Hof und dachte an seine schlammverschmutzten Hosen. »Ich würde ihn lieber fragen, warum er nicht endlich den Sumpf da draußen trockenlegen lässt.«

»Nur zu«, grinste Hugo.

»Ich weiß genau, dass du es mir nicht zutraust, aber ich hätte größte Lust dazu«, erwiderte Giff.

»Nicht gerade jetzt, du Plagegeist«, lachte Rob. »Es könnte dir leicht passieren, dass mein Herr, der Abt, dich wegen unbefugten Betretens seiner Ländereien bestrafen lässt. Und außerdem treibt sich Fife hier irgendwo herum.«

»Tatsächlich?«, fragte Hugo und blickte die Canongate hinauf und hinunter.

»Ja«, bekräftigte Rob. »Vorhin, als ich auf dich wartete, sah ich ihn nach St. Giles reiten. Und er war nicht allein, sondern hatte sechs schwer bewaffnete Männer dabei. Man bekommt ihn ziemlich oft zu Gesicht, seit er wieder in Edinburgh ist.«

Von den Toren der Abtei wandten sie sich nach Norden und verließen die Königsstadt auf dem Weg, der nach Lestalric und zum königlichen Hafen beim Dorf Leith führte.

Als sie sicher sein konnten, dass keiner sie hörte, sagte Rob in knappem Ton, der in auffälligem Gegensatz zu seiner üblichen schleppenden Sprechweise stand: »Da ritt noch jemand an Fifes Seite, Hugo.«

»Ach ja?«

»Ja, unser alter Freund de Gredin.«

»Sollte ich den Burschen kennen?«, fragte Giff.

Nach kurzem Überlegen erwiderte Hugo: »Chevalier Etienne de Gredin – er ist irgendwie mit Lady Clendenen verwandt.«

»Das hat nicht viel zu bedeuten«, warf Rob ein. »Sie ist mit allen verwandt, die in Schottland und Frankreich Rang und Namen haben, sogar mit mir. Aber ob nun verwandt oder nicht, ich traue dem Kerl nicht über den Weg, und das solltet ihr auch nicht.«

»Ich glaube nicht, dass es irgendeine familiäre Verbindung zwischen mir und den beiden gibt«, sagte Giff und fügte nach kurzem Zögern hinzu: »Da wir beide allerdings Vettern sind, nehme ich an, dass ...«

»Da siehst du, was ich meine«, sagte Rob lächelnd.

»Auf jeden Fall ist de Gredin in Frankreich aufgewachsen. Sein Vater war der schottische Gesandte am französischen Hof, und offenbar ließ sich der Chevalier einreden, dass der Schatz der Templer das rechtmäßige Eigentum der Heiligen Kirche sei. Mit Leuten wie de Gredin hatten wir schon früher zu tun. Sie sind davon überzeugt, dass Gottes Segen auf ihrer Suche ruht, dass er ihnen jede Sünde vergibt, die sie dabei begehen, und dass im Himmel der gerechte Lohn auf sie wartet.«

»Das hört sich für mich ziemlich verrückt an. Und außerdem traue ich keinem, den ich nicht kenne«, erwiderte Giff. »Aber gibt es – abgesehen von seinen merkwürdigen Ansichten – noch andere Gründe, warum du de Gredin mit Argwohn begegnest?«

»Da wäre zunächst einmal seine zur Schau getragene Freundschaft mit Fife«, antwortete Hugo. »Letztes Jahr haben sich die beiden so gründlich zerstritten, dass de Gredin Schutz bei Henry Sinclair suchte.«

»Worum ging es denn bei dem Streit?«, wollte Giff wissen.

»Als Fife Adela gefangen nehmen wollte, schritt de Gredin ein.«

»Ich war derjenige, der eingeschritten ist«, knurrte Rob. »De Gredin hat sich bei einer einzigen Gelegenheit nützlich gemacht, doch am Ende, als Fife Adela hoch über dem Fluss Esk baumeln ließ, um sie zum Reden zu bringen, rührte er keinen Finger.« – »Um Himmels willen, sie muss ja Todesängste ausgestanden haben!«, rief Giff zutiefst erschrocken.

»Das kann man wohl sagen«, erwiderte Rob. »Ich vermute, dass sich de Gredin bei uns einschmeicheln wollte, als er sah, dass Fife den Kürzeren ziehen würde. Was ihm auch gelungen ist, denn Henry nahm ihn mit nach Girnigoe.«

»Henry fühlte sich dazu verpflichtet, um zu verhindern, dass Fife ihn in die Finger bekam«, fügte Hugo hinzu.

Mit einem etwas gequälten Lächeln fuhr Rob fort: »Ebenso wie Fife ist auch de Gredin davon überzeugt, dass die Sinclairs den Schatz haben. Ich könnte mir vorstellen, er ist auf Girnigoe allen gehörig auf die Nerven gegangen.«

»Es war sehr anständig von Henry, ihn unter seinen Schutz zu stellen«, sagte Giff. »Doch warum wagt de Gredin jetzt wieder, Fife unter die Augen zu treten, und wieso traut der ihm auf einmal?«

Hugo blickte Rob an, worauf dieser erklärte: »Weil die beiden alles tun, um ihren Zielen näher zu kommen.«

»Und ihr wichtigstes Ziel ist es, den sagenhaften Schatz der Templer zu finden«, sagte Giff. Als seine Gefährten nicht antworteten, fuhr er nachdenklich fort: »Fife ist wirklich gefährlich. Im Grenzgebiet habe ich von Leuten gehört, die spurlos verschwunden sind, nur weil sie ihm lästig waren. Andere starben eines jähen, gewaltsamen Todes.«

»Das ist wahr«, erwiderte Hugo. »Robs Vater und Bruder ist es so ergangen.«

»Oh Gott, es tut mir leid, Rob. Das wusste ich nicht«, sagte Giff.

»Jeder weiß doch, worauf der Graf aus ist«, erwiderte Rob mit fester Stimme. »Er will Herrscher von Schottland werden.«

»Ja, sicher«, pflichtete Giff ihm bei. »Allerdings kann ich mir nicht vorstellen, dass das Parlament ihn unterstützen würde, nur weil er diesen Schatz findet – falls der überhaupt existiert.«

Ein beredtes Schweigen antwortete ihm.

»Wollt ihr etwa behaupten, es gibt ihn wirklich?«

»Ja«, sagte Hugo. »Darüber solltest du dir im Klaren sein und Fifes Entschlossenheit, ihn zu finden, nicht unterschätzen.«

»Wisst ihr denn, wo der Schatz ist?«

»Nein«, erklärte Hugo mit Entschiedenheit.

»Und Henry?«

»Das wissen wir nicht und wollen auch keine Mutmaßungen darüber anstellen.«

Giffs Gedanken überschlugen sich. »Es geht überhaupt nicht um den Schatz, stimmt's?«, sagte er. »Selbst wenn Fife ihn finden würde, brächte ihm das noch lange nicht die Königskrone ein. Im Gegenteil – ein König, der über ein so gewaltiges Vermögen verfügt, wäre jedem Adeligen ein Dorn im Auge.«

Seine Begleiter sagten noch immer kein Wort.

»Es geht um den *Lia Fail*«, schloss Giff schließlich. »Das hätte ich mir eigentlich denken können. Es würde Fifes Ansehen beim Parlament gewaltig steigern, wenn er den Krönungsstein wiederbeschaffen könnte. Aber dann müsste der Stein ja aus eigener Kraft aus der Westminsterabtei hierher gekommen sein.«

»Ich habe dir doch schon einmal gesagt, dass der Stein Schottland niemals verlassen hat«, entgegnete Hugo.

»Ja, schon, aber ich kann es, offen gestanden, nicht recht glauben«, erwiderte Giff und setzte hinzu: »Du brauchst mich gar nicht so anzusehen, Hugo. Ich zweifle ja nicht an deiner

Aufrichtigkeit. Es ist nur … immerhin ist das Ding seit – wie lange? – fünfundachtzig Jahren verschwunden.«

Hugo nickte.

»Glaubst du vielleicht, König Edward von England, den man den ›Hammer der Schotten‹ nennt, wäre so dumm gewesen, den falschen Stein mitzunehmen?«

»Bereits Wochen vorher war es dem Abt von Scone zu Ohren gekommen, dass Edward den Krönungsstein rauben wollte«, erklärte Hugo. »Daraufhin übergab der Abt, der ein kluger Mann und seinem Land treu ergeben war, den Stein einem zuverlässigen Freund, der später Robert the Bruce vom Verbleib des Heiligtums erzählte. Vor seinem Tod beauftragte Bruce zwei Tempelritter damit, den Stein sicher zu verwahren. Sie mussten schwören, sein Versteck erst zu verraten, wenn der schottische Thron vor dem Zugriff der Engländer sicher wäre. Selbstverständlich sind alle schottischen Templer an diesen Schwur gebunden.«

»Wer waren diese verlässlichen Männer, die Bruce und dem Abt von Scone halfen?«

Mit sanfter Stimme fragte Rob: »Willst du das wirklich wissen, jetzt, da auch du den Stein beschützen sollst? Kannst du für deine Verschwiegenheit garantieren, wenn du Fife in die Hände fallen solltest?«

Giff musste daran denken, dass selbst Jacques de Molay, der hoch geachtete Großmeister der Templer, unter der Folter sich zu jeder Ketzerei bekannt hatte, die seine Peiniger ihm zur Last legten. Vermutlich hatte er sein Geständnis widerrufen, bevor sie ihn ermordeten, doch das half keinem mehr.

»Nein«, antwortete Giff schließlich. »Zu viel wissen zu wollen, wäre wohl unklug, es sei denn, dieses Wissen ist nötig, um meinen Auftrag auszuführen.«

»Das ist es ganz sicher nicht«, sagte Rob, und Hugo nickte zustimmend.

»Also, wo befindet sich der Stein jetzt, und wie sollen wir ihn fortschaffen?«, fragte Giff.

»Wir werden ihn dir zeigen. Und was das Fortschaffen angeht, haben wir mehr als einen Plan. Doch zunächst wollen wir herausbekommen, was Fife und de Gredin im Schilde führen.«

»Weißt du«, gab Rob zu bedenken, »es kann durchaus sein, dass Fife von de Gredin nur etwas über Girnigoe und Orkney in Erfahrung bringen will, um dann ein Schiff mit seinen Leuten auf Schatzsuche zu schicken. Vielleicht denkt er ja, der Stein wäre ein Teil des Schatzes.«

»Das erklärt aber noch nicht, warum sich Fife und de Gredin auf einmal so gut verstehen«, wandte Hugo ein.

»Stimmt«, sagte Giff. »Warum sollte Fife glauben, was der Mann von seinem Aufenthalt bei Henry erzählt? Es könnte doch immerhin sein, dass de Gredin mit Henry unter einer Decke steckt.«

»Fife misstraut allen und jedem«, stimmte Hugo ihm zu. »Selbst als er sich in letzter Zeit mehrfach im Grenzland aufhielt, ließ er uns hier von einigen seiner Männer beobachten. Sie schleichen noch immer im Tal von Roslin herum und glauben, wir würden sie nicht bemerken. Solange sie uns keine Scherereien machen, beachten wir sie nicht weiter, doch wenn wir den Stein holen wollen, können wir sie nicht gebrauchen.«

»Also befindet sich der Stein in der Nähe von Roslin«, stellte Giff fest.

»Ja. Und sobald wir unsere Vorkehrungen treffen, wird Fife es mitbekommen«, sagte Robert und fügte hinzu: »Da hinten auf dem Hügel liegt schon Lestalric.«

Giff spähte in die Dämmerung, wo sich ein steiler Hügel aus den umgebenden Wäldern erhob wie aus einem grünen Nest. Die Burg auf dem Gipfel war nur noch undeutlich auszumachen, und außer einigen Türmen konnte Giff keine Einzelheiten erkennen.

Als sie kurze Zeit später in das finstere Gehölz hineinritten, sagte Rob: »Ich glaube, als Erstes müssen wir dich mal ein wenig ausstaffieren, Giff. Der König wird bald mitsamt seinem Hofstaat Stirling verlassen und nach Edinburgh zurückkehren.

Also wird Fife bestimmt noch eine Zeitlang hier bleiben, und bis wir alles vorbereitet haben, solltest du so tun, als wärst du nur wegen des Königs hier. Ich hoffe, du hast etwas für das Hofleben übrig.«

»Eher nicht«, entgegnete Giff. Doch im gleichen Augenblick fiel ihm ein, dass Lady Sidony vielleicht zur Hofdame berufen werden könnte. Er war immer noch erstaunt, wie Hugo nach dem Abendessen ihre Anwesenheit so vollständig vergessen konnte, als hätte sie sich in Luft aufgelöst wie ein Geist oder eine vom Kleinen Volk. Da Rob offensichtlich auf weiterführende Erklärungen wartete, sagte Giff beiläufig: »Vielleicht sollten wir uns alle dann und wann bei Hofe sehen lassen, um herauszufinden, was Fife vorhat.«

In Sinclair House dachte auch Sidony gerade daran, dass sie vielleicht doch an den Hof gehen sollte, um zu sehen, wer sich sonst noch dort aufhielt.

Doch nachdem Isobel den vor Müdigkeit quengeligen William in sein Bettchen gebracht hatte, und die Frauen sich in die Kemenate zurückgezogen hatten, um ihre Hofkleidung zu erörtern, sagte Sidony: »Du weißt ja, dass ich den Lärm und die ausschweifenden Festlichkeiten nicht mag.«

»Ein Hort der Ruhe und Besinnung ist es wirklich nicht«, stimmte ihre Schwester lächelnd zu.

»Besinnung?«, schnaubte Sidony sehr undamenhaft. »Die Verwandten des Königs benehmen sich, als wären sie in einem Schweinestall groß geworden, und den anderen ist nur daran gelegen, alle mit ihren prächtigen Kleidern und ihrer Trinkfestigkeit zu übertrumpfen. Ich weiß wirklich nicht, was ein anständiger Mensch dort soll.«

»Man muss Seiner Gnaden Respekt erweisen«, entgegnete Isobel ernsthaft. »Vergiss nicht, dass die Gräfin Isabella innerhalb der nächsten zwei Wochen in die Stadt kommt. Du glaubst doch wohl nicht, dass sie ohne uns an den Hof geht.«

Da musste Sidony ihr recht geben. Michaels Mutter, die einflussreiche Gräfin und Herrin von Strathearn und Caithness, erwartete zweifellos, dass sie beide sie an den Königshof begleiteten, und sei es auch nur, damit ihr Gefolge eindrucksvoller wirkte. Isabella war sehr standesbewusst und hielt sich für vornehmer als die ganze königliche Familie zusammen.

»Glaubst du, Michael wird rechtzeitig zurückkommen, um uns zu begleiten?«, fragte Sidony.

»Das hängt davon ab, wie gut er mit seinen Angelegenheiten vorankommt.«

»Du hast doch gesagt, er wollte nur nach Glasgow. Da müsste er eigentlich schon wieder hier sein.«

Isobel zuckte die Achseln und griff nach ihrem Stickrahmen. »Er hat gesagt, er wolle vielleicht noch MacDonald seine Aufwartung machen.«

»Dem Lord der Inseln – auf Ardtornish? Ach je, da hätte er mich ja mitnehmen und zu Hause absetzen können.«

»Sei nicht albern«, erwiderte Isobel und nahm die Sticknadel zur Hand. »Wahrscheinlich hält sich MacDonald auf Finlaggan auf. Und auch von Ardtornish ist es noch ein ganzes Stück bis nach Glenelg.«

»So weit nun auch wieder nicht. Vielleicht ist er ja sogar noch weiter geritten.«

»Du kannst schwerlich von ihm erwarten, dass er dich mitnimmt, Liebes. Wenn er zu den Inseln reist, dann nur, weil er dort etwas zu erledigen hat.«

»Weißt du, um was es geht?«

Isobel blickte sie direkt an. »Wenn, dann würde ich es dir nicht erzählen«, sagte sie ruhig. »Über die Angelegenheiten meines Mannes spreche ich nicht.«

Peinlich berührt, merkte Sidony, dass sie zu weit gegangen war. »Du hast recht. Ich hätte nicht fragen sollen«, sagte sie.

Da musste Isobel wieder lächeln. »Ich hätte auch gefragt«, gab sie zu. »Aber was hältst du davon, wenn wir der Näherin sagen, dass sie die schmale Spitze auf deinem blauen Kleid auswechseln soll?«

Sidony sträubte sich nicht länger gegen das Thema Hofkleidung, hörte jedoch Isobel nur mit halbem Ohr zu. Ihre Gedanken weilten bei den spannenden Ereignissen des vergangenen Tages und bei Sir Giffard MacLennan.

Am folgenden Morgen, anderthalb Stunden nach der Terz, erreichten der Earl of Fife und sein Gefolge den Hafen von Leith. Nach dem leichten Nieselregen des vergangenen Tages war die Luft noch immer feucht, der wolkenverhangene Himmel trüb und schwer. Fife zügelte sein Pferd und blickte auf das unruhige graue Wasser des Firth. Dabei stellte er den Zobelkragen seines dicken Wollumhangs auf und zog sich den Hut tiefer ins Gesicht.

»Welches ist es denn?«, erkundigte sich de Gredin und lenkte sein Pferd neben das des Grafen.

»Die *Serpent Royal*«, antwortete der und wies auf das neue Schiff, dass am äußersten Ende des belebten Hafenbeckens vor Anker lag, wo keine Gefahr bestand, dass ein unachtsamer Steuermann es versehentlich rammte.

»Es sieht aus wie eines von Fürst Henrys neueren Schiffen«, stellte de Gredin fest.

»Es soll sich nicht von seinen abheben, wenn wir nach Norden fahren«, erwiderte Fife. »Aber bitte nennt diesen unverschämten Kerl Graf von Orkney, wenn ihr ihn schon erwähnen müsst.«

»Gewiss«, sagte de Gredin. »Es geschah nur aus Gewohnheit, denn Orkneys Leute im Norden benutzen seinen norwegischen Titel. Wenn man, wie ich, so lange in Frankreich gelebt hat, wo mein Vater Gesandter war, dann vergisst man schon mal, dass es in Schottland keine Fürsten gibt und dass Euer Grafenrang der höchste ist.«

Fife grunzte nur, ohne den Blick von seinem stolzen Schiff zu wenden. Es war nach seinen Anweisungen gebaut worden und verband höchsten Komfort mit der Schnelligkeit und Wendigkeit der Galeeren der Westküste. In seinem Laderaum würde neben Ausrüstung und Proviant auch der Stein Platz finden, sobald er ihn erst einmal gefunden hatte, auch wenn das Schiff bei Weitem nicht so viel Fracht befördern konnte wie die schwerfälligeren Handelsschiffe.

»Erzählt mir mehr über die *Serpent Royal*«, bat de Gredin. »Wie lang ist sie?«

»Zwanzig Meter, soweit ich weiß, und sie verfügt über sechzehn Ruder. Aber das werdet Ihr in wenigen Minuten selbst sehen«, erwiderte Fife gleichgültig. Sein Kapitän und der Schiffsbauer hatten ihm viel über die *Serpent* erzählt, doch da er selbst nichts von der Seefahrt verstand und sich auch nicht übermäßig dafür interessierte, konnte er sich nur noch an wenige Einzelheiten erinnern. »Da, sie haben uns gesehen und schicken ein Boot, um uns abzuholen«, fügte er hinzu.

Als Nichtschwimmer misstraute Fife solch kleinen Kähnen zutiefst. Doch erst im Nachhinein fiel ihm ein, dass er dem Kapitän hätte befehlen können, die *Serpent* an den Kai schleppen zu lassen.

Noch während die Männer mühsam das Boot auf den Kiesstrand zogen, sprang ein kleiner Knirps heraus und kam auf Fife zugerannt. Seine zerzausten dunklen Locken wippten bei jedem Schritt, und seine weiten Ärmel und die kurzen Schöße seines safrangelben Kittels flatterten im Wind.

Als er schließlich vor dem Grafen stand, war einer seiner Beinlinge hinuntergerutscht und ringelte sich nun als unordentlicher Wulst um seinen Knöchel. Ohne den Blick von dem hohen Herrn zu wenden, zog er sich den Beinling wieder hoch und begrüßte sie: »Guten Tag, Mylord Fife. Mein Vater hat mich geschickt, Euch willkommen zu heißen. Er sagt, er wäre selbst gekommen, wenn Ihr ihm nicht befohlen hättet, die *Serpent* bis zur Abfahrt nicht zu verlassen.«

Als der Junge sich aufrichtete, erwiderte Fife ein wenig herablassend: »Du bist also Kapitän Maxwells Sohn, ja? Wie heißt du, Junge?«

»Jake Maxwell, Mylord.« Er warf einen Blick auf die Männer

des Grafen und fragte: »Wie viele wollt Ihr mit an Bord nehmen? Das kleine Boot kann nicht alle auf einmal fassen.«

Fife warf einen schiefen Blick auf das Beiboot. Sechs kräftige Ruderer warteten daneben, und das Wasser im Hafen war einigermaßen ruhig. Dennoch war es besser, das Boot nicht zu überladen. Er winkte de Gredin heran. »Ihr braucht nur diesen Mann und mich mitzunehmen«, sagte er. »Wir müssen uns überlegen, was noch alles zu tun ist, bevor die *Serpent* in See stechen kann. Hast du vor, uns auf dieser Reise zu begleiten, Jake Maxwell?«, fragte er mit einem Anflug von Leutseligkeit.

Zu seiner Überraschung antwortete der Junge: »Ja, Mylord, gewiss.«

»Ich finde, du wärst zu Hause bei deiner Mutter besser aufgehoben.«

»Meine Mam ist tot«, sagte Jake. »Mein Vater bringt mir alles bei, was er weiß, damit ich auch einmal Kapitän auf so einem schönen Schiff werden kann. Möchtet Ihr jetzt einsteigen, Mylord?«

Fife betrachtete zögernd die erschreckend weite Entfernung bis zum Schiff.

Jake, der seinen Blick missverstand, sagte stolz: »Ein feines Schiff, nicht wahr?«

»Ja, fürwahr«, sagte Fife. »Na dann los, Jake Maxwell. Sag den Männern, sie sollen sich in die Riemen legen. Ich habe keine Lust, den ganzen Tag hier zu vertrödeln.«

»Ja, Sir, ich werd's ihnen sagen«, erwiderte Jake und rannte grinsend davon.

Sidony fühlte sich ungewöhnlich träge. Jetzt, am Freitagmittag, war der Himmel noch immer bewölkt, und außerdem hatte sie in Sinclair House noch niemanden zu Gesicht bekommen außer ihrer Schwester Isobel, deren kleinem Sohn und den Dienstboten. Sie hatte keine Lust mehr, darüber nachzudenken, welche Kleider sie und Isobel bei Hofe tragen sollten, und außerdem war sie müde. Ihr normalerweise gut gelaunter Neffe bekam gerade einen Zahn und hatte das ganze Haus zwei Nächte lang wach gehalten.

»Ich möchte wissen, warum Rob oder Hugo nicht zu Besuch gekommen sind«, sagte sie zu Isobel, als sie nach dem Mittagessen in der Kemenate eine kurze kostbare Ruhepause genossen. »Ich dachte, sie wollten so oft wie möglich vorbeischauen, solange Michael fort ist.«

»Sie waren doch erst vor drei Tagen hier.«

»Ja, schon. Aber wir könnten doch vielleicht heute Nachmittag nach Lestalric reiten und uns selbst davon überzeugen, dass es Adela gut geht.«

»Heute lieber nicht«, erwiderte Isobel nach einem Blick aus dem Fenster. »Es sieht nach Regen aus, und ich habe keine Lust, bis auf die Haut durchnässt auf Lestalric anzukommen. Außerdem ist ein Ausflug im Augenblick nicht das Richtige für Will.«

»Dann lass ihn doch bei seiner Kinderfrau«, schlug Sidony vor. Als Isobel sie erstaunt ansah, sagte sie schuldbewusst: »Es tut mir leid, aber bei dem Wetter bekomme ich wirklich schlechte Laune. Wenn uns doch nur irgendjemand besuchen wollte.«

»Am Sonntag gehen wir zur Messe nach St. Giles«, erwiderte Isobel. »Dort wirst du alle Leute treffen, die wir in der Stadt kennen. Und nächste Woche das Abendessen bei Adela …«

»Ich will aber nicht so lange warten!«, rief Sidony aus. »Ich brauche jetzt Gesellschaft!«

Isobel blickte sie von der Seite an, sagte jedoch nur: »Sicher hätte Ealga auch gern Besuch. Natürlich darfst du nicht allein gehen, sonst wird Hugo wieder böse. Ich gebe dir zwei Diener mit.«

Sidony wollte schon antworten, dass sie keine Lust dazu habe, besann sich dann aber eines Besseren. Zum einen wollte sie nicht unfreundlich zu ihrer Schwester sein und zum anderen fiel ihr ein, dass Lady Clendenen, was Klatschgeschichten über ihren weitläufigen Bekanntenkreis betraf, stets auf dem Laufenden war.

Also rang sich Sidony ein Lächeln ab und sagte: »Das ist eine großartige Idee. Ich kann mich gar nicht erinnern, wann ich mich zum letzten Mal so habe gehen lassen. Doch bei der Lady muss ich mich zusammenreißen. Verzeih mir bitte, dass ich so abscheulich zu dir war, Isobel.«

»Ist schon gut«, erwiderte Isobel mit einem kleinen Lachen. »Und vergiss nicht, Ealga zu fragen, wo sich unsere Männer versteckt halten.«

Offensichtlich wusste Isobel sehr wohl, dass ihre Schwester nicht wegen »ihrer« Männer so unruhig war. Daher ignorierte Sidony die Bemerkung und ging nach oben, um sich das Haar zu richten. Dabei kam sie zu dem Schluss, dass das hübsche Kleid in Rosa und Grau, das sie anhatte, gut genug für einen Besuch bei der Lady wäre.

Zwanzig Minuten später trat sie in Lady Clendenens privaten Salon, wo die Hausherrin sie herzlich umarmte. Sidony war so höflich, sie bei ihrem Geplauder nicht zu unterbrechen, bis Lady Clendenen auf die Rückkehr des Königs in seine Residenz zu sprechen kam.

»Dergleichen hat mich nie interessiert, Madam«, sagte Sidony. »Doch ich muss gestehen, mittlerweile freue ich mich auf die Abwechslung. Ohne das ständige Kommen und Gehen von Michael und den übrigen Männern ist es in Sinclair House ziemlich eintönig. Und jetzt, wo der arme Will auch noch zahnt, haben Isobel und ich nur selten Gelegenheit zu einem ungestörten Schwätzchen. Wir dachten eigentlich, Rob und Hugo würden vorbeikommen, doch ich nehme an, Hugo ist mittlerweile wieder zu Hause, und Rob …«

Als sie zögerte, sagte die Lady: »Ja, Hugo ist Mittwoch Morgen nach Hause geritten, da er bei den Vorbereitungen für Isabellas Umzug in die Stadt helfen muss. Du weißt ja selbst, was sie alles auf die Reise mitschleppt – sogar Bettwäsche und ein paar Lieblingsmöbel. Als wüsste sie nicht genau, wie behaglich Sinclair House eingerichtet ist. Sie reist stets mit einem riesigen Gefolge, und Hugo muss dafür sorgen, dass alles reibungslos vonstatten geht.«

»Hat Rob ihn begleitet?«, wollte Sidony wissen. »Denn falls Adela mit der kleinen Anna allein zu Hause ist, langweilt sie sich vielleicht ebenso sehr wie Isobel und ich.«

Lady Clendenen warf ihr einen ähnlichen Blick zu wie zuvor Isobel, bevor sie antwortete: »Rob hält sich noch immer in der Stadt auf, ebenso wie sein charmanter Freund, Sir Giffard MacLennan. Rob hilft ihm dabei, sich ein wenig herauszuputzen, bevor wir uns alle bei Hofe treffen. Da er direkt aus Galloway kam, hatte Sir Giffard bestimmt nicht viel Gepäck dabei.«

»Vermutlich nicht«, pflichtete Sidony ihr bei. »Vielleicht kommen sie Sonntag ja auch nach St. Giles.«

»Oh, das bezweifle ich«, sagte die Lady. »Die Nichte meiner Zofe, musst du wissen, ist Dienstmagd auf Lestalric, und sie hat ihrer Tante erzählt, dass Rob und Giff heute Nachmittag nach Roslin reiten wollen, um Hugo bei den Reisevorbereitungen zu unterstützen. Sie wollten morgen Abend zurückkommen, aber das halte ich für unwahrscheinlich, denn Isabella reist gern mit großem Gefolge, wegen der Sicherheit und weil es mehr hermacht. Vermutlich wird sie die beiden bitten, sie zu begleiten.«

»Wisst Ihr schon, wann sie in die Stadt kommt?«

»Am Mittwoch, glaube ich.«

Bei der Aussicht auf fünf weitere öde Tage hätte Sidony am liebsten gejammert wie ein ungezogenes Kind. Doch selbstverständlich beherrschte sie sich, nahm eine Stunde später freundlich Abschied von der Hausherrin und kehrte zurück nach Sinclair House.

Auf dem Heimweg kamen ihr verschiedene Ideen, die Sir Hugo vermutlich allesamt missfallen hätten. Doch eine davon, so hoffte sie, würde zumindest den gnädigen Beifall ihrer Schwester finden.

In Sinclair House bemühte sich eine müde und erschöpfte Isobel, ihren Sohn zu beruhigen, der lauthals sein Leid klagte.

»Ich werde ihn eine Weile nehmen, Liebes«, bot Sidony an und streckte mit den Worten: »Du kommst doch zu Tante Sidony, nicht wahr, Will?«, die Arme aus. Der Kleine wackelte auf sie zu und kuschelte sich an sie, wobei er ein Fäustchen in den Mund steckte. »Siehst du?«, sagte sie zu ihrer Schwester. »Ruh dich ein bisschen aus.«

»Ich bin froh, dass du wieder da bist«, erwiderte Isobel dankbar. »Solange du fort warst, hat er die ganze Zeit nur geschrien. Sein Kindermädchen konnte ihn nicht beruhigen, doch zu dir geht er immer gern.«

Auch Sidony konnte die Schmerzen des Kindes nicht lindern, doch sie trug es herum und redete ihm tröstend zu, wenn es wimmernd an seiner Faust saugte. Dabei überlegte sie die ganze Zeit fieberhaft, wie sie sich ein wenig Abwechslung verschaffen könnte. Ganz gegen ihren Willen kam ihr ständig Sir Giffard MacLennan in den Sinn, und dann spürte sie wieder seine Lippen auf den ihren. Doch sie redete sich ein, dass sie sich eigentlich gar nicht für den Mann interessierte, sondern nach all den Gesprächen über zahnende Babys und Kleiderfragen einfach nur auf andere Gedanken kommen wollte. Nachdem Will aus purer Erschöpfung eingeschlafen war und Isobel sich ein wenig ausgeruht hatte, nahmen die beiden Frauen ihr Abendessen ein und tranken dazu einen Becher Wein. Als sie fertig waren, erhob sich Sidony und sagte: »Wir brauchen unbedingt eine Pause, Liebes. Was hältst du davon, wenn wir beide morgen früh nach Hawthornden reiten und Sorcha besuchen? Ich dachte mir …«

»Gar nichts hast du gedacht«, erwiderte Isobel. »Denn du glaubst doch wohl nicht, dass ich den armen kranken Will allein lasse. Du bist doch sonst nicht so gedankenlos.«

»Du hast recht, und es tut mir leid«, erwiderte Sidony zerknirscht. »Ich liebe dich und Will wirklich sehr, aber seit Tagen fühle ich mich wie eine Gefangene. Ich muss einfach mal wieder frei durchatmen. Das verstehst du doch bestimmt. Weißt du nicht mehr, wie du nach nur einem Regentag auf Chalamine auf deinem Pferd davongestürmt bist? Außerdem habe ich mir alles genau überlegt. Wir könnten den Kleinen doch mitnehmen. Du weißt ja, wie gern er mit dabei ist, wenn wir ausreiten. Das wird ihn von seinen Schmerzen ablenken.«

»Bis Hawthornden sind es sechs Meilen. Das ist einfach zu weit«, entgegnete Isobel.

»Die meiste Zeit wird er sowieso schlafen.«

»Das mag ja sein, aber auf dem Rückweg ist er dann munter. Und wenn wir bei Sorcha übernachten, müssen wir bis Montag bleiben, weil sie und Hugo immer die Sonntagsmesse auf Roslin besuchen und Isabella bestimmt erwartet, dass wir auch daran teilnehmen.«

»Daran habe ich gar nicht gedacht«, musste Sidony zugeben. »Aber jetzt, wo Michael nicht da ist, ist es doch egal, wenn wir ein paar Tage fortbleiben. Das Gastmahl bei Adela ist erst am Dienstag, und Sorcha und Hugo haben uns bestimmt gern bei sich.«

»Ja, sicher«, sagte Isobel, »aber vergiss nicht, dass sie noch keine Kinder haben und dass Hawthornden wesentlich kleiner ist als Roslin oder selbst Sinclair House. Glaubst du vielleicht, sie haben Lust, sich die ganze Nacht Wills Geschrei anzuhören, wie wir in den beiden vergangenen Nächten? Außerdem müssten wir seine Kinderfrau mitnehmen, und für die ist Reiten kein Vergnügen, sondern eine Strafe«, fügte sie hinzu, als wäre damit alles gesagt.

Aus einem Impuls heraus wollte Sidony sich abermals entschuldigen und Isobel in allem recht geben, doch dann überlegte sie es sich anders und schwieg, den Blick auf ihre im Schoß gefalteten Hände gesenkt.

»Das war gemein von mir«, lenkte Isobel schließlich ein. »Ich sollte dich nicht immer so unter Druck setzen. Ich weiß ja, dass du lieber zu Hause im Hochland wärst, und außerdem sollte ich nicht so oft verlangen, dass du dich um Will kümmerst. Schließlich bist du hier, um dich zu amüsieren und nicht, um Kindermädchen für meinen Sohn zu spielen.«

Sidony war drauf und dran, ihre Worte zurückzunehmen, doch sie biss sich auf die Lippen und schwieg weiter. Es war ihr immer schwergefallen, sich gegen ihre Schwestern durchzusetzen, und warum sie es jetzt schaffte, hart zu bleiben, wusste sie selbst nicht zu sagen.

»Den langen Weg nach Hawthornden möchtest du bestimmt nicht allein reiten«, fuhr Isobel fort. »Aber du kannst ja zwei Diener mitnehmen und Adela und Rob auf Lestalric besuchen. Du brauchst wirklich eine Abwechslung, also bleib ruhig den ganzen Tag dort. Vielleicht geht es Will schon besser, wenn du zurückkommst. Wenn nicht, muss mir eben die Kinderfrau zur Hand gehen. Immerhin gibt es genügend Mütter, die ohne die Hilfe einer Kinderfrau oder einer Schwester auskommen müssen, nicht wahr?«

Fast hätte Sidony das Angebot abgelehnt, doch sie wusste, wenn sie das tat, würde es lange dauern, bis sie wieder einmal den Mut fand, etwas zu tun, wozu sie Lust hatte. Dennoch fragte sie: »Bist du sicher, dass ich gehen soll, Isobel?«

»Ganz sicher, mein Liebes«, erwiderte Isobel mit dem ihr eigenen warmherzigen Lächeln.

Falls Will in der folgenden Nacht schrie, so hörte Sidony es zumindest nicht, und auch am nächsten Morgen war alles ruhig. Sie zog ihr moosgrünes Reitkleid an, holte sich zum Frühstück ein Brötchen aus der Küche und ging in den Stall, um ihr Lieblingspferd satteln zu lassen.

Im Umgang mit der gebieterischen Gräfin, ihren Schwiegertöchtern und ihren meist recht verträglichen Söhnen hatten die beiden Burschen gelernt, sich über nichts zu wundern, was die Damen in Sinclair House taten. Also sattelten sie einfach zwei Pferde für sich selbst und folgten Sidony.

Am Ende der Canongate hielt sie einen Augenblick inne und schaute nach Osten, froh darüber, dass Isobels Schlafkammer nicht zur Straße hinausging. Dann schlugen sie den

Weg ein, der nach St. Giles führte, und hatten bald die Stadt hinter sich gelassen. Schließlich hatte Isobel ihr nicht verboten, nach Süden zu reiten, allerdings hatte Sidony ihr auch nichts von ihrem Vorhaben erzählt.

In zügigem Tempo durchquerten die drei Reiter die Flussniederung und hielten auf die fernen Hügel zu. Falls sie befürchtet hatte, zwei Männer als Begleitschutz seien zu wenig, konnte Sidony beruhigt sein, denn auf der Landstraße wimmelte es von Wollkarren, Schafherden und Reisenden. Hugo hätte in diesem Punkt wohl eine andere Meinung vertreten, doch er war auf Roslin und bereitete alles für die Abreise der Gräfin vor. Er würde ihnen also schwerlich ins Gehege kommen.

Erst jetzt fiel Sidony ein, dass Sorcha wohl gar nicht zu Hause sein würde. Da ihre Burg Hawthornden nur eine Meile von Roslin entfernt lag, war sie bestimmt auch dorthin geritten, um Isabella zu helfen. Dennoch ritt Sidony unbeirrt weiter.

Ihr war so herrlich frei zumute; daran konnten auch die kleinen Gewissensbisse nichts ändern. Im Gegensatz zu Sidony hatten ihre älteren Schwestern alle zuweilen getan, was ihnen passte, ohne auf die anderen Rücksicht zu nehmen. Da konnte es doch keine so große Sünde sein, wenn sie sich auch ein einziges Mal einen Wunsch erfüllte.

Eine halbe Stunde später erreichten sie die Straße, die am Ostufer des Flusses North Esk entlangführte, und ritten in die Hügel hinauf bis zum östlichen Rand der Schlucht von Roslin. Kurz darauf stießen sie auf ein Trüppchen Bewaffneter, die in Hugos Diensten standen. Als die Männer Sidony erkannten, ließen sie die Reiter ungehindert passieren.

Während der vergangenen drei Tage hatte Giff beträchtliche Zeit damit verbracht, sich von Rob für seinen Auftritt bei Hofe ausstatten zu lassen. Offensichtlich hatte Rob vor, des Öfteren dort vorzusprechen, bevor sie endlich den *Lia Fail* holen gingen. Allerdings würde Giff erst glauben, dass es sich tatsächlich um den echten Krönungsstein handelte, wenn er ihn mit eigenen Augen gesehen hatte.

Rob hatte ihn auch zum Hafen von Leith begleitet, wo sich Giff nach einem geeigneten Schiff umsehen wollte, das sie mieten oder kaufen konnten. Rob versicherte ihm, dass Geld keine Rolle spielte, und so hatte Giff schon mehr als ein geeignetes Schiff entdeckt.

Doch solange er die Fracht nicht gesehen hatte, wollte er sich nicht festlegen.

Endlich, am späten Freitagnachmittag, machten sich die beiden Männer auf den Weg nach Roslin. Bei ihrer Ankunft erfuhren sie, dass Hugo am Rand der Schlucht längs des Flusses Posten aufgestellt hatte. Sie sollten unwillkommene Besucher abweisen, bis Gräfin Isabella aufgebrochen war.

»Ihre Reise liefert uns einen ausgezeichneten Grund, Wachen aufzustellen«, erklärte Hugo. »Seit Fife wieder in der Stadt ist, haben wir seine Spitzel nicht oft zu Gesicht bekommen. Doch ich habe mir sagen lassen, dass er sich bald nach Norden aufmachen will, wahrscheinlich, um Henry auf die Nerven zu gehen.«

»Das ist eine gute Nachricht, weil er mir dann auf meinem Weg nach Westen nicht in die Quere kommt«, erwiderte Rob.

»Ja«, stimmte Hugo ihm zu. »Aber lass ihn trotzdem bis zu deiner Abreise nicht aus den Augen. Und wenn du nach Sinclair Bay kommst und sein schönes neues Schiff dort liegen siehst, musst du weiterfahren, ohne auf Girnigoe haltzumachen.«

»Liegt Fifes neues Schiff in Leith vor Anker?«, fragte Giff. »Wie sieht es aus?«

Hugo zuckte die Achseln. »Es ist ein Mittelding zwischen Galeere und Handelsschiff. Wahrscheinlich taugt es zu beidem nicht recht. Das wollen wir zumindest hoffen – für den Fall, dass es euren Weg kreuzt.«

»Ja«, erwiderte Giff. »Ich persönlich würde ja eine schnittige Inselgaleere vorziehen, aber wahrscheinlich ist unsere Fracht ja groß und lässt sich nicht so ohne Weiteres verstecken …«

»Du wirst bald erfahren, was für ein Schiff du benötigst«, versicherte ihm Hugo.

Am folgenden Samstagvormittag standen die drei Männer vor einer hohen Felsplatte inmitten einer engen, dicht bewaldeten Klamm, von der Art, wie sie im Grenzland *cleuch* genannt wurde.

Wortlos bückte sich Rob und schob seine Hand unter die Unterkante der Felsplatte. Nach wenigen Augenblicken richtete er sich wieder auf, packte den Rand der Platte mit beiden Händen und zog.

Die Felsplatte bewegte sich und gab einen engen Zugang frei, gerade groß genug, dass ein Mensch hindurchgehen konnte.

»Hier entlang«, sagte Rob, während Hugo ihm eine brennende Fackel reichte. Dann ging er den beiden anderen voran in die Dunkelheit. Hugo schob hinter ihnen die Felsplatte wieder an ihren Platz.

Giff, der an die weite See gewöhnt war, fühlte sich in engen Räumen ausgesprochen unbehaglich. Doch als er und Hugo beim flackernden Licht der Fackel Rob in den schmalen Tunnel folgten, gewann seine Neugier Oberhand. Wild flackerte die Flamme, als Rob zügig durch den gewundenen Gang voranschritt, und Giff fiel auf, dass der Boden außergewöhnlich glatt und eben war.

Robs breite Schultern versperrten die Sicht, doch endlich blieb er stehen, hob die Fackel höher und sagte: »Da hinten, Giff.«

An dieser Stelle erweiterte sich der Tunnel zu einer kleinen Kammer, sodass Giff neben seine Gefährten treten konnte. Als er auf den Gegenstand blickte, auf den Rob wies, überlief ihn ein kalter Schauer.

»Bei meiner Seele!«, flüsterte er.

6

Instinktiv wusste Giff, dass er auf *Lia Fail,* den echten Krönungsstein der Schotten, blickte.

Es handelte sich um einen imposanten, etwa kniehohen Block aus schwarzem poliertem Marmor oder Basalt, einen halben Meter tief und knapp einen Meter breit. Die eingemeißelten und vergoldeten Muster, mit denen seine Oberfläche bedeckt war, schimmerten unheimlich im Feuerschein. Der Block ruhte auf vier Füßen, von denen die hinteren an Adlerklauen, die vorderen dagegen an die Beine einer Eidechse oder eines anderen Reptils erinnerten.

»Sieht höllisch schwer aus«, sagte Giff und beugte sich vor, um den Stein zu berühren. Noch zögerte er, doch als Hugo und Rob keinen Einspruch erhoben, umfasste er eine Ecke und versuchte, sie anzuheben. »Mein Gott, der wiegt ja eine Tonne.«

»Weniger als eine Vierteltonne, würde ich sagen«, entgegnete Rob. »Ich glaube, sechs Männer könnten ihn hinaustragen. Wenn diese beiden Haken an den Seiten so stabil sind, wie sie aussehen, könnte man für den Transport zwei kräftige Stangen hindurchschieben.«

»Wir haben schon zwei passende Hölzer zurechtschneiden lassen«, sagte Hugo.

»Ihr seid also sicher, dass es der echte Stein der Vorsehung ist«, sagte Giff und ging in die Hocke, um ihn näher in Augenschein zu nehmen. Doch im Grunde war er schon überzeugt. Andächtig strich er mit der Hand über den glatten Stein, betastete die Vertiefung auf der Sitzfläche, die wie ein Fußabdruck geformt war, und malte sich aus, wie seit undenklichen Zeiten die schottischen Könige darauf gekrönt wurden.

»Henry sagt, er sieht genauso aus wie der Stein auf den Wachssiegeln alter Urkunden«, erlärte Hugo. »Spätere Siegel zeigen einen höheren Thron, bei dem der König die Füße auf einen Hocker stellen musste. Henrys Meinung nach hatte man zu der Zeit den Stein unter einen Thronsessel geschoben. Er glaubt, dass Edward den falschen Stein mitgenommen hat, weil die Leute damals den echten schon so lange nicht mehr gesehen hatten, dass sie gar nicht mehr wussten, wie er aussieht. Die Geschichte von der Rettung des Steins haben wir von jemandem gehört, dem wir voll und ganz vertrauen.«

Giff, der noch immer neben dem Stein hockte, fragte: »Verratet ihr mir, wer das war?«

Er hatte eigentlich angenommen, dass Hugo in der Angelegenheit der Wortführer war, doch stattdessen fragte Rob: »Du hast dich also entschlossen, uns zu helfen?«

»Aber ja«, antwortete Giff. Dieses Abenteuer wollte er sich um keinen Preis entgehen lassen. »Ich schaffe das«, fügte er hinzu. »Der Stein wäre bei niemandem besser aufgehoben als bei mir.«

»Dann sollten wir ihm wohl alles erzählen, was wir wissen«, sagte Rob zu Hugo. »Immerhin setzt er bei dem Unternehmen sein Leben aufs Spiel.«

»Du musst entscheiden, wie viel wir ihm erzählen sollen«, erwiderte Hugo. »Als geborener Geheimniskrämer wirst du ihm schon nicht zu viel verraten.«

Daraufhin wandte sich Rob an Giff und begann: »Der Abt von Holyrood hat mir Folgendes berichtet: Als im Jahre 1296 die Kunde die Abtei von Scone erreichte, dass Edward von England vorhatte, den Krönungsstein aus dem Kloster rauben und in sein Land schaffen zu lassen, wandte sich der Abt von Scone hilfesuchend an den damaligen Abt von Holyrood, der aus der Familie Lestalric stammte. Dieser erklärte sich bereit, den Stein zu verstecken, sofern es gelang, ihn in die Abtei zu schaffen, bevor Edward in Lothian eintraf.

Rund dreißig Jahre später, 1329, griff Edward der Dritte von

England Schottland erneut an. Der jetzige Abt von Holyrood und unser damaliger Mann begaben sich zu Robert the Bruce, um ihm mitzuteilen, dass der Stein sich in Holyrood befand, und ihn zu fragen, was sie damit tun sollten. Die Engländer hatten bereits die Melrose-Abtei eingenommen, und es war täglich damit zu rechnen, dass sie auch Holyrood erobern würden. Daher empfahl Bruce, zwei seiner zuverlässigsten Getreuen, die Tempelritter waren, mit der Rettung des Steins zu betrauen.«

»Wenn ein Lestalric damals Abt war, liegt doch der Gedanke nahe, dass auch die beiden Templer in Verbindung zu deiner Familie standen, oder?«, warf Giff ein.

Ein wenig zögernd antwortete Rob: »Ja. Einer von ihnen war mein Urgroßvater, Sir Robert Logan. Er gehörte zu den Männern, die das Herz des verstorbenen Robert the Bruce ins Heilige Land bringen wollten. Doch auf der Reise kam er selbst ums Leben. Bevor er aufbrach, hatte er das Geheimnis des Steins seinem Sohn – meinem Großvater – anvertraut, und er hat es an mich weitergegeben.«

Mit nachdenklich gerunzelter Stirn sagte Giff: »An diesem Unternehmen waren doch noch zwei andere berühmte Männer beteiligt, die ebenfalls in Spanien umkamen.«

»Ja, das waren Sir James Douglas und Sir William Sinclair.«

»Ich werde dich nicht fragen, wer außerdem noch in das Geheimnis eingeweiht war, denn wahrscheinlich darfst du es mir sowieso nicht verraten. Aber ich habe da so eine Ahnung«, sagte Giff.

»Jetzt müssen wir erst einmal zusehen, dass Fife den Stein nicht in die Hände bekommt«, sagte Rob.

»Da er die Sinclairs im Verdacht hat und bestimmt versuchen wird, Henry auszufragen, soll ich den Stein wohl kaum nach Girnigoe oder Orkney bringen. Wo, glaubst du, wäre er denn sicher? Der Einzige, der meiner Meinung nach mächtig genug ist, um ihn vor Fifes Zugriff zu schützen, ist der Lord der Inseln.«

»Nein, Donald darf ihn nicht bekommen«, entgegnete Hugo.

»Wer dann?«

»Ein Mann, der für seine Zuverlässigkeit bekannt ist und ebenfalls dem Orden angehört«, sagte Hugo. »Du wirst den Stein zu Ranald von den Inseln bringen.«

Giff blickte ihn zweifelnd an. »Ich weiß, dass Ranald einen guten Ruf genießt, aber andererseits ist er seinem jüngeren Halbbruder treu ergeben. Er unterstützte Donalds Wahl zum zweiten Lord der Inseln, obwohl nahezu jeder Clanchief in seinem Herrschaftsbereich lieber Ranald selbst auf dem Thron gesehen hätte.«

»Er unterstützte Donald, weil es der Wunsch seines Vaters war«, erwiderte Hugo. »Doch Donald gehört nicht unserem Orden an. Darüber hinaus ist er ein Enkel des Königs der Schotten und Fifes Neffe. Der erste Lord der Inseln wusste über die Ziele unseres Ordens Bescheid und stand ihm wohlwollend gegenüber. Er warnte uns davor, Donald in die Geheimnisse des Ordens einzuweihen, da die Gefahr bestand, dass dieser sie seinem Großvater mütterlicherseits, dem König, weitererzählen würde. Ranalds Mutter hingegen war eine Macruari und keine Stewart; infolgedessen ist Ranald nicht mit dem König oder Fife verwandt.«

»Wir reden weiter darüber, wenn Michael wieder da ist«, sagte Rob. »Er ist vor vierzehn Tagen nach Eigg geritten, um mit Ranald zu sprechen. Aber ich glaube, wir sollten jetzt lieber gehen. Jemand könnte unsere Männer am Eingang zum *cleuch* bemerken und auf die Idee kommen, dass sie nicht nur zum Angeln dort sind.«

»Hast du genug gesehen, Giff?«, fragte Hugo.

»Ja. Wisst ihr schon, wie ihr den Stein aus der Schlucht transportieren wollt?«

»Da gibt es mehrere Möglichkeiten. Es hängt davon ab, wann du lossegeln kannst. Glaubst du, es könnte schwierig werden, ihn auf ein Schiff zu verladen?«

»Wenn ihr es schafft, ihn zum Schiff zu bringen, ohne dass Fifes Leute euch folgen, dann kriege ich ihn auch an Bord«, antwortete Giff. »Aber es wäre wohl besser, wir würden uns einen anderen Hafen als Leith suchen, zumindest, solange Fifes Schiff dort vor Anker liegt.«

»Das können wir alles entscheiden, sobald wir ein Schiff gefunden haben und wissen, was Michael von Ranald in Erfahrung bringen konnte«, sagte Rob, der es eilig hatte, die Höhle zu verlassen.

Sie gingen denselben Weg zurück, den sie gekommen waren, schoben die Steinplatte wieder an ihren Platz und tarnten den unteren Rand mit Erde und trockenen Blättern.

Dann folgten sie dem Lauf des Bächleins durch die felsige Klamm bis zu der Schlucht, wo Hugos Wachen am Fluss auf sie warteten. Als die Männer sie kommen sahen, verstauten sie die Angeln und bestiegen ihre Pferde.

»Habt ihr jemanden gesichtet?«, erkundigte sich Rob, als er sich ebenfalls in den Sattel schwang.

»Nein, Mylord«, erwiderte der Anführer. »Jedenfalls keine Fremden. Bloß eine von Euren jungen Damen. Sie ritt mit zwei Dienern den Hügelkamm entlang.«

»Woher weißt du, wer sie war?«, fragte Giff erstaunt.

»Bitte um Vergebung, Sir, aber unsere Jungs, die den Weg bewachen, würden kein fremdes Mädchen durchlassen. Ihr könnt die Lady da hinten noch sehen«, erwiderte der Mann und zeigte in die entsprechende Richtung.

Von ihrem Standort am Westufer des reißenden North Esk sah Cliff drei Reiter, die sich von Norden her auf der hohen, steilen Klippe Hawthornden Castle näherten. Mit seinen scharfen Augen erspähte er Sidony sofort.

Als Hugo leise fluchte, fragte Rob: »Das ist doch nicht Sorcha, oder?«

»Nein, die ist auf Roslin«, erwiderte Hugo. »Aber das Mädchen dort reitet im Herrensattel, wie alle Macleod-Schwestern. Also muss es Sidony sein. Was zum Teufel hat sie sich bloß dabei gedacht, sich nur von zwei Männern begleitet auf den Weg zu machen?«

»Wahrscheinlich will sie dich und Sorcha auf Hawthornden besuchen«, vermutete Rob. »Wenn sie erfährt, dass ihr nicht zu Hause seid, wird sie nach Roslin weiterreiten.«

»Wenn mein Verwalter sie gehen lässt, ohne ihr noch ein paar Männer zur Begleitung mitzugeben, habe ich ein Wörtchen mit ihm zu reden«, grollte Hugo. »Los jetzt!«

Giff sah der Reiterin nach, die so sicher im Sattel saß wie ein Mann. Im selben Augenblick drehte sie sich um, blickte zu ihnen herüber und schien kurz zu zaudern, bevor sie ihren Weg fortsetzte. Giff, der Lady Isobel in Clendenen House, Robs Lady auf Lestalric und Hugos Gemahlin am Abend zuvor auf Hawthornden kennengelernt hatte, wusste, wie ähnlich sich die Schwestern sahen. Dennoch hatte er nicht den geringsten Zweifel, dass es sich um Sidony handelte.

Als er bemerkte, dass die beiden anderen bereits auf ihren Pferden saßen, stieg er ebenfalls flugs in den Sattel. Dabei überlegte er, was Hugo wohl vorhatte. Als sie schließlich auf Roslin eintrafen, stellte sich heraus, dass Hugos Pflichten ihn dort noch mindestens eine Stunde lang festhalten würden.

Während die anderen absaßen, sagte Giff daher beiläufig: »Da es noch ein paar Stunden hell bleibt, werde ich jetzt zurückreiten. Je eher ich ein Schiff auftreibe, desto besser.«

Rob warf ihm einen trägen, amüsierten Blick zu, doch Hugo, der in Gedanken bereits bei seiner Arbeit war, sagte nur: »Das ist eine gute Idee. Sobald der Transport gesichert ist, können wir uns über das weitere Vorgehen unterhalten.«

Unverzüglich ritt Giff über die schmale Landbrücke davon, die Roslin von der Anhöhe im Osten trennte. Da der Fluss Esk Roslins Burgfelsen in einer scharfen Kehre beinahe gänzlich umfloss, musste man, um ans Westufer zu gelangen, den steilen Abhang bis zu der steinernen Bogenbrücke hinunterreiten. Die meisten Reisenden zogen jedoch den höher gelegenen Weg vor, der entlang des Hügelkamms am Ostufer des Flusses verlief.

Giff, der sich ebenfalls für diese Route entschieden hatte, gab seinem Pferd die Sporen.

Sidony hatte die Männer unten am Fluss gesehen und alle drei an der Art, wie sie sich bewegten, erkannt. Bei Hugos Anblick wurde ihr ein wenig beklommen zumute, doch dann siegte ihre Neugier, zumal es den Anschein hatte, als seien die drei geradewegs aus einer Felswand der Schlucht aufgetaucht.

Allerdings war die gesamte Schlucht dicht mit Gebüsch und Bäumen bewachsen, die obere Kante des Abhangs wies eine kleine Senke auf, und ein Bächlein auf seinem Weg in den North Esk kreuzte den Pfad. Daher war anzunehmen, dass es irgendwo dort hinten noch ein kleines Seitental, vielleicht sogar mit einem Wasserfall, gab. Von dort mussten die drei Männer gekommen sein.

Auf Hawthornden erfuhr Sidony, dass Sorcha sich tatsächlich auf Roslin aufhielt, lehnte jedoch den Vorschlag des Burgverwalters ab, zu bleiben und auf ihre Schwester zu warten. Als er sie fragte, ob sie nach Roslin weiterreiten wolle, erklärte sie leichthin, sie würde ein andermal wiederkommen. Denn sie hatte keine Lust, Hugo über den Weg zu laufen.

»Wisst Ihr«, sagte sie zu dem Verwalter, »ich brauchte nur einen Vorwand, um mein Pferd wieder einmal zu bewegen. Doch ich habe Lady Isobel versprochen, zum Abendessen wieder in Sinclair House zu sein.«

»Ja, gewiss, Mylady. Ich werde Euch ein paar Männer mitgeben.«

»Vielen Dank, aber das ist nicht nötig«, erwiderte sie. »Ich habe meine eigenen Diener dabei.«

Der Verwalter betrachtete die beiden Burschen abschätzig und sagte: »Verzeiht, Mylady, aber Ihr braucht eine angemessene Eskorte. Sir Hugo würde es mir sehr übel nehmen, wenn ich Euch allein mit diesen beiden Grünschnäbeln fortreiten ließe.«

Sidony biss sich auf die Lippen und wartete am Tor, bis der Verwalter im Stall, der auf dem Burghof lag, verschwunden war. Dann sagte sie zu ihren Begleitern: »Wir reiten los. Wenn er uns unbedingt Männer hinterherschicken will, dann soll er es tun, aber ich habe keine Lust, hier herumzusitzen und auf sie zu warten.«

Die beiden Burschen wechselten einen Blick, sagten jedoch nichts. Sidony, die vom Gefühl der Freiheit wie berauscht war, war froh darüber. Es gefiel ihr, dass jemand ihr widerspruchslos gehorchte.

Ihr war klar, dass die drei Männer sie gesehen hatten, doch sie hatte sich einzureden versucht, Hugo habe sie für Sorcha gehalten, die einen kleinen Ausritt unternahm. Nun jedoch, nachdem sie mit seinem Verwalter gesprochen hatte, würde er auf jeden Fall die Wahrheit erfahren. Daher wollte sie so schnell wie möglich in die Stadt zurückkehren. Sie ritt in zügigem Tempo voran, bis der Weg steil abzufallen begann. Da sie merkte, wie müde die Tiere mittlerweile waren, zügelte sie ihr Pferd. Ihre Begleiter folgten erleichtert ihrem Beispiel.

Kurz darauf sagte einer von ihnen: »Verzeiht, Mylady, aber dort hinter uns sind Reiter. Sie kommen schnell näher. Ich nehme an, es sind die Männer von Hawthornden.«

Sidony gab sich gleichgültig. »Sie können uns ja begleiten, wenn sie wollen. Ich kann es ihnen nicht verbieten.« Sie widerstand dem Drang, sich umzublicken, obwohl sie wusste, dass die Männer von Hawthornden es niemals wagen würden, sie zu kritisieren. Immerhin konnte Hugo nicht unter ihnen sein, da Isabella sich noch immer auf Roslin aufhielt.

Selbst wenn er gewollt hätte, dachte Sidony, hätte er nicht so schnell von Roslin nach Hawthornden reiten können. Und warum sollte er sie nach Hause schicken, wenn sie sowieso schon auf dem Weg dorthin war? Bis zur Stadt waren es noch zwei Stunden; es blieb ihm also noch genügend Zeit, sie einzuholen, bevor sie Sinclair House erreichte.

Als sie die Hufschläge hinter sich vernahm, zwang sie sich,

weiter geradeaus zu blicken. Die Männer, die ihr folgten, sollten nicht merken, wie unbehaglich ihr zumute war. Schließlich war sie eine Macleod von Glenelg und konnte tun und lassen, was sie wollte.

Sie hatte doch einfach nur einen kleinen Ausritt in der Nähe der königlichen Residenz unternommen, auf einer belebten Straße, die ihr vertraut war, begleitet von zwei Dienern. Nun gut, sie musste zugeben, dass sie hier auf dem Weg am Fluss allein waren, doch sie befanden sich immer noch auf dem Land der Sinclairs. Es bestand also überhaupt keine Gefahr.

»Wie weit sind sie noch entfernt?«, fragte sie einen der Pagen, als das Hufgetrappel nicht näher zu kommen schien.

»Sie sind langsamer geworden, Mylady. Mir scheint, sie wollen Abstand halten.«

»Das werden wir ja sehen«, erwiderte sie. »Lasst uns auch langsamer reiten und abwarten, was sie tun.«

Die Reiter hinter ihnen verlangsamten ebenfalls das Tempo, worauf Sidony ihr Pferd in Schritt fallen ließ, um es zu schonen. Wenn Hugo kam, dann kam er eben, und er würde sie mitten auf der Straße ebenso ausschelten wie in Sinclair House. Eine Standpauke mehr oder weniger fiel nicht ins Gewicht. Mit diesem Gedanken kehrte das Gefühl der Freiheit zurück. Es kam eben nur auf die innere Einstellung an, dann war alles ganz einfach.

So setzte sie etwa zwanzig Minuten lang zufrieden ihren Weg fort, bis eine vertraute schroffe Stimme dicht neben ihr sie unsanft aus ihren Träumereien riss.

Auf Hawthornden teilte man Giff mit, dass Lady Sidony auf der Stelle umgekehrt und in die Stadt zurückgeritten sei, als sie erfuhr, dass ihre Schwester nicht zu Hause war. Daraufhin machte sich Giff eilig auf den Weg, ohne auf den Verwalter zu achten, der sich noch immer lang und breit über die unzureichende Eskorte der Lady ausließ. Vor allem hätte Giff gern gewusst, warum Sidony diesen Ausflug überhaupt unternommen hatte. Ganz gewiss brachte sie keine schlechten Nachrichten von Sinclair House. Denn wenn dort etwas passiert wäre, hätte man nicht Lady Sidony, sondern einen Diener mit dem schnellsten verfügbaren Pferd losgeschickt.

Während er dahinritt, dachte er darüber nach, warum ihn das Mädchen immer stärker faszinierte. Er war ihr aus einem bloßen Impuls heraus gefolgt, doch dann wurde ihm klar, dass er nach einer Gelegenheit suchte, sie näher kennenzulernen. Die Tatsache, dass Hugo sich darüber ärgern würde, machte die Sache nur reizvoller. Und, was noch schöner war, wenn es ihm gelang, sie einzuholen, konnten sie noch eine ganze Stunde ungestört miteinander plaudern.

Im Allgemeinen war es schwierig, auch nur eine kurze Zeitspanne allein mit einer jungen Dame zu verbringen, da die meisten unter der ständigen Aufsicht besorgter Verwandter standen. Lady Sidony Macleod war keine Ausnahme. Während Rob, der Giffs Absichten offenbar durchschaut hatte, sich nur darüber zu amüsieren schien, würde Hugo vor Wut schäumen, sobald er etwas merkte. Doch Giff machte es Spaß, Hugo hin und wieder ein wenig zu triezen.

Zehn Minuten später kamen Reiter in Sicht, und Giff fluchte innerlich über Hugos übereifrigen Verwalter. Das Letzte, was er jetzt gebrauchen konnte, war ein halbes Dutzend von Hugos Männern, die jede seiner Bewegungen beobachteten und die Ohren spitzten, um sich nur ja kein Wort entgehen zu lassen, das er mit der Lady wechselte.

Er ließ sich zu dem Trüppchen zurückfallen und lenkte sein Pferd neben das des Anführers. Nachdem er sich davon überzeugt hatte, dass Lady Sidony und die beiden Burschen noch außer Hörweite waren, sagte er in munterem Ton: »Noch einmal einen guten Tag. Ihr erinnert Euch bestimmt an mich. Ihr müsst mich heute Morgen mit Sir Hugo und Lestalric gesehen haben.«

»Sicher, Sir Giffard«, erwiderte der Anführer mit freundlichem Nicken.

»Dann solltet Ihr mir dankbar sein, denn ich entbinde Euch von Euren Pflichten gegenüber der Lady. Ich bin ebenfalls auf dem Weg nach Sinclair House und werde sie wohlbehalten bei Lady Isobel abliefern. Die beiden Burschen und ich sind als Eskorte völlig ausreichend, zumal die Landstraße, wie Ihr seht, nur noch etwas über eine halbe Meile entfernt ist.«

»Ja, Sir, aber Sir Hugo wünscht bestimmt, dass wir sie den ganzen Weg bis zur Stadt begleiten.«

»Bestellt Sir Hugo einen schönen Gruß und richtet ihm aus, dass Ihr nur meinen Befehl befolgt habt«, erwiderte Giff lächelnd. »Er kennt mich seit meiner Kindheit und wird mir zweifellos die ganze Schuld geben. Wir wurden nämlich gemeinsam ausgebildet.«

Der Mann nickte. »Davon habe ich gehört, Sir.«

»Dann gibt es ja nichts mehr zu sagen.«

Der Anführer zögerte noch, doch als Giff seinem Pferd die Sporen gab und davonpreschte, hörte er mit Befriedigung, dass der Mann seinen Leute befahl, umzukehren.

Giff war aufgefallen, dass die Diener, die die Lady begleiteten, sich immer wieder umblickten, sie jedoch nichts dergleichen tat. Also war sie entweder schwerhörig oder wollte sich nicht anmerken lassen, dass sie die Verfolger bemerkt hatte. Falls sie befürchtete, ein wutschnaubender Hugo käme hinter ihr hergestürmt, hätte sie sich bestimmt umgedreht.

Die beiden jungen Burschen ritten unmittelbar hinter ihr. Sobald er zu ihnen aufgeschlossen hatte, wies Giff sie in befehlsgewohntem Ton an: »Bleibt ein Stück zurück, Jungs. Ich will unter vier Augen mit der Lady sprechen.«

Sie gehorchten ihm auf der Stelle. Das bewies Giff, wie wenig sie als Begleitschutz taugten. Hugo hatte ganz recht gehabt, sich Sorgen zu machen.

Daran, wie sich Sidony im Sattel aufrichtete, sah er, dass sie ihn gehört hatte. Dennoch blickte sie weiter starr geradeaus und reckte nur ein wenig das Kinn.

Er setzte eine gestrenge Miene auf, lenkte sein Pferd neben

ihres und sagte: »Was sollen denn diese Dummheiten, mein Mädchen?«

Ohne ihn eines Blickes zu würdigen entgegnete sie: »Das geht Euch gar nichts an.«

»Da könnt Ihr aber von Glück reden«, sagte er.

Sie kniff die Lippen zusammen, doch ob aus Erleichterung, weil sie ihrer gerechten Strafe entgangen war, oder um ein Lächeln zu verbergen, hätte er nicht sagen können.

»Was ist bloß in Euch gefahren? Und noch dazu so kurz nach Eurem Ausflug in den Abteiwald. Euch muss doch klar sein, dass Ihr Hugo damit verärgert habt.«

Endlich drehte sie sich zu ihm um. »Wollt Ihr mir etwa eine Strafpredigt halten? Dazu habt Ihr nämlich nicht das Recht, und ich werde mir kein Wort davon anhören.«

»Das braucht Ihr auch nicht«, räumte er ein. »Aber neugierig darf ich doch wohl sein. Pflegt Ihr Hugos Zorn öfter so herauszufordern?«

»Hugo und sein Zorn sind mir vollkommen egal«, erwiderte sie und hob das Kinn noch höher.

»Gute Antwort, Mädchen. Aber seht Euch vor. Wenn Ihr die Nase so hoch tragt, werdet Ihr im Nu ertrinken, wenn es jetzt anfängt zu regnen.«

Sie wandte sich ab und biss sich dabei erneut auf die Lippen. Doch diesmal wusste er warum, denn sie prustete vor Lachen.

»So ist es schon besser«, sagte er. »Aber noch lieber wäre mir, wenn Ihr mich ansehen würdet.«

Als sie ihn anblickte, zuckte ihr Mund noch immer vor unterdrücktem Gelächter.

»Und warum seid Ihr nun wirklich den ganzen Weg geritten?« Sie zögerte, und er konnte förmlich sehen, wie sie nach einer Ausflucht suchte. Doch dann fuhr sie sich mit der Zunge über die Lippen, schaute ihm in die Augen und sagte: »Weil ich Euch sehen wollte.«

***

Sidony konnte es selbst nicht fassen, was sie da gerade gesagt hatte. Sie hatte sich schon eine so schöne Ausrede zurechtgelegt, und dann war sie einfach mit der Wahrheit herausgeplatzt. Es war, als hätte sie wirklich ein Teufel geritten.

Ihre Wangen brannten. Was musste er nur von ihr denken! Es so offen auszusprechen – wie undamenhaft! Allerdings benahm er sich auch nicht gerade wie ein Gentleman.

Ihr kam die gestrenge Miene von Gräfin Isabella in den Sinn, und obgleich Sidony die Augen fest zukniff, wollte das Bild einfach nicht weichen.

Als sie die Augen wieder aufschlug, blickte sie in Giffs grinsendes Gesicht.

»Ich weiß wirklich nicht, wie ich so etwas sagen konnte«, seufzte sie.

»Vielleicht weil es die Wahrheit ist.«

»Ihr seid so was von arrogant!« Zum ersten Mal blickte sie sich um und stellte erleichtert fest, dass die Männer von Hawthornden verschwunden waren und ihre beiden Diener zu weit hinter ihnen ritten, um mitzuhören.

»Habt Ihr die anderen Männer weggeschickt?«, fragte sie.

»Ja.«

»Aber es waren doch Hugos Männer. Wieso haben sie Euch gehorcht?«

»Mir gehorcht normalerweise jeder. Das gehört sich auch so gegenüber dem Kapitän eines Schiffes. Nur Frauen lassen sich von mir nichts sagen«, fügte er verschmitzt hinzu.

»Aber warum habt Ihr sie denn nun fortgeschickt?«, hakte sie nach, entschlossen, auf keinen Fall auf seine Tändeleien einzugehen – nicht, bevor er ihre Frage beantwortet hatte.

»Vertrauen gegen Vertrauen«, erwiderte er. »Ich wollte ungestört mit Euch reden und hatte Angst, sie könnten uns belauschen und alles Hugo berichten.«

»Er wird über Euch genauso ungehalten sein wie über mich. Das ist Euch doch wohl klar«, erwiderte sie.

»Noch ungehaltener«, sagte Giff.

»Mir scheint, jeder vernünftige Mensch würde sich vor einem Mann hüten, der ihn schon einmal niedergeschlagen hat. Aber Ihr fürchtet Euch offenbar nicht vor Hugo.«

»Ihr anscheinend auch nicht«, entgegnete er.

»Nein, eigentlich nicht, obwohl ich es nicht gerade mag, wenn er wütend ist. Aber er würde mich wohl kaum schlagen. Der Einzige, von dem ich eine strenge Strafe zu befürchten hätte, hält sich nicht in Lothian auf.«

»Damit meint Ihr wohl Euren Vater.«

»Ja. Er kann nämlich wirklich fuchsteufelswild werden. Aber meistens richtete sich seine Wut gegen Sorcha und Isobel. Die beiden konnten ihn wirklich zur Weißglut treiben, doch mich hat er nur ein einziges Mal geschlagen, als ich frech zu ihm war. Normalerweise kümmert er sich gar nicht um mich, ebenso wenig wie Hugo.«

»Das ist mir auch schon aufgefallen, doch ich habe keine Erklärung dafür«, sagte er. »Als Ihr Euch neulich Abend in den Garten geschlichen habt, war ich ganz sicher, dass Hugo es sofort bemerken würde.«

Sie zuckte mit den Schultern. »So geht es mir mit allen.«

»Warum?«

Sie überlegte einen Augenblick.

»Nun?«

»Ich denke nach«, erwiderte sie und blickte ihn an. »Die Frage ist nicht so leicht zu beantworten. Also müsst Ihr schon ein wenig Geduld haben.«

»Ich habe niemals Geduld. Das ist für gewöhnlich das Erste, was den Leuten an mir auffällt.«

»Dann solltet Ihr Euch bemühen, geduldiger zu sein«, sagte sie.

»Im Augenblick bin ich sogar sehr geduldig«, gab er zurück.

Als sie ihn ansah, erkannte sie, dass er das ernst meinte. »Es kommt mir manchmal so vor, als würden sie mich gar nicht sehen«, erklärte sie. »Ich verstehe es selbst nicht, aber ich nehme an, es liegt daran, dass ich in Gegenwart anderer immer so still bin. Meine Schwestern sind alle viel lebhafter. Selbst die braveren unter ihnen haben einen starken Willen, und sie alle halten mit ihrer Meinung nicht hinter dem Berg. Schon als Kind habe ich die Erfahrung gemacht, dass es besser war, mich ruhig zu verhalten, wenn ich nicht ausgeschimpft oder in ihre Streitereien hineingezogen werden wollte.«

»Streiten sie sich denn oft?«

»Jetzt als Erwachsene nicht mehr. Und außerdem sind ja alle außer mir verheiratet. Früher hat mir jeder vorgeschrieben, was ich zu tun, zu denken und zu sagen habe. Sie sind ja alle sehr nett, aber wenn man nicht gerade ausgesprochen resolut ist, kann man sich nur schwer gegen sie behaupten. Ich habe schon vor Jahren den Versuch aufgegeben, meinen Willen durchzusetzen. Bis heute«, setzte sie mit einem leisen Lächeln hinzu.

»Ich nehme an, Ihr hattet Euch an dem Tag dazu entschlossen, als wir uns das erste Mal begegnet sind«, sagte er.

»Oh nein, dass ich in den Wald gegangen bin, hatte gar nichts mit irgendeinem Entschluss zu tun. Das ergab sich einfach so.«

»Aber heute habt Ihr doch einen Entschluss gefasst, oder?« Zu ihrem Ärger klang seine Stimme belustigt.

Doch da er der einzige Mann war, der sich jemals für ihre Gedanken interessiert hatte, wollte sie ehrlich zu ihm sein. Daher versuchte sie, es ihm zu erklären: »Ich nehme mir nie etwas Bestimmtes vor. Früher, als ich noch klein war, habe ich es wahrscheinlich versucht, doch die anderen durchkreuzten meine Pläne ständig. Also gab ich es irgendwann auf.«

»Ich verstehe.«

Sie warf ihm einen prüfenden Blick zu, dann rief sie: »Aber Ihr lacht ja über mich!«

Noch nie zuvor war sie so enttäuscht gewesen. Indem sie den Blick wieder starr geradeaus richtete, sagte sie mit ausdrucksloser Stimme: »Dort hinten liegt die Landstraße, Sir. Jetzt ist es nicht mehr weit.«

7

Giffs Erheiterung verflog und machte tiefer Zerknirschung Platz. Ihm war zumute, als hätte er ein kleines Hündchen getreten – zumindest stellte er es sich so vor, denn so etwas Gemeines hätte er in Wirklichkeit niemals getan. Wenn Hugo ihn jetzt niederschlagen würde, hätte er es mehr als verdient, dachte er.

Sie sah so traurig aus, dass er am liebsten behauptet hätte, er habe gar nicht über sie gelacht. Doch da sie ihm gegenüber so offen gewesen war, wollte er sie nicht belügen. Das erwartete sie bestimmt von ihm, und wahrscheinlich hätte sie ihm auch gar nicht geglaubt.

Natürlich hatte sie recht gehabt. Die Vorstellung, eine Frau könnte nicht in der Lage sein, einen Entschluss zu fassen, war einfach zu komisch. Sie alle taten doch den ganzen lieben langen Tag nichts anderes, als Pläne zu schmieden, und veranstalteten ein Riesentheater, falls ein Mann es wagte, sich dagegen zu sträuben. Diese Erfahrung hatte er von klein auf immer wieder gemacht, denn seine Mutter und Schwestern waren geradezu Musterbeispiele für ein solches Verhalten.

Die Frauen aus dem Hochland waren weder unterwürfig noch besonders fügsam. Und Ähnliches galt auch für diejenigen im Grenzland. Verglichen mit den Schottinnen waren englische und französische Frauen die reinsten Lämmchen.

An ihrem reglosen kleinen Gesicht mit dem trotzig vorgeschobenen Kinn konnte er deutlich ablesen, wie sehr er sie verletzt hatte. Dennoch ritt sie dahin, als sei nichts geschehen. Ihr Pferd schien nicht zu spüren, wie aufgewühlt sie innerlich war. Ihr weicher, biegsamer Körper mit seinen Rundungen an genau den richtigen Stellen bewegte sich harmonisch im Takt der Hufe, und ihre schmalen Hände in den Handschuhen hielten die Zügel bei aller Zartheit mit festem Griff.

Seine Gewissensbisse ließen nach, und er erfreute sich an ihrem Anblick, als er plötzlich ein unterdrücktes Schluchzen hörte und sah, wie ihr die Tränen in die Augen stiegen.

Da legte er ihr die Hand auf den Arm und sagte leise: »Nicht doch, mein Mädchen. Das war wirklich grob von mir, aber ich habe mich so über Eure Worte amüsiert, weil ich noch nie eine Frau gesehen habe, die keine Entscheidung treffen konnte. Oder zumindest keine, die es zugegeben hätte. Aber ich glaubte Euch natürlich. Wenn ich so darüber nachdenke«, fuhr er fort, »möchte ich doch gern wissen, wie man sich fühlt, wenn einem andere alles vorschreiben und man niemals etwas allein entscheiden darf.«

»Es ist kein bestimmtes Gefühl«, murmelte sie, während ihr eine Träne über die Wange lief. »Es ist eben, wie es ist – eigentlich ziemlich bequem, wisst Ihr.«

»Aber was tut Ihr, wenn Euch zwei Leute entgegengesetzte Anweisungen geben?«

Sie zuckte die Achseln. »Das ist selten vorgekommen. Sorcha steht mir im Alter am nächsten, und wir waren fast immer zusammen, bis sie Sir Hugo heiratete. Sie hatte genug Ideen und Pläne für uns beide. Damals war auch Adela noch zu Hause und hat Sorcha und mich ganz schön herumkommandiert. Doch wenn es Sorcha nicht passte, haben wir beide nicht gehorcht. Dann beklagte sich Adela bei unserem Vater, und der bestrafte Sorcha gewöhnlich härter als mich.«

»So hat alles sein Gutes«, neckte er sie.

Wie er gehofft hatte, blickte sie ihn an und wischte sich die Tränen ab.

»Ich sagte Euch ja, es war im Grunde ein bequemes Leben«, erwiderte sie. »Aber vielleicht versteht Ihr jetzt, warum andere Leute mich immer übersehen, es sei denn, ich soll etwas für sie erledigen. Ansonsten gehen sie davon aus, dass ich eben tue, was man mir aufgetragen hat.«

Er nickte. Das war durchaus möglich, zumindest, was ihre Schwestern betraf. Doch wie ein Mann es fertigbringen konnte, nicht von ihr gefesselt zu sein, war ihm noch immer ein Rätsel.

Sie waren bereits auf der befestigten Straße, die nach Edinburgh führte, und ritten in schnellerem Tempo, als ihm wieder etwas in den Sinn kam, was ihm zuvor schon aufgefallen war.

»Lady Isobel muss doch wissen, dass es Hugo nicht gefallen wird, dass Ihr praktisch allein einen so weiten Ritt unternehmt. Ich bin erstaunt, dass sie es Euch trotzdem erlaubt hat.«

Als Sidony errötete, war ihm klar, dass Lady Isobel von dem ganzen Unternehmen keine Ahnung hatte.

Anstatt auf seine Frage zu antworten, wandte sie sich ihm zu und sagte: »Warum habt Ihr drei Euch eigentlich dort unten in der Schlucht aufgehalten? Ich dachte, Hugo und Rob würden der Gräfin bei ihren Reisevorbereitungen zur Hand gehen.«

»Sie sind tatsächlich sehr beschäftigt«, gab er ihr recht. Er ließ es stillschweigend zu, dass sie das Thema wechselten, doch das hieß noch lange nicht, dass er ihr Rechenschaft schuldig war. »Um ehrlich zu sein, erscheint mir der ganze Aufwand ein wenig übertrieben. Gewiss, sie ist eine geborene Gräfin und ist es gewohnt, ihre Macht durch ein großes Gefolge mit Vorhut und allem Drum und Dran zu demonstrieren. Doch diese Reise ist ja nicht länger als zehn oder zwölf Meilen. Dafür ist es doch ein ganz schöner Aufwand.«

»Ja, gewiss, aber Ihr habt eben noch nie gesehen, wie sie zu reisen pflegt«, erwiderte Sidony lächelnd.

Giff freute sich, dass sie ihre gute Laune wiedergefunden hatte. »Wie denn?«, fragte er.

»Sie schleppt so viele Utensilien und sogar Möbel mit, dass man bei jedem anderen denken würde, er zieht um.«

Er blickte sie prüfend an, ob sie scherzte, doch sie meinte es vollkommen ernst. »Warum tut sie so etwas?«, erkundigte er sich. »Fürst Henry hat doch bestimmt dafür gesorgt, dass es ihr in Sinclair House an nichts fehlt.«

Sie lachte. »Es ist wirklich kaum zu glauben, aber sie braucht nun einmal ihre eigenen Decken und das Nachttischchen, das in Roslin neben ihrem Bett steht, und viele andere Dinge mehr. Dann bringt sie noch einen wunderbar verzierten Schrank mit, als Geschenk für Adela und Rob, der ihn sich für die Burg gewünscht hat. Und Lady Clendenen sagt, sie will auch der Abtei noch ein paar Dinge stiften.«

»Das hört sich so an, als wäre es lohnenswert, sich diesen Zug anzusehen«, sagte er.

»Ja, auf jeden Fall«, stimmte sie ihm zu. »Aber Ihr habt mir immer noch nicht verraten, was Ihr drei in der Schlucht zu suchen hattet.«

»Es ging um eine von Hugos Angelegenheiten«, antwortete er ausweichend. »Er und Rob sind auf Roslin geblieben, weil sie noch etwas zu besprechen haben.«

»Adela wird enttäuscht sein, dass Ihr Rob nicht mitbringt.«

»Das braucht sie nicht, denn er kommt heute Abend nach Hause. Er muss mir nämlich helfen, ein Schiff zu finden«, fügte er hinzu, um sie von den Vorgängen im Tal abzulenken.

»Wofür braucht Ihr denn ein Schiff?«

»Das ist ja eigentlich der Grund, warum ich hergekommen bin«, erwiderte er. »Ich bin nämlich ein tüchtiger und erfahrener Seemann. Wenn ich das richtige Schiff gefunden habe, segele ich damit nach Westen.«

»Oh.«

Er bemerkte ihre Enttäuschung, doch diesmal hatte er kein schlechtes Gewissen. Seine Angelegenheiten – und eine davon ganz besonders – gingen sie nichts an.

Sidony hatte sich schnell wieder gefasst, und während ihre Unterhaltung dahinplätscherte, nur hin und wieder unterbrochen von Phasen einträchtigen Schweigens, dachte sie über ihren Begleiter nach und über ihr eigenes seltsames Verhalten ihm gegenüber.

Was hatte sie sich beispielsweise nur dabei gedacht, ihn zu fragen, warum er sich mit Hugo und Rob in der Schlucht aufgehalten hatte? Mit Männern hatte sie zugegebenermaßen wenig Erfahrung, doch sie wusste immerhin, dass sie ihre Angelegenheiten nicht gern mit einer Frau besprachen. Wenn man ihren Vater in Wut versetzen wollte, brauchte man nur versuchen, ihn über seine Geschäfte auszufragen.

Trotzdem hätte sie gern gewusst, warum Giff nicht früher erwähnt hatte, dass er ein Schiff suchte und so schnell wie möglich fortsegeln wollte. Dabei fiel ihr etwas anderes ein. Noch vor wenigen Tagen hätte auch sie Edinburgh liebend gern den Rücken gekehrt und wäre nach Hause ins Hochland gefahren.

Sie unterdrückte einen Seufzer, wobei sie nicht wusste, ob es ihre eigene Situation war, die sie so bedrückte, oder die Tatsache, dass er bald fortgehen würde. In diesem Augenblick wies Giff auf die Königsburg, die in der Ferne auftauchte.

Fest entschlossen, den Rest ihres heimlichen Ausflugs zu genießen, knüpfte sie erneut ein Gespräch an: »Da Lady Clendenen lieber redet als zuzuhören und sich nur allzu leicht von einem Thema abbringen lässt, wissen wir noch immer nicht, wo genau in Kintail Ihr zu Hause seid. Soll das vielleicht ein Geheimnis bleiben?«

»Nein«, erwiderte er mit einem so warmherzigen Lächeln, dass es ihr durch und durch ging. »Allerdings muss ich zugeben, dass ich es mittlerweile gar nicht mehr so recht als mein Zuhause ansehe. Vielleicht spreche ich deshalb nicht gern darüber.«

»Aber wo ist es denn nun?«

»Auf Duncraig.«

»Oh, dann kenne ich es«, sagte sie. Sie erinnerte sich an eine imposante dunkelgraue Burgmauer, die geradewegs aus dem hohen meerumtosten Burgfelsen zu wachsen schien. »Es liegt auf den Klippen an der Küste von Kintail, nördlich von Kyle Akin, nicht wahr? Die Burganlage ist genauso eindrucksvoll wie Dunstaffnage, nur höher gelegen und vielleicht nicht ganz so groß.«

»Die Beschreibung würde meinem Vater gefallen. Er hält Duncraig nämlich für uneinnehmbar.«

»Das ist es bestimmt auch.«

»Wie die meisten Burgen ist auch diese mehr als einmal angegriffen worden. Aber wo wir gerade bei offenen Fragen sind – weiß Lady Isobel denn nun, wo Ihr Euch heute aufgehalten habt? Ich will Euch schließlich nicht versehentlich verraten.«

Ein wenig verlegen erwiderte sie: »Ich habe ihr gesagt, ich wolle Adela besuchen. Das hatte ich auch vor, doch dann bin ich in die andere Richtung geritten. Ich habe zwar nie ausdrücklich behauptet, dass ich nach Lestalric wollte, doch sie geht vermutlich davon aus. Aber ich habe mir fest vorgenommen, ihr bei meiner Rückkehr alles zu beichten«, fügte sie eilig hinzu. »Auch wenn sie es wahrscheinlich sowieso von Hugo erfährt.«

»Wenn ich Euch einen guten Rat geben darf, dann kommt ihm zuvor und erzählt es ihr selbst.«

Sie nickte, doch als sie in Sinclair House eintrafen, stellte sich heraus, dass Isobel anderes im Sinn hatte als Sidonys Ausflug. Denn mittlerweile war Sir Michael Sinclair nach Hause gekommen.

Falls er sich darüber wunderte, Sidony in Giffs Begleitung zu sehen, ließ er es sich zumindest nicht anmerken, sondern kam sofort auf Giff zu und schüttelte ihm erfreut die Hand.

Auch Giff freute sich, Michael wiederzusehen, denn er mochte ihn sehr, war ihm jedoch seit Jahren nicht mehr begegnet. Als die beiden sich begrüßt hatten, hakte sich Lady Isobel strahlend bei ihrem Mann unter.

»Wie liebenswürdig von Euch, Sidony nach Hause zu begleiten, Sir Giffard«, sagte sie. »Ich hoffe, Ihr hattet einen angenehmen Ritt.«

»Den hatten wir«, erwiderte er, froh darüber, dass sie Lestalric nicht erwähnte. Denn zweifellos nahm sie an, Sidony und Giff seien von dort gekommen. »Doch jetzt, da Sir Michael wieder zurück ist, möchtet Ihr Euch bestimmt nicht länger damit aufhalten. Ich werde mich also gleich wieder auf den Weg machen.«

»Aber nein. Mein Gemahl hatte es so eilig, nach Hause zu kommen, dass er den ganzen Weg von Glasgow ohne Pause durchgeritten ist. Da er seit dem Frühstück nichts mehr gegessen hat, möchten wir jetzt gleich zu Abend essen. Falls Ihr Hunger habt, seid Ihr herzlich eingeladen.«

Grinsend erwiderte er: »Essen kann ich immer, Mylady. Ich würde also gern bleiben, möchte aber auf gar keinen Fall stören.«

»Ich bestehe darauf, dass Ihr bleibt. Ihr wollt Euch bestimmt mit Michael unterhalten, und außerdem müsstet Ihr Euch sehr beeilen, um noch rechtzeitig zum Mahl nach Lestalric zu kommen.«

Damit hatte sie recht, und außerdem war er wirklich hungrig, da er, um Sidony noch einzuholen, vor dem Mittagessen von Roslin fortgeritten war. Daher nahm er Lady Isobels Einladung dankbar an, umso mehr, als er sich in seiner Reitkleidung zu Tisch setzen durfte. Auch Michael, der erst vor einer Viertelstunde eingetroffen war, hatte nicht vor, sich für die Mahlzeit umzuziehen.

»Wir essen alle so, wie wir sind«, sagte Isobel, lehnte sich leicht gegen ihren Mann und lächelte, als er den Arm um sie legte.

»Wie geht es Will?«, erkundigte sich Lady Sidony, als Michael und Giff kurz darauf das Zimmer verließen. Neugierig drehte sich Giff in der Tür um. Einen Will hatte sie noch nie erwähnt.

»Ich glaube, ein bisschen besser«, antwortete Isobel. »Das arme Kerlchen hat heute nicht mehr so viel geschrien. Gerade als du kamst, habe ich Michael erzählt, dass er zahnt.«

Mit einem verstohlenen Lächeln folgte Giff seinem Gastgeber in die Diele.

Während Sidony ihnen nachblickte, überlegte sie, wie sie am besten mit ihrem Geständnis beginnen sollte. Dass Isobel ernsthaft mit ihr schimpfen würde, konnte sie sich nicht vorstellen. Dafür hatte sie sich viel zu oft etwas Ähnliches geleistet. Doch das Gespräch mit Giff hatte Sidony davon überzeugt, dass es nicht recht von ihr gewesen war, ihre Schwester anzuschwindeln. Nun wollte sie die Sache so rasch wie möglich aus der Welt schaffen.

Als Isobel daher fragte, wie es kam, dass Giff sie von Lestalric aus begleitet hatte, ergriff Sidony die Gelegenheit und erklärte: »Wir sind, ehrlich gesagt, gar nicht von Lestalric gekommen.«

»Nein?«

»Nein.« Das Geständnis fiel Sidony schwerer als erwartet. Bevor sie der Mut gänzlich verließ, sagte sie daher rasch: »In Wirklichkeit bin ich nach Hawthornden geritten. Ich habe mich dort nicht lange aufgehalten«, fügte sie eilig hinzu. »Und die beiden Diener habe ich auch mitgenommen. Und außerdem waren viele Leute auf der Straße unterwegs und Schafe und Karren und dann noch Sir Giffard. Es war also überhaupt nicht gefährlich.«

»Ach nein?«, Isobels Stimme klang für Sidonys Geschmack viel zu sanft.

Sie spürte, wie ihr erneut die Hitze ins Gesicht stieg. »Jetzt bist du bestimmt böse«, sagte sie.

»Nein, nicht böse, nur enttäuscht. War Sir Giffard auch auf Hawthornden? Mit nur zwei Männern als Begleitung so weit zu reiten war unklug, Liebes. Aber warum hast du denn Sorcha nicht besucht, wenn du schon einmal dort warst?«

»Sie hielt sich auf Roslin auf«, erwiderte Sidony. Sie wollte ihrer Schwester schon erzählen, dass sie die drei Männer in der Schlucht gesehen hatte, und Isobel fragen, was sie davon hielt. Doch weil sie fürchtete, Giff und Michael könnten zurückkommen und alles mitanhören, ließ sie es sein und sagte stattdessen: »Wenn ich auch noch nach Roslin geritten wäre, hätte ich mich sehr verspätet. Und ich wollte nicht, dass du dir Sorgen machst.«

Bald darauf kehrten Michael und Giff zurück, und die vier genossen ihr Abendessen. Doch Sidony bemerkte, dass die beiden Männer immer wieder verstohlene Blicke wechselten, und spürte Giffs Unruhe. Daher war sie nicht überrascht, als Michael sein Schneidebrett beiseite schob und sagte: »Komm, Giff, lass uns mit diesem köstlichen Claret in ein anderes Zimmer gehen. Du musst mir erzählen, was du seit unserer letzten Begegnung alles erlebt hast, und auch ich habe dir viel zu berichten. Es könnte spät werden, meine Liebste«, fügte er an seine Frau gewandt hinzu. »Ich wünsche Euch eine gute Nacht, und sagt der Kinderfrau, falls Will heute wieder wach wird, soll sie ein Läppchen in verdünnten Brogac tauchen und ihn daran saugen lassen. Das war das Allheilmittel meiner Mutter für zahnende Babys und wird bestimmt auch bei ihm wirken. Ich könnte mir denken, dass Ihr in Eurem Zustand froh seid, wenn Ihr nach drei schlaflosen Nächten endlich wieder einmal ungestört schlafen könnt.«

»Da habt Ihr recht, Sir«, antwortete sie und stellte sich auf die Zehenspitzen, um ihm einen Kuss zu geben. »Aber macht Euch darauf gefasst, dass ich nicht eher einschlafen werde, bis Ihr auch zu Bett geht. Lasst Euch nicht zu lange von ihm aufhalten, Sir Giffard.«

»Nein, Mylady.«

Zögernd sagte Sidony den beiden Männern gute Nacht, nicht ohne Giff noch einmal für seine Begleitung zu danken.

Als Michael erklärte, er wolle Isobel noch nach oben begleiten, folgte Sidony den beiden. Doch Giff hielt sie zurück, beugte sich so weit zu ihr hinüber, dass nur sie ihn verstehen konnte und flüsterte: »Die können Euch jetzt nicht gebrauchen. Ich hoffe, Ihr habt der Lady die Wahrheit gesagt, Mädchen, denn ich kann Michael nicht verschweigen, dass ich heute auf Roslin war. Es ist also wichtig, dass wir beide uns nicht widersprechen, denn dann seid Ihr in Schwierigkeiten.«

»Ich habe es ihr schon gesagt«, erwiderte sie. »Ihr könnt ihm also erzählen, was Euch beliebt.«

»Braves Mädchen«, sagte er und blickte sie so eindringlich an, dass sie schon wieder rot wurde.

Sie leckte sich über die trockenen Lippen.

»Ach Mädchen, das solltet Ihr besser bleiben lassen«, flüsterte er, zog sie an sich und umfasste mit einer Hand ihren Hinterkopf. Dann presste er die Lippen auf ihren Mund.

Als Sidony sich an ihn schmiegte, war sie erstaunt, wie warm und zugleich fest sein Körper sich anfühlte. Diesmal wehrte sie sich nicht, als er seine Zunge zwischen ihre Lippen gleiten ließ, sondern schwelgte in neuen, ungeahnten Empfindungen.

Als sie sich über die weichen Lippen leckte, konnte Giff nicht länger widerstehen. Ohne über die Folgen nachzudenken, küsste er sie und ließ dabei eine Hand an ihrer wohlgerundeten Brust entlangstreifen. Da verrieten ihm seine scharfen Ohren, dass jemand kam, und er trat eilig ein paar Schritte zurück.

»Um Himmels willen, schaut bloß Michael nicht mit diesem Blick an, wenn er kommt«, sagte er leise, bevor er sich umdrehte und sich mit dem Feuerhaken im Kamin zu schaffen machte.

Als er wieder aufblickte, trat Michael gerade über die Schwelle. Das Mädchen stand am Tisch und spielte mit einem Messer.

Dann drehte sie sich um und sagte erstaunlich gelassen: »Ist Isobel nach oben gegangen, Sir? Ich dachte, ich würde Euch beide jetzt nur stören.«

»Ihr könnt jetzt ruhig hinaufgehen, Mädchen«, erwiderte er lächelnd. »Warum hast du nicht nach einem Pagen gerufen, damit er sich um das Feuer kümmert, Giff?«, fügte er hinzu, während Lady Sidony eilends aus dem Zimmer lief.

»Weil ich wie Lady Sidony der Meinung war, dass deine Lady und du sicher gern ein paar Minuten ungestört sein wollten«, erwiderte Giff und erhob sich.

»Da hast du recht«, gab Michael zu. »Ich hole eben noch den Weinkrug, ja?«

Als er wiederkam, gingen die beiden Männer in einen kleinen Vorraum der Halle. Dieser wurde über eine Feuerstelle beheizt, die durch einen gemeinsamen Rauchabzug mit dem Kamin in der Halle verbunden war.

»Gut, dass du hier bist«, sagte Michael, während er einen Tisch von der Wand näher ans Feuer rückte und Giff bedeutete, sich einen Hocker zu nehmen. Dann stellte er den Weinkrug und die beiden Becher ab und zog sich selbst eine Sitzgelegenheit heran. »Du sagtest zwar, du wärst noch nicht lange in der Stadt, aber ich hoffe, du hattest schon Gelegenheit, alles Nötige mit Hugo und Rob zu besprechen.«

»Ja, und dabei habe ich erfahren, dass ich nicht ausreichend vorbereitet war«, erwiderte Giff. »Eure Botschaft an mich war zu vage formuliert, und außerdem hielt ich mich gerade unten in Galloway auf, als sie mich erreichte.«

»Wir konnten dir nicht mehr mitteilen«, entgegnete Michael und schenkte den Wein ein. »Es ist nämlich so, dass …«

»Ich weiß, was ich für euch tun soll«, unterbrach ihn Giff, der fürchtete, selbst in Sinclair House könnten die Wände Ohren haben. »Können wir hier frei reden?«, fragte er.

»Ja. Die Türen sind dick genug, und wer sollte hier schon lauschen? Und Verstecke wie den *laird's peek* gibt es hier auch nicht«, setzte er lächelnd hinzu. »Mein Mädchen hat Hugo und mich einmal auf Roslin belauscht. Und nachdem Henry einen Teil der großen Halle zu einer Kemenate für meine Mutter umbauen ließ, konnte man von dem geheimen Ausguck aus den neuen Raum überblicken. Als Hugos Frau Sorcha den Spalt in der Wand entdeckte, ließ auch sie sich von ihrer Neugier hinreißen. Gott sei Dank geben die beiden Frauen ihrem Drang nicht mehr so leicht nach.«

Giff fragte sich, welchem Drang Sidony wohl gerne nachgeben würde, doch schon holte Michaels Stimme ihn in die Wirklichkeit zurück: »Wie viel weißt du denn?«

»Alles, was ich wissen muss, nehme ich an«, sagte Giff. »Ich bin zu Gast auf Lestalric, doch gestern bin ich mit Rob nach Roslin geritten, dann habe ich die Nacht bei Hugo auf Hawthornden verbracht, und heute haben die beiden mir gezeigt, was ich befördern soll.«

»Und?«

»Sofern ihr zuverlässige Leute habt, die den Gegenstand auf das Schiff verladen, und ihr mir genügend kräftige, ausreichend bewaffnete Ruderer zur Verfügung stellen könnt, werde ich ihn wohlbehalten zu Ranald auf die Insel Eigg bringen. Ich vermute, das ist immer noch euer Plan, jetzt, nachdem du dich mit Ranald besprochen hast.«

»Ja. Allerdings habe ich ihm noch nicht verraten, wofür er da eigentlich die Verantwortung übernehmen soll«, erwiderte Michael. »Ich habe nur erwähnt, dass es sich um etwas handelt, das uns Templern anvertraut wurde und das weit weg von Midlothian am besten aufgehoben wäre.«

»Warum hast du dem Mann nicht gesagt, worum es geht, wenn du ihm doch vertraust?«

Michael zuckte mit den Schultern. »Man sollte zwar stets zuversichtlich sein, dabei aber nie die Risiken außer Acht lassen«, erwiderte er. »Das hat man uns auf Dunclathy doch oft genug eingebläut. Nicht, dass du ein besonders aufmerksamer Schüler gewesen wärst«, erinnerte er sich lächelnd.

»Also vertraust du ihm doch nicht vollkommen«, sagte Giff, ohne auf die letzte Bemerkung einzugehen.

»Doch, aber man weiß nie, was noch passieren wird. Deshalb habe ich ihm nicht alles verraten. Und was die bewaffneten Ruderer angeht: Hast du denn keine eigenen Männer?«

»Du weißt doch, dass ich von Galloway hierher kam. Um die *Storm Lass* und meine eigene Mannschaft zu holen, bräuchte ich mindestens zwei Wochen, bei schlechtem Wetter im Norden sogar einen ganzen Monat.«

»Die Möglichkeit scheidet also aus.«

»Ja. Einige Schiffe der Sinclairs sind schneller verfügbar, doch Rob ist der Meinung, sie wären zu bekannt. Allerdings glaube ich, mit ein bisschen Fantasie ließe sich so ein Schiff leicht tarnen. Bei den meisten Langbooten müsste man nur das Banner oder das Segel auswechseln. Bei den neueren Schiffen gibt es allerdings ganz unterschiedliche Modelle.«

»Wäre das ein unüberwindliches Hindernis?«

»Nein, es würde die Sache nur ein bisschen schwieriger machen. Aber da ihr mich herbeordert habt, werdet ihr mir wohl auch weitgehend freie Hand lassen«, erwiderte Giff lächelnd.

»Ich brauche dir ja nicht zu erklären, dass die ganze Angelegenheit streng geheim bleiben muss. Wir hatten ursprünglich vor, eine der schwer bewaffneten Galeeren der Sinclairs zu benutzen, doch dann hätten wir ebenso gut gleich zu Fife gehen und ihm alles erzählen können.«

»Mag sein, aber die Fracht geheim zu halten bedeutet nicht unbedingt, dass wir auch den Transport im Geheimen durchführen müssen. Im Gegenteil – ein großes Spektakel könnte eine ausgezeichnete Tarnung sein.«

Michael lächelte. »Ich nehme an, Hugo hat dir erzählt, dass Henry das ganze Unternehmen finanziert. Tu also, was du für richtig hältst, und sorge nur dafür, dass wir nicht alle am Galgen enden.«

»Ja, natürlich. Und jetzt berichte mir über dein Gespräch mit Ranald. Bist du sicher, dass er Donald nichts erzählt?«

»Ich glaube, er fühlte sich geschmeichelt, dass wir ihn ins Vertrauen gezogen haben. Er war mit mir einer Meinung, dass Donald nichts über die Angelegenheiten der Templer zu wissen braucht. Darüber hinaus hat Ranald mir glaubhaft versichert, dass der betreffende Gegenstand bei ihm gut aufgehoben wäre. Sobald er ihn zu sehen bekommt, weiß er natürlich, um was es sich handelt, doch bis dahin werden wir niemanden einweihen.«

»In Ordnung«, sagte Giff.

»Ich wundere mich nur, dass Rob es dir verraten hat«, grinste Michael. »Er ist nämlich ein richtiger Geheimniskrämer.«

»Es blieb ihm wohl nichts anderes übrig, wenn ihr meine Hilfe braucht.«

»Das ist mir schon klar, aber du kennst unseren Rob nicht. Wenn Fife nicht schon den Verdacht hätte, wo sich der Stein befindet – und dass wir Sinclairs ihn haben – wäre Rob wahrscheinlich strikt dagegen, ihn überhaupt von der Stelle zu bewegen.«

»Wie ist Fife darauf gekommen?«

»Durch eine grobe Ungeschicklichkeit«, antwortete Michael und füllte Giffs Glas noch einmal. »Was den ersten Grund betrifft, so hat er damit zu tun, dass Robs älterer Bruder sich gern wichtigmacht. Seit dem Tag, als Edward von England den Stein raubte, wollten die Gerüchte nicht verstummen, dass es der falsche war. Das brachte Robs Vater auf die Idee, dass die Logans dabei vielleicht ihre Hand im Spiel hatten. Denn Robs Urgroßvater war ein mächtiger Mann und ein enger Freund und Kampfgefährte von Robert the Bruce.«

Da Michael nicht wissen konnte, wie viel Rob seinem Gast bereits verraten hatte, sagte Giff: »Rob hat mir erzählt, dass er von seinem Großvater erfahren hat, wo sich der Stein befindet.«

»Gut, dass du es erwähnst«, erwiderte Michael. »Es redet sich leichter, wenn man sicher sein kann, dass man keine fremden Geheimnisse verrät. Aber um deine Frage nach Fife zu beantworten – nachdem der Graf im Laufe der Zeit immer mehr Pflichten von seinem Vater, dem König, übernommen hatte, bis er schließlich der wahre Herrscher Schottlands war, versuchte Robs Bruder, sich bei ihm einzuschmeicheln, indem er andeutete, dass die Logans, und insbesondere Rob, wüssten, wo sich der Stein befindet.«

»Um Himmels willen! Hat Robs Bruder das jemals zugegeben?«

»Robs Bruder und sein Vater starben, bevor wir davon erfuhren. Fife selbst hat einmal eine entsprechende Bemerkung fallen lassen. Er mag ja kein guter Kriegsherr und manchmal sogar ein Feigling sein, doch er ist ein verdammt gerissener Kerl und überaus gefährlich. Du darfst ihn auf keinen Fall unterschätzen.«

»Das tue ich bestimmt nicht«, erwiderte Giff. »Nach Aussage von Hugo und Rob glaubt Fife, dass der Stein am selben Ort wie der Schatz versteckt ist. Und nun versucht er, beides aufzuspüren. Er wird doch wohl nicht annehmen, dass alles zusammen auf ein einziges Schiff passt.«

»Vermutlich geht er davon aus, dass der Schatz auf mehrere Verstecke verteilt ist und ein großer Teil davon sich bei Henry befindet«, erklärte Michael. »Fife hat sich sein Schiff eigens bauen lassen, um nach Girnigoe zu fahren und den Schatz von Henry einzufordern. Allerdings wird er wohl warten, bis der König nach Stirling zurückkehrt, denn dort, auf Stirling Castle, übt Fife den größten Einfluss auf seinen Vater aus.«

»Ich habe gehört, dass der Graf bereits einen Großteil der königlichen Pflichten übernommen haben soll«, bemerkte Giff nachdenklich.

»Das stimmt« erwiderte Michael. »Und auf Stirling ist Seine Gnaden von Fifes Leuten umgeben. Was mir im Augenblick allerdings mehr Kopfzerbrechen bereitet, ist die Frage, wo wir ein Schiff herbekommen sollen. Denn jetzt, da Fife versucht, uns auf die Spur zu kommen, kann es sein, dass wir rasch handeln müssen. Hast du schon ein Schiff gefunden, das in Frage käme?«

»Im Hafen von Leith wimmelt es geradezu von Schiffen, doch die meisten werden gerade mit Wolle beladen, die nach Süden gebracht werden soll«, erwiderte Giff. »Ein paar passende Schiffe sind mir aber trotzdem aufgefallen, darunter zwei französische Langboote, deren Frachtraum vielleicht groß genug ist, und dann noch ein Handels…«

»*Französische* Langboote?«

Giff grinste. »Es mag ja nicht allzu häufig vorkommen, doch manchmal haben die Franzosen genauso gute Ideen wie die Schotten. Dann wäre da noch ein holländisches Handelsschiff aus Rotterdam, das einigermaßen schnittig wirkt. Ich kenne mich zwar besser mit unseren Westküstengaleeren aus, doch wenn es sein muss, kann ich alles befehligen, was Segel oder Ruder hat.«

»Auf diesen Langbooten ist vielleicht nicht genügend Platz für den Stein.«

»Könnte sein. Deshalb will ich morgen zu dem Kapitän des holländischen Schiffes gehen und ihn fragen, ob es ihm gehört. Wenn nicht, vermietet er es uns vielleicht wenigstens für ein paar Wochen. Das würde uns schon reichen, und Fife brauchte es nie zu erfahren.«

»Du solltest es trotzdem tarnen«, wandte Michael ein. »Es gibt nicht viele holländische Schiffe, die nach Norden segeln. Wie wäre es also, wenn du es als norwegisches Schiff ausgibst? Das würde auf der Route zu den Orkneys kaum auffallen, denn die Inseln gehören schließlich zu Norwegen, und Henry bekommt zwei- oder dreimal im Jahr von dort Besuch.«

»Das ist keine schlechte Idee«, sagte Giff.

»Zumindest wäre es eine Möglichkeit. Und nun erzähle mir, wie du dazu gekommen bist, meine Schwägerin nach Hause zu begleiten, wenn sie doch angeblich auf Lestalric und du auf Roslin warst.«

Auf dem Schloss betrachtete der Earl of Fife mit wachsender Gereiztheit den Diener, der vor ihm kauerte. »Sie haben etwas vor? – Was zum Teufel willst du damit sagen?«, fragte er. »Was tun sie denn? Und nimm den Hut ab, wenn du mit mir redest, Rolf Stow!«

»Ich weiß es nicht, Mylord«, erwiderte der unglückliche

Stow, riss sich die Mütze vom Kopf und knetete sie zwischen den Fingern. »Aber auf einmal standen überall Wachen, auf beiden Seiten der Klamm. Ja, und unten am Fluss auch. Ich sage Euch, da ist was im Busch.«

»Das klingt interessant«, sagte Fife. »Doch mit so ein paar mageren Auskünften kann ich nicht viel anfangen. Ich muss unbedingt mehr erfahren. Aber ich kann ja wohl schlecht selbst hinreiten und sie fragen. Also geh zurück und versuche, mehr herauszufinden. Und komm mir nicht wieder mit derart nutzlosem Geschwätz.«

»Jawohl, Mylord. Aber Sir Hugo lässt jeden aufhängen, der sich ohne Erlaubnis auf seinem Land herumtreibt.«

»Sir Hugo hat überhaupt nicht das Recht, jemanden aufhängen zu lassen«, entgegnete Fife. »Auf Roslin mag er ja der Herr sein, aber das heißt noch lange nicht, dass er sich zum Richter aufschwingen darf. Falls dir ein solcher Vorfall zu Ohren kommt, sag mir Bescheid. Die Krone wird sich dessen annehmen.«

»Ja, sicher. Aber die Befehle gibt nicht Sir Hugo, sondern Gräfin Isabella, die ja das Recht dazu hat. Wenn der Graf von Orkney nicht da ist, vertritt ihn seine Mutter.«

»Dann pass eben auf, dass sie dich nicht schnappen«, fuhr Fife ihn an. »Aber finde unbedingt heraus, was sie vorhaben. Und jetzt geh!«

Nachdem der Mann sich schleunigst davongemacht hatte, wandte Fife sich dem dritten Anwesenden im Zimmer zu.

»Ihr kennt die Sinclairs doch ebenfalls, de Gredin«, sagte er mit gerunzelter Stirn. »Was haltet Ihr davon?«

Der Chevalier strich sich nachdenklich übers Kinn und antwortete: »Vielleicht wollen sie ja nur in der Stadt sein, wenn Seine Gnaden, der König, kommt. Wenn ich mich recht entsinne, veranstaltet die Gräfin bei jeder Übersiedelung ihres Haushaltes einen Riesenwirbel. Und außerdem haben sie neben Euch auch andere Feinde. Das könnte der Grund für die Vorsichtsmaßnahmen sein.«

»Obwohl Ihr fast ein Jahr auf Orkney wart, habt Ihr von dem Schatz angeblich nichts gesehen und gehört«, fuhr Fife fort. »Wenn er also nicht dort ist, muss er auf Roslin sein.«

»Um die Wahrheit zu sagen, Sir, habe ich nicht viel von den Orkneys gesehen. Es handelt sich um eine ganze Reihe von Inseln, die – von Kirkwall mit seinem Bischofspalast einmal abgesehen – durchweg wild und unwegsam sind. Fürst Henry – der Graf von Orkney, wollte ich sagen – wird sich bestimmt eines Tages eine eigene Burg dort bauen, doch die meiste Zeit über hielten wir uns auf Girnigoe auf, das, wie ich Euch ja schon sagte, ziemlich öde und verfallen ist. Henry könnte den Schatz durchaus dort oder im Bischofspalast versteckt haben, ohne dass ich oder sonst jemand etwas davon gemerkt hätte.«

»Dasselbe habt Ihr auch von seiner großen Flotte behauptet, über die so viel geredet wird.«

»Es ist die reine Wahrheit, Mylord. Allerdings hatte ich weder Gelegenheit noch die geringste Lust, Nachforschungen anzustellen. Dort oben kann ein Mann ebenso leicht spurlos verschwinden wie ein Schatz.«

»Wir werden ja sehen. Ich habe jedenfalls die Absicht, das gesamte Gebiet bis in den letzten Winkel zu durchforsten, sobald mein Schiff einsatzbereit ist und Eure Eskorte vom Vatikan eingetroffen ist. Wie viele Schiffe, glaubt Ihr, wird uns Seine Heiligkeit wohl schicken?«

»Keine Ahnung«, erwiderte de Gredin achselzuckend. »Da Ihr ja wollt, dass sie alle auf einmal kommen, dürften es nicht allzu viele sein. Stellt Euch einmal vor, was die Engländer zu einer fremden Flotte in ihren Hoheitsgewässern sagen würden. Ein oder zwei Schiffe, die unter der Flagge der Hanse segeln, würden dagegen gar nicht weiter auffallen.«

Gegen dieses Argument konnte Fife nichts einwenden. Trotzdem wünschte er, der Papst würde ihm eine ganze Flottille senden. Andererseits war er sich keineswegs sicher, ob er dem Papst wirklich vertrauen konnte, zumal er selbst de Gredin gegenüber nicht ganz ehrlich gewesen war.

Fife wollte de Gredin durchaus helfen, den Templerschatz für den Papst zu finden, doch in erster Linie ging es ihm um Schottlands Stein der Vorsehung.

Von seinem Informanten hatte er erfahren, dass der Stein Schottland nie verlassen hatte, und seine Spione in London hatten ihm berichtet, dass es sich bei dem dortigen Stein – den die Engländer einhundert Jahre zuvor aus der Abtei von Scone entwendet hatten – nur um einen kleinen, dreißig Zentimeter breiten Sandsteinblock handelte. Von den Abbildungen auf alten Dokumentensiegeln wusste Fife, dass der echte Stein viel größer war. Wenn er ihn der Abtei von Scone zurückbringen könnte, würde das dem schottischen Parlament beweisen, dass er zu gegebener Zeit der geeignete Nachfolger seines Vaters wäre.

Er hatte de Gredin nichts von dem Krönungsstein erzählt, da er den Mann weder mochte noch ihm traute. Außerdem war der Graf keineswegs mehr sicher, ob er ihm den sagenhaften Schatz der Templer wirklich überlassen durfte, falls sie ihn denn fanden.

8

Sidonys Lippen brannten noch immer von Giffs Kuss, als sie langsam die Treppe zu Isobels Schlafkammer hinaufstieg. An der Tür kam ihr Wills Kinderfrau entgegen.

»Komm doch rein, Liebes«, sagte Isobel. »Die Kinderfrau sagt, dass Will noch schläft. Aber für den Fall, dass der arme Kleine wach wird, habe ich Michaels Anweisungen an sie weitergegeben. Hol dir einen Hocker.«

»Nein, ich weiß doch, dass du zu Bett gehen möchtest«, antwortete Sidony. »Ich wollte nur fragen, ob du immer noch vorhast, morgen die Frühmesse in St. Giles zu besuchen.«

»Ja, sicher, gemeinsam mit Ealga. Und ich hoffe, du begleitest uns, denn Michael hat keine Zeit, in die Kirche zu gehen. Die Angelegenheit, wegen der er an der Westküste war, betrifft auch Rob und Hugo. Deshalb hätte er, statt zu mir zu kommen, eigentlich zuerst nach Roslin reiten und Hugo Bericht erstatten müssen. Morgen will er in aller Frühe dorthin aufbrechen. Ich könnte mir vorstellen, dass er Giff bittet, Rob hier zu treffen und mit ihm zusammen nachzukommen.«

»Da wird Adela nicht begeistert sein«, sagte Sidony. »Schließlich war Rob erst heute auf Roslin, und der Weg dorthin ist weit. Wenn man ihn auch noch an zwei aufeinanderfolgenden Tagen zurücklegt, ist das eine ziemliche Strecke. Sicher kann Rob einfach hierher kommen und sich mit Michael austauschen, bevor dieser aufbricht. Das müssen die Männer unter sich ausmachen, denke ich. Aber so weit ist es nun auch wieder nicht nach Roslin. Das hast du doch heute selbst gesagt, weißt du nicht mehr?«

Isobel wirkte müde, und Sidony war davon überzeugt, dass es Michael nur recht wäre, wenn seine Frau sich gleich hinlegen würde, statt auf ihn zu warten. Doch andererseits ergab sich für Sidony vielleicht nicht so schnell wieder die Gelegenheit, über die Männer in der Schlucht von Roslin zu reden.

Daher sagte sie: »Wahrscheinlich macht der Ritt Rob nichts aus. Ich dachte nur an Adela. Aber jetzt würde ich dich gerne etwas fragen, wenn ich darf. Ich habe heute nämlich etwas gesehen.«

»Was denn?«

Sidony schilderte ihrer Schwester die Szene, wobei sie sich bemühte, so viele Einzelheiten wie möglich wiederzugeben. Sie vergaß auch nicht zu erwähnen, dass es ihr so vorgekommen war, als seien die Männer direkt aus der Felswand aufgetaucht.

»Einen Weg konnte ich nirgendwo sehen, nur ein Bächlein, das aus dem Wald in Richtung Esk floss«, fügte sie hinzu. »Was glaubst du, hatten die drei dort zu suchen?«

»Woher um alles in der Welt soll ich das wissen?«, erwiderte Isobel und zog die Nadeln aus ihrem Haarnetz. »Hast du Giff danach gefragt?«

Sidony verzog das Gesicht. »Er sagte, es gehe um eine von Hugos Angelegenheiten, aber ich nehme an, er wollte es mir nur nicht verraten.«

»Die meisten Männer mögen es nicht, wenn eine Frau ihnen nachspioniert. Lass dich nur nie dabei erwischen«, ermahnte Isobel sie.

»Und das musst ausgerechnet du sagen«, entgegnete Sidony spöttisch. »Du warst doch immer diejenige, die vor Neugier fast geplatzt ist.«

»Da hast du recht, aber jetzt habe ich das nicht mehr nötig. Michael erzählt mir fast alles, was ich wissen möchte.«

»Dann könntest du ihn ja fragen, was die drei dort wollten.«

»Ja, schon, aber ...« Isobel, die den Blick gesenkt hatte, blickte ihrer Schwester jetzt direkt in die Augen. »Wenn er es mir wirklich verraten würde, dann würde ich es dir nicht weitererzählen, meine Liebe. Eine gute Ehefrau behält alles für sich, was ihr Gemahl ihr anvertraut. Anderenfalls würde er mir wahrscheinlich sehr bald gar nichts mehr erzählen.«

Da es ihr sinnlos erschien, ihre Schwester noch länger auszufragen, sagte Sidony ihr kurz darauf Gute Nacht und ging in die Kammer, die sie auf Sinclair House bewohnte. Dort wartete bereits eine Dienstmagd auf sie.

»Die Haushälterin hat mir gesagt, dass die Lady sich bald zurückziehen würde. Deshalb bin ich hergekommen, um in Eurer Kammer alles für die Nacht zu richten, Mylady. Aber wollt Ihr denn auch schon so früh schlafen gehen?«

»Ich glaube nicht«, erwiderte Sidony. »Wenn du die Kerzen dort anzündest und mir meinen Stickrahmen holst, werde ich mich noch ein wenig mit meiner Handarbeit beschäftigen.«

Die Magd tat, wie ihr geheißen, und ging dann hinaus.

Als Sidony so bei Kerzenschein arbeitete, wanderten ihre Gedanken erneut zu Giff MacLennan, und sie vermeinte wieder den Druck seiner Lippen auf ihrem Mund zu spüren. Sie ließ die Sticknadel sinken und legte zwei Finger an die Lippen. Doch die Berührung löste nicht im Entferntesten die Wonneschauer aus, die sie bei seinem Kuss empfunden hatte.

Noch immer konnte sie es nicht fassen, dass sie ihm diese Freiheit so ohne Weiteres gestattet hatte. Und wie enttäuscht sie gewesen war, als er sie so unvermittelt losließ! Nur mit Mühe hatte sie sich so weit beherrschen können, dass Michael, der so plötzlich ins Zimmer getreten war, nichts merkte. Was sie betraf, so hätte sie Michaels Anwesenheit gar nicht wahrgenommen, so versunken war sie in Giffs Kuss gewesen.

Die Vorstellung ließ sie schmunzeln, doch dann musste sie wieder daran denken, was Michael und die anderen wohl in der Schlucht gesucht hatten. Vier Männer aus Hugos Gefolge waren bei ihnen gewesen, deren Aufgabe es eigentlich war, ihren Herrn zu beschützen, und die daher selten von seiner Seite wichen. Und dann stellten sie sich einfach hin und angelten!

Sie fragte sich, ob Michael und Giff sich noch immer in der Stube unten miteinander unterhielten. Dabei ging ihr durch den Kopf, wie praktisch es wäre, wenn der Raum auch einen *laird's peek* wie auf Roslin Castle hätte. Doch dann schob sie den Gedanken seufzend beiseite, denn auf Roslin war der kleine Ausguck jetzt immer abgeschlossen.

Es hätte auch keinen Sinn gehabt, an der Stubentür zu lauschen. Die Türen in Sinclair House waren sehr dick, und außerdem konnte es passieren, dass ein Dienstbote sie überraschte und es seinem Herrn meldete. Dann stünde ihr einer von Michaels seltenen Wutausbrüchen bevor.

Da das Kerzenlicht ihre Augen anstrengte, legte Sidony die Stickarbeit nach einer Stunde beiseite und ging zur Kinderstube, wo Will friedlich schlummerte und dabei leise schnaufte. Ob ihn die pure Erschöpfung oder der Brogac so müde gemacht hatte, wusste sie nicht. In einer Ecke schlief auf ihrem Lager die Kinderfrau.

Als Sidony wieder ins Treppenhaus trat, vernahm sie unten in der Diele Stimmen. Sie verharrte lauschend, hörte jedoch nur, wie Michael Giff einen guten Heimweg wünschte und Giff sich verabschiedete.

Da kehrte sie in ihre Kammer zurück, kleidete sich aus und machte sich für die Nacht bereit. Dann blies sie die Kerzen aus und schlief bald darauf tief und fest. Als sie am nächsten Morgen erwachte, konnte sie sich nicht erinnern, ob sie das alles geträumt hatte. Das Mädchen, das ihr beim Ankleiden zur Hand ging, brachte die erfreuliche Nachricht, dass Lady Adela Sir Robert nach Sinclair House begleitet hatte und ebenfalls in die Messe nach St. Giles gehen wollte.

Sidony fand die Predigt, die der Priester mit einschläfernd langsamer Stimme vortrug, viel zu lang und den Betschemel zu hart. Daher sprang sie erleichtert auf, sobald die Messe vorüber war, und lief nach draußen, wo sie die frische, ein wenig salzige Frühlingsluft in tiefen Zügen einatmete. Dem Pagen, der sie begleitet hatte, blieb es überlassen, den Betschemel nach Hause zu tragen.

Als ihre Schwestern und Lady Clendenen zu ihr traten, sagte Adela lachend: »Du hast da drin dermaßen herumgezappelt, dass ich schon dachte, du würdest von deinem Kniebänkchen fallen.«

Sidony lachte. Ihre Laune besserte sich schlagartig, als ihr einfiel, dass Adela die kleine Anna mit nach Sinclair House gebracht hatte. »Können wir gleich nach Hause gehen?«, fragte sie mit gedämpfter Stimme. »Mir ist heute nicht danach zumute, mit allen möglichen Leuten zu reden.«

»Von mir aus gern«, erwiderte Adela. »Ich weiß doch, wie sehr du dich auf unsere kleine Anna freust.«

»Aber nur, wenn sie nicht gerade zahnt«, lachte Isobel. »Sidony hat mich gestern einfach im Stich gelassen. Sie hätte genug von schreienden Babys, hat sie gesagt.«

»Aber Sidony, ich dachte immer, du wärst ganz verrückt nach kleinen Kindern«, sagte Adela. »Lass uns heute bitte nicht allein. Denn jetzt, wo Rob wieder fort musste, fühle ich mich schon einsam genug. Er hat mir aber versprochen, bis zu unserem Bankett wieder zurück zu sein, selbst wenn er danach noch einmal aufbrechen muss.«

Isobel sagte: »Michael und Hugo müssen sich auf Roslin um Isabellas Umzug kümmern, und Sorcha wird bestimmt bei ihnen bleiben.«

Endlich stellte Lady Clendenen die Frage, die Sidony schon auf den Lippen brannte, die sie jedoch nicht zu stellen wagte: »Ist Sir Giffard auch bei Michael und Rob auf Roslin?«

»Nein. Er sagte, er hätte hier noch etwas zu erledigen«, antwortete Adela mit einem raschen Blick zu Isobel. »Er hat jedoch darauf bestanden, später nach Sinclair House zu kommen und mich nach Lestalric zurückzubegleiten. Ich weiß gar nicht, wie er auf diese Idee gekommen ist.«

»Ich auch nicht«, erwiderte Isobel. »Schließlich hat Rob dir zum Schutz ebenso viele Bewaffnete mitgegeben, wie er selbst dabeihat. Ich will doch hoffen, dass du Giff ebenfalls zum Abendessen eingeladen hast.«

»Ja, selbstverständlich.«

Sidony hatte den raschen Blick, den ihre Schwestern wechselten, sehr wohl bemerkt. Doch sie wollte sich nicht die Blöße geben, nachzufragen und sich womöglich eine Abfuhr zu holen. In Gegenwart von Ealga würden die beiden bestimmt nichts verraten, und da Isobel ihre zukünftige Stiefmutter eingeladen hatte, mit ihnen zu Mittag zu essen, hatte Sidony vorerst keine Gelegenheit, mehr zu erfahren.

In Sinclair House angekommen, begaben sich die Frauen in die Kemenate im ersten Stock und plauderten über den bevorstehenden Einzug des Königs auf dem Schloss und die baldige Reise der Gräfin Isabella von Roslin nach Edinburgh. Schließlich verkündete der Haushofmeister, dass das Essen angerichtet sei.

Als alle bei Tisch saßen, sagte Lady Clendenen: »Wisst ihr, ich hätte Lust, Isabella entgegenzureiten, falls das Wetter schön ist und mich jemand von euch begleitet. Ich bin sicher, sie würde sich freuen, wenn wir uns ihrem Zug anschließen würden.«

Isobel lehnte höflich ab, und Adela entschuldigte sich damit, dass sie die kleine Anna noch nicht einen ganzen Tag lang allein lassen wollte. Doch Sidony erklärte sich sofort bereit.

Als Lady Clendenen sich schließlich verabschiedete, war Sidony zu der Überzeugung gekommen, dass sie sich die bedeutungsvollen Blicke zwischen ihren älteren Schwestern nur eingebildet hatte. Also brachte sie das Thema nicht zur Sprache, sondern ging nach oben, um mit ihrem Neffen und ihrer Nichte zu spielen, damit sich ihre Schwestern in Ruhe unterhalten konnten.

Allerdings war sie beim Spiel mit den Kindern nicht ganz bei der Sache, denn sie überlegte die ganze Zeit, welches von ihren Lieblingskleidern sie zum Abendessen anziehen sollte.

Giff stieg aus dem flachen Kahn, der ihn nach seinem erfolgreichen Gespräch mit dem holländischen Kapitän wieder an Land gebracht hatte. Der Holländer hatte sich bereit erklärt, ihm sein Schiff zu vermieten, solange Giff es benötigte. Doch Giffs Plan sah vor, damit nur bis zur Burg Girnigoe zu segeln und dort den Stein auf eines von Henrys Schiffen umzuladen.

»Falls es dir gelingt, ein Schiff zu mieten und heimlich in See zu stechen, kann Fife dir nicht zuvorkommen«, hatte Michael ihm am Abend zuvor versichert. »Denn der Wind steht nicht günstig, und Fife ist ein ängstlicher und unerfahrener Seefahrer.«

»Sein Kapitän wird dafür umso tüchtiger sein, nehme ich an«, hatte Giff geantwortet.

»Ja, natürlich«, sagte Michael grinsend. »Fife wird mit Sicherheit den besten anheuern. Aber er versteht es einfach nicht, einem Pferd die Zügel locker zu lassen, geschweige denn, einem Kapitän die Verantwortung zu übertragen. Er muss sich überall einmischen. Dich dagegen, mein Freund, nennt man ja nicht umsonst den König der Stürme.«

Jetzt entließ Giff die Männer von Lestalric, die ihn zu dem Handelsschiff und wieder zurück gerudert hatten, rückte sein Schwert auf dem Rücken zurecht und blickte sich noch einmal im belebten Hafen um, bevor er sein Pferd aus dem hafeneigenen Stall holen wollte.

Er ließ seinen Blick von dem dickbäuchigen holländischen Handelsschiff zu Fifes modernerer Galeere wandern, die Rob ihm gezeigt hatte. Vermutlich hatte Michael recht; der Holländer wirkte zuverlässig und seetüchtig und würde auch in schwerer See gut zurechtkommen. Fifes Schiff hingegen war zwar schnittiger, doch seine Crew war noch nicht vertraut damit, und falls der Kapitän aus Edinburgh stammte, konnte es durchaus sein, dass er noch nie eine Rudermannschaft befehligt hatte und es daher nicht verstand, das Äußerste aus den Männern herauszuholen.

Doch letztlich waren das müßige Überlegungen. Giff beschloss, zum Mittagessen nach Lestalric zurückzukehren. Dort konnte er sich überlegen, was er mit den holländischen Seeleuten anfangen sollte. Obwohl sie nicht darüber gesprochen hatten, ging Giff davon aus, dass der Kapitän ihm das Schiff nur mit der dazugehörigen Mannschaft überlassen würde.

Giff beschloss, das Problem mit den anderen zu besprechen, doch er selbst war – Henrys Einverständnis vorausgesetzt – dafür, den Holländern Geld zu geben, damit sie in Edinburgh blieben, und das Schiff mit Ruderern der Sinclairs zu bemannen. Hugo hatte ihm erzählt, dass Henrys Leute auf Girnigoe und Roslin, sofern sie fähig und lernwillig waren, sowohl im Segeln als auch im Rudern unterwiesen wurden. Daher wären sie viel nützlicher als ein Haufen fremder Seeleute.

Jäh ertönten laute Männerstimmen und dazwischen das schrille Geschrei eines Kindes. Giff fuhr gerade noch rechtzeitig herum, um zu sehen, wie mehrere ausgewachsene Männer – unter ihnen ein schwarz gekleideter Kerl mit einem Knüppel – einem drahtigen Bürschchen von vielleicht zehn oder elf Jahren nachjagten. Der Junge kam genau auf Giff zugerannt, wobei er allen Hindernissen flink und wendig auswich.

»Haltet den Dieb!«, rief jemand.

Als er Giff sah, versuchte der Bursche einen abrupten Richtungswechsel, während er gleichzeitig einen Blick über die Schulter auf seine Verfolger warf.

Doch Giff bekam ihn zu fassen und riss den zappelnden, um sich tretenden Knirps von den Füßen.

»Lasst mich runter! Wollt Ihr vielleicht, dass die mich umbringen?«

Mit den Worten: »Halt die Luft an, wenn du dir keine Ohrfeige einfangen willst«, setzte Giff den Jungen ab, hielt ihn jedoch an einem Arm fest.

»Gut, dass Ihr den kleinen Halunken gefasst habt«, rief der Erste der Verfolger wütend. »Danke, Sir. Überlasst ihn mir, dann verpasse ich ihm eine ordentliche Tracht Prügel.«

»Bist du sein Vater?«

»Nein, und ich bezweifle, dass er überhaupt einen hat, dieser nichtswürdige kleine Gauner.«

»Ich bin kein Gauner, du blöder Holzkopf!«, schrie der Junge angriffslustig zurück.

Als der wütende Mann die Hand nach dem Kind ausstreckte, zog Giff es an seinem dünnen Ärmchen hinter seinen Rücken und fragte: »Was soll der Bursche denn gestohlen haben?«

»Der Pastetenbäcker da drüben hat gesagt, er hätte ihm was geklaut«, erwiderte der Fremde. »Ich hab's nicht selbst gesehen, aber der kleine Gauner hat mir im Vorbeirennen den Ellbogen in die Weichteile gerammt.«

»Das kann nicht so schlimm gewesen sein, sonst hättest du nicht so schnell laufen können«, entgegnete Giff. »Und wo ist der Bäcker, der mit dem ganzen Theater angefangen hat?«

»Da hinten«, knurrte der Mann und zeigte mit dem Daumen auf die sich versammelnde Menschenmenge.

»Dann kannst du jetzt gehen«, sagte Giff in einem Ton, der keinen Widerspruch duldete. »Ich werde mit dem Pastetenverkäufer sprechen, und ich wüsste nicht, was du damit zu schaffen hättest.«

Der Mann blickte sich zögernd um und stellte sich schließlich neben den Kerl mit dem Knüppel.

»Dem habt Ihr's aber gegeben«, ließ sich eine leise Stimme hinter Giff vernehmen.

»Du hältst den Mund!«, herrschte der den Jungen an und schüttelte seinen Arm, ohne die Augen von den Männern zu wenden. Dann fragte er mit lauter Stimme: »Wer von euch ist der Pastetenbäcker?«

»Hier, Mylord!« Ein Mann mittleren Alters, der beinahe so breit wie hoch war, trat eilig vor, wobei er sich die Hände an seiner Schürze abwischte. »Mit Verlaub, Sir, aber der verflixte Schlingel hat eine von meinen leckeren Fleischröllchen gemopst – direkt aus der Pfanne.«

Mit einem erneuten Schütteln beantwortete Giff das kurze Schnauben hinter seinem Rücken.

»Wie viel bekommst du dafür?«, fragte er, zückte mit der freien Hand seine Geldbörse und löste mit den Zähnen die Schnur.

Die Menge begann sich zu verlaufen, und der Pastetenmann sagte leichthin und vor lauter Vorfreude breit grinsend: »Nur drei Shilling, Mylord.«

Giff warf ihm einen beredten Blick zu.

Da zuckte der Mann kleinlaut mit den Schultern und murmelte: »Acht Pennys, Mylord.«

»Immer noch zuviel«, entgegnete Giff. »Ich kann mir nicht vorstellen, dass ein Fleischröllchen auch nur zwei Pennys kostet, und außerdem weiß ich überhaupt nicht, ob der Junge dir wirklich etwas gestohlen hat. Aber falls es stimmt«, setzte er rasch hinzu, bevor der Mann protestieren konnte, »hast du als Wiedergutmachung für den ganzen Ärger einen Shilling verdient. Und das Bürschchen muss ihn mir zurückzahlen. Das wird ihm eine Lehre sein.«

»Ja, bestimmt, Sir«, pflichtete der Bäcker ihm bei und nahm den Shilling. »Aber ich hoffe, das ist nicht die ganze Strafe«, fügte er mit einem drohenden Blick auf den Übeltäter hinzu.

»Mal sehen«, erwiderte Giff und warf einen Blick in die Runde. Die meisten Männer, die bei der Jagd auf den Jungen geholfen hatten, waren bereits fortgegangen. Nur derjenige, der den Rüffel von Giff hatte einstecken müssen, und sein Kumpan mit dem Knüppel waren noch da. Sie standen in einiger Entfernung beieinander und unterhielten sich friedlich, ohne auf irgendetwas anderes zu achten.

Giff drehte sich um und nahm seinen Gefangenen in Augenschein.

»Ihr habt diesem alten Halsabschneider einen ganzen Shilling gegeben!«, rief der Junge empört. »Und wenn Ihr jetzt meint, ich würde Euch so eine Wahnsinnssumme zurückzahlen, dann habt Ihr Euch … Hey!«

Giff hob ihn hoch, bis er ihm geradewegs in die Augen schauen konnte. »Noch ein einziges Wort, und du bekommst auf der Stelle deine Abreibung.«

»Na gut, dann bin ich eben still. Ihr könnt mich also jetzt runterlassen. Aber ich muss sagen, Ihr seid ganz schön gemein.«

Giff musste sich das Lachen verkneifen. »Ich werde dir schon nichts tun, und ich lasse dich auch gleich runter. Aber wenn das deine Vorstellung von Stillsein ist, dann haben wir diesbezüglich eine sehr unterschiedliche Auffassung.«

Die braunen Augen mit den schwarzen Wimpern funkelten ihn an, doch der Junge sagte nichts, bis er wieder auf dem Boden stand. Plötzlich blickte er an Giff vorbei und rief: »Vorsicht, hinter Euch!«

Giff hätte es für einen Trick des Bengels gehalten, wenn sein sechster Sinn ihn nicht gewarnt hätte. So fuhr er herum und konnte das Kind gerade noch beiseite schieben, als der Kerl in Schwarz schon mit hoch erhobenem Knüppel auf ihn zugerannt kam.

Giffs Hand schoss nach oben und fing den Schlag ab. Zugleich holte er mit der rechten Faust aus und ließ sie mit voller Wucht gegen das Kinn des Angreifers krachen.

Der Knüppel flog ihm aus der Hand, als der Mann bewusstlos zu Boden ging, doch sein Kumpan, der sich das Wortgefecht mit Giff geliefert hatte, wollte ebenfalls zum Angriff übergehen. Da stürzte sich eine kleine Gestalt auf ihn und rammte ihm den gesenkten Schädel an dieselbe Stelle, wo zuvor schon angeblich sein Ellbogen gelandet war.

Einen Arm gegen den Unterleib gepresst, ging der Mann in

die Knie, während er mit der anderen Hand aufs Geratewohl nach dem Jungen griff. Doch der entzog sich ihm mit einer Behändigkeit, die, wie es Giff schien, einem Knappen in der Ausbildung auf Dunclathy alle Ehre gemacht hätte.

Der Pastetenbäcker und zwei weitere Männer kamen angelaufen, um den besiegten Angreifer festzuhalten. Einer von ihnen sagte: »Wir haben alles genau gesehen, Mylord. Und jetzt schaffen wir diese beiden Rüpel zum Stadtbüttel.«

Mit einem Dank drehte Giff sich zu seinem kleinen Helfer um, der auf und ab hüpfte und rief: »Mann, das hat vielleicht gesessen! Der Kerl hat sich ja sauber auf den Allerwertesten gesetzt!«

Giff grinste. »Den Allerwertesten?«

Der Bengel erwiderte das Grinsen und entblößte dabei eine breite Zahnlücke, die noch nicht ganz von den unregelmäßigen neuen Zähnen ausgefüllt wurde. »Mein Pa sagt, ich bin noch nicht alt genug, um Arsch zu sagen.«

»Dann solltest du es auch nicht tun«, erwiderte Giff.

»Hab ich doch auch nicht!«

Giff zog die Augenbrauen hoch.

Wieder grinste der Junge. »Naja, irgendwie schon, aber erst, als ich Euch das von meinem Vater erzählt habe.«

»Du hast also doch einen Vater.«

»Ja, sicher. Ihr etwa nicht?«

»Doch«, antwortete Giff, jetzt wieder ernst. »Und wenn ich etwas nehmen würde, was mir nicht gehört, würde er mir den Hosenboden stramm ziehen.«

»Ach was, dazu seid Ihr doch schon viel zu groß.«

»So groß war ich ja nicht immer. Hast du das Fleischröllchen nun geklaut oder nicht?«

Der Junge öffnete den Mund und klappte ihn wieder zu, während er in Giffs unbewegtes Gesicht starrte. Schließlich reckte er das Kinn, straffte die Schultern und sagte: »Ja, hab ich.«

»Wo ist es?«

Die Augen des Burschen funkelten mutwillig, als er in seinen Ärmel griff und ein dickes paniertes Fleischröllchen ein Stück hervorzog. Doch sogleich ließ er es wieder im Ärmel verschwinden.

»Warum hast du es genommen?«

»Um zu sehen, ob ich es schaffe«, gab der Junge unumwunden zu. »Dieser habgierige Geizkragen von Bäcker hat mich noch nie eins probieren lassen, und ich wollte wissen, wie sie schmecken.«

»In diesem Fall kauft man sich normalerweise eins.«

»Ja, schon, aber dafür braucht man Geld.«

»Und du hast keins?«

Der Junge zuckte nur die Achseln.

»Wie heißt du?«

Er zögerte, dann sagte er in demselben beiläufigen Ton, mit dem der Pastetenmann drei Shilling gefordert hatte: »Die meisten Leute nennen mich den kleinen Käpt'n.«

»Und wie sagt dein Vater zu dir?«

Der Junge verzog nur kurz das Gesicht, bevor er Giff mit großen Augen anstarrte. »Wusstet Ihr, dass die beiden Halunken Euch beobachtet haben, als Ihr zu dem Holländer hinausgerudert seid? Und als Eure Männer Euch zurückbrachten, waren die beiden immer noch da. Was, glaubt Ihr, hat sie so an diesem holländischen Schiff interessiert?«

»Keine Ahnung«, erwiderte Giff. Dann fiel ihm ein, dass es vielleicht keine schlechte Idee wäre, ein paar falsche Informationen auszustreuen, und er setzte hinzu: »Ich wollte nach Norden zum Moray Firth fahren und habe den Kapitän gefragt, ob er mich mitnimmt.«

Zu seinem Erstaunen schnaubte der Junge abfällig und schüttelte den Kopf. »Mit diesem dicken Lastkahn wollt Ihr doch wohl nicht nach Norden segeln, oder? Da oben ist die See nämlich ganz schön rau.«

»Was für eine Ahnung hast du Naseweis schon von Schiffen?«

Der Kleine verdrehte die Augen. »Ich weiß zumindest, dass es besser wäre, Ihr würdet mit meinem Pa segeln. Er fährt nach Norden, und wenn Ihr diesen blöden Shilling vergesst und mir versprecht, meinem Vater nichts von der Pastete zu erzählen, frage ich ihn, ob er Euch mitnimmt.«

»Und von welchem Schiff ist dein Vater der Kapitän?«

Der Junge deutete mit dem Finger. »Von dem da hinten mit dem hohen Mast und den aufgerichteten Rudern.«

»Das Schiff gehört Lord Fife«, sagte Giff mit strengem Blick.

»Ja, sicher, es ist die *Serpent Royal.* Aber mein Vater ist wirklich der Kapitän. Deshalb nennen sie mich auch den kleinen Käpt'n, obwohl ich eigentlich Jake Maxwell heiße.«

»Meinst du wirklich, dein Vater würde einen Passagier mitnehmen?«

Grinsend sagte der Junge: »Wenn Ihr auf meine Bedingungen eingeht, bringe ich Euch zu ihm. Dann könnt Ihr ihn selbst fragen.«

»Ich werde deinem Vater nichts verraten, aber auf den Shilling verzichte ich nicht«, entgegnete Giff. »Ich bestehe darauf, dass du ihn mir bis auf den letzten Penny zurückzahlst.«

Jake blickte ihn prüfend an. »Das werde ich eines Tages«, seufzte er. »Auch wenn ich noch nicht weiß, wie.«

»Dir wird schon etwas einfallen«, erwiderte Giff. »Sollen wir jetzt zu deinem Vater gehen?«

»Ja, das Beiboot liegt da hinten am Strand. Unsere Männer bringen uns zum Schiff.«

»Hol das Fleischröllchen aus deinem Ärmel«, sagte Giff auf dem Weg zum Boot.

»Warum denn?«

»Hast du keinen Hunger?«, fragte Giff und zog sein Messer heraus. »Ich werde mein Mittagessen verpassen, und da dachte ich, du würdest mir vielleicht etwas abgeben.«

»Aber sicher«, sagte Jake mit breitem Grinsen. »Ich habe auch noch eine Hammelpastete in der Tasche und zum Nachtisch ein schönes Stück Rosinenkuchen.«

»Das ist ja ein wahres Festmahl«, bemerkte Giff nur, während der Junge die Pastete und den Kuchen aus den Hosentaschen zog. »Ich nehme an, das hast du beides auf die gleiche Art organisiert wie die Fleischrolle.«

»Na klar, und sie sind sogar noch warm. Aber Ihr habt ja versprochen, meinem Pa nichts zu verraten und …«

»Nein, *ich* werde ihm nichts erzählen«, erwiderte Giff vielsagend, worauf der Kleine ihn mit seinen großen braunen Augen fragend ansah.

»Das wirst du nämlich selbst tun«, fügte Giff vergnügt hinzu und schnitt die Fleischrolle mittendurch. Der Junge schien zu überlegen, ob er weglaufen sollte, daher fuhr Giff fort: »Es sei denn, du hast Angst. Ein Mann übernimmt immer die Verantwortung für seine Taten.«

»Ich habe vor gar nichts Angst!«, rief Jake entrüstet.

»Guter Junge«, sagte Giff, steckte das Messer wieder ein und reichte Jake eine halbe Fleischrolle. »Hier, es riecht köstlich.«

»Für einen ganzen Shilling kann man das auch erwarten«, murmelte Jake. Offensichtlich war er nicht mehr allzu erpicht darauf, zur *Serpent* hinauszurudern. »Das da drüben ist unser Boot.«

9

Da Sidony sich nicht anmerken lassen wollte, wie sehr sie sich auf das Wiedersehen mit Giff freute, spielte sie mit dem deutlich besser gelaunten Will und der gurrenden kleinen Anna, bis die Kleinen von ihren Kinderfrauen abgeholt wurden, damit sie zur Nacht noch einmal gefüttert werden konnten.

Sidony zog sich das hellgrüne Kleid mit der Spitzenborte und die dazu passenden Schuhe an, die sie zum Abendessen tragen wollte, und versuchte dann, sich mit ihrer Handarbeit die Zeit zu vertreiben. Doch nachdem sie sich, unkonzentriert wie sie war, zweimal in den Finger gestochen hatte, gab sie es auf.

Sie ließ die Kammertür angelehnt und vergewisserte sich zum wiederholten Mal, dass ihre Frisur richtig saß und das einfache weiße Seidennetz und der Schleier darüber ordentlich festgesteckt waren. Endlich vernahm sie die Stimmen ihrer Schwestern auf dem unteren Treppenabsatz und eilte sofort zu ihnen. Gerade, als die drei Frauen in der Diele angekommen waren, öffnete der Haushofmeister das Portal und ließ Giff eintreten.

Sidony, die hinter den anderen ging, blieb auf der letzten Stufe stehen und wandte sich dem Gast zu, um ihn zu begrüßen.

»Willkommen, Sir«, sagte Isobel lächelnd, als er eintrat. »Ich bin froh, dass Ihr kommen konntet, und hoffe, Ihr hattet einen erfolgreichen Tag.«

»Durchaus, Mylady, vielen Dank«, antwortete er und sah ihr kurz in die Augen, bevor er seinen Blick weiter zu Sidony wandern ließ. Dann lächelte er.

»Ich nehme doch an, unsere Leute haben Euch ein gutes Mittagsmahl vorgesetzt«, sagte Adela.

»Leider habe ich durch meine eigene Saumseligkeit das Essen auf Lestalric verpasst, Mylady.«

»Oje, dann müsst Ihr ja halb verhungert sein!«

»Keineswegs«, erwiderte er grinsend. »Ich hatte zu Mittag ein köstliches halbes Fleischröllchen, frisch paniert, eine halbe Hammelpastete in einem vorzüglich knusprigen Teig und die Hälfte von einem ausgezeichneten Stückchen Rosinenkuchen.«

»Warum immer nur die Hälfte?«, fragten Isobel und Sidony wie aus einem Mund.

»Das kann er uns bei Tisch erzählen«, sagte Adela. »Es wäre unhöflich der Köchin gegenüber, ein Schwätzchen zu halten und das Essen kalt werden zu lassen.«

Da Adela in ganz Edinburgh als mustergültige Hausfrau galt, kam es niemandem in den Sinn, ihr zu widersprechen. Gemeinsam mit Rob hatte sie das vernachlässigte Lestalric Castle in ein so gemütliches Heim verwandelt, dass sich die Spitzen der schottischen Gesellschaft förmlich darum rissen, zu ihren zahlreichen Festmahlen eingeladen zu werden.

Das brachte Sidony auf einen Gedanken: »Hast du nicht gesagt, Rob wollte zu eurem Bankett wieder hier sein?«

»Ja«, antwortete Adela, als sie ins Speisezimmer traten. »Er hat es mir versprochen, aber vermutlich muss er am Mittwochmorgen wieder zurückreiten und sich Isabellas Zug anschließen.«

»Setzt Euch ruhig auf Michaels Stuhl, Giff«, sagte Isobel mit einem Blick auf den Platz am Kopfende der Tafel. Nachdem alle gemeinsam das Tischgebet gesprochen hatten, wies sie die Diener mit einem Nicken an, die Speisen aufzutragen. Dann sagte sie: »Und nun erzählt uns Eure Geschichte, Giff.«

Er kam der Aufforderung gern nach und entpuppte sich dabei als begabter Erzähler, der seine Zuhörer mehr als einmal zum Lachen brachte.

»Was geschah, als Ihr Jakes Vater begegnet seid?«, wollte Sidony wissen.

Giff lächelte. »Ich glaube, Kapitän Wat Maxwell ist ein guter Mann. Der junge Jake stellte mich ihm vor, als wäre ich ein Lord, doch meinen Namen konnte er ihm nicht nennen, da er vergessen hatte, mich danach zu fragen. Also stellte ich mich selbst vor und erfuhr zu meinem großen Erstaunen, dass Kapitän Maxwell schon von mir gehört hatte. Als sein Sohn ihm seine Sünden beichtete, sagte der Vater, sie würden später darüber reden, und schickte ihn fort. Wenn ich mich nicht irre, konnte sich das Bürschchen auf ein paar unerfreuliche Minuten gefasst machen.«

»Was haltet Ihr von Fifes Schiff?«, fragte Isobel.

Wie schon bei seiner Ankunft warf er ihr abermals einen bedeutsamen Blick zu und sagte: »Es ist gut. Es hat mehr Segel als bei einem Schiff dieser Größe üblich ist, kann aber wahrscheinlich genauso viel leisten wie eine Galeere, trotz des schwereren Hecks und des höheren Vorderstevens. Der mittlere Teil ist genau wie bei einer Galeere gebaut und bietet Platz für fünfzig Mann, mit Bänken für je acht Ruderer auf jeder Seite. Darüber hinaus verfügt es am Heck über eine Ladeluke wie ein Frachtschiff. Und was Maxwell angeht, so würde ich sagen, der Mann versteht sein Handwerk.«

Diesmal war es an Adela und Isobel, einen Blick zu wechseln.

Sidony wollte gerade fragen, was die anderen ihr verheimlichten, da merkte sie, dass Giff sie beobachtete. Also stellte sie ihm die Frage, die ihr schon auf der Zunge lag, seitdem er von seinen Erlebnissen im Hafen berichtet hatte. »Warum haben die beiden Männer Euch angegriffen, Sir?«

Er zuckte die Achseln. »Sie haben mich wohl für eine leichte Beute gehalten.«

Die Antwort stellte sie nicht zufrieden. Es war einfach undenkbar, dass jemand ihn für ein dankbares Opfer hielt, zumal wenn er mit seinem Schwert gerüstet war. Doch selbst unbewaffnet schritt Giff einher, als gehöre ihm die ganze Welt.

Nach kurzem Nachdenken runzelte er die Stirn und fuhr fort: »Der kleine Jake sagte, die beiden hätten mich beobachtet, wie ich mich zu dem holländischen Schiff und wieder zurück rudern ließ.«

»Vielleicht waren sie ja von jemandem angeheuert worden«, sagte Isobel.

»Aber warum?«, fragte Sidony.

»Mein Gott, woher soll ich das wissen?«, sagte Giff und fügte dann entschuldigend hinzu: »Ich sollte nicht in einem solchen Ton mit Euch reden, Mylady. Ich werde es wiedergutmachen. Heute Nachmittag ist die Sonne herausgekommen. Würdet Ihr mir die Ehre erweisen und nachher mit mir einen kleinen Spaziergang durch den Garten machen?«

Sie blickte zu Isobel hinüber, und als diese nickte, hielt Sidony gespannt den Atem an. Da Adela nichts sagte, erwiderte sie: »Mit Vergnügen, Sir, aber noch lieber wäre es mir, wenn Ihr meine Fragen beantworten würdet.«

Doch bevor er etwas sagen konnte, erkundigte sich Adela nach dem Vorgehen der Engländer im Grenzgebiet. »Rob hat gehört, dass sich Fife wieder mit Douglas überworfen hat.«

»Woher weiß er das?«, fragte Giff.

»Mit den Wolllieferungen kommen auch die Neuigkeiten von den Klöstern an der Grenze«, erwiderte Adela.

»Und wenn die Nachrichten bis zu uns vorgedrungen sind, könnt Ihr sicher sein, dass es bald ganz Schottland weiß«, fügte Isobel hinzu. »Dann erfährt es auch der Lord der Inseln.«

»Wie denn?«

Sidony blickte ihn erstaunt an. »Aber Ihr müsstet doch am besten wissen, dass wir auf den Inseln alles mitbekommen, Sir. Unsere Schwester Cristina hat Hector Reaganach geheiratet, den Bruder des Großadmirals der Inseln, und dieser gilt immerhin als bestinformierter Mann in ganz Schottland.«

»Das ist er wirklich«, sagte Isobel. »Lachlan Lubanach hat

seine Informanten überall. Daher erfährt er praktisch alles, was in Schottland vor sich geht.«

Bei diesem dankbaren Thema hielten sie sich bis zum Ende der Mahlzeit auf. Als sich alle von der Tafel erhoben, fragte Giff: »Soll ich Euch einen Umhang holen, Lady Sidony?«

Obgleich sie nur ein dünnes Kleid trug, verneinte die Lady und ließ sich von Giff aus dem Speisezimmer zur Hintertür, die in den Garten führte, geleiten. Als sie an Lady Adela vorbeikamen, sagte diese leise: »Verlauft Euch da draußen nur nicht, Sir.«

Er bedachte sie mit einem strahlenden Lächeln und antwortete: »Das habe ich nicht vor, Madam. Doch falls Ihr es eilig habt, nach Lestalric zurückzukommen, braucht Ihr es nur zu sagen. Dann reiten wir auf der Stelle los.«

»Nein, das eilt nicht«, erwiderte Adela mit einem Blick auf Sidony.

Nachdem er die Tür hinter sich zugezogen hatte, führte Giff Sidony zu einem weiter entfernten Weg, denn mehrere Fenster gingen auf den Garten hinaus.

»Ihr seid sehr schweigsam«, sagte er.

»Ich hätte gern etwas gewusst, doch ich bezweifle, dass Ihr es mir verratet.«

»Lasst es doch einfach darauf ankommen«, erwiderte er mit einem leisen Lachen.

»Nun gut. Was für ein Geheimnis habt Ihr mit Adela und Isobel?«

»Wie kommt Ihr darauf, dass wir drei ein Geheimnis hätten?«

»Ihr habt Isobel so merkwürdig angesehen, als sie Euch fragte, ob Ihr einen erfolgreichen Tag hattet. Und dann noch einmal, als sie sich nach Fifes Schiff erkundigte.«

»Ihr seid eine gute Beobachterin. Sonst noch etwas?«

»Ja. Als Ihr sagtet, Kapitän Maxwell verstünde sein Handwerk, wechselten Isobel und Adela einen Blick. Ich hatte das Gefühl, als würde mich im nächsten Augenblick jemand ins

Bett schicken, damit sich die Erwachsenen ungestört unterhalten könnten.«

»Das war nicht nett von uns«, gab er zu, ließ ihren Arm los und legte ihr eine Hand auf die Schulter, als sie auf dem Kiesweg stehen blieben. »Wollt Ihr mir dafür wieder eins überziehen? Ihr habt zwar gerade keinen Fisch dabei, aber …«

Da musste sie lächeln, sagte jedoch nur: »Verratet Ihr mir nun, was ihr drei mir verheimlicht habt, oder traut Ihr mir etwa nicht?«

»Aber Mädchen, woher soll ich denn wissen, ob ich Euch vertrauen kann. Ich kenne Euch ja kaum.« Als er sah, wie sie erstarrte, fügte er eilig hinzu: »Das meiste wisst Ihr ohnehin schon.«

»Was weiß ich?«

»Ich habe Euch doch gesagt, dass ich auf der Suche nach einem Schiff bin, mit dem ich zurück nach Westen segeln kann. Durch ihre Männer wussten Eure Schwestern, dass ich mir bereits eins ausgesucht habe und heute zum Hafen reiten wollte, um mit dem Kapitän zu verhandeln.«

Im Zwielicht wirkten ihre Augen mit den geweiteten schwarzen Pupillen fast farblos. Ihm schien, als habe er niemals zuvor so klare Augen und einen so ruhigen, steten Blick gesehen.

»Ich verstehe«, sagte sie schließlich. »Aber wieso interessiert es Isobel und Adela, was Ihr von Fifes Kapitän haltet?«

Giff war drauf und dran zu sagen, das ginge sie nichts an, doch instinktiv wusste er, dass er mit einer solchen Bemerkung ihre Neugier nur anstacheln würde.

»Was Eure Schwestern angeht, so weiß ich es nicht«, erwiderte er und fuhr sich mit der Hand durchs Haar. »Doch angeblich hat Fife das Schiff nur bauen lassen, um Henry Schwierigkeiten zu machen.«

»Und wisst Ihr auch, welche Art von Schwierigkeiten?«

»Wir können es uns denken«, erwiderte er und fragte sich,

wie lange sie noch weiterbohren wollte und wie er sich ausdrücken konnte, ohne zu lügen oder sie vor den Kopf zu stoßen.

Zu seiner Überraschung nickte sie und sagte: »Dann ist wohl klar, was Fife vorhat, doch Ihr dürft bestimmt nicht darüber reden.«

Ihre Antwort beunruhigte ihn. »Wie kommt Ihr darauf?«

Sie riss die Augen auf. »Ich habe mir eben gedacht, dass Hugo, Rob und Michael Euch in ihre Pläne eingeweiht haben. Stimmt das etwa nicht?«

»Doch, aber was hat Euch auf die Idee gebracht?«

»Die Tatsache, dass Hugo und Michael nach Euch geschickt haben.«

»Tja, also …« Seine Unruhe wuchs.

»Also liegt es nahe«, fuhr sie in sachlichem Ton fort, »dass Fife hinter etwas her ist, das Ihr und die anderen in der Schlucht gefunden habt, und das Ihr nach Girnigoe oder sonst wohin bringen wollt.«

Giff schwirrte der Kopf. Obwohl sie nicht alles erraten hatte, wusste sie doch gefährlich viel. Wenn sie noch mehr herausbekam … »Habt Ihr vielleicht auch eine Ahnung, um was es sich dabei handeln könnte?«

»Ich nehme an, es ist ein Teil des Schatzes.«

Während er versuchte, sich seine Bestürzung nicht anmerken zu lassen, fuhr sie fort: »Wenn Fife es ebenfalls darauf abgesehen hat, wird er bestimmt versuchen, Eure Pläne zu durchkreuzen. Habt Ihr schon einmal daran gedacht, dass der Mann in Schwarz, der mit dem Knüppel auf Euch losging, einer von Fifes Leute gewesen sein könnte?«

Das war ihm überhaupt nicht in den Sinn gekommen. Er zwang sich zur Ruhe, auch wenn er sie am liebsten geschüttelt hätte, um herauszufinden, was sie sonst noch wusste und wie sie es erfahren hatte. Stattdessen sagte er: »Wieso glaubt Ihr, Fife hätte den Mann gedungen?«

»Nun, Jake Maxwell hat doch gesagt, die beiden Männer

hätten Euch beobachtet, und außerdem sind Fifes Leute stets schwarz gekleidet, wie auch er selbst. Es wäre doch immerhin möglich.«

Er blickte zum Haus hinüber.

Mit den Worten: »Kommt hierher«, zog er sie in den Schatten eines großen Strauches. Dann legte er ihr die Hände auf die Schultern, blickte ihr in die unschuldigen blauen Augen und sagte streng: »Welchen Schatz habt Ihr gemeint?«

Sie reckte nur das Kinn ein wenig höher, sagte jedoch nichts.

Daraufhin schüttelte er sie kurz und ungeduldig. »Sagt es mir!«

»Ich hätte besser gar nicht davon anfangen sollen«, erwiderte sie schließlich. »Jedenfalls sage ich jetzt kein Wort mehr.«

Er verstärkte seinen Griff, bis sie vor Schmerz zusammenzuckte, und sagte: »Dann bringe ich Euch auf der Stelle nach Roslin, wo Ihr Hugo, Rob und Michael alles erklären könnt.«

»Das werdet Ihr nicht tun!«

»Oh doch, meine Süße. Und ob ich das tue.«

Sidony schlug das Herz bis zum Hals. Sie wusste, dass er seine Drohung wahrmachen würde, und wünschte, sie hätte nie von diesem Schatz angefangen. Mit einer derart heftigen Reaktion hatte sie nicht gerechnet, doch sein Zorn löste zwiespältige Gefühle in ihr aus. Einerseits hätte sie ihn gern beschwichtigt, doch andererseits fand sie seine Aufregung erheiternd. Sie wollte unbedingt wissen, was geschehen würde, wenn sie sich ihm weiter widersetzte.

Also sagte sie erst einmal gar nichts.

»Nun?«

»Ihr tut mir weh.«

Daraufhin ließ er sie los, stand aber noch immer entschieden zu nahe bei ihr.

»Tretet gefälligst ein Stück zurück«, sagte sie. »Ich kann nicht nachdenken, wenn Ihr wie ein Turm über mir aufragt.«

»Keinen Schritt werde ich zurückweichen«, entgegnete er.

»Was ist Euch nun lieber – wollt Ihr es mir oder ihnen erzählen? Und bildet Euch nicht ein, ich würde es nicht wagen, Euch einfach über die Schulter zu werfen, zum Stall zu tragen und auf ein Pferd zu setzen. Daran könnten auch Eure Schwestern mich nicht hindern.«

Sie schüttelte den Kopf. Je stärker er sie bedrängte, desto schwerer fiel es ihr nachzudenken, geschweige denn, sich zu entscheiden.

»Raus mit der Sprache, was wisst Ihr über den Schatz?«, forderte er knapp.

Diese Frage war schon leichter zu beantworten. »Nur dass Hugo, Michael, Rob und Henry – und Ihr auch, nehme ich an – ihn bewacht. Und dass Fife ihn haben will.«

»Wer hat Euch das erzählt?«

Sie zögerte. Darauf eine Antwort zu finden war schon schwerer. Doch als er die Stirn runzelte, sagte sie: »Eigentlich keiner.«

»Wollt Ihr mich für dumm verkaufen? Irgendjemand muss es Euch doch verraten haben.«

»Nein, Sir. Das heißt, jedenfalls nicht direkt«, fügte sie hastig hinzu, als er erneut die Hand nach ihrer Schulter ausstreckte. »Ich habe einfach ein Gespräch mitangehört.«

»Ihr horcht also an Türen, stimmt's?«

»Das ist nicht wahr!«, rief sie. »Die anderen vergessen eben immer, dass ich anwesend bin. Und wenn es ihnen wieder einfällt, sprechen sie nur ein wenig leiser. Aber ich habe scharfe Ohren, und nach einer Weile denken sie sowieso nicht mehr daran.«

»Wen habt Ihr davon reden hören?«

Sie zuckte die Achseln und sagte: »Verschiedene Leute zu verschiedenen Gelegenheiten.« Dann zählte sie an den Fingern ab: »Isobel, Adela und Sorcha natürlich, aber auch Michael und Henry.« Sie überlegte einen Augenblick. »Ich glaube nicht, dass ich schon mal von Rob oder Hugo …«

»Wie, zum Teufel, konnte es dazu kommen?«

»Ich sagte doch bereits, sie vergessen, dass ich da bin. Das ist Euch doch selbst schon aufgefallen.«

»Ja, als Ihr in den Garten von Clendenen House gegangen seid, kurz nach Eurer Auseinandersetzung mit Hugo. Und da war das Zimmer nicht voller Leute.«

»Dann ist es aber auch nicht viel anders. Manchmal fühle ich mich, als wäre ich unsichtbar. Ich weiß ja, dass sie es nicht böse meinen, aber …«

»Natürlich nicht«, unterbrach er sie. Trotz seines finsteren Blicks war seine Stimme jetzt milder. »Wem habt Ihr sonst noch von dem Schatz erzählt, Mädchen?«

»Na, niemandem«, antwortete sie erstaunt.

»Ganz sicher nicht? Warum habt Ihr Eure Schwestern nicht darauf angesprochen?«

»Ach, Sir, ich kann mich noch gut daran erinnern, wie ich einmal etwas weitererzählt habe, das ich von meinem Vater aufgeschnappt hatte. Er hat mir eine solche Tracht Prügel verabreicht, dass ich eine ganze Woche nicht mehr richtig sitzen konnte. Damals war ich acht. So etwas vergisst man nie mehr.«

»Und offensichtlich lernt man daraus, sich bei interessanten Gesprächen mucksmäuschenstill zu verhalten.«

»Ja, denn die meisten Leute reagieren verärgert, wenn man sich bemerkbar macht. Als wäre es meine Schuld, dass sie mich übersehen. Und natürlich erfährt man so auch eine Menge.«

»Seid Ihr wirklich sicher, dass Ihr sonst keinem etwas von dieser Angelegenheit erzählt habt?«

»Wem denn? Den Dienstboten bestimmt nicht, und meine Schwestern sollten besser nicht erfahren, wie viel ich im Laufe der Jahre von ihren Gesprächen mitbekommen habe.«

»Für wen wäre das besser?«, fragte er mit hochgezogenen Brauen.

Ihr fiel ein Stein vom Herzen, dass er sich ein wenig beruhigt hatte. Daher erwiderte sie mit einem kleinen Lächeln: »Ich wollte damit nur sagen, dass ich kein Plappermaul bin. Ihr seid der erste Mensch, der sich wirklich dafür interessiert, was ich zu sagen habe. Ab und zu fragen mich die anderen nach meiner Meinung, was sie anziehen oder bei einem Gastmahl auftischen sollen. Doch sie erwarten wohl nur, dass ich ihre eigene Wahl gutheiße und ihren Geschmack lobe.«

Sie rechnete damit, dass er ihr widersprechen würde, doch er schwieg.

»Ich glaube, wir sollten ein Stück gehen«, sagte er schließlich. »Ich muss noch über etwas anderes mit Euch reden, und wenn Eure Schwestern uns nicht mehr sehen, schicken sie womöglich einen Diener nach uns aus.«

»Ja, ich habe gehört, dass Adela Euch ermahnt hat«, erwiderte Sidony. Sie war sich keineswegs sicher, ob sie wissen wollte, was er ihr mitzuteilen hatte.

»Ich muss den anderen mitteilen, was Ihr mir da eben offenbart habt«, sagte er kurz und bündig, als sie weitergingen.

»Allen?«

»Das spielt im Grunde genommen keine Rolle. Jeder der Männer wird es den übrigen erzählen, und von denen erfahren es wiederum die Frauen. Darauf müsst Ihr gefasst sein.«

Sie nagte an ihrer Unterlippe. »Michael wird dafür Verständnis haben und Henry vielleicht auch. Aber Hugo und Rob bestimmt nicht. Sie werden glauben, Sorcha und Adela wären unvorsichtig gewesen.«

»Ach, Mädchen, das waren sie ja auch. Aber dasselbe gilt für die Männer«, erwiderte er.

»Die sehen das bestimmt anders. Sie werden meinen Schwestern und mir die Schuld geben.«

»Das lässt sich nicht ändern«, entgegnete er unnachgiebig. »Wenn, dann habt Ihr und Eure Schwestern es Euch selbst zuzuschreiben.«

»Typisch Mann«, sagte sie spöttisch. »Wieso macht ihr immer die Frauen nicht nur für ihre eigenen Fehler, sondern auch noch für eure verantwortlich?«

»So seht Ihr das also?«, fragte er belustigt.

»Ihr braucht gar nicht zu lachen! Oft genug ist es so.«

Er blieb abrupt stehen und schaute sie an. »Wenn das Eure Meinung ist, solltet Ihr noch sorgfältiger darauf achten, Eure Verwandten nicht zu verärgern.«

»Ich habe es doch nicht mit Absicht getan! Und wenn Ihr ihnen schon sagen müsst, dass ich es weiß, warum wollt Ihr unbedingt verraten, auf welche Art ich es erfahren habe?«

»Ihr verlangt von mir, dass ich sie belügen soll?«

»Ihr braucht nicht zu lügen.«

»Was soll ich Ihnen denn Eurer Meinung nach antworten, wenn sie mich fragen, woher Ihr es wisst?«

»Na ja, so gesehen habt Ihr recht. Aber Ihr werdet ihnen doch wohl alles erklären, nicht wahr?«

»Ich werde *Euch* etwas erklären, Mylady«, erwiderte er grimmig. »Ihr behauptet, Ihr könntet überhaupt nichts dafür, aber das stimmt nicht. Immerhin seid ihr schön sitzen geblieben und habt die Gespräche der anderen belauscht.«

»Aber ich konnte doch nicht …«

»Doch«, schnitt er ihr das Wort ab. »Schließlich seid Ihr keine Lumpenpuppe, die dort ausharren muss, wo man sie hinwirft. Ihr seid eine junge Frau mit einem eigenen Willen und hättet Euch bemerkbar machen müssen, sobald die anderen auf ein vertrauliches Thema zu sprechen kamen. Das ist nun mal so, ob Ihr es hören wollt oder nicht.«

»Ihr versteht das nicht!«

»Doch. Ihr habt Euch selbst eingeredet, dass Ihr keine eigenen Entscheidungen treffen könnt und immer tun müsst, was andere Leute von Euch erwarten.«

»Aber …«

»Dabei trefft Ihr durchaus Entscheidungen«, fuhr er fort. »Ihr entscheidet Euch, Dinge zu tun oder zu lassen, genau wie jeder andere auch.«

Ihr Gesicht wurde ganz heiß, und die Tränen traten ihr in die Augen. »Glaubt Ihr wirklich?«

»Ich bin sogar ganz sicher, und ich werde es Euch beweisen«, erwiderte er, ohne auf ihre klägliche Miene zu achten. »Erklärt mir noch einmal, warum Ihr gestern zur Schlucht von Roslin geritten seid.«

»Das habe ich Euch doch schon gesagt«, erwiderte sie und wischte sich rasch mit dem Ärmel über die Augen, um wieder klar sehen zu können. Doch als sie seine finstere Miene bemerkte, bereute sie es sofort. »Ich wollte eigentlich nach Lestalric, so wie Isobel es vorgeschlagen hatte. Aber als ich an die Landstraße kam, war mir einfach danach, in die andere Richtung zu reiten. Ihr seht, es war eben keine bewusste Entscheidung.«

In der Hoffnung, sich klar ausgedrückt zu haben, blickte sie ihn forschend an. Doch er schien keineswegs zufrieden mit ihrer Antwort.

Mit Mühe beherrschte Giff seinen Unmut, als er erkannte, dass sie wirklich glaubte, was sie sagte. Außerdem hatte er ihr bereits arg zugesetzt. Doch ihm war ebenfalls klar geworden, dass ihre Familie, was Sidony anging, vollkommen versagt hatte. Da es ihnen nicht aufgefallen war, wie sie sich selbst – und die anderen – sah, hatten sie dieser falschen Sichtweise nicht entgegengewirkt.

Also sagte er nur: »Das habt Ihr mir vorher nicht erzählt, sondern Ihr seid mir ständig ausgewichen. Und jetzt weiß ich auch, warum. Ich habe Euch für ehrlich gehalten – ehrlicher als die meisten sogar –, aber jetzt bin ich mir nicht mehr so sicher.«

Nun begannen die Tränen zu fließen, doch er kümmerte sich noch immer nicht darum. Er wusste, wenn er sich jetzt davon rühren ließ, würde er ihr nie klarmachen können, was er meinte.

Verzweifelt um Selbstbeherrschung bemüht, biss sie sich auf die Lippen. Um zu verhindern, dass sie endgültig die Fassung verlor, versuchte er, ihren Widerspruchsgeist zu reizen: »Wenn Ihr Eure Gefühle nicht beherrschen könnt, sollten wir dieses Gespräch vielleicht besser beenden und hineingehen.«

Zu seiner Erleichterung reckte sie das Kinn und funkelte ihn wütend an. »Sagt, was Ihr zu sagen habt, Sir. Obwohl Ihr ja bereits mehr als deutlich gemacht habt, wie wenig Ihr von mir haltet.«

»Seid doch nicht so dumm!«, fuhr er sie an. »Wenn das der Fall wäre, würde ich mir nicht die Mühe machen und Euch auf Euren Denkfehler hinweisen.«

Als sie sich erneut die Augen mit dem Ärmel abwischte und wie ein Kind schniefte, hätte er sie am liebsten in den Arm genommen und getröstet, doch er widerstand der Versuchung. Gleich darauf hatte sie sich wieder gefasst und sah ihn mit festem Blick an.

»Gerade habt Ihr mir vorgeworfen, ich wäre unehrlich«, sagte sie vorwurfsvoll.

»Das habe ich nicht«, erwiderte er und fragte sich mit einem raschen Blick zum Haus hinüber, wie viel Zeit ihnen noch blieb. »Ich sagte nur, ich hielt Euch für einen ehrlichen Menschen. Aber wollt Ihr mir vielleicht weismachen, Ihr hättet gestern Eurem Pferd die Zügel locker gelassen, und es wäre von sich aus die Canongate hinunter bis zur Cowgate spaziert und dann den ganzen Weg bis nach Roslin gelaufen?«

»Selbstverständlich nicht. Aber weil ich nun schon einmal auf der Straße war, dachte ich daran, dass Isobel mich nicht vor dem Abendessen zurückerwartete. Da konnte ich auch gleich noch nach Hawthornden reiten und Sorcha besuchen … und Euch vielleicht wiedersehen.«

»Ihr wollt also behaupten, dass dieser Gedanke Euch erst auf der Straße nach St. Giles kam?«, erwiderte er. »Jetzt nochmal, Mädchen: Warum seid Ihr überhaupt in Richtung St. Giles statt nach Lestalric geritten?«

»Ich …« Sie zögerte, dann fiel ihr etwas ein. »Ich sah, wie Lady Clendenens Zofe sich vor der Haustür mit einem von den Dienern unterhielt. Da hatte ich Angst, sie würden der Lady Bescheid sagen und ich müsste anhalten und mit ihr plaudern. Ich kann sie gut leiden«, fügte sie hastig hinzu, »aber ich hatte keine Lust, mit jemandem zu reden. Wahrscheinlich habe ich da wirklich eine Entscheidung getroffen, nur war mir das in diesem Augenblick nicht klar. Ich tat einfach, was mir gerade in den Kopf kam.«

Er nickte zufrieden. »Noch eines: Wenn Ihr doch Sorcha und mich treffen wolltet, warum seid Ihr dann fortgeritten, als Ihr mich in der Schlucht gesehen habt?«

»Ich bin nicht Euretwegen fortgeritten, sondern weil ich doch auf dem Weg nach Hawthornden war. Als ich hörte, dass Sorcha sich auf Roslin aufhielt, überlegte ich, zur Schlucht zurückzureiten, wo ich Euch gesehen hatte. Aber …« Sie verstummte und fuhr dann verlegen fort: »Nun ja, Hugo war auch dort, und außerdem hatte ich sowieso keine Zeit mehr, weil ich unbedingt rechtzeitig zum Abendessen wieder zu Hause sein wollte.«

»Seht ihr? Lauter Entscheidungen«, sagte er mit sanfter Stimme.

»Wenn das Entscheidungen sind, dann habt Ihr recht«, erwiderte sie. »Aber ich bin mir da nicht so sicher. Bei Entscheidungen denke ich immer an wichtige Dinge und daran, wie sich Sorcha und die anderen verhalten, wenn sie darüber bestimmen, was ich tun soll.«

»Das verstehe ich«, sagte er. »Ihr müsst jedoch begreifen, dass eine Entscheidung, sei sie nun spontan oder nicht, immer auch einen Einfluss auf andere Menschen hat. Es ist sehr wichtig, dass Ihr das erkennt, denn, wie Ihr wisst, werden ein paar Leute ganz schön wütend auf Euch sein – und das zu Recht.«

»Müsst Ihr es Isobel und Adela als Erstes erzählen?«

»Ich werde Isobel und Adela gar nichts erzählen«, sagte er und dachte daran, dass er heute bei einer anderen Gelegenheit fast dasselbe gesagt hatte.

Ihre Reaktion erinnerte ihn an den kleinen Jake, als sie mit einem Seufzer der Erleichterung antwortete: »Gott sei Dank. Rob und Michael werden es ihnen noch früh genug erzählen, und dann haben sie immer noch Zeit, böse auf mich zu sein. Aber wenigstens …«

»Nein, Mädchen«, fiel er ihr ins Wort, »Ihr müsst es ihnen selbst sagen, und zwar gleich, denn dann haben sie die unerfreuliche Situation hinter sich – genau wie Ihr.«

Sidony wirkte betroffen, fing sich jedoch schnell wieder. »Daran habe ich überhaupt nicht gedacht«, sagte sie. »Wie konnte ich nur so selbstsüchtig sein?«

»Ich seid nicht selbstsüchtiger als jeder andere«, versicherte er ihr. »Reckt lieber Euer Näschen trotzig in die Höhe; so gefallt Ihr mir besser. Und dann gehen wir hinein, bevor sie noch nach uns suchen.«

»Ja, bringen wir es hinter uns«, sagte sie.

Als sie zur Kemenate kamen, saßen die beiden Schwestern einträchtig am Feuer. Giff rechnete damit, dass Sidony zaudern würde, jetzt, wo der Augenblick der Wahrheit gekommen war, doch sie ließ ihn auf der Schwelle stehen und trat beherzt ein.

»Habt ihr einen schönen Spaziergang gemacht?«, fragte Adela.

»Ich muss euch etwas gestehen«, erklärte Sidony unumwunden.

»Ja, was denn, um Himmels willen?«

»Ich weiß von dem Schatz.«

Giff kniff die Lippen zusammen, um nicht laut herauszulachen. Er wusste, was nun kam, und wie erwartet drehten sich Isobel und Adela mit vorwurfsvollem Blick zu ihm um.

Isobels Augen funkelten vor Zorn, als sie rief: »Giff, Ihr habt es ihr doch wohl nicht verraten!«

»Nein«, sagte Sidony, »er war es nicht, sondern ihr selbst.«

10

Der Montag begann strahlend und sonnig. Von Westen zogen weiße Wolken heran und warfen ihren Schatten auf die Häuser und Gärten der Canongate.

Sidony, die nach dem Frühstück im Garten von Sinclair House spazieren ging, vermeinte, im Windhauch den Duft von Hochlandthymian und Heidekraut wahrzunehmen. Doch zum ersten Mal hatte sie keine Sehnsucht nach ihrer Heimat. Sie dachte daran, wie sie am Abend zuvor mit Giff MacLennan durch den Garten flaniert war, und fragte sich, wie es kam, dass ihr dieser unerträgliche Besserwisser nicht mehr aus dem Kopf ging.

Eine Antwort darauf fand sie nicht.

Etwas später am Vormittag ballten sich die Wolken trotz des anhaltenden Westwindes und wurden immer grauer.

Als Sidony und Isobel beim Mittagessen saßen, war der Himmel bereits so dunkel, dass ein Page die Kerzen anzünden musste. Kaum war er damit fertig, prasselte auch schon der Regen herab.

Isobel hatte den ganzen Morgen über kaum ein Wort gesprochen, doch nun blickte sie seufzend aus dem Fenster und murmelte: »Das ist vielleicht ein Wetter, was? Ich hoffe nur, dass der Sturm nicht wieder tagelang anhält, denn dann könnte Adelas Festmahl morgen Abend nicht stattfinden.«

»Bist du noch immer böse mit mir?«, fragte Sidony leise. Am Abend zuvor waren Isobel und Adela ziemlich wütend gewesen, doch in Giff MacLennans Gegenwart hatten sie nicht viel gesagt. Sie wollten nur wissen, was Sidony damit meinte, dass die Schwestern selbst ihr die Existenz des Schatzes verraten hätten. Nachdem Sidony es ihnen erklärt hatte, war Adela wütend mit Giff nach Lestalric davongerauscht, und Isobel hatte Kopfschmerzen vorgeschützt, um ins Bett gehen zu können, und hatte ihre Schwester sich selbst überlassen.

Sidony, die davon überzeugt war, dass die Männer noch zorniger sein würden als ihre Frauen, fand in der folgenden Nacht nur wenig Schlaf. Nun wartete sie ängstlich auf Isobels Antwort.

Doch Isobel nahm sich noch von den gebratenen Lachsküchlein, die einer der beiden Pagen ihr reichte, und sagte nichts. Kaum stand das Fleisch auf dem Tisch, entließ sie die beiden Diener mit den Worten, dass sie und Lady Sidony keine weiteren Speisen wünschten.

Als die beiden fort waren, sagte sie: »Ich bin nicht böse auf dich, Siddie, eher auf mich selbst. Außerdem frage ich mich, was Michael mir wohl erzählen wird, wenn er wiederkommt.«

»Er ist doch niemals wütend auf dich«, sagte Sidony.

»Das mag sein, doch wenn ihm etwas missfällt, braucht er nur eine Bemerkung zu machen, und ich bin am Boden zerstört. Und das hier wird ihm außerordentlich missfallen.«

»Giff sagt, es ist meine Schuld, und ich hätte mich bemerkbar machen sollen, sobald Dinge besprochen wurden, die nicht für meine Ohren gedacht waren. Aber ganz ehrlich, Isobel, ich wäre selbst niemals auf diese Möglichkeit gekommen. Denn so lange ich denken kann, haben alle in der Familie sich über Privatangelegenheiten unterhalten, ohne sich durch meine Anwesenheit stören zu lassen. Mir war schon klar, dass ich mit keinem über diesen Schatz sprechen durfte, denn ihr alle habt mir schon frühzeitig eingebläut, nicht zur Unzeit den Mund aufzumachen. Doch ansonsten hat es scheinbar keinem etwas ausgemacht, dass ich zugehört habe.«

»Ich weiß«, erwiderte Isobel. »Ich kann mich sogar noch daran erinnern, wie Adela, Sorcha und ich uns einmal in der Kemenate auf Roslin unterhalten haben. Jetzt bin ich ziemlich sicher, dass du währenddessen am anderen Ende des Zimmers am Feuer gesessen und gestickt hast. Wir haben leise gesprochen, und du schienst, wie immer, gar nicht zuzuhören, doch natürlich musst du alles mitbekommen haben.«

Sidony nickte, erleichtert darüber, dass Isobel Verständnis für sie hatte. »Oft habe ich auch gar nicht hingehört«, sagte sie, »Aber selbst wenn, war ich mir keines Unrechts bewusst.«

»Nun, ich denke, Adela wird die Sache genauso sehen wie ich, doch es könnte sein, dass Hugo und Sorcha sie nicht so leicht nehmen. Hugo kann wahrscheinlich nicht nachvollziehen, wie es dazu kommen konnte, und auch Sorcha wird wohl nicht ohne Weiteres einsehen, dass wir daran mindestens ebenso schuld sind wie du. Schließlich haben wir die unschöne Angewohnheit entwickelt, dich zu behandeln, als wärst du Luft.«

»Mich hat das nie gestört«, entgegnete Sidony. »Schon als Kind wollte ich vor allem immer dabei sein und wissen, was ihr macht. Ich hoffe nur, dass du, was Adela angeht, recht hast, und sie Rob davon überzeugen kann, dass ich Eure Geheimnisse niemals verraten würde.«

»Ich will gern glauben, dass du unser Vertrauen nie absichtlich missbrauchen würdest«, sagte Isobel. »Aber was das Reden zur Unzeit angeht – immerhin hast du mit Sir Giffard darüber gesprochen.«

»Ja, aber nur, weil er offensichtlich schon Bescheid wusste. Außerdem habe ich ihm gegenüber keine Einzelheiten erwähnt.«

»Dann wird Michael ja beruhigt sein, nehme ich an. Denn er hört sich immer erst alles an und urteilt dann«, antwortete Isobel. »Was die anderen betrifft, kann ich nichts sagen. Rob kommt morgen nach Hause, und Giff wird ihm vermutlich sofort alles berichten. Seine Reaktion kann uns einen Hinweis darauf geben, wie wütend die anderen sein werden.«

Sidony verzog das Gesicht. »Ich hätte Giff gar nicht darauf angesprochen, wenn ich nicht mitbekommen hätte, dass sie letztes Jahr etwas in der Schlucht gefunden haben. Und wenn ich ihn dort nicht mit Rob und Hugo gesehen hätte. Als er dann davon sprach, dass Fife ihnen gefährlich werden könnte und er auf der Suche nach einem Schiff sei, war ich fast sicher, dass es sich um einen Teil des Schatzes handelte.«

»Und das hast du ihm auch gesagt, nehme ich an«, erwiderte Isobel nur.

»Ja, aber erst, nachdem er mir versichert hatte, dass er in das Geheimnis eingeweiht sei. Als ich es ihm dann erzählte, fragte er mich, woher ich das wüsste, und dann … dann drohte er mir, mich auf ein Pferd zu setzen und zu Hugo und den anderen zu bringen. Hugo ist wahrscheinlich sowieso schon wütend auf mich, weil ich gestern in der Nähe der Schlucht war. Ich mag mir gar nicht ausmalen, was er sagen oder tun wird, wenn er das jetzt auch noch hört.«

Isobel schüttelte den Kopf. »Nachdem du so viele Jahre lang Sorchas stürmisches Temperament ertragen hast, wirst du dich doch jetzt von ein bisschen Schelte nicht einschüchtern lassen – selbst wenn sie von Hugo kommt. Also mach dich nicht verrückt; es kommt sowieso alles, wie es kommen muss. Ich werde selbst versuchen, diesen guten Rat zu beherzigen«, fügte sie mit einem kleinen schiefen Lächeln hinzu.

»Ich weiß ja, dass so ein Wutausbruch schnell wieder vorübergeht«, antwortete Sidony. »Trotzdem wäre es mir, offen gestanden, ganz recht, wenn der Regen sie noch ein wenig aufhalten würde.«

Giff war bis auf die Haut durchnässt und entsprechend schlechter Laune. Normalerweise mochte er die jähen Wetterumschwünge, doch ein Tag, der so schön begonnen hatte, sollte seiner Meinung nach nicht derart nass und trübe werden.

Er war an der Küste entlang bis nach Portobello geritten, auf der Suche nach einem geeigneten Platz, wo sie den Stein auf das holländische Schiff verladen konnten. Doch wie das im Einzelnen vonstattengehen sollte, wussten er und die anderen noch nicht. Giff pflegte beim Anlanden sein Schiff bis auf den

Strand zu lenken, da eine wendige Galeere mit Leichtigkeit rückwärts wieder ablegen konnte. Zwar besaß auch die *Zee Handelaar* Ruder und eine Ladeluke am Heck, doch nur ein Narr würde ein Schiff dieser Größe absichtlich auf Grund setzen.

Auf dem Rückweg nach Lestalric beschäftigte ihn das Problem noch immer, und er überlegte, ob sie nicht einfach an einem öffentlichen Landungssteg festmachen und den Stein als gewöhnliche Fracht tarnen sollten.

Doch was war, wenn ihnen genau in diesem Augenblick Fife und seine Mannen in die Quere kamen?

Giff, der im Rahmen des Vernünftigen durchaus bereit war, ein Risiko einzugehen, hätte sich schon etwas einfallen lassen, doch er wusste, dass die anderen einen weniger verwegenen Plan vorziehen würden. Sie neigten zur Vorsicht, wogegen er davon überzeugt war, dass ein Mann eine Chance nutzen musste, wenn sie sich ihm bot.

Rob würde bestimmt Neuigkeiten haben, wenn er morgen zu Adelas Bankett eintraf. Im Gegensatz zu Michael, der ein guter Seemann war, und Hugo, der beim Beladen von Henrys Schiffen Erfahrungen hatte sammeln können, hatte Rob nicht viel Ahnung von der Seefahrt. Henry war von allen Sinclairs der beste Seefahrer, doch er hielt sich auf Girnigoe auf, und seine Schiffe waren alle mit Wolle beladen unterwegs.

Dann war da noch das Problem mit dem holländischen Kapitän und seiner Mannschaft. Giff hatte dem Schiffsführer zwar mitgeteilt, dass sie Fracht befördern wollten, doch worum es sich dabei handelte, durfte er ihm natürlich nicht verraten. Noch größere Schwierigkeiten konnte es mit der Mannschaft geben, die sie nur so lange brauchten, bis sie die fremden Seeleute durch Männer der Sinclairs ersetzen konnten. Doch dieser Wechsel durfte auf keinen Fall unter Fifes Augen im Hafen von Leith stattfinden.

Die Witterung bot ebenfalls einigen Anlass zur Sorge, auch wenn Giff aus Erfahrung wusste, dass das herrschende

Unwetter sich bald wieder verziehen würde. Am späten Nachmittag war es denn auch so weit, und der grandiose Sonnenuntergang färbte das Wasser des Firth blutrot.

Später am Abend, als Fife gerade einige königliche Rechnungsbücher durchsah, trat ein Höfling ein, verneigte sich und verkündete feierlich: »Verzeiht, Eure Lordschaft. Rolf Stow ist hier, um Euch Bericht zu erstatten, und der Chevalier de Gredin wartet ebenfalls.«

»Sie sollen beide hereinkommen«, sagte Fife. De Gredin wusste sowieso über seinen Informanten Bescheid, da konnte er dessen Nachrichten auch gleich mitanhören. Das würde ihn glauben machen, dass Fife ihm vertraute, worauf er in seiner eigenen Vorsicht vielleicht nachlassen und irgendwann einen Fehler begehen würde.

Der Chevalier trat als Erster ein und machte seinen kunstvollen Kratzfuß, während Stow, die Mütze in der Hand, ihm unterwürfig folgte.

»Hast du etwas Interessantes erfahren, Rolf Stow?«, erkundigte sich Fife.

Der Mann zupfte an einer Haarsträhne, die ihm in die Stirn fiel, und antwortete: »Ja, Mylord. Die Gräfin Isabella wollte eigentlich am Mittwoch in die Stadt kommen, aber weil gerade die Wolle von den Klöstern im Süden herangeschafft wird, hat sie Angst, die Straßen wären alle dicht. Deshalb kommt sie erst am Donnerstag.«

»Ist das etwa alles, was du zu berichten hast?«

»Nur, dass sie selbst den Weg am Fluss nehmen will, die Wagen aber auf der Landstraße bleiben werden.«

»Und was ist mit den Männern?«

Rolf zerknüllte nervös seine Mütze. »Sie gehen ihren Geschäften nach wie immer, Mylord«, sagte er. »Sir Hugo muss im Auftrag der Gräfin genügend Karren und Wagen für ihr ganzes Gerümpel auftreiben. Jeder weiß ja, dass sie mit einem ganzen Tross reist.«

»Ja, das stimmt«, sagte Fife. »Aber wenn sie außer ihren Habseligkeiten noch etwas anderes transportieren, will ich es wissen. Du machst dich noch heute Abend auf den Rückweg, bevor dich jemand vermisst.«

Als Rolf gegangen war, stellte sich de Gredin an den Kamin und sagte: »In einem Wagenzug lässt sich so manches verstecken.«

»Keine Angst, ich werde dafür sorgen, dass jedes einzelne der Fahrzeuge kontrolliert wird. Außerdem lasse ich alle Wollkarren, die auf dem Weg zum Hafen sind, durchsuchen. Doch nun sagt mir, wann ich mit den päpstlichen Schiffen rechnen kann.«

»Bald, Sir«, antwortete de Gredin. »Aber ich habe Euch auch noch etwas mitzuteilen.«

»Was denn?«

»Zwei meiner Leute haben beobachtet, wie dieser Ritter namens Giff MacLennan zusammen mit einer der Macleod-Schwestern Clendenen House betreten hat. Daraufhin setzte ich die Männer auf seine Fährte, und sie berichteten mir, dass MacLennan sich mit Hugo Robison und Robert Logan getroffen und danach eine ganze Zeit lang im Hafen die Schiffe begutachtet hat. Gestern Morgen hielt er sich dann länger als eine Stunde auf einem holländischen Frachtschiff, der *Zee Handelaar,* auf.«

»Glaubt Ihr, MacLennan hat ein Schiff hier im Hafen liegen?«

»Nein, denn er kam nicht mit dem Schiff hierher, obwohl er als geschickter Seemann gilt. Ich denke eher, er will ein Schiff kaufen oder mieten.«

»Das ist ja interessant«, bemerkte Fife. »Sagt Euren Leuten, sie sollen ihn nicht aus den Augen lassen.«

»Leider muss ich ein paar andere Männer auf ihn ansetzen«, erwiderte de Gredin mit einer unwilligen Grimasse. »Die beiden, die ihn beobachten sollten, hat man wegen eines Zwischenfalls im Hafen vor den Magistrat geschleift und im

Zollhaus eingesperrt. Es dauerte eine ganze Weile, bis ich sie gefunden hatte, deshalb konnte ich erst jetzt zu Euch kommen. Aber sie werden den Mund halten, und außerdem habe ich ihnen gegenüber nie Euren Namen erwähnt.«

»Na, so klug wart Ihr ja wenigstens. Aber Ihr müsst unbedingt herausbekommen, was zum Teufel dieser MacLennan im Schilde führt.«

Nachdem de Gredin ihn verlassen hatte, dachte Fife lange nach. Für ihn stand es fest, dass die Sinclairs und Logan schon seit dem vergangenen Jahr wussten, wo sich der Stein befand. Schließlich hatte Logans eigener Bruder sich ihm, Fife, gegenüber damit gebrüstet, dass Logan den Stein finden könnte. Fife war sicher gewesen, Logan das Geheimnis entlocken zu können, doch sein Plan schlug fehl, und das einzige Schiff, das damals Kurs gen Norden genommen hatte, war das des Grafen von Orkney gewesen, auf dem sich auch de Gredin befunden hatte. Seither ließ Fife den Hafen von Leith ununterbrochen bewachen und sich alle Schiffe melden, die beladen nach Norden segelten.

De Gredin hatte ihm zunächst bei seinen Nachforschungen geholfen, ihn jedoch dann schmählich im Stich gelassen. Damals hatte Fife Lady Adela Logan unter Druck gesetzt. Auch wenn de Gredin auf Girnigoe etwas über den Verbleib des Templerschatzes erfahren hatte, würde er ihm die Information wohl kaum freiwillig weitergeben.

Doch aus irgendeinem Grund brauchte er Fife, und überdies verdichteten sich die Hinweise darauf, dass die Sinclairs und ihre Freunde einen wertvollen Gegenstand heimlich an einen anderen Ort schaffen wollten.

Am Dienstagmorgen ritten Sidony und Isobel nach Lestalric, wo sie noch vor Mittag eintrafen. Das Einzige, was noch an den Wolkenbruch vom Vortag erinnerte, waren die unzähligen Pfützen und lange Reihen von Zelten, die man nördlich der Hügel von Lestalric am Ufer des Loch End errichtet hatte. Sie dienten dem Schutz Hunderter Wollballen auf ihrem kurzen Weg zu den Schiffen, die diese bedeutende Handelsware in die Niederlande und in noch fernere Länder bringen sollten. Von dem steilen Pfad, der zu der Burg auf dem Hügel führte, hatten die beiden Frauen einen guten Blick auf die Zelte.

Sidony, die nie zuvor etwas Ähnliches gesehen hatte, starrte verwundert hinunter, doch Isobel sagte nur: »Das ist bestimmt die Wolle aus den Klöstern an der Grenze. Michael hat gesagt, sie sei auf dem Weg.«

Ihren weiteren Erklärungen lauschte Sidony nur noch mit halbem Ohr. Denn die Wolle interessierte sie bei Weitem nicht so sehr wie die Frage, ob Giff sich auch auf Lestalric aufhielt. Es war aber anzunehmen, da Rob jetzt stündlich zurückerwartet wurde und Giff ihm unbedingt mitteilen musste, dass Sidony von dem Schatz wusste.

Abgesehen von einigen Dienstboten war Adela die Erste, die sie erblickten, als sie auf den Vorhof ritten. Lächelnd kam die Hausherrin die Stufen zur Eingangstür herab, um ihre Schwestern willkommen zu heißen.

Als sie und Adela sich zur Begrüßung umarmten, flüsterte Sidony: »Es tut mir leid, dass du dich über mich geärgert hast, Adela, und ich hoffe ...«

»Scht, ist schon gut«, flüsterte Adela zurück. »Es ist ja nur, weil Rob das Geheimnis unbedingt bewahren will. Aber ich werde ihm sagen, dass du es niemandem verrätst.«

»Aber was ist mit Hugo?«, fragte Sidony zweifelnd.

»Darum wird sich Sorcha schon kümmern«, erwiderte Adela zuversichtlich. »Außerdem kommen Hugo und Michael erst morgen, zusammen mit Isabella. Und Hugo weiß ja, dass er sich auf deine Verschwiegenheit verlassen kann. Doch Rob trifft schon heute ein, und er kennt dich noch nicht so gut.«

Damit musste sich Sidony zufriedengeben. Drinnen blickte sie sich nach Giff um, erfuhr jedoch von Adela, dass er schon früh fortgeritten war, ohne zu sagen, wann er zurück sein wollte.

Giff hatte Lestalric gleich nach dem Aufstehen verlassen, um sich mit Rob auf der Landstraße zu treffen. Da Lady Adelas Schwestern bereits am Morgen eintreffen wollten und im Laufe des Tages noch zahlreiche weitere Gäste zum abendlichen Bankett erwartet wurden, würden er und Rob in der Burg schwerlich ungestört reden können.

Doch Rob war erst ziemlich spät von Hawthornden aufgebrochen, wo er bei Hugo und Lady Robison übernachtet hatte, und nun staute sich der Verkehr auf der Landstraße nach Edinburgh. In beiden Richtungen versperrten Herden blökender Schafe mit ihren Schäfern und den Hütehunden sowie Wollkarren, gezogen von Pferden, Ochsen oder schreienden Maultieren, den Weg. Aus diesem Grund stieß Giff erst ungefähr eine Meile südlich des Flusses North Esk auf Rob und die zwölf bewaffneten Männer, die ihn begleiteten.

»Ist die Straße den ganzen Weg bis zur Stadt so überfüllt?«, fragte Rob ihn.

»Ja. Ich hoffe also, du stehst mit dem Abt so gut, dass wir es wagen können, durch seinen Wald zu reiten. Ich habe nämlich keine Lust, mich bei diesem Lärm schreiend mit dir zu unterhalten.«

Rob grinste. »Wenn ich mich recht entsinne, bist du auch ohne die Erlaubnis des Abtes vor gut einer Woche durch diesen Wald geritten.«

»Ja, schon, aber da war ich auch allein und nicht in Begleitung einer ganzen Horde Reiter, deren Tiere den Boden zertrampeln. Ich war mir ziemlich sicher, dass ihr nicht durch den Wald reiten würdet. Deshalb habe ich ebenfalls die Straße genommen.«

Mit einem Nicken wandte sich Rob an den Anführer seines Gefolges: »Am Fuß des Arthur's Seat biegen wir beide in den Weg ein, der zur Abtei führt. Du kannst mit den Jungs weiter zur Stadt reiten, denn auf den Ländereien der Abtei bin ich so sicher wie auf meinen eigenen.«

Kurz darauf kamen sie an die Stelle, wo der schmale,

morastige, selten benutzte Pfad von der Straße abzweigte. Mit einem Blick auf die tiefen Pfützen überall sagte Rob: »Ich hoffe, es gibt einen guten Grund für diesen Umweg, mein lieber Giffard. Denn in diesem scheußlichen Matsch werden sich unsere Pferde ganz schön plagen müssen.«

»Ich möchte etwas mit dir besprechen, ohne dass uns jemand stört oder belauscht«, erklärte Giff. »Und auf Lestalric wird es heute von Gästen nur so wimmeln.«

»Ein ruhiges Plätzchen hätten wir wohl trotzdem finden können«, entgegnete Rob.

»Mag sein, aber es wäre doch nicht unbemerkt geblieben. Und außerdem muss ich dir etwas erzählen, das dir nicht gefallen wird.« Nach dieser Einleitung berichtete er ihm, dass Lady Sidony von dem Schatz wusste. Bevor Rob den gleichen Irrtum begehen konnte wie zuvor Isobel und Adela, fügte er eilig hinzu, dass Sidony schon seit geraumer Zeit Bescheid wisse.

»Aber woher?«

Giff bemühte sich, es ihm so gut wie möglich zu erläutern, und war verblüfft, als Rob lediglich nickte und sagte: »Ich kann mir gut vorstellen, wie das passieren konnte. Man braucht nur daran zu denken, wie gedankenlos die Leute vor den Dienstboten über ihre Privatangelegenheiten sprechen, als wären die Diener aus Holz. Auf diese Art und Weise habe ich selbst schon so einiges erfahren. Und genau wie der Rest ihrer Familie versteht es Sidony, sich förmlich unsichtbar zu machen, wenn es ihr sinnvoll erscheint.«

Natürlich wusste Giff, dass sein Freund nie ein Dienstbote gewesen war, doch da Rob sich in seiner Jugend mit seinem Vater und dem älteren Bruder überworfen hatte, war er gezwungen, für sich selbst zu sorgen, bevor er Lestalric erbte. So hatte er beispielsweise einige Jahre lang als Hauptmann Hugos Gefolgsleute befehligt. Da mochte es durchaus vorgekommen sein, dass gewisse Adelige ihn trotz seiner Verdienste herablassend behandelt hatten.

Giff bedachte seinen Gefährten mit einem scharfen Blick, um zu sehen, wie er die Neuigkeiten aufnahm.

Als Rob es bemerkte, sagte er: »Ich dachte gerade daran, dass wir aufpassen müssen, wen das Mädchen heiratet. Ein Geheimnis zu bewahren ist höllisch schwer und praktisch unmöglich, wenn es sich erst einmal in der Familie herumgesprochen hat.«

»Über den Schatz wird in ganz Schottland geredet«, wandte Giff ein.

»Das sind doch nichts als Gerüchte«, erwiderte Rob. »Und die Leute, die sie in die Welt setzen, sind im Gegensatz zu uns nicht mit der Bewachung des Schatzes betraut. Der Gegenstand, um den es jetzt geht, betrifft nicht nur den Orden, sondern die Logans und Sinclairs unmittelbar. Denn da wir wissen, wo er sich befindet, sind wir persönlich für seine Sicherheit verantwortlich.«

»Von dem Stein weiß das Mädchen nichts«, sagte Giff. »Sie glaubt, dass ich vorhabe, mit dem Schiff einen Teil des Schatzes fortzuschaffen.«

»Dann sollten wir sie in dem Glauben lassen«, erwiderte Rob. »Der Abt von Holyrood lässt kein Wort über den Stein verlauten, und Adela und ich halten es genauso. Ich hoffe, meine Frau hat auch Sorcha und Isobel zum Schweigen ermahnt. Du musst nämlich wissen, dass alle drei Schwestern das Geheimnis auf die eine oder andere Weise von ihren Männern erfahren haben.«

»Weißt du schon, wann wir in See stechen sollen?«, erkundigte sich Giff.

»Hast du ein passendes Schiff gefunden?«

»Ja, es ist ein schönes holländisches Frachtschiff, auch wenn ein Fachmann es einen dicken Lastkahn genannt hat.« Giff beschrieb ihm das Schiff, erzählte ihm von Jake Maxwell und seinem Vater und vergaß auch nicht Sidonys Verdacht zu erwähnen, dass der Mann, der ihn angegriffen hatte, möglicherweise zu Fifes Männern gehörte.

»Je eher wir aufbrechen, desto besser«, sagte Rob. »Wenn dieses Durcheinander, das die Wolltransporte mit sich bringen, anhält, kann der Stein am Freitagmorgen in aller Frühe am vereinbarten Ort sein.«

Giff versicherte ihm, dass das Schiff dann bereit wäre, und fragte ihn, was er mit der holländischen Mannschaft und ihrem Kapitän anfangen sollte. »Wir können sie ja schlecht das Schiff bis zu unserem Treffpunkt segeln lassen und sie dann einfach fortschicken.«

»Das werde ich mit Hugo und Michael besprechen, damit wir rechtzeitig einen Plan ausklügeln können«, erwiderte Rob. »Morgen früh reite ich wieder nach Roslin.«

»Das hat mir deine Lady schon gesagt. Musst du wirklich schon so bald wieder fort?«

»Hugo macht sich schon seit einiger Zeit Sorgen, dass es auf Roslin einen Spion geben könnte«, erklärte Rob. »Daher wird die Gräfin einen Tag später als angekündigt aufbrechen. Die überfüllten Straßen liefern ihr dafür einen triftigen Grund. Gott sei Dank wird die Straße nach Leith noch die ganze Woche über verstopft sein, denn zurzeit trifft die Wolle der Abteien ein. Da die Klöster beim Beladen der Schiffe vorrangig behandelt werden, müssen sich alle anderen gedulden.«

»Warum wartet die Gräfin nicht, bis die gesamte Wolle verladen ist?«

»Weil Seine Gnaden am Samstag aus Stirling eintrifft, und sie vorher mindestens zwei Tage braucht, um sich einzurichten.« Lächelnd fügte er hinzu: »Und außerdem kann ein bisschen Chaos nicht schaden. Das hast du ja selbst zu Michael gesagt.«

»Dabei dachte ich allerdings an einen ganz speziellen Transport. Habt ihr die betreffende Fracht schon geholt?«

»Lass uns erst darüber reden, wo wir dich treffen sollen«, antwortete Rob.

»Mir schweben da zwei Möglichkeiten vor«, erwiderte Giff.

Als Rob so abrupt das Thema wechselte, fiel ihm wieder ein, dass sein Freund nicht gern Einzelheiten preisgab, solange es sich vermeiden ließ.

Giff beschrieb ihm die Plätze, die Rob beide kannte, und sie diskutierten die Vorzüge der jeweiligen Örtlichkeit, bevor sie sich auf eine Stelle einigten, die näher an der Straße lag. Als alles besprochen war, hatten sie schon fast die Burg erreicht.

Sidonys Freude darüber, dass Rob und Giff noch rechtzeitig zum Mittagessen eingetroffen waren, erhielt einen Dämpfer, als Rob trotz des sanften Einspruchs seiner Frau darauf bestand, dass die Familie in ihren Privatgemächern, und nicht wie sonst in der großen Halle, speiste.

Ohne weiteren Widerspruch wies Adela den Haushofmeister an, in der Kemenate einen Tisch für sie aufzustellen. »Ein paar Gäste werden wahrscheinlich schon früh eintreffen«, fügte sie hinzu. »Falls sie zu speisen wünschen, weise ihnen, wie üblich, Plätze auf dem Podium in der Halle an.«

»Sehr wohl, Mylady. Und wie viele von den Pagen benötigt Ihr als Bedienung?«

Noch bevor Adela antworten konnte, mischte sich Rob ein: »Nur so viele, wie nötig sind, um das Essen aufzutragen. Wir bedienen uns dann schon selbst.«

Adela blieb vor Verblüffung der Mund offen stehen, doch auf einen Blick ihres Gatten hin klappte sie ihn wieder zu und sagte auch nichts, als er den Rest der Familie bat, unverzüglich mit in die Kemenate zu kommen.

»Giff hat es ihm erzählt«, flüsterte Isobel Sidony zu, als sie Adela folgten.

Daraufhin warf Sidony einen Blick auf Robs markantes Profil und sah, wie oben an seiner Wange ein Muskel zuckte. »Oje, er sieht aus, als würde er am liebsten jemanden umbringen. Wahrscheinlich mich«, sagte sie.

Es machte nichts, dass Isobel keine Antwort gab, denn Sidonys Blick war bereits zu Giff weitergewandert. In diesem

Augenblick drehte er den Kopf und schenkte ihr ein herzliches und, wie sie fand, ausgesprochen aufmunterndes Lächeln.

Sobald die Tafel aufgestellt worden war, nahm Rob seinen Platz am Kopfende ein und bedeutete Giff mit einer Handbewegung, sich ans andere Ende zu setzen. Er sprach kein Wort, bis alle Servierplatten aufgetragen waren. Dann entließ er die Pagen und wartete, bis alle Anwesenden das Tischgebet gesprochen und Platz genommen hatten. Dann schaute er von Adela, die zu seiner Rechten saß, zu Isobel, die sich neben ihr niedergelassen hatte. Schließlich wanderte sein Blick über den Tisch, bis er auf Sidony ruhte. Sie lief rot an.

Zorn war so ungewöhnlich für Rob, dass Sidony erneut das Gewissen drückte. Nur mit Mühe widerstand sie der Versuchung, seinem Blick auszuweichen und Hilfe suchend zu Giff hinüberzusehen.

Doch Rob sagte nur gelassen: »Giff hat mir erzählt, was geschehen ist. Ich will nicht leugnen, dass ich mich darüber ärgere, doch der Schaden ist nun einmal angerichtet – mehrere der hier Anwesenden tragen die Schuld daran. Jetzt bleibt uns nur, aufzupassen, dass nicht noch mehr Leute von dem Geheimnis erfahren. Habe ich mich klar ausgedrückt?«

Bevor jemand etwas sagen konnte, meldete sich Adela zu Wort: »Bitte, Sir, sie hat es doch nicht …«

Er brachte sie zum Schweigen, indem er seine Hand auf der Tischplatte über die ihre legte. »Ich will mich hier nicht als Haustyrann aufspielen, meine Liebe. Ihr braucht also Sidony nicht in Schutz zu nehmen. Was sie – oder jeder andere von uns – hätte tun und lassen sollen, ist jetzt nebensächlich. Es sei denn, ihr hättet die Befürchtung, dass etwas Ähnliches noch einmal geschehen könnte.« Er schwieg und blickte in die Runde. »Nein? Dann brauchen wir fürs Erste nicht weiter darüber zu reden. Allerdings kann ich nicht für Hugo und Michael sprechen«, fügte er mit einem Blick auf Isobel hinzu. »Sie werden sich bestimmt noch dazu äußern.«

Sidony atmete tief durch.

»Wenn dazu nichts mehr zu sagen ist, könnte vielleicht jemand ein anderes Gesprächsthema vorschlagen«, fuhr Rob fort. Als niemand sich zu Wort meldete, fühlte sich Sidony verpflichtet, etwas beizusteuern. »Habt Ihr noch immer vor, Euch ein Schiff zu besorgen und nach Westen zu segeln?«, fragte sie Giff mit leiser Stimme.

»Ja, Mylady. Ich habe sogar schon das richtige Boot gefunden«, erwiderte er.

Sie seufzte. »Ihr werdet also in Kürze Kintail wiedersehen, nicht wahr? Ach, wie gerne würde ich mit Euch fahren.«

»Du wirst noch früh genug wieder hinkommen«, sagte Adela, während sie sich ein Stück Lammbraten von der Platte nahm, die Rob ihr hinhielt. »Bis zur Hochzeit unseres Vaters sind es nur noch wenige Wochen, und in vierzehn Tagen fahren wir alle gemeinsam zu ihm. Hast du es denn so eilig, von uns fortzukommen, mein Liebes?«

Sidony schüttelte den Kopf. Es war sinnlos, sich zu wünschen, dass sie mit ihm fahren könnte, doch wenn er fort war, würde das Leben in Edinburgh sehr eintönig werden.

In das folgende Schweigen hinein sagte Giff mit einem entwaffnenden Lachen: »Wenn Ihr mitkommen wollt, Mylady – ich habe nichts dagegen. Vielleicht brauchen wir dann keine Angst mehr zu haben, dass Fife uns in die Quere kommt. Eine Frau an Bord sollte sogar ihn von einem Angriff abhalten.«

»Jetzt hör mal zu«, wandte sich Rob mit ernster Miene an Giff. »Setz dem Mädchen keine Flausen in den Kopf. Eine Frau an Bord ist doch das Letzte, was du gebrauchen kannst.«

Giffs Augen funkelten. »Überleg doch mal, Rob«, erwiderte er. »Du hast mir doch selbst erzählt, wie sehr euch Fifes Männer das ganze Jahr über zugesetzt haben. Deshalb wollen wir sie ja auch abschütteln. Was wäre, wenn wir unter norwegischer Flagge segeln und einfach behaupten würden, wir hätten eine norwegische Prinzessin an Bord, die Fürst Henry von Orkney besuchen will?«

»Sei nicht albern«, entgegnete Rob, nun jedoch grinsend. »Denk doch mal an die Folgen, Giff. Wenn du sie mitnimmst, musst du sie heiraten. Und wenn du dich weigerst, wird dich Macleod dazu zwingen, sobald ihr ihm unter die Augen tretet. Falls er dir nicht vorher die Leber aus dem Leib schneidet.«

»Na, dann geht es wohl doch nicht, Mylady«, sagte Giff mit einem Blick, der sie mitten ins Herz traf. »Aber Ihr könnt nicht behaupten, ich hätte es nicht probiert.«

»Aber Ihr seid doch in einem Alter, in dem sich die meisten Männer eine Frau suchen«, bemerkte Isobel leichthin. »Wollt Ihr denn nie heiraten?«

»Vielleicht irgendwann einmal«, erwiderte er. »Wenn ich eines Tages Duncraig erbe, werde ich mich dort niederlassen und die Aufgaben eines Lairds übernehmen müssen. Doch bis dahin möchte ich so wenig Pflichten und Bindungen wie möglich, denn die bedeuten nur zusätzliche Mühe.«

Sidony ahnte, welche Frage der neugierigen Isobel auf der Zunge lag, und sagte rasch: »Ich will ebenfalls nicht heiraten. Und ich habe auch keine Lust, ganz Schottland zu umsegeln, um nach Hause zu kommen. Das wäre schrecklich umständlich und unschicklich obendrein.«

Mit dieser Bemerkung versuchte sie, das Thema zu beenden, damit Isobel Giff nicht länger mit unerwünschten Fragen plagte.

Er sah sie fragend an, doch es war Adela, die schließlich antwortete: »Aber sicher wirst du eines Tages heiraten, Sidony. So vernarrt wie du in Kinder bist, wünschst du dir doch bestimmt eine eigene Familie.«

»Ja, Kinder hätte ich schon sehr gern«, erwiderte sie. »Ich bin mir nur nicht sicher, ob ich auch einen Ehemann will.«

»Aber mein Liebes, das eine geht doch nicht ohne das andere«, wandte Isobel ein.

»Das ist ja der Haken an der Sache«, sagte Sidony. Robs Schweigen, begleitet von einem finsteren Blick, überzeugte sie jedoch davon, dass jetzt nicht der rechte Zeitpunkt dafür war, den anderen zu erklären, wie satt sie ihre ständige Bevormundung hatte.

Nachdem Robert mitgeteilt hatte, er wolle unter vier Augen mit seiner Frau sprechen, und die beiden nach oben gegangen waren, sagte Isobel: »Ich werde jetzt ein Nickerchen machen, Sidony, und dasselbe rate ich dir auch. Heute Abend wird es sicher spät, und morgen früh willst du doch gemeinsam mit Ealga Isabella entgegenreiten.«

Sidony war nicht müde, doch sie wusste, dass Isobel Ruhe brauchte, und ihr fiel keine Ausrede ein, um sich noch länger in der Kemenate oder der Halle aufzuhalten, wo sie – von den Dienern und Robs Männern einmal abgesehen – mit Giff allein gewesen wäre.

Doch der sagte plötzlich zu Isobel: »Wenn Ihr erlaubt, Mylady, würde ich gerne ein Wort mit Lady Sidony reden, bevor sie sich zurückzieht. Ich möchte mich wegen meiner Bemerkungen vorhin bei ihr entschuldigen.«

Isobel wirkte noch verblüffter als Sidony. Doch nach einem raschen Blick auf ihre Schwester sagte sie nur: »Nun gut, Sir. Ich überlasse sie Eurer Obhut und zähle darauf, dass Ihr mein Vertrauen nicht missbraucht.«

»Gewiss, Mylady«, antwortete er. Doch kaum hatte Isobel den Raum verlassen, lächelte er Sidony schalkhaft zu und sagte: »Ich wollte Euch eigentlich vorschlagen, dass wir uns in der Kemenate unterhalten. Aber wahrscheinlich werdet Ihr sagen, ich soll mich zum Teufel scheren. Deshalb habe ich eine bessere Idee.«

Seine Augen funkelten so übermütig wie früher die ihrer Schwester Sorcha, bevor sie sich und Sidony in ein Abenteuer stürzte, das meistens schiefging. Daher fragte Sidony argwöhnisch: »Und die wäre, Sir?«

»Mir ist aufgefallen, was für eine vorzügliche Reiterin Ihr seid. Wollt Ihr einen Ausritt mit mir machen?«

»Jetzt?«

»Ja. Lady Isobel schläft bestimmt schon, und Lady Adela ist oben bei ihrem Mann, also …« Er grinste herausfordernd, wie es ihr schien.

»Aber das geht doch nicht. Was werden die anderen dazu sagen?«

»Eine günstige Gelegenheit muss man beim Schopf packen. Denn wenn man den richtigen Zeitpunkt verpasst, kommt sie nie wieder.«

Da hatte er recht, dachte Sidony. Denn bald würde er fort sein.

»Wenn Ihr natürlich Angst vor ihnen habt …«, setzte er ein wenig spöttisch hinzu.

»Seid nicht dumm«, entgegnete sie und fügte in einem Anfall von Ehrlichkeit hinzu: »Ich habe eher Angst vor Euch.«

»Tatsächlich, Mädchen?« Obwohl sie keineswegs allein waren, legte er die Hand an ihre Wange und sagte in sanftem Ton: »Das braucht Ihr nicht. Ich tue Euch nichts zuleide.«

»Sicher, das würde ich nämlich nicht zulassen«, entgegnete sie, vor allem um sich selbst Mut zu machen. Dann schwieg sie so lange, bis er die Augenbrauen hochzog, und sagte schließlich seufzend, als hätte sie ihre Entscheidung nicht schon in dem Augenblick getroffen, als er sie berührte: »Na gut, ich komme mit.«

Fast hätte sie es sich anders überlegt, als er sie sogleich zur Tür hinaus und in die Richtung der Stallungen drängte. Sie trug noch immer das Kleid, das sie zum Essen angezogen hatte, doch jetzt blieb keine Zeit mehr zum Umziehen, wenn sie das ganze verrückte Vorhaben nicht aufs Spiel setzen wollte.

»Fürchtet Ihr Euch?«, flüsterte er.

»Nein, aber ich werde mir bestimmt das Kleid ruinieren.«

»Nicht, wenn Ihr im Damensattel reitet, wie es sich gehört.«

Sie zog abfällig die Nase kraus und erwiderte: »Sagt den Stallburschen, sie sollen sich beeilen. Vielleicht bleibt Rob nicht so lange bei Adela, wie wir dachten.«

»Er wird den ganzen Nachmittag bei ihr verbringen, damit

er sich heute Abend keine Gardinenpredigt anhören muss«, erwiderte er, bevor er den Burschen befahl, zwei Pferde zu satteln.

»Ihr scheint Euch da ja sehr sicher zu sein«, sagte sie, als er sich wieder zu ihr umdrehte. »Ich könnte mir vorstellen, dass es Adela ist, die im Augenblick eine Strafpredigt zu hören bekommt.«

»Wohl kaum, denn er muss morgen früh wieder nach Roslin«, erwiderte Giff.

»Kommt denn die Gräfin nicht morgen in die Stadt? Warum reitet er ihr nicht mit Lady Clendenen und mir entgegen?«

»Wahrscheinlich will er sich früher auf den Weg machen als Lady Clendenen«, erwiderte Giff ausweichend und fuhr sich mit der Hand durchs Haar. »Und jetzt verratet mir, wo Ihr so gut reiten gelernt habt.«

»Mein Vater hat es uns allen beigebracht«, antwortete sie ruhig und ließ sich von ihm zur Tür hinausziehen. Sie wurde den Verdacht nicht los, dass er ihr, was Isabella anging, etwas verschwiegen hatte.

Als ihre Pferde bereitstanden, sattelte der Stallbursche auch eines für sich selbst, und Sidony stellte mit Erstaunen fest, dass Giff ihm befohlen hatte, sie zu begleiten.

Fast als könne er ihre Gedanken lesen, erklärte Giff: »Ich bin zwar manchmal leichtsinnig, aber nicht lebensmüde. Deshalb werde ich nicht riskieren, dass Rob oder einer Eurer überfürsorglichen Verwandten mir an die Kehle geht. Der Bursche wird uns in gehörigem Abstand folgen.«

»Und was wolltet Ihr mir nun auf diesem Ritt mitteilen?«

Diesmal war er es, der mit der Antwort zögerte. Schließlich sagte er: »Ich dachte, ich wäre Euch mit dem ganzen Gerede vom Heiraten vielleicht zu nahe getreten. Das war nicht meine Absicht.«

Du lieber Himmel, dachte sie, wollte er jetzt etwa um ihre Hand anhalten? Sie musste sich eingestehen, dass sie die Idee gar nicht so übel fand.

»Ihr seid mir nicht zu nahe getreten«, sagte sie mit hoch erhobenem Kopf. »Vielleicht erinnert Ihr Euch, dass ich gegenwärtig nicht beabsichtige, mich zu vermählen.«

»Warum nicht?«

Sie suchte fieberhaft nach einer Antwort, die ihn entweder zum Lachen bringen oder ihm indirekt zu verstehen gab, dass sie doch auf der Suche nach einem Ehemann war. Dieser letzte Gedanke schockierte sie selbst so sehr, dass sie sich entschloss, ihm gegenüber offen zu sein: »Wenn Ihr es unbedingt wissen wollt, ich bin es leid, dass jeder mir vorschreibt, was ich zu tun habe. Und ein Ehemann macht das ständig.«

Er lachte und sagte: »Wenn ich eine Frau wäre, würde ich genauso denken, und deshalb wollen wir uns jetzt ein bisschen Freiheit gönnen. Hättet Ihr Lust, Euch den Hafen von Leith anzusehen?«

Sie willigte ohne zu zögern ein, obgleich sie ein klein wenig enttäuscht war, dass er sich ohne Weiteres mit ihrer Erklärung zufriedengegeben hatte. Doch es war ein sonniger Tag, und bald darauf beobachtete Sidony fasziniert, wie im Hafen ein Schiff nach dem anderen mit Wolle beladen wurde. Erst als sie sich auf den Rückweg nach Lestalric machten, merkte sie, wie spät es schon war.

»Rob wird uns beide umbringen«, sagte sie. »Und wenn nicht, wird Adela ein Wörtchen mit mir zu reden haben, weil ich ausgebüxt bin.«

»Aber immerhin hatten wir einen schönen Nachmittag, Mädchen. Und ich verrate Euch auch, woran ich seit mindestens einer Stunde denken muss. Ich würde Euch gern besser kennenlernen. Wenn Ihr nichts dagegen habt, besuche ich Euch hin und wieder, sobald Ihr wieder in Glenelg seid.«

»Das würde mich freuen«, erwiderte sie ernsthaft. »Vorausgesetzt, sie bringen uns wirklich nicht um.«

Doch es war weder Rob noch Adela, die sie empfing, sondern Lady Clendenen, die aufgeregt angelaufen kam, als Giff Sidony gerade aus dem Sattel hob.

»Um Himmels willen, Kind, wo bist du nur gewesen?«, fragte die Lady. »Ich bin selbst gerade erst angekommen. Doch als ich einen der Pagen bat, dich sogleich zu holen, sagte er mir, du seist ausgeritten. Und noch dazu ganz allein mit Sir Giffard! Was habt ihr beiden euch nur dabei gedacht?«

»Wolltet Ihr mich aus einem bestimmten Grund sprechen, Mylady?«

»Ja, natürlich. Bevor ich es vergesse, wollte ich dir sagen, dass wir morgen nicht in aller Herrgottsfrühe aufzustehen brauchen. Wir können ausschlafen, wenn wir wollen, weil Isabella ihre Reise um einen Tag auf Donnerstagnachmittag verschiebt. Aber vielleicht hat Rob es dir ja schon erzählt.«

»Nein, Madam«, antwortete Sidony mit einem Blick auf Giff. »Mir hat keiner etwas davon gesagt.«

11

Falls Lady Clendenen die Spannung zwischen Sidony und Giff spürte, ließ sie es sich nicht anmerken. Nachdem sie mit Sidony vereinbart hatte, dass sie am Donnerstag kurz vor Mittag Isabella entgegenreiten wollten, rauschte sie davon, um sich in ihrer Kammer zum Abendessen umzuziehen.

Kaum war sie außer Hörweite, sagte Sidony vorwurfsvoll zu Giff: »Ihr habt das mit Isabella gewusst! Habe ich es mir doch gedacht, dass Ihr mir etwas verschweigt.«

»Ach ja?«, erwiderte er mit provozierender Gelassenheit. »Ich hoffe, Ihr erwartet nicht, dass ich mich schon wieder entschuldige, denn das habe ich nicht vor. Aber jetzt muss ich erst einmal Rob finden und es ihm erzählen. Wahrscheinlich wird er wissen wollen, woher die Lady die Information hatte, aber ich bin sicher, wenn ich sie gefragt hätte, hätte sie mich abblitzen lassen. Bei ihm wird sie sich das nicht trauen.«

»Aber warum sollte sie es verschweigen?«, fragte Sidony, während sie rasch über den Hof zur Eingangstür gingen. Ihre Wangen brannten vor Zorn, doch er schien es nicht zu bemerken, denn er hatte ihr ganz und gar unschicklich einen Arm um die Schultern gelegt. Obwohl sie böse auf ihn war, genoss sie die Wärme seiner Berührung, und das machte sie noch wütender. Er beantwortete ihre Frage nicht und schien ihre Anwesenheit gänzlich vergessen zu haben.

»Höchstwahrscheinlich hat Ealga es von der Gräfin selbst erfahren«, kam sie daher selbst auf das Thema zurück. »Aber warum spielt es eine Rolle, von wem sie es weiß?«

»Weil es eigentlich nur unser engster Kreis wissen dürfte. Darum habe ich es Euch auch nicht verraten. Aber jetzt möchte ich lieber nichts mehr dazu sagen, sondern alles Weitere Rob überlassen. Ich finde aber, Ihr solltet dabei sein, wenn ich es ihm erzähle.«

»Gern«, antwortete sie erfreut. »Aber warum eigentlich?«

Erneut bedachte er sie mit seinem schelmischen Blick. »Weil ich Rob gestehen muss, dass wir beide zusammen waren, als Lady Clendenen es uns mitteilte. Doch in Eurer Gegenwart wird er sich hoffentlich in seinen Äußerungen mäßigen.«

Da Giff keine Angst vor Hugo hatte, würde er sich wohl kaum vor Rob fürchten, dachte Sidony. Daher lag es nahe, dass er eher sie als sich selbst vor Robs Missbilligung bewahren wollte.

»Er wird nicht sehr begeistert sein, dass ich noch mehr über die Sache erfahren habe, nicht wahr?«, fragte sie.

»Das war nicht Eure Schuld, Mädchen. Und außerdem wird er Euch schon nicht fressen. Dafür werde ich sorgen.«

Sie fanden Rob in der weiträumigen, mit Eichenbalken versehenen großen Halle der Burg. Als Giff die erstaunte Miene seines Freundes bemerkte, wollte er sogleich zu ihm gehen und ihm erklären, warum Lady Sidony bei ihm war. Doch das erwies sich als schwierig, denn überall wimmelte es von Dienstboten, die die Tische für das Abendessen aufstellten, sodass Giff und Sidony sich einen Weg durch das Gewühl bahnen mussten. Als sie endlich bei Rob angekommen waren, hatte sich seine Miene verfinstert.

»Wir müssen kurz allein miteinander reden«, sagte Giff zu ihm. »Vielleicht da hinten am Feuer.«

Rob runzelte die Brauen noch stärker, nickte jedoch zustimmend. Als sie ein ruhiges Plätzchen gefunden hatten, fragte er schroff: »Was ist?«

Giff beschränkte sich auf die nackten Tatsachen: »Lady Clendenen hat uns gerade berichtet, dass die Gräfin ihre Ankunft auf Donnerstagnachmittag verschieben will.«

»Hat sie das?«, entgegnete Rob lakonisch. »Sie ist nach oben in ihre Kammer gegangen, aber ich lasse sie herbitten. Sonst wird keiner bei der Unterredung anwesend sein, denn meine Lady ist bei unserer Tochter, und Isobel schläft, glaube ich, noch.«

»Ich wollte dir darüber hinaus noch mitteilen, dass Lady Clendenen und Lady Sidony der Gräfin entgegenreiten und sich ihrem Tross anschließen wollen«, fügte Giff hinzu.

»Das hat Adela irgendwann erwähnt, aber ich hatte es ganz vergessen«, erwiderte Rob an Sidony gewandt. »Irgendjemand hätte mich jedoch bestimmt daran erinnert, und dann hätte ich Euch von Isabellas geänderten Reiseplänen informiert.«

»Ich hoffe, Ihr habt nichts dagegen, wenn wir dann am Donnerstag reiten«, sagte Sidony.

»Nein, Mädchen, auch wenn Hugo wahrscheinlich der Meinung ist, dass ich es Euch untersagen sollte – nach Eurem sonderbaren Verhalten in den letzten paar Tagen«, erwiderte er.

Giff, der ja nicht ganz unschuldig an Sidonys Betragen war, unterdrückte angesichts Robs taktvoller Ausdrucksweise ein Lächeln. Doch das Mädchen reckte nur das Kinn und sagte: »Meine Schwestern haben sich früher oft so benommen. Vielleicht habe ich sie ja immer um ihren Wagemut beneidet und wollte auch einmal wissen, wie es ist, seinem eigenen Willen zu folgen.«

Giff hielt den Atem an, doch Rob schüttelte nur den Kopf und sagte: »Wenn ich mir vorstelle, dass ich Euch immer für vernünftig gehalten habe. Seht Euch nur vor, meine Liebe, und reitet nicht ohne bewaffnete Eskorte aus. Die Hauptstraße wird auch am Donnerstag noch überfüllt sein.«

»Vielen Dank, ich werde Euren Rat beherzigen«, erwiderte sie.

»Und nun wollt Ihr bestimmt ebenfalls nach oben gehen und Euch zum Abendessen umkleiden«, setzte Rob hinzu.

Als sie zögerte, wurde Giff klar, dass sie begierig darauf war, mehr zu erfahren, und nun überlegte, ob sie es sich erlauben durfte, sich Rob, der sie offensichtlich los sein wollte, zu widersetzen. Obgleich Rob überraschend nachsichtig auf ihren heimlichen Ausflug reagiert hatte, war Giff froh, als das Mädchen schließlich doch einen höflichen Knicks machte und mit den Worten »Ich sehe Euch dann beim Abendessen« davonging.

»Du kannst mich begleiten. Wir müssen miteinander reden«, knurrte Rob. Da wusste Giff, dass er diesmal nicht so leicht davonkommen würde. Ohne Widerrede folgte er Rob in die Kemenate und hoffte nur, dass Lady Clendenen sich bald zu ihnen gesellen würde.

Während er die Tür hinter sich schloss, fragte Rob: »Was treibst du für ein Spiel mit Sidony, Giff?«

Giff hatte sich schon eine seiner gewohnt dreisten Antworten zurechtgelegt, doch Robs freundlicher Ton nahm ihm den Wind aus den Segeln. Zugleich erkannte er, dass er Sidony, die alle Bedenken beseitegeschoben hatte und mit ihm ausgeritten war, mehr schuldete als eine schnippische Bemerkung.

Also blickte er Rob fest in die Augen und sagte: »Bevor du mir an den Kragen gehst, lass mich dir sagen, dass einer von deinen Burschen die ganze Zeit über hinter uns geritten ist.«

»Trotzdem …« Rob zögerte gerade so lange, dass Giff Gewissensbisse bekam, wie es ihm sonst häufig in Gegenwart des Mädchens geschah.

»… würde ich gerne wissen, was du im Sinn hast«, schloss Rob.

»Ach Gott, das weiß ich doch selbst nicht«, erwiderte Giff. »Ich sagte ja, dass ich noch nicht heiraten möchte, was auch stimmt, und sie hat von sich das Gleiche behauptet. Allerdings will ich nicht leugnen, dass ich sie mir als Gemahlin vorstellen könnte, wenn es einmal für mich an der Zeit ist, sesshaft zu werden und eine Familie zu gründen.«

»Wie großherzig von dir und wie erfrischend ehrlich.«

Giff wand sich innerlich. »Ich habe mich ungeschickt ausgedrückt«, sagte er. »Aber, offen gestanden, bin ich im Reden genauso wenig bewandert wie in höfischem Benehmen. Ich mag sie lieber als jede andere Frau, die ich kenne. Sie ist nicht nur sanft und freundlich, sondern auch intelligent und nie kokett. Man kann sich vernünftig mit ihr unterhalten, und außerdem bringt sie mich zum Lachen – was keineswegs respektlos gemeint ist«, fügte er eilig hinzu.

Als er das belustigte Funkeln in Robs Augen sah, war Giff erleichtert. Dennoch musste er weiterhin auf der Hut sein, denn so milde Rob sich oft gab, war er doch einer der tapfersten Krieger, die jemals auf Dunclathy ausgebildet worden waren und – dank seiner Jahre im Grenzland – auch einer der erfahrensten. Und außerdem wollte Giff ihn nicht als Freund verlieren.

»Sidony ist aber auch eine unschuldige Jungfrau«, sagte Rob nun. »Also sieh dich vor, mein Junge, denn wenn du ihr zu nahe trittst, bekommst du es nicht nur mit ihren Schwägern, sondern auch mit ihren Schwestern zu tun. Und das könnte sich sogar als das größere Übel herausstellen.«

In diesem Augenblick klopfte es leise, und als Rob »Herein!«, rief, öffnete sich die Tür, und Lady Clendenen trat ein. Der Page, der sie begleitet hatte, zog sich sogleich zurück und machte die Tür zu.

»Ich danke Euch, dass Ihr so schnell gekommen seid, Madam«, sagte Rob und zog für die Dame und sich einen Stuhl heran, während Giff zum Kamin ging und dort stehen blieb. »Erzählt uns doch bitte, woher Ihr wisst, dass die Gräfin ihren Umzug in die Stadt verschieben will.«

»Du meine Güte, Sir, habt Ihr mich deshalb rufen lassen? Ich hatte schon Angst, es wäre etwas Schlimmes passiert, zumal Sir Giffard auch hier ist.« Sie warf einen Blick zu dem Genannten hinüber.

»Verzeiht mir«, erwiderte Rob und lächelte, als sie ihm erneut ihre Aufmerksamkeit widmete. »Ich wollte Euch nicht erschrecken, aber ich bin sicher, wenn Isabella den Wunsch gehegt hätte, dass wir über ihre Entscheidung in Kenntnis gesetzt werden, dann hätte sie sie mir mitgeteilt. Daher machen wir uns Sorgen um ihre Sicherheit und hätten gerne gewusst, wie Ihr davon erfahren habt.«

»Stimmt es denn nicht?«

»Doch Mylady, es stimmt schon.«

»Nun, ich hörte es heute im Schloss, als ich mit der Prinzessin Mary speiste.«

»Ich verstehe. Hat die Prinzessin selbst es Euch gesagt?«

Lady Clendenen zog nachdenklich die Stirn kraus. »Wisst Ihr, ich kann mich nicht erinnern. Wir waren zu mehreren, und wie immer redeten alle Damen durcheinander. Es tut mir leid, dass ich Euch nicht mehr sagen kann. Ich habe wirklich nicht die geringste Ahnung, von wem die Neuigkeit eigentlich kam.«

»Ich danke Euch, Madam«, sagte Rob. »Macht Euch keine Gedanken mehr darüber. Ihr habt uns sehr geholfen, und dafür bin ich Euch dankbar.«

Sie erhob sich, und Giff geleitete sie hinaus. An der Tür lächelte sie ihm zu und sagte leise: »Danke, Sir. Ich hoffe, Ihr hattet einen angenehmen Nachmittag.«

Ihr Verschwörerton amüsierte ihn, und er nickte. Als er die Tür hinter ihr geschlossen hatte und sich umdrehte, sah er, dass Rob zufrieden lächelte.

»Der Plan funktioniert also, nicht?«, sagte Giff.

Rob nickte. »Ja. Die anderen müssen es auch erfahren. Daher ist es am besten, wenn ich morgen in aller Frühe aufbreche. Das fällt weniger auf, als wenn ich jetzt noch fortreiten würde, und einem Diener möchte ich die Nachricht nicht anvertrauen. Sorge du dafür, dass dein Schiff am Freitag bei Tagesanbruch zur Stelle ist, damit du es beladen lassen und umgehend losfahren kannst. Davon könnte der Erfolg des ganzen Unternehmens abhängen.«

»Ich werde euch nicht enttäuschen«, versprach Giff.

Sidony war so geistesabwesend, dass ihre Zofe ihr auch alte Lumpen hätte anziehen können anstelle des moosgrünen

Seidenkleides. Darüber kam ein hübsches blassgelbes, an den Seiten offenes Überkleid, das mit bunt bestickten Bändern besetzt war.

Nachdem die Zofe die Falten des Gewandes geordnet hatte, schlang sie ihrer Herrin einen silbernen Gürtel um die Hüften, der seitlich in den tiefen Ausschnitten des Überkleides sichtbar war, und reichte ihr einen Spiegel aus poliertem Metall. Dann setzte sie ihr einen gelbgrünen Kranz auf die weichen Locken und bückte sich, um ihr die Schuhe zuzubinden.

Als Sidony fertig war, ging sie zu Ealga, um sie nach dem Grund für Isabellas geänderte Pläne zu fragen. Da die Lady auch nichts Näheres wusste, überlegte Sidony, ob sie nicht versuchen sollte, weitere Einzelheiten aus Giff herauszubekommen.

Wie immer tischte Adela vorzügliche Speisen auf, doch alles in allem unterschied sich das Gastmahl nicht von vielen anderen, an denen Sidony teilgenommen hatte. Das Essen wurde von der Musik der Spielleute und dem Stimmengewirr der Gäste begleitet, und im Anschluss spielten die Musikanten zum Tanz auf. Das Tanzen machte Sidony Spaß, doch zugleich war sie enttäuscht, dass sie so wenig von Giff zu sehen bekam, der in einem blauen Samtwams mit edelsteinbesetzten Knöpfen und dazu passenden Beinlingen erschienen war. Sidony war sicher, dass er sich die Sachen von Rob geliehen hatte. Giff ließ sich sogar einmal dazu herab, bei einem Reigentanz mitzumachen. Ansonsten war er mal hier, mal dort, ohne sich irgendwo länger aufzuhalten. Dass er sie, bis auf eine Verbeugung und ein sporadisches Lächeln, überhaupt nicht beachtete, ärgerte Sidony besonders. Als er die Gesellschaft bereits vor Mitternacht verließ, entschuldigte auch sie sich und ging zu Bett.

Am Mittwochmorgen machte sich Rob noch vor Tagesanbruch auf den Weg nach Roslin, und auch Giff verließ Lestalric, um die letzten Vorbereitungen für seine Reise zu treffen. Sidony und Isobel verbrachten den Tag mit Adela auf der Burg, bevor sie am späten Nachmittag nach Sinclair House zurückkehrten und sich früh zur Ruhe begaben.

Der Donnerstagmorgen begann mit kräftigen Windböen, die um das Haus pfiffen und noch Stunden später, als Sidony ihre Reitkleidung anlegte, die Wolken über den grauen Himmel trieben. Doch als Sidony und Isobel eine Stunde früher als üblich zu Mittag aßen, kam die Sonne durch, und als sich die beiden Frauen kurz darauf mit Lady Clendenen und einer Eskorte aus sechs bewaffneten Männern zum Aufbruch rüsteten, war die Luft frisch und klar.

Sidony wusste, dass der Ritt sich hinziehen würde, da Ealga es vorzog, den kastenförmigen Damensattel zu benutzen, auf dem man seitlich sitzen musste und der in letzter Zeit bei vielen Edelfrauen in Mode gekommen war. Zwar war der Sattel weich mit Schaffellen ausgepolstert, schwankte jedoch bei jedem Schritt des Pferdes bedenklich hin und her. Kein Wunder, dass die Lady nicht gern ritt, dachte Sidony, die sich auf dem Weg zur Stadt hinaus an ihrer Seite hielt. Dass Lady Clendenen die Strapazen dennoch auf sich nahm, nur um Isabella zu treffen, bewies ihre hohe Wertschätzung für die Gräfin.

Den größten Teil des Mittwochs hatte Giff damit verbracht, alles für seine Abreise am Freitag vorzubereiten. Als er zum Hafen kam, lag die *Zee Handelaar* am kürzeren der beiden Landungsstege, wo sie soeben von ihrer Besatzung beladen wurde. Der holländische Kapitän war nicht da. Als er am Nachmittag schließlich kam, fragte Giff ihn, wo er gewesen sei.

Darauf sagte der Holländer: »Schaut Ihr Euch auf der Reise nicht gerne Sehenswürdigkeiten an, *Mijnheer?*« Als Giff bejahte, ließ sich der Kapitän begeistert über die Stadt Edinburgh aus und sagte dann ernst: »Meine Männer sind zuverlässig, *Mijnheer.* Hier habe ich übrigens die Abrechnungen für Euren Proviant, falls Ihr sie Euch ansehen möchtet.«

Rob hatte Giff für diesen Zweck Geld mitgegeben. Nachdem er also die Rechnungen überprüft und keinen Fehler darin gefunden hatte, nickte Giff und sagte: »Wie vereinbart bekommt Ihr die Hälfte des Betrages sofort und den Rest am Freitagmorgen vor der Abfahrt, wenn wir unsere Fracht an Bord gebracht haben.«

Als der Mann zögerte, fügte Giff hinzu: »Dann bekommen Ihr und Eure Mannschaft auch die Hälfte der Heuer. Die andere Hälfte folgt, wenn wir unser Ziel erreicht haben.«

Obwohl Giff genau wusste, dass er mit dieser Mannschaft nicht nach Norden segeln würde, hatte er kein schlechtes Gewissen, denn er war sicher, dass Rob und die Sinclairs ihren Verpflichtungen auf jeden Fall nachkommen und die fremden Seeleute für die wenige Arbeit reichlich entlohnen würden, was den Männern nur recht sein konnte. Giff und die anderen mussten den Kapitän lediglich davon überzeugen, dass sie nicht die Absicht hatten, sein Schiff zu rauben, wenn sie es mit ihren eigenen Leuten bemannten. Nichts deutete jedoch darauf hin, dass der Mann misstrauisch war, denn er wechselte einen herzlichen Händedruck mit Giff, bevor sie sich trennten und er die *Zee Handelaar* an ihrem früheren Ankerplatz anlegen ließ. Giff kehrte unterdessen nach Lestalric zurück, wo er nach dem Abendessen in aller Form und voller Herzlichkeit von seiner Gastgeberin Abschied nahm, da er am nächsten Morgen schon früh seine Ausrüstung auf das Schiff bringen wollte. Er hatte die Absicht, bis zu ihrer Abreise auf dem Schiff zu übernachten, um die Vorbereitungen zu überwachen.

Am Donnerstagmorgen war es kühl, und wie ein Vorbote schlechten Wetters blies ein kräftiger Wind, als Giff durch das winzige, geschäftige Dörfchen North Leith zum Hafen ritt. Dort angekommen, sah er, dass das holländische Schiff fort war.

Sidonys und Ealgas Ritt zog sich unerwartet lang hin, denn sie waren bereits in den Weg eingebogen, der am Fluss North Esk entlangführte, und noch immer war vom Zug der Gräfin nichts zu sehen.

»Sie muss wesentlich später aufgebrochen sein, als wir dachten«, sagte Sidony.

»Ja, aber vielleicht blockieren die Schafe und Wollkarren auch diesen Weg. Ich glaube aber, jetzt kann es nicht mehr lange dauern. Dieser Wind wird langsam richtig unangenehm.«

Sidony gab ihr recht, und sie ritten eine weitere halbe Stunde, als Sidony auf einmal merkte, dass ihre Begleiterin zurückblieb. »Ist Euch nicht wohl, Madam?«

»Ich wünschte wirklich, du und deine Schwestern würdet einfach Ealga zu mir sagen«, erwiderte die Lady gereizt. »Immerhin werde ich in weniger als einem Monat deine Stiefmutter.«

»Ihr seid wahrscheinlich sehr müde«, sagte Sidony. »Es lässt sich in diesem Sattel bestimmt nicht gut reiten, wenn man jeden Augenblick befürchten muss, hinunterzufallen.«

»Das stimmt«, gab die Lady zu. »Aber ich stehe gegenüber der Gräfin in der Pflicht, und seine Pflichten muss man erfüllen. Ich möchte nur wissen, wo sie so lange bleibt.«

»Wenn Ihr Euch hier an einer windgeschützten Stelle ein wenig ausruhen wollt, reite ich vor und halte nach ihr Ausschau. Da der Weg trocken und mein Pferd flink ist, bin ich sicher schnell wieder zurück.«

Offensichtlich erleichtert, nahm Lady Clendenen das Angebot an. »Aber du musst mindestens zwei von den Männern mitnehmen, meine Liebe.«

Sidony lachte. »Sie dürfen gerne mitkommen, wenn sie mit mir Schritt halten können. Aber soll ich Euch nicht zuerst ein schönes Plätzchen suchen?«

»Ach was, reite einfach los. Die übrigen Männer werden sich schon um mich kümmern, und je schneller du Isabella findest, desto eher bin ich wieder in meinem gemütlichen Heim.«

Das ließ sich Sidony nicht zweimal sagen. Mit einem Stoß

ihrer Hacken trieb sie ihr Pferd zu einem schnellen Galopp an und freute sich an der Geschwindigkeit. Ein rascher Blick über die Schulter verriet ihr, dass zwei Männer aus ihrer Eskorte ihr folgten.

Lachend trieb sie ihr Pferd noch weiter an. Die Männer hatten bestimmt nichts dagegen, und wenn sie nicht gerade Isabella oder Hugo in die Arme lief, würde es sonst keiner erfahren.

Die Flussniederung bei Edinburgh stieg anfangs steil zum höheren Gelände hin an, bald wurde die Strecke jedoch wieder flacher, sodass Sidonys Pferd sich auf dem Weg durch den schattigen Wald nicht mehr anzustrengen brauchte. Als der Wald sich schließlich lichtete, wusste sie, dass sie sich dem Rand der Klippen näherte, wo die Schlucht besonders steil abfiel. Daher ließ sie ihr Tier ein wenig langsamer gehen.

Bald erspähte sie tief unter sich den reißenden Fluss und in der Ferne den hohen kantigen Turm von Hawthornden, der aus dem dichten Blätterdach der Bäume aufragte. Die Burg lag noch in ziemlicher Entfernung, da die Schlucht nicht gerade verlief, sondern den Windungen des Flusses folgte. Ein Stück voraus tauchte der Pfad wieder in den Wald ein.

Unvermittelt bot sich ihr ein freier Blick auf das Westufer des Flusses tief unten in der Schlucht. Dort auf dem Weg erblickte sie Reiter, die das Banner der Sinclairs führten. Unter denen, die an der Spitze ritten, erkannte sie die schlanke Gestalt der Gräfin auf ihrer weißen Stute.

Da sie im vergangenen Jahr in Isabellas Zug mitgeritten war, erinnerte sich Sidony noch gut, dass sie damals den Weg genommen hatten, auf dem sie sich jetzt befand. Die Route unten am Fluss war schmal und wurde nur selten benutzt. Für die Wagen und Karren, die Isabellas umfangreiches Gepäck transportierten, war er ungeeignet.

Sidony ärgerte sich ein wenig, dass Isabella ihre Reiseroute geändert hatte, doch sie wusste auch, dass sie dafür weder Giff noch Rob verantwortlich machen konnte. Die beiden hatten bestimmt nicht damit gerechnet, dass sie und Ealga der Gräfin so weit entgegenreiten mussten.

Ein einzelner von Ochsen gezogener und hoch beladener Planwagen, der den Reitern folgte, war offensichtlich dafür verantwortlich, dass sie nur im Schneckentempo vorankamen. Ansonsten konnte Sidony keine Fuhrwerke entdecken, nur einige Lastponys, die in einer Reihe hintereinander gingen.

Ealga und ihr blieb noch genügend Zeit, zu dem Punkt zurückzureiten, wo die Hauptstraße den Fluss überquerte, doch es war fraglich, ob Ealga Lust hatte, so lange auf die anderen zu warten. Es konnte noch mindestens eine Stunde dauern, bis Isabella an der Stelle eintraf.

»Mistress!«, rief einer ihrer Begleiter, als sie gerade ihr Pferd wendete, um zurückzureiten. »Da hinten kommen Reiter!«

Als sie in die Richtung blickte, in die sein Finger zeigte, stellte sie erschrocken fest, dass er nicht Isabellas Reisegesellschaft meinte. Von Norden her näherte sich auf dem Flusspfad ein größerer Trupp Reiter einer Kurve, nach der sie ins Blickfeld der Leute von Roslin kommen würden. Sidony glaubte zu erkennen, dass die Fremden unter dem Banner des Königs ritten.

»Um Himmels willen, wir müssen die Gräfin warnen!«, rief sie. Doch der Rand der Klippe verlief dreißig Meter über dem Flusspfad, und durch das Tosen des Flusses, der durch die Schlucht rauschte, konnten die anderen sie nicht hören.

Da keiner von den Reisenden zu ihr heraufblickte, wusste Sidony nicht, wie sie sich bemerkbar machen sollte. Erst in diesem Augenblick fiel ihr auf, dass sie unterwegs nicht auf Wachtposten von Roslin gestoßen war. Dabei wäre es unsinnig von Hugo gewesen, die Wachen gerade dann abzuziehen, wenn Isabella unterwegs war.

Ein leiser Angstschauer überlief Sidony, und sie ließ den Blick ratlos zu ihren bewaffneten Begleitern schweifen, nur um festzustellen, dass die beiden offenbar auf eine Entscheidung von ihr warteten.

Sie biss die Zähne zusammen und dachte, dass sie sich in einer echten Zwickmühle befand. Genau so eine Situation hatte sie gemeint, als sie Giff erklärte, wie schwer sie sich mit Entscheidungen tat. Sorcha, Adela oder Isobel würden genau wissen, was zu tun war. Warum nicht sie?

Plötzlich fiel ihr ein, dass es für den Tross mit Isabellas Gepäck keinen anderen Weg gab als denjenigen, der oben am Rand der Klippe verlief. Knapp befahl sie: »Los, ihr beiden, wir reiten weiter! Die Gepäckwagen müssen uns irgendwo entgegenkommen, und sie werden bestimmt von Wachen begleitet. Ihr Hauptmann wird wissen, was zu tun ist. Aber wir müssen uns beeilen!«

Darauf spornte sie ihr Pferd zu höchster Geschwindigkeit an, bis es nur so dahinflog, hinein in den Wald. Doch schon hinter der nächsten Kurve tauchten unvermutet Reiter auf, sodass ihr Pferd sich vor Schreck aufbäumte. Während sie sich bemühte, das verängstigte Tier zu beruhigen, umzingelten die Fremden sie.

Sidonys Begleiter versuchten gar nicht erst, ihre Schwerter zu ziehen, was sie ihnen angesichts der beträchtlichen Übermacht auch nicht verdenken konnte. Die unbekannten Reiter waren alle schwarz gekleidet und trugen das gleiche königliche Banner wie die Männer unten in der Schlucht. Doch zu Sidonys Überraschung war ihr Anführer nicht der Earl of Fife, sondern der Chevalier de Gredin. Seine jadegrünen Augen blitzten, als er sie mit einem strahlenden Lächeln bedachte, das ihr und ihren Schwestern einst sehr einnehmend erschienen war.

»Mylady, wie erfreulich, Euch hier zu sehen.« Im selben Atemzug rief er über die Schulter gewandt seine Befehle: »Vier kommen mit mir. Zwei reiten weiter und berichten seiner Lordschaft, dass ich jetzt über ein Mittel verfüge, mit dem er seine Feinde zum Sprechen bringen kann, falls seine Suche erfolglos bleibt. Sagt ihm, ich werde gut darauf aufpassen. Ihr anderen reitet zurück und haltet die Wagen auf, bis das

Mädchen und ich weit genug weg sind. Wenn es sein muss, durchsucht sie noch einmal.«

»Was fällt Euch ein?«, rief Sidony entrüstet. »Ich werde nirgendwohin mit Euch gehen!«

»*Mais bien sûre, ma chère,* das werdet Ihr wohl!« erwiderte er. »Und zwar ohne einen Mucks, sonst lasse ich Eure Männer auf der Stelle umbringen. Dann binde ich Euch die Hände auf dem Rücken zusammen und führe Euer Pferd am Zügel. Entscheidet Euch schnell, was Euch lieber ist.«

Als Giff das holländische Schiff nicht an seinem Ankerplatz vorfand, hoffte er noch kurz, es habe wieder am Landungssteg festgemacht. Doch als er sich an der Mole erkundigte, erfuhr er, dass der Kapitän noch vor Tagesanbruch eine Ladung Wolle aus den Klöstern übernommen habe und mit sinkender Flut in Richtung Brügge ausgelaufen sei.

Mit Bedauern dachte Giff daran, dass er dem Holländer schon die Vorräte zur Hälfte bezahlt hatte, und er sah es nun in einem neuen Licht, dass der Mann das Geld nur zögerlich angenommen hatte. Dann fielen ihm die beiden Kerle wieder ein, die ihn am Sonntag angegriffen hatten und die, Sidonys Vermutung nach, zu Fifes Leuten gehörten. Vielleicht wurden sie ja noch immer festgehalten, und er konnte ihnen ein paar nützliche Informationen entlocken. Er saß wieder auf und ritt in die Stadt zurück.

Der kräftige Büttel, den er am Zollhaus antraf, erinnerte sich an die beiden. »Gewiss, Sir«, sagte er. »Aber Montagabend kam ein Mann und hat sie abgeholt.«

Die Tatsache, dass der Mann Schwarz getragen hatte, war noch kein Beweis; dennoch war Giff beinahe sicher, dass Fife herausbekommen hatte, welche Rolle das holländische Frachtschiff bei den Plänen spielte, die er gemeinsam mit den Sinclairs ausgeheckt hatte. Daraufhin hatte der Graf den Kapitän davon überzeugt, dass es besser für ihn wäre, eine Ladung Wolle an Bord zu nehmen und zu verschwinden. Jetzt blieben Giff zwei Möglichkeiten. Entweder fluchte er im Stillen darüber, dass das Schiff weg war und zermarterte sich das Hirn, wie er den anderen die Nachricht unauffällig übermitteln sollte – oder er versuchte, schleunigst ein neues Schiff aufzutreiben.

Zahlreiche Schiffe lagen noch im Hafen vor Anker, daher machte er sich sogleich ans Werk. Er stellte sein Pferd im Hafenstall unter und ging von einem Schiff zum anderen, nur um festzustellen, dass die meisten von ihnen bereits beladen waren und nur auf günstige Bedingungen zum Auslaufen warteten. In anderen Fällen hatte der Kapitän schon einen Vertrag über Fracht abgeschlossen, die er am folgenden Tag aufnehmen sollte.

Giff versuchte es sogar bei den beiden französischen Langbooten, die noch immer im Hafen lagen. Beide Kapitäne schienen durchaus interessiert, jedoch nur so lange, bis sie auf ihre Fragen nach Art und Bestimmungsort der Ladung keine befriedigende Antwort mehr bekamen. Da machten sie sofort einen Rückzieher, und Giff hatte noch mehr Zeit vergeudet.

Als der Tag sich neigte, fiel ihm der freundliche Kapitän Maxwell wieder ein. Zwar gehörte er zu Fifes Leuten, doch das schmälerte sein Können als Seemann in keiner Weise. Er kannte sicher viele Schiffe und konnte Giff einen Rat geben.

Für den Fall, dass Fife seinen Kapitän vor Giff gewarnt hatte, hielt dieser es für ratsam, nicht mit leeren Händen bei Maxwell zu erscheinen. Also kaufte er drei heiße Fleischröllchen und holte seine Satteltasche aus dem Stall, in der sich außer einigen Habseligkeiten auch ein Krug mit starkem Inselbrogac befand. Dann hielt er nach dem Beiboot der *Serpent* Ausschau und fand es schließlich, zusammen mit den Ruderern, an derselben Stelle, wo es am Sonntag gelegen hatte.

Das Wasser im Hafen war kabbeliger als am Sonntag, und die Gischt spritzte, als die Männer ihn zu dem Schiff hinausruderten. Dort angekommen, schlang sich Giff die Tasche um die Schulter und kletterte ein wenig schwindlig über die Strickleiter an Bord.

Sidony hatte eigentlich damit gerechnet, dass der Chevalier de Gredin sie zu Fife bringen würde. Er war ein Verbündeter des Grafen gewesen, als Sidony und ihre Familie ihn kennengelernt hatten. Und obwohl in der Folgezeit einiges darauf hindeutete, dass er sich mit Fife überworfen und er überdies ein ganzes Jahr bei Henry im Norden verbracht hatte, waren Adela und Rob – und gewiss auch Henry – nach wie vor davon überzeugt, dass de Gredin zu den engsten Gefolgsleuten des Earl of Fife gehörte. Jetzt, da er unter dem königlichen Banner ritt und sie bedrohte, hatte sie den Beweis.

Die Vorstellung, dass er sie dem Grafen wie eine Kriegstrophäe überreichen wollte, war erschreckend, umso mehr als de Gredin ihr genüsslich mitgeteilt hatte, welchen Spaß es Fife machen werde, sie zu verhören. Er hatte sogar angedeutet, der Graf könnte dabei zu ganz abscheulichen Mitteln greifen, bis Sidony es schließlich nicht mehr ertrug, ihm zuzuhören. Stattdessen dachte sie intensiv an Giff MacLennan. Wenn jemand Fife und de Gredin ihre Untaten heimzahlen konnte, dann war es Giff.

De Gredin führte Sidonys Pferd nun tatsächlich am Zügel. Doch anstatt nach Edinburgh zurückzureiten, wie Sidony es erwartet hatte, bogen sie in einer scharfen Kehre vom Weg ab, überquerten zügig den Hügelkamm und ritten auf der anderen Seite wieder hinunter. Bald kamen sie an eine Hütte, wo der Chevalier absaß und seine Gefangene ebenfalls aus dem Sattel hob.

»Ihr zwei holt den Wagen und kümmert euch um die Pferde. Ich bin bald wieder da«, wies er seine Männer an.

Ohne ihren Arm loszulassen, führte er Sidony in die leer stehende Hütte, wo er ihr gestattete, in einer Nische hinter einem Vorhang den Nachttopf zu benutzen. Danach zwang er sie, ein ekelhaftes Gebräu zu trinken, das er in einem Becher angemischt hatte. Gleich darauf wurde sie schläfrig und sank, obwohl sie sich mit aller Macht dagegen sträubte, in schwarze Bewusstlosigkeit.

Als sie stöhnend erwachte, war es stockfinster. Das Atmen fiel ihr schwer, und ihr Kopf dröhnte so sehr, dass sie keinen klaren Gedanken fassen konnte. Sie lag auf harten Holzbrettern und wurde von kräftigen Stößen durchgerüttelt. Unter ihr rumpelten Wagenräder. Dann umfing sie erneut die Ohnmacht.

Als sie wieder zu Bewusstsein kam, drangen Wiehern und das Klirren von Rüstungen an ihr Ohr. Dann ertönte ein schriller Schrei, und in dem schwachen Dämmerlicht erkannte sie, dass sie sich in einer Kiste befand, die in einem luftigen Gebäude – vielleicht einem Stall – stand. Plötzlich wurde es heller – jemand stemmte den Deckel der Kiste auf. Sie schnappte nach Luft und versuchte, sich aufrichten. Dabei stellte sie fest, dass man ihr die Hände auf dem Rücken gefesselt hatte.

»Kein Wort!«, zischte de Gredin und half ihr auf. Mit den Worten: »Schnell, trinkt das hier!«, drückte er ihr eine Tasse an die Lippen. Indem er mit der anderen Hand ihr Kinn festhielt, schüttete er ihr den gesamten Inhalt der Tasse auf einmal in den Mund, bis sie sich verschluckte und beinahe zu würgen begann.

Die salzige Luft und ein rascher Blick durch die weit geöffneten Türen verrieten ihr, dass sie sich im Hafen befand. Als sich Männerstimmen näherten, riss sie den Mund auf, um zu schreien. Das Letzte, was sie sah, war de Gredins Faust, die auf sie zukam, dann wusste sie nichts mehr.

12

Giff, Kapitän Maxwell und Jake saßen im abendlichen Zwielicht auf zwei Ruderbänken und ließen sich die Fleischrollen schmecken, von denen sie auch den beiden Wachen etwas abgegeben hatten.

Seinen mitgebrachten Brogac wollte Giff jedoch nur mit dem Kapitän teilen.

Jake wirkte erfreut, Giff wiederzusehen, sagte jedoch bloß: »Euren Shilling habe ich noch nicht zusammen. Mein Dad wollte mir fürs Saubermachen unten nichts bezahlen.«

»Damit hatte er auch recht«, sagte Giff. »Auf einem neuen Schiff ist das wohl keine große Arbeit.«

»Na ja, es war schon ziemlich schmutzig, und außerdem musste ich Bündel und Fässer und so was alles wegräumen. Und als wir am Landungssteg lagen, musste ich auch noch die Rattenfallen leeren. Aufräumen und den Boden schrubben macht mir ja nichts aus, aber Ratten kann ich nicht ausstehen, ob tot oder lebendig.«

Maxwell ermahnte seinen Sohn streng, nicht herumzujammern, sondern sich bei Sir Giffard für das Abendessen zu bedanken. »Bei dem Wind hätte ich es nicht gewagt, ein Kochfeuer zu machen. Unser Feuertopf ist zwar ziemlich tief, aber so ist es doch sicherer.«

So plauderten sie einträchtig, und Giff unterhielt seine Gastgeber mit Erzählungen der Barden vom Hochland und den Inseln, bis Maxwell Jake ins Bett schickte. Zu Giff sagte er: »Jake und ich schlafen in der Achterkajüte, und dorthin gehen wir jetzt am besten auch. Also nehmt Euren Krug und kommt mit, Sir. Wenn Ihr aufbrechen wollt, gebe ich dem Beiboot ein Zeichen mit der Laterne. Bis auf die beiden Wachen übernachten alle meine Männer noch an Land, aber wenn sie das Licht sehen, holen Sie Euch mit dem Boot ab.«

»Wisst Ihr schon, wann Ihr ablegen werdet?«, fragte Giff, während er dem Kapitän in die Kajüte folgte. An der hinteren Wand waren zwei Kojen übereinander angebracht, und an der Steuerbordseite befand sich in einer winzigen Nische ein Tischchen mit einer schmalen Bank auf jeder Seite.

»Bald, nehme ich an«, sagte Maxwell, als die beiden Männer einander gegenüber Platz nahmen. Kurz darauf kletterte Jake in die obere Koje und zog eine Decke über sich.

»Die Männer seiner Lordschaft schaffen schon seit Tagen Proviant und Ausrüstung an Bord«, fuhr der Kapitän fort. »Sie haben die Sachen auf die beiden Laderäume im Heck und im Bug verteilt. In den Truhen neben der Tür und in einem kleinen Frachtraum, zu dem die Falltreppe da hinten beim Waschtisch führt, liegen noch mehr Dinge, die dem Lord gehören. Das hier ist nämlich eigentlich seine Kajüte, müsst Ihr wissen. Aber Jake schläft so gern in diesen Kojen – viel lieber als auf dem Strohsack in meiner eigenen kleinen Kajüte im Vorschiff. Solange Seine Lordschaft nicht an Bord ist, lasse ich dem Jungen den Spaß.«

»Fährt Seine Lordschaft mit Euch?«

»Mit Verlaub, Sir, aber dürfte ich fragen, weshalb Ihr das wissen wollt?«

Giff zuckte die Achseln. »Reine Neugier, Kapitän. Im Grunde genommen geht es mich wirklich nichts an. Wenn Ihr wollt, erzähle ich Euch noch ein paar Geschichten. Eine von denen, die ich am liebsten mag, war nichts für die Ohren des jungen Jake. Sie handelt von einer norwegischen Königstochter, die weit und breit für ihre Zauberkünste berühmt war.«

»Eure Geschichten sind wirklich sehr unterhaltsam, und der Whisky ist auch nicht zu verachten«, sagte Maxwell mit einem Blick zur oberen Koje, wo alles mucksmäuschenstill blieb. »Was konnte sie denn zaubern?«

Giff nahm den Krug und schenkte sich und dem Kapitän großzügig nach. Dann begann er: »Die nützlichste ihrer Künste war es, hoch über das Land hinwegzufliegen, wo kein Feind sie erreichen konnte. Auf diese Weise konnte sie ihrem Vater, dem König, so manches Mal beispringen, wenn seine Ratgeber nicht mehr weiterwussten. Doch er war neidisch auf die riesigen Wälder von Lochaber, die ihm viel schöner zu sein schienen als seine eigenen …«

Mit leiser Stimme fuhr Giff fort und schilderte anschaulich, wie das Mädchen Feuer auf die Wälder regnen ließ und die Bewohner des Landes vergeblich versuchten, ihr Einhalt zu gebieten. Schließlich wandten sich die Leute um Hilfe an einen weisen Mann, der ihnen riet, die zauberische Prinzessin mit einem silbernen Pfeil zu töten. Als Giff beim Ende des Mädchens und der Trauer ihres Vaters angekommen war, atmete Jake in seinem Bett bereits tief und regelmäßig. Der einzige verbleibende Zuhörer hatte unterdessen noch zweimal nachgeschenkt und schwankte auf seinem Sitz sachte hin und her.

Darauf erzählte Giff die Sage von Deirdre of the Sorrows, um derentwillen generationenlang viel Blut vergossen wurde, nur weil ihr Vater einer Wahrsagerin den Lohn vorenthalten hatte. Erst als Maxwell den Kopf auf die Tischplatte sinken ließ und zu schnarchen begann, verstummte Giff.

Er verließ die Kajüte und stieg leise hinauf an Deck, wo er nach den Wächtern Ausschau hielt. Einer von ihnen schlief, in eine dicke Decke gewickelt, auf einer Ruderbank. Der andere hatte unter dem sternübersäten Himmel Posten auf dem Vorschiff bezogen und blickte auf den windumtosten Firth hinaus.

Nachdem er lautlos die Strickleiter eingeholt hatte, trat Giff so leise zu dem Wachtposten, dass der ihn nicht kommen hörte.

»Eine ganz schön stürmische Nacht, was?«, sagte Giff.

Der Mann fuhr herum. »Meine Güte, Sir, habt Ihr mich vielleicht erschreckt!«

»Ich glaube, Kapitän Maxwell hat mir einmal erklärt, dass

auf diesem Schiff zwei Mann genügen, um das Segel zu setzen«, sagte Giff freundlich. »Ist das wahr?«

»Ja, gewiss«, erwiderte der Seemann mit einem Unterton von Stolz. »Mit unseren Flaschenzügen lässt sich das Segel so leicht hissen, als wäre es ein Betttuch. Wahrscheinlich könnte es sogar ein Mann allein schaffen, wenn es mit der Rahe nicht so schwierig wäre. Soll ich jetzt das Zeichen mit der Laterne geben, damit das Boot Euch holen kommt, Sir?«

»Hilf mir lieber zuerst das Segel setzen.«

»Aber das kann ich doch nicht machen, Sir.«

»Kannst du denn schwimmen?«, fragte Giff daraufhin.

»Ja, schon, aber …«

Da wuchtete Giff den Mann kurzerhand über die Reling und stieg hinunter auf das Deck, um ein Wörtchen mit dem anderen Posten zu reden.

Der Earl of Fife hatte einen unerfreulichen Tag hinter sich. Er war sich so sicher gewesen, dass die beeindruckende Gräfin von Strathearn und Caithness den Stein in ihrem umfangreichen Tross mit sich führte, hatte ihn jedoch nicht finden können.

Er hatte Isabella höchstpersönlich ins Verhör genommen, doch obwohl er unter dem königlichen Banner ritt, dem jeder schottische Adelige Ehrerbietung schuldete, hatte die Gräfin es nicht einmal für nötig gehalten, vom Pferd zu steigen. Er könne alles durchsuchen, wenn er unbedingt wolle, aber bitte schnell, hatte sie gesagt. Falls sie etwas zu verbergen hatte, war es Fife jedenfalls nicht aufgefallen.

Es war wirklich ein Jammer, dass in Schottland ein Königssohn nur den Titel eines Grafen und nicht, wie in allen anderen zivilisierten Ländern, den eines Prinzen führen durfte, dachte er mit einem trübsinnigen Blick auf seinen wohlgefüllten Teller.

Denn so war Isabella ihm ebenbürtig, da sie die Grafenwürde gleich zweifach – nämlich durch Geburt und Heirat – besaß. Vermutlich hielt sie sich sogar für etwas Besseres als Fife, der seine Grafschaften lediglich zwei klugen Eheschließungen verdankte.

»Verzeiht, Mylord, wenn ich Euch aus Euren Gedanken reiße«, sagte die Dame zu seiner Linken leise. »Aber Ihr seid schon den ganzen Abend so still. Ich hoffe doch, Ihr befindet Euch wohl.«

»Gewiss, Madam«, erwiderte er und lächelte sie an. »Es war ein anstrengender Tag, doch umso mehr freue ich mich auf einen angenehmen Abend.«

Wenn er es darauf anlegte, konnte er sehr charmant sein, besonders, wenn die Dame, wie in diesem Fall, schön war und nicht mit ihren Gunstbeweisen geizte. Erfreulicherweise war ihr Mann abwesend, und Fifes Frau hielt sich noch in Stirling auf.

Er widmete sich wieder seinem Abendessen, bis ein königlicher Page ihm meldete, dass der Chevalier de Gredin im Audienzzimmer auf ihn wartete. »Die Pflicht ruft«, murmelte er seiner schönen Gefährtin zu und verließ ohne ein weiteres Wort die Halle.

Giff rüttelte den zweiten Wächter an der Schulter und lauschte dabei auf die leiser werdenden Hilferufe des anderen Mannes. In dem kräftigen Wind, der vom Land her blies, trug seine Stimme nicht weit, doch der Bursche schien ein guter Schwimmer zu sein und würde bald das Ufer erreichen und Alarm schlagen.

Flüchtig überlegte Giff, ob es klüger gewesen wäre, ihn zu töten. Doch der Mann war nicht sein Feind, und jetzt war es sowieso zu spät. Giff hielt grundsätzlich nichts davon, sich mit sinnloser Reue herumzuquälen.

Der Wächter streckte sich ächzend auf der Ruderbank und murmelte schlaftrunken: »Lass mich in Ruhe, Geordie, sonst kannst du gleich mit deinem eigenen Schädel Ball spielen.«

»Wach auf, Mann, du wirst gebraucht«, sagte Giff in strengem Ton.

Da schlug der Mann die Augen auf und blinzelte. Als er begriff, dass es nicht sein Kumpel war, der ihn geweckt hatte, richtete er sich so schnell auf, dass ihm schwindlig wurde und er ein paarmal den Kopf schütteln musste.

Mit den Worten: »Vergebung, Sir«, wollte er sich von der Bank aufrappeln, doch Giff legte ihm schwer die Hand auf die Schulter und drückte ihn wieder auf seinen Sitz. »Wo ist der Kapitän?«, fragte der Ruderer.

»Der schläft«, erwiderte Giff, »aber ich brauche deine Hilfe. Wie heißt du?«

»Hob Grant, Sir. Aber wo ist denn Geordie?«

»Beschäftigt. Steh auf, dann zeige ich es dir.«

Noch ganz benommen erhob sich der Mann und bemühte sich, gänzlich wach zu werden.

»Komm hierher«, sagte Giff und winkte ihn an die Reling. »Schau mal, dort hinten. Man kann es jetzt im Dunkeln bei dem bewölkten Himmel schlecht erkennen, aber siehst du das Geplatsche dort?«

»Ja, sicher«, erwiderte der Mann.

»Das ist dein Freund Geordie«, erklärte Giff.

»Ach was, der steht doch drüben auf dem Vorschiff«, widersprach der Ruderer und blickte zwischen dem Vorderdeck und dem Schwimmer auf seinem Weg ans Ufer hin und her. Dann schaute er Giff mit schreckgeweiteten Augen an.

»Um Gottes willen, Sir, wir müssen etwas unternehmen, sonst ertrinkt er!«

»Das glaube ich kaum«, entgegnete Giff und setzte hinzu: »Kannst du schwimmen?«

Die Augen des Mannes wurden immer größer. »Nein, Sir, kein bisschen!«

»Dann wirst du vielleicht vernünftiger sein als dein Freund Geordie. Ich will, dass du mir hilfst, den Anker zu lichten und das Segel zu hissen.«

»Aber Sir, das Schiff gehört doch dem Earl of Fife!«

»Den wird das nicht stören, weil er nichts davon weiß«, erwiderte Giff. »Also, wie ist es, hilfst du mir oder willst du deinem Kumpel Gesellschaft leisten?«

»Aber Ihr könnt das Schiff doch nicht allein segeln, Mann!«

»Das brauche ich auch nicht. Es weht eine steife Brise, und ich habe ja dich.«

»Oh Gott, wenn Seine Lordschaft uns erwischt, lässt er uns beide aufhängen.«

»Dann müssen wir eben dafür sorgen, dass er uns nicht kriegt. Aber wir vergeuden nur unsere Zeit«, fuhr Giff fort. »Wenn du mich nicht unterstützen willst, muss ich dich leider über Bord werfen und allein klarkommen.«

»Nein, ich tue ja alles, was Ihr sagt. Aber soll ich denn nicht den Kapitän wecken?«

»Noch nicht«, erwiderte Giff. »Ich finde, als Erstes sollten wir den Anker lichten.«

»Ja, sicher. Dazu braucht man schon zwei. Was ist mit der Flut?«

»Als die Glocke der Abtei zur Vesper läutete, war gerade Gezeitenwechsel, also bleibt uns noch eine Stunde. Weißt du, ob es auf dem Weg ins offene Meer Hindernisse gibt?«

»Meine Güte, Sir, kennt Ihr Euch in diesen Gewässern etwa nicht aus?«

Giff grinste. »Ich kenne mich schon aus, aber ich wollte dich auf die Probe stellen.«

»Na ja, wenn wir uns immer in der Mitte der Fahrrinne halten, kann nichts passieren – jedenfalls, bis wir zur Insel May kommen.«

»Die Insel May ist ja wohl nicht zu übersehen.«

»Ja, aber wenn wir zu weit nach Norden kommen, geraten wir in …«

»Wir fahren nach Süden, nicht nach Norden.«

»Selbst dann müssen wir zuerst einmal Kurs nach Norden nehmen, um vom Ufer und den Black Rocks wegzukommen. Dann sind da noch die Felsen am Eingang zum Firth, Sir – Fidra, Craigleith und die Bass Rocks und außerdem …«

»Die liegen alle nahe am Ufer«, sagte Giff, der gar nicht vorhatte, so weit zu fahren. Wenn alles gut ging, brauchten sie im Dunkeln noch nicht einmal drei Meilen zurückzulegen. Giff wusste jedoch genau, dass der Erfolg seines Unternehmens vom Wind und von den Gezeiten abhing. Wenn die ungünstig waren …

Doch es hatte keinen Zweck, sich darüber jetzt den Kopf zu zerbrechen. Er musste sich ans Werk machen.

Fife entließ den Pagen, ohne eine Erfrischung für sich selbst oder de Gredin zu ordern, denn er ärgerte sich über die Dreistigkeit des Gesandten, der sich einfach ans Feuer gesetzt hatte und beim Eintreten des Grafen noch nicht einmal aufgestanden war. Nachdem der Diener gegangen war, sagte Fife daher kurz angebunden: »Ich mag keine rätselhaften Botschaften. Was soll denn dieses geheimnisvolle Etwas sein, das Ihr angeblich gefunden habt?«

»Aus Eurer Frage schließe ich, dass Ihr mit der Durchsuchung von Gräfin Isabellas Gepäck genauso wenig Erfolg hattet wie ich«, erwiderte de Gredin.

»Steht gefälligst auf, wenn Ihr mit mir redet«, zischte Fife erbost. Er fragte sich, wie der Kerl auf die Idee kam, dass er selbst noch nichts von der Geisel wusste.

»Ich bitte Eure Lordschaft um Vergebung für meine Unhöflichkeit«, sagte de Gredin, indem er sich unverzüglich erhob und seine gewohnt tiefe Verbeugung machte. »Ich bin heute lange geritten und habe noch nichts gegessen. Doch Müdigkeit und Hunger sind keine Entschuldigung für schlechte Manieren. Jedenfalls bin ich davon überzeugt, dass ich jetzt über ein Druckmittel verfüge, um die Sinclairs und Logan von Lestalric zu zwingen, uns alles über den Schatz Seiner Heiligkeit zu verraten.«

»Und warum habt Ihr Euer Druckmittel nicht mitgebracht?«, erkundigte sich Fife, ohne auf die Erwähnung des Papstes einzugehen. Seine Männer hatten ihm berichtet, dass der Chevalier Lady Sidony entführt hatte, doch er wusste noch nicht, wie er auf diese Entwicklung reagieren sollte. Es war ein Risiko, sie gefangen zu halten, und der Graf war sich keineswegs sicher, ob er dieses Risiko eingehen wollte. Ihm ging es lediglich um den Stein der Vorsehung, und er hielt es für unwahrscheinlich, dass ein Mädchen wie die jüngste der Macleod-Töchter irgendetwas darüber wusste. Allerdings stimmte er mit de Gredin darin überein, dass sie ihnen als Geisel sehr nützlich sein konnte.

»Es war nicht möglich, es vor aller Augen hierher zu bringen«, erklärte der Chevalier mit einem Anflug von Belustigung. »Und ich hatte keine Idee, wie ich es unbemerkt durch die Stadt bis zum Schloss transportieren sollte. Ihr habt selbst befohlen, alle Karren und Wagen am Schlosstor zu durchsuchen, daher hielt ich es für sicherer, es an einem anderen Ort zu verstecken.«

»Ihr habt immer noch nicht gesagt, worum es sich bei diesem überaus wichtigen Gegenstand handelt«, bemerkte Fife.

De Gredin lächelte. »Genau gesagt ist es kein Gegenstand, sondern eine Person, Mylord.«

Als Fife mit mühsam beherrschter Ungeduld schwieg, verblasste das Lächeln auf dem Gesicht seines Besuchers, und er sagte: »Es ist Lady Sidony Macleod, Mylord.«

»Ihr Vater ist Mitglied des Inselrates und Ratgeber von MacDonald.«

»Doch was noch wichtiger ist, sie ist eine Schwägerin von Sir Michael Sinclair, Sir Hugo und Lestalric. Denen wird ihre Sicherheit bestimmt einige Informationen wert sein.«

»Ihr sagtet, Ihr hättet sie irgendwo versteckt. Und wo, wenn ich fragen darf?«

»Auf einem Schiff. Aber die Besatzung weiß nichts davon. Sie befindet sich im Laderaum. Der Schlaftrunk, den ich ihr eingeflößt habe, wird noch die ganze Nacht wirken. Wenn sie dann morgen früh erwacht, wird sie sich unwohl fühlen und benommen und verängstigt sein – gerade richtig, um sie zu verhören, möchte ich meinen.«

»Dann sind Eure Schiffe, die Ihr versprochen habt, also endlich eingetroffen«, sagte Fife, überzeugt davon, dass de Gredin das Mädchen nicht aus der Hand geben wollte. Der Graf ärgerte sich darüber, dass de Gredin ihm nichts von den Schiffen erzählt hatte. »Wo sind sie?«, wollte er wissen. »Bestimmt in Leith, nicht wahr?«

Als er keine Antwort erhielt, wurde Fife ungeduldig: »Nun?«

»Ich bitte um Verzeihung, Mylord, aber ich kann vor Hunger gar nicht richtig denken«, erwiderte dieser nervtötende Mensch. »Könnte ich vielleicht etwas zu essen bekommen?«

Fife durchschaute die Taktik, da er selbst oft genug ähnliche Tricks anwendete. Offensichtlich war de Gredin der Meinung, sein Schachzug habe ihm gegenüber dem Grafen einen Vorteil verschafft, den er jetzt weidlich ausnutzen wollte. Fife hatte zwar keine Lust, dieses Spiel mitzuspielen, ließ jedoch den anderen gewähren; umso besser würde er selbst später dastehen.

Kommentarlos rief er nach einem Diener und befahl ihm, dem Chevalier etwas zu essen und Wein zu bringen. »Er wird hier speisen«, fügte er hinzu.

Als er sich wieder umdrehte, hatte sich de Gredin auf einer gepolsterten Bank am Kamin niedergelassen und lehnte sich mit geschlossenen Augen zurück.

Zufrieden sah Giff zu, wie der Wind das große rechteckige Segel blähte, worauf das Schiff langsam in Richtung Norden Fahrt aufnahm. Hob Grant, der es gewöhnt war, Befehlen zu gehorchen, erwies sich trotz seiner offensichtlichen Furcht vor dem Kapitän und dem Earl of Fife als nützlicher Helfer.

Da Seine Lordschaft offenbar Angst gehabt hatte, dass ein anderes Schiff die *Serpent* versehentlich rammen könnte, hatte er befohlen, sie ein wenig abseits von den übrigen festzumachen. Daher fiel es keinem auf, als sie den Anker lichteten und sich mit der Flut nordwärts bis zur Ausfahrt aus dem

Hafen treiben ließen, wo schließlich das Segel gesetzt wurde. Das erwies sich als ziemlich schwierig, da der Wind direkt aus Westen kam, und Hob Grant befürchtete schon, sie würden nicht heil aus dem Hafen kommen.

»Das ist unsere geringste Sorge, mein Junge«, lachte Giff. »Kannst du das Steuer halten?«

»Ja, aber allein schafft Ihr das nie mit diesem großen Segel.«

»Mach dir um mich keine Gedanken«, erwiderte Giff, der schon seit Langem nicht mehr so viel Spaß gehabt hatte. Energie durchströmte seinen Körper, und wenn er überhaupt einen Gedanken an Sidony verschwendete, dann nur, als ihm einfiel, wie gern er dieses Erlebnis mit ihr geteilt hätte.

Er übergab das Ruder an Hob, um sich ganz und gar auf das Segel konzentrieren zu können. Es wurde mit stabilen Gurten am äußersten Ende der Rahe befestigt, mit deren Hilfe es sich in den Wind drehen ließ. Auf diese Weise konnte jede Brise bestmöglich genutzt werden. Das Segel der *Serpent* ließ sich darüber hinaus an seiner Oberkante mit einer Spiere verstärken, wenn das Schiff hart am Wind segelte. Noch lag das Rundholz an Deck, doch Giff wusste aus Erfahrung, dass es sich in den gefährlichen Gewässern des Pentland Firth nördlich von Caithness als nützlich erweisen würde.

Um die Gurte ohne Hilfe zu befestigen, waren Kraft und Geschick vonnöten, doch Giff genoss die Herausforderung. Es gab für ihn nichts Schöneres, als auf einem seetüchtigen Schiff in einer steifen Brise dahinzusegeln. Draußen auf dem Firth of Forth brauchte er dann nur noch das Segel in den Wind zu drehen und zu beten, dass sie der Küste nicht zu nahe kamen, bis sie die Stelle an der Ostküste von Lestalric erreicht hatten, wo der Nidrie-Bach in den Firth mündete.

Dann musste er das Segel genau im richtigen Moment reffen, um nicht auf Grund zu laufen und dennoch nah genug ans Ufer zu gelangen, damit die anderen die Fracht einladen konnten. Er wollte möglichst weit fort sein, bevor Fife sich an die Verfolgung machte.

Für Giff bestand kein Zweifel daran, dass der Graf schon beim ersten Morgenschimmer erfahren würde, dass sein kostbares Schiff verschwunden war. Und dann wäre das Geschrei groß.

Zwar lagen vorwiegend ausländische Schiffe im Hafen von Edinburgh, doch der gerissene Graf würde dennoch Mittel und Wege finden, um ihn zu verfolgen.

»Ich habe das Steuerruder festgebunden, Sir«, sagte Hob und ging Giff mit dem Segel zur Hand. »Glaubt Ihr, dass Geordie es bis ans Ufer geschafft hat?«

»Ja, sicher. Der Junge ist doch ein guter Schwimmer«, antwortete Giff.

»Aber wird er dann nicht die anderen alarmieren? Selbst wenn er ertrunken sein sollte, haben unsere Jungs uns doch bestimmt fortsegeln sehen und sind uns gefolgt, oder nicht?«

»Ich glaube nicht, dass uns jemand gesehen hat«, erwiderte Giff. »Schließlich ist es finstere Nacht, und heute scheint auch kein Mond.«

»Aber ich kann trotzdem das Ufer da hinten erkennen«, widersprach Hob und deutete auf die Küste.

»Auf dem Wasser kann man stets besser sehen«, erklärte ihm Giff. »Vom Hafen aus ist das gegenüberliegende Ufer leichter zu erkennen als die Schiffe, die vor Anker liegen. Und von denen sieht man nichts als ein Gewirr von Masten. Mir ist aufgefallen, dass nirgends eine Laterne brannte, und selbst wenn der Bursche, der auf unser Zeichen warten sollte, noch wach war – was ich bezweifle –, wird er nach einem Licht und nicht nach einem auslaufenden Schiff Ausschau halten. Dein Freund Geordie hat bestimmt eine Menge zu erzählen, aber ich könnte mir denken, dass ihn die anderen schlichtweg auslachen und ihm kein Wort glauben werden. Du hast doch selbst behauptet, dass unser Plan undurchführbar wäre, Hob Grant.«

»Ja, Sir, aber wir haben es trotzdem geschafft«, erwiderte Hob.

»Eben«, sagte Giff. »Also sei das nächste Mal nicht so vorschnell mit der Schlussfolgerung, etwas wäre unmöglich. Wenn du von deinem Erfolg überzeugt bist und eine günstige Gelegenheit ergreifst, dann kannst du alles erreichen. Bleibst du dagegen untätig, kannst du gar nichts gewinnen.«

»Das mag sein, Sir«, entgegnete Hob. »Aber mein Dad würde Euch trotzdem für verrückt erklären. Ich selbst nicht, wohlgemerkt«, fügte er eilig hinzu. »Jedenfalls nicht, bis ich schwimmen gelernt habe.«

Giff lachte und versetzte ihm einen Schlag auf den Rücken. Dann spähte er nach der Stelle aus, wo dieser verflixte Bach ins Meer mündete.

Fife hatte sich wieder beruhigt und nippte an seinem Wein, wobei er seinen Gast unter halb gesenkten Lidern hervor musterte. Schließlich schob de Gredin die Überreste seines Mahls beiseite und nahm einen tiefen Zug aus seinem Becher, als wollte er nicht nur seinen Durst löschen, sondern sich Mut antrinken.

»Fühlt Ihr Euch jetzt besser?«, fragte Fife.

»Ihr wart sehr still, Mylord«, sagte de Gredin statt einer Antwort.

»Ich bin sicher, zu gegebener Zeit werdet Ihr mir schon meine Frage beantworten«, erwiderte der Graf kühl.

De Gredin errötete. »Ich wollte nicht unhöflich sein, aber ich war am Verhungern.«

»Jetzt seid Ihr satt.«

»Ja, Mylord. Also werde ich Euch jetzt erzählen, was Ihr wissen wollt, und danach gehen wir zu Bett, damit wir morgen früh beizeiten aufstehen und uns ein wenig mit der Lady unterhalten können.«

Damit war Fife einverstanden, und als de Gredin ihm seine Neuigkeiten berichtet hatte, war der Graf froh, dass er sich seinen Unmut nicht hatte anmerken lassen. Sein Ärger war noch nicht völlig verraucht, weil die päpstlichen Schiffe weiterhin auf sich warten ließen. Und wenn Fife etwas hasste, dann war es Unzuverlässigkeit, ganz besonders bei Untergebenen.

Er sagte seinem Gast gute Nacht und zog sich in seine Privatgemächer zurück, überzeugt, dass alles nach seinen Wünschen verlaufen werde. Er schlief gut, doch eine Stunde früher als gewöhnlich wurde er aus seiner Nachtruhe gerissen. Ein vor Angst bebender Page brachte ihm eine dringende Nachricht vom Hafen.

Gebremst durch die Landmasse des östlichen Lestalric flaute der Wind beträchtlich ab, als sie auf ihrem Kurs nach Südosten die Black Rocks und die Eastern Crags umsegelten. Daraufhin entschloss sich Giff, in sicherem Abstand vor der Küste hin und her zu kreuzen. Zwar wusste er genau, wo sein Ziel war, doch nun, da es zu spät war, fiel ihm ein, dass er sich die Küstenlinie noch nie vom Wasser aus angesehen hatte.

Während er an Steuerbord stand und in die Ferne spähte, fragte Hob: »Wohin fahren wir, Sir?«

»Zur Mündung des Nidrie-Baches«, antwortete Giff. »Kennst du den?«

»Nein, Sir, aber hier in der Gegend fließen jede Menge Bäche in den Firth. Meint Ihr, Ihr findet den richtigen?«

»Ich glaube ja, aber bis dahin ist unser Freund Fife uns bestimmt schon auf den Fersen.«

»Außerdem kommt bald die Ebbe«, sagte Hob. »Hier draußen merkt man es schon.«

Giff nickte. »Ja, langsam beginnt auch die Morgendämmerung. Da wird Kapitän Maxwell bestimmt gleich aufwachen. Schade, dass es hier kein Beiboot gibt.«

»Es gibt schon eines, aber das musstet Ihr ja unbedingt bei unseren Jungs im Hafen lassen.«

»Werd nicht frech!«, entgegnete Giff erheitert.

Die beiden Männer grinsten sich an, als sich plötzlich von der Tür zur Achterkajüte eine erstaunte Kinderstimme vernehmen ließ: »Wo sind wir? Mein Dad schnarcht immer noch, und damit er nicht böse wird, habe ich ihn lieber schlafen lassen. Wo sind denn die anderen?«

»Guten Morgen, Jake«, sagte Giff. »Wir haben Kurs auf Portobello, das du schon da hinten in der Ferne erkennen kannst. Deinen Vater gehe ich jetzt selbst wecken; da könntest du doch eigentlich mal nachsehen, ob du was für uns zum Frühstück findest.«

»Aber in den Laderaum gehe ich nicht hinunter«, entgegnete Jake. »Dort unten ist es stockfinster, und mein Dad erlaubt mir nicht, eine Kerze oder eine Fackel mitzunehmen, weil er Angst hat, ich könnte das Schiff in Brand setzen. Und außerdem wohnt da unten bestimmt der Klabautermann oder ein Geist. Ich habe nämlich was gehört.«

»Das war nur der Wind, der über die Planken streicht«, beruhigte Giff ihn.

»Da mögt Ihr recht haben, Sir, aber mir standen vor Schreck die Haare zu Berge.«

»Ich habe dieses unheimliche Geräusch selbst schon oft gehört«, erwiderte Giff mit betont ernster Miene. »Aber du brauchst ja gar nicht hinunterzusteigen. Haben du und dein Vater denn keine Vorräte in eurer kleinen Kajüte auf dem Vorschiff?«

»Bloß Brot und Ale. Das wird Euch bestimmt nicht genügen.«

»Doch«, erwiderte Giff. »Hol ruhig den Laib Brot, er wird schon für uns reichen. Und dein Vater könnte einen Schluck Ale sicher gut vertragen.« Zu Hob sagte er: »Ruf mich, wenn du mich brauchst. Wir fahren bis zu den schwarzen Felsbrocken da hinten und dann wieder zurück. Ich glaube, der Bach, den wir suchen, liegt in der Bucht dort drüben« – er deutete zum Ufer hinüber – »aber um sicher zu sein, müssen wir das Tageslicht abwarten.«

»Gut, dann halte ich so lange den Posten«, nickte Hob.

»Wo ist denn unser Geordie?«, fragte Jake auf dem Weg zur Achterkajüte.

»Der ist von Bord gegangen«, erklärte Giff ihm. »Möchtest du jetzt das Brot holen oder willst du lieber warten, bis dein Vater dich schickt?«

»Nein, ich gehe schon. Ich habe mich nur gewundert.«

Dazu hatte er auch allen Grund, dachte Giff, der mit Unbehagen an das bevorstehende Gespräch mit Kapitän Wat Maxwell dachte. Im Übrigen war er auch nicht allzu erpicht auf die Kommentare von Hugo und den anderen. Doch wenn er ihnen erst einmal die Lage erklärt hatte, würden sie seine Handlungsweise bestimmt gutheißen. Schließlich blieb ihnen auch gar nichts anderes übrig.

Nachdem er den Pagen losgeschickt hatte, um seinen Leibdiener zu wecken und de Gredin zu holen, kleidete sich Fife eilig an und schritt in seinem Schlafgemach auf und ab, während er auf den Chevalier wartete. Als dieser eintrat, rief Fife: »Die *Serpent* ist weg! Wie zum Teufel konnte das passieren? Wenn sich herausstellt, dass Ihr dahintersteckt, dann …«

»Immer mit der Ruhe, Mylord«, sagte de Gredin und unterdrückte ein Gähnen. »Weder ich noch jene, die mich gesandt haben, könnten auch nur das Geringste mit Eurem Schiff anfangen. Und auch sonst niemand, der bei klarem Verstand ist. Und sofern Euer Kapitän kein lebensmüder Verräter ist, muss der Dieb auch noch eine Mannschaft auftreiben. Ich könnte mir vorstellen, dass der Mann, der das holländische Schiff mieten wollte, irgendwie herausbekommen hat, dass wir es waren, die es verschwinden ließen. Und das wollte er uns heimzahlen, indem er die *Serpent* stahl. Ich frage mich, ob er wohl weiß, dass wir Lady Sidony haben.«

»Dass *Ihr* sie habt, besser gesagt«, blaffte Fife ihn an.

»Sehr richtig«, erwiderte de Gredin. »Trotzdem muss jemand es fertiggebracht haben, gestern Nacht bei Wind und Wetter eine ganze Mannschaft zum Schiff rudern zu lassen und in See zu stechen. Die Fracht haben sie bestimmt anderswo aufgenommen, und jetzt sind sich schon meilenweit nach Norden gesegelt.«

»Wie viele Schiffe, glaubt Ihr, wird man Euch schicken?«, wollte Fife wissen.

»Mindestens sechs oder acht, Sir, aber ich erwarte sie frühestens in ein paar Tagen. Ihr wollt doch ohnehin noch so lange in Edinburgh bleiben, bis Seine Gnaden eintrifft, nicht wahr?«

»Seid doch nicht so dumm!«, fuhr der Graf ihn an. »Ich mache mich so schnell wie möglich auf die Suche nach diesen elenden Verrätern. Und wenn ich sie zu fassen kriege, werden sie bis zum letzten Mann an der Rahe der *Serpent* baumeln!«

Irgendwann im Laufe der Nacht war Sidony erwacht und hatte die Augen aufgeschlagen, weil ihr ganzer Körper verkrampft war und ihr der Kopf dröhnte. Doch da nichts als undurchdringliche Dunkelheit um sie her war, hatte sie geglaubt, zu träumen, und war wieder eingeschlafen.

Als sie die Augen einige Stunden später erneut öffnete, war es noch immer stockfinster. Bevor sie jedoch wieder einnicken konnte, wurde ihr flau im Magen, und sie bemerkte, dass der Raum, in dem sie sich befand, gleichmäßig schwankte und schlingerte. Da kamen plötzlich die Erinnerungen zurück und mit ihnen eine solche Furcht, wie sie sie in ihrem ganzen Leben noch nie empfunden hatte.

Die Unterredung mit dem wütenden Maxwell, der schwer mit seinem Brogac-Kater zu kämpfen hatte, verlief für Giff so unerfreulich wie erwartet. Er konnte nur froh sein, dass der Kapitän zu mitgenommen war, um ihn noch länger herunterzuputzen.

Danach schwieg Maxwell beharrlich, bis sie ihr Frühstück beendet hatten und Giff im grauen Morgenlicht den vereinbarten Treffpunkt gefunden hatte.

»Was habt Ihr mit dem Jungen und mir vor?«, fragte

Maxwell schließlich, als sie das Segel setzten, um sich vom Wind so gemächlich ans Ufer treiben zu lassen, dass das Schiff nicht auf Grund lief.

In sachlichem Ton erwiderte Giff: »Ich kann mir gut vorstellen, was Euch blüht, wenn ich Euch an Land setzen und mit dem Schiff davonfahren würde. Das möchte ich nicht, aber ich will auch keinen Feind an Bord haben. Dafür ist meine Aufgabe viel zu wichtig. Ich halte Euch für einen ehrlichen Menschen. Wenn Ihr also bei mir bleiben wollt und mir Euer Ehrenwort gebt, dass Ihr mir helfen werdet, das Schiff zu steuern, dann nehme ich euch beide gern mit.«

Es trat eine lange Stille ein. Endlich blickte Maxwell ihn an und sagte: »Ihr lasst mir keine andere Wahl, denn ich weiß nicht, wie ich das alles Seiner Lordschaft erklären sollte. Und außerdem wisst Ihr genauso gut wie ich, dass er den Jungen vermutlich vor meinen Augen töten würde, bevor er mich aufhängen lässt. Aber woher wollt Ihr wissen, dass Ihr Euch auf mein Ehrenwort verlassen könnt?«

»Kann ich das denn?«, fragte Giff zurück.

»Ja, gewiss, wenn Ihr dem Wort eines Mannes aus dem Grenzland vertrauen wollt.«

Giff streckte ihm die Hand entgegen. »Also gut, aber der Junge bleibt bei uns.«

»Ihn würde ich niemals zurücklassen, denn Fife hätte ihn sich im Handumdrehen geschnappt. Seht mal, Sir«, fügte er hinzu und zeigte zum Ufer hinüber. »Da hinten lässt jemand ein Boot zu Wasser.«

Giff schaute hin und holte tief Luft. Nun würde er bald wissen, was Hugo von der Geschichte mit dem Schiff und Maxwell hielt. Bei der Vorstellung musste er schmunzeln, doch als sie schließlich den Anker ausgeworfen hatten und das erste Boot die *Serpent* erreichte, stellte Hugo, der darin saß, keine Fragen, sondern knurrte nur: »Fife hat wahrscheinlich Sidony.«

13

Giff war es, als habe Hugo ihm einen Schlag in die Magengrube versetzt.

Ihm stockte der Atem, doch er versuchte, sich zu beherrschen, als Hugo an Bord kletterte und ihn beiseite nahm. Seit er von Lestalric aufgebrochen war, hatte Giff nur selten an das Mädchen gedacht, doch angesichts dieser schlimmen Nachricht wurde ihm erst bewusst, was für ihn im Grunde schon beschlossene Sache war. Er beabsichtigte, Sidony zunächst im Schoße ihrer Familie zu lassen, bis er selbst bereit war, sie zu heiraten und Kinder mit ihr zu haben. Dann wollte er um ihre Hand anhalten. Aus diesem Grund war ihm zumute, als habe Fife ihm einen innig vertrauten Menschen entrissen.

»Wir lassen nach ihr suchen«, erklärte Hugo, »doch bisher wissen wir nur, dass sie und Ealga Clendenen Isabellas Zug entgegengeritten sind und dafür viel länger als erwartet brauchten.«

»Und warum?«, fragte Giff, der allmählich wütend wurde. *Wie konnte das jemand zulassen?*

»Wir haben Isabellas Zug aufgeteilt. Sie selbst, ihre Eskorte und ein hoch beladener Ochsenkarren sollten den Weg am Fluss entlang nehmen, während die übrigen Wagen oben am Rand der Klippe entlangfuhren. Wie erwartet, splittete auch Fife seine Mannschaft, damit sie beide Teile des Zuges durchsuchen konnten.«

»Offensichtlich war er gut unterrichtet. Wisst ihr schon, wer sein Spion auf Roslin war?«

»Ja. Wir hatten Rolf Stow und zwei andere in Verdacht. Also erzählten wir jedem von ihnen eine andere Version unseres Plans. Stow war der Einzige, der wusste, dass Isabella durch die

Schlucht reiten würde. Da Fife sie persönlich anhielt, konnte er es nur von Stow erfahren haben.«

»Das ist zwar kein absolut stichhaltiger Beweis, aber es sollte genügen. Was habt ihr jetzt mit Stow vor?«

»Er weiß noch gar nicht, dass wir ihm auf die Schliche gekommen sind«, erwiderte Hugo mit grimmigem Lächeln. »Es könnte nützlicher sein, wenn er sich weiterhin in Sicherheit wähnt, besonders jetzt, da sie Sidony haben.«

»Du hast mir noch immer nicht erzählt, wie es geschehen ist.«

»Wegen des Ochsenkarrens kam Isabellas Gruppe noch langsamer voran als anzunehmen war«, erklärte Hugo. »Wir haben ihr den Karren mitgegeben, damit Fife etwas zu durchsuchen hatte, doch als Isabella nicht zur vereinbarten Zeit erschien, fingen Ealga und Sidony an, sich Sorgen zu machen.«

»Und das Mädchen ritt allein los, um zu sehen, wo die Gräfin blieb.«

»Nicht ganz allein«, erwiderte Hugo. »Sie nahm zwei Bewaffnete mit. Wir fanden die beiden letzte Nacht am Osthang des Hügels … sie waren tot.«

Giff überlief ein kalter Schauer, doch es gelang ihm, seine Stimme zu beherrschen. »Also war es nicht Fife selbst, der sie geschnappt hat. Denn der war ja damit beschäftigt, Isabellas Ochsenkarren zu kontrollieren.«

»Stimmt. Der Anführer von Fifes Gruppe auf dem Hügelrücken war de Gredin. Rob und ich haben Isabella begleitet, doch meine Männer oben auf dem Hügel haben ihn erkannt.«

»Das ist doch der Chevalier, der das vergangene Jahr bei Henry auf Girnigoe verbracht hat. Rob hält nicht viel von dem Kerl.«

»Wir anderen auch nicht«, antwortete Hugo. »Ich sagte dir ja, dass er einer Gruppe angehört, die sich auf einer Art Kreuzzug befindet. Sie wollen den Schatz der Römischen Kirche zurückgeben. Diese Krieger können ebenso geschickt mit ihren Waffen umgehen wie jeder Ritter, der auf Dunclathy ausgebildet wurde. Einer von ihnen, Waldron von Edgelaw, starb letztes Jahr bei seinem zweiten Versuch, sich des Schatzes zu bemächtigen. De Gredin hat Rob gegenüber zugegeben, dass Waldron sein Vetter war und dass er derselben Gruppe angehört. Wir hielten de Gredin für wesentlich harmloser als Waldron, doch damit haben wir ihn sträflich unterschätzt.«

»Wenn er Lady Sidony entführt hat, ist er jedenfalls ein ausgemachter Schurke«, erwiderte Giff.

»Ja, aber ein gerissener«, sagte Hugo. »Fife muss einen sehr guten Grund gehabt haben, ihn wieder in Gnaden aufzunehmen, denn normalerweise hat der Graf keine Nachsicht mit Verrätern. Rob hat erfahren, dass die Gruppe de Gredin hierher geschickt hat, damit er den Grafen dabei unterstützt, seine Macht auf Kosten der übrigen Adeligen auszuweiten. Vermutlich konnte de Gredin sich bei Fife mit dem Versprechen einschmeicheln, dass der Papst ihm helfen wird, seinen Anspruch auf den Thron durchzusetzen. Dabei ist eines ganz sicher: Dem Chevalier ist nicht zu trauen; das sollte gerade Fife nie vergessen.«

»Warum hast du den Zug der Gräfin aufgeteilt?«, kam Giff auf das ursprüngliche Thema zurück. Es war stets von Vorteil, viel über einen Feind zu wissen, doch im Augenblick ging es ihm vor allem darum, Sidony zu finden.

»Es war ein Ablenkungsmanöver. Fife sollte so viele Männer wie möglich einsetzen, um Isabellas Tross zu durchsuchen. Auf dem Ochsenkarren hatten wir einen großen Schrank verstaut, den Rob schon seit Langem bewundert. Seine Fächer waren mit lauter einzeln verpackten Kleinigkeiten gefüllt.«

»Ich nehme an, das, worauf Fife aus war, befand sich an einem anderen Ort.«

»Es war bereits auf dem Weg hierher, gut getarnt unter einem dicken Berg Wolle auf einem der zahlreichen Wollkarren. Fifes Männer durchsuchen zwar jeden Wagen auf der Straße nach Leith, doch den Weg nach Portobello kontrollieren sie nicht, weil dort keine Handelsschiffe ankern können.

Da Fife damit rechnete, dass wir durch die Schlucht von Roslin kommen, hatte er die meisten seiner Leute dorthin beordert.«

»Wie habt ihr es geschafft, das Ding aus seinem Versteck zu holen?«

»Wir haben es als einen großen Wollballen getarnt, wie ihn die Schäfer an zwei hindurchgeschobenen Stangen tragen. Solch ein Ballen wiegt um die zweihundertfünfzig Pfund; unsere Fracht war noch einmal einhundertfünfzig Pfund schwerer. Aber unsere Jungs sind ja kräftig, und außerdem brauchten sie die Last nur ein kurzes Stück bis zu dem Karren zu tragen. Jetzt ist sie hier und bereit zum Einladen.«

»Aber Hugo, zuerst müssen wir doch die Lady finden!«

»Du nicht, mein Junge, denn du musst dich schleunigst auf den Weg machen. Deshalb habe ich mir auch die Frage verkniffen, wie du an dieses Schiff gekommen bist.«

Giff verzog das Gesicht. »Ich nehme an, Fife hat dafür gesorgt, dass der holländische Kapitän sich gestern davongemacht hat. Weil ich aber unbedingt ein Schiff brauchte, habe ich Fifes Kapitän mit Brogac abgefüllt und mir dann seines genommen. Vermutlich hat Fife mittlerweile davon erfahren, aber nun ja …« Er zuckte die Achseln.

Da musste Hugo lachen. »Ich kann mir vorstellen, dass es darüber noch viel mehr zu erzählen gibt. Aber das kannst du mir ein andermal berichten. Ich muss zugeben, deine Idee war gar nicht so schlecht. So muss sich Fife erst ein anderes Schiff suchen, bevor er dich verfolgen kann.«

»Vielleicht requiriert er einfach eines von denen, die im Hafen liegen.«

»Darüber kannst du dir später Gedanken machen«, erwiderte Hugo. »Jetzt erklär mir erst einmal, wie wir die Kiste an Bord schaffen sollen. Sie ist ganz schön schwer.«

Giff gab die Frage an Maxwell weiter, worauf der Kapitän ihm versicherte, dass sie mithilfe der Taue und Flaschenzüge an der hinteren Ladeluke, die normalerweise dazu dienten, eine

Ladung vom Kai aus an Bord zu befördern, die Kiste aus dem kleinen Boot hieven konnten. Wenn ein paar Männer mit dem Boot längsseits gingen und die Last beim Umladen von unten abstützten, müsste es schon gehen, meinte Maxwell.

»Mylord Fife wollte unbedingt, dass eine Ladeluke am Heck eingebaut wurde«, fügte er hinzu. »Sie führt zu einem Laderaum, in dem wir im Hafen Proviant verstaut haben. Bei dieser Gelegenheit funktionierten die Seilzüge einwandfrei.«

Auch jetzt ging alles reibungslos vonstatten. Noch schneller, als Giff gehofft hatte, befand sich die schwere Kiste an Bord, achtundvierzig bewaffnete Ruderer der Sinclairs hatten ihre Plätze auf den Bänken der *Serpent* eingenommen, und Hugo schickte sich an, wieder zu Rob in das Boot zu steigen und ans Ufer von Lestalric zurückzufahren.

»Wir haben eines von unseren Booten anstelle des Beiboots ans Schiff gebunden und lassen euch eine Notration Proviant da. Für euch alle reicht es allerdings nicht, denn schließlich haben wir ja damit gerechnet, dass du mit einem voll beladenen holländischen Frachtschiff kommen würdest«, erklärte Hugo und fügte hinzu: »Habt Ihr genügend Vorräte für die Reise an Bord?«

»Das weiß ich, ehrlich gesagt, nicht«, musste Giff zugeben. »Der Kapitän erwähnte, dass Fifes Männer Proviant und Ausrüstungsgegenstände verladen hätten, und da das Schiff normalerweise eine mindestens vierzigköpfige Mannschaft hat, werden wir wohl neben Pökelfleisch auch andere Vorräte und jede Menge Wasser an Bord haben. Falls nicht, machen wir es wie die Seeleute auf den Inseln: Wir gehen an Land und erlegen Wild.«

Lächelnd reichte Rob ein größeres Päckchen zu Hugo hinauf. Der nahm es in Empfang und gab es an Giff weiter mit den Worten: »Michael und Rob dachten, du könntest vielleicht eine norwegische Flagge und ein Banner der Sinclairs gebrauchen, um das Schiff zu tarnen. Zu diesem Zweck haben sie außerdem eine neue Namenstafel für die *Serpent Royal* anfertigen lassen. Unsere Jungs haben sie schon über das alte Schild genagelt.«

»Hauptsache, es steht nicht *Teufelsbraten* oder etwas Ähnliches darauf.«

»Nein, passend zur norwegischen Flagge trägt das Schiff jetzt den Namen *Ormen Lange* – die lange Schlange.«

»Das mit der Tafel war eine gute Idee. Aber ich wünschte, ihr hättet mir auch neuen Brogac mitgebracht. Meinen Vorrat hat sich Maxwell einverleibt.«

»Ich habe den Eindruck, du vertraust dem Mann«, sagte Hugo.

Giff nickte mit grimmigem Lächeln. »Falls ich mich in ihm getäuscht habe, knüpfe ich ihn auf. Aber er hat mir sein Wort gegeben, und ich halte ihn für einen Ehrenmann.«

Hugo schüttelte seinem Freund die Hand. »Du bist dir hoffentlich im Klaren darüber, wie wichtig deine Mission ist, Giff. Das Schicksal Schottlands liegt jetzt in deinen Händen, also sei auf der Hut. Du wirst mit Sicherheit in den einen oder anderen Sturm geraten.«

»Du weißt doch, wie man mich nennt«, erwiderte Giff, bevor er in eindringlichem Ton hinzufügte: »Ihr müsst sie finden, Hugo. Ich verlasse mich notgedrungen auf dich und die anderen, auch wenn es mir, offen gestanden, gegen den Strich geht, dass ich selbst in dieser Sache rein gar nichts tun kann.«

Hugo versicherte ihm, dass sie alles nur Erdenkliche unternehmen würden. Mit diesem Versprechen musste sich Giff wohl oder übel zufriedengeben, denn jetzt drängte die Zeit.

Kurz darauf waren sie unterwegs, und Giff sagte zu Maxwell: »Die Achterkajüte werde ich selbst belegen. Der Junge bleibt selbstverständlich bei Euch.«

»Danke, Sir«, antwortete Maxwell. »Ich habe ihn in den Laderaum hinuntergeschickt, damit er der Mannschaft beim Verstauen der Fracht zur Hand gehen kann. Selbst auf einem Schiff dieser Größe kann ein ausgewachsener Mann sich dort unten kaum bewegen, ohne sich den Kopf an einem Balken zu stoßen, und die meisten Eurer Männer sind nicht gerade klein.«

»Sorgt dafür, dass sie ihre Waffen, Schilde und die übrige Ausrüstung griffbereit zwischen den Ruderbänken aufbewahren, so als würden wir uns auf einer Kriegsgaleere befinden«, sagte Giff. »Ihr seid mein Kapitän, doch die Befehlsgewalt liegt bei mir. Und jetzt lasst Kurs nach Norden nehmen, aber haltet vorerst sicheren Abstand zur Küste. Und wenn Euch noch etwas einfällt, wie wir das Schiff tarnen könnten, dann sagt es mir bitte.«

»Ihr rechnet offensichtlich damit, dass man uns verfolgt.«

»Fife wird sich, so schnell er kann, an unsere Fersen heften, und wahrscheinlich schäumt er vor Wut.«

»Er hatte immer die Absicht, nach Norden zu segeln, aber warum sollte er annehmen, dass *wir* dorthin fahren?«

»Ich kann Euch nicht vollständig einweihen, darum nur so viel: Er ist hinter etwas her, das sich seiner Meinung nach in unserem Besitz befindet. Und um das zu bekommen, würde er alles tun.«

Maxwell warf ihm einen Blick zu, der verriet, dass er an die Kiste im Laderaum dachte. Doch die Männer der Sinclairs würden sie nicht aus den Augen lassen, und Hugo hatte zweifellos dafür gesorgt, dass sich unter ihnen keine Spione befanden.

»Sagt Ihr mir unser Ziel, Sir?«, fragte Maxwell.

»Sinclair Bay in Caithness«, erwiderte Giff nur, worauf der Kapitän nickte und davonging, um dem Steuermann die entsprechenden Befehle zu geben.

Sie waren schon eine Weile ohne Zwischenfall dahingesegelt, als Jakes Gesicht plötzlich kreidebleich in der Luke zum Laderaum auftauchte. Er blickte sich suchend um, und kaum hatte er Giff am Mast erspäht, sprang er an Deck und kam auf ihn zugerannt, wobei er Haken um Männer und Ausrüstungsgegenstände schlug. Mit knapper Not kam er unmittelbar vor

Giff zum Stehen und keuchte: »Ich hab's Euch doch gesagt, da unten ist ein Klabautermann!«

Nur mit Mühe konnte Giff sich das Lachen verkneifen. »Man sollte meinen, du würdest die normalen Geräusche an Bord eines Schiffes allmählich kennen«, sagte er.

»Das tue ich auch«, entgegnete Jake entrüstet. »Ich gehe jetzt schon zwei Jahre mit auf Fahrt, seit meine Mam gestorben ist, und ich weiß sehr gut, dass der Wind zuweilen heult. Aber dass er unter Deck auch klopfen kann, ist mir neu.«

»Vielleicht gibt es da unten doch ein paar Ratten«, vermutete Giff.

»Dann müsste es aber eine schrecklich große Ratte sein!«, erwiderte Jake mit schreckgeweiteten Augen.

»Wo genau hast du das Klopfen gehört?«

»Hinten am Heck«, erklärte Jake. »Ich glaube, der Klabautermann sitzt in dem kleinen Laderaum unter der Kajüte Seiner Lordschaft. Vom großen Laderaum aus kommt man dort nicht hinein, und mein Dad hat mir verboten, durch die Kajüte zu gehen. Das würde ich auch gar nicht wollen – nicht um alles in der Welt.«

»Zeig's mir«, sagte Giff, der sich wieder an die Falltür erinnerte, die ihm Maxwell neben dem Waschtisch in der Achterkajüte gezeigt hatte. In dem kleinen Laderaum befanden sich vermutlich Fifes persönliche Vorräte, und ein Krug Whisky oder ein Fässchen Wein kämen ihm sehr gelegen, dachte Giff. Man konnte nie wissen, ob man nicht einmal Verwendung dafür hatte.

Mit jeder Minute, die verstrich, fühlte sich Sidony unbehaglicher. Sie war jetzt hellwach, aufgeweckt von lautem Durcheinander und den Rufen zahlreicher Stimmen. Augenblicklich war ihr klar, dass sie sich auf einem Schiff befand, doch da sie annahm, de Gredin habe sie auf Fifes Galeere gebracht, wagte sie es nicht, sich bemerkbar zu machen.

Von dem Gebräu, das de Gredin ihr eingeflößt hatte, war ihr

immer noch übel, doch, was noch schlimmer war, sie verspürte mittlerweile auch ein dringendes Bedürfnis.

Schließlich wollte sie rufen, doch ihre Kehle war wie ausgetrocknet. Also hämmerte sie mit den noch immer gefesselten Fäusten gegen die Wände ihres Kerkers. Eine ganze Zeit lang geschah gar nichts. Plötzlich erstarrte sie vor Schreck, als schwere Schritte über das Deck stampften. Gleich darauf wurde quietschend ein Riegel zurückgeschoben, der Deckel ihrer Kiste öffnete sich, und im grauen Zwielicht erblickte sie die Umrisse einer gebeugten Gestalt.

»Was zum Teufel macht *Ihr* denn hier?«, rief eine wohlbekannte Stimme ärgerlich, doch Sidony achtete nicht weiter darauf, sondern bat dringend: »Schimpfen könnt Ihr später, aber jetzt holt mich bitte hier raus. Ich brauche ganz dringend einen Nachttopf oder etwas dergleichen.«

Erleichtert hörte sie, wie er eine knappe Anweisung gab: »Jake, hol einen Nachttopf! Beeil dich und verrate keinem, was wir entdeckt haben!«

Dann fassten seine starken, warmen Hände sie unter den Achseln, zogen sie heraus und setzten sie auf eine Art schmale Pritsche. Während er ihre Hand- und Fußfesseln löste, erkannte sie zu ihrem Erstaunen, dass sie sich gar nicht in einer Kiste befunden hatte. Durch eine geöffnete Falltür konnte sie in einen winzigen abgeteilten Bereich des Laderaums hinunterblicken.

Giff richtete sich auf und umfasste ihre Arme. »Wie seid Ihr bloß hierher gekommen?«

»Bitte Sir, ich bin ja wirklich froh, Euch zu sehen, aber wenn der Nachttopf nicht bald kommt …«

Mit einem Schritt war er an der Tür und sagte: »Danke Jake. Schließ jetzt die Tür, und denk daran: zu niemandem ein Wort.« Endlich brachte er ihr das ersehnte Nachtgeschirr.

»Oje, ich glaube, ich kann nicht stehen!«, rief sie verzweifelt, während sie sich vergeblich bemühte, auf die Beine zu kommen.

»Lasst mich Euch helfen«, erwiderte er. Seine Stimme war sanft, beinahe zärtlich.

Ihr blieb nichts anderes übrig, denn ihre Hände schmerzten vom Hämmern gegen die Wände, und in ihren tauben Füßen stach es wie von tausend Nadeln, als sie sich jetzt aufrichtete.

Es war ihr peinlich, unter diesen Umständen ihre Notdurft zu verrichten, doch es ging nicht anders. Also biss sie die Zähne zusammen und ließ sich von ihm stützen. Als sie sich endlich erleichtern konnte, begannen die Tränen zu fließen, die sie so lange zurückgehalten hatte.

Während er ihr schweigend half, ihre Kleidung zu ordnen, bemerkte sie, dass das Dämmerlicht in der Kajüte von einem geöffneten Bullauge kam, dessen Klappe mit einem Haken an der Wand befestigt war. Darunter stand in einem Winkel ein schmales Tischchen. Giff führte sie wieder zu der Pritsche und begann, ihre immer noch tauben Fußknöchel zu reiben. Die Berührung seiner Hände war warm, doch er blickte sie missbilligend an. »Hugo und Rob glauben, Fife hätte Euch gefangen genommen.«

»Das wäre ihm auch beinahe gelungen«, erwiderte sie. Mit einem Blick auf das offene Bullauge und ein weiteres, geschlossenes, an der gegenüberliegenden Wand fügte sie hinzu: »Dürfen wir hier frei sprechen, oder kann uns jemand hören?«

Er folgte ihrem Blick und erwiderte: »Nein, nicht durch diese Bullaugen. Dahinter ist nichts als Wasser. Vermutlich könnte sich jemand flach auf das Dach der Kajüte legen und sich dann vorsichtig über den Rand bis zum Fenster hinunterschieben, aber das würde bestimmt auffallen. Also berichtet mir nun, wie Ihr hierher gekommen seid.«

Sie teilte ihm alles mit, was sie wusste, und war erstaunt, dass er bereits von ihrer Entführung durch de Gredin erfahren hatte. »Er befahl seinen Männern, Fife davon zu unterrichten«, sagte sie. »Der Graf würde mich selbst verhören, sagte er. Aber wie ich hergekommen bin, weiß ich nicht«, fuhr sie fort. »De Gredin zwang mich, ein scheußliches Gebräu zu trinken, das mich einschlafen ließ, und als ich wieder aufwachte, befand ich mich, glaube ich, in einem Stall im Hafen von Leith. Dann flößte er mir noch mehr von dem Trunk ein, und ich war sicher, dass er mich auf Fifes Schiff bringen wollte. Ich habe keine Ahnung, wieso ich auf Eurem gelandet bin.«

»Das hier ist Fifes Schiff«, erwiderte er zu ihrer Überraschung.

»Und wie habt Ihr gemerkt, dass ich an Bord bin?«, wollte sie wissen.

Giff wurde mulmig, als er sich ausmalte, wie leicht sie Fife in die Hände hätte fallen können, wenn er, Giff, nicht zufällig die Gelegenheit ergriffen und sich der *Serpent* bemächtigt hätte. Zornig dachte er daran, dass sie durch ihren eigenen Leichtsinn und durch die Gedankenlosigkeit ihrer Verwandten in diese Lage geraten war. Doch als er sich vorstellte, dass sie die ganze Zeit dort unten gelegen hatte, während er mit Maxwell trank, lief ihm ein kalter Schauer über den Rücken. Schließlich hätte sie ersticken oder an de Gredins Gift sterben können.

Hätte sie nicht so zerbrechlich gewirkt und ihn so ernsthaft und verschreckt angesehen, dann hätte er sie am liebsten abwechselnd geschüttelt, in die Arme genommen und übers Knie gelegt. Auf jeden Fall musste er ihr klarmachen, dass er sich von ihr nicht um den Finger wickeln ließ.

All diese Gedanken schossen ihm durch den Kopf, bevor er in unwirschem Ton erwiderte: »Ich hatte keine Ahnung, dass Ihr Euch an Bord befindet, und es hätte ebenso gut passieren können, dass ich mir ein anderes Schiff suche. Dann säßet Ihr jetzt Fife gegenüber und nicht mir. Könnt Ihr Euch denken, was er von Euch wollte?«

Angesichts seines schroffen Tonfalls weiteten sich ihre Augen ein wenig, doch sie sagte nur: »De Gredin ließ ihm ausrichten, dass Fifes Feinde ihm nun alles erzählen müssten, was er wissen wollte. Vielleicht meinte er damit, dass Ihr und die anderen ihm verraten würden, wo der Schatz ist.«

Im Dämmerlicht der Kajüte wirkten ihre Pupillen riesig. Sie hatte ihren Kopfputz verloren, einen Bluterguss am Kinn und zerzaustes Haar. Doch ihre bloße Gegenwart erregte ihn. Dass sie selbst unter diesen Bedingungen eine solche Wirkung auf ihn ausübte, ärgerte ihn, und er nahm sich vor, sich nicht von ihrem Charme verzaubern zu lassen und ihr deutlich zu machen, wie dumm es von ihr gewesen war, sich so leichtfertig in Gefahr zu begeben.

»Es war töricht von Euch, so weit von der Stadt fortzureiten und schließlich noch Ealga Clendenen zurückzulassen und allein vorzupreschen.«

»Aber das habe ich doch gar nicht! Ich hatte zwei Männer dabei!«, protestierte sie.

»Zwei Männer! Und wie viele hatte de Gredin?«

Fast schien es, als würde auch sie langsam ungehalten, dennoch antwortete sie mit gewohnt ruhiger Stimme: »Ich habe sie nicht gezählt. Zwei schickte er los, um Fife Meldung zu machen, vier behielt er bei sich, und den restlichen befahl er, zurückzureiten und die Wagen der Gräfin zu durchsuchen.«

»Und was, glaubt Ihr, ist mit Euren beiden Männern geschehen?«

Sidony fröstelte vor Angst; ihre Stimme klang auf einmal leise und verzagt: »Ich ... ich weiß nicht. Gegen die Übermacht hatten sie keine Chance, also ritten sie mit de Gredins Männern zu Isabellas Wagenzug. Die Angreifer haben ihnen bestimmt nichts getan, weil doch Hugos Männer den Zug begleiteten.«

Bei ihren Worten war sein Blick weicher geworden, doch als sie schwieg, machte er abermals eine finstere Miene, baute sich vor ihr auf und hielt ihr eine gehörige Standpauke, so wie Hugo es getan hätte, wenn er da gewesen wäre.

Sie bedauerte nur, dass er aufgehört hatte, ihre Knöchel zu massieren. Zwar hatte sie jetzt wieder Gefühl in den Beinen, doch seine Berührung war trotzdem sehr angenehm gewesen.

Erst allmählich kam es Sidony zu Bewusstsein, dass er sich genauso benahm wie Hugo und ihre Schwestern, die glaubten, sie herunterputzen zu können, wann immer ihnen etwas an ihrem Verhalten nicht passte.

Daher unterbrach sie kurzerhand seinen Wortschwall und fragte: »Habt Ihr tatsächlich dieses Schiff gestohlen?«

»Ja, und das war Euer Glück«, blaffte er, bevor er mit seiner Tirade fortfuhr.

Doch sie musste ihn unbedingt noch etwas fragen. Also unterbrach sie ihn abermals: »Was habt Ihr jetzt mit mir vor?«

»Was ich mit Euch machen *sollte,* weiß ich genau«, knurrte er. »Aber was ich tun werde …« Er verstummte und funkelte sie drohend an.

»Zurückbringen könnt Ihr mich nicht, denn mittlerweile ist Fife bestimmt schon hinter Euch her«, erwiderte sie. »Wie lange brauchen wie noch bis zu unserem Ziel?«

»Ungefähr acht Stunden, nehme ich an«, antwortete er knapp.

»Du lieber Himmel! Ich wusste nicht, dass wir schon so lange unterwegs sind. Wo sind wir eigentlich genau?«

»Irgendwo am Eingang zum Firth, westlich der Insel May.«

»Ihr wollt mich doch wohl nicht mitten in Fifes Grafschaft an Land setzen, Sir!«

»Ich dachte eher an St. Andrews. Es liegt günstig in einer Bucht und …«

»Aber St. Andrews gehört auch noch zu Fifes Ländereien!«, rief sie entrüstet.

»Der Himmel bewahre mich vor gebildeten Frauenzimmern«, brummte er. »Aber wie auch immer, dort lebt auch der Bischof von St. Andrews. Er wird dafür sorgen, dass Ihr sicher nach Edinburgh zurückkommt. Bei mir könnt Ihr jedenfalls nicht bleiben. Denkt an Lestalrics Worte, dass Ihr mich dann heiraten müsstet.«

»Das hat er bestimmt nicht ernst gemeint«, erwiderte sie.

»Meine Güte, Mädchen, Ihr befindet Euch auf einem Schiff

mit fünfzig kräftigen Männern. Habt Ihr überhaupt eine Ahnung davon, wie das Leben an Bord sein kann?«

Sie zuckte die Achseln. »Das ist wohl auf jedem Schiff so ziemlich gleich. Schließlich bin ich schon früher gereist, Sir.«

»Ja, gewiss, bis zu Eurer Schwester auf der Insel Mull.«

»Und zur Insel Eigg, wo Donald zum zweiten Lord der Inseln ernannt wurde«, erwiderte sie hoheitsvoll. »Und auch noch an andere Orte.«

»Wie lange habt Ihr Euch bei diesen Reisen an Bord aufgehalten?«

»Das spielt doch jetzt keine Rolle.«

»Ich wette, Ihr habt nicht ein einziges Mal auf einem Schiff übernachtet.«

»Isobel aber schon!«, antwortete sie, bevor ihr einfiel, dass das kein besonders gutes Argument war.

»Isobel hat Michael letztendlich auch geheiratet, nicht wahr?«, erwiderte er prompt.

»Aber schließlich seid Ihr doch genauso wenig auf eine Ehe aus wie ich«, konterte sie.

»Und eben deshalb bringe ich Euch nach St. Andrews.«

Sie funkelte ihn an. »Ich habe seit gestern Mittag nichts mehr gegessen. Falls Ihr also mit Eurer Standpauke fertig seid, könntet Ihr vielleicht etwas Essbares auftreiben?«

Im Bewusstsein, sie überzeugt zu haben, nickte er und sagte: »Ich finde schon etwas für Euch, keine Angst. Aber Ihr müsst so lange hier bleiben, denn ich wünsche nicht, dass Ihr vor den Augen der Männer da oben herumspaziert. Ihr könnt froh sein, dass ich Euch dem Bischof übergebe. Und sei es auch nur, weil er Euch bestimmt mit neuen Kleidern ausstatten kann«, fügte er hinzu. »Bis wir in Girnigoe wären, hättet Ihr dieses Reitkleid bestimmt gründlich satt.«

Fife, der in gestrecktem Galopp zum Hafen von Leith geritten war, stand nun am Ufer und starrte auf die Stelle, wo die *Serpent Royal* gelegen hatte. Seit man ihn mit der Nachricht vom Verschwinden seines Schiffes geweckt hatte, loderte der Zorn in ihm, und mittlerweile war er geradezu sprachlos vor Wut.

De Gredin stand schweigend neben ihm.

Der Graf bedachte ihn mit einem abschätzigen Blick, bevor er sich vergewisserte, dass sich seine Eskorte außer Hörweite befand. Dann sagte er: »Ich wünschte, ich könnte mich auf Euch verlassen, doch nach Eurem Verrat letztes Jahr in Hawthornden und Eurer anschließenden Flucht mit Orkney …«

Als er verstummte, sagte de Gredin: »Ich habe mich in der Tat Euren Befehlen widersetzt, als Ihr versuchtet, Lestalric zu töten, Mylord. Doch wie ich Euch bereits sagte, bevor Ihr mich wieder in Gnaden in Eure Dienste genommen habt, wart Ihr daran nicht unschuldig. Ihr habt zugelassen, dass eine persönliche Abneigung Euer ansonsten klares Urteilsvermögen trübte.«

Fife grunzte nur. Er sah die Sache ganz anders, doch jetzt war nicht die Zeit, diese Angelegenheit von Neuem durchzukauen. »Und aus welchem Grund seid Ihr mit Henry Sinclair nach Norden geflohen?«

»Das war zweifellos ein Fehler. Doch offen gestanden hatte ich die Befürchtung, dass Ihr mir wegen meines Ungehorsams nach dem Leben trachten könntet. Daher fühlte ich mich auf Girnigoe sicherer. Außerdem hoffte ich, die Orkney-Inseln eingehend erkunden zu können.«

»Aber gefunden habt Ihr nichts.«

»Ich konnte, wie gesagt, nur den Ort in Augenschein nehmen, an dem Henry sein Schloss errichten will. Doch neben Henry und Lestalric wissen ja noch andere über den Verbleib des Schatzes Bescheid.«

»Eben«, erwiderte Fife.

»Offensichtlich seid Ihr noch immer der Ansicht, Ihr hättet Lestalric töten sollen. Doch damit hättet Ihr nicht nur den König gegen Euch aufgebracht, der sich normalerweise stets Euren Wünschen fügt, sondern Ihr hättet Euch auch die

Feindschaft von Lestalrics Freunden zugezogen. Die Sinclairs und die Douglas' gehören zu den einflussreichsten Familien Schottlands, Mylord.«

»Da ein Mitglied der Stewarts auf dem Thron sitzt, ist meine Familie ja wohl die mächtigste.«

»Das wissen wir beide doch besser«, entgegnete de Gredin geradeheraus. »Der Name Stewart steht noch nicht in allzu hohem Ansehen, und wenn sich die Adeligen gegen Euch wenden, wird das Parlament sich ihnen anschließen. Und als kluger Politiker wisst Ihr genau, was das bedeuten würde, Sir. Meine Dienstherren wissen über Eure Lage ebenfalls genau Bescheid.«

»Herren? Der Papst ist doch nur eine Person«, erwiderte Fife und musterte sein Gegenüber argwöhnisch.

»Das ist wohl wahr, Mylord, aber ich spreche nur selten direkt mit ihm. Ebenso wie Seine Gnaden, der König, umgibt sich auch Seine Heiligkeit mit einem Kreis von Ministern und Beratern. Normalerweise ist es die Aufgabe seines Sekretärs, dafür zu sorgen, dass die Erlasse Seiner Heiligkeit befolgt werden. Er ist es auch, der mir und anderen die Wünsche seines Herrn übermittelt.«

»Ich verstehe.«

»Zweifellos«, sagte de Gredin und blickte wieder aufs Wasser hinaus. »Doch um wieder auf unsere gegenwärtige missliche Lage zurückzukommen, Mylord, so muss man doch zugeben, dass MacLennan einfach bewundernswert ist.«

»Bewundernswert?«

»Aber ja. Wir können es zwar noch nicht beweisen, doch es spricht alles dafür, dass er hinter diesem Geniestreich steckt. Wenn man schon keinen Sieg erringen kann, ist es doch sinnvoll, die Kraft des Gegners zu schwächen, nicht wahr? Und genau das hat er getan, indem er Euer schönes Schiff geraubt hat.«

»Das sehe ich anders«, erwiderte Fife mit mühsam beherrschtem Zorn. Er fragte sich, ob de Gredin ihn mit diesem

Geschwätz nur reizen wollte. »Da ich in allen Belangen der Bevollmächtigte Seiner Gnaden bin, hat MacLennan sich mit dem Raub des Schiffes an der Krone vergangen. Und dafür wird er hängen.«

»Gewiss, doch zuerst einmal müssen wir ihn zu fassen bekommen«, sagte de Gredin.

»Zuerst einmal brauche ich ein anderes Schiff«, entgegnete Fife ein wenig pikiert. »Ich muss überlegen, wer von den Adeligen hier an der Küste über ein geeignetes verfügt.«

»Wenn wir herausfinden wollen, wohin er gefahren ist, müssen wir auf der Stelle aufbrechen, Mylord«, gab de Gredin zu bedenken. »Wir sind doch beide davon überzeugt, dass die Sinclairs einen Teil des Schatzes an einen anderen Ort bringen wollen, doch hier im Hafen kann MacLennan keine Fracht an Bord genommen haben, ohne Aufsehen zu erregen. Selbst Eure unfähigen Spitzel hätten es bemerkt, wenn er die *Serpent* an einem der Kais hätte anlegen lassen.«

»Ja, aber irgendwo muss er den Schatz ja verladen haben. Ich brauche unbedingt ein Schiff, um die Verfolgung aufzunehmen, aber ich kenne mich an der Küste nicht aus«, sagte Fife. »Habt Ihr eine Idee, wo er die Fracht aufgenommen haben könnte?«

»Das spielt jetzt keine Rolle mehr, denn bestimmt ist er schon mit dem Schatz auf und davon«, erwiderte de Gredin. »Aber der Holländer hat gesagt, dass MacLennan nach Norden wollte, und wir haben doch ein Schiff zur Verfügung – zwei sogar. Hier im Hafen liegen zwei schnittige Langboote.«

14

Als Giff die Kajüte verließ, fiel Sidony wieder ein, wie sie am Tag zuvor alle Gedanken auf ihn konzentriert hatte, um sich nicht Fifes grässliche Verhörmethoden vorstellen zu müssen. Es hatte sie beruhigt, sein Bild heraufzubeschwören. Und nun wollte er sie irgendeinem strengen Bischof übergeben, der höchstwahrscheinlich mit Fife unter einer Decke steckte. Am liebsten hätte sie Giff durchgeschüttelt. Die Vorstellung, einen Mann zu schütteln, der dreißig Zentimeter größer und um einiges schwerer war als sie, brachte sie zum Schmunzeln. Während sie behutsam aufstand, wunderte sie sich darüber, welch widersprüchliche Gefühle dieser Mann in ihr auslöste. Die meisten Menschen, die sie kannte, waren vergleichsweise unkompliziert, doch bei Giff MacLennan wusste man nie, was er im nächsten Augenblick anstellen würde.

Er hatte nichts dabei gefunden, dass sie allein durch den Wald bei der Abtei streifte. Und selbst als sie Hugos Namen erwähnte, schien er nur amüsiert.

Außerdem hatte er sie geküsst – zweimal, nein, sogar dreimal. Der erste war ein geraubter Kuss gewesen, doch die anderen …

Meine Güte, dachte sie, der Mann ist ja ein gewohnheitsmäßiger Dieb! Sie stand jetzt wieder einigermaßen sicher auf den Beinen, wenn man von einem leichten Schwindelgefühl absah, das durch das Schwanken des Schiffes ausgelöst wurde. Außerdem hatte sie ein wenig Platzangst in der engen Kajüte, und ihr knurrte der Magen.

Er erwartete doch wohl nicht von ihr, dass sie allein hier unten speiste. Vorsichtig lenkte sie ihre Schritte zur Tür, öffnete sie und trat hinaus.

Am Himmel dräuten dunkle Wolken, und die Luft war kühl und feucht, aber immer noch wesentlich angenehmer als in der stickigen Kajüte.

Zu ihrer Rechten befand sich der Platz des Steuermannes, und auf den Bänken legten sich die Männer, jeweils zu zweit an einem Ruder, in gleichmäßigem Rhythmus in die Riemen, obgleich sich ein Segel, so groß, wie sie noch keines gesehen hatte, im Wind blähte. Auf den Inseln wurde eine Galeere, die Lasten beförderte, *birlinn* genannt, doch dieses Schiff hier sah ganz anders aus. Die *Serpent* war länger und am Heck breiter gebaut. Außerdem stieg das Dollbord zum Vordersteven und zum Heck hin stufenförmig an – und es gab zwei Kajüten.

Sidony sah, dass sie sich an der engsten Stelle des Firth befanden und erkannte ein Stück voraus die Insel May mit ihren hohen Klippen und dem alten Kloster darauf. Sie hatten beinahe den Eingang zum Firth erreicht.

In diesem Augenblick näherte sich Giff auf der Laufplanke, die, ein wenig höher gelegen als die Ruderbänke, in der Mitte des Decks verlief. Als Sidony ihn kommen sah, zog sie die Tür rasch wieder zu und machte sich auf seine Vorwürfe gefasst.

Seine Miene war beinahe so finster wie der Himmel, die Augen tief dunkelgrau wie Sturmwolken, als er mit den Worten: »Ich habe Euch doch gesagt, Ihr sollt hier unten bleiben«, in die Kajüte trat.

»Ich will aber nicht«, entgegnete sie ein wenig zaghaft und doch stolz darauf, dass sie es schon zum zweiten Mal gewagt hatte, ihm zu widersprechen. »Ich war so lange eingesperrt und brauche jetzt unbedingt frische Luft. Von den Männern auf diesem Schiff wird mir keiner etwas zuleide tun, es sei denn …« Sie zögerte und blickte ihm dann direkt ins Gesicht. »Fürchtet Ihr etwa, dass sie Euch nicht gehorchen, Sir?«

»Nein, Mädchen, das nicht«, erwiderte Giff. Ihre ernsthafte Frage belustigte ihn, doch er ließ es sich nicht anmerken, damit sie nicht dachte, er wolle sich über sie lustig machen.

Sie bot wirklich einen bedauernswerten Anblick. Das grüne Reitkleid war staubig und zerknittert, und ihre Wangen zeigten verdächtige Schmutzstreifen, die nur von Tränen herrühren konnten. Allein dafür würde er de Gredin schon zur Rechenschaft ziehen.

»Wenn Ihr Euch unbedingt draußen aufhalten wollt, setzen wir uns dort drüben auf die Bank«, sagte er und deutete auf einen Platz auf dem Achterdeck in der Nähe des Steuermannes. »Bildet Euch nicht ein, dass Ihr mich immer so leicht herumkriegen könnt«, fügte er hinzu. »Auf diesem Schiff habe immer noch ich das Sagen, und Befehlsverweigerung dulde ich bei Euch ebenso wenig wie bei meinen Männern.«

»Ich wollte mich nicht widersetzen; ich habe einfach Hunger«, erwiderte sie.

»Nun gut, ich kann Euch ein paar Brötchen und Pökelfleisch anbieten. Also kommt jetzt mit und setzt Euch dorthin.«

Er schaute zu seinen Männern hinüber. Trotz des starken Windes hatte er jedes Ruder mit zweien von ihnen bemannt, da er so schnell wie möglich die offene See erreichen wollte. Diejenigen, die gerade nicht ruderten, ruhten sich zwischen den Bänken aus, gingen ein wenig auf und ab, um ihre verkrampften Muskeln zu lockern, oder widmeten sich verschiedenen Arbeiten. So zerzupften sie beispielsweise alte Taue zu Werg, das sie mit Pech mischten, um die Fugen des Schiffes damit zu kalfatern.

Weiter vorn unterhielten sich zwei Männer, und über ihnen auf dem Vorschiff klammerte sich Hob Grant an den Vordersteven und hielt Ausschau. Keiner von ihnen blickte zu Giff hinüber, doch er wusste, dass alle ihn und das Mädchen bemerkt hatten.

Maxwell, der am Steuerruder stand, wandte keinen Blick von den rollenden Wogen.

»Wo ist Jake?«, fragte Giff ihn.

Mit einem Kopfnicken wies Maxwell zum Bug, wo der

Junge an Steuerbord zwischen zwei Ruderbänken kauerte. Er hatte die verschränkten Arme auf eine Bank gelegt und stützte das Kinn darauf. Die Männer schienen sich nicht an seiner Anwesenheit zu stören, doch Jake hätte es sowieso nicht bemerkt, da er nur Augen für Sidony hatte. Plötzlich schien der Junge Giffs Blick zu spüren. Er schaute ihn an und wurde sofort rot.

Als Giff ihn zu sich winkte, kletterte Jake widerstrebend auf die Laufplanke und kam heran, wobei er seine Gangart geschickt dem Rollen des Schiffes anpasste.

Leise sagte Giff zu Sidony: »Diesem Burschen habt Ihr Eure Befreiung zu verdanken, Mylady. Er hielt Euch nämlich für einen Klabautermann.«

»Ich habe ihm bestimmt einen gehörigen Schrecken eingejagt«, erwiderte sie. »Aber ich bin froh, dass mich jemand gehört hat.«

»Für den Nachttopf habt Ihr ihm auch zu danken«, bemerkte Giff schmunzelnd.

Sie errötete, erwiderte jedoch tapfer: »Lacht Ihr nur, Sir. Ich bin ihm jedenfalls sehr verbunden.«

»Jake, das ist Lady Sidony Macleod«, stellte Giff sie vor, als Jake herangekommen war. Er hatte sich noch nicht ganz die Kappe vom Kopf gerissen und eine hastige Verbeugung gemacht, da platzte er auch schon heraus: »Wie seid Ihr denn in den kleinen Laderaum gekommen, Mylady?«

»Ein böser Mann hat mich dort eingesperrt«, erwiderte sie lächelnd. »Sir Giffard hat mir erzählt, dass du es warst, der mein Klopfen gehört hat.«

»Ja schon, aber es hat mir vielleicht einen Schreck eingejagt! Ich dachte, die Klabautermänner wollten uns alle holen. Habt Ihr eigentlich keinen Kamm dabei, Mylady?«

Sidony, die bisher noch keinen Gedanken an ihr Aussehen verschwendet hatte, betastete erschrocken ihr Haar und blickte an ihrem Kleid herunter. »Oje, ist es wirklich so schlimm?«, fragte sie Giff.

»Ihr seid ganz schön zerzaust, Mylady«, erklärte Jake unbefangen. »Und außerdem habt ihr einen ordentlichen blauen Fleck im Gesicht. Wie seid Ihr denn daran gekommen?«

»Der böse Mann hat mich geschlagen«, erwiderte sie mit einem Blick auf Giff.

Der hatte schon vermutet, dass de Gredin für die Blessur verantwortlich war, und nahm sich vor, ihm auch das heimzuzahlen. Zu Sidony sagte er gleichmütig: »Ihr seid so schön wie immer, Mädchen. Allerdings habe ich noch nie zuvor eine Frau getroffen, die nicht zuallererst an ihr Aussehen dachte.«

Sidony verzog nur das Gesicht.

»Aber nein«, erhob Jake Einspruch. »Sie ist bestimmt noch viel hübscher, wenn sie sich erstmal die Haare gekämmt und den Dreck aus dem Gesicht gewaschen hat. In der Kapitänskajüte gibt es eine kleine Waschschüssel, und wenn Ihr keinen Kamm habt, borge ich Euch meinen, Mylady.«

»Danke, Jake, das ist sehr nett von dir«, erwiderte sie mit ihrem freundlichen Lächeln.

Giff legte dem Jungen die Hand auf die Schulter und fügte hinzu: »Und ich habe dir zu danken, weil du so scharfe Ohren hast. Damit hast du deine Schulden bei mir mehr als beglichen.«

Jake machte große Augen. »Brauche ich Euch das Geld jetzt nicht mehr zurückzuzahlen?«

»Du hast uns beiden einen großen Dienst erwiesen«, antwortete Giff, um dann in strengem Ton hinzuzufügen: »Aber lass dich nicht noch einmal beim Klauen erwischen, denn dann kommst du mir nicht mehr so billig davon. Dann haue ich dir nämlich die Hucke voll. Hast du mich verstanden?«

»Ja, Sir. Mein Dad hat auch schon gesagt, dass ich dann was erleben könnte«, erwiderte der Junge nur. »Ich werde nie wieder etwas nehmen, was mir nicht gehört.«

Er kramte in seiner Jackentasche herum und zog schließlich einen angebrochenen beinernen Kamm hervor, den er Sidony mit einer erneuten ungeschickten Verbeugung überreichte.

»Du brauchst doch nicht …«, setzte Giff an, doch Sidony unterbrach ihn.

Mit den Worten: »Vielen Dank, Jake«, nahm sie den Kamm lächelnd entgegen und fügte hinzu: »Ich habe nur das bei mir, was ich auf dem Leib trage. Daher bin ich dir ganz besonders dankbar.«

»Oh bitte, gern geschehen«, sagte der Junge, bevor er sich an Giff wandte: »Schwört Ihr, dass ich diesen verflixten Shilling nicht zurückzahlen muss?«

»Zweifelst du etwa an meinem Wort?«, fragte Giff.

»Nein, gewiss nicht. Aber es war schon ziemlich dumm, dem Pastetenmann einen ganzen Shilling zu geben.«

Bevor Giff etwas erwidern konnte, legte sich eine warme Hand auf seinen Unterarm, und so sagte er nur: »Also gut, ich schwöre es, Jake.« Dann wandte er sich an Sidony: »Ich wollte gerade vorschlagen, dass wir in Fifes persönlichem Gepäck, das seine Leute an Bord gebracht haben, nach einem Kamm oder einer Bürste suchen.«

Sie warf den Kopf zurück. »Ich würde niemals etwas benutzen, das diesem schrecklichen Kerl gehört! Jakes Kamm reicht mir vollkommen.«

Da strahlte der Junge, und Giff sagte: »Und jetzt verschwinde, Jake. Geh den Ruderern nicht auf die Nerven und richte den Männern am Segel aus, dass sie es ein wenig nachlassen sollen.«

»Aye-aye, Sir!«, rief Jake grinsend und rannte eilfertig davon.

»Wie schafft er es nur, auf dieser schmalen Planke so schnell zu laufen?«, fragte Sidony. »Ich kann kaum darauf stehen, ohne mich irgendwo festzuhalten.«

»Jake hat die meiste Zeit seines Lebens auf Schiffen verbracht«, antwortete Giff und sah zu, wie einer der Ruderer einen Kameraden zu sich winkte, damit er ihm mit dem Segel zur Hand ging. »Ich könnte mir sogar vorstellen, dass es für ihn jedes Mal eine Umstellung ist, auf festem Boden zu laufen. Auch Ihr würdet Euch mit der Zeit an das Schwanken des

Schiffes gewöhnen, Mädchen. Wenn Ihr lange genug an Bord bleiben würdet, wollte ich damit sagen«, fügte er hinzu.

Darauf gab sie keine Antwort, sondern beschäftigte sich damit, ihren Rock glatt zu streichen. Kurz darauf fragte sie beiläufig: »Wie wollt Ihr wissen, wo wir uns befinden, sobald wir den Firth verlassen haben?«

»Habt Ihr Angst, wir könnten in die Irre fahren?«, fragte er lächelnd zurück.

Ihre Miene blieb ernst. »Nein, natürlich nicht. Ich sagte Euch doch, dass ich schon früher auf einem Schiff mitgefahren bin. An der Westküste segelt man ja meist in Sichtweite des Festlands oder einer der Inseln, doch ich habe es auch schon erlebt, dass bei dichtem Nebel die Küste nicht mehr auszumachen war. Trotzdem sind wir immer heil ans Ziel gekommen, und ich habe mich oft gefragt, wie die Seeleute das machen.«

Zum ersten Mal seit vielen Jahren musste Giff bewusst über Dinge nachdenken, die ihm in Fleisch und Blut übergegangen waren. »Wir benutzen selbstverständlich einen Kompass«, erklärte er schließlich. »Doch daneben richten wir uns auch nach der Färbung des Himmels und nach dem Lauf von Sonne, Mond und Sternen. Falls die Küste in Sichtweite ist, merken wir uns auffällige Punkte. Und mit Hilfe des Stundenglases messen wir nicht nur die Zeit, sondern berechnen auch Entfernungen. Außerdem lernt man mit den Jahren, das Verhalten des Meeres zu deuten.«

Sidony, die gerade versuchte, mit der Hand ihr Haar ein wenig zu glätten, hielt mitten in der Bewegung inne und starrte ihn verblüfft an: »Was, um alles in der Welt, kann man denn daran erkennen, außer ob die See ruhig oder rau ist?«

»Einem erfahrenen Seemann verrät es eine Menge. So verläuft die Dünung meist in eine Richtung. Eine genaue Beobachtung der Wellen hilft einem, den Kurs des Schiffes zu bestimmen, denn je näher man der Küste kommt, desto häufiger gibt es Gegenströmungen, die teilweise sogar entgegen der Dünung verlaufen. So ist man rechtzeitig vor Gefahren gewarnt.«

»Aber in der Nähe der Küste lauern unter Wasser doch bestimmt viele Hindernisse.«

»Das stimmt, und deshalb benutzen die meisten Kapitäne eine sogenannte Portolankarte, in der alles Wissenswerte verzeichnet ist, was sie selbst oder andere über die Küsten entlang ihres Kurses wissen. Sie vermerken dort Dinge wie Orientierungspunkte, Zeitspannen, Entfernungen, Richtungen, Meerestiefen und Gezeiten.«

»Führt Ihr selbst auch eine solche Karte?«

»Auf meinem eigenen Schiff schon, und Maxwell hat eine für unseren gegenwärtigen Kurs, da Fife dieselbe Route nehmen wollte. Ich kenne mich auf der See sehr gut aus, Mädchen«, versicherte er. »Ihr müsst nämlich wissen, dass ich seit frühester Jugend nicht nur auf dem offenen Meer und den Meerengen bei Kintail gesegelt bin, sondern auch in den Meeresarmen, wo die Wind- und Strömungsverhältnisse besonders tückisch sind. Ihr wart doch bestimmt schon einmal auf dem Loch Hourn, südlich von Glenelg.«

»Ja, sicher.«

»Durch das enge Tal fegt der Wind mit Macht aus allen Richtungen. So kann es geschehen, dass er in einer Minute von hinten, in der nächsten von der Seite und gleich darauf von vorn kommt. Während unserer Ausbildung auf Dunclathy segelten wir immer in kleinen Booten auf dem Loch Earn, wo die Verhältnisse sehr ähnlich sind. Natürlich kann man sich mit Rudern behelfen, doch ein guter Kapitän ist stets darauf gefasst, dass der Wind sich dreht, und erkennt es im Voraus an der Dünung. Diese Fertigkeiten sind besonders nützlich bei Nebel. Dann kann man sich sanft von den Wellen an den Strand tragen lassen, ohne dass das Schiff auf Felsen aufläuft.«

Während ihres Gesprächs blickte Sidony immer wieder zu den Ruderern hinüber, zupfte an ihrem Kleid oder strich sich über die Haare. Daran merkte Giff, dass Jakes arglose

Bemerkungen sie so in Verlegenheit gebracht hatten, dass sie sich nicht richtig auf die Unterhaltung konzentrieren konnte.

»Ihr möchtet bestimmt wieder unter Deck gehen, Mädchen«, sagte er daher. »Warum sagt Ihr es nicht einfach? Meine Güte, Ihr zittert ja richtig!«

Errötend blickte sie ihn an und erwiderte kleinlaut: »Ich wollte Euch keine Gelegenheit zu der Bemerkung geben, dass ich lieber auf Euch hätte hören sollen.«

Lachend stand er auf und reichte ihr die Hand. Als sie sie ergriff, fiel ihm auf, wie gut ihre Hände sich ineinanderfügten. »Ich komme mit«, sagte er. »Ich möchte nämlich nachsehen, was Mylord Fife uns an Kämmen und Kleidern und dergleichen hinterlassen hat.«

So gut es ging, entwirrte Sidony ihre Haare mit Jakes ramponiertem Kamm, während Giff in der Kajüte des Earl of Fife alle Kisten und Behälter mit den Habseligkeiten des Grafen durchwühlte. Dabei förderte er erfreut mehrere feine Hemden zutage, die – wie er sich sagte – sowohl seine als auch ihre Garderobe bereichern würden. Außerdem fand sich eine silberne Garnitur aus Kamm und Bürste, die Sidony entrüstet zurückwies, eine Kleiderbürste, zwei schwarze Wämser, eines davon mit Silberspitze besetzt, sowie vier schwarzseidene Pluderhosen und ein Paar Stiefel, die ihm zu klein und ihr viel zu groß waren. Vielleicht würde sich Maxwell darüber freuen.

»Ich will seine Kleider nicht tragen«, sagte sie.

»Das braucht Ihr auch nicht«, erwiderte er. »Bis die Sonne untergeht, seid Ihr wohlbehalten im Bischofspalast. In einer der Kisten hier habe ich einen schönen dicken Wollumhang gefunden. Der wird Euch warm halten, wenn es noch kühler wird.«

»Ich will aber nicht …«

»Hört mal, Mädchen«, unterbrach er sie in entschiedenem Ton, »mit dem Kamm ist es etwas anderes, aber glaubt nicht, ich würde Euch erfrieren lassen, nur weil Ihr zu stolz seid.«

Er hatte die Kajütentür offen gelassen, die nun bei jeder Bewegung des Schiffes gegen die Wand schlug. Sidony stand auf, um sie zu schließen.

»Lasst sie offen«, sagte er. »Ich möchte, wenn es irgend geht, jeden Skandal vermeiden. Bis auf Jake, seinen Vater und einen weiteren Mann gehören alle an Bord zu Sinclairs Leuten, aber ich würde mich nicht wundern, wenn sogar einige von ihnen auf die Idee kämen, ich hätte Euch selbst irgendwie an Bord geschmuggelt.«

»Aber wie denn?«

»Das ist doch egal. Denen reicht es schon, dass ich in dem Ruf stehe, impulsiv zu sein und Unmögliches zu bewirken«, erwiderte er. »Solange Ihr an Bord seid, müssen wir daher jeden Anschein von Unschicklichkeit vermeiden.«

Also ließ Sidony die Tür offen und versuchte zu überhören, dass die Kante mit jedem Heben und Senken des Schiffes gegen die Wand krachte. An ihrer Kleidung konnte sie nichts ändern, und ihr Haar hatte sie so ordentlich gerichtet, wie es ihr ohne Schleier und Haarnetz möglich war. Sobald Giff die Kajüte verlassen hatte, wollte sie sich, so gut es ging, waschen.

»Jake erwähnte eine Waschschüssel, Sir. Habt Ihr außer den Trinkwasservorräten noch Wasser und vielleicht auch ein Handtuch und ein Stückchen Seife an Bord?«

Giff fand beides in dem kleinen Waschtischchen, das an der Wand gegenüber den Kojen befestigt war, unmittelbar hinter der Falltür, unter der er Sidony entdeckt hatte.

»Nehmt so viel Wasser, wie Ihr braucht. Wir können unsere Vorräte in St. Andrew auffüllen, falls das nötig ist. Und jetzt muss ich mit Kapitän Maxwell reden«, sagte er dann und berichtete ihr, dass Fifes Kapitän der *Serpent* sich bereit erklärt hatte, an Bord zu bleiben und sein Wissen über das Schiff und die Küstengewässer in Giffs Dienste zu stellen.

»Vertraut Ihr ihm?«, fragte sie, als er schon in der Tür stand.

Nach kurzem Überlegen antwortete er: »Ich glaube schon. Mir scheint, das Schiff ist ihm wichtiger als seine Treuepflicht gegenüber Fife. Vielleicht verrät er auch mich irgendwann, doch ich komme im Moment nicht ohne ihn aus. Und außerdem kann ich mir nicht vorstellen, dass er seinen Jungen in Gefahr bringen würde.«

Sie nickte. Zweifellos wäre es sowohl für Maxwell als auch für seinen Sohn fatal, wenn sie Fife in die Hände fielen, nachdem der Kapitän sich das Schiff hatte stehlen lassen. Doch sie konnte auch Giffs Standpunkt verstehen. Männer seines Schlages ließen sich oft stärker von Kalkül als von Mitleid lenken.

Doch die Tatsache, dass er dem Grafen nicht nur das Schiff, sondern auch noch den Kapitän weggenommen hatte, würde Fife zweifellos zur Weißglut treiben und seine Rachegelüste noch weiter anstacheln. Giff fand diese Vorstellung vermutlich erheiternd, doch sie fragte sich, ob er, was sein Vertrauen in Kapitän Maxwell anging, nicht zu leichtsinnig war. Noch immer in Gedanken versunken, begann sie, sich frisch zu machen.

Trotz des Zorns über den Verlust seines Schiffes wurde Fife hellhörig, als de Gredin von seinen zwei Booten im Hafen sprach. Dabei kamen dem Grafen unliebsame Erinnerungen in den Sinn.

»Was wollt Ihr damit sagen: *zwei Langboote?*«, fragte Fife. »Zuerst habt Ihr mir eine ganze Flottille wohlbewaffneter päpstlicher Schiffe versprochen. Dann war die Rede von mindestens sechs, und jetzt sind es nur zwei!«

»Das ist ja nur der Anfang«, beschwichtigte ihn de Gredin. »Sie sind als Erste hier, weil sie so schnell sind. Die übrigen kommen bestimmt bald nach. Aber es ist doch gut, dass wir wenigstens die zwei haben, so können wir uns unverzüglich an die Verfolgung machen. Wenn wir uns beeilen, könnten wir die *Serpent* sogar überholen und ihr den Weg abschneiden.«

»Verlangt Ihr etwa von mir, dass ich mit Euch in so einen Kahn steige und mir nichts, dir nichts lossegle?«, fragte Fife entrüstet. Was hätte er jetzt um eine eigene Flotte gegeben!

»Dafür traue ich Euch, ehrlich gesagt, nicht genug, auch wenn ich MacLennan unbedingt in die Hände bekommen will.«

»Das erwarte ich auch gar nicht, Mylord. Ihr wollt gewiss Eure getreuen Mannen um Euch haben. Uns bleibt noch genügend Zeit, um die Männer zu sammeln und Eure persönliche Ausrüstung herbeischaffen zu lassen. Währenddessen sorge ich dafür, dass die beiden Schiffe zur Abfahrt bereit sind, und hinterlasse eine Nachricht für diejenigen, die nachkommen.«

»Aber verratet nicht zu viel«, ermahnte ihn Fife. »Die Ruderer brauchen nicht zu wissen, worum es geht. Sie sollen einfach tun, was man ihnen befiehlt.«

»Das werden sie schon«, erwiderte de Gredin. »Außerdem wissen wir ja selbst nicht genau, was MacLennan eigentlich befördert. Seit Isabellas Abreise blieb ihnen jedenfalls nicht genug Zeit, den Schatz von Roslin zu holen. Sie müssen ihn also bereits zuvor hierhergebracht haben.«

»Ja, wahrscheinlich«, pflichtete Fife ihm bei. »Wir hätten jeden einzelnen Wollkarren in Schottland durchsuchen müssen, auch wenn ich nicht weiß, wie das hätte gehen sollen. Auf jeden Fall haben wir jeden Wagen kontrolliert, der Roslin Castle verließ.«

»Das dachten wir zumindest«, entgegnete de Gredin.

»Blödsinn!«, fuhr der Graf ihn an. »Immerhin geht es um einen riesigen Schatz, der – wie Ihr selbst gesagt habt – mehrere Schiffsladungen umfasst. Wenn die Sinclairs ihn tatsächlich auf Roslin Castle oder in der Schlucht versteckt hatten, hätten sie ihn auf keinen Fall in einer einzigen Fuhre fortschaffen können.«

»Das bedeutet, dass nur ein Teil davon auf Eurem Schiff sein kann. Und wir haben keine Ahnung, wo sich der Rest befindet. Waldron war davon überzeugt, dass sie bereits etwas davon weggebracht hätten, und jetzt ist die nächste Ladung dran. Wenn wir ihnen folgen, werden Sie uns zu ihrem neuen Versteck führen.«

»Wir wissen, dass sie schon letztes Jahr etwas dorthin verschifft haben, und um ein Haar hätten wir auch herausbekommen, wo es ist«, erwiderte Fife. Sein vorwurfsvoller Blick ließ keinen Zweifel daran, wen er für ihr Scheitern verantwortlich machte.

»Sehr richtig«, entgegnete de Gredin ohne eine Spur von Schuldbewusstsein. »Doch damals wie heute haben wir nichts in der Hand als Eure Überzeugung, dass sie wirklich einen Teil des Schatzes in ihrem Besitz haben.«

Aufgrund der Informationen, die ihm seine Spitzel zugetragen hatten, war Fife ganz sicher, dass sie auf der Jagd nach dem Stück aus dem Templerschatz waren, das für Schottland das Wertvollste überhaupt darstellte. Doch das wollte er de Gredin nicht auf die Nase binden. Daher sagte er nur achselzuckend: »Was sollte denn sonst diese ganze Geheimniskrämerei?«

»Das, Mylord, sollten wir sie selbst fragen, sobald sie in unserer Gewalt sind. Erlaubt mir die Bemerkung, dass es nützlich sein könnte, unter dem königlichen Banner zu segeln.«

Fife nickte knapp. Er war verstimmt, weil de Gredin ohne Weiteres davon ausging, dass er, Fife, mitkommen würde. Doch falls er sich weigerte, würde sich der Chevalier allein an die Verfolgung MacLennans machen – und das wäre vollkommen undenkbar. Fife dachte gern gründlich über das Für und Wider einer Sache nach, bevor er eine Entscheidung traf. Doch dafür hatte er jetzt keine Zeit, und außerdem blieb ihm ohnehin nichts anderes übrig, wenn er den Stein der Vorsehung sein Eigen nennen und seine herrliche *Serpent* wiederhaben wollte.

Lady Sidony hatten beide mit keinem Wort erwähnt, doch das war auch nicht nötig. Wenn sie sich an Bord der *Serpent* befand, würde MacLennan sie unweigerlich finden. Zum Glück für Fife wusste sie nur, dass der Schurke de Gredin sie entführt hatte.

Eine Anklage gegen de Gredin käme ihm vielleicht später durchaus gelegen, dachte Fife. Er hatte den Chevalier allmählich satt.

Obwohl Giff erst zweimal in St. Andrews gewesen war, erkannte er sofort die Silhouette der beiden Türme der Kathedrale und den Bischofspalast, der auf einer Klippe an der Südspitze der Bucht lag. Als es dunkel wurde, flammten einzelne Lichter in einem Flügel des Palastes und unten am Strand auf.

In diesem Augenblick kam das Mädchen aus der kleinen Kajüte, wo es während der vergangenen Stunden geschlafen oder sich anderweitig beschäftigt hatte. Als Sidony ihren Fuß auf die Laufplanke setzte, ging er ihr entgegen und bat sie, sich wieder mit ihm auf die Ruderbank zu setzen.

Ihr erstaunter Blick verriet ihm, dass sein Ton ein wenig brüsk gewesen war, doch ihm ging noch immer das Gespräch, das er soeben mit Maxwell geführt hatte, durch den Kopf.

»Ich weiß, Ihr habt meinem Jake gesagt, er soll keinem verraten, wo Ihr das Mädchen gefunden habt, Sir«, hatte Maxwell mit besorgter Miene gesagt. »Das ist ja alles schön und gut, doch gerade eben hat mir der Junge erzählt, dass es schon Gerede unter den Männern gibt.«

Giff spürte, wie er zornig wurde. »Ach ja?«, fragte er.

»Ja, und man kann es ihnen auch nicht verdenken«, erwiderte Maxwell. »Die Männer würden nie im Leben auf die Idee kommen, dass wir die Lady unter Deck gefunden haben. Jake hat nichts davon weitergesagt, weil Ihr es ihm strikt verboten habt.«

»Das war vielleicht ein Fehler«, musste Giff zugeben. »Aber sie sollen unbedingt wissen, dass ich sie nicht an Bord geschmuggelt habe. Ihr und Jake habt doch letzte Nacht in dieser Kajüte geschlafen. Hat er den Männern das denn nicht gesagt?«

»Nein, weil er ja keine Ahnung davon hat, was sie sich

denken. Doch ihr Gerede behagt ihm nicht, und deshalb dachte ich mir, ich sage Euch Bescheid, bevor er sich noch in die Nesseln setzt. Ihr wollt sie doch hier an Land bringen, oder? Der Bischof wird bestimmt dafür sorgen, dass sie wieder sicher zu ihrer Familie kommt.«

Genau das hatte Giff vorgehabt, doch aus dem Mund des Kapitäns klang es seltsam. Und als er jetzt in Sidonys große Augen blickte, wurden seine Zweifel noch größer. Den Grund dafür wusste er selbst nicht, denn schließlich bestand kein Anlass, Maxwell zu misstrauen, zumindest, was die Sicherheit des Mädchens anging.

Gewiss, die Stadt lag auf dem Territorium des Earl of Fife, dem er zutiefst misstraute. Doch andererseits war St. Andrews das kirchliche Zentrum Schottlands. Seine Bürger sahen sich in erster Linie als Untertanen der Kirche und dann erst des Königs der Schotten oder seines Sohnes. Allerdings war es durchaus möglich, dass der gerissene Fife sich Verbündete in der Stadt gesucht hatte, vielleicht sogar den Bischof selbst. Und wenn der ihm verriet, dass Sidony sich in St. Andrews aufhielt …

Schweigend gingen sie zu der Bank, wo sie bereits am Nachmittag gesessen hatten. Dabei fiel ihm auf, dass sie trotz des Seegangs schon ein wenig sicherer auf den Beinen war. Also verzichtete er darauf, ihr seinen Arm zu reichen, und sagte auch nichts, obgleich ihr Schweigen ihm langsam unbehaglich wurde. Es verursachte ihm vage Gewissensbisse.

Bei der Bank angekommen, berührte er sacht ihren Arm und sagte leise: »Ich wollte nicht so barsch zu Euch sein, Mädchen, und ich hoffe, Ihr nehmt es mir nicht übel.«

»Nein, Sir. Ist das dort drüben St. Andrews?« Ihre Stimme klang viel matter als gewöhnlich.

»Ja«, erwiderte er. »Die hohen Türme da hinten gehören zu der berühmten Kathedrale.«

»Bringt Ihr mich selbst an Land?«

»Selbstverständlich, aber erst, wenn ich weiß, ob der Bischof anwesend und bereit ist, Euch sicher nach Edinburgh zurückzubringen.«

»Das wäre wahrscheinlich das Beste.«

Ihre leise, ausdruckslose Stimme verriet, was sie wirklich dachte, doch er musste hart bleiben. Es war seine Pflicht, für ihre Sicherheit zu sorgen, und das war unmöglich auf einem Schiff, das eine derart kostbare Fracht an Bord hatte und auch noch verfolgt wurde.

»Habt Ihr Hunger?«, fragte er.

»Der Bischof wird sich bestimmt darum kümmern, dass ich etwas zu essen bekomme. Glaubt Ihr, Fife ist schon hinter uns her?«

»Vielleicht noch nicht, denn er besitzt ja kein anderes Schiff«, antwortete er.

»Er ist ein mächtiger Mann«, entgegnete sie. »Bestimmt findet er jemanden, der ihn hierher bringt. Und dann wird er schnell herausfinden, dass Ihr in diesem Hafen angelegt habt.«

»Habt Ihr Angst, dass dem Bischof etwas zustoßen könnte, wenn er Euch hilft, oder fürchtet Ihr um Eure Sicherheit?«, fragte er. Trotz seiner eigenen Bedenken amüsierte er sich über ihre leicht zu durchschauende Taktik.

Jetzt schien sie wirklich ungehalten, denn sie antwortete steif: »Ich kann mir nicht vorstellen, dass Fife es wagen würde, dem Bischof von St. Andrews etwas anzutun. Aber was wollt Ihr dem Bischof eigentlich über mich erzählen?«

»Das weiß ich noch nicht. Ich muss mir eben etwas einfallen lassen.«

»Solltet Ihr Euch das nicht lieber vorher überlegen? Ihr könnt ihm ja schlecht sagen, dass Ihr Fifes Schiff gestohlen und mich darauf gefunden habt.«

»Den Earl of Fife und sein Schiff werde ich bestimmt nicht erwähnen«, erwiderte er gelassen.

»Aber die *Serpent* ist ein auffälliges Schiff, Sir. Ich habe noch nie ein ähnliches gesehen«, erwiderte sie.

»Ihr habt eben nicht viel Erfahrung, Mädchen. Gewiss, es ist schon etwas Besonderes, aber so sehr unterscheidet es sich nun auch wieder nicht von den norwegischen Galeeren und den Frachtschiffen, die an dieser Küste verkehren.«

»Das mag ja sein, doch Fife wird sein eigenes Schiff auf jeden Fall wiedererkennen.«

»Ja, wenn er uns persönlich verfolgt, hilft wohl auch der neue Name *Ormen Lange* nicht viel. Aber ganz sicher bin ich mir da nicht.« Doch ihre Worte hatten ihm zu denken gegeben.

»Nehmt doch Platz«, sagte er. »Ich möchte noch kurz mit Maxwell reden, bevor wir den Hafen erreichen. Außerdem muss ich Euch bitten, Euch während des Anlegemanövers in der kleinen Kajüte zu verstecken, bis wir wissen, was uns hier erwartet.«

»Und was habt Ihr vor?«

»Ich will mich um eine Audienz beim Bischof bemühen«, erklärte er. »Ich werde ihm sagen, dass Euch bei dem starken Seegang übel geworden ist und Ihr deshalb auf dem Landweg nach Edinburgh zurückwollt. Wie hört sich das an?«

»Dann müsstet Ihr aber auch erklären, warum ich keine Zofe oder Anstandsdame bei mir habe.«

»Mir wird schon etwas einfallen«, versicherte er ihr und fügte hinzu: »Möchtet Ihr wirklich nichts essen?«

Als sie den Kopf schüttelte, stand er auf und ging zu Maxwell hinüber, der einige Schritte entfernt am Steuerruder stand. »Ihr habt doch bestimmt lange Leinwandplanen dabei, die Ihr wie eine Art Schutzzelt über den umgelegten Mast breitet, wenn Ihr über Nacht auf See bleiben müsst, oder?«

»Ja, gewiss, Sir«, sagte Maxwell. »Sie liegen im vorderen Laderaum.«

»Sagt den Männern, sie sollen sie herausholen und so über das Deck spannen, dass die Stufen im Dollbord nicht zu sehen sind. Sie sollen aber aufpassen, dass die Riemen nicht behindert werden, sonst müssten wir das Schiff allein mithilfe des Segels in den Hafen bugsieren. Ich will das Aussehen des

Schiffes verändern, und da es bald dunkel wird, könnte es mit den Planen klappen.«

»Die Öffnungen für die Riemen liegen tief genug am Rumpf, aber die Täuschung wird nur so lange funktionieren, bis es hell wird.«

»Sobald ich hier alles erledigt habe, machen wir uns wieder auf den Weg«, erwiderte Giff.

Kurz darauf beobachtete Sidony von der Tür zur Achterkajüte, wie die Männer die Leinwandplanen so befestigten, dass die abgestufte Silhouette nicht mehr zu erkennen war. Dann holten sie das Segel ein und ruderten das Schiff in den Hafen unterhalb der Stadt.

Nach dem Anlegen ließen sie das Beiboot zu Wasser, und Giff kletterte hinein. Sidony blickte dem Boot nach, bis es hinter einem anderen Schiff, das im Hafen lag, verschwand. Dabei überlegte sie, wie viel Giff dem Bischof verraten konnte, ohne ihren guten Ruf vollends zu ruinieren.

Plötzlich tauchte Jakes Kopf in der Tür auf. »Ich habe hier knusprige Brötchen und Käse für Euch, Mylady«, sagte er. »Soll ich sie Euch bringen?«

»Ja, komm nur herein, Jake«, antwortete Sidony, die auf einmal doch Hunger verspürte. »Möchtest du auch welche?«, fragte sie, als sie sah, wie viele Brötchen er mitgebracht hatte.

»Ja, klar«, sagte der Junge, hockte sich neben sie und reichte ihr ein Brötchen. Dann säbelte er mit seinem Messer dicke Kanten vom mitgebrachten Käse ab.

Sie ermutigte Jake, von sich zu berichten, und erfuhr auf diese Weise seine ganze Lebensgeschichte. Er konnte sehr interessant erzählen, sprang mühelos von einem Thema zum nächsten, und nur einmal verdüsterte sich seine Miene kurz, als er den Tod seiner Mutter erwähnte. Schließlich sagte er, wie sehr ihm das Leben bei seinem Vater an Bord gefiel.

»Wie kam es, dass er Kapitän im Dienst des Earl of Fife wurde?«

Jake zuckte die Achseln. »Seine Lordschaft befahl seinen Männern, den besten Kapitän ausfindig zu machen, und das war natürlich mein Dad. Ich finde, Fife sieht in seinen schwarzen Kleidern wie der Leibhaftige persönlich aus. Aber als ich das einmal zu meinem Dad gesagt habe, hat er mir eine gehörige Abreibung verpasst. Seitdem halte ich, was das angeht, lieber den Mund.«

Sidony verkniff sich das Lächeln und erwiderte: »Ich finde auch, dass er wie der Teufel aussieht, Jake. Aber vielleicht solltest du so etwas zu niemandem außer zu mir sagen. Fife ist ein sehr gefährlicher Mann.«

»Ja, mein Dad mag ihn auch nicht besonders«, nuschelte Jake mit vollem Mund. »Er sagt, Seine Lordschaft gibt einem Jungen wie mir ein schlechtes Beispiel.«

»Da hat er recht«, erwiderte Sidony. Sie fragte sich, ob sein Dad Giff für ein viel besseres Vorbild hielt.

In diesem Augenblick erschien Maxwell in der Tür und befahl knapp: »Jake, bleib bei der Lady, und kommt fürs Erste nicht heraus. Verzeiht, dass ich so kurz angebunden bin, Mylady, aber wir haben zwei Schiffe gesichtet – die beiden französischen Boote, die im Hafen von Leith lagen.«

»Aber die Franzosen brauchen wir doch nicht zu fürchten, Sir«, entgegnete Sidony.

»Normalerweise nicht, Mylady, aber diese beiden segeln unter dem Banner des Königs der Schotten.«

15

Am Ufer angelangt, sprangen Giff und die beiden Ruderer aus dem Boot, zogen es bis über den Flutsaum an den Strand und folgten dem Pfad in die Stadt. Giff war noch nie im Palast des Bischofs gewesen, doch er hatte davon gehört, dass das Gebäude einige Jahre zuvor zerstört worden war. Angesichts der beleuchteten Fenster hoffte er, dass der Bischof sich gerade dort aufhielt.

Mittlerweile war es vollkommen dunkel geworden, und der Himmel war noch immer bewölkt. So kam das einzige Licht von einer einsamen Laterne, die am Anfang des Pfades an einem Pfosten hing.

Sie begegneten niemandem außer einem jungen Priester, der ein wenig frische Luft schöpfen wollte. Doch da die Stunde der Komplet nahte, würde er wahrscheinlich bald wieder in sein Kloster zurückkehren. Da Giff nicht sicher sein konnte, dass im Städtchen noch jemand unterwegs war, sprach er ihn an.

»Verzeiht, dass ich Euch störe, Pater, aber könnt Ihr mir sagen, wo ich zu dieser Stunde Seine Eminenz, den Bischof von St. Andrews, finde?«

»Er wird wohl in der Kathedrale sein, mein Sohn. Wenn Ihr den Weg bis ganz nach oben gegangen seid, biegt nach links in die Straße ein und geht um die Klippe herum, dann ist es nicht mehr weit bis zur Kathedrale. Die Türme habt Ihr bestimmt schon von der See aus gesehen.«

Giff bejahte und dankte dem Priester. Wenige Minuten später hatten die drei Männer den Gipfel der Klippe erreicht und wandten sich nach links, wie der Geistliche gesagt hatte. Vor ihnen erhob sich die wuchtige Silhouette des Bischofspalasts, den Giff im Vorübergehen neugierig betrachtete. Als sie sich der Kathedrale näherten, öffnete sich ein weiter Blick auf das Meer. Plötzlich erspähte Giff in der Ferne zwei Langschiffe, die von Süden auf die Bucht zuhielten. Sofort fielen ihm die beiden Boote in Leith wieder ein.

»Zurück zum Schiff, Jungs, und zwar schnell. Aber wir dürfen trotzdem kein Aufsehen erregen.«

Mit raschen Schritten gelangten sie wieder auf den Pfad, der zum Hafen hinunterführte. Kurz bevor sie den Strand erreichten, kam ihnen der junge Priester entgegen.

Giff, dem eine Idee kam, hielt ihn erneut an.

»Ihr könnt doch noch nicht bei Seiner Eminenz gewesen sein, mein Sohn«, sagte der Geistliche besorgt. »Habt Ihr den Palast nicht gefunden, oder ist irgendetwas nicht in Ordnung?«

»Ja, Pater«, erwiderte Giff schlagfertig, »vielleicht könntet Ihr uns behilflich sein. Damit erspart Ihr Seiner Eminenz viel Mühe. Dürfte ich Euch bitten, kurz mit auf unser Schiff zu kommen?«

»Ist es denn so dringend, mein Sohn?«

»Ja, sehr«, antwortete Giff mit einem raschen Blick auf die weite Einfahrt zur Bucht, wo soeben der Bug des ersten Langbootes in Sicht kam. »Ich nehme doch an, dass Ihr befugt seid, alle Rituale der Heiligen Kirche zu vollziehen?«, fügte er hinzu.

»Jawohl, mein Sohn«, antwortete der Priester und erkundigte sich teilnahmsvoll: »Liegt jemand im Sterben?«

»Nein, Sir, aber wir müssen uns beeilen. Unser Schiff ist dort hinten.«

Giff erwiderte den forschenden Blick des Priesters, wobei er nur hoffte, dass der Mann nicht noch mehr Fragen stellen würde. Er schien in der Tat noch etwas sagen zu wollen, doch nach einem Blick auf die beiden nervösen Ruderer nickte er nur.

Bevor Giff ihn zum Gehen drängte, flüsterte er einem seiner Männer zu: »Findest du von hier aus zum Sinclair House zurück?« Dabei zückte er seine Geldbörse.

»Ja, gewiss, Sir«, erwiderte der Mann und nahm das Geld, das Giff ihm gab. »Aber …«

»Dann lauf dorthin und sag Lady Isobel, dass ihre Schwester bei mir in Sicherheit ist.«

»Ja, Sir, wird sofort gemacht.«

Gleich darauf stiegen Giff und seine beiden Begleiter ins Beiboot, und Giff ergriff das zweite Paar Ruder. Indem sie sich stets im Schatten der anderen Schiffe hielten, gelangten sie unbemerkt zur *Serpent.*

Während die beiden fremden Schiffe näherkamen, legte Giffs Boot an der dem Land zugekehrten Seite der *Serpent* an, und die Männer an Bord ließen eine Strickleiter herab.

Giff stellte fest, dass die ausgespannten Planen das Aussehen des Schiffes völlig veränderten. Darüber hinaus hatte Maxwell den Befehl gegeben, die Riemen einzuziehen und die Ruderöffnungen ebenfalls mit Planen zu verhängen. Dennoch gelang es ihnen problemlos, die Strickleiter wie gewöhnlich am hinteren Ende des Dollbords zu befestigen, sodass selbst der Priester ohne Schwierigkeiten an Deck klettern konnte.

Kaum war Giff hinter ihm über die Reling gestiegen, wandte er sich anerkennend an Kapitän Maxwell: »Jetzt wirkt es nicht mehr wie ein ein norwegisches *knorr,* sondern eher wie ein ganz gewöhnliches Handelsschiff.«

»Danke, Sir, aber ich denke, wir sollten uns ruhig verhalten, bis sie an uns vorbei sind«, erwiderte Maxwell. »Ich glaube nicht, dass sie unsere Gesichter erkennen können, aber sicher ist sicher. Ich habe auch den Männern gesagt, sie sollen sich unauffällig benehmen und sich nur zu zweit oder zu dritt zeigen, so als wenn sie auf Wache wären. Aber wer ist denn das?«, setzte er beim Anblick des Priesters hinzu, der sich interessiert umschaute.

»Ich traf ihn auf dem Weg in die Stadt und habe ihn zum Schutz für unseren Passagier mitgebracht«, erklärte Giff. »Aufgrund der neuesten Entwicklungen haben wir keine Zeit mehr, ihre Rückkehr nach Edinburgh zu arrangieren.«

Maxwell runzelte die Stirn. »Vielleicht könnte ja das Wort eines Priesters …«, begann er.

»Sein Wort allein wird nicht genügen«, unterbrach ihn Giff. »Aber davon muss ich sie erst einmal überzeugen.«

»Die Lady ist mit Jake in der Achterkajüte.«

»Die Lady?«, fragte der Priester argwöhnisch, doch Giff achtete nicht auf ihn, sondern wandte sich wieder an Maxwell.

»Wir machen Folgendes«, sagte er. »Die beiden Schiffe werden bald anlegen. Bis dahin müssen wir uns ruhig verhalten. Dann setzen wir das Segel und nehmen Kurs nach Osten, so als wären wir ein norwegisches Handelsschiff, das lediglich Wasser oder Proviant an Bord nehmen wollte.«

»Also bitte«, ließ sich jetzt der Priester vernehmen, ohne die Stimme zu senken. »Was soll ich eigentlich hier? Ich muss zurück zum Abendgebet.«

»Tut mir leid, Pater, aber das kann ich Euch noch nicht gestatten«, entgegnete Giff ganz ruhig. »Und bitte sprecht leise. Wir sind in großer Gefahr, und binnen Kurzem werde ich sowohl Eure Gebete als auch Eure Hilfe benötigen.«

»Aber Ihr habt doch gerade befohlen, das Segel zu setzen!«

»Stimmt.«

»Wohin fahren wir denn?«

»Nach Norden.«

»Aber Ihr sagtet doch nach Osten! Wie weit nach Norden?«

»So ungefähr hundertfünfzig bis hundertsiebzig Meilen, schätze ich.«

»Um Gottes willen, Sir, so weit kann ich nicht mitfahren! Ich muss doch zurück und bin nur mitgekommen, weil Ihr von einem Notfall gesprochen habt.«

»Glaubt mir, Sir, hier geht es um Leben und Tod.«

»Wessen Leben ist in Gefahr?«

»Meines zum Beispiel, sobald die Lady erfährt, dass ich Euch hergebracht habe«, erwiderte Giff lakonisch.

»Sir Giffard und die beiden Männer, die mit ihm an Land gegangen sind, sind wieder da«, flüsterte Jake, der mit Sidony in der Kajüte wartete. »Aber was machen sie denn jetzt?«

In dem kleinen Raum war es so dunkel, dass Sidony nur seinen Umriss in der einen Spaltbreit geöffneten Tür erkennen konnte.

»Ich weiß es auch nicht«, antwortete sie. Sie wünschte, Giff würde ihr endlich sagen, was los war. Denn wenn die beiden französischen Boote das königliche Banner trugen, befand sich bestimmt Fife an Bord. Es wäre nicht das erste Mal, dass er wie selbstverständlich unter dem Banner des Königs reiste. Und dem König der Schotten selbst war es wohl kaum plötzlich in den Sinn gekommen, nach St. Andrews zu fahren.

»Ich könnte mich rüberschleichen und sie fragen«, flüsterte Jake.

»Ja, sicher, wenn du es unbedingt auf eine Tracht Prügel anlegst.« Sie lächelte, obgleich er ihr Gesicht genauso wenig erkennen konnte wie sie das seine.

Statt einer Antwort schnaubte er nur verächtlich, doch offensichtlich sah er ein, dass sie recht hatte. Alle Männer, die er sehen konnte, standen reglos, nur einige wenige patrouillierten langsam an Deck hin und her.

»Hast du auf den anderen Schiffen hier auch Wachen gesehen?«, fragte sie ihn.

Jake dachte einen Augenblick nach, bevor er antwortete: »Ich weiß nicht genau, ob es Wachen sind, aber manchmal bleiben die Ruderer an Bord, wenn das Schiff im Hafen liegt. Die meisten von ihnen haben nämlich sonst keinen Platz, wo sie schlafen könnten.«

»Aber dann müsste man doch mehr Laternen sehen.«

»Nein, die Männer gehen bei Einbruch der Dunkelheit schlafen und stehen im Morgengrauen auf. Brennende Laternen an Bord sind eine Gefahr, besonders wenn der Wind weht. Da kann schnell ein Feuer ausbrechen, und das wäre auf einem Schiff besonders schlimm. Deshalb darf ich auch keine Fackel oder Laterne mit in den Laderaum nehmen. Mein Dad hat Angst, ich könnte sie fallenlassen. Dann müssten wir alle verbrennen, sagt er. Aber mir würde so etwas nie passieren!«

»Da bin ich sicher«, erwiderte Sidony, der es kalt über den Rücken lief. »Aber wenn es so gefährlich ist, muss man wirklich besonders gut aufpassen.«

»Ja, sicher. Aber wartet mal. Mir scheint, einer von den Männern, die mit dem Herrn an Bord gekommen sind, gehört gar nicht zu uns. Er sieht mir fast wie ein Priester aus.«

»Ein Priester?« Ihr Magen zog sich vor Schreck zusammen. Hatte Giff etwa den Bischof mitgebracht? Er hatte doch gesagt, er wolle sie zu ihm bringen. Was war, wenn der Bischof tatsächlich auf Fifes Seite stand und Fife selbst schon hier im Hafen war? »Bist du sicher, Jake?«

»Das werden wir gleich sehen«, sagte der Junge, das Auge noch immer am Türspalt. »Sir Giffard bringt ihn nämlich geradewegs hierher.«

»Um Himmels willen!«

Sie sprang auf und bemühte sich, im Dunkeln ihre Röcke zu ordnen, gab den vergeblichen Versuch jedoch gleich wieder auf. Stattdessen blieb sie ruhig stehen, atmete tief durch und versuchte, sich mit dem Gedanken daran zu beruhigen, was Giff ihr im Garten gesagt hatte – dass sie ebenso gut wie jeder andere eigene Entscheidungen treffen könne. Damit hatte er recht gehabt. Sie straffte die Schultern und beschloss zu tun, was sie für richtig hielt.

Doch sogleich kamen ihr Zweifel. »Wird er überhaupt auf mich hören?«, murmelte sie.

»Was habt Ihr gesagt, Mylady?«, fragte Jake von der Tür.

»Nichts«, erwiderte Sidony mit fester Stimme.

»Es ist wohl besser, wenn ich zuerst mit ihr rede, Pater«, sagte Giff auf dem Weg zur Kajüte.

»Vorher müssen wir beide uns unterhalten, mein Sohn. Ich möchte jetzt erfahren, was Ihr vorhabt, und zwar im Sitzen, wenn ich bitten darf. Bei dem Geschaukel wird mir ganz schwindlig.«

Er sprach jetzt leise, und Giff hoffte, er würde bereitwillig mit ihm gehen. Aber vielleicht wollte der gute Mann das alles auch nur hinter sich bringen, damit Giff ihn schnell wieder an Land brachte. Giff freute sich nicht gerade darauf, ihm zu erklären, dass das nicht möglich war. Der Priester musste mit nach Girnigoe. Von dort aus würde Henry ihn wieder sicher nach Hause bringen lassen, doch vorerst war der Priester der Einzige, der von ihrer Anwesenheit in St. Andrews wusste. Wenn sie es jetzt schafften zu entkommen, hatte Fife keine Möglichkeit herauszufinden, wo sie waren.

Er führte den Priester zu der Bank, auf der er mit Sidony gesessen hatte, und berichtete ihm von ihrer Entführung und von seiner ursprünglichen Absicht, sie zum Bischof zu bringen.

»Aber das könnt Ihr doch immer noch tun, mein Sohn. Seine Eminenz würde gut auf sie aufpassen.«

»Nein, denn ihr Entführer handelte im Auftrag von Lord Fife, der sie gefangen halten will, um ihre einflussreiche Familie zu erpressen. Aus diesem Grund ist er uns hierher gefolgt, denn es ist Fife selbst, der unter dem Banner des Königs segelt.«

»Ja, das pflegt er jetzt fast immer zu tun, nicht wahr?«

»Sehr richtig, Pater, und jetzt, wo er hier in St. Andrew ist, kann ich Lady Sidony nur retten, indem ich sie so schnell wie möglich von hier fortbringe.«

»Aber was ist mit ihrem guten Ruf? Seine Lordschaft würde ihr doch bestimmt nichts zuleide tun.«

»Ich habe mir sagen lassen, dass er einmal eine Frau aus großer Höhe über einem reißenden Fluss baumeln ließ, um sie zum Reden zu bringen«, erwiderte Giff. »Er ist absolut skrupellos und würde die Lady ohne zu zögern als Druckmittel benutzen, um etwas zu bekommen, was ihre Familie angeblich besitzt. Wie ich schon sagte, hatte ich vor, sie in die Obhut des Bischofs zu geben, doch da sie bereits eine Nacht an Bord dieses Schiffes verbracht hat, würde das wohl auch nicht mehr viel nützen.«

»Seine Eminenz würde wahrscheinlich darauf dringen, sie so schnell wie möglich zu verheiraten, um ihre Ehre zu retten.

Und mir fällt, offen gestanden, auch nichts Besseres ein. Ist dies also Euer Notfall, mein Sohn?«

»Ja. Allerdings will keiner von uns jetzt schon heiraten.«

»Habt Ihr sie gern?«

»Ja, das habe ich weiß Gott«, antwortete Giff. »Und ihr Wohlergehen geht mir über alles.«

»Dann müsst Ihr sie zur Frau nehmen. Das ist der einzige Ausweg.«

»Sie wird sich vermutlich weigern«, sagte Giff. »Mittlerweile hat sie nämlich herausgefunden, dass sie mit mir keine gute Wahl treffen würde. Und ehrlich gesagt, wäre ich wirklich ein miserabler Ehemann.«

»Dann müsst Ihr Euch eben bessern«, entgegnete der Priester streng. »Wenn die Lady nicht einverstanden ist, kann ich Euch jedenfalls nicht trauen.«

»Wenn ich es ihr vorschlage, wird sie mich bestimmt abweisen, doch von Euch würde sie sich vielleicht überzeugen lassen, wenn Ihr nur nachdrücklich genug seid«, sagte Giff.

»Wollt Ihr das wirklich?«

»Fällt Euch etwas anderes ein, das wir zu ihrem Schutz unternehmen können?«

»Nein, denn da sie schon eine Nacht auf diesem Schiff verbracht hat und noch mehrere Tage an Bord bleiben soll, werden alle das Schlimmste annehmen.«

»Dann tut, was nötig ist«, sagte Giff knapp. »Ich bringe Euch jetzt zu ihr.«

»Mit Gottes Hilfe werde ich nicht lange brauchen«, erwiderte der Priester.

Giff seufzte. Was sollte Gott von ihm halten, wenn er einen Priester entführte. Doch dann dachte er, der Allmächtige würde sicher Verständnis dafür haben, dass er sich diese Gelegenheit nicht entgehen lassen durfte.

Sidony stand neben Jake bei der Tür und sah den beiden Männern entgegen. Giff machte eine finstere Miene, und auch der Mann in der Priesterrobe blickte ernst. Er war noch sehr jung, vermutlich nicht viel älter als sie selbst.

Als die beiden in die Kajüte traten, wurde es so eng, dass Sidony in die Ecke ausweichen musste, wo die Koje an die Wand mit dem Bullauge und dem Tischchen stieß.

Giff befahl Jake, leise zu seinem Vater zu gehen, worauf sich der Junge widerwillig davonmachte.

»Hier ist ein Priester aus der Kathedrale von St. Andrews, der gerne mit Euch reden möchte, Mylady«, begann Giff und fuhr fort: »Ihr habt bestimmt schon bemerkt, dass der Earl uns eingeholt hat. Daher kann ich Euch nicht mehr dem Bischof übergeben. Uns bleibt kaum noch eine Wahl.«

»Und ich dachte schon, es wäre der Bischof persönlich«, sagte sie.

»Nein«, erwiderte Giff. »Aber ich habe ja noch gar nicht nach Eurem Namen gefragt, Pater.«

»Ich bin Pater Adam«, antwortete der Priester. »Meine Familie stammt aus Roxburghshire.«

»Das, Pater, ist Lady Sidony Macleod von Glenelg in Kintail. Wie ich bereits erwähnte, ist sie nicht freiwillig hier.«

Sidony schwieg. Sie wollte ebensowenig mit Pater Adam gehen wie mit dem Bischof.

»Ich lasse Euch jetzt allein«, sagte Giff. »Aber Ihr solltet wissen, Mädchen, dass sein Vorschlag den Wünschen Eurer Familie sehr entgegenkommen würde. Und auch ich bin … damit einverstanden.«

»Soll er mich denn nicht zum Bischof bringen?«

»Keiner darf dieses Schiff verlassen«, erwiderte Giff. »Wir setzen jetzt das Segel.«

Sidony blickte ihm nach, als er davonging und fragte sich, worauf er eigentlich hinauswollte, als er seinen Satz so stockend beendet hatte. Dann schaute sie den Priester gespannt an und wartete, was er ihr zu sagen hatte.

Doch das Schweigen in der kleinen Kajüte dauerte an, während er sie prüfend musterte.

Sie hörte das klatschende Geräusch der Taue, das Quietschen der Rahe und schließlich das Knattern der Leinwand, als das Segel gehisst wurde.

Pater Adam sagte leise: »Ihr könnt Euch wohl schon denken, was er gemeint hat, Mylady. Was das weitere Vorgehen betrifft, stimme ich mit ihm überein.«

»Solltet Ihr mir das sagen?«

»Es bleibt mir nichts anderes übrig, denn sonst gibt es keinen annehmbaren Ausweg für Euch.«

»Ich kann doch nichts dafür, dass ich hier bin«, erwiderte sie und versuchte, nicht daran zu denken, was Hugo und ihr Vater sagen würden. »Ein Schurke hat mich gefangen genommen und in den Laderaum gesperrt, um mich …«

… dem Earl of Fife zu übergeben, hätte sie beinahe gesagt, presste jedoch rasch die Lippen zusammen.

Ihr fiel ein, dass sie gar nicht wusste, was Giff dem Priester erzählt hatte. Dass er das Schiff des Grafen gestohlen hatte, bestimmt nicht.

»Ich würde mich lieber draußen mit Euch unterhalten, Mylady. Zum einen, weil es schicklicher ist, und zum anderen, weil ich Euch gern ein wenig deutlicher sehen würde.«

»Es wäre besser, wenn keiner auf den anderen Schiffen mich bemerkt, Pater.«

Er schaute enttäuscht zur Tür hinaus, bevor er einen schicksalsergebenen Blick gen Himmel sandte und sagte: »Wir haben abgelegt. Jetzt bleibt uns allen keine Wahl mehr, Mylady. Ihr müsst um Eures Rufes willen heiraten, und ich bin bereit, die Trauung zu vollziehen.«

»Muss ich wirklich Sir Giffard ehelichen?«

»Ist das sein Name?«

»Ja, Sir Giffard MacLennan. Hat er sich Euch denn nicht vorgestellt, Sir?«

»Er hat mich nur aufgefordert, ihn zu begleiten. Ist er Euch im Rang ebenbürtig?«

Sie seufzte. *Erst das Schiff, dann der Priester – Raub und Ent-*

führung. Doch laut sagte sie: »Er ist mir ebenbürtig, Sir, aber er will mich überhaupt nicht heiraten.«

»Immerhin hat er die Verantwortung für Euch übernommen, indem er Euch auf diesem Schiff behielt. Und außerdem hat er sich bereit erklärt, sich mit Euch zu vermählen. Daher ist es nur recht und billig, dass die Eheschließung unverzüglich stattfindet.«

»Muss ich sonst noch etwas tun, wenn ich ihn heirate?«

Sie spürte, wie er zusammenzuckte, und glaubte zu sehen, dass er rot wurde, doch er erwiderte langsam und feierlich: »Eine Ehefrau muss sich stets dem Willen ihres Gatten fügen.«

»Aber man kann eine Ehe doch später annullieren lassen, nicht wahr?«

Er runzelte die Stirn. »Ein solches Vorgehen würde ich nicht empfehlen.«

»Aber es ist möglich, oder?«

»Unter bestimmten Umständen ja. Zum Beispiel, falls Euer Gatte feststellen muss, dass Ihr keine Jungfrau mehr seid.«

»Oder wenn ich mich seinem Willen nicht beuge?«

»Das könnte unliebsame Folgen für Euch haben, Mylady. Vergesst nicht, dass ein Ehemann das Recht hat, seine Ehefrau zum Gehorsam zu zwingen. Da wäre es besser, wenn Ihr ihn gar nicht erst ehelichen würdet. Ich rate Euch dringend zu heiraten, möchte Euch jedoch nicht verschweigen, dass ich nach schottischem Gesetz die Trauung nicht ohne Euer Einverständnis vollziehen darf.«

Nun musste sie also eine Entscheidung treffen. Sie hatte nicht die geringste Lust, einen Mann zu heiraten, der sie nicht wollte, und öffnete schon den Mund, um dem Priester ihren Entschluss mitzuteilen. Da erstand vor ihrem inneren Auge plötzlich das Bild ihres Vaters und der restlichen Familienmitglieder, die allesamt wütend auf sie waren.

Es bestand kein Zweifel, dass sie sich ihnen letzten Endes fügen musste. Denn ob der Priester sie nun unterstützte oder nicht, einem ausdrücklichen Befehl ihres Vaters durfte sie sich nicht widersetzen. Wer konnte schon wissen, wie viele Nächte sie noch gemeinsam mit Giff an Bord verbringen musste; und da sich Gerüchte auf den Inseln in Windeseile verbreiteten, war der Skandal vielleicht schon perfekt, wenn sie nach Hause kam. Schließlich hatte auch ihre Schwester Isobel ihren Michael heiraten müssen, obwohl sie nur eine einzige Nacht lang allein mit ihm gewesen war, und das auch nur, um sein Leben zu retten.

Wenn sie sich dagegen jetzt gleich einverstanden erklärte …

Bei diesem Gedanken verblich die Vision ihrer wutschnaubenden Verwandten.

Während seiner leisen Unterredung mit Maxwell behielt Giff abwechselnd die beiden anlegenden Langboote und die Tür zur Achterkajüte im Auge. Als kurz darauf die Passagiere der beiden Boote an Land gingen und sich sogleich auf den steilen Weg zur Stadt machten, während die Mannschaft ihr Nachtlager am Strand aufschlug, gab Giff den Befehl, den Anker einzuholen und das Segel zu hissen.

Sogleich blähte der Wind die Leinwand, und obwohl sie gegen die einlaufende Flut ansegeln mussten, gewannen sie rasch an Fahrt und nahmen Kurs aufs offene Meer. Wenn sie erst einmal die Bucht hinter sich gelassen hatten, dann konnten sie bei zunehmender Dunkelheit den Kurs ändern, ohne von der Stadt aus gesehen zu werden.

»Habt Ihr erkennen können, wie viele Mann an Land gegangen sind?«, fragte er Maxwell.

»Mir schien, es waren mindestens acht«, antwortete der Kapitän. »Einer von ihnen war zweifellos der Graf. Seine Gestalt und seine stolze Haltung sind unverkennbar. Habt Ihr keine Angst, dass er von Eurer Anwesenheit erfährt?«

»Der Hafen ist bei Weitem nicht so belebt wie der von Leith, und offenbar hat niemand uns besondere Beachtung geschenkt«, sagte Giff. »Andererseits waren wir schon fast bis zur Kathdrale hinaufgestiegen, als ich die Langschiffe mit dem königlichen Banner bemerkte.«

»Dann hat Euch bestimmt jemand gesehen; da möchte ich wetten.«

»Wie auch immer, wir werden jedenfalls schon weit weg sein, bevor Fife auf die Idee kommt, sich die Schiffe im Hafen genauer anzusehen. Außerdem wird er sich bestimmt noch die Zeit für eine Unterredung mit dem Bischof nehmen.«

»Ja, nachdem er so großartig unter dem königlichen Banner angerauscht kam, kann er jetzt unmöglich einfach wieder verschwinden, ohne dem Bischof seine Aufwartung zu machen«, pflichtete Maxwell ihm bei.

»Vermutlich werden sie über Nacht bleiben. Falls diese Langboote voll bemannt sind, können sie sehr schnell sein. Aber da französische Schiffe nur selten so weit nach Norden kommen, werden sie schwerlich so viele Informationen über die Gezeiten, Entfernungen und Gefahrenpunkte haben, wie in Eurer Portolankarte verzeichnet sind.«

»Außerdem ist der Graf kein guter Seemann, Sir. Er mag keine kleinen Schiffe und hat Angst, zu nahe an der Küste entlangzusegeln. Seekarte hin oder her, hat er einmal gesagt, wo ein Riff aus dem Wasser ragt, gibt es unter der Oberfläche bestimmt noch ein paar Dutzend mehr.«

»Wahrscheinlich geht er davon aus, dass wir nicht in einem der größeren Häfen anlegen, sondern über Nacht draußen auf dem Meer ankern. Doch da er uns so dicht auf den Fersen ist, will ich den günstigen Wind unbedingt ausnützen«, erwiderte Giff.

»Verzeiht, Sir, aber wie, glaubt Ihr, hat der Graf die französischen Seeleute so schnell überreden können, ihn hierher zu bringen?«

»Das war wohl eher das Werk des Chevaliers de Gredin«, erwiderte Giff. »Sein Vater war Gesandter am französischen Hof in Paris, daher hat der Chevalier dort sicher einflussreiche Freunde.« *Falls das nicht der Grund ist,* dachte Giff bei sich, *haben wir es möglicherweise mit einem viel gefährlicheren Gegner zu tun, als wir dachten.*

Er hätte zu gern gewusst, was in der Achterkajüte gesprochen wurde. In einem Augenblick wünschte er, Pater Adam könnte sie überzeugen, im nächsten hoffte er, es würde ihm nicht gelingen. War er vielleicht so ein eingebildeter Laffe, dass ihm ihr Einverständnis geschmeichelt hätte, obwohl er selbst gar nicht heiraten wollte?

»Glaubt Ihr, dieser Kirchenmann kann die Lady überreden?«, sagte Maxwell leise.

»Ich weiß es nicht«, musste Giff zugeben. »Sagt den Männern, sie sollen die Planen vom Dollbord entfernen und die Riemen bereit machen. Wir brauchen sie, damit wir bei der Kehre nicht zu nahe ans Ufer geraten.«

Gerade als Maxwell davonging, um die Befehle zu geben, sah Giff die schlanke Gestalt des Priesters aus der Kajütentür treten.

Vor Spannung zog sich Giffs Magen zusammen, und er wunderte sich selbst, wie wichtig ihm Sidonys Antwort war. Als er mit raschen Schritten zu dem Geistlichen hinüberging, redete er sich selbst ein, er beeile sich nur, um dem Pater die Hand zu reichen, damit er auf dem schwankenden Deck nicht stürzte.

»Was hat sie gesagt?«, fragte Giff.

»Sie ist einverstanden«, antwortete der Priester. »Aber ich muss Euch sagen …«

»Hauptsache, sie will«, unterbrach ihn Giff. »Ich werde das tun, was das Beste für sie ist. Vermutlich wird es sowieso Zeit, dass ich eine Familie gründe. Da werdet Ihr mir bestimmt beipflichten.«

»Was das betrifft …«

»Bringen wir es hinter uns«, sagte Giff. Trotz der Kühle waren seine Handflächen schweißfeucht.

»Jetzt gleich?«

»Ja, sicher, bevor sie es sich anders überlegt. Ich habe keine Lust, mich mit dem Mädchen zu zanken, also beeilen wir uns lieber.«

»Ich kann nicht behaupten, dass mir die Sache behagt, mein Sohn.«

»Überlegt doch mal, Pater«, erwiderte Giff eindringlich. »Für sie wäre es doch viel besser, sie käme als verheiratete Frau an unserem Ziel an und nicht als das zerzauste Mädchen, das eine ganze Woche mit fünfzig rauen Männern auf einem Schiff verbracht hat.«

»Ein gutes Argument«, musste Pater Adam zugeben. »Aber wenn sie einverstanden ist, könntet Ihr sie doch auch durch eine einfach Eheerklärung heiraten. Dazu brauchtet Ihr den Segen der Kirche nicht.«

»Das wäre nur ein Notbehelf«, erwiderte Giff. Er wunderte sich, dass der Priester gar nicht mehr so angetan von der Idee schien wie zuvor. Doch letzten Endes spielte das keine Rolle, wenn er nur seine Pflicht erfüllte. »Ich glaube kaum, dass in diesem Fall eine einfache Eheerklärung ihren Ruf retten würde«, setzte Giff hinzu. »Es wäre auf jeden Fall besser, wenn wir Euren Segen hätten, meint Ihr nicht auch?«

»Nun gut, dann aber sofort.«

Giff, der plötzlich nervös wurde, versuchte, sich vor dem Priester nichts anmerken zu lassen. »Wisst Ihr die Worte, die Ihr bei einer Trauung sprechen müsst?«

»Dafür wird es schon reichen, mein Sohn. Aber ich glaube, ich sollte Euch sagen, dass …«

»Nein, jetzt nicht, Pater. Lasst uns lieber zur Tat schreiten.«

Der Priester seufzte. »Also gut, Sir. Lady Sidony wartet bereits.«

Giff nickte und stellte sich dabei vor, wie Sidony ihn in einer richtigen Schlafkammer auf Duncraig erwartete. Sie trug nichts als einen dünnen seidenen Morgenrock, und das glänzende silberblonde Haar fiel ihr offen über den Rücken. Die Vorstellung erregte ihn, doch zugleich musste er ein wenig wehmütig lächeln. Eine Hochzeitsnacht auf einem Schiff war im Vergleich dazu bestimmt keine besonders romantische Angelegenheit.

Als Sidony Schritte hörte, begann ihr Herz laut zu pochen. Worauf hatte sie sich da nur eingelassen – und noch dazu mit Giff MacLennan?

Sie war davon ausgegangen, dass er ihr seinen Willen nicht nach Lust und Laune aufzwingen würde, doch was wusste sie in Wahrheit schon von dem Mann? Jedenfalls nicht genug, um sich ganz sicher zu sein.

Seine Gestalt füllte den gesamten Türrahmen aus und verdunkelte die Kajüte vollends.

»Ihr seid also einverstanden, Mädchen?«, hörte sie seine sanfte Stimme aus dem Dunkel. Da geschah etwas mit ihr; ihr Mund war noch immer wie ausgetrocknet, doch die Worte kamen ihr leichter als erwartet über die Lippen.

»Ja, ich bin einverstanden«, erwiderte sie. »Ich weiß zwar nicht, ob es die richtige Entscheidung ist, aber alle anderen würden es bestimmt so sehen. Ich will einfach nicht, dass sie mir ständig damit in den Ohren liegen, und dass mir der Skandal ein Leben lang anhängt.«

»Das ist Grund genug«, sagte Giff. »Kommt herein, Pater. Wir sind bereit.«

»Wir benötigen mindestens zwei Zeugen, mein Sohn.«

Giff schnappte sich Jake, der vor der Tür stand. »Hol deinen Dad und Hob Grant«, befahl er ihm. »Und sag deinem Dad, er soll eine Laterne mitbringen.«

Endlich war es so weit. Sie hatten die Bullaugen mit den Holzläden verschlossen, sodass die Kajüte im sanften Licht der Laterne lag, die an einem Haken von der Decke baumelte. Nachdem sich Hob und die beiden Maxwells ebenfalls in den Raum gezwängt hatten, begann Pater Adam.

Sidony erschien die Zeremonie erstaunlich kurz. Nur einmal, nachdem Giff sein Treuegelöbnis nachgesprochen hatte, gab es eine kleine Verzögerung, als Pater Adam ihn nach dem Trauring für die Braut fragte.

Da Giff keinen hatte, zog Wat Maxwell den Ring von seinem linken kleinen Finger und reichte ihn Giff mit den

Worten: »Der hat meiner Frau gehört, Junge, aber Ihr könnt ihn gerne nehmen, bis Ihr einen für die Lady besorgen könnt. Den hier bekommt später Jake für seine Braut.«

Dankend nahm Giff den schmalen Silberring entgegen und streifte ihn Sidony mit schwer zu deutender Miene über den Finger.

Sie starrte darauf, während sie ihr Jawort gab und der Priester die Trauformel sprach. Besondere Betonung legte er auf den Schluss, als er die Braut aufforderte, gehorsam Tisch und Bett mit ihrem Gatten zu teilen. Als sie Giffs Lächeln sah, dachte sie ärgerlich, dass *er* nichts dergleichen schwören musste. Bei seinem Ehegelöbnis hatte der Pater keine Stelle hervorgehoben.

Schließlich schloss Pater Adam mit den Worten: »Kraft des mir von der Heiligen Kirche verliehenen Amtes erkläre ich Euch zu Mann und Frau. Ihr dürft Eure Braut jetzt küssen, Sir Giffard.«

Als er Sidony den kleinen Silberreif über den Finger streifte, war Giff sonderbar zumute, und die Erkenntnis, dass sie nun seine Frau war, verstärkte dieses Gefühl noch. Bei ihrem Anblick wurde seine Kehle eng. Er war stolz darauf, was er getan hatte, auch wenn sie noch immer dieselben Kleider trug wie bei ihrer Entführung und ihr Haar trotz aller Bemühungen alles andere als ordentlich aussah.

Ohne Zögern kam er der Aufforderung des Priesters nach, die Braut zu küssen. Dazu legte er ihr eine Hand unter das Kinn, hob ihr Gesicht leicht zu sich empor und berührte mit den Lippen sanft ihren Mund. Er musste lächeln, als er sah, wie ihre Augen im Lampenlicht blitzten.

»Es ist üblich, die Eheschließung allen Anwesenden zu verkünden, Sir Giffard«, sagte der Priester. »Daher sollten wir das frohe Ereignis auch Eurer Mannschaft mitteilen.«

»Dann geht und sagt es ihnen«, murmelte Giff. »Und macht die Tür hinter Euch zu.«

Gleich darauf fiel die Tür mit einem lauten Klicken ins

Schloss, und sie waren allein. Giffs Befürchtung, sein Körper könnte ihn in dieser Umgebung im Stich lassen, erwies sich als unbegründet. Er griff nach den Schnürbändern ihres Reitkleides.

»Bitte nicht, Sir«, ließ sich Sidony da vernehmen. »Ich habe mich bereit erklärt, Euch zu heiraten, aber das ist alles.«

In St. Andrews hatten sich Fife, de Gredin und, bis auf zwei, alle Männer aus dem Gefolge des Grafen auf den Weg zur Kathedrale gemacht, um den Bischof zu treffen. Kurz darauf, nach der Komplet, bat er die Neuankömmlinge zum Abendessen in seinen Palast, wo sie, wie Fife erwartet hatte, auch ein Nachtlager erhielten. Auf keinen Fall hätte er die Nacht auf diesem Langboot verbracht, wo er sich denkbar unbehaglich gefühlt hatte.

Ursprünglich war de Gredin von der Idee, in St. Andrews haltzumachen, nicht begeistert gewesen, doch als Fife ihm erklärte, dass MacLennan das Mädchen umgehend an Land bringen würde, sobald er sie gefunden hatte, änderte der Chevalier seine Meinung. Wo, hatte der Graf argumentiert, wäre sie Giffs Ansicht nach wohl besser aufgehoben als in der Obhut des Bischofs?

So saßen sie denn nach einem vorzüglichen Abendessen an der Tafel des Bischofs und sprachen seinem ausgezeichneten Wein zu, als ein Lakai mit den Worten eintrat: »Verzeiht, Eminenz, aber da ist ein Mann aus dem Hafen mit einer Botschaft für Mylord Fife.«

16

In der Kajüte hielt Giff die Schnürbänder ihres Mieders noch immer in der Hand und starrte seine Braut an: »*Was* habt Ihr gesagt?«, fragte er.

»Ihr habt mich schon verstanden«, erwiderte Sidony ruhig.

»Ja, aber ich traue meinen Ohren nicht«, antwortete er und ließ die Arme sinken, um nicht in Versuchung zu geraten, das Mädchen zu schütteln.

In sachlichem Ton, um sie nicht noch mehr durcheinanderzubringen, sagte er: »Unsere Ehe ist erst dann gültig, wenn wir sie vollzogen haben.«

»Mag sein, Sir, aber ich habe meine Entscheidung getroffen.«

»Dafür habt Ihr Euch einen verdammt schlechten Zeitpunkt ausgesucht«, gab er zurück.

»Ihr selbst habt mich davon überzeugt, dass ich fähig bin, Entscheidungen zu treffen«, erinnerte sie ihn. »Also habe ich meinen Entschluss gefasst und werde auch dabei bleiben. Immerhin seid Ihr schuld an dem ganzen Dilemma, denn schließlich hättet Ihr mich ja schon zweimal an Land setzen können. Das erste Mal, als Ihr mich nicht nach Lestalric zurückgebracht habt, und dann noch einmal in St. Andrews. Dort hätte Pater Adam mich sehr wohl zum Bischof führen können.«

»Aber Ihr wolltet doch nicht zum Bischof!«

»Stimmt, aber das ändert nichts an meiner Entscheidung. Ich habe Euch geheiratet, um keinen Skandal zu verursachen und meinen Vater und den Rest der Familie nicht gegen mich aufzubringen. Und wenn Ihr es nicht herumposaunt, dass ich nicht gewillt bin, mit Euch zu schlafen, braucht es ja niemand zu erfahren.«

»Eine Ehe wird für das ganze Leben geschlossen. Wollt Ihr mich denn ewig zurückweisen?«

»Das habe ich noch nicht entschieden«, erwiderte sie mit abgewandtem Blick. »Ihr seid mir, ehrlich gesagt, viel zu unbedacht, Sir, Ich mag es nicht, wenn alles in Hast und ohne reifliche Überlegung geschieht, doch für Euch scheint das eine Selbstverständlichkeit zu sein. Fürs Erste möchte ich Euch daher empfehlen, Euch zu beherrschen.«

»Jetzt hört mir mal zu«, sagte er, bereits etwas verstimmt. »Bis wir Lestalric erreicht hätten, wären Hugo und die anderen bestimmt schon fort gewesen. Und selbst wenn wir es geschafft hätten, dort vor Anker zu gehen, hätten wir Euch unmöglich rechtzeitig nach Hause bringen können. Fife war uns schneller auf den Fersen, als ich gedacht hätte.«

»Ich hätte doch einfach nach Lestalric laufen können.«

»Redet nicht so einen Unsinn! Die beiden Boote, die Fife sich verschafft hat, sind wesentlich schneller als unser Schiff. Habt Ihr gesehen, wie lang diese französischen Schiffe sind, wie viele Ruderer sie haben und wie wenig Wind sie benötigen? Wenn wir uns länger aufgehalten hätten, wären sie schon vor uns in St. Andrews gewesen. Von dort sind wir übrigens nur um Haaresbreite entkommen. Falls Fife herausfindet, dass wir da waren, wird er uns noch erbitterter verfolgen.«

»Ihr hättet mich sofort an Land bringen sollen«, sagte sie eigensinnig.

»Vielleicht überrascht es Euch ja, aber ich hatte an Wichtigeres zu denken als daran, wie Ihr nach Hause kommt«, entgegnete er. »Zum Beispiel muss ich meine Fracht sicher abliefern. Das müsst Ihr doch einsehen.«

»Also ist diese Kiste mit Geschmeide oder was auch immer das Einzige, was Euch wichtig ist?«

»Kiste mit Geschmeide …?« Er brach ab, als ihm klar wurde, dass er sich in mehr als einer Hinsicht auf gefährliches Terrain begab. Doch sie hatte schon verstanden.

»Besteht ein Schatz denn nicht aus kostbaren Juwelen?«,

fragte sie. »Eben einfach aus *Dingen.* Für einige Leute mag so etwas ja von Wert sein, doch ich muss sagen, Sir, mir bedeutet Verwandtschaft und Familie mehr als jeder Schatz. Und eine solche Einstellung erwarte ich auch von meinem Gatten. Tatsache ist doch, dass wir einen Teil des Schatzes an Bord haben, der, soweit wir wissen, seit seinem Verschwinden vor fast hundert Jahren noch niemandem Glück gebracht hat. Was würde es schon ausmachen, wenn der Earl of Fife oder sonst jemand diesen Teil an sich brächte, wenn danach endlich alle Beteiligten in Sicherheit wären?«

»Setzt Euch«, wies er sie an und zeigte dabei auf eines der kleinen Bänkchen am Tisch. »Wir müssen uns einmal gründlich unterhalten, meine verehrte Gattin, und falls Ihr mich nicht anhören wollt, lasst Euch gesagt sein, dass ich das Recht habe, Euch dazu zu zwingen. Lasst es nicht darauf ankommen, denn das könnte Euch noch leid tun.«

Sidony erwiderte trotzig seinen Blick, bereute es jedoch sofort. Im Grunde verstand sie selbst nicht, warum sie so widerspenstig war. Sie hatte sich ihre Argumente sorgfältig zurechtgelegt, sie so ruhig vorgebracht wie nur möglich und damit gerechnet, dass er zwar überrascht, doch auch verständnisvoll reagieren würde. Schließlich hatte er selbst einmal gesagt, wie schlimm es sein musste, wenn man ständig anderen gehorchen musste.

Daher war sie genauso überrascht, dass er sich offenbar auf einen Streit mit ihr einließ, wie er es gewesen war, als sie ihm ihre Entscheidung mitgeteilt hatte. Dabei hatte sie nie die Absicht gehabt, ihn so wütend zu machen! Fast schien es ihr, als sei sie in seiner Gegenwart nicht mehr sie selbst.

Vom ersten Tag an hatte Giff Seiten in ihr geweckt, von denen sie bisher nichts gewusst hatte. Einige dieser neuen Eigenschaften gefielen ihr, doch Halsstarrigkeit gehörte nicht dazu. Schon wollte sie sich entschuldigen, doch da blaffte er sie an: »Setzt Euch!«

Sie gehorchte.

Einen Augenblick lang schaute er mit finsterem Blick auf sie hinunter, bevor er sich ihr gegenüber in die kleine Bank quetschte.

Einige Sekunden lang saßen sie einander in unbehaglichem Schweigen gegenüber. Zum Glück, sagte sie sich, gehörte er nicht zu der Sorte Ehemann, die ständig Befehle brüllten. Das pflegte nämlich ihr Vater zu tun, wobei er seine Anweisungen auch noch alle naselang änderte.

Schließlich verschränkte Giff die Hände auf dem Tisch und sagte leise: »Unsere Unterhaltung ist nicht so verlaufen, wie ich es mir für meine Hochzeitsnacht gewünscht hätte, Mädchen. Doch das ist genauso meine Schuld wie Eure. Ich hätte auf Euren Widerstand gefasst sein müssen. Tatsächlich sind wir ein wenig übereilt von Lestalric und St. Andrews aufgebrochen. Doch ich hatte meine Gründe, und ich hoffe, Ihr werdet mich verstehen. Wenn nicht, können wir unter vier Augen gern noch länger darüber reden, auch über den Schatz, wenn Ihr wollt. Nur schreit mich bitte nicht an und achtet darauf, dass uns keiner hören kann.«

»Ich habe Euch nicht angeschrien«, verteidigte sie sich. »Und außerdem war es tatsächlich unüberlegt, das Schiff zu rauben, von der Entführung des Kapitäns und des Priesters ganz zu schweigen.«

Als er einen Finger hob, verstummte sie. »Den Priester habe ich nicht entführt«, widersprach er. »Aber darüber können wir uns auch später noch unterhalten. Zunächst einmal muss ich Euch sagen, dass es keine Rolle spielt, was Ihr über den Schatz denkt. Ruhe!«, befahl er energisch, als sie schon den Mund öffnen wollte.

Sie schloss den Mund wieder und presste wütend die Lippen zusammen. Am liebsten hätte sie mit der Faust auf den Tisch gehauen und wäre einfach weggegangen, auch wenn sie in dem winzigen Raum nicht allzu weit gekommen wäre.

»Es ist für uns eine Frage der Ehre, dass wir den Schatz bewachen, und zwar jedes einzelne Stück«, erklärte er. »Da Ihr wisst, wie lange er verschwunden war, kennt Ihr vielleicht auch seine Geschichte?«

»Meint Ihr den Zusammenhang mit dem Templerorden?«, wollte sie wissen.

»Ja.«

Das war eines jener großen Geheimnisse, über die niemals jemand sprach. Ihr Ärger war verflogen, und sie nickte vorsichtig.

Als er noch immer schwieg, sagte sie: »Ich weiß, dass die Tempelritter eine Methode ersonnen haben, wie man reisen konnte, ohne ein Vermögen mitzunehmen. Dazu benötigte man nur ein Schreiben von einer Komturei, das man an irgendeiner anderen Niederlassung zwischen Schottland und dem Heiligen Land vorlegen konnte. Gegen Nennung eines Passworts bekam man dann die entsprechende Summe ausgezahlt. Durch derartige Bankgeschäfte häuften die Tempelritter ein gewaltiges Vermögen an, das plötzlich verschwand, als der französische König es beschlagnahmen wollte.«

»Auch hohe kirchliche Würdenträger und gekrönte Häupter vertrauten dem Orden ihre Wertsachen an«, ergänzte Giff. »Daher, müsst Ihr wissen, fordert unsere Ehre, das, was man in unsere Obhut gegeben hat, zu schützen.«

Sie wollte ihn schon daran erinnern, dass er gerade erst vor Gott gelobt hatte, sie zu beschützen, konnte sich jedoch noch rechtzeitig beherrschen. Denn im Grunde ihres Herzens war sie davon überzeugt, dass er für sie sein Leben aufs Spiel setzen – und es notfalls auch opfern – würde. Woher dieses Wissen kam, konnte sie genauso wenig erklären wie die Tatsache, dass sie sich schon seit ihrer ersten Begegnung hinsichtlich einiger Dinge bei ihm ganz sicher gewesen war.

Er wartete auf ihre Antwort.

»Ich kann nicht behaupten, dass ich wirklich verstehe, was Männer meinen, wenn sie von Ehre sprechen«, erwiderte sie schließlich. »Doch Isobel, Adela und Sorcha wissen anscheinend genauso viel über den Schatz wie ihr Männer.

Außerdem wissen sie, was es mit unserer Fracht auf sich hat, nicht wahr?«

Er nickte. »Ich glaube schon.«

»Verratet Ihr es mir auch, jetzt, wo wir verheiratet sind?«

Er verzog bedauernd das Gesicht. »Noch nicht, Mädchen.«

Sie beugte sich vor und sah ihm forschend in die Augen. »Warum nicht?«

Er schüttelte den Kopf. »Ich kenne Euch noch nicht gut genug.«

»Wenn Ihr mich besser kennen würdet, würdet Ihr es mir dann sagen?«

Seine Augen verengten sich. »Versucht Ihr etwa mit mir zu feilschen, mein Liebchen? Ihr wollt doch hoffentlich nicht vorschlagen, mit mir zu schlafen, wenn ich Euch dafür alles erzähle.«

Ihre Wangen brannten. »Ich habe befürchtet, dass *Ihr* das vorschlagen würdet.«

Da lachte er. »Ich glaube, in einem sind wir uns einig. Wir müssen uns unbedingt besser kennenlernen, Mädchen. Manchmal habe ich das Gefühl, als könnte ich Eure Gedanken lesen; dann wieder ist mir, als würdet Ihr mich vollkommen durchschauen. Doch ganz sicher können wir uns beide nicht sein. Deshalb würde ich vorschlagen, wir nutzen die Reise, um ein wenig miteinander vertraut zu werden.«

Sie nickte, erstaunt darüber, dass sie neben Erleichterung auch ein kleines bisschen Enttäuschung verspürte.

Er erhob sich und streckte ihr die Hand entgegen. Sie griff ein wenig zaghaft danach und ließ sich von ihm aufhelfen.

Da legte er ihr beide Hände auf die Schultern, schaute ihr in die Augen und sagte: »Ich hoffe, Ihr werdet mich jetzt einmal ausreden lassen.«

»Ja, natürlich.«

»Vielleicht sollte ich mit meinem stichhaltigsten Argument beginnen«, sagte er mit einem etwas schiefen Lächeln. »Ihr sagtet vorhin, dass niemand von Eurer … Entscheidung erfahren müsse, wenn ich es nicht gerade herumposaunen würde. Dabei habt Ihr nicht bedacht, dass jeder an Bord es mitbekommt, wenn ich mich Euren Wünschen beuge.«

»Ich weiß nicht, was Ihr damit meint.«

»Damit meine ich, mein süßer Quälgeist, dass, falls ich Euch jetzt verlasse und draußen bei den Ruderern statt bei Euch in dieser – meiner – Kajüte schlafe, alle sofort wissen werden, dass meine Braut mich abgewiesen hat.«

Bei der Vorstellung, er könnte mit ihr die Nacht in der engen Kajüte verbringen, stockte ihr der Atem, und das Herz schlug ihr bis zum Hals.

Fife war verstimmt, weil es noch immer keine Spur von ihrer Beute gab. Dennoch waren er und de Gredin sich einig, dass MacLennan Kurs nach Norden genommen hatte. Selbst wenn sie ihn nicht einholten, würden sie auf Girnigoe den entscheidenen Hinweis auf den Schatz finden, davon war der Graf überzeugt. Falls seine Informationen richtig waren und die Sinclairs und Rob Logan den Stein in ihren Besitz gebracht hatten, wollten sie ihn nun zweifellos nach Caithness schaffen. Immerhin war MacLennan die Fracht wichtig genug, um als Ersatz für den Holländer, den Fife fortgeschickt hatte, die *Serpent Royal* zu rauben.

Auf dem Wasser war es kalt, besonders wenn man feuchte Kleider trug. Seit ihrem Aufbruch aus dem Hafen von Leith hatten sich die Männer kräftig in die Riemen gelegt, und das Spritzwasser hatte den Grafen an Deck völlig durchnässt. Gott sei Dank hatte der Wind mittlerweile aufgefrischt, sodass sie nicht mehr zu rudern brauchten.

Fife war auch irritiert darüber, dass sie in St. Andrews nichts über das Mädchen hatten erfahren können.

Auf dem Weg zum Palast hatte de Gredin Seine Eminenz nach etwaigen Besuchern gefragt, doch der Bischof hatte an diesem Tag niemanden empfangen.

Dabei hatten Fife und de Gredin nicht lange gebraucht, um von Leith nach St. Andrews zu kommen, doch als sie eintrafen, war im Hafen von der *Serpent* nichts zu sehen. Es lagen dort nur einige kleine und zwei größere Boote vor Anker, dazu eine Hansekogge und ein weiteres Handelsschiff mit der norwegischen Flagge am Bug.

Während sie mit dem Bischof zu Abend speisten, hatte einer von Fifes Männern die Nachricht gebracht, dass der Norweger den Hafen verlassen hatte.

»Er hat bald nach unserer Ankunft abgelegt, Mylord«, fügte der Mann hinzu.

»Warum hast du uns nicht sofort Bescheid gesagt?«, blaffte de Gredin den Boten an.

»Was spielt das schon für eine Rolle?«, entgegnete Fife. »Jetzt könnten wir ihn sowieso nicht mehr einholen. Und überhaupt, was interessiert uns ein norwegisches Schiff?«

»Warum verlässt der Norweger nach Einbruch der Dunkelheit den sicheren Hafen?«, überlegte de Gredin.

Der Ruderer blickte seinen Herrn mit jämmerlicher Miene an. »Wir haben uns nichts dabei gedacht, Mylord«, sagte er kleinlaut, »bis einer von den Männern des Chevaliers sagte, ihm wäre am Heck des Schiffes etwas aufgefallen.«

»Ach herrje! Damit willst du doch wohl nicht sagen, dass es die *Serpent* war, oder?«, rief Fife.

»Den Namen konnte er nicht erkennen«, erwiderte der Mann. »Aber ihm fiel auf, dass das Heck so wie bei der *Serpent* gebaut war, Mylord, mit Querstreben in Form eines M.«

»Solche Querstreben hat die *Serpent*«, bestätigte Fife. »Aber …«

»Wir müssen ihnen auf der Stelle folgen und uns mit eigenen Augen überzeugen, Mylord!«, rief de Gredin.

Doch dazu verspürte Fife nicht die geringste Lust. Er hatte schreckliche Angst davor, Schiffbruch zu erleiden und in stockdunkler Nacht ohne Aussicht auf Rettung zu ertrinken. Doch nachdem de Gredin dem Bischof berichtet hatte, dass irgendein Schurke die prächtige *Serpent* geraubt hatte, konnte Fife schwerlich darauf bestehen, die Nacht in einem behaglichen Bett zu verbringen, anstatt sich auf die Suche nach seinem Schiff zu machen.

Denn dann würde de Gredin vermutlich allein aufbrechen und den kostbaren Schatz erobern – und den Stein in seinen Besitz bringen.

Daher stand Fife nun nass und frierend an Deck des Langbootes. Schicksalsergeben sandte er ein Stoßgebet gen Himmel und versuchte, es sich an Bord so bequem wie möglich zu machen. Erst als sein Leibdiener ihn darauf aufmerksam machte, bemerkte der Graf, dass de Gredin stillschweigend die Hälfte von Fifes Männern auf das andere Langboot verlegt hatte.

Nachdem er sein überzeugendstes Argument vorgebracht hatte, hörte Giff, wie Sidony einen leisen Seufzer ausstieß und fasste wieder Hoffnung, die Nacht doch noch bei ihr verbringen zu dürfen. Seit sie ihn abgewiesen hatte, war sein Verlangen nach ihr geradezu übermächtig geworden. Er wollte sie in den Armen halten, ihre nackte Haut liebkosen und noch viel mehr.

Die Hände noch immer auf ihre warmen Schultern gelegt, tat er einen tiefen Atemzug und ließ sie schließlich widerstrebend los.

»Von mir aus könnt Ihr eine Weile hierbleiben«, sagte sie.

»Ich fürchte, man erwartet von mir, dass ich die ganze Nacht bleibe.«

»Jede Nacht?«

»Alles andere sähe so aus, als würdet Ihr mich abweisen oder als hätte ich kein Interesse an Euch, was nun wirklich ein schlechtes Licht auf Euch werfen würde.«

Sie blickte ihn prüfend an, sagte jedoch nur: »Dann bleibt Ihr wohl besser zumindest heute Nacht hier. Ich nehme an, ich kann mich auf Euer Wort verlassen.«

Unwillkürlich legte er ihr erneut die Hände auf die Schultern und sagte: »Auf mein Wort könnt Ihr Euch stets verlassen, Mädchen. Aber in diesem Fall möchte ich nichts versprechen, weil ich mir selbst nicht trauen kann. Ihr seid einfach zu hübsch und verführerisch, und ich begehre Euch so sehr. Also seht zu, dass Ihr mich nicht zu sehr in Versuchung führt, sonst kann ich für nichts garantieren.«

Ihre Augen wurden so groß, dass er schon dachte, er hätte ihr Angst eingejagt.

Sidony empfand eine seltsame Erregung bei dem Gedanken, dass sie eine derartige Wirkung auf ihn ausübte. In den Geschichten der Barden hatte sie von Frauen gehört, die eine solche Macht über Männer hatten, doch es wäre ihr nicht im Traum eingefallen, dass ein Mann ihretwegen sein Wort brechen könnte. Die Vorstellung, ihn zu reizen, nur um zu sehen, was geschah, war verlockend.

»Glaubt nicht, dass ich Euch zu Eurer Verteidigung einen Dolch geben werde, wie ihn angeblich Eure Schwestern Isobel und Adela bei sich tragen«, sagte er lächelnd. »Ich könnte höchstens einen der Männer bitten, einen großen Lachs zu fangen, damit Ihr Euch wehren könnt, falls ich mich vergesse.«

Darüber musste sie lachen, und die Spannung zwischen ihnen ließ ein wenig nach.

»Ich brauche keinen Lachs, Sir. Schließlich kann ich jederzeit um Hilfe rufen. Ihr könnte heute Nacht hier bleiben, aber ich hoffe doch, Ihr erwartet nicht von mir, dass ich mich vor Euren Augen ausziehe.«

»Gefallen würde mir das schon«, gab er zu. »Aber ich werde währenddessen nach der Mannschaft sehen und ein paar Worte mit Wat Maxwell wechseln. Und macht Euch wegen der Laterne keine Sorgen. Wenn ich zurückkomme, lösche ich das Licht.«

Mit diesen Worten verließ er die Kajüte, und da sie nicht wusste, wie lange er wegbleiben würde, legte sie eilig Rock und

Mieder ab, schüttelte beides ohne Hoffnung, dass es viel nützen würde, aus und hängte es an einen Haken an der Wand neben dem Waschtisch.

Der volle Wasserkrug stand in einer Vertiefung, damit er durch die Bewegung des Schiffes nicht überschwappen konnte. Behutsam goss Sidony genügend Wasser in die Schüssel, um einen Lappen nass zu machen, und rieb sich damit Gesicht, Arme und die Stelle hinter den Ohren ab. So gut es ging, putzte sie sich mit dem Finger die Zähne, bevor sie schließlich zwei dicke Federbetten aus einer Truhe zog. Eines davon warf sie auf die obere Koje, das andere legte sie auf das leinenbezogene Polster auf dem unteren Bett und kroch, in ihrem dünnen Hemd fröstelnd, darunter.

Das Bett war alles andere als bequem, und sie versuchte, sich Fife darin vorzustellen. Zusätzlich zu der dünnen Matratze hätte dessen Leibdiener bestimmt einen ganzen Stapel Daunendecken aufgehäuft, um es seinem Herrn so behaglich wie möglich zu machen. Doch zumindest war es ein besseres Lager als der enge Verschlag unter Deck, in den man sie gesperrt hatte. Und außerdem war sie so müde, dass sie auf blankem Fels hätte schlafen können.

Sidony war schon fast eingeschlafen, als ein leises Klicken an der Tür sie wieder aufweckte. »Seid Ihr das?«, fragte sie und zog sich die Decke bis unters Kinn. Als ihr einfiel, dass jeder diese Frage wahrheitsgemäß hätte bejahen können, musste sie beinahe kichern.

Er schlüpfte in die Kajüte und zog die Tür hinter sich zu. »Jeder andere würde sein Leben riskieren. Und das wissen alle an Bord nur zu gut.«

Wieder verspürte sie dieses Gefühl weiblicher Macht. Keinen Augenblick glaubte sie, dass er wirklich einen Mann dafür töten würde, dass er versehentlich diese Tür öffnete, dennoch löste die bloße Vorstellung ein berauschendes Gefühl in ihr aus.

»Wo sind wir?«, fragte sie.

»Zwischen Arbroath und Montrose. Vor einigen Minuten haben wir den Devil's Head passiert, und bald werden die beiden hohen Spitzen von Meg's Craig in Sicht kommen.«

»Meine Güte, woher wisst Ihr das nur alles? Ich könnte nicht einmal die Namen im Gedächtnis behalten.«

»Die Sterne kommen allmählich durch. Aber Ihr kennt doch bestimmt Arbroath.«

»Ich habe gehört, dass dort vor fünfzig Jahren unsere Unabhängigkeitserklärung von England unterzeichnet wurde, doch wo es liegt, weiß ich nicht.«

»Wir sind ungefähr zweieinhalb Stunden von St. Andrews entfernt und fahren mit einer Geschwindigkeit von vier Knoten pro Stunde. Wenn der Wind nicht nachlässt, sind wir morgen früh in Aberdeen.«

»Die Riemen sind noch immer eingezogen, das merke ich an der Bewegung des Schiffes«, sagte sie.

»Bei der steifen Brise und dem aufklarenden Himmel brauchen wir sie nicht, aber das Wetter kann schnell umschlagen«, erwiderte er. »Soll ich jetzt die Laterne löschen?«

Ihr Körper prickelte ganz eigenartig. In der kleinen Kajüte, in der sein Kopf beinahe an die Decke stieß, wirkte er riesengroß.

»Glaubt Ihr, das Bett hält Euch aus?«, fragte sie.

»Ich kann Euch ja nach oben verfrachten«, antwortete er lachend.

Die Vorstellung, vor seinen Augen in das obere Bett und später wieder hinunter zu klettern, war beinahe noch schlimmer, als wenn er sie hinaufgehoben hätte – wo sie doch nur mit ihrem Hemd bekleidet war! »Ich würde lieber hier unten bleiben«, sagte sie so gelassen wie möglich. Dabei merkte sie selbst, wie verräterisch piepsig ihre Stimme klang.

Er bemühte sich, ernst zu bleiben. »Ich werde die Stiefel ausziehen. Aber vielleicht hättet Ihr die Freundlichkeit, ein wenig zu rücken, damit ich auf den Rand Eurer Koje treten und mich hinaufziehen kann. Die Decke hier ist reichlich niedrig.«

Dann löschte er die Laterne, setzte im Dunkeln einen Fuß auf ihre Koje und hievte sich in sein eigenes Bett. Angespannt und noch immer fröstelnd lag sie da und versuchte, innerlich ruhig zu werden. Doch sie war sich seiner Anwesenheit die ganze Zeit über bewusst.

»Liegt Ihr dort oben wirklich bequem?«, fragte sie nach einer Weile.

»Es geht. Ich habe schon an schlimmeren Orten übernachtet«, antwortete er.

Sie versuchte sich vorzustellen, wo das gewesen sein mochte.

Das Schwanken des Schiffes wirkte beruhigend und würde sie bestimmt bald in Schlaf wiegen. Doch die Minuten verrannen quälend langsam, und sie war immer noch wach. Als er sich umdrehte, knarrte die ganze Koje.

Obwohl sie beschloss, sich keine Gedanken mehr darüber zu machen, dass er auf sie herunterkrachen könnte, rutschte sie unruhig auf ihrem dünnen Polster hin und her. Dabei fragte sie sich, wie die Ruderer es fertigbrachten, in dem engen Raum zwischen den Bankreihen oder auf den harten Ruderbänken Schlaf zu finden.

Jake hatte ihr erzählt, dass man unter Deck Hängematten befestigen konnte, jedoch, wie er sagte, nicht allzu viele und auch nur, wenn der Laderaum nicht mit Fracht und Proviant gefüllt war. Die Galeeren an der Westküste besaßen überhaupt keinen Laderaum und führten nur wenig Verpflegung mit sich, da sie fast immer über Nacht am Ufer festmachten, wo die Männer Fische fangen und Wild erlegen konnten. Als sie an ihre Mahlzeit mit Jake dachte, musste sie lächeln.

Erneut warf sie sich herum. Morgen früh würden ihre Hüftknochen bestimmt grün und blau sein.

»Seid Ihr noch wach?«, murmelte er.

»Ich habe nachgedacht«, erwiderte sie.

»Über uns?«

»Über das Schiff«, sagte sie. »Ihr habt mir nicht erzählt, wieso ihr es gestohlen und den Kapitän entführt habt. Wenn man Euch glauben darf, war ja Euer Aufbruch von Lestalric und St. Andrews nicht unüberlegt, doch gilt das auch für die Sache mit dem Schiff oder dem Priester? Wie konntet Ihr nur so etwas tun? Und wie habt Ihr es überhaupt fertiggebracht, ein Schiff zu stehlen? Das kann ein Mann allein doch unmöglich schaffen.«

Schmunzelnd erwiderte Giff: »Ich hielt es für das Richtige, also habe ich es getan.«

»Aber das Schiff gehört Euch doch nicht! Ihr dürft doch nicht einfach fremdes Eigentum entwenden – genauso wenig wie Jake. Das habt Ihr ihm selbst gesagt und ihm sogar befohlen, Euch den Shilling zurückzuzahlen.«

»Der Unterschied ist, dass ich unbedingt ein Schiff brauchte und außerdem Fife aufhalten musste. Er fand heraus, dass ich das holländische Schiff mieten wollte, und schickte es fort. Ich möchte auch darauf hinweisen, dass er Euch noch immer in seiner Gewalt hätte und somit Druck auf uns ausüben könnte, wenn ich ihm sein Schiff nicht genommen hätte. Denn das hatte er zweifellos im Sinn, als er Euch entführen ließ.«

»Wisst Ihr was? Ich glaube gar nicht, dass er dahintersteckte«, erwiderte sie nachdenklich. »Nicht, dass es ihm nicht zuzutrauen wäre, denn schließlich hat er letztes Jahr versucht, Adela gefangen zu nehmen, um Rob zu erpressen. Aber überlegt doch mal: Als de Gredin mich entführte, war Fife gerade damit beschäftigt, Isabellas Tross zu durchsuchen. Wie hätte er wissen sollen, dass ich mich oben auf dem Hügelrücken befand?«

»Möglicherweise hat derselbe Spion, der Isabellas Pläne verriet, auch herausgefunden, dass Ihr und Lady Clendenen der Gräfin entgegenreiten wolltet.«

»Gab es wirklich einen Spion?«

»Ja, er kam von Roslin«, antwortete er.

»Von den Männern, die de Gredin begleiteten, kannte ich keinen«, sagte sie.

»Das will nichts heißen«, entgegnete Giff. »Doch Fife konnte tatsächlich nicht wissen, dass Ihr so weit reiten würdet. Wahrscheinlich hat de Gredin einfach die Gunst der Stunde genutzt. Ich frage mich, ob Fife überhaupt wusste, dass Ihr auf seinem Schiff gefangen gehalten wurdet. Aber vermutlich schon, denn Ihr habt ja selbst gehört, wie de Gredin seinen Männern befahl, ihm die Nachricht zu bringen.«

»Ihr habt mir noch immer nicht erzählt, wie Ihr an Fifes Schiff gekommen seid«, erinnerte sie ihn.

Er verzog unwillig das Gesicht, doch ihm war klar, dass er ihr eine Erklärung schuldig war. »Ihr würdet mein Vorgehen vermutlich unüberlegt oder impulsiv nennen, oder vielleicht auch fahrlässig und tollkühn.«

»So scheint Ihr Euch des Öfteren zu verhalten«, bemerkte sie.

»Hin und wieder hat man mir das, offen gestanden, schon nachgesagt. Aber ich habe die Erfahrung gemacht, dass sich auch im größten Durcheinander eine günstige Gelegenheit ergeben kann. Diesen Augenblick warte ich ab, und dann schlage ich zu.«

»Habt Ihr es mit dem Schiff genauso gemacht, den richtigen Augenblick abgewartet?«

»Ja, natürlich. Ich habe gar nicht daran gedacht, dass es Fife gehört. Als mir klar wurde, dass sich außer dem Kapitän und Jake nur zwei weitere Männer an Bord befanden, habe ich einfach die Chance wahrgenommen.«

»Dann habt Ihr ja Kapitän Maxwell und Jake ebenfalls entführt!«

»Ich habe Maxwell Gefolgstreue schwören lassen, wie ich es in einer solchen Situation jedem Mann angeboten hätte. Er war einverstanden, weil ich im Gegenzug versprach, Jake zu beschützen. Hätte ich die beiden an Land gebracht und sie wären Fife in die Hände gefallen, dann hätte er sie beide aufhängen lassen, weil Maxwell für den Verlust des Schiffes verantwortlich war.«

Darauf erwiderte sie nichts.

Nach einer Weile fragte er leise: »Schlaft Ihr schon?«

»Nein.«

»Versteht Ihr jetzt, warum ich manchmal so handeln muss?«

Wieder gab Sidony keine Antwort. Sie hörte ihm gern zu und wusste, dass er selbst davon überzeugt war, das Richtige getan zu haben. Doch etwas ließ ihr keine Ruhe. Allerdings war sie nicht sicher, ob sie ihn darauf ansprechen sollte. Ihrer Erfahrung nach konnten Männer nicht gut Kritik vertragen.

»Was ist denn, Mädchen? Ich spüre, dass Ihr noch etwas auf dem Herzen habt.«

»Es ist nur ... Ihr konntet doch gar nicht wissen, dass ich auf diesem Schiff war. Das war also nicht der Grund, warum Ihr es geraubt habt. Außerdem scheint es mir ein Zeichen für schlechte Planung zu sein, dass Ihr im letzten Moment ohne Schiff dastandet. Schließlich haben andere dieses Unternehmen schon seit fast einem Jahr vorbereitet. Haben die sich auch alle darauf verlassen, dass irgendwann eine günstige Gelegenheit kommen würde?«

Ein wenig bang wartete sie auf seine Antwort. Schließlich sagte er ganz ruhig: »Ganz gleich, wie sorgfältig man plant, meistens geht doch noch etwas schief und zwar immer im unpassenden Augenblick. Da unsere Fracht schon auf dem Weg zum Hafen war, musste ich rasch handeln, um nicht das ganze Unternehmen zu gefährden.«

»Das verstehe ich«, erwiderte sie. »Aber es ist schon seltsam, was man so über Euch sagt. Meistens ist es zwar scherzhaft gemeint, es gibt mir aber doch zu denken.«

»Wenn Ihr mich erst einmal besser kennt, werdet Ihr das vielleicht auch verstehen. Auf jeden Fall dürft Ihr mich alles fragen, und zwar jederzeit.«

»Wirklich jederzeit?«

»Immer, wenn wir allein sind, meinte ich«, sagte er mit Nachdruck. »Und nun schlaft.«

Lächelnd schloss sie die Augen. Es war ein schrecklicher Tag gewesen, doch jetzt fühlte sie sich sicher und geborgen. Trotz der harten Pritsche fiel Sidony bald in einen tiefen, traumlosen Schlaf. Als sie am Morgen erwachte, war sie allein in der Kajüte.

Giff stand auf dem Dach der Achterkajüte und spähte in die Ferne. Am Himmel türmten sich dicke weiße Wolken und kündigten schlechtes Wetter an. Das Schiff befand sich noch südlich von Aberdeen, doch er rechnete damit, bis zum Abend Peterhead zu erreichen.

Achteraus konnte er kein Segel entdecken. Bei der steifen Brise waren sie gut vorangekommen, und außerdem hoffte Giff, dass Fife es nicht gewagt hatte, ihnen bei Nacht zu folgen. Doch sicher war er sich keineswegs.

Wat Maxwell hatte seine Koje Pater Adam überlassen und die ganze Nacht über an Deck Wache gehalten. Giff war froh darum, denn er hatte das Gefühl, dass er Maxwell trauen konnte. Außerdem konnte er sich darauf verlassen, dass die Ruderer der Sinclairs dem Kapitän zwar gehorchen, ihn jedoch sofort persönlich alarmieren würden, falls sie Verrat witterten.

Bevor Giff auf dem Dach der Achterkajüte Posten bezog, hatte er Maxwell zum Schlafen in die Vorderkajüte geschickt. Den Einwand, dass der Priester noch nicht aufgestanden war, ließ er nicht gelten.

»Wahrscheinlich freut er sich, dass er mal ausschlafen kann«, sagte Giff. »Aber schließlich kann er das Schiff nicht steuern, und Ihr werdet bald zu müde dazu sein. Also weckt ihn und legt Euch hin.«

Nachdem Maxwell gegangen war, drehte sich Giff um und ließ seinen Blick über die Reihen der Ruderer schweifen. Dabei achtete er besonders auf die kleineren unter ihnen. Die meisten waren hochgewachsene, baumlange Männer mit kräftigen Armen und Rücken, denn die Gefolgsleute der Sinclairs waren nicht nur gute Ruderer, sondern auch tapfere Krieger. Schließlich winkte Giff einen der Männer zu sich, bevor er selbst vom Kajütendach stieg – leise, für den Fall, dass das Mädchen – seine schöne, dickköpfige Braut, dachte er lächelnd – noch schlief.

»Ja, Sir?« Der drahtig wirkende Ruderer blickte ihn aus seinen grauen Augen offen an.

»Blegbie, stimmt's ?«, fragte Giff.

»Ja, Sir. Ned Blegbie.«

»Wie wäre es, wenn du mal auf den Mast klettern würdest, Ned Blegbie?«

Der Mann grinste. »Das ist doch ein Kinderspiel, Sir.«

»Finde ich auch, aber warum soll immer nur der Kapitän den ganzen Spaß haben? Also klettere so hoch hinauf, wie du kannst, und gib Bescheid, falls achteraus ein Segel auftaucht.«

Noch immer grinsend kletterte Ned Blegbie behände bis zur Rahe hinauf. Indem er sich an einem Tau festhielt, zog er sich noch ein wenig höher, bis sich sein Kopf unmittelbar über dem Masttop befand.

»Das könnte ich auch, und zwar mit Leichtigkeit.«

Als Giff den Blick senkte, sah er Jake, der neben ihm stand und Ned Blegbie beobachtete.

»Lass dich bloß nicht dabei erwischen«, sagte Giff streng. »Und sag mir nicht, dein Vater hätte es dir erlaubt, denn das glaube ich nie und nimmer.«

»Nein. Einmal hat er mich erwischt, als ich gerade hochklettern wollte, und wieder heruntergeholt. Aber ich habe keine Angst.«

»Bist du denn schon einmal da oben gewesen?«

»Ja, sicher. Das war, bevor Ihr das Schiff übernommen habt. Eines Abends, als mein Vater schon schlief, haben mir ein paar von unseren Männern einen Farthing versprochen, wenn ich bis zum Masttop käme. Für einen Farthing habe ich es aber nicht gemacht, da versprachen sie mir einen Penny. Den habe ich auch gekriegt; es war nämlich ganz leicht.«

»Die Männer können froh sein, dass sie jetzt nicht mehr auf dem Schiff sind«, erwiderte Giff. »Hast du heute Morgen eigentlich nichts zu tun?«

Jake seufzte. »Doch, ich mach ja schon. Ihr braucht Euch nicht gleich aufzuregen.« Plötzlich wanderte sein Blick an Giff vorbei, und er fragte: »Seid Ihr jetzt richtig mit ihr verheiratet?«

»Ja«, antwortete Giff und drehte sich zu Sidony um, die soeben in der Tür zur Kajüte erschien. Mit einem reizenden Lächeln erwiderte sie seinen freundlichen Gruß.

In diesem Augenblick rief Ned Begbie: »Sir! Zwei Segel achtern an Steuerbord!«

Fife hatte wieder ein wenig Hoffnung geschöpft. Auf seinen Befehl hin hatten die Männer ihm am Bug des Langbootes einen Unterstand aus Segeltuch errichtet, der ihn vor dem drohenden Regen schützen sollte – oder auch vor der Sonne, so sie sich denn einmal zeigte. Darüber hinaus hatte de Gredin ihm mitgeteilt, dass die *Serpent* nur noch eine Stunde Vorsprung hatte. Fife konnte das nicht beurteilen. Er sah zwar ein Schiff am Horizont, konnte jedoch, wie er de Gredin sagte, unmöglich erkennen, ob es sich wirklich um die *Serpent* handelte.

Daraufhin erklärte ihm der Chevalier: »Hier oben im Norden sieht man selten ein Schiff dieser Größe. Ich würde mich wundern, wenn sie es nicht wäre.«

»Dann sagt den Männern, sie sollen sich in die Riemen legen, damit wir sie einholen«, sagte Fife.

»Wie Ihr wünscht. Aber sie sind jetzt auf dem richtigen Kurs und haben uns noch nicht bemerkt«, gab der Chevalier zu bedenken. »Wenn wir uns unauffällig verhalten, werden sie uns an ihr Ziel führen.«

Fife war einverstanden, denn ihm war eingefallen, dass es schwierig werden könnte, den Stein der Vorsehung in seine

Gewalt zu bekommen, selbst wenn er sich im Laderaum seines eigenen Schiffes befand. Kampflos würde ihm MacLennan den Stein bestimmt nicht überlassen.

Außerdem hatte es de Gredin ebenfalls auf den Schatz, und damit auch auf den Stein, abgesehen. Selbst wenn dieser für den Chevalier selbst völlig uninteressant war, so wusste er doch um den Wert, den der Stein für die Schotten besaß. Daher plante er womöglich, sich des Steines zu bemächtigen und ihn nur im Tausch gegen den Schatz wieder herauszugeben. Ob der Templerorden bereit war, diesen Preis zu bezahlen, war ungewiss, doch ob nun de Gredin oder die Templer den Stein besaßen – für Fife wäre er in jedem Fall verloren.

Hinzu kam, dass sich nur noch zwölf von Fifes Männern auf dem Langboot befanden, und obgleich er de Gredin im Rang überlegen war, würden dessen Ruderer schwerlich seinen Befehlen gehorchen. Und de Gredin hatte versprochen, dass sie bald Verstärkung durch weitere Schiffe bekommen würden.

17

An die Riemen, Jungs!«, brüllte Giff und winkte Ned Blegbie, vom Mast herunterzusteigen. Sidony sah, wie er eilig herumging und den Männern Befehle erteilte. Jake betraute er mit der Beobachtung des Kompasses, und Sidony musste lächeln, als sie bemerkte, mit welchem Eifer der Junge die Aufgabe übernahm.

Für den Rest des Tages konnte sich Giff kaum um sie kümmern. Zu Mittag aß sie Pökelfleisch und ein Brötchen und unterhielt sich mit Pater Adam. Doch als der Priester begann, ihr einige persönliche Fragen zu stellen, entschuldigte sie sich und ging wieder in die Achterkajüte, um ein Nickerchen zu machen.

Zum Abendessen gab es altbackene Brötchen und einen dünnen Eintopf aus Pökelfleisch und Mehlklößen, den die Männer trotz des Seegangs auf dem Feuertopf zubereitet hatten.

Giff leistete ihr beim Essen kurz Gesellschaft, bevor er seine Aufmerksamkeit wieder dem Meer und ihren Verfolgern zuwandte. Dann, etwa eine Stunde vor Sonnenuntergang, ließ er das Schiff zu Sidonys Überraschung in einer Bucht vor Anker gehen und schickte einige mit Pfeil und Bogen bewaffnete Männer mit dem Beiboot an Land. Danach kletterte er selbst am Mast empor, um Ausschau zu halten.

Binnen einer Stunde war das Boot zurück, mit Krügen voll frischem Wasser und gefüllten Jagdtaschen, und sie lichteten den Anker. Als Sidony sich schließlich in ihre Kajüte zurückzog, steckte Giff den Kopf durch die Tür und sagte: »Ich komme auch bald, Mädchen, aber ich kann nicht lange bleiben. Sobald wir Peterhead erreichen, muss ich aufpassen, dass wir exakt den Kurs halten. Denn wenn wir den Moray Firth durchqueren, liegen siebzig Meilen offene See ohne Sicht auf die Küste vor uns. Sollte ich Sinclair Bay verpassen und auf den Orkneys oder sonstwo landen, ist mein guter Ruf als Seemann für alle Zeiten dahin.«

Sie glaubte nicht, dass ihm etwas Derartiges passieren könnte. Daher lächelte sie nur, machte sich, kaum dass er fort war, rasch fertig, schlüpfte in ihre Koje und wartete auf ihn.

»Warum haben wir in der Buch haltgemacht?«, fragte sie, als er schließlich kam.

»Weil ich diesen Eintopf nicht mehr sehen konnte. Morgen gibt es Kaninchen.«

»Und wenn Fife uns erwischt hätte?«

»Nun ja, das war der andere Grund. Diese Galeeren sind schneller als wir; trotzdem bleiben sie immer etwa eine Stunde zurück. Ich wollte sehen, ob sie ebenfalls anhalten. Das müssen sie getan haben, denn sie sind noch immer im gleichen Abstand hinter uns. Anscheinend glauben sie, wir wären so dumm, sie zum Schatz zu führen.«

Sie mochte den Klang seiner Stimme. Als er vorschlug, die Laterne nicht anzuzünden, war sie einverstanden und fragte ihn, ob er wirklich Angst hätte, sie könnten vom Kurs abkommen.

»Nein, denn man kann die Sterne erkennen. Aber es sieht so aus, als braute sich ein Sturm zusammen. Hugo würde mich wahrscheinlich für verrückt halten, dass ich nicht die sichere Küste ansteuern und dort bis Tagesanbruch ankern lasse. Aber ich traue Fife nicht, und je eher wir in Girnigoe sind, desto besser.«

So plauderten sie noch ein Weilchen über dies und jenes, bis Maxwell an die Tür klopfte, um mitzuteilen, dass sie Cairnbulg Point passiert hätten. Da beugte sich Giff zu ihr herunter, gab ihr einen flüchtigen Kuss und ging hinaus. Am nächsten Morgen war der Himmel erneut von dunklen Wolken verhangen, und der Wind blies kräftig von der Seite. Zweifellos würde der Sturm, der schon seit einer Woche zu erwarten war, bald losbrechen.

Giff war davon überzeugt, dass sie es noch vor dem Unwetter bis Girnigoe schaffen konnten, doch die letzte Nacht hatte sein Können auf eine harte Probe gestellt. Zwar waren zwischen den treibenden Wolken immer wieder ein paar Sterne zu sehen gewesen, und der Kompass zeigte die richtige Richtung, doch als der Morgen anbrach und noch immer kein Land in Sicht war, musste Giff befürchten, dass er sich verrechnet hatte.

Das Kaninchenragout zu Mittag hob seine Laune wieder ein wenig, doch dann dauerte es noch mehrere Stunden, bis Blegbie auf dem Ausguck endlich »Land in Sicht« meldete. »Diese Schiffe da hinten kommen langsam näher, Sir. Und jetzt sind es schon ein halbes Dutzend mehr«, fügte er hinzu.

Als Giff hörte, dass es sich nicht nur um Langboote handelte, bat er Kapitän Maxwell, ihm in die Kajüte zu folgen, aus der er den Priester ohne viel Federlesens ausquartierte.

Mit den Worten: »Schauen wir uns die Portolankarte noch einmal an«, entrollte Giff sie auf einem dafür vorgesehenen Bord. Nachdem er einige Details überprüft hatte, sagte er: »Wir lassen sie so nahe herankommen, wie sie wollen, und machen dann nach Einbruch der Dunkelheit eine scharfe Kehre um Noss Head.«

»Das wird aber sehr knapp, Sir, denn bis dahin sind es noch zwei Stunden.«

»Das ist auch der Sinn der Sache. Wenn alles gutgeht, werden Fife und seine Verstärkung mit anderen Dingen beschäftigt sein, während ich an Land gehe und ein Wort mit Fürst Henry rede.«

»Ah, ich verstehe«, sagte Maxwell und warf auch einen Blick auf die Karte. »Wie lange wollt Ihr Euch auf Girnigoe aufhalten, wenn ich fragen darf?«

»Nur ein oder zwei Tage, um die Vorräte aufzufüllen. Danach fahre ich mit unserer Fracht nach Westen.«

»Ich nehme nicht an, dass Ihr mich und Jake auf Girnigoe zurücklassen wollt, Sir, oder?«

»Ich brauche Euch noch, Maxwell, und ich gehe davon aus, dass Ihr Jake bei Euch behalten möchtet.«

»Ja, Sir. Nachdem seine Mum gestorben war, hatte der Junge solche Angst, mich auch noch zu verlieren, dass ich ihm versprochen habe, ihn überallhin mitzunehmen. Bisher habe ich mein Wort gehalten, doch was jetzt auf uns zukommt, wie zum Beispiel der Sturm, gefällt mir gar nicht«, fügte er hinzu.

»Fürst Henry würde sich um Jake kümmern, wenn wir ihn darum bitten würden«, versicherte Giff.

»Das wäre sehr freundlich von ihm, aber ich möchte mein Versprechen gegenüber Jake nicht brechen.«

»Dann warten wir also ab.«

Giff dachte kurz daran, dass es vernünftiger wäre, wenn auch Sidony auf Girnigoe bliebe, doch er hatte nicht die geringste Lust, sie dort zurückzulassen. Schließlich stand es in den Sternen, wann er wiederkommen und sie abholen konnte.

Und außerdem gehörte sie jetzt zu ihm, und er mochte sich nicht von ihr trennen.

Der Wind wechselte jetzt ständig die Richtung, blähte das Segel und ließ es gleich darauf schlaff gegen den Mast klatschen, sodass die Männer an den Tauen alle Hände voll zu tun hatten, um die Rahe in der richtigen Stellung zu halten.

Immer rauer wurde die See, immer höher schlugen die Wellen, und von Westen und Osten zugleich rasten dunkle Wolken heran.

In Fifes weiten schwarzen Wollumhang gehüllt, beobachtete Sidony, wie sich die grauschwarzen Wolkengebirge auftürmten, nur um gleich darauf in alle Richtungen auseinanderzutreiben.

Auch der Seegang wurde immer stärker, je mehr sie sich der Landspitze näherten, bis es schließlich so aussah, als sei das Meer ein Kessel voller brodelndem Wasser.

Giff, der unablässig seine Runde drehte, blieb kurz stehen und fragte: »Ist Euch kalt, Mädchen?«

»Nein, Sir, ich liebe den Wind, aber ich habe den Versuch aufgegeben, eine Kopfbedeckung zu tragen.«

Er grinste. »Dann habt Ihr also keine Angst vor dem Sturm?«

Wortlos schüttelte sie den Kopf. Sie verriet ihm nicht, dass sie sich sicher fühlte, weil er da war. »Wie weit sind die anderen Schiffe noch entfernt?«, erkundigte sie sich.

»Sie holen auf, weil sie leichter sind als wir, aber wir werden Girnigoe noch vor Einbruch der Dunkelheit erreichen.«

Sidony verdrängte den Gedanken an Girnigoe. Fürst Henry von Orkney war sie schon mehr als einmal begegnet, doch seine Gemahlin kannte sie nicht. Und gerade jetzt wollte sie sie auch nicht unbedingt kennenlernen, denn sie konnte sich nicht vorstellen, dass die Gräfin es gutheißen würde, wenn eine Frau, ob nun verheiratet oder nicht, allein mit so vielen Männern eine Reise unternahm.

Zwei Stunden später umrundete die *Serpent* Noss Head und fuhr in die Sinclair Bay ein.

Wie schon bei früheren Gelegenheiten blickte Giff auch jetzt staunend auf die wunderschöne Bucht, die sich vor ihm erstreckte. Nachdem sie die sechs Meilen breite Einfahrt hinter sich gelassen hatten, bot sich dem Blick ein halbkreisförmiger, vier Meilen langer Strand dar, mit niedrigen Sanddünen, eingebettet in eine schroffe, felsige Küstenlandschaft, hinter der sich beeindruckende kahle Steilhänge erhoben. Sie waren von unzähligen Rissen und Spalten – den sogenannten *goes* – durchzogen, die sich an einigen Stellen zu finsteren Höhlen und wassergefüllten Klüften erweiterten. Hier und da ragten wie einsame Wachtposten vereinzelte hohe Sandsteinsäulen, *stacks,* aus der stürmischen Brandung.

»Sir Giff, mein Dad lässt Euch sagen, die Schiffe sind nur noch eine halbe Stunde entfernt.«

»Danke, Jake.« Während sie die Landspitze umfuhren, hielt Giff nach der Burg Ausschau und beobachtete gleichzeitig mit geschultem Blick die jetzt zügig einsetzende Ebbe. Er war froh, dass Henry stets Posten aufzustellen pflegte, die nach fremden Schiffen Ausschau hielten.

Eine Meile westlich der Landzunge erhob sich Girnigoe Castle, die alte Festung der Grafen von Caithness und der Familie Sinclair, auf einem schroffen Felsvorsprung einhundert Fuß über dem südöstlichen Ende der Bucht.

Der Hauptturm der Burg mit seinen fünf Stockwerken war fünfzig Fuß hoch, und seine Umfassungsmauer verlief zur Seeseite hin unmittelbar am Rand des zerklüfteten Abgrunds. Am Fuß der Klippe zog sich eine steile Felsspalte bis tief in den vorspringenden Burgfelsen hinein. Sie war breit genug, um einem Schiff von normaler Größe Platz zu bieten.

Doch den Anblick, der sie hinter der Landspitze von Noss Head erwartete, fand Giff noch viel erfreulicher: Dort warteten vier von Henrys Galeeren, voll bemannt und einsatzbereit.

Giff ließ das Segel einholen und gab den Befehl, auf die enge Felsspalte zuzuhalten.

Im Schutz der Bucht war der Wind merklich schwächer, doch die Strömung war noch immer ungünstig, was angesichts der Riffe, die vor der Küste lagen, besonders gefährlich war.

Giff betete, dass der launenhafte Wind sich nicht ausgerechnet jetzt drehte und von Norden oder Nordosten kam, bevor sie die Felsspalte erreicht hatten. Der für seine verheerenden Stürme berüchtigte Pentland Firth, wo Strömung und Wind ständig die Richtung wechselten, war weniger als zehn Meilen entfernt.

Er hoffte nur, dass die Kapitäne der sie verfolgenden Schiffe nicht mit den Küstenverhältnissen von Caithness vertraut waren. Denn dann konnten sie einem Kampf in der gefährlichen Bucht vielleicht aus dem Weg gehen. Gleich darauf konzentrierte er sich erneut auf seine Ruderer und das bevorstehende Anlegemanöver.

Sidonys Stimme riss ihn aus seinen Gedanken. »Schön, diese kahle Landschaft. Alles ist so frisch und rein«, sagte sie.

»Das stimmt«, murmelte er und warf ihr einen raschen Blick zu. Dabei fragte er sich zum wiederholten Mal, was sie an sich hatte, das zuweilen so beruhigend auf ihn wirkte und ihn im nächsten Augenblick wieder aufwühlte.

»Kennt Ihr die Gräfin Jean?«, fragte sie mit ruhiger Stimme. Doch etwas in ihrem Ton ließ ihn aufhorchen.

Als er abermals zu ihr hinüberblickte, fiel ihm auf, wie angespannt sie war.

»Macht Euch keine Sorgen, Liebste«, sagte er. »Sie wird Euch schon nicht beißen. Dafür wird Henry sorgen.«

»Frauen brauchen nicht zu beißen, um jemanden zu verletzen, Sir.«

Da sie sich noch immer auf dem richtigen Kurs befanden, nahm er sich die Zeit, ihr den Arm um die Schultern zu legen und sie an sich zu ziehen. »Sie wird Euch auch nicht verletzen. Dafür werde ich sorgen.«

Seine Berührung und seine Worte gaben ihr neue Zuversicht, und sie blickte fasziniert auf die von der Brandung umtosten Steinsäulen. Dann vergaß sie ihre Furcht vor der Gräfin, als sie sah, dass das Schiff geradewegs auf die nackte Felswand zuhielt.

Sie war es gewohnt, dass ein Schiff am Strand vor Anker ging, und der Sandstrand, der sich rechter Hand in einiger Entfernung erstreckte, schien ihr für ein Anlegemanöver bestens geeignet, auch wenn er bei einem Sturm vielleicht nicht genügend Schutz bot.

Doch die wenig einladenden Säulen und der kahle Fels in unmittelbarer Nähe wirkten ausgesprochen gefährlich. Sie vertraute Giffs Navigationskünsten voll und ganz, aber …

»Legen wir denn nicht in der Bucht an?«, wollte sie wissen.

»Nein, Mädchen«, lachte er. »Das würde wohl nicht gut gehen. Aber seht mal, da vorne ist eine breite Felsspalte mit einer Anlegestelle. Dort gibt es Bootsschuppen, die wir daheim *nousts* nennen, und auf beiden Seiten schmale Landungsstege, wo wir festmachen können. Henrys Männer erwarten uns schon. Sie werden das Schiff die Nacht über bewachen.«

»Und was ist mit Fife?«, fragte sie.

»Ich hoffe, er und seine Männer werden anderweitig beschäftigt sein, sofern sie es überhaupt bis in die Bucht schaffen.«

Sie warf einen Blick auf Henrys vier Galeeren, die im Windschatten der Landspitze auf der Lauer lagen, und verstand auf einmal, was Giff meinte.

Ihre Verfolger waren noch nicht in Sicht, als Giff den Männern am Bug befahl, Henrys Leuten auf dem Steg die Leinen zuzuwerfen. Auf seinen Ruf: »Anlegen!« hin zogen sie eilig die Riemen ein, während er aufmerksam die Riffe im Auge behielt, zwischen denen sich das Schiff seinen Weg in den *goe* bahnen musste. Weitere Leinen wurden geworfen und von den Männern an Land festgemacht. Endlich war das Schiff in dem erstaunlich ruhigen Wasser vertäut.

Henry Sinclair, Graf von Orkney – hoch gewachsen und mit seinen sechsunddreißig Jahren noch immer so breitschultrig und blond wie seine Wikingervorfahren – kam ihnen lächelnd entgegen, um sie willkommen zu heißen.

Nachdem eine Laufplanke vom Schiff auf den Steg gelegt worden war, ging Giff als Erster von Bord, reichte dann Sidony die Hand und half ihr beim Aussteigen. Auf dem Landungssteg schüttelte er Henry die Hand und sagte: »Es ist alles in Ordnung. Wie Ihr ja vielleicht schon wisst, ist uns Fife dicht auf den Fersen. Das Mädchen habe ich übrigens geheiratet – der Priester steht dort hinten –, aber ich werde Euch bald alles genauer berichten.«

Henry begrüßte Sidony freundlich, und falls ihre Anwesenheit oder die Nachricht von ihrer Vermählung ihn überrascht hatten, so ließ er es sich zumindest nicht anmerken. Während Kapitän Maxwell und Jake die Männer bei ihrer Arbeit beaufsichtigten, folgten Giff, Sidony und Pater Adam ihrem Gastgeber eine schmale, steile Treppe hinauf, deren

Stufen direkt in den Fels gehauen worden waren. Oben angekommen, traten sie durch eine Rundbogentür in einem ummauerten Hof und standen vor dem Hauptturm von Girnigoe.

Drinnen empfing sie Jean, Gräfin von Orkney, auf dem Podium, das sich auf der Westseite der riesigen gewölbeartigen Halle befand. Aus dem Bogenfenster an der Wand dahinter hatte man einen weiten Blick über das Land westlich der Burg, auf das allmählich die Dämmerung herabsank. Die Gräfin, eine rundliche, gemütlich wirkende junge Frau, war ebenso blond wie ihr Mann. Sidony fiel ein Stein vom Herzen, als die Lady sie ebenfalls herzlich willkommen hieß und ihr erfreut zu ihrer Heirat gratulierte.

»Ihr müsst müde sein«, sagte sie zu Sidony. »Ich finde eine Seereise immer anstrengend. So schnell, wie Ihr von Leith hierher gefahren seid, habt Ihr unterwegs bestimmt nicht ein einziges Mal Rast gemacht.«

Lachend bestätigte Sidony Jeans Vermutung und fügte hinzu: »Wenn Sir Giffard mich nicht festgehalten hätte, wäre ich beim Aufstieg zur Burg bestimmt von der Treppe ins Wasser gestürzt. Ich hatte das Gefühl, als würde der Boden unter meinen Füßen weiter schwanken.«

»Das ist nach einer Seereise immer so, aber es gibt sich nach einer Weile. Kommt nun mit mir, damit ich Euch Eure Kammer zeigen kann. Die Männer wollen beim Abendessen sicher miteinander reden, doch Ihr werdet wohl kaum in der Halle speisen wollen. Ich nehme an, ein Bad, ein leichtes Mahl in Eurer Kammer und ein bequemes Bett wären jetzt genau das Richtige.«

Dankbar nahm Sidony das Angebot an. Dann fragte sie die Gräfin, ob sie ihr wohl ein Kleid leihen könnte, da sie nichts bei sich hatte als das, was sie auf dem Leib trug.

»Ach du meine Güte! Wie kommt denn das?«, rief die Gräfin erstaunt. Doch nachdem Sidony ihr auf dem Weg zu ihrer Kammer im dritten Stock alles erklärt hatte, versprach Jean, ihr alles Notwendige zu borgen. »Wirklich gut passen werden

Euch die Sachen nicht, da ich ja überall ein paar Zentimeter mehr aufzuweisen habe. Aber es wird schon irgendwie gehen.«

Sie erreichten die Kammer über eine Galerie, an deren Enden jeweils eine Öllampe von der Decke hing und spärliches Licht verbreitete. Hinter den Bogenfenstern war nichts als schwarze Dunkelheit, daher konnte Sidony nicht erkennen, ob sich die Sturmwolken mittlerweile verzogen hatten.

»Ich lasse Euch sogleich Euer Abendessen bringen und auch einen Badezuber«, sagte die Gräfin. »Während Ihr esst, können die Pagen ihn füllen. Ihr braucht Euch aber nicht zu beeilen; es dauert bestimmt noch eine ganze Weile, bis Sir Giffard zu Euch kommt.«

»Zu mir kommt?«, piepste Sidony.

Ihre Gastgeberin lächelte. »Da es wahrscheinlich die erste Nacht ist, die Ihr und Euer Gemahl ungestört miteinander verbringen könnt, würde ich es gar nicht wagen, ihn woanders einzuquartieren. Aber meine Zofe soll Euch etwas Hübsches bringen, das Ihr nach dem Bad anziehen könnt.«

Mit diesen Worten verließ sie Sidony, die entgeistert auf das große Bett starrte, das die Kammer beherrschte.

Henry überließ Pater Adam der Obhut seines Kaplans, nachdem er ihm versichert hatte, dass ihn eines seiner Schiffe nach St. Andrews zurückbringen würde. Dann bat er Giff, mit ihm an der hohen Tafel Platz zu nehmen. »Ich lasse die Wandschirme aufstellen, damit wir uns ungestört unterhalten können«, sagte er. »Jean kümmert sich darum, dass Sidony ein Bad nehmen kann und alles bekommt, was sie benötigt.«

Giff fand den Gedanken an Sidony im Badezuber erregend, doch schon unterbrach Henry seine Fantasien: »Was ist mit Euren Verfolgern geschehen, Giff?«, fragte er, nachdem ein Page die Wandschirme aufgestellt hatte. »Das Letzte, was ich hörte, war, dass sie dicht hinter Euch waren.«

»Könnte es gefährlich werden, falls sie bis in die Bucht vordringen?«, fragte Giff.

Henry zuckte die Achseln. »Girnigoe ist uneinnehmbar, und meine Schiffe sollten in der Lage sein, Fife auf Abstand zu halten. Falls er auf sein Recht als Königssohn pocht und Einlass in die Burg begehrt, werde ich ihn empfangen. Aber er darf nicht mehr als sechs seiner Männer mitbringen.«

»Er verfügt über doppelt so viele Boote wie dort unten in der Bucht warten. Dabei wüsste ich kaum einen Laird in Lothian, der ihn unterstützen würde, und ganz bestimmt nicht sechs. Außerdem besitzt keiner der Adeligen an der Ostküste mehr als ein Schiff. Die beiden Langboote fahren unter französischer Flagge.«

»Was ist mit de Gredin?«, fragte Henry und runzelte die Stirn. »Er war bereits in die Angelegenheit verwickelt, bevor er letztes Jahr mit mir hierher kam, und er behauptet, Beziehungen zu Frankreich und dem Papst zu pflegen.«

»Ja, der ist immer noch dabei«, erwiderte Giff. »Er hat Sidony entführt und sie auf Fifes Schiff versteckt. Ich fand sie, nachdem ich das Schiff gestohlen hatte. Das ist auch der Grund, warum wir geheiratet haben.«

Halb erschüttert, halb belustigt verlangte Henry nun, die ganze Geschichte zu hören. Also erzählte sie ihm Giff beim Essen in allen Einzelheiten, wobei er nur einige persönliche Details ausließ.

Nachdem Henry erfahren hatte, dass Sidony keinen Schaden genommen hatte und der Stein sich noch immer an Bord der *Serpent* befand, äußerte er sein Erstaunen über das erneuerte Bündnis zwischen de Gredin und Fife: »Dann muss de Gredin die übrigen Schiffe besorgt haben. Ob er sie wirklich von Seiner Heiligkeit hat?«

»Ich kann mir nicht vorstellen, dass diese Langboote dem Papst gehören. Der Vatikan verfügt nur über Frachtschiffe. Und was die übrigen angeht, so handelt es sich möglicherweise um Kriegsschiffe. Wir konnten nicht viel mehr von ihnen erkennen als die Segel.«

»Aber warum haben sie Euch nicht auf hoher See angegriffen? Ihr sagtet doch, dass sie die ganze Zeit Abstand hielten.«

»Ich glaube nicht, dass all diese Schiffe unter Fifes Oberbefehl stehen«, erwiderte Giff. »Darüber hinaus will er wahrscheinlich vermeiden, dass de Gredin etwas von dem Stein erfährt. Vielleicht ist er sich, was unsere Fracht angeht, selbst nicht ganz sicher. Doch um uns verfolgen zu können, brauchte er de Gredin, und dem geht es ausschließlich um den Schatz. Wahrscheinlich hofft er, dass wir ihn zu dem Versteck führen.«

»Ihr bleibt auf jeden Fall hier, bis wir entschieden haben, wie wir mit ihnen verfahren sollen«, sagte Henry. »Der einzige Weg zur Anlegestelle führt über die Treppe zur Burg. Vier Männer mit Piken oder Lanzen genügen, um sie gegen alle Eindringlinge, die von der Seeseite kommen, zu verteidigen. Aber Eure Fracht können wir erst umladen, wenn Fife wieder weg ist.«

»Ich werde einen Tag bleiben, damit sich meine Jungs ausruhen und Proviant an Bord nehmen können. Außerdem brauche ich eine von Euren Portolankarten mit Angaben zur Nordküste von Caithness«, erwiderte Giff. »Doch übermorgen will ich in aller Frühe aufbrechen.«

»Macht keine Dummheiten, Junge. Es regnet bereits, und bald wird der Sturm losbrechen. Er verwandelt den Pentland Firth tagelang in einen brodelnden Hexenkessel.«

»Wisst Ihr eine bessere Möglichkeit, um Fife abzuhängen?«, grinste Giff.

»Bis Cape Wrath sind es achtzig Meilen«, gab Henry zu bedenken. »Ihr könnt von Glück reden, wenn Ihr ohne zu kentern fünf Meilen weit kommt. Und selbst, wenn es Euch mit viel Glück gelingt, Cape Wrath zu umschiffen, verfolgt Euch der Sturm womöglich die ganze Westküste hinunter.«

»Das macht mir nichts aus«, entgegnete Giff. »Ich finde Stürme sehr erfrischend, doch Fife fürchtet sich vor ihnen. Und kein Kapitän aus Frankreich oder Rom kennt die hiesigen

Gewässer gut genug, um uns unter diesen Umständen nachzusetzen.«

»Aber Sidony werdet Ihr doch wohl hierlassen.«

»Das weiß ich noch nicht«, sagte Giff. »Am besten, ich frage sie selbst, was sie will.«

»Ihr könnt sie doch nicht mit auf eine solche Fahrt nehmen!«

»Wir werden sehen. Sie sagt, sie sei es leid, dass immer andere über sie bestimmen.«

»In diesem Fall dürfen wir ihr die Entscheidung aber nicht überlassen. Euer Plan ist einfach zu leichtsinnig. Ihr würdet nicht nur die Menschen an Bord, sondern auch Eure Fracht in Gefahr bringen. Habt Ihr das denn nicht bedacht?«

»Doch, aber gerade bei dieser Fahrt vertraue ich auf den Schutz des Heiligen Columban. Schließlich haben wir einen geweihten Gegenstand an Bord, und außerdem waren die Vorzeichen günstig. Darauf, und auf den Weg, den er einmal gewählt hat, muss ein Mann vertrauen, sonst wird er scheitern.«

Darauf erwiderte Henry nichts mehr, sondern erkundigte sich stattdessen nach Neuigkeiten aus seiner Heimat, doch Giff wusste, dass das Thema für den Fürsten noch nicht abgeschlossen war. Eine Stunde später brachten Henrys Männer die Nachricht, dass fünf von den Schiffen der Verfolger bei den Untiefen vor Noss Head auf Grund gelaufen waren. Giff betrachtete es als besonders gutes Omen, da die *Serpent* kurz zuvor bei einsetzender Ebbe gerade noch über diese Stelle hinweggekommen war.

Als er Henry Gute Nacht sagte, überreichte dieser ihm zwei Krüge mit Brogac und Wein sowie zwei silberne Pokale als Hochzeitsgeschenk. Giff, der wieder an Sidony im Badezuber denken musste, wollte jetzt unbedingt sehen, ob sein guter Stern ihn auch in dieser Hinsicht nicht im Stich ließ. Eilig lief er die Treppe hinauf zu ihrer gemeinsamen Schlafkammer.

Auf halbem Weg fiel ihm plötzlich wieder ein, dass sie ihm

vorgeworfen hatte, unüberlegt zu handeln. Henry – wie zuvor schon Hugo – war nicht so höflich gewesen und hatte seine Pläne schlichtweg leichtsinnig genannt. Doch Giff sah das anders. Selbstverständlich hatte er großen Respekt vor Henry und Hugo, und das Mädchen mochte er von Tag zu Tag lieber. Doch sie kannte ihn noch nicht besonders gut und hatte außerdem keine Ahnung davon, wie man Siege errang.

Warum nur, dachte er, gingen ihm dann ihre Worte einfach nicht aus dem Sinn?

Angenehm satt, frisch gebadet und nach französischer Lavendelseife duftend, saß Sidony auf großen, dicken bestickten Kissen am Feuer. Sie trug ein spitzenbesetztes Batistnachthemd der Gräfin und dazu einen weichen Morgenmantel aus gelbem Samt. Als plötzlich der Türriegel zurückgeschoben wurde, schnappte sie vor Schreck nach Luft.

Es war Giff, der mit den beiden Krügen und Pokalen in der Hand eintrat. Da Sidony den Eindruck hatte, dass sie sich im Stehen sicherer fühlen würde, erhob sie sich und ging ihm in Jeans Hausschuhen entgegen.

In der Tür blieb er unvermittelt stehen und starrte sie unverwandt an, bis ihr die Hitze in die Wangen stieg und sich gleich darauf in ihrem ganzen Körper ausbreitete. Jeans Zofe hatte sich persönlich um sie gekümmert, ihr das Haar gewaschen und es am Feuer gebürstet, bis es trocken war. Weich und seidig fiel es Sidony den Rücken hinab bis zur Taille.

Giff stieß einen leisen Pfiff aus und sagte: »Bei deinem Anblick könnte jeder Mann schwach werden, mein Mädchen.«

Obwohl sie sich über das Kompliment freute, hätte sie beinahe gesagt, sie sei nicht sein Mädchen, als ihr plötzlich einfiel, dass sie es doch war – und zwar mit dem Segen Gottes und seiner Heiligen Kirche. Als sie ihn so ansah und an ihr Ehegelübde dachte, wurde ihr bewusst, dass ihr der Gedanke, mit ihm verheiratet zu sein, immer besser gefiel.

Auch jetzt löste sein strahlendes Lächeln wieder diese eigenartigen Gefühle in ihr aus, die sie in seiner Gegenwart so oft empfand.

Er trat in die Kammer, drückte die Tür mit dem Ellbogen ins Schloss und sagte: »Der Morgenmantel gehört Jean, nicht wahr?«

»Ja«, antwortete sie. »Es war sehr nett von ihr, ihn mir zu leihen, auch wenn er mir ein wenig groß ist.«

»Du siehst aus wie ein Kind in den Kleidern seiner Mutter.«

»Ich bin aber kein Kind mehr«, erwiderte sie entrüstet.

»Nein, Liebste, das sehe ich. Ist das Wasser in dem Zuber dort noch warm?«

»Das weiß ich nicht. Es steht schon einige Zeit, aber es findet sich bestimmt jemand, der Euch noch heißes Wasser nachgießt.«

»Ich will aber nicht warten«, entgegnete er mit begehrlicher Miene.

Sie fand diesen Blick beunruhigend, doch eine innere Stimme riet ihr, zu schweigen. Schließlich sagte sie würdevoll: »Falls Ihr ein Bad nehmen wollt, Sir, kann ich ja so lange auf der Galerie auf und ab gehen.«

»Nein, Mädchen, du wirst mir zur Hand gehen. Das ist die Pflicht einer Ehefrau, und du hast schließlich gelobt …«

»Ich weiß, was ich gelobt habe. Aber von Baden war dabei nicht die Rede!«

»Von Gehorsam aber schon. Du scheinst keine große Lust dazu zu haben. Wahrscheinlich, weil es noch ungewohnt ist. Halte das.« Mit diesen Worten reichte er ihr die beiden silbernen Pokale.

Sie gehorchte mit argwöhnischer Miene, während er aus einem der beiden Krüge einschenkte. Sie schnupperte misstrauisch – das war kein Wein. »Ist das Brogac?«

»Ja. Hast du noch nie welchen getrunken?«

Sie schüttelte den Kopf.

»Na gut. Ich nehme jetzt jedenfalls mein Bad, und du kannst

dabeisitzen und deinen Brogac trinken. Wenn du willst, erzähle ich dir auch eine oder zwei Geschichten.«

»Einverstanden«, sagte sie, da sie an seinem Vorschlag nichts auszusetzen fand.

Giff stellte den Krug mit Brogac auf den niedrigen Hocker vor dem Kamin, wo sie seinen Becher abgesetzt hatte, während sie sich wie ein Kätzchen in die Kissen schmiegte. Der Hocker war zu weit entfernt, und von ihrem weichen Nest aus konnte sie den Pokal schlecht auf den Boden stellen; also behielt sie ihn in der Hand.

Zufrieden prüfte Giff die Wassertemperatur. Es war nur noch lauwarm, duftete jedoch herrlich nach ihrer Seife. Da es im Zimmer schön warm war, würde es schon gehen. Er wollte ihr einerseits beweisen, dass er nicht unüberlegt handelte, ihr aber zugleich klarmachen, dass sie sich an seine Ermahnungen halten musste.

Der blaue Fleck an ihrem Kinn war bereits verblasst, und ihre Wangen schimmerten rosig vom Baden.

Er brannte darauf, sie zu berühren, doch als er sich auszuziehen begann, riet ihm eine ungewohnte innere Stimme, sich lieber umzudrehen, um sie nicht zu erschrecken. Gleich darauf stieg er in den Zuber, nahm den Wasserkrug, der daneben stand, und goss sich den Inhalt über den Kopf. Dann seifte er sich von oben bis unten ein. Tropfend und voller Seifenschaum lächelte er sie an.

»Warst du schon jemals einem Mann beim Baden behilflich, meine Süße?«

Sie schüttelte den Kopf. »Mein Vater sagt, das gehört sich nicht für eine ehrbare Jungfer.«

»Selbst eine Jungfer darf ihrem Mann dabei zur Hand gehen. Du kannst mir also gerne helfen, wenn du möchtest.«

Die Art und Weise, wie sie unruhig auf ihrem Kissen herumrutschte, verriet ihm, dass seine Worte ihre Wirkung auf Sidony nicht verfehlt hatten, auch wenn sie selbst es nicht wahrhaben wollte. »Ihr habt doch versprochen, mir eine Geschichte zu erzählen«, sagte sie nur.

»Das eine schließt das andere nicht aus.« Erneut tauchte er den Wasserkrug ein.

»Ich möchte eigentlich nur die Geschichte hören«, erwiderte sie. »Der ist aber ziemlich stark«, fügte sie nach einem Schluck Brogac hinzu und verzog das Gesicht.

»Man gewöhnt sich daran, und außerdem ist er ein typisches Getränk der Inseln. Aber wenn du ihn gar nicht magst ...« Als sie erneut nippte, machte er eine Pause und dachte, wie günstig doch alles verlief. Dann fuhr er fort: »Ich kenne viele Geschichten aus dem Hochland. Gibt es eine, die dir besonders gut gefällt?«

»Ja«, sagte sie und nahm noch ein Schlückchen.

»Welche ist es?«, erkundigte er sich, während er sich das Wasser über den Kopf goss, um die Seife abzuspülen.

»Ich würde gerne wissen, was Euch auf die Idee gebracht hat, dass man die rechte Gelegenheit beim Schopf packen muss, weil man keine zweite Chance bekommt.«

Er erstarrte, die Hand mit dem Krug noch immer erhoben, während die Schatten der Vergangenheit in ihm aufstiegen und ihn bis ins Mark erschütterten.

Tapfer verdrängte er die auf ihn einstürmenden Erinnerungen und sagte zögernd: »Es war nur ein altes französisches Sprichwort, das ich einmal gehört habe: ›Alle Schätze dieser Erde bringen den verpassten Augenblick nicht zurück‹. Das sagte mein Vater einmal, und ich habe es mir zu Herzen genommen.«

»Und welcher verpasste Augenblick brachte ihn darauf?«

Heftiger als je zuvor überfielen Giff die Erinnerungen. Er setzte den Wasserkrug ab und atmete einmal tief durch. Dann sagte er langsam: »Ich möchte heute Abend nicht darüber reden, Mädchen. Es hat nichts zu bedeuten.«

Sie beugte sich vor, beide Hände um die Rundung ihres Pokals gelegt. Dabei bemerkte sie gar nicht, dass ihr Morgenmantel so weit auseinanderklaffte, dass man die sanfte Wölbung ihrer Brüste mit der tiefen Spalte dazwischen sehen konnte. Wie ein glänzender, blassgoldener Seidenvorhang fiel ihr das Haar ins Gesicht.

»Das glaube ich nicht«, sagte sie leise. »Manchmal macht Ihr ohne Grund so ein trauriges Gesicht, und außerdem sprecht ihr viel zu oft von verpassten Gelegenheiten, als dass es nicht etwas zu bedeuten hätte. Euch muss etwas Schreckliches widerfahren sein.«

Niemals zuvor hatte er sich so wehrlos und verletzlich gefühlt. Doch als er sie anblickte und den sanften und dennoch eindringlichen Ausdruck in ihren Augen sah, hatte er plötzlich den Wunsch, ihr alles zu erzählen, alles zu erklären. Die Vorstellung, sich bei ihr aussprechen zu können, war verlockend, doch er wusste nicht, wie er es ihr beibringen sollte. Er hatte Angst, ihr verständnisvolles Mitgefühl könnte in Ablehnung umschlagen.

Doch sie blickte ihn nur weiterhin gelassen und voller Vertrauen an. Da nahm er allen Mut zusammen und sagte unumwunden: »Ich habe meinen Bruder getötet.« Entsetzt merkte er, dass ihm die Tränen kamen.

Verstohlen wischte er sie ab, und als ihm bewusst wurde, dass er noch immer im beinahe erkalteten Wasser saß und ihm die nassen Haare in Strähnen ums Gesicht hingen, griff er nach seinem Becher, um ihn mit einem einzigen Zug zu leeren. Doch sie sprang auf und hielt seinen Pokal fest.

»Wartet«, sagte sie. »Zuerst will ich den Rest hören. Wie alt wart Ihr damals?«

»Elf«, erwiderte er knapp. »Mädchen, ich kann hier nicht so sitzen bleiben und darüber reden.«

Als hätte er gar nichts gesagt, fuhr sie fort: »Und wie alt war Euer Bruder?«

»Dreizehn.« Als ihm klar wurde, dass sie nicht lockerlassen würde, beschloss er, es so schnell wie möglich hinter sich zu bringen. »Er hat mich gehänselt. Was er genau sagte, weiß ich nicht mehr, aber ich war wütend. Dann rannte er los und rief, ich würde ihn nie einholen. Duncraig liegt auf einer Basaltklippe hoch über dem Meer. Am Tag zuvor war ich beim Spielen gestolpert und in eine Felsspalte gefallen. Es war nur ein kleiner Spalt, aber ich empfand es als ziemliche Blamage. Nun sah ich meinen Bruder darauf zurennen, doch ich wusste nicht, wie nahe am Abgrund sich die Spalte befand. Ich hätte ihn warnen können, doch ich zögerte. Und dann war der Augenblick vorbei.«

»Ist er abgestürzt?«

»Er … er wollte über den Spalt springen, strauchelte und stürzte über den Rand der Klippe auf die darunterliegenden Felsen.«

Giff schauderte, und eine Träne rann ihm über die Wange. Er war wieder der elfjährige Junge, der mitansehen musste, wie sein geliebter fröhlicher Bruder an jenem schrecklichen Tag vor seinen Augen verschwand. Er war nur dreizehn Jahre alt geworden.

18

Sidony hätte am liebsten mit Giff geweint, doch sie wusste, dass kein Mann es gerne sah, wenn man seine Tränen auch nur zur Kenntnis nahm. Obwohl ihr klar war, dass sein Erschauern eher der Erinnerung als der Kälte zuzuschreiben war, reichte sie ihm seinen Pokal mit den Worten: »Hier, trinkt das. Es wird Euch wärmen.«

Als sie kurz zuvor aufgesprungen war, um ihn am Trinken zu hindern, hatte sie versehentlich ihren eigenen Becher umgestoßen, sodass der Inhalt sich auf den Kaminvorleger ergoss. Ein Glück, dachte sie, dass sie in ihrer Hast nicht vornübergefallen und zu ihm in den Zuber gestürzt war. Bei dieser Vorstellung musste sie beinahe lächeln. Doch sie wollte unbedingt auch noch den Rest seiner Geschichte hören.

»Findest du mein Verhalten lächerlich, Liebste?«, fragte er.

»Nein, ich dachte nur gerade, dass ich mich um ein Haar in diesen Kleidern verheddert hätte und zu Euch in den Zuber gefallen wäre«, erwiderte sie und ging zum Bett. »Die Zofe der Gräfin hat auch einen Morgenmantel von Henry für Euch mitgebracht. Er liegt hier auf dem Bett.«

Als sie es platschen hörte, drehte sie sich um und sah, dass er aus dem Zuber gestiegen war. Tropfend stand er vor dem Kamin und trocknete sich die Haare mit einem Handtuch. Sein Körper glänzte im Schein des Feuers und der Öllampen.

Sie trat hinter ihn, wobei sie sich zwingen musste, nicht auf seine strammen, wohlgerundeten Hinterbacken zu starren, hielt den Morgenmantel hoch und sagte: »Steckt die Arme hindurch.«

Er gehorchte; dann drehte er sich, ohne den Morgenmantel zu schließen, zu ihr um. Als sie einen Schritt zurückwich, ließ er das Handtuch fallen, fasste sie bei den Schultern und zog sie an sich. Sie reichte ihm knapp bis zum Kinn.

Während sie seine Umarmung erwiderte, flüsterte sie: »Ihr werdet Euch noch den Tod holen, wenn …«

»Ich habe das noch nie jemandem erzählt.«

»Seid Ihr deswegen so lange nicht mehr auf Duncraig gewesen?«

»Bald darauf gab mich mein Vater zu meinem Onkel am Loch Hourn in Pflege.«

»Wegen des Unfalls?«

»Ich bin sicher, dass er mir die Schuld dafür gab. Ich gab mir ja selbst die Schuld. Hätte ich ihn gewarnt …«

»Warum habt Ihr es nicht getan?«, fragte sie, als er schwieg.

»Es ging alles so schnell. Aber ich hatte trotzdem noch Zeit zu denken, wie albern er aussehen würde, wenn er in diesen Felsspalt fiele.«

»Hat Euch Euer Vater deshalb die Schuld gegeben?«

»Das habe ich ihm nie erzählt. Er fragte mich, wie es geschehen war, und ich sagte ihm, Bryan wäre losgerannt und gestolpert, alles in einem einzigen Augenblick. Darauf antwortete mein Vater mit diesem Sprichwort über die verpassten Augenblicke. Daher kenne ich es.«

»Aber während Eurer Zeit bei Eurem Onkel müsst Ihr doch ab und zu nach Hause gekommen sein.«

»Ja, sicher. Aber mein Vater war mir gegenüber fremd und abweisend, und so kam ich irgendwann nicht mehr. Mein Onkel lehrte mich alles über Schiffe und schenkte mir ein eigenes Boot. Und später ging ich nach Dunclathy.«

Sie hätte ihn gerne noch mehr gefragt, doch er richtete sich auf und sagte: »Genug von der Vergangenheit. Ich möchte ins Bett und dich in den Armen halten. Erlaubst du mir das?«

Sie schaute ihm in die Augen. »Ja, wenn Ihr wollt. Aber Ihr hattet vor, mich zu verführen. Deshalb habt Ihr mir auch den Brogac gegeben.«

Er lächelte zerknirscht. »Ja, da hast du recht. Aber ich habe auch etwas zu meinen Gunsten anzuführen: Ich war voreilig genug, Henry mitzuteilen, dass ich dir die Entscheidung überlassen wollte, ob du mit mir kommst oder hierbleibst.«

»Natürlich komme ich mit Euch«, erwiderte sie. »Schließlich bin ich Eure Frau. Und abgesehen davon habt Ihr mir versprochen, mich nach Glenelg zu bringen.«

Aus der Art und Weise, wie er sie ansah, schloss sie, dass er es lieber gesehen hätte, wenn sie dabliebe. Daher fügte sie eilig hinzu: »Darüber können wir später reden. Jetzt wäre es mir lieb, wenn wir zu Bett gingen.«

Giff blickte ihr nach, als sie durchs Zimmer ging. Trotz des wallenden Mantels bewegte sie sich mit einer solchen Anmut, dass er ihr ewig hätte zuschauen können. Warum nur war es ihm so leicht gefallen, ihr von Bryans Tod zu erzählen? Er hatte damit gerechnet, dass sie ihn verurteilen würde, doch obgleich seine Geschichte sie traurig gestimmt hatte, schien sie davon weder schockiert noch abgestoßen zu sein.

Nachdem er die Öllampen gelöscht und ihren umgestürzten Pokal neben den seinen auf den kleinen Hocker gestellt hatte, ging er ihr nach zu dem riesigen Himmelbett, nahm ihr den Morgenmantel ab, als sie ihn auszog, und legte ihn quer über das Fußende des Bettes. Das Spitzenhemd, das sie darunter trug, war ihr ebenfalls zu groß. Sie merkte gar nicht, was es alles enthüllte, als sie ins Bett stieg und auf die andere Seite rutschte.

Giff legte Henrys Morgenmantel ab und warf ihn ebenfalls ans Fußende, dann kletterte auch er ins Bett und legte sich neben sie auf den Rücken. Mit den Worten: »Komm, lass mich dich festhalten«, streckte er den Arm nach ihr aus.

Widerspruchslos schmiegte sie sich an ihn und ließ den Kopf an seiner Schulter ruhen. Ihr Haar fühlte sich wie Seide an, und ihr Körper war noch wärmer, als er erwartet hatte.

So lagen sie ein Weilchen einträchtig beieinander, als er plötzlich erkannte, dass sein Körper mit seinem Entschluss, ihr nicht zu nahe zu treten, ganz und gar nicht einverstanden war.

Sie rückte noch etwas näher und drehte sich ein wenig zu ihm um, sodass er ihren sanft gerundeten Busen unter dem dünnen Batist an seiner nackten Brust spüren konnte.

»Ihr seid ja immer noch ganz kalt«, murmelte sie.

»Ach nein«, erwiderte er. »Du wärmst besser als ein heißer Ziegelstein.« Als sie leise lachte, fügte er ernster hinzu: »Ich hatte Angst, du würdest schlecht von mir denken.«

»Wie käme ich dazu? Ihr wart doch noch ein Kind und hattet ebenso wenig Einfluss darauf, was Euer zwei Jahre älterer Bruder tat, wie ich auf meine Schwestern. Es gibt ja vieles, von dem ich keine Ahnung habe, aber mit Kindern kenne ich mich aus«, fügte sie in bestimmtem Ton hinzu: »Woher hättet Ihr wissen sollen, dass er abstürzt? Das konntet Ihr doch unmöglich ahnen.«

»Nein, aber ich bin auch nicht gerannt. Ich wäre nie so ...«

»Ist Euer Vater auch ein schottischer Tempelritter?«, fragte sie unvermittelt.

Der Übergang kam ein wenig plötzlich für ihn, doch er antwortete: »Ja, gewiss. Deshalb hat er mich auch nach Dunclathy geschickt. Du weißt doch sicher, dass viele von uns dort ausgebildet wurden.«

»Das habe ich mir schon gedacht, denn fast alle Männer, die ich kenne, scheinen Templer zu sein und Sir Hugo und seinen Vater zu kennen. Es sind alles vernünftige Leute.«

»Ja, schon, aber wenn du damit meinst, dass sie nicht so leichtsinnig sind wie ich ...«

»Das habe ich nicht gesagt«, erwiderte sie, legte ihm ihre zarte Hand auf die Brust und rührte sich ein wenig, als suche sie eine bequemere Lage.

»Wenn du das noch einmal machst, Liebste, kann ich für nichts garantieren.«

»Warum?«

»Soll ich dir zeigen, warum?«

***

Sidonys Puls begann zu rasen, denn die letzten Worte hatte er mit völlig veränderter Stimme gesprochen. Sie war tief, kehlig und erregend und brachte ihr Blut in Wallung.

Plötzlich war ihr Mund ganz trocken, und sie verharrte einen Augenblick reglos, bis ihr einfiel, dass sie vielleicht gerade jetzt einen dieser entscheidenden Momente verpasste, von denen er so oft sprach. Noch immer konnte sie sich nicht entscheiden, doch es schien, als würde ihre Hand ihr die Entscheidung abnehmen, denn sie streichelte ihn und fuhr mit immer stärkerem Druck über seine breite Brust.

Da packte er ihr Handgelenk mit festem Griff, drehte sich auf die Seite und knurrte: »Wenn du mich reizen willst, Liebste, wirst du sehen, wie gefährlich das sein kann. Ich möchte dich als meine Frau besitzen, aber nicht gegen deinen Willen. Wenn du allerdings so weitermachst, gehe ich davon aus, dass du sehr wohl willst. Aber das würde ich lieber aus deinem eigenen Mund hören.«

Ihre Finger zuckten in seinem Griff.

»Nun?«, drängte er. Sein Geduldsfaden war offenbar zum Zerreißen gespannt.

»Ja«, sagte sie da und leckte sich über die trockenen Lippen. »Wenn Ihr wollt, dann … dann will ich auch.«

Sie hatte die Worte kaum ausgesprochen, als er schon seinen Mund fest auf ihre Lippen presste. Dabei hielt er noch immer ihr Handgelenk umklammert, und das Gewicht seines Körpers drückte sie in die Matratze.

Zu seiner Überraschung erwiderte sie den Druck.

Heiß und fordernd waren seine Lippen, und als er ihre Hand losließ und stattdessen ihre Brust unter dem dünnen Stoff streichelte, wie sie es zuvor bei ihm getan hatte, war ihr, als loderten Flammen durch ihren ganzen Körper. Ein Stöhnen entrang sich ihrer Kehle, als er mit dem Daumen über ihre Brustwarze fuhr.

»Zieh das Hemd aus, Liebste«, murmelte er, wartete jedoch nicht ab, bis sie es tat, sondern zog es ihr eigenhändig herunter, wobei er zugleich die Bettdecke zur Seite warf. Offenbar hatte sie nichts dagegen einzuwenden. Dann betrachtete er sie, wie sie unter ihm lag. Der Schein des heruntergebrannten Feuers beleuchtete sein Gesicht und seinen Körper, und als sie den Ausdruck der Begierde in seinen Augen sah, wurde sie selbst von einem solchen Verlangen gepackt, wie sie es sich niemals hätte vorstellen können. Vom allerersten Augenblick an hatte sie sich in seiner Gegenwart wohlgefühlt. Mehr noch, sie hatte Streitgespräche mit ihm geführt und ihm ohne jede Zurückhaltung Gedanken anvertraut, die sie noch keinem Menschen verraten hatte.

Als er den Blick von ihren Brüsten zu ihrer Scham und wieder zurück schweifen ließ, um ihr dann tief in die Augen zu blicken, fragte sie ungewohnt zaghaft: »Denkt Ihr immer noch, es wäre besser, wenn Ihr nicht geheiratet hättet, Sir?«

Er schüttelte den Kopf und erwiderte mit einem kleinen schiefen Lächeln: »Aber ich gebe nach wie vor einen lausigen Ehemann ab, Madam.«

»Ihr seid der Erste, der mich ›Madam‹ nennt«, sagte sie und keuchte leise, als er erneut mit ihren Brüsten zu spielen begann.

Er liebkoste eine ihrer Brustwarzen, bevor er sie zärtlich zwischen die Lippen nahm und sie auf eine Weise mit der Zunge umspielte, dass ihr zumute war, als stünde ihr Körper in Flammen. Gleichzeitig streichelte er ihren Bauch und ließ die Hand immer weiter nach unten wandern. Dann küsste er sie erneut und leckte sanft über ihre Lippen, bevor seine Zunge in ihren Mund eindrang.

Das Innere ihres Mundes war warm und seidenweich, und Giff hatte Lust, jeden Winkel darin zu erkunden, so wie er jeden Winkel ihres Körpers erforschen wollte. Sie schmeckte frisch und süß, und ihre kleinen schlanken Hände huschten mit federleichten Berührungen über seinen Körper und erspürten die Beschaffenheit seiner Haut, bis sich ihm vor Wonne die Härchen an Brust und Bauch aufstellten. Als sie mit den

Fingerspitzen über eine seiner Brustwarzen fuhr, jagte ein lustvoller Schauer durch seinen Körper.

Seine Lenden schmerzten schon, doch wenn er ihr beweisen wollte, dass er keineswegs immer übereilt handelte, durfte er nicht zulassen, dass sie ihn jetzt schon dazu brachte, dem Druck nachzugeben.

Er hielt ihre Hand fest, die über seine Brustwarze strich, und küsste sacht die Fingerspitzen. Dann schob er sich auf sie und begann abermals, an ihren Brüsten zu saugen. Schließlich ließ er ihre Hand los, streichelte ihren Arm bis hinauf zur Schulter und ihre Seite bis hinunter zur Hüfte, bevor er sein Gewicht ein wenig verlagerte und die Innenseiten ihrer Schenkel liebkoste. Endlich wölbte er die Hand über ihren kleinen Hügel und drang mit einem Finger zwischen ihre Schamlippen.

Als sie sich versteifte, ließ er die Brustwarze los, die er gerade zwischen den Lippen hielt, und sagte: »Ganz ruhig, Liebste. Ich will mir nur den Weg bereiten. Weißt du, was geschieht, wenn ein Mann und eine Frau miteinander schlafen?«

»Ja«, flüsterte sie. »Ich habe meine Schwestern davon reden hören, und einmal hat Sorcha gesagt, es sei im Großen und Ganzen so, wie die meisten Tiere sich paaren.«

Er bezweifelte, dass Tiere ebensolche Lust empfanden wie Menschen, doch er sagte nur: »Wenn du etwas nicht verstehst oder nicht magst, sag es mir. Die Liebe sollte ein Genuss sein, auch wenn das beim ersten Mal nicht immer der Fall ist. Das will ich dir nicht verschweigen.«

Während er sprach, suchten seine Finger ihre empfindlichste Stelle. Als sie aufstöhnte und die Beine ein wenig spreizte, küsste er sie erneut und schob ihr die Zunge in den Mund. Jeder Kuss und jede Zärtlichkeit fachte seine Lust noch stärker an, bis er es nicht mehr aushielt und in sie eindrang. Auf ihr Keuchen hin hielt er inne, um ihr ein wenig Zeit zu geben, sich an ihn zu gewöhnen. Doch schließlich konnte er nicht mehr länger warten.

Anfangs hielt er sich zurück und bewegte sich behutsam, doch als er die pulsierende Hitze ihres Schoßes spürte, wurden seine Stöße drängender.

Sidony keuchte, als seine Bewegungen immer schneller wurden. Noch immer hielt er seine Lippen auf die ihren gepresst, und seine Zunge erfüllte ihren Mund. Dann hob er den Kopf und drang noch tiefer in sie ein. Jetzt nahm sie nichts mehr wahr als die Empfindungen ihres Körpers, den Schmerz, die Hitze und das Gefühl, ganz von ihm erfüllt zu sein.

Sein Gesicht, das sie im Schein der Glut kaum erkennen konnte, war verzerrt, als empfinde auch er Schmerz, achte jedoch im Eifer seiner Leidenschaft nicht darauf. Immer härter und schneller stieß er zu, bis sie fürchtete, er könnte ihren Leib spalten.

Plötzlich war da ein neues Gefühl, ein Pochen und Pulsieren in ihrem Innersten. Er atmete jetzt schwer und drang so tief in sie ein, als wolle er sie durchbohren. Schließlich wurden die Stöße kürzer und rascher, dann war es vorbei.

Erschöpft sank er auf sie nieder und atmete in tiefen, langsamen Zügen. Er war noch immer in ihr, doch sie hatte nicht länger das Gefühl, als würde er sie bis zum Bersten ausfüllen.

»Kannst du atmen?«, flüsterte er an ihrem linken Ohr.

»Nicht besonders gut.«

Mit offensichtlicher Anstrengung rollte er sich von ihr herunter, ließ jedoch einen Arm unterhalb ihrer Brüste quer über ihren Rippen liegen. »Besser?« Als sie nickte, fragte er: »Habe ich dir sehr wehgetan?«

»Es ging. Aber ich wusste ja nicht, dass man solche Gefühle haben kann.«

»Ich dachte, du hättest deine Schwestern darüber sprechen hören.«

»Ja, aber das war eben nur Gerede. Ich weiß, dass sie gerne mit ihren Männern schlafen, aber wahrscheinlich versteht man das erst, wenn man die Erfahrung selbst gemacht hat.«

»Ich schlafe gleich ein, Liebste«, murmelte er. »Wir sollten uns jetzt besser noch ein wenig säubern.«

Das taten sie dann auch, wobei er ihr half, das Blut von den Schenkeln zu wischen. Es war nicht sehr viel, und zu ihrer Erleichterung hatte das Laken der Gräfin nur ein oder zwei kleine Flecken abbekommen. Viel schlimmer war, dass er – kaum hatte er sie an sich gezogen und ihr einen Gutenachtkuss gegeben – auf der Stelle einschlief. Und schnarchte.

Sie lag neben ihm und überlegte, ob eine Frau wohl gleich beim ersten Mal ein Kind empfangen konnte oder ob dafür mehrere Versuche notwendig waren. Als sie erwachte, war es Morgen, und Giff stand in Henrys dunkelblauem Morgenmantel in der Kammer und sagte der Dienstmagd, die gekommen war, um die Öllampen nachzufüllen und Feuer zu machen, sie solle ihm frisches Wasser bringen.

Giff schaute zu Sidony hinüber, die sich umdrehte und sich, die Bettdecke an die Brust gepresst, gähnend aufsetzte. Er fragte sich, ob es sie es wohl bereute, dass sie mit ihm geschlafen hatte.

Giff merkte, dass der Sturm immer näher kam, denn das tiefe, stete Heulen hatte sich im Laufe der Nacht zu brüllenden Böen gesteigert. Bestimmt würde der Qualm des Feuers ins Zimmer gedrückt, wenn die Magd den Kamin ansteckte.

Sidony sah wunderschön aus. Sie hatte das Nachthemd der Gräfin nicht wieder angezogen, sondern nackt an seiner Seite geschlafen. Nun fiel ihr das herrliche seidige Haar über die bloßen Schultern und den Rücken. Am Abend zuvor hatte sie sich nicht die Mühe gemacht, es zu flechten und unter ein Haarnetz zu stecken, und er wunderte sich, dass sie sich nicht völlig darin verheddert hatte.

Sein eigenes Haar stand ihm vermutlich zu Berge wie bei einer steifen Brise. Doch darum konnte er sich jetzt keine Gedanken machen. Henrys Diener würde sich später darum kümmern.

»Guten Morgen«, sagte Sidony.

Er erwiderte lächelnd ihren Gruß, wie immer ganz verzaubert von ihrer Stimme. Sie klang sanft und melodisch wie eine Harfe. Natürlich hätte er so etwas Närrisches niemals gesagt, doch er empfand es so. Der Klang von Harfen und Lauten hatte ihm immer besonders gefallen, und seine eigene Laute war stets mit an Bord der *Storm Lass.*

»Ihr seid früh auf«, fügte sie hinzu.

»Ich bin neugierig, wie es Fife und de Gredin ergangen ist. Henry hat gesagt, sie hätten einige ihrer Schiffe verloren. Nun müssen sie sehen, wie sie die überzähligen Männer unterbringen.«

»Es ist doch wohl keiner ertrunken, oder?«

»Um Himmels willen, nein«, erwiderte er. »Vor Noss Head gibt es ausgedehnte seichte Stellen, auf denen man bei Ebbe leicht stranden kann. Sie sind auf Maxwells Karte verzeichnet, und außerdem erinnere ich mich von früheren Besuchen daran. Doch Fifes Schiffe sind uns blindlings gefolgt und auf Grund gelaufen, da sie die Untiefen nicht rechtzeitig gesehen haben. Ich weiß natürlich nicht, wie stark die Schiffe beschädigt sind. Es gibt dort draußen auch eine Sandbank, und wenn sie die nur gestreift haben, sind sie wahrscheinlich schon in der Bucht.«

»Sie werden doch nicht die Burg angreifen!«

»Das würde ihnen schlecht bekommen«, erwiderte er. »Die schmale Landzunge, auf der Girnigoe liegt, ist noch schwerer einzunehmen als die Landbrücke bei Roslin, da sich nur jeweils zwei Reiter nebeneinander der Burg nähern können. Aus dem gleichen Grund ist es auch unmöglich, die Anlegestelle in der Felsspalte zu erobern. Und selbst wenn sie das fertigbrächten, müssten sie noch die steile Treppe überwinden. Du hast sie ja selbst gesehen; die Verteidiger oben an der Treppe könnten mögliche Angreifer ohne Weiteres abwehren.«

»Was werden sie also tun?«

Ein Klopfen an der Tür verriet die Ankunft der Magd mit dem Wasser. Giff wartete, bis sie den Krug auf den Waschtisch gestellt hatte, dann entließ er sie mit dem Hinweis, dass sie kein Feuer zu machen brauchte.

»Bei dem Wind wird der Kamin sowieso qualmen«, erklärte er Sidony und fuhr fort: »Um auf unsere Verfolger zurückzukommen – wie Henry sagt, hat sich de Gredin letztes Jahr hier gründlich umgesehen, den Schatz aber natürlich nicht gefunden. Deshalb ist er wohl der Meinung, wir würden nach Orkney fahren. Als sie zusammen dort waren, hat Henry den Chevalier nämlich keine Sekunde aus den Augen gelassen.«

»Dann ist der Schatz also dort versteckt?«

»Ach, ich weiß nicht, und jetzt muss ich los.« Er küsste sie flüchtig und war verschwunden.

Sidony blickte ihm nach und überlegte, ob er wohl die Wahrheit gesagt hatte. Sie glaubte nicht, dass Giff sie anlügen würde, doch andererseits war es schwer vorstellbar, dass er nicht wusste, wo der Schatz versteckt war, da er einen Teil davon selbst befördert hatte. Wollte er seine Fracht bei Henry lassen? Und wenn ja, warum musste er dann noch nach Westen fahren? Und warum hielt Henry es für zu gefährlich, wenn sie Giff nach Kintail begleitete, solange der Schatz hier gut aufgehoben war und Fife sich in Orkney aufhielt?

Bald darauf erschien Jeans Zofe Morag, die ebenso pummelig war wie ihre Herrin. Sie trug einen Stapel Kleider über dem Arm, von dem sich Sidony nach dem Wunsch der Gräfin aussuchen sollte, was ihr gefiel.

»Gräfin Jean hat gesagt, es sind Sachen, die sie getragen hat, als sie noch schlanker war, Mylady. Sie werden Euch zwar immer noch zu lang sein, aber ich kann sie ruckzuck umnähen. Sie hat auch noch gesagt, dass sie Euch dankbar wäre, wenn Ihr ihr noch ein paar Wochen Gesellschaft leisten würdet.«

»Ich sage ihr vielen Dank für die freundliche Einladung«, erwiderte Sidony, die den Verdacht hatte, dass Henry oder Giff hinter diesem Versuch steckten, sie auf Girnigoe zu halten.

Von Morag unterstützt, verbrachte Sidony, die sich ebenfalls gegen ein Feuer entschied, die folgenden Stunden damit, die Kleider anzuprobieren und einige davon auszuwählen. Als Giff zurückkam, stand sie gerade auf einem Hocker und trug ein langärmeliges Überkleid aus feinem rosafarbenen Wollstoff und ein Untergewand aus hellgrün und grau gestreifter Seide.

Morag hatte den Saum des Kleides bereits umgenäht und steckte soeben die Länge des Überkleides ab, und zwar kurz genug, dass der Saum des Untergewandes – der neuesten Mode entsprechend – ein Stückchen darunter hervorsah. Die Ärmel des Unterkleides, die Sidony bis auf die Fingerknöchel fielen, waren ebenfalls länger als die des Obergewandes, die nur bis zum Handgelenk reichten.

Giff blieb in der Tür stehen; sein Gesicht hatte den gleichen Ausdruck wie am Abend zuvor, als er sie im Morgenmantel der Gräfin gesehen hatte.

»Vielen Dank, Morag«, sagte Sidony, nachdem sie einen Blick mit ihrem Gatten gewechselt hatte. »Vielleicht könntest du später damit weitermachen.«

»Ja, Madam. Jetzt, wo ich den Saum abgesteckt habe, kann ich ihn auch so umnähen. Möchtet Ihr noch andere von den Kleidern behalten?«

»Nein, das ist mehr als genug. Es war sehr großzügig von der Gräfin«, erwiderte Sidony, stieg von dem Hocker und ließ sich von Morag aus dem Überkleid helfen. Den Blick noch immer auf Giff geheftet, versuchte sie, seinen Gesichtsausdruck zu deuten.

Als Morag an ihm vorüberging, strich er wortlos über den weichen Wollstoff. Auch Sidony schwieg, bis die Zofe den Raum verlassen und die Tür hinter sich zugezogen hatte.

»Ich hoffe, in diesem Kleid sehe ich nicht wie ein Kind aus«, sagte sie schließlich.

Vom tiefen Ausschnitt bis zu den Hüften schmiegte sich das grüngraue Seidenkleid wie eine zweite Haut an ihren Körper und brachte die sanfte Rundung ihrer Brüste, die leichte

Wölbung ihrer Hüften und die schmale Taille vorteilhaft zur Geltung. Ein Gürtel aus vier miteinander verbundenen Silberketten umspannte ihre Hüften an der breitesten Stelle. Die edelsteinbesetzte Schnalle hing verführerisch knapp über ihrem Schritt, und an den langen Enden der Ketten baumelten winzige Silberkügelchen kurz unterhalb ihrer Knie und klingelten leise bei jeder Bewegung.

»Nun?«, fragte sie.

»Du siehst ganz und gar nicht wie ein Kind aus«, erwiderte er. »Das rosa Ding, das du vorhin anhattest, gefiel mir auch. Es war so weich wie das Fell eines Kätzchens, und wenn du es trägst, werde ich dich immerzu streicheln.«

»Mir gefällt es vor allem, weil es warm ist und weil es nicht Fife gehört.«

»Wo lässt sich das öffnen?«, fragte er und zeigte auf ihr Kleid.

»Es hat hinten ungefähr tausend kleine Häkchen. Aber bildet Euch nicht ein, Ihr könntet es mir jetzt ausziehen«, protestierte sie und trat mit erhobenen Händen einen Schritt zurück. »Ich habe die ganze Zeit über Kleider anprobiert, und allmählich bin ich am Verhungern.«

»Hast du denn noch nicht gefrühstückt?«

»Nein. Solange Morag hier war, bin ich nicht dazu gekommen.«

»Dann müssen wir dir unbedingt etwas zu essen besorgen. Im Treppenhaus ist es eisig kalt, also leg dir einen Schal oder etwas Ähnliches um. Unten in der Halle ist es zwar rauchig, aber wenigstens einigermaßen warm.«

Sie holte sich einen leuchtend gelben Wollschal, den ihr die Gräfin ebenfalls überlassen hatte, und drapierte ihn über den Schultern.

»Habt Ihr herausgefunden, was mit Fifes Schiffen passiert ist?«, fragte sie.

»Drei von ihnen sind auf Grund gelaufen und gesunken, und eines ist schwer in Mitleidenschaft gezogen. Die leichteren und wendigeren Langboote streiften die Sandbank nur wenig, und die beiden Schiffe, die zuletzt kamen, erreichten die Bucht unbeschadet. Also sind es jetzt noch vier oder fünf, falls noch eines nachkommt. Es ist unwahrscheinlich, dass sie angesichts von Henrys Schiffen einen Angriff wagen, aber möglicherweise lässt Fife ein Beiboot zu Wasser und begehrt im Namen des Königs Einlass in die Burg.«

»Wird Henry ihn hereinlassen?«

»Er sagt, Fife und sechs seiner Männer dürften die Burg betreten, mehr jedoch nicht. Aber bisher hat sich noch niemand gemeldet.« Giff, der sich in der kleinen Kammer beengt fühlte, fuhr sich mit der Hand durchs Haar, bevor er zum Fenster ging, den Holzladen einen Spaltbreit öffnete und tief durchatmete. »Ich muss dir noch etwas sagen«, begann er schließlich.

»Was denn?«

»Ich habe es mir anders überlegt«, erklärte er, ohne sie anzusehen. Dann fiel ihm ein, dass man stets mutig zu seiner eigenen Entscheidung stehen sollte. Er schloss den Fensterladen, drehte sich um und sah sie mit festem Blick an. »Es ist einfach zu gefährlich, Liebste. Ich wäre ein elender, verantwortungsloser Narr, wenn ich dich mitnehmen würde.«

»Also habt Ihr Henry nicht die Wahrheit gesagt«, erwiderte sie ruhig.

»Meine Güte, was glaubst du denn, wie Henry darüber denkt? Er will auf keinen Fall, dass du mich begleitest, und wird sich freuen zu hören, dass ich Vernunft angenommen habe.«

»Mir gegenüber dürft Ihr Euer Wort also ruhig brechen?«

»Ich habe dir nie direkt versprochen, dass du selbst entscheiden dürftest.«

»Nein, aber Ihr habt es Henry gegenüber erwähnt. Wenn Henry es mir weitererzählt hätte, dann stünde er jetzt als Lügner da. Und das hätte er Euch zu verdanken.«

»Hör auf damit, sonst …«, fuhr er sie an.

»Was ist sonst? Wollt Ihr mich vielleicht schlagen? Hugo droht Sorcha immer Prügel an, wenn sie gegen sein despotisches Gehabe aufbegehrt. Allerdings glaube ich nicht, dass er seine Drohung schon jemals wahr gemacht hat.«

»Hört mir jetzt gut zu, Madam. Das sind keine leeren Drohungen«, knurrte er wütend. »Ihr habt selbst gesehen, dass ich immer tue, was ich sage. Also reizt mich nicht länger.«

Sie reckte das Kinn. »Auch ich tue immer, was ich sage, Sir. Ich bin Eure Frau, und soweit ich es beurteilen kann, ist die Strecke, die vor uns liegt, auch nicht gefährlicher als der Weg, den wir hinter uns haben.«

»Du weißt ja nicht, was für ein Sturm draußen tobt. Sieh selbst!« Mit diesen Worten stieß er den Fensterladen auf. Doch das hatte nicht die gewünschte Wirkung, denn da die Sturmböen seit einiger Zeit von Norden und Westen kamen, brach sich die Kraft des Windes an der landeinwärts gelegenen Seite der Burg. Gewiss, die See war aufgewühlt, doch aus dem dritten Stockwerk einer Festung hoch über dem Meer wirkte alles halb so schlimm.

»Solange Ihr am Steuerruder steht, fürchte ich keinen Sturm«, entgegnete sie. »Denn wenn Ihr sagt, dass Ihr es schafft, dann kann ich mich darauf verlassen. Und es regnet doch gar nicht.«

»Vorhin hat es aber in Strömen gegossen«, widersprach er. »Und es wird auch bald wieder anfangen. Außerdem spielt es keine Rolle, wie stark der Sturm ist. Ich bin dein Mann, und du wirst mir gehorchen.«

»Nun gut. Aber wenn Ihr mich dann eines Tages hier abholen kommt, könnt Ihr mich gleich zu meinem Vater bringen. Bei einem Mann, der mich nicht um sich haben will, bleibe ich nämlich nicht.«

Er ballte die Fäuste und knurrte mit zusammengebissenen Zähnen: »Ich will dich ja um mich haben. Aber verstehst du denn nicht? Dir droht Gefahr, sowohl vom Sturm als auch von Fifes Leuten, falls sie uns einholen.«

»Dann müsst Ihr eben dafür sorgen, dass sie uns nicht einholen«, erwiderte sie. »Es ist Euer gutes Recht, eine Entscheidung zu treffen, doch ich werde meine Meinung nicht ändern. Ich habe keine Lust, auf einer sicheren Burg hocken zu bleiben und mir ständig auszumalen, dass Ihr in den Fluten den Tod gefunden habt oder von Fife und de Gredin getötet wurdet. Die ganze Zeit über würde ich nur auf eine Nachricht von Euch …«

»Es reicht, Sidony!«

»Nein, denn jetzt bin ich in jeder Hinsicht Eure Frau. Wenn Ihr mich nicht um mich haben wollt, bis wir ein eigenes Zuhause haben, dann will ich gar nicht mehr bei Euch bleiben.«

Mit vorgerecktem Kinn, die Hände in die Hüften gestützt, stand sie da und forderte ihn geradezu heraus, sie übers Knie zu legen. Doch alles, wonach es ihn gelüstete, war, sie an sich zu ziehen, ihr das seidene Gewand herunterzureißen und sie ins Bett zu tragen.

Als Sidony den Ausdruck in seinen Augen sah, mit dem er auf sie zukam, trat sie hastig ein paar Schritte zurück und legte die Hände schützend auf ihre Kehrseite.

Da hielt er inne und stieß eine Art tiefes Grollen aus, bevor er sich abrupt umwandte, hinausstürmte und die Tür hinter sich zuschlug.

Sidony atmete tief durch, hob den Schal auf, den sie im Eifer des Gefechts hatte fallen lassen, und legte ihn sich wieder um. Dann gab sie ihm einige Minuten Vorsprung, bevor sie ihm hinunter in die Halle folgte.

Als Fife erwachte, lag er auf dem feuchten, harten Kies am Strand der Bucht, in der die Langboote vor Anker gegangen waren. Es regnete noch immer, und ihm taten alle Glieder weh. Doch er konnte von Glück sagen, dass er noch am Leben war. Als sei die Fahrt durch die Weiten des Moray Firth noch nicht schrecklich genug gewesen, hatte er auch noch mitansehen müssen, wie seine Schiffe in den Untiefen vor Noss Head kenterten. Bei dem Anblick hatte er sich so heftig übergeben müssen, dass er sich danach kaum noch auf den Beinen halten konnte.

Das an der Spitze fahrende Langboot hatte die riesige Sandbank nur eben gestreift, doch das zweite, das in kurzem Abstand folgte, strandete an einer anderen Stelle. Gleich darauf hörten sie das entsetzliche Geräusch von splitterndem Holz, als einige der übrigen Schiffe auf die Riffe aufliefen, denen sie selbst knapp ausgewichen waren.

Um Hilfe rufend ertranken Männer in den Fluten. Viele hatten sie retten können, doch drei der Schiffe waren gesunken, noch bevor sie alle Ruderer von Bord holen konnten. Nach dieser Katastrophe hatten sie Kurs nach Süden genommen, wo eine keilförmige Bucht den verbliebenen Schiffen Schutz bot.

Sie hatten den Anker ausgeworfen, die Langboote auf den Strand gezogen und Zelte gegen den Regen und den aufkommenden Sturm errichtet. Sobald er konnte, war Fife in seinem Zelt verschwunden, hatte dankbar den Wein getrunken, den de Gredin ihm brachte, und war dann erstaunlich rasch in tiefen Schlaf gesunken. Jetzt, nach dem Aufwachen, dröhnte ihm der Kopf, und er hatte brennenden Durst.

Da der Mann, der vor seinem Zelteingang schlief, sich auf Fifes Ruf hin nicht meldete, stand der Graf auf, um den Burschen zu wecken. Doch draußen war niemand. Er sah nicht einen einzigen seiner Männer.

De Gredin hatte es sich in letzter Zeit angewöhnt, Fifes Leuten Befehle zu erteilen, doch damit sollte jetzt Schluss sein, entschied der Graf. Als er den Chevalier an einem kleinen Feuer erblickte, das die Männer unter einer Leinwandplane entfacht hatten, ging er schnurstracks zu ihm.

Doch bevor er etwas sagen konnte, begrüßte ihn de Gredin vergnügt und sagte: »Es wird Euch freuen zu hören, dass das Schiff, das bei Girnigoe vor Anker liegt, tatsächlich die *Serpent* ist. Die Männer, die ich mit den ersten Booten an Land geschickt habe, haben mir berichtet, dass sie in einem kleinen, von steilen Felswänden umgebenen *goe* vor Anker liegt. Von der Klippe aus haben meine Wachen einen guten Blick darauf und würden es sofort bemerken, falls MacLennan versucht, das Schiff zu entladen. Doch da der einzige Zugang zur Burg über eine enge, steile Treppe führt, bezweifle ich sehr, dass sie ihre Fracht dort löschen werden.«

»Das sind ja recht erfreuliche Neuigkeiten«, erwiderte Fife steif. »Trotzdem hätte ich gern gewusst, was Ihr mit meinen Männern angestellt habt. Offenbar seid Ihr der Meinung, Ihr könntet ihnen Befehle erteilen, aber …«

»Denen kann niemand mehr Befehle erteilen, fürchte ich, Mylord«, fiel ihm de Gredin ins Wort. »Bedauerlicherweise sind bei dem Unglück gestern alle Eure Männer ertrunken.«

»Das ist unmöglich!«, rief Fife. »Ich habe doch selbst gesehen, dass einige von ihnen sich auf Eurem anderen Langboot befanden, und ein paar weitere waren bei mir. Ein Mann schlief sogar direkt vor meinem Zelt.«

»Tja, wirklich schrecklich, dass sie alle so elend umkommen mussten«, sagte de Gredin nur.

Es lag nicht an der Kälte, dass es Fife plötzlich schauderte.

19

Als Giff in die Halle trat, stand Henry vor dem Kamin, ohne sich an den dicken Rauchschwaden zu stören, die aus der Feuerstelle drangen. Obwohl der Qualm rasch zu der hohen gewölbten Decke hinaufzog, stach er Giff dennoch in den Augen und machte ihm das Atmen schwer.

»Sie liegen in der Wick Bay südlich von Noss Head«, sagte Henry. »Dort sind sie besser geschützt als in unserer Bucht, wo sie dem Wind von Norden und Osten ausgesetzt wären. Lediglich die Bucht mit dem Anlegeplatz liegt ein wenig geschützter hinter der Landzunge.«

»Habt Ihr Posten zu ihrer Überwachung aufgestellt?«

»Ja, sicher, ebenso wie Fife uns vermutlich beobachten lässt.«

»Darüber mache ich mir keine Sorgen. Trotzdem hätte ich nichts dagegen, wenn Ihr Eure Männer auf eine Jagdpartie schicken würdet. Falls sie ein paar von Fifes Leuten erwischen könnten, würden wir vielleicht mehr darüber erfahren, welche Gründe Fife für ein Bündnis mit Frankreich oder Rom hat. Natürlich abgesehen davon, dass er de Gredins Schatzsuche dazu benutzt, die Stellung der Sinclairs, Logans und anderer einflussreicher Familien zu untergraben.«

»Vielleicht bekämen wir wirklich etwas heraus«, erwiderte Henry. »Aber ich möchte Fife nicht noch mehr gegen mich aufbringen, indem ich seine Männer gefangen nehme. Schon seit Jahren lässt er keinen Zweifel daran, dass er nicht nur darauf aus ist, mir meinen norwegischen Titel streitig zu machen, sondern dass es ihm darum geht, die Macht der Stewarts auf Kosten anderer Clans zu vergrößern. Jeder weiß, dass er im Grenzland nichts unversucht gelassen hat, um Douglas zu schaden. Doch wenn Fife meine Gastfreundschaft begehrt, werde ich sie ihm gewähren, denn dazu fühle ich mich verpflichtet.«

»Das wäre vielleicht angebracht, wenn er auch aus dem Hochland stammen würde, doch das ist ja nicht der Fall.«

»Unsere Gesetze der Gastfreundschaft gelten nicht nur für Hochländer.«

»Wohl wahr, aber falls Ihr wirklich glaubt, Ihr könntet dieser Bande von Halunken trauen, wenn sie in die Burg ...«

Henry lachte. »Selbstschutz geht immer vor, Giff. Vielleicht sollten wir Fife sogar ausdrücklich einladen. Dann könnten wir ihn besser im Auge behalten.«

»Tut, was Euch beliebt, aber wartet damit, bis ich weg bin«, erwiderte Giff schroff.

Henrys Augenbrauen schossen nach oben. »Bin ich Euch zu nahe getreten, Junge?«

Giff schaute ihn betreten an. »Nein, ich habe mich nur über meine Frau geärgert. Ich habe ihr befohlen, hier zu bleiben, aber sie will nicht. Und, ehrlich gesagt, würde ich sie auch nur ungern zurücklassen. Sie sagt, sie hat keine Lust, untätig zu warten, bis ihr jemand berichtet, was aus mir geworden ist, und das kann ich ihr nicht verdenken. Zumal die Gefahr trotz des Sturms auch nicht größer wäre als auf der Fahrt hierher.«

»Wie würdet Ihr Euch verhalten, wenn sie mit Euch führe?«, erkundigte sich Henry stirnrunzelnd. »Würdet Ihr dann auch alles daransetzen, den Stein zu retten? Und was ist, wenn Fife Euch erwischt?«

»Sidony sagt, ich soll eben dafür sorgen, dass das nicht geschieht«, erwiderte Giff.

Als Henry abermals lachte, merkte auch Giff plötzlich, wie witzig die Bemerkung war. Gleichzeitig kam ihm eine Idee, wie er den Stein wirklich schützen konnte.

Vielleicht sollte er Henry in den neuen Plan einweihen, und sei es auch nur, um gewissen Leuten zu beweisen, dass er, Giff, kein unbedachter Draufgänger war. Doch dann beschloss er, nicht eher darüber zu reden, bis er alles gründlich durchdacht hatte. In diesem Augenblick betrat Sidony die Halle und schritt ruhig und gelassen zum Podium hinüber, wo noch ein Korb mit Brötchen und ein Krug Ale auf dem Tisch standen.

Nachdem sie sich ein Brötchen genommen hatte, geruhte sie, die Anwesenheit der beiden Männer zur Kenntnis zu nehmen, und machte lächelnd einen kleinen Knicks in Henrys Richtung. »Guten Morgen, Mylord. Dank der Großzügigkeit Eurer Gemahlin habe ich nun eine neue Garderobe für ein ganzes Jahr.«

»Ich bin sicher, das Geschenk kam von Herzen, Mädchen. Habt Ihr wohl geruht, oder haben Euch die Windböen und die Brandung heute Nacht gestört?«

»Danke, ich habe ausgezeichnet geschlafen. Das Bett ist ausgesprochen bequem, auch wenn man darin nicht in den Schlaf gewiegt wird wie in der Koje der *Serpent*«, erwiderte sie. Das Funkeln in ihren Augen verriet Giff, dass sie genau wusste, worauf Henry hinauswollte.

Der ließ nicht locker. »Während eines Sturms ist ein Schiff nicht gerade der sicherste Ort«, fuhr er fort. »Unser Pentland Firth ist berüchtigt für seine Unwetter, und es wird bestimmt noch schlimmer werden.«

»Mein Gemahl hat mir versprochen, mir ein richtiges Heim zu schaffen, Sir«, erwiderte sie mit scheuem Lächeln. »Und ich werde dafür sorgen, dass er sein Versprechen so bald wie möglich einlöst.«

Wieder musste Giff an seinen Plan denken. Wenn er ihn ein wenig abänderte, konnte er damit gleichzeitig den Stein und Sidony beschützen. »Sie hat recht, Henry«, sagte er. »Wenn wir bei Nacht aufbrechen, werden Fife und seine Spießgesellen es bestimmt nicht bemerken.«

»Aber es wäre blanker Wahnsinn, sich in die Bucht hinauszuwagen, wenn man die Hand nicht vor den Augen sehen kann«, widersprach Henry.

»In den letzten beiden Nächten waren wir doch auch unterwegs«, gab Sidony zu bedenken.

»Mir ist schon klar, dass es ein Unterschied ist, ob man sich in sicherem Abstand zur Küste auf dem offenen Meer befindet oder in einer Bucht«, kam Giff Henrys Einwänden zuvor. »Aber ich habe einen guten Kompass und einen zuverlässigen Kapitän. Und wenn wir erst einmal Duncansby hinter uns gelassen haben, kenne ich mich im Firth gut genug aus, um uns sicher nach Cape Wrath und weiter nach Süden zu bringen.« Wie weit nach Süden, sagte er wohlweislich nicht.

»Was ist, wenn sie Euch verfolgen?«, fragte Henry.

»Das wäre ja verrückt, bei diesem Sturm«, erwiderte Giff. »Denn da sie sich nicht auskennen, werden sie spätestens bei den Boars of Duncansby oder den Men of Mey kentern. Nicht umsonst sind sie uns die ganze Zeit über auf Sichtweite gefolgt und haben sich genau an das gehalten, was wir taten. Das zeigt mir, dass die Schiffsführer sich hier im Firth nicht auskennen. Wenn es mir also gelingt, einen ganzen Tag Vorsprung zu gewinnen, kann ich es leicht bis Cape Wrath schaffen. Schließlich wissen sie ja nicht, wohin ich will.«

»Fife kann es sich möglicherweise denken«, erwiderte Henry. »Wenn Ihr von hier aus nicht nach Orkney fahrt, bleiben ja nicht mehr viele Möglichkeiten. Er braucht nur hin und wieder bei einem Dorf anzulegen und nachzufragen, ob die *Serpent* dort vorbeigekommen ist. Selbst ich segle von hier aus nicht allzu oft nach Westen, daher werden sich die Leute bestimmt an jedes Schiff erinnern.«

Giff blickte Sidony an, deren Augen erwartungsvoll leuchteten. »Wollt Ihr immer noch mit mir kommen, Liebste?«, fragte er.

»Jawohl«, erwiderte sie mit fester Stimme. Dann fragte sie: »Was sind die Boars of Duncansby?«

Kurz nach Mitternacht, als Himmel und Erde in tiefster Finsternis lagen, und der Wind um die Mauern der Burg pfiff, brachen sie auf. Es war so stürmisch, dass immer wieder Böen durch das Burgtor bis hinauf in das steile Treppenhaus bliesen.

Aus Angst, Giff könnte sich heimlich davonstehlen, ohne sie zu wecken, schreckte Sidony zweimal aus dem Schlaf. Um Mitternacht rüttelte er sie schließlich wach und bedeutete ihr, sich anzuziehen, falls sie wirklich mitkommen wollte.

Jetzt war sie dankbar für das warme wollene Überkleid der Gräfin, das sie unter Fifes dickem Wollumhang trug. Giff hatte ihr das schwarze Cape eigenhändig umgelegt mit der Bemerkung, dass es nicht nur wärmte, sondern obendrein unauffälliger sei als das rosa Überkleid. Außerdem, dachte sie, konnte Fifes Umhang im Gegensatz zu dem weichen Wollkleid ruhig schmutzig werden. Wahrscheinlich würde das Gewand am Ende der Reise ziemlich ramponiert sein, doch da Giff den weichen Stoff so mochte, würde er ihr vielleicht ein ähnliches kaufen.

Im geschützten Burghof und auf der Felstreppe, die zur Landungsstelle hinabführte, spürte man Wind und Regen nicht allzu sehr, da der *goe* – ebenso wie der Burgfelsen – parallel zur Landmasse von Caithness verlief. Doch unten am schmalen Landungssteg tobte die Brandung und brach sich donnernd am Fuß der Klippe. In der undurchdringlichen Dunkelheit hob sich die *Serpent,* die an beiden Wänden der engen Felsspalte vertäut war, lediglich als eine etwas dunklere Masse von ihrer Umgebung ab.

Vom Sturm gepackt, drohte das Schiff sich loszureißen, doch die Taue hielten, und gleich darauf vernahm Sidony aus unmittelbarer Nähe Maxwells Stimme: »Ich bin hier, Mylady. Wenn Ihr meine Hand nehmen wollt, helfe ich Euch an Bord.«

Giff stützte sie, während sie Maxwells Hände ergriff. Dennoch war es nicht leicht, auf das Deck des schlingernden Schiffes zu gelangen. Gleich beim ersten Schritt rutschte Sidony auf der nassen Ruderbank aus, während Giff zu ihrem Verdruss mühelos über die Reling stieg, ohne ihren Arm loszulassen. Nur mit knapper Not hielt sie sich zwischen den Ruderbänken auf den Beinen, worauf er ihr den Arm um die Schultern legte und sie eng an sich zog.

»Ich bringe dich in die Achterkabine, Liebste. Dafür müssen wir über die Laufplanke gehen. Sei vorsichtig und halte dich gut an mir fest. Die See ist ein wenig unruhig, aber daran wirst du dich schon gewöhnen. Du darfst dich nur nicht verkrampfen, sondern musst dich der rollenden Bewegung anpassen.«

Ein wenig unruhig!

Das sagte sich leicht für jemanden, der Jahre seines Lebens auf Schiffen zugebracht hatte. Doch immerhin hatte sie auch schon ein paar Stunden auf See hinter sich, wenn auch nicht in einem derartigen Sturm.

»Warum machen wir kein Licht?«, fragte sie. »Hier sieht uns doch bestimmt keiner, zumal Fifes Schiffe noch nicht einmal in dieser Bucht liegen.«

»Er hat bestimmt Späher in der Umgegend platziert, und die würden beim kleinsten Lichtschimmer sofort Verdacht schöpfen«, erklärte er mit etwas erhobener Stimme. »Am besten, wir versuchen, ungesehen zu bleiben.«

»Hier, Mylady, ich helfe Euch. Stützt Euch auf meine Schulter«, kam unvermittelt Jakes Stimme aus der Dunkelheit.

Dankbar nahm sie das Angebot an und ließ sich von ihm über die Laufplanke führen, während Giff vorausging. An der Kajütentür angekommen, stand sie schon ein klein wenig sicherer auf den Beinen.

»Die Ebbe setzt ein«, erklärte Giff und öffnete die Tür. »Bevor die Flut zurückkommt, will ich am anderen Ende der Bucht sein, damit wir bis zum nächsten Gezeitenwechsel wohlbehalten an den Boars und den Men vorbeikommen. Es wird wahrscheinlich knapp genug werden.«

Er und Henry hatten ihr erklärt, dass es sich bei den Boars of Duncansby und den Men of Mey um die Scylla und Charybdis des Pentland Firth handelte – ebenso bedrohlich wie die Seeungeheuer, zwischen denen Odysseus einst seinen Weg hatte finden müssen. Es war die engste Stelle des Firth, wo gegeneinander laufende Strömungen gefährliche Strudel bildeten und sich zu meterhohen Brechern auftürmten, die wie aus einer brodelnden Suppe emporschossen und wieder in sich zusammenfielen. Die Passage war selbst bei ruhiger See gefährlich, umso mehr während eines heftigen Sturms.

Allmählich gewöhnten sich Sidonys Augen an die Dunkelheit, und sie konnte Formen erkennen und feste Gegenstände von den tosenden Wellen unterscheiden. Doch als sie in die Kajüte trat, war ihr, als stünde sie in einer finsteren Höhle.

Wie Henry prophezeit hatte, konnte sie die Hand nicht vor den Augen sehen.

»Ich nehme an, ich darf hier drin selbst bei geschlossener Tür keine Laterne anzünden.«

»Nein, Mädchen«, erwiderte Giff. »Heute Nacht können wir kein offenes Feuer an Bord gebrauchen, weil …« Er brach ab und lauschte. Gleich darauf konnte auch sie durch das Tosen der Brandung das leise Grollen vernehmen. »Wir müssen auf der Stelle ablegen«, sagte er. »Jake, hilf der Lady zu dem Tischchen in der Ecke und bleib bei ihr.«

Als der Junge widersprechen wollte, fügte Giff streng hinzu: »Ich verlasse mich darauf, dass du heute Nacht gut auf sie aufpasst, da ich selbst nicht hierbleiben kann.«

»Na gut, dann kümmere ich mich eben um sie. Macht Euch keine Sorgen«, erwiderte Jake.

»Warum habt Ihr es so eilig? War das gerade Donner?«, fragte Sidony.

»Ja, aber was mir wirklich Sorgen macht, sind die Blitze. Schon ein einziger kann die Bucht in so helles Licht tauchen, dass Fifes Wachen uns entdecken.«

Mit diesen Worten zog er die Tür hinter sich zu. Sidony tastete sich bis zur Bank vor und ließ sich mit dem Gesicht in Richtung Bug darauf nieder. Jake würde es wohl kaum schlecht werden, wenn er mit dem Rücken zur Fahrtrichtung saß.

»Ich wäre nicht gern allein hier drin«, kam gleich darauf seine leise Stimme.

»Ich auch nicht«, pflichtete sie ihm bei. »Ich bin froh, dass du da bist, Jake.«

»Ja, solange wir beide zusammen sind, traut sich der Klabautermann bestimmt nicht her.«

»Hast du Angst vor dem Klabautermann?«

»Ach was, er kann nur manchmal eine rechte Plage sein.«

Sidony, die seine Worte durchschaute, fragte: »Möchtest du eine Geschichte hören, die mir meine Schwester Adela immer erzählt hat, als ich noch ein kleines Kind war und Angst hatte, die Elfen könnten mich rauben?«

»Ja, gerne. Irgendwie müssen wir uns ja die Zeit vertreiben.«

Um ihn zum Lachen zu bringen, erzählte Sidony ihm die Geschichte von den Wasserelfen, während draußen die Rufe der Männer ertönten und das Schiff noch stärker zu schaukeln begann. Sidony konnte sich nicht vorstellen, wie sie bei dem Seegang heil aus der engen Felsspalte gelangen sollten, doch gleich darauf spürte sie den vertrauten Ruderschlag, und ihr wurde klar, dass Henrys Männer ihnen halfen, indem sie die *Serpent* von den schmalen Landungsstegen aus weit genug hinausschoben, bis die Ruderer, die jeweils zu zweit auf einer Bank saßen, genügend Platz hatten, um ihre Riemen mit voller Kraft durchs Wasser zu ziehen.

Wie ein Spielzeugboot in einem reißenden Fluss hob und senkte sich die *Serpent* und taumelte hin und her, bis der Flutstrom sie erfasste und in die Bucht hinauszog. Sidony wusste, dass die Ebbe sechs Stunden dauerte und dabei das Wasser des Firth, wie Giff ihr erklärte hatte, mit bis zu zehn Meilen in der Stunde ablaufen konnte. Die Boars waren nur bei Flut gefährlich, hatte er gesagt, doch vor den Men musste man sich auch bei Ebbe in Acht nehmen. Deshalb war es so wichtig, den richtigen Augenblick abzupassen.

Bis zur Landzunge Duncansby Head und den Boars waren es noch sechs Meilen, und dann noch einmal acht, bis sie St. John's Head und die Men of Mey hinter sich gelassen hatten. Sidony tröstete sich damit, dass sie voll und ganz auf

Giffs Fähigkeiten vertrauen konnte, und widmete sich dann wieder Jake.

Das Donnergrollen kam immer näher, bis es unmittelbar über ihnen ohrenbetäubend krachte. Zweimal erleuchtete ein Blitz die Kajüte so stark, dass sie Jakes Silhouette erkennen konnte.

Dann zog das Gewitter ab; dafür prasselte nun der Regen herab, und statt des rhythmischen Schlags der Ruder spürte Sidony, wie das Schiff erneut zu rollen begann. Da wusste sie, dass die Männer die Riemen eingezogen hatte und die *Serpent* jetzt auf den Wellen ritt. Als sich die Bewegungen des Schiffes ein wenig beruhigt hatten, stand Jake auf und öffnete vorsichtig die Tür.

»Was machst du denn da?«, fragte Sidony.

»Ich wollte nur mal nachsehen. Sie haben das Segel gesetzt. Das hatte ich mir schon gedacht.«

»Bei diesem Wetter?«

»Ja, natürlich«, erwiderte er im Ton männlicher Überlegenheit. »Mein Dad macht das auch manchmal, damit das Schiff schneller wird. Aber ich muss schon sagen, Sir Giff segelt ganz schön hart am Wind.«

»Na gut. Mach die Tür wieder zu, bevor dich jemand sieht und komm her, dann erzähle ich dir noch eine Geschichte. Oder du mir. Eigentlich bist du dran.«

Bereitwillig begann Jake zu erzählen, und bald lachte sie lauthals über die Streiche zweier Heinzelmännchen, die im Grenzland im Haus einer Frau lebten, die nicht richtig mit ihnen umging. Sidony, die auch nicht gewusst hätte, wie man Heinzelmännchen behandeln musste, hatte Mitleid mit der armen Frau.

So verflog die Zeit, bis sich das Schiff auf einmal ohne Vorwarnung breitseits in eine Welle drehte, sodass die beiden fast von der Bank gefallen wären. Zum Glück konnte sich Sidony gerade noch am Tisch festhalten und so einen schmerzhaften Sturz vermeiden.

»Ganz schön raue See«, bemerkte Jake. Es sollte beiläufig klingen, doch sie hörte die Furcht in seiner Stimme, und aus Sorge um ihn wurde sie selbst ruhiger.

»Das geht schon wieder vorbei«, tröstete sie ihn. »Sie nennen ihn den König der Stürme, wusstest du das?«

»Ja, sicher«, antwortete Jake. »Soll ich Euch noch eine ...« Er brach ab und schrie auf, als das Schiff erneut hin und her geschleudert wurde und alles um sie herum unter einem gewaltigen Donnerschlag erbebte.

»Halt dich an mir fest, Jake! Nimm meine Hand!«, rief Sidony.

Er packte ihre Hand, und bevor sie wusste, wie ihr geschah, warf er sich neben sie auf die Bank, drückte sich an sie und hielt sich ebenso an ihr wie an dem Tischchen fest. Sie legte den Arm um ihn und sagte: »Ich danke dir. Ohne dich wäre ich bestimmt gefallen.«

Darauf erwiderte er nichts, doch als das Schiff sich wieder beruhigt hatte und der gleichmäßige Schlag der Riemen von Neuem einsetzte, sagte er: »Jetzt kann Euch nichts mehr passieren, schätze ich. Dann werde ich mal wieder auf meinen Platz gehen.«

Kurz darauf öffnete sich die Kajütentür, und im ersten grauen Tageslicht steckte Giff seinen Kopf herein. »Ich weiß nicht genau, ob Fife uns im Schein der Blitze gesehen hat, aber ich fürchte, ja«, sagte er. »Also macht Euch auf eine unsanfte Reise gefasst. Wir sind viel schneller vorangekommen als geplant. Daher könnte es sein, dass die Men uns ein paar kleine Schwierigkeiten machen.«

»Wie klein?«, erkundigte sie sich, wobei sie hoffte, dass ihre Stimme gelassener klang, als sie sich fühlte.

»Die Flut läuft noch immer kräftig aus. Ihr braucht also keine Angst zu haben«, beruhigte er sie.

»Möchtest du wieder rüberkommen?«, fragte sie den Jungen, als Giff gegangen war.

»Nein, es geht schon so«, antwortete Jake. »Er hat ja gesagt, dass uns nichts passieren wird. Glaubt Ihr, die Wogen sind wirklich so riesig? Als die Tür aufging, sah es so aus, als wäre es draußen schon hell genug, um etwas zu erkennen. Man könnte ja mal einen Blick riskieren.«

»Du wirst schön hierbleiben«, erwiderte sie, wobei sie versuchte, ebenso streng zu klingen wie Giff. »Draußen herumzulaufen ist viel zu gefährlich. Denk nur mal an vorhin. Und das war nur der Sturm. Um die Boars sind wir jedenfalls unbeschadet herumgekommen.«

»Ja, da habt Ihr auch wieder recht«, sagte Jake und fügte hinzu: »Wollt Ihr die nächste Geschichte erzählen oder soll ich?«

Sidony erklärte sich bereit, den Anfang zu machen und gab noch eine Hochlandsage zum Besten, doch als sie zur spannendsten Stelle kam, ertönten draußen plötzlich Rufe, und Jake sprang auf.

»Nein, Jake!«

Doch der Junge hatte bereits die Tür aufgerissen. Für einen kurzen Augenblick sah sie ihn dort stehen und zur Küste hinüberblicken, dann war er auf einmal verschwunden.

Mit einem Schrei sprang Sidony ebenfalls auf, kämpfte sich über den schwankenden Boden und stemmte sich gegen die Tür, die immer wieder zuzufallen drohte, während sie sich mit einer Hand am Türpfosten festhielt. Als sie hinausblickte, sah sie, dass Jake gegen das stufenförmige Dollbord geprallt war und sich jetzt mit aller Kraft daran festklammerte, um nicht über Bord gespült zu werden. Sie erblickte Maxwell, der mit angstverzerrtem Gesicht die Ruderpinne gepackt hielt, und Giff am Mast, der – ein Segeltau in der Hand – Hob Grant am anderen Tau Befehle zubrüllte. Die Ruderer, die dem Heck am nächsten saßen, erkannten, in welcher Notlage sich Jake befand, konnten jedoch nichts tun. Auf jeder der Ruderbänke an Backbord saßen dicht an dicht drei Männer an einem Riemen, und als derjenige, der dem Mittelgang am nächsten saß, aufstehen und dem Jungen zu Hilfe eilen wollte, brüllte ihm sein Kamerad an der Bordwand zu, sitzen zu bleiben, weil sie zu zweit den Riemen nicht mehr hätten halten können.

Giff, der noch immer angestrengt nach vorn blickte, befahl den Männern an Backbord, fester zu pullen. In diesem Augenblick krängte das Schiff hart nach Backbord und drohte umzuschlagen.

Von allen Seiten prasselten die Brecher auf das Deck, während sich das Schiff drehte, als wäre es in einen Strudel geraten. Gleich darauf senkte sich der Bug tief in ein Wellental, und Sidony sah, wie Jake ins Rutschen kam und endgültig den Halt zu verlieren drohte.

Die Männer, die wie besessen ruderten, konnten nichts tun, um ihm zu helfen.

Maxwell schrie etwas, doch der Sturm riss ihm die Worte vom Mund. Fieberhaft blickte er sich nach jemandem um, der die Ruderpinne übernehmen konnte.

Da bekam Sidony Angst, er könnte in seiner Not das Steuer loslassen und sie alle ins Verderben stürzen, und lief los. Ihre Füße berührten kaum den Boden, als sie, den Blick fest auf Jake geheftet, über das Deck rannte. Wie aus weiter Ferne hörte sie Giff rufen, doch sie achtete nicht darauf, aus Furcht, der Junge könnte über Bord gehen, sobald sie nicht hinsah. Sie durfte einfach nicht zulassen, dass ihm das Gleiche zustieß wie damals Giffs Bruder!

Ein Wasserschwall ergoss sich über sie, doch sie stürmte mit ausgestreckten Armen weiter und griff nach Jake. Beim ersten Versuch rutschte ihre Hand ab, doch dann bekam sie seinen Fußknöchel zu fassen, während sie mit der Schulter gegen die Bordwand prallte. Es gelang ihr noch, seinen Knöchel auch mit der anderen Hand zu umfassen, doch der Junge war einfach zu schwer für sie. Als er über Bord ging, riss er sie mit.

Wie immer bei derartigen Wetterverhältnissen hatte Giff an einer Stelle Posten bezogen, wo er das Meer im Auge behalten und zugleich seinen Männern Befehle erteilen konnte. Zusammen mit Hob Grant, der sich recht anstellig zeigte, hielt er die Segeltaue fest. Als er zum ersten Mal den Pentland Firth befahren hatte, hatte Giff bei Cape Wrath einen Lotsen an Bord genommen, der ihn mit den Tücken der dortigen Gewässer vertraut machen sollte. Von ihm hatte er gelernt, dass es bei den Men of Mey darauf ankam, unbeirrt den Kurs zu halten, da die Durchfahrt zwischen St. John's Head und der Insel Stroma weniger als eine Meile breit war. An dieser Stelle, wo zwei Meere aufeinandertrafen, schien das Wasser bei Ebbe in alle Richtungen zu laufen. Mehr als ein Schiff war dort schon untergegangen, und Giff wollte keinesfalls, dass die *Serpent* das gleiche Schicksal ereilte.

Die Men of Mey ragten hoch aus dem Wasser, und die ablaufende Flut bremste immer wieder die Fahrt des Schiffes, nur um es im nächsten Augenblick in Richtung auf die Küste von Caithness zu drängen. Da Giff unter diesen Umständen alle Hände voll zu tun hatte, bemerkte er erst in letzter Sekunde den verhängnisvollen Strudel, dem die *Serpent* nur mit knapper Not ausweichen konnte. Als das Schiff in Gefahr geriet, vom Rand des Wirbels erfasst und um die eigene Achse geschleudert zu werden, befahl Giff den Männern, mit aller Kraft zu pullen. Dabei vertraute er vor allem auf die Kraft der zwölf Männer, mit denen er die Mannschaft auf der Backbordseite verstärkt hatte. Den Wind, der jetzt wieder von Norden kam, war dabei ihr bester Verbündeter.

In diesem Augenblick hörte er Rufe in seinem Rücken, doch er musste sich voll und ganz darauf konzentrieren, das Schiff aus dem Strudel zu manövrieren. »Pullt!«, brüllte er daher noch einmal, bevor er es wagte, hinter sich zu blicken.

Genau in diesem Augenblick machte Sidony einen Satz, glitt jedoch aus und rutschte auf die Bordwand zu. Als er Maxwells angstvollem Blick folgte, entdeckte er Jake.

»Haltet das Ruder!«, schrie er Maxwell zu, bevor er seine Männer abermals anfeuerte: »Pullt, Jungs, pullt um euer Leben! Hob, mach die Leinen fest!«

Alle Männer schrien jetzt durcheinander, und als Giff sah, dass Hob die Leine befestigt hatte, tat er es ihm nach. Dann bat er den Himmel, dass der Wind nicht abflauen möge, sprang auf die Laufplanke und rannte los, darum bemüht, nicht auf dem nassen Holz auszurutschen. Von den Männern konnte keiner seinen Platz verlassen, ohne das Schiff in Gefahr zu bringen, und vielleicht war es ohnehin schon zu spät.

Draußen an der Bordwand hielt Sidony verzweifelt den Jungen fest und klammerte sich mit der anderen Hand an das Dollbord, doch Jake zappelte vor Angst, und die hohen Wellen drohten sie beide mit sich fortzureißen. In seiner Hast wäre Giff um ein Haar selbst über Bord gegangen, doch es gelang ihm, sich im letzten Augenblick an der Reling festzuhalten und Sidony und den Jungen wieder an Deck zu hieven.

Mit schreckgeweiteten Augen blickte sie ihn an, was angesichts seiner wütenden Miene auch kein Wunder war. Dafür, dass sie ihm einen solchen Schreck eingejagt hatte, hätte er sie am liebsten erwürgt.

Giff gab dem zunächst sitzenden Mann einen Wink, von der Bank aufzustehen, nachdem seine beiden Kameraden das Gewicht des Riemens neu austariert hatten. Giff übergab ihm den Jungen mit den Worten: »Wickel ihn in eine Decke, er ist völlig durchnässt. Dann lös Maxwell am Steuer ab.«

»Aye-aye, Sir.«

In diesem Augenblick kam das Schiff aus dem Strudel frei und lag wieder ruhiger im Wasser. Noch waren sie keineswegs außer Gefahr, doch das Schlimmste hatten sie hinter sich.

Giff saß der Schock noch immer in den Gliedern, als er jetzt seine Frau anblickte. Wütend hob er sie hoch und trug sie zur Achterkajüte. Dabei kam er an Maxwell vorüber, der seinen Sohn an sich drückte.

»Die haben alle beide eine Tracht Prügel verdient«, knurrte Giff.

Ohne eine Antwort abzuwarten, brachte er Sidony in die Kajüte. Erst als er mit dem Fuß die Tür zustieß, fiel ihm ein, dass es in dem engen Raum völlig dunkel sein würde, und dass man im Dunkeln das Gleichgewicht noch schlechter halten konnte.

»Lasst mich bloß nicht fallen«, sagte sie, als er ein wenig schwankte.

»Kannst du stehen?«

»Ich glaube schon«, erwiderte sie vorsichtig. »Was habt Ihr mit mir vor?«

»Was hast du dir dabei gedacht, entgegen meinem ausdrücklichen Befehl einfach hinauszulaufen?«

»Jake wollte die Men of Mey sehen«, erklärte sie. »Ich habe ihm gesagt, er solle hierbleiben, aber er war schon auf dem Weg zur Tür. Dann riss er sie auf und war auf einmal verschwunden. Ich rannte ihm nach, gerade als das Boot krängte. Ich konnte doch nicht zulassen, dass er über Bord gespült wurde.« Sie stieß ein leises Quieken aus, als er sie unvermittel in die Arme nahm und fest an sich drückte.

»Wenn du mir noch mal so einen Schreck einjagst, Mädchen, dann ergeht es dir schlecht, das schwöre ich dir.«

Als sie wortlos die Arme um seinen Hals legte und sich an ihn schmiegte, war Giff plötzlich froh darüber, dass es in der Kajüte so dunkel war. So konnte sie wenigstens nicht die Tränen sehen, die ihm über die Wangen liefen, weil ihm klar geworden war, dass er sie beinahe verloren hätte.

Obgleich sie ebenso durchnässt war wie Jake, fror Sidony nicht. Sie wunderte sich selbst, dass ihr so behaglich warm war, wo doch ihr Mann ihr soeben eine Tracht Prügel angedroht hatte. Einen Augenblick lang hatte es so ausgesehen, als wolle er seine Drohung auf der Stelle wahr machen. Daher hätte sie sich eigentlich fürchten sollen, doch stattdessen durchströmte sie wohlige Wärme, und sie drückte Giff, so fest sie nur konnte.

Da küsste er sie zuerst auf die Stirn, dann auf den Mund. Schließlich sagte er: »Ich kann nicht hierbleiben, Liebste, sondern muss nach Jake sehen und mich vergewissern, dass wir den letzten der Men of Mey hinter uns gelassen haben. Es wird noch mehrere Tage dauern, bis wir am Ziel sind, doch der Sturm hat nachgelassen, und es regnet auch kaum noch. Vielleicht können wir heute Nacht ein Lager aufschlagen und uns ein wenig trocknen.«

Doch eine Stunde später kamen hinter ihnen zwei Segel in Sicht und trieben sie zu noch größerer Eile an. Nach und nach klarte der Himmel auf, und die *Serpent* segelte, von einer stundenlangen Flaute am zweiten Tag abgesehen, bei günstigem Wind dahin. Letzten Endes hatte die Verzögerung sogar ihr Gutes. Da die Langboote nicht genügend Proviant für mehrere Tage aufnehmen konnten, waren ihre Ruderer gezwungen, zwischendurch zum Fischen und Jagen an Land zu gehen, was der *Serpent* einen erneuten Vorsprung verschaffte.

Am Abend des dritten Tages fuhren sie in eine kleine felsige Bucht ein. Nachdem er einigen Männern an Land Grußworte zugerufen hatte, befahl Giff seinen Ruderern, das Schiff zu wenden und beim *noust* am Ende der Bucht anzulegen.

»Wo sind wir?«, fragte Sidony, als er ihr beim Aussteigen behilflich war.

»Auf Duncraig«, antwortete er. »Hier wird uns Fife wohl kaum finden, und da wir auf dem Weg zu Ranald auf der Insel Eigg ohnehin hier vorbeikamen, dachte ich, es wäre eine gute Gelegenheit, meine Sohnespflicht zu erfüllen und dich meinen Eltern vorzustellen.«

Sie blickte ihn aus zusammengekniffenen Augen an und fragte: »Ihr wollt mich doch nicht etwa hierlassen?«

»Das habe ich tatsächlich in Erwägung gezogen«, musste er zugeben. »Denn es könnte die Angelegenheit komplizieren, wenn ich dich mitnehme. Aber da Fife und seine Männer weit zurückgefallen sind, werde ich dich morgen nach Glenelg bringen, bevor ich nach Eigg weiterfahre. Bei deinem Vater bist du gut aufgehoben.«

Sidony verzog das Gesicht. Ohne Giff hatte sie keine Lust,

bei ihrem Vater zu bleiben. Und außerdem wollte sie jetzt, da sie das Ziel kannte, die Reise unbedingt bis zum Ende mitmachen.

Fife fühlte sich elend. In dem Augenblick, als er hörte, dass seine Männer alle umgekommen waren, war ihm klar geworden, dass er praktisch de Gredins Gefangener war. Doch als dieser vermaledeite Verräter dann auch noch die Absicht äußerte, MacLennan und der *Serpent* hinaus in den tobenden Sturm zu folgen, weigerte sich der Graf ganz entschieden.

»Ihr seid ja verrückt geworden!«, fauchte er. »Ich bleibe jedenfalls hier und suche bei Fürst Henry Schutz.«

»Oh nein, Mylord, das werdet Ihr nicht tun. Auf Girnigoe nützt Ihr mir nämlich nichts.«

Ohne Fifes Frage zu beantworten, was er mit ihm vorhätte, winkte der Chevalier einem seiner Männer, der ihm umgehend ein kleines Fläschchen brachte. »Trinkt das, Mylord. Es wird Euch beruhigen«, sagte de Gredin.

»Ich will Euer Gebräu nicht, und auf ein Schiff setze ich bei diesem Wetter keinen Fuß!«

»Ihr habt die Wahl, Mylord. Entweder Ihr trinkt das hier, oder einer meiner Männer schlägt Euch bewusstlos. Wir dürfen keine Zeit verlieren.«

Plötzlich verstand Fife, warum er in der vergangenen Nacht so fest geschlafen hatte. Notgedrungen kippte er den Schlaftrunk hinunter und erwachte erst einige Stunden später mit dröhnendem Kopf und bis auf die Haut durchnässt. Er hatte schreckliche Angst, denn der Bug des Langbootes hob und senkte sich heftig im Sturm, und die Plane aus Segeltuch, die ihm zuvor Schutz geboten hatte, war vom Wind weggeweht worden.

Er schrie auf, als ein Brecher das Deck mit voller Wucht traf, und versuchte, sich an einer der Proviantkisten festzuhalten, die sich unter den Bänken in der Nähe des Vorderstevens befanden.

Da hörte er nicht weit entfernt de Gredins Stimme. »Fesselt ihn!«, rief der Chevalier. »Er macht uns nichts als Ärger, und wenn er über Bord geht, dann hat er eben Pech gehabt.« De Gredin stand mit gespreizten Beinen über einer der Kisten und lehnte sich gegen den Vordersteven. In seiner Angst vor der wütenden See hatte Fife ihn gar nicht bemerkt.

Als einer der Ruderer ihn packte, um ihm die Hände zu binden, schrie Fife: »Was soll das alles? Warum bringt Ihr mich nicht einfach um? Dann habe ich es hinter mir.«

»Euer königliches Banner ist für mich, offen gestanden, von größerem Wert als Ihr. Aber vielleicht findet sich ja auch für Euch noch eine Verwendung. In diesem Fall wird Gott dafür sorgen, dass Ihr mir erhalten bleibt.«

»Warum sollte er das tun? Und wo sind wir? Auf dem Weg nach Orkney?«

»Wir fahren nicht nach Orkney, sondern zu den Inseln«, erklärte de Gredin. »Wenn MacLennan nur nach Orkney wollte, würde er sich nicht in einen solchen Sturm hinauswagen. Nein, er bringt seine Fracht zu dem Mann, der als Einziger außer Henry mächtig genug ist, Euch, dem König und Seiner Heiligkeit die Stirn zu bieten – MacDonald, der Lord der Inseln.«

»Aber …« Fife verstummte, als er daran dachte, dass de Gredin vermutlich gar nicht wusste, wie eng Fife und der Lord der Inseln miteinander verwandt waren – MacDonald war sein Neffe. Da wäre es töricht von Fife gewesen, es ihm zu verraten, und damit den einzigen Trumpf aus der Hand zu geben, der ihm noch blieb. Vielleicht schätzte ja auch MacLennan den Lord der Inseln falsch ein.

Donald würde jedenfalls dafür sorgen, dass ihm nichts geschah, da war Fife ganz sicher. Und außerdem konnte sein Verwandter ihm helfen, den Stein für sich zu gewinnen.

20

Giff überließ es seinen Männern, sich um die *Serpent* zu kümmern, und trat mit Sidony durch das solide Tor an der Anlegestelle von Duncraig. Begleitet von zwei Männern seines Vaters stiegen sie dann den Pfad zur Burg hinauf und durchquerten den von Fackeln erleuchteten Burghof bis zur Eingangstreppe. Einer ihrer Begleiter war Donnie Murchie, Giffs Freund aus Kindertagen und jetziger Hauptmann der Burgwache. Donnie teilte ihnen mit, dass der Laird mit seinem Schiff unterwegs war, was sich Giff angesichts des leeren *noust* bereits gedacht hatte.

»Jetzt im Dunkeln wirst du von der Burg nicht viel erkennen können, Mädchen«, sagte er. »Aber dafür ist morgen noch genügend Zeit. Meine Mutter werden wir wohl in ihrer Kemenate antreffen, nehme ich an. Aber zuerst muss ich nachfragen, ob meine Männer hier ein Abendessen bekommen können.«

»Was das angeht, Master Giff, so wird der Haushofmeister sich mit Freuden um Eure Männer kümmern«, sagte Donnie. »Schickt sie nur alle nach oben in die Halle. Und da die Lady gerne spät zu Abend speist, werdet auch Ihr und Eure Gemahlin nicht hungrig zu Bett gehen müssen. Wenn ich mir die Bemerkung erlauben darf, Sir, es ist überaus erfreulich zu hören, dass Ihr Euch endlich doch eine Frau genommen habt.«

Lächelnd legte Giff Sidony den Arm um die Schultern und sagte: »Das finde ich auch.«

Als sie seinen Blick bemerkte, wusste Sidony, woran Giff dachte. Sie freute sich darauf, mit ihm zu schlafen, zumal sie ihn dann vielleicht dazu überreden konnte, sie zu Ranald von den Inseln mitzunehmen.

Giff legte ihre Hand in seine Armbeuge, und sie beantwortete seine Geste, indem sie seinen Arm leicht drückte. Er schien froh, wieder zu Hause zu sein, und nickte im Vorübergehen lächelnd einigen Dienern zu. So schnell es ging, ohne die Etikette zu verletzen, eilten er und Sidony durch eine große Halle, in der es von Gefolgsmännern und Dienstboten, die sich zum Essen eingefunden hatten, nur so wimmelte. Dabei nahm er sich nur kurz die Zeit, seine Frau mit Eachainn MacCrimmon, dem Haushofmeister, bekannt zu machen.

»Eachainn, dies ist meine Lady«, sagte Giff und schüttelte ihm die Hand. Er versicherte dem Mann, dass sie alleine zu Lady MacLennan finden würden, und bat ihn, sich um seine Ruderer zu kümmern. Als MacCrimmon es versprach, setzte das Paar rasch seinen Weg fort.

»Ich möchte, dass meine Mutter als Erste von unserer Heirat erfährt«, sagte Giff leise zu Sidony. »Obwohl die Neuigkeit wahrscheinlich bereits die Runde macht. Donnie Murchie hielt uns jedenfalls auf den ersten Blick für ein Ehepaar.«

Nachdem sie einige Stufen hinaufgestiegen waren, öffnete Giff die Tür zur Kemenate und trat als Erster ein. Dann zog er Sidony an seine Seite.

Sie erblickte eine kleine rundliche Dame in einem schlichten rostroten Kleid mit weißem Brusttuch. Als Giffs Mutter die Ankömmlinge bemerkte, warf sie Ihre Stickarbeit beiseite, erhob sich behände von der Polsterbank am Kamin und kam auf sie zugeeilt.

»Giffard, bist du es wirklich?«, rief sie.

»Ja, Mam. Und ich habe dir eine kleine Überraschung mitgebracht.« Er ließ Sidony los, um seine Mutter in die Arme zu schließen.

»Oh, mein Liebling, es ist schon so lange her!«, rief die Lady und warf dabei einen neugierigen Blick auf Sidony. »Und jetzt erzähl mir von deiner Überraschung«, fügte sie hinzu.

»Dies ist meine Gemahlin Sidony«, sagte er.

Mit den Worten: »Ach, das hatte ich gehofft!«, streckte Lady

MacLennan ihr beide Arme entgegen. Ihre Augen, die ebenso dunkelblau waren wie die ihres Sohnes, funkelten vergnügt, und als Sidony einen Knicks machen wollte, hinderte die Lady sie daran. »Komm, mein Kind, lass dich umarmen. Ich freue mich so, dich auf Duncraig begrüßen zu können. Giffard, mein Lieber, kümmere dich darum, dass sie uns das Abendessen hier servieren, damit wir uns in Ruhe unterhalten können.«

»Das tue ich, Mam«, erwiderte er. »Aber danach müsst Ihr mich bitte für ungefähr eine halbe Stunde entschuldigen. Ich muss nach meinen Männern sehen. Wo ist mein Herr Vater?«

»Das weiß ich nicht. Vor einigen Stunden erhielt er eine Nachricht und brach sofort auf. Vielleicht weiß Eachainn MacCrimmon ja, wohin er gefahren ist.«

»Ich werde ihn fragen. Ich habe mir schon erlaubt, ihn um die Verpflegung für meine Männer zu bitten.«

»Ja, gewiss, mein Liebling, wie du möchtest. Ach, Giffard, dein Vater wird sich so freuen, dich wiederzusehen, wenn er zurückkommt.«

»Leider kann ich nicht lange bleiben, Mam«, erwiderte Giff. »Morgen früh bringe ich Sidony zu ihrem Vater, und danach habe ich etwas Wichtiges zu erledigen.«

»Oh«, sagte Lady MacLennan nur, bemüht, sich ihre Enttäuschung nicht anmerken zu lassen. An Sidony gewandt fragte sie: »Wer ist denn dein Vater, meine Liebe?«

»Macleod von Glenelg, Madam.«

»Deshalb kamst du mir so bekannt vor. Deine Schwester Cristina habe ich schon oft getroffen und auch die andere – Isobel heißt sie, glaube ich. Warte mal, ist sie nicht verheiratet mit …«

»Sir Michael Sinclair«, sagte Sidony lächelnd.

»Ja, natürlich. Bis Giffard wiederkommt, musst du dich zu mir setzen und mir alles über dich erzählen. Deine Tante Euphemia Macleod kenne ich selbstverständlich auch.«

»Tatsächlich, Madam?«, fragte Sidony, nachdem Giff ihr

einen Kuss gegeben und sie der Gesellschaft seiner Mutter überlassen hatte.

Doch kaum hatte sie sich auf Lady Maclennans Bitte hin neben ihr niedergelassen, umfasste die Lady Sidonys Hände und sagte: »Ach, meine Liebe, ich bin dir ja so dankbar, dass du ihn nach Hause gebracht hast! Da tut es mir nicht einmal leid, dass ich eure Hochzeit verpasst habe. Ein wenig wundere ich mich allerdings schon, dass wir so gar nichts von euren Plänen erfahren haben.«

»Richtig geplant war es eigentlich gar nicht, Madam«, erwiderte Sidony schmunzelnd. »Und da Giffard mir nicht verboten hat, darüber zu reden, werde ich Euch alles erzählen.«

Und das tat sie dann auch, wobei sie lediglich die Tatsache ausließ, dass Giff sie auf einem gestohlenen Schiff gefunden hatte. Auch den Schatz und den Grund für ihre Reise ließ sie unerwähnt.

Lady MacLennan war empört darüber, dass ein Mitglied der königlichen Familie ein unschuldiges junges Mädchen hatte entführen lassen, und konnte sich gar nicht genug über den glücklichen Zufall wundern, dass Giff sie entdeckt und gerettet und dann auch noch einen Priester gefunden hatte, der sie traute.

Als sie schwieg, fühlte sich Sidony verpflichtet, etwas klarzustellen: »Offen gestanden ist es nicht mein Verdienst, dass wir hier sind. Giff hat auf den Inseln etwas zu erledigen, und da Duncraig auf dem Weg nach Glenelg liegt, wollte er die Gelegenheit nutzen und mich Euch vorstellen, bevor er mich zu meinem Vater bringt.«

»Jetzt fällt es mir ein – dein Vater heiratet doch in vierzehn Tagen Ealga Clendenen, nicht wahr? Wir sind auch zu der Hochzeit eingeladen.«

»Ich hoffe, Ihr werdet kommen«, sagte Sidony.

»Unter diesen Umständen auf jeden Fall«, erwiderte Giffs Mutter und fügte freudestrahlend hinzu: »Ist das schön! Nur schade, dass mein Gemahl nicht zu Hause ist. Er wird sehr enttäuscht sein, wenn er Giff verpasst, wo er ihn doch so lange nicht gesehen hat. Wir hören zwar ab und an von unserem Sohn, doch meistens sind es keine guten Nachrichten. Mein Herr Gemahl hält Giffard für schrecklich leichtsinnig und fürchtet, dass ihm seine waghalsigen Abenteuer eines Tages zum Verhängnis werden könnten.«

»Aber ich dachte …«, begann Sidony, bevor ihr einfiel, dass es vielleicht unklug war, ihre Gedanken laut auszusprechen.

Doch die Lady hakte sofort nach: »Was dachtest du, meine Liebe? Wenn du weißt, warum mein Sohn sich seit zehn Jahren kaum noch zu Hause sehen lässt, dann sag es mir bitte. Du kannst dir ja nicht vorstellen, wie sehr wir ihn alle vermissen. Seine Schwestern sind gerade auf Verwandtenbesuch, und auch sie werden schrecklich enttäuscht sein.«

»Viel weiß ich nicht«, erwiderte Sidony. »Er hat mir nur erzählt, dass sein Vater ihn einst fortgeschickt hat, weil er ihm die Schuld dafür gab, dass …«

»Oh nein, sag nicht, dass es mit diesem entsetzlichen Unfall zu tun hat!«

Sidony nickte. »Giff ist der Meinung, sein Vater habe ihn zu seinem Onkel in Pflege gegeben, weil er ihm die Schuld am Tod seines ältesten Sohnes gab.«

»Ach, meine Liebe, wenn Männer doch nur darüber reden würden, wenn sie etwas bedrückt. Doch stattdessen lehren sie auch noch ihre Söhne, stets eisern zu schweigen. Ich habe schon so etwas befürchtet, doch immer, wenn ich es dem Lord gegenüber erwähnte, tat er es als Einbildung ab. Wie sollte Giff auf so eine absurde Idee kommen, sagte er immer. Aber ich war anderer Meinung und sagte es ihm auch. Da nannte er mich ein närrisches Weib und beharrte darauf, dass unser Sohn niemals so töricht wäre. Da sieht man es mal wieder, nicht wahr?«

»Aber wenn das nicht der Grund war …«

»Verstehst du denn nicht? Mein Mann hat seinerzeit Bryan zu Hause behalten, obgleich viele sich angeboten hatten, seine

Erziehung zu übernehmen. Und später war er davon überzeugt, dass er den Jungen damit verdorben hatte. Denn Bryan wurde schließlich genauso unbändig, wie man es jetzt Giffard nachsagt. Wenn man Bryan etwas verbot, tat er es erst recht. Daher schwor sich mein Gemahl, dass Giffard niemals so werden sollte. Er hatte zudem Angst, er könnte den einzigen Sohn, der ihm geblieben war, zu behütet aufwachsen lassen. Also gab er ihn zu meinem Bruder am Loch Hourn in Pflege, bevor er es überhaupt nicht mehr fertiggebracht hätte, ihn gehen zu lassen. Damals war es bereits ausgemacht, dass Giffard anschließend auf Dunclathy zum Ritter ausgebildet werden sollte.«

»Giff ist noch immer davon überzeugt, dass er Bryan warnen und ihn so hätte retten können«, sagte Sidony. »Er gibt sich selbst die Schuld am Tod seines Bruders.«

Lady MacLennan runzelte die Stirn. »Ich habe ihm doch oft genug gesagt, dass sie beide eben noch Kinder waren, und dass es sich um einen tragischen Unfall handelte. Doch mein Mann, der vor Kummer wie erstarrt war, sagte nichts dazu und schickte Giffard fort. Während seiner wenigen Aufenthalte hier wollte Giffard nicht über die Vergangenheit sprechen. Mein Mann glaubt, Giff nehme es ihm immer noch übel, dass er damals zu seinem Onkel gehen musste, doch der Lord würde eher sterben als zuzugeben, was er für seinen Sohn empfindet. Und da Giffard seinem Vater sehr ähnlich ist«, fügte sie hinzu, »wäre er wohl kaum erfreut darüber, dass du mir alles erzählt hast. Wir müssen uns etwas einfallen lassen, mein Kind.«

»Möglicherweise gibt es eine Lösung, Madam«, erwiderte Sidony. »Vielleicht sollten wir den beiden Männern gegenüber ja andeuten, was der andere denken *könnte.* Und wenn sie sich dann bei der Hochzeit auf Chalamine treffen, werden sie feststellen …« Sie schwieg und spreizte die Hände.

»Das ist eine ausgezeichnete Idee«, lobte ihre Gastgeberin. »Aber jetzt würde ich gerne wissen, wo Giffard so lange bleibt.

Er ist doch bestimmt schon viel länger als eine halbe Stunde fort.«

»Ich habe mich jetzt eine Woche lang auf diesem beengten Schiff aufgehalten; daher würde ich, wenn Ihr es gestattet, gerne zum *noust* hinunterspazieren. Bestimmt kommt Giff schneller mit mir, als wenn wir jemand anderen nach ihm schicken.«

Da lachte Lady MacLennan fröhlich. »Meine Liebe, ich weiß jetzt schon, wie gerne ich dich zur Schwiegertochter habe.«

Sidony nahm ihre Worte als Erlaubnis. Flink lief sie in die Halle und von dort aus nach draußen und den Pfad hinunter zur Anlegestelle. Dem Wachtposten am Tor erklärte sie, Lady MacLennan habe sie geschickt, um Sir Giffard zum Abendessen zu holen.

»Willkommen auf Duncraig, Lady Giffard«, sagte der Mann lächelnd.

Sie dankte ihm und eilte weiter zum Bootsschuppen, wo die *Serpent* scheinbar verlassen vor Anker lag. Sidony schritt den U-förmigen Landungssteg entlang und betrat den von einigen Öllampen erleuchteten *noust.* Als sie bemerkte, dass die hintere Ladeluke des Schiffes offen stand, vermutete sie, dass Giff und die anderen unterwegs waren, um Proviant zu holen.

»Was macht Ihr denn hier so ganz alleine, Mylady?«

Sidony fuhr vor Schreck zusammen, bevor sie Jake hinter einer großen Kiste hervorlugen sah, die fast den gesamten hinteren Laderaum einnahm. »Und was machst *du* hier?«, fragte sie. »Wo sind Sir Giffard und die anderen Männer?«

»Mein Dad ist vorne in der kleinen Kajüte und spricht mit einem Bootsführer von Duncraig«, antwortete er. »Und die anderen, sagt mein Dad, sind mit Sir Giff etwas holen gegangen.«

Es war also, wie sie vermutet hatte. »Aber was machst du denn nun hier?«, erkundigte sie sich noch einmal.

»Es ist wegen der Kiste da«, sagte er achselzuckend. »Ich hätte zu gerne gewusst, was drin ist.«

Da sie annahm, dass sich der Schatz darin befand, sagte sie streng: »Du hast doch hoffentlich nicht versucht, sie zu öffen.«

»Nicht doch. So etwas würde ich niemals tun«, erwiderte er mit Engelsmiene.

Denselben Gesichtsausdruck hatte Sidony schon oft bei ihrer Schwester Sorcha gesehen, wenn diese einen Streich ausgeheckt hatte. Daher hakte sie unerbittlich nach: »Und was hast du nun wirklich getan?«

»Ich habe nur mal einen Finger durch das Astloch da gesteckt«, erwiderte der Junge und blickte sich ängstlich um. »Dabei konnte ich etwas Glattes fühlen, mit ein paar rauen Stellen, als wenn die Oberfläche behauen wäre. Was glaubt Ihr, könnte das sein?«

Sie hatte keine Ahnung, doch jetzt regte sich auch bei ihr die Neugier. »Zeig mir die Stelle«, forderte sie ihn auf.

»Dazu müsst Ihr reinkommen«, sagte er. Sobald sie im Laderaum stand, deutete er auf ein großes Astloch an der Seitenwand der Kiste.

Sie steckte den Finger hindurch und überzeugte sich davon, dass er die Wahrheit gesprochen hatte. Dabei fiel ihr auf, dass das Astloch merkwürdig zersplitterte Ränder hatte. Sie blickte Jake argwöhnisch an: »War da wirklich schon ein Loch?« Sein Gesicht sprach Bände. »Jake, du darfst nicht überall herumschnüffeln«, ermahnte sie ihn. »Du weißt doch, was Sir Giff mit dir macht, wenn er dich erwischt.«

»Ja, aber Ihr werdet mich doch wohl nicht verraten, oder?«

Gerade wollte sie ihn beruhigen, als sich draußen Schritte näherten. Eilig machten sie, dass sie aus dem Laderaum kamen, und traten gerade auf den Steg, als Giff mit vier Männern an der Ladeluke erschien.

»Was zum Teufel sucht ihr denn hier?«, wollte er wissen.

»Eure Mutter hat gesagt, ich soll Euch zum Abendessen holen«, erwiderte Sidony. »Und weil die Luke offenstand, sind wir hineingeklettert. Ich wollte mich nur mal umsehen, da ich diesen Teil des Schiffes noch nicht kannte, und Jake hat mir alles gezeigt.«

Bei dieser dreisten Lüge wagte Sidony es nicht, Jake anzusehen, doch Giff warf nur einen kurzen Blick auf den Jungen und sagte: »Ich habe mich wirklich zu lange aufgehalten. Ich werde den Laderaum abschließen, solange wir zu Tisch sind. Denjenigen, die beim Schiff Wache halten, schicke ich etwas zu essen herunter. Hinterher können wir weitermachen.«

»Ich nehme an, Ihr habt Proviant an Bord genommen«, sagte Sidony, als sie beide, gefolgt von Jake, Kapitän Maxwell und zwei weiteren Männern, das *noust* verließen. »Mein Vater wird Euch, wenn nötig, bestimmt noch mehr Vorräte überlassen.«

»Meinst du? Dafür wäre ich ihm sehr dankbar«, erwiderte Giff.

»Müsst Ihr nach dem Essen wirklich noch einmal aufs Schiff? Es ist schon so spät.«

»Ja, meine Liebste, aber du brauchst nicht auf mich zu warten. Sieh mich nicht so an«, fügte er lachend hinzu, als er ihr enttäuschtes Gesicht sah. »Ich werde dich wecken, falls du bei meiner Rückkehr schon schläfst.«

Unmittelbar nach dem Abendessen kehrte er zum Bootsschuppen zurück, während Sidony angeregt mit Lady MacLennan plauderte. Als die Lady schließlich fand, dass es an der Zeit war, sich zurückzuziehen, war Giff noch immer nicht wieder da.

»Ihr habt ja morgen nur eine kurze Reise vor euch, meine Liebe, doch ich glaube, Giffard möchte trotzdem früh aufbrechen. Du wirst also deinen Schlaf brauchen.«

Sie zeigte Sidony die Schlafkammer, wo sie mit Giff übernachten sollte, überzeugte sich davon, dass es ihr an nichts fehlte, und erklärte ihr, dass sie nur eine Dienstmagd zu rufen brauchte, falls sie noch Wünsche hätte. Dann sagte sie ihr Gute Nacht.

Sidony schlief bereits, als Giff kam, doch wie versprochen

weckte er sie, und sie verbrachten ein angenehmes Stündchen miteinander. Hinterher lag sie zufrieden neben ihm, den Kopf an seine Schulter geschmiegt, und fragte sich, was die Zukunft ihr wohl noch bringen mochte.

»Was hast du wirklich in dem Laderaum gemacht?«, fragte Giff plötzlich.

Schuldbewusstsein überkam sie, und sie spannte alle Muskeln an. »Das … das habe ich Euch doch schon gesagt.«

»Nein, mein Liebling, gib dir keine Mühe. Du bist ja vor Schreck zusammengefahren, als hätte dich ein Pfeil getroffen.«

»Aber wenn ich Euch doch sage …«

»Keine Ausflüchte, Mädchen. So angenehm entspannt ich mich auch fühle – wenn du mir jetzt nicht die Wahrheit sagst, werde ich wütend. Und das möchtest du doch bestimmt nicht.«

Das wollte sie wirklich nicht, wenn auch hauptsächlich mit Rücksicht auf den Jungen.

»Na gut, ich verrate es Euch. Aber es war meine Schuld und nicht Jakes. Ich wollte wissen, was in der Kiste ist, daher steckte ich einen Finger durch ein Astloch.«

»Wer von euch beiden hat das Astloch entdeckt?«

»Ich bin dafür verantwortlich, Sir.«

»Also Jake. Wahrscheinlich hat er bei dem Loch ein wenig nachgeholfen. Belüg mich nicht noch einmal, auch, wenn es ist, um ihn zu schützen.«

Langsam wurde sie ebenfalls ärgerlich. »Er ist doch noch ein kleiner Junge. Und außerdem verhält er sich nicht anders als Ihr – er riskiert etwas. Was er sich in den Kopf gesetzt hat, das tut er auch, ohne Rücksicht auf Verluste.«

»Dann sollte dir daran gelegen sein, dass er dafür bestraft wird. Sonst wird er so leichtsinnig, wie ich es angeblich bin.«

»Ich glaube, Jake bewundert Euch und will genauso sein wie Ihr«, erwiderte sie. »Deswegen solltet Ihr ihm ein gutes Beispiel geben, Sir, und ihn nicht dafür bestrafen, dass er Euch nacheifert.«

Darauf schwieg Giff lange. Schließlich fragte er ganz ruhig: »Und wenn du lügst, soll ich dich dann auch nicht bestrafen?«

Sidony schluckte schwer. Sie hatte mit ihrer Notlüge doch nur Jake in Schutz nehmen wollen. Früher hatte sie nie gelogen, noch nicht einmal, wenn Sorcha sie beide durch ihre Streiche in Schwierigkeiten gebracht hatte. Doch damit konnte sie sich jetzt nicht herausreden.

In diesem Augenblick zog er sie an sich und blickte, auf einen Ellbogen gestützt, auf sie herab. Dann küsste er sie sanft und sagte leise: »Tu das nicht noch einmal, Liebste. Ein Mann muss seiner Frau vertrauen können.«

Er beugte sich hinunter, um ihre Brüste zu küssen. So erleichtert Sidony auch war, konnte sie sich den herrlichen Empfindungen, die er ihn ihr weckte, doch nicht völlig hingeben. Denn da gab es noch etwas, das sie wissen musste.

»Diese Kiste ist nicht voller Geschmeide, wie ich es vermutet hätte. Was ich darin ertasten konnte, war so glatt wie Marmor. Verratet Ihr mir, was es ist?«

»Ja, sobald ich es sicher abgeliefert habe. Denn sonst würdest du doch bloß Isobel oder Adela so lange löchern, bis sie es dir verraten.«

»Wenn sie hören, dass wir verheiratet sind, werden die beiden sowieso davon ausgehen, dass Ihr es mir erzählt habt. Außerdem weiß ich auch schon, wohin Ihr es bringt.«

»Woher denn?«

»Ihr habt es mir heute Abend selbst verraten, als Ihr sagtet, Ihr würdet mich zu meinem Vater bringen.«

»Dann bin ich also auch nicht besser als die anderen. Wir alle müssen unbedingt vorsichtiger sein.«

Da gab sie ihm recht, doch als er seine Aufmerksamkeit nicht länger ihren Brüsten, sondern anderen Bereichen ihres Körpers widmete, dachte sie nicht mehr daran.

Hinterher schlummerte sie gleich ein. Dennoch schien ihr, als habe sie kaum geschlafen, als Giff sie weckte und ihr sagte, sie solle sich mit dem Waschen und Anziehen beeilen.

Er war bereits angekleidet und ging gleich darauf hinunter, um zu frühstücken und die Vorbereitungen im *noust* zu überwachen.

Rasch zog Sidony sich das gestreifte Seidenkleid und das wollene Überkleid an, bevor sie die Dienstmagd bat, ihre Sachen zu packen und zum Schiff hinunterbringen zu lassen. Sie selbst begab sich in die Halle, wo sie ihre Gastgeberin allein an der hohen Tafel antraf. Trotz der vielen Leute, die unten in der Halle geräuschvoll ihr Frühstück einnahmen, konnte sich die beiden Frauen dank der aufgestellten Wandschirme einigermaßen ungestört unterhalten.

»Ich habe ein Geschenk für meinen Sohn«, sagte Lady MacLennan, als Sidony mit dem Essen fertig war. »Eigentlich wollte ich es ihm persönlich geben, doch vielleicht solltest du das übernehmen.« Mit diesen Worten reichte sie Sidony ein zusammengefaltetes Stück Stoff. »Es ist das Banner der MacLennans. Donnie Murchie hat mir gesagt, dass Giffard nur eine norwegische Flagge an seinem Schiff hat. Er sollte aber unter dem Banner seiner Familie segeln, damit die Leute auf den Inseln gleich wissen, mit wem sie es zu tun haben.«

»Ich nehme an, sein eigenes Banner befindet sich noch auf seinem Schiff, das in Galloway liegt«, sagte Sidony.

»Ja, die *Storm Lass* fährt unter seinem persönlichen Banner«, erwiderte Lady MacLennan. »Ich habe mir sagen lassen, es zeigt nur graue und schwarze Sturmwolken. Aber du solltest jetzt wohl besser gehen, denn Giffard sagte, er habe es eilig. Er möchte dich so schnell wie möglich sicher nach Chalamine bringen.«

Nachdem sie sich herzlich von ihrer Schwiegermutter verabschiedet hatte, ging Sidony hinunter zur Anlegestelle, wo schon alles zur Abfahrt bereit war. Jake, der eifrig die Ruderbänke trockenrieb, bedachte sie mit einem vorwurfsvollen Blick, der ihr verriet, dass der Junge wegen ihres Abenteuers am Vorabend eine Standpauke zu hören bekommen hatte.

Sobald sie konnte, ging sie zu ihm und fragte: »Stimmt etwas nicht?«

»Nur, dass er mir die Ohren lang gezogen hat«, erwiderte er mürrisch. »Ich dachte, Ihr wolltet es ihm nicht erzählen.«

»Das habe ich auch nicht«, sagte sie. »Er hat gemerkt, dass ich ihn gestern Abend angeschwindelt habe, und hat mich gefragt, ob du das Loch in die Kiste gebohrt hättest. Man darf seine Freunde nicht für sich lügen lassen, und ich hätte ihm gestern sofort die Wahrheit sagen sollen. Das werde ich von nun an immer tun.«

»Habt Ihr denn auch ein Donnerwetter zu hören bekommen?«

Bei der Vorstellung musste sie beinahe lächeln, doch sie konnte sich gerade noch beherrschen und sagte mit ernster Miene: »Er war nicht besonders erfreut. Aber wenn man etwas getan hat, was sich nicht gehört, dann muss man trotzdem dazu stehen, Jake. Denn Heimlichtuerei ist ein Zeichen dafür, dass man ein schlechtes Gewissen hat.«

»Das mag schon sein«, murmelte er. »Aber manchmal tut man es auch, weil man genau weiß, dass man sonst eine Abreibung verpasst und obendrein einen ganzen Berg Arbeit aufgehalst kriegt.«

»Hast du eine Abreibung bekommen, Jake?«

Er zuckte die Achseln. »Ich mache jetzt wohl besser weiter, Mylady. Da kommt er nämlich.«

Er fuhr fort, die Bänke trockenzureiben, während sie sich umdrehte und Giff begrüßte.

Er war sicher, dass sie noch vor Mittag Chalamine erreichen würden, sofern sie in der Bucht von Glenelg Pferde für den kurzen Ritt bis zur Burg auftreiben konnten.

Kaum waren sie jedoch vom Inneren Sund her in den Loch Alsh eingefahren, bemerkten sie zwei Galeeren, die mit beträchtlicher Geschwindigkeit auf sie zukamen.

Nach einer Schrecksekunde, in der sie annahm, Fife habe sie aufgespürt, stellte Sidony fest, dass es sich um Inselgaleeren handelte. Sie gab Jake ein Zeichen, ihr in die Kajüte zu folgen, wo das Banner, das Lady MacLennan ihr gegeben hatte, lag.

Sie reichte dem Jungen das Bündel mit den Worten: »Bring das zu Sir Giffard und sag ihm, es sei von seiner Mam, und er solle es gleich hissen.«

»Sind das da draußen denn nicht die gleichen Boote, die uns gestern verfolgt haben?«

»Nein, es sind Inselgaleeren. Siehst du ihre Bugwelle? Sie kommen schnell näher, also beeile dich.«

Auch Giff, der auf dem Dach der Vorderkajüte stand und sich am Vorstag festhielt, war klar, dass es nicht die Schiffe von Fife und de Gredin sein konnte, die ihnen dort entgegenkamen. Dennoch behielt er sie wachsam im Auge, um herauszufinden, ob es sich um Freunde oder Feinde handelte.

Da hörte er Jakes Stimme hinter sich: »Master, Eure Lady sagt, ich soll Euch das hier geben. Sie sagt, es ist von Eurer Mam, und Ihr sollt es sofort hissen.«

Giff sprang von der Kajüte, nahm das Tuch und entfaltete es. Beim Anblick des vertrauten rot-weißen Banners mit dem von einem Nagel durchbohrten Herz in der Mitte empfand er plötzlich Stolz und Dankbarkeit gegenüber seiner Mutter.

»Weißt du, was das ist, Jake?«

»Eine Kriegsstandarte.«

»Es ist das Banner der MacLennans. Würdest du mit nach oben kommen und mir helfen, es am Vorstag festzumachen, wo die fremden Galeeren es sehen können?«

»Ja, klar«, antwortete Jake und kletterte als Erster auf das Vorderdeck. Als Giff neben ihm stand, sah der Junge ihn an und fragte: »Seid Ihr jetzt nicht mehr böse mit mir?«

Daraufhin fuhr ihm Giff durch die ohnehin schon zerzausten Locken. »Die Standpauke hattest du dir redlich verdient, Bürschchen. Aber ich wollte nicht, dass dein Dad es mitbekommmt. Das war eine Angelegenheit zwischen uns beiden.«

Da straffte Jake die Schultern, reckte das Kinn auf eine Art und Weise, die Giff stark an Sidony erinnerte, und sagte: »Es war meine Schuld. Mein Dad hat nur das getan, was Ihr mir angedroht habt, falls ich Euch noch einmal ärgern sollte.«

»Da hast du recht«, erwiderte Giff beeindruckt. »Halt jetzt das Banner fest, während ich die Bänder am Vorstag festmache. Dann kann es frei im Wind flattern.«

Geschwind befestigte er die Schnüre des Banners an den dafür vorgesehenen Ösen. Als er damit fertig war, waren die anderen Galeeren schon so nahe herangekommen, dass er das Banner Ranalds von den Inseln erkennen konnte.

»Was soll denn das?«, murmelte er vor sich hin.

Von unten hörte er Sidonys Stimme: »Es ist Ranald.«

»Ja, Mädchen, aber ich wollte mich mit ihm auf Eigg treffen. Ich möchte mal wissen, was passiert ist.«

»Muss ich wieder in die Achterkajüte?«, fragte sie.

»Nein. Von Ranald haben wir nichts zu befürchten«, erwiderte Giff. »Er würde uns sogar gegen Fife helfen, wenn es nötig wäre.«

Dann drehte er sich um, gab Maxwell mit erhobener Hand ein Zeichen und gab das Kommando: »Ruder Halt!«

Sidony mochte dieses Manöver, wenn die Riemen alle gleichzeitig gehoben wurden und die Ruderblätter parallel zur Wasseroberfläche standen. Mit dem Banner der MacLennans, das fröhlich am Bug flatterte, bot ihr Schiff zweifellos einen imposanten Anblick.

»Stoppen!«, brüllte Giff, als die erste von Ranalds Galeeren längsseits ging. Jetzt waren die beiden Schiffe nur noch eine Ruderlänge voneinander entfernt.

Zwei von Ranalds Männern schoben eine Laufplanke über die beiden Dollborde, worauf Ranald leichtfüßig wie eine Katze hinaufsprang und auf die *Serpent* überwechselte. Trotz seiner vierundsechzig Jahre bewegte er sich so gewandt wie ein vierzig Jahre jüngerer Mann.

Die Ruderer machten ihm Platz, als er auf eine der Bänke und dann auf das Deck trat, wo Giff ihn bereits erwartete. Mit den Worten: »Was führt Euch hierher, Mylord? Ich wollte Euch eigentlich später auf der Insel Eigg treffen«, schüttelte er ihm die Hand.

»Das geht jetzt nicht mehr, mein Junge«, erwiderte Ranald. »Donald weiß, dass Ihr kommt. Deshalb wollte ich Euch vorwarnen. Mehr kann ich allerdings nicht für Euch tun, denn er hat mir verboten, Euch zu helfen, bevor er nicht selbst mit Euch gesprochen hat.«

»Er will mich sprechen? Was steckt dahinter? Ihr habt doch geschworen, nichts zu verraten!«

Mit erhobener Hand brachte Ranald ihn zum Schweigen. »Ich weiß, dass Ihr es mir übelnehmt, aber ich konnte doch in dieser Situation meinen Lehnsherrn nicht belügen.«

»Was für eine Situation?«, fragte Giff. »Mylord, wir haben ein Abkommen getroffen!«

»Ja, und das gilt auch noch immer. Aber lasst es mich Euch erklären. Können wir irgendwo ungestört reden?«

Giff nickte, ging mit ihm in die Vorderkajüte und schloss die Tür.

»Also, bei allem Respekt, Sir, aber was zum Teufel soll das alles?«, fragte Giff knapp.

»Ihr wisst doch, dass Donalds Großadmiral der Inseln, Lachlan Lubanach, das dichteste Netz von Informanten aufgebaut hat, das es auf den Inseln jemals gab.«

»Ja, und?«

»Auf diese Weise hat Donald erfahren, dass ein Schiff unter norwegischer Flagge, gefolgt von einigen Galeeren mit dem königlichen Banner, in sein Gebiet eingedrungen ist. Daraufhin wollte er Euch mit meiner Unterstützung stellen, um zu erfahren, was Ihr hier zu suchen habt. Ich versicherte ihm, Ihr wärt in friedlicher Absicht gekommen, um mich auf Eigg zu besuchen. Doch er wollte unbedingt den Grund für Euren Besuch wissen. Mein Gott, Ihr könnt doch nicht erwarten, dass ich ihm frech ins Gesicht lüge!«

»Was genau habt Ihr ihm erzählt?«, erkundigte sich Giff.

»Nur, dass ihr mir einen Wertgegenstand bringt, damit ich ihn in meine Obhut nehme. Als er fragte, wer Ihr seid, erklärte ich es ihm. Den Orden erwähnte ich nicht, da er darüber sowieso nichts weiß. Ich erzählte ihm überhaupt nur das Allernotwendigste. Michael sagte, Ihr würdet mir verraten, worum es sich bei der wertvollen Fracht handelt. Donald will sie nun unbedingt auch sehen.«

»Das kommt gar nicht in Frage, es sei denn, Ihr zwingt mich dazu und begeht damit einen weiteren Verrat am Orden, nachdem Ihr ja bereits Euer Wort gegenüber seinen Mitgliedern gebrochen habt.«

»Donald ist nicht nur mein Lehnsherr, sondern auch noch mein Bruder. Ich selbst habe dafür gesorgt, dass er der Nachfolger unseres Vaters als Lord der Inseln wird. Niemand kann doch im Ernst von mir erwarten, dass ich seine Befehle missachte, zumal er dann erst recht versuchen würde, Euch aufzuhalten.«

Giff seufzte. Er verstand, in welcher Zwickmühle sich Ranald befand. Doch andererseits wusste Donald bereits genug, um ihren gesamten Plan zu gefährden.

»Ich werde ihm nur das erzählen, wonach er mich direkt fragt, auch wenn ich bei solchen Winkelzügen ein schlechtes Gewissen habe«, fuhr Ranald fort. »Außerdem werde ich Euch freien Abzug gewähren, da er mir weder befohlen hat, Euch gefangen zu nehmen, noch, Euch aufzuhalten.«

»Dann ist mir also der Weg zu den Inseln versperrt, und ich kann nur zurück nach Norden fahren, nicht wahr?«, fragte Giff mit gerunzelter Stirn.

»Ja. Wenn Ihr Donald entgehen wollt, dreht Ihr am besten sofort um und fahrt zurück nach Orkney. Henry kann Euch bestimmt helfen; ich dagegen …«

»An Bord des Schiffes mit dem königlichen Banner, das uns

verfolgt, befindet sich Fife«, sagte Giff. »Er und seine Leute sind hinter uns her, weil sie glauben, wir hätten einen Teil des Templerschatzes an Bord.«

»Meine Güte, stimmt das denn?«

»Das werde ich Euch ganz gewiss nicht verraten, wie Ihr Euch wohl denken könnt«, entgegnete Giff barsch. »Was Donald betrifft, verstehe ich Euch, doch er darf auf keinen Fall etwas über unsere Fracht erfahren, denn er würde es auf der Stelle seinem Onkel Fife weitererzählen. Durch Lachlan Lubanachs Freunde habt Ihr bestimmt auch gehört, dass Fife nach dem Tod des Königs den Thron an sich reißen will. Fife ist skrupellos, und viele glauben mittlerweile, dass sein Bruder, der Earl of Carrick, nur deshalb noch am Leben ist, weil er so gar kein Interesse am Regieren zeigt.«

»Das stimmt«, erwiderte Ranald. »Doch die Entscheidung darüber liegt noch immer beim Parlament. Donald ist der Meinung, dass Fife die führenden Männer im Parlament auf seine Seite zu ziehen versucht, damit sie ihn und nicht Carrick zum König wählen. Viele von ihnen konnte der Graf bereits davon überzeugen, dass er für diese Aufgabe am besten geeignet wäre.«

»Aber haltet Ihr es etwa für ehrenhaft, ihn bei seinen Bestrebungen auch noch zu unterstützen?«

»Ich habe nicht die Absicht, ihn zu unterstützen, doch Donald hat bereits angenommen, dass es sich um Fifes Schiffe handelt, und hat mir verboten, sie anzugreifen.«

»Dann habt Ihr einen zweifachen Verrat begangen«, entgegnete Giff. »Ihr habt einen Eid geschworen, Eure Pflicht gegenüber dem Orden über alles andere zu stellen – den gleichen Eid, den seinerzeit auch Euer Vater geleistet hat. Bedeutet Euch das alles denn gar nichts?« Giff schüttelte den Kopf, als Ranald wortlos den Blick abwandte. »Ich verstehe Eure Lage, aber ich hoffe, Ihr versteht mich ebenfalls. Und jetzt darf ich Euch bitten, Euch umgehend wieder auf Euer Schiff zu begeben.«

Da fiel Giff ein, dass es nicht schaden konnte, Ranald gegenüber einen Gedanken zu erwähnen, der ihm selbst seit einiger Zeit im Kopf herumging. »Ich bin übrigens keineswegs davon überzeugt, dass die Schiffe, die uns verfolgen, tatsächlich unter Fifes Befehl stehen.«

»Wie kommt Ihr denn darauf?«

»Weil ihm keines dieser Schiffe gehört«, erwiderte Giff.

»Wir haben aber erfahren, dass er sich ein sehr schönes Schiff hat bauen lassen.«

»Ja, dieses hier«, sagte Giff.

»Das Schiff, auf dem wir gerade stehen, ist die *Serpent Royal?*«

»So ist es«, erwiderte Giff. »Ich musste es mir … nun ja, ausborgen, weil er dasjenige, das ich in Leith mieten wollte, fortgeschickt hat. Außerdem wollte ich auf diese Weise verhindern, dass er sofort die Verfolgung aufnimmt. Doch irgendjemand hat ihm im Handumdrehen Ersatzschiffe verschafft, und zwar gleich acht an der Zahl. Ich kann mir nicht vorstellen, dass ein Mann, der so etwas fertigbringt, sich Lord Fifes Befehl unterstellt. Ihr könnt diese Frage ja gelegentlich mit Donald erörtern.«

In diesem Augenblick ertönten an Deck Rufe, und als die beiden Männer nach draußen gingen, wurde Giff klar, dass Ranald die Angelegenheit sogar sehr bald mit Donald besprechen konnte.

In der Ferne näherte sich von Süden eine große Flottille.

21

Nachdem Ranald wieder auf seinem eigenen Schiff war, riefen er und Giff ihren Männern Befehle zu, und gleich darauf wendeten beide Schiffe, indem die Ruderer auf der einen Seite mit senkrecht gestellten Ruderblättern bremsten, während diejenigen auf der anderen Seite mit voller Kraft pullten. Innerhalb weniger Minuten war die *Serpent* mit geblähtem Segel auf dem Rückweg in den Inneren Sund.

Nachdem sie Kyle Akin, die enge Durchfahrt zwischen dem Loch Alsh und dem Sund, passiert hatten, waren sie – wie Giff wusste – von den Mauern der Burg Duncraig aus zu sehen, doch dass sie verfolgt wurden, war vermutlich nicht zu erkennen. Und selbst wenn, hätten die Männer seines Vaters ohne eine Galeere nichts unternehmen können.

Vielleicht beobachteten noch mehr Leute die Verfolgungsjagd, doch vermutlich hatte Donald außer MacLennan noch weitere Adelige zu sich beordert. Auf jeden Fall konnte Giff kaum damit rechnen, dass ihm die Männer von den Inseln zu Hilfe kommen oder sich gar gegen ihren Herrn stellen würden, sofern dieser sie nicht direkt angriff.

»Wird Donald uns verfolgen?« Sidonys Frage riss ihn aus seinen Gedanken.

»Ich weiß es nicht«, antwortete er zuversichtlicher, als ihm zumute war. »Ich glaube aber nicht. Ranald hat großen Einfluss auf Donald, und er wird sich für uns einsetzen. Vermutlich wird er den Lord der Inseln davon überzeugen können, dass ich keine Gefahr für ihn darstelle, und so werden sie uns in Frieden ziehen lassen. Wegen Fife mache ich mir schon mehr Gedanken.«

Plötzlich änderte sich ihre Miene; sie schien etwas hinter

seinem Rücken zu erspähen. Als Giff sich umdrehte, sah er zwei Schiffe, die hinter einer kleinen Insel an der schmalsten Stelle des Sundes auftauchten.

»Das sind Fifes Langboote, nicht wahr?«, fragte Sidony.

»Ja«, erwiderte er, und zum ersten Mal seit den frühen Tagen seiner Ausbildung bekam er wirklich Angst – Angst um sie. Denn die Langboote waren bereits zu nahe, als dass die *Serpent* noch rechtzeitig den sicheren Hafen von Duncraig hätte erreichen können.

»Wenn Duncraig wirklich uneinnehmbar ist …«, begann Sidony.

»Dazu ist jetzt keine Zeit mehr, Liebste«, erwiderte er mit bemüht ruhiger Stimme.

»Nicht einmal, um uns alle in Sicherheit zu bringen? Ich weiß ja, dass Ihr die … Fracht schützen müsst, aber die Menschen an Bord sind doch …«

»Wenn ich sagte, dass uns keine Zeit mehr bleibt, meinte ich damit die Menschen, Mädchen. Vergiss nicht, dass diese Boote viel leichter und schneller sind als unser Schiff. Außerdem ist der Wind günstig für sie. Sie würden uns einholen, noch bevor wir am *noust* angelangt wären, geschweige denn uns in der Burg in Sicherheit gebracht hätten.«

»Was sollen wir also …«

»Ich muss jetzt nachdenken«, unterbrach er sie. »Geh mit Jake in unsere Kajüte und verrammele die Tür. Wenn der Kampf beginnt, will ich, dass ihr euch beide in dem kleinen Laderaum versteckt, wo ich dich gefunden habe. Zieht die Falltür zu und wartet, bis ich euch holen komme.«

»Nein, das werde ich …«

»Oh doch, das wirst du, oder ich sorge dafür, dass du dein blaues Wunder erlebst«, fuhr er sie an. Die Vorstellung, dass ihr etwas zustoßen könnte, war einfach zu schrecklich.

Da wandte sie sich wortlos ab und ging davon.

Er hätte sie am liebsten zurückgerufen, sie in den Arm genommen und ihr versichert, dass alles wieder gut würde.

Stattdessen blickte er Sidony nur nach, die Jake zu sich rief, damit er sie begleitete.

Um Sidonys und Jakes willen musste er den Kampf unbedingt gewinnen. Doch selbst wenn er unterliegen sollte, würden Fife und de Gredin den beiden schwerlich etwas antun – zumindest redete sich Giff das ein, während er davonging, um Maxwell und den Männern seine Befehle zu erteilen.

»Was ist denn jetzt los?«, fragte Jake, als Sidony die Kabinentür verriegelte. »Ich will nicht hier drin bleiben. Ich will sehen, was passiert. Schließlich bin ich alt genug, um mitzukämpfen«, fügte er tapfer hinzu.

Er reichte ihr mit dem Scheitel kaum bis an die Schulter.

»Tut mir leid, Jake«, antwortete sie ruhig. »Du hast ja recht, aber wenn sie dort oben anfangen zu kämpfen, werde ich bestimmt vor Angst fast verrückt. Freundlicherweise erlaubt Sir Giff dir hierzubleiben, weil du mich gestern bei dem Sturm so gut beschützt hast. Aber wenn du unbedingt gehen und mitkämpfen willst, dann kann ich dich nicht davon abhalten.«

Jake starrte die Tür an, als könnte er sie mit seinem Blick durchbohren. Schließlich drehte er sich mit schicksalsergebener Miene um und sagte: »Na gut, dann bleibe ich eben hier, damit Ihr Euch nicht fürchtet.«

Sidony beschloss, ihm gleich alles zu erzählen: »Er hat auch gesagt, wenn das Gefecht losgeht, sollen wir in den kleinen Laderaum hinuntersteigen, in dem du mich gefunden hast.«

Jake starrte sie mit großen Augen an. »Oh nein, da unten lauert doch der Klabautermann!«

Auch Sidony war es unbehaglich bei dem Gedanken, wieder in das enge, dunkle Loch zu kriechen, doch sie sagte: »Solange sie nicht kämpfen, können wir ja hier oben bleiben. Und später sind wir vielleicht ganz froh, wenn wir uns verstecken können.«

»Nein, ganz bestimmt nicht«, erwiderte Jake entschieden

und warf einen wütenden Blick auf die Falltür. Dann wanderte sein Blick zu dem Bullauge über dem Tisch. »Glaubt Ihr, man kann vor dort aus die Schiffe sehen?«, fragte er.

»Aus dem Bullauge nicht«, erwiderte sie. »Die fremden Schiffe sind an Steuerbord, und dieses Bullauge geht nach Backbord hinaus. Außerdem entdeckt dich womöglich dein Vater, wenn du hinausschaust.«

»Nein, der muss die Schiffe im Auge behalten«, entgegnete Jake. »Aber einer von den Ruderern könnte mich sehen. Trotzdem …« Er blickte zu dem anderen Bullauge über dem Waschtisch. Dieser bestand lediglich aus einem Wandbord, das gerade breit genug für die Waschschüssel war und eine Vertiefung für den Krug aufwies. Wenn sie nicht gerade benutzt wurde, hing die Waschschüssel an einem Haken an der Wand.

Sidony sagte nichts. Im Grunde genommen hätte sie genauso gerne gewusst, was draußen vor sich ging. Doch sie wagte es nicht, die Tür zu öffnen, aus Furcht, Giff zu erzürnen oder ihn von dem bevorstehenden Kampf abzulenken.

»Könnt Ihr nicht hinausschauen? Ihr seid doch größer«, sagte Jake.

Sie öffnete die Klappe und hakte sie fest. »Groß genug bin ich schon, aber ich kann trotzdem nicht viel sehen, weil das Wandbord im Weg ist«, sagte sie.

»Würdet Ihr mir wohl helfen hinaufzuklettern, damit ich rausgucken kann?«, fragte der Junge.

Sidony war nicht sicher, dass das Brett ihn tragen würde, doch plötzlich entstand Unruhe an Deck, und über dem allgemeinen Tumult erhob sich Giffs Stimme, als er den Befehl: »Ruder halt!«, brüllte.

Da siegte auch bei Sidony die Neugier über die Vorsicht, und sie sagte: »Ich werde es versuchen, aber sieh dich vor. Vielleicht hält es dein Gewicht nicht aus.«

Sie verschränkte die Finger so ineinander, dass er einen Fuß hineinsetzen konnte. Doch gerade als sie sich aufrichten wollte, ertönte ein Knirschen und Krachen. Dann blieb das Schiff mit einem Ruck stehen, der sie aus dem Gleichgewicht brachte.

Jake hatte die Hände bereits auf den Rand des Bullauges gelegt. Als Sidony ihn losließ, um nicht selbst gegen Fifes Truhen in der Ecke geschleudert zu werden, stieß er sich vom Wandbord ab und landete mit erstaunlicher Gewandtheit auf den Füßen.

Rasch stand Sidony wieder auf, gerade rechtzeitig, um zu sehen, wie der Bug eines Langbootes dicht neben der *Serpent* auftauchte. Eilig schloss sie die Klappe vor dem Bullauge.

»Hat dich jemand gesehen?«, fragte sie.

»Nein. Aber ich konnte auch nichts erkennen«, erwiderte der Junge und fügte entrüstet hinzu: »Was habt Ihr Euch dabei gedacht, mich einfach loszulassen?«

»Es ging nicht anders. Aber sie dürfen uns beide nicht entdecken, Jake. Stell dir nur mal vor, sie benutzen uns als Druckmittel, um das Schiff hier in ihre Gewalt zu bekommen.«

»Ich klettere auf gar keinen Fall in dieses Loch da unten«, sagte er.

»Wir machen die Luke trotzdem schon einmal auf«, schlug sie vor. »Wenn dann einer versucht, die Tür einzutreten, können wir es uns ja immer noch überlegen.«

Jake nickte und ging die Falltür öffnen, als draußen die Hölle losbrach.

Bis zum allerletzten Augenblick hatte Giff gehofft, Fife und de Gredin würden sich scheuen, ihn in MacDonalds Gewässern anzugreifen. Doch die beiden Langboote nahmen die *Serpent* so schnell in die Zange, dass Giffs Ruderer kaum Zeit hatten, die Riemen einzuziehen. Von beiden Seiten warfen die Feinde daraufhin Enterhaken an Deck und banden auf diese Weise die Schiffe aneinander.

Giffs beste Krieger, die am Bug saßen, hatten ihre Schwerter bereits gezückt. Während er seine eigene Klinge zog, sah er, dass die restliche Mannschaft mit Pfeil und Bogen, Steinen und allen möglichen anderen Waffen ausgerüstet waren. Doch letztendlich, das wusste er, würde es zu einem Kampf Mann gegen Mann kommen, wobei vor allem die Schwerter zum Einsatz kamen. Es waren zwar nicht seine eigenen Männer, die er befehligte, doch als Gefolgsleute der Sinclairs waren es allesamt mutige, gut ausgebildete Kämpfer.

Mit blankem Schwert sprang er leichtfüßig auf eine Bank und erkämpfte sich seinen Weg nach Steuerbord. Dort lag das Langboot, auf dem er die Anführer vermutete. Dabei hielt er Ausschau nach Fife oder de Gredin. Nachdem er bereits drei Feinde niedergemacht hatte, war von den beiden noch immer keine Spur zu entdecken.

Rob, einer der besten Schwertkämpfer, die er kannte, hatte ihn gewarnt, dass der Graf geschickt mit seiner Waffe umzugehen wusste, und dass de Gredin ihm darin in nichts nachstand. Giff fragte sich, ob sich die beiden wohl auf dem zweiten Langboot befanden.

Immer wieder musste er Angreifer abwehren, doch seine eigenen Männer hielten sich tapfer. Er grinste anerkennend, als er sah, wie Hob Grant sich erfolgreich gegen zwei Männer von einem der Langboote zur Wehr setzte und Wat Maxwell sein Schwert mit geradezu höllischer Wucht gegen zwei weitere Feinde schwang. Wenn er daran dachte, dass er Maxwell anfangs nicht vertraut hatte!

Da das Dollbord der Serpent etwa einen Meter höher war als das der gegnerischen Schiffe, gelang es Giffs Männern, sich gegen die Übermacht zu behaupten. Solange sie die Feinde von ihrem Schiff fernhalten und so viele wie möglich töten konnten, hatten sie noch eine Chance.

Sidony saß auf der unteren Koje, hielt sich die Ohren zu, um das Kampfgetöse nicht hören zu müssen, und starrte angestrengt zu Boden. Da bemerkte sie plötzlich aus dem Augenwinkel eine Bewegung. Als sie aufblickte, sah sie Jake, der auf den Tisch gestiegen war und sich schon zur Hälfte durch das zweite Bullauge gezwängt hatte.

Sie sprang auf, packte ihn um die Mitte und zerrte ihn zurück in die Kajüte. »Das solltet Ihr sehen, Mylady!«, rief er, als er wieder sicher auf den Beinen stand, und seine Augen funkelten vor Aufregung. »Da oben kämpfen sie wie verrückt. Das feindliche Boot ist so nah, dass ich fast seinen Vordersteven berühren konnte!«

»Hat dich jemand gesehen?«

»Nein, die haben genug damit zu tun, sich vor Schwertern und Fäusten in Acht zu nehmen. Überall fliegen Pfeile und Steine durch die Gegend, und sie haben die Schiffe zusammengebunden – zumindest auf dieser Seite, aber wahrscheinlich auch auf der anderen. Und jetzt springen sie von einem Schiff zum anderen.«

»Hast du Sir Giff gesehen?«

»Ja. Mit ein paar Schwertstreichen hat er zehn von denen erledigt.«

»Zehn?«

»Na ja, vielleicht nicht ganz so viele. Aber wenige waren es nicht. Ich will gleich noch mal gucken … außer, Ihr wollt selbst mal rausschauen«, fügte er widerstrebend hinzu.

Das hätte sie zu gerne getan, doch sie schüttelte den Kopf. Wenn einer der Feinde Jake sah, war das nicht so schlimm, doch wenn sie selbst entdeckt wurde … Bei dem Gedanken schloss sie die Augen.

Erneut steckte Jake seinen Kopf durch das Bullauge, zog ihn jedoch gleich wieder zurück. »Mylady, da hinten ist Seine Lordschaft.«

»Meinst du Lord Fife? Das wissen wir doch, dass er hier ist.«

Er blickte wieder durch das Fenster. »Ja, aber er liegt zusammengekrümmt neben einer ihrer Zeugkisten. Die kann ich nämlich von hier aus genau erkennen. Er sieht aus wie ein Kind, das sich vor seinem Vater versteckt, weil es Prügel kriegen soll. So mit den Armen über dem Kopf, wisst Ihr? Aber … seine Hände sind ja gefesselt!«

Es war allgemein bekannt, dass Fife auf dem Wasser Angst hatte, doch dass er einem Kampf aus dem Weg ging, hatte sie noch nie gehört. Er mochte ja ein schlechter Stratege sein, doch er galt als ausgezeichneter Schwertkämpfer. Sie konnte sich gut vorstellen, wie beängstigend es war, mit gebundenen Händen inmitten des Schlachtengetümmels zu liegen. Dennoch fiel es ihr schwer, Mitleid mit Fife zu empfinden.

»Wir können ihm auch nicht helfen, Jake. Vielleicht kommst du jetzt besser wieder rein.«

»Ich habe Euch doch gesagt, dass ich fast den Vordersteven des anderen Schiffes erreichen kann. Wenn Ihr mich ein bisschen abstützt, komme ich ganz bestimmt bis zu ihm. Er war nett zu mir, und ich will nicht, dass diese Halunken ihn umbringen.«

»Vielleicht bringen sie ja stattdessen dich um. Hast du daran mal gedacht?«

»Ja, sicher, aber mich wird schon keiner sehen. Und wenn doch, werden sie sich nicht um mich kümmern. Sie haben mittschiffs alle Hände voll zu tun. Ich muss ihm einfach helfen!«

Er war schon fast zum Bullauge hinaus, bevor sie reagieren und ihn an einem Bein packen konnte. Doch da hatte er bereits den anderen Fuß auf den Rand des Bullauges gesetzt und stieß sich ab.

Sidony dachte daran, wie schwer er war, und dass sie ihn sowieso nicht halten konnte. Also ließ sie ihn los und kletterte auf die Bank, um ihm im Notfall beistehen zu können. Doch da sie es nicht wagte, ihren Kopf hinauszustrecken, konnte sie nur hilflos zusehen, wie Jake auf das Langboot hinübersprang und auf das Deck hinunterkletterte. Da sein Oberkörper noch immer zu sehen war, ging sie davon aus, dass er auf der Kiste stand, die er erwähnt hatte.

In diesem Augenblick schaute er auf und machte ihr ein

Zeichen. Es dauerte ein wenig, bis sie verstand, was er meinte. Er bat sie, die Kajütentür zu öffnen, wenn er zurückkam, da er durch das Bullauge nicht wieder hineingelangen konnte. Dann war er plötzlich verschwunden.

Noch nie zuvor in seinem Leben hatte Fife solche Angst ausgestanden. Es war schon schlimm genug gewesen, als er beim Aufwachen feststellte, dass seine Männer alle tot waren und er sich in der Hand eines Wahnsinnigen befand. Denn de Gredin hatte ganz ohne Zweifel den Verstand verloren – wie sollte man sich sein Verhalten sonst erklären? Auch seine Männer wirkten nicht wie normale Menschen, sonst hätten sie nicht derart lange und verbissen rudern und anschließend noch wie besessen kämpfen können.

In Anbetracht der Umstände schien es Fife, der hilflos neben der Zeugkiste auf dem Vorschiff lag und dem der Rauch aus dem hastig abgedeckten Feuertopf in die Nase stach, das Beste, sich tot zu stellen.

»Mylord, lebt Ihr noch, oder seid Ihr schon tot?«, ertönte da eine kindliche Stimme dicht neben seinem Kopf. Als der Graf den Arm wegzog, mit dem er sich die Ohren zugehalten hatte, und vorsichtig ein Auge öffnete, erblickte er den jungen Jake Maxwell.

»Großer Gott, was machst du denn hier, Junge?«

»Das könnte ich Euch auch fragen, Mylord. Aber ich glaube, wir sollten uns besser woanders weiter unterhalten. Ich kann Eure Stricke mit meinem kleinen Messer durchschneiden.« Fife widersprach ihm nicht. Ihm schien es keine schlechte Idee, von hier zu verschwinden, zumal er keine Ahnung hatte, wo sein Schwert, die einzige Waffe, die er bei sich trug, abgeblieben war. Da, wo er sich jetzt befand, konnte ihm jeden Augenblick ein verirrter Pfeil oder Stein den Garaus machen.

Er konnte es kaum fassen, dass keiner der Männer, die in unmittelbarer Nähe erbittert kämpften, sie bemerkte. Doch der Junge blieb so gelassen, als säße er in seiner Hütte am Abendbrottisch.

Nachdem er Fife befreit hatte, sagte Jake: »Vom Dollbord des Langbootes könnt Ihr ganz leicht hinüber auf das Deck der *Serpent* klettern. Die Lady lässt Euch bestimmt in die Kajüte des Schiffsführers, und ich bin auch gleich da.«

Geduckt rannte Fife zum Dollbord. Das Schlachtgetümmel hatte sich nach mittschiffs und zum Heck hin verlagert, sodass ihn niemand bemerkte. Doch selbst wenn ihn einer der Kämpfenden sah, würde er ihn hoffentlich erkennen und sich mit dem unbewaffneten Mann nicht weiter befassen.

Am Dollbord angekommen, lehnte sich Fife zur *Serpent* hinüber, griff nach der Reling und zog sich an Bord. Er zögerte kurz, als er Kapitän Maxwell tot oder verwundet neben dem Steuerruder liegen sah, dann rannte er weiter zur Kajüte und klopfte an die Tür.

Gleich beim ersten Klopfen schob Sidony den Riegel zurück und öffnete. Als sie nur Fife vor der Tür stehen sah, fragte sie besorgt: »Wo ist Jake?«

Fife drehte sich um und antwortete: »Ich dachte, er wäre direkt hinter mir. Sein Vater liegt verwundet dort hinten. Nein, Mistress, geht nicht da raus. Wir können sowieso nichts tun, und jemand könnte auf die Idee kommen, dass wir hervorragende Geiseln abgeben.«

»Aber was ist mit Jake?«, rief sie und versuchte, sich an ihm vorbeizudrücken. Doch er hielt sie fest.

»Er wird schon kommen. Schließlich ist er ein tapferer Junge. Ich weiß auch nicht, was ihn aufgehalten hat, denn niemand hat gesehen, dass er mich befreite. Aber damit können wir uns jetzt nicht befassen.«

Als er in die Kajüte trat, nutzte Sidony die Gelegenheit und huschte an ihm vorbei durch die Tür. Wenn Maxwell tatsächlich verwundet war, dachte sie, würde Jake seinem Vater nicht von der Seite weichen.

In diesem Augenblick sprang der Junge an Bord und kam auf sie zugerannt. Dabei blickte er sich ängstlich um und keuchte: »Schnell rein, Mylady. Wenn Sir Giff uns sieht, zieht er uns das Fell über die Ohren!« Seinen Vater hatte er nicht entdeckt.

Sidony wurde plötzlich klar, dass Fife mit seiner Befürchtung, man könnte sie als Geiseln nehmen, recht gehabt hatte. Also packte sie Jake beim Arm und zog ihn in die Kajüte.

»Ich habe mir Sorgen um dich gemacht, du Teufelsbraten«, sagte sie. »Wo bist du nur so lange gewesen?«

»Ich habe bloß ein paar Sachen anders hingestellt, damit sie nicht sofort merken, dass Seine Lordschaft weg ist.«

»Legt den Riegel wieder vor, Mädchen«, kam Fifes Stimme von der Bank. »Wir wollen doch keine ungebetenen Gäste.«

Sie gehorchte, obgleich sie ihm nach wie vor nicht traute. »Wieso hat man Euch gefesselt?«, fragte sie misstrauisch.

»Nachdem einige unserer Schiffe in der Wick Bay auf Grund gelaufen waren, haben de Gredins Männer alle meine Gefolgsleute getötet«, erwiderte er. »Seither war ich ihr Gefangener. Übrigens möchte ich die Gelegenheit nutzen und Euch versichern, dass ich mit Eurer Entführung nichts zu tun hatte, Mylady. De Gredin dachte einfach, er könnte sich dadurch einen Vorteil verschaffen. Er hat mir gegenüber zwar behauptet, er stünde in den Diensten des Papstes, aber mir scheint, er dient ganz anderen, niederträchtigen Herren.«

Überrascht, wenn auch nach wie vor argwöhnisch, fragte sie: »Er hat Euch erzählt, er würde für den Papst arbeiten?«

»Ja. Ich sollte ihm dabei helfen, etwas wiederzubeschaffen, das angeblich Seiner Heiligkeit gehört. Die Gruppe um de Gredin sucht schon seit vielen Jahren danach, und ich erklärte mich bereit, ihnen zu helfen, in der Hoffnung, einen heiligen Gegenstand zu finden, nach dem ich selbst auf der Suche bin.«

»Ich verstehe«, sagte Sidony nur. Sie war überzeugt davon, dass es sich in beiden Fällen um den Templerschatz handelte, doch das durfte sie selbstverständlich nicht laut sagen. Fragte sich nur, warum Fife von etwas Heiligem gesprochen hatte.

»Jeder Einzelne dieser Männer ist ein Mörder, Mylady. De Gredin hat mir erzählt, dass seine Männer jederzeit für ihn oder ihren abscheulichen Bund in den Tod gehen würden. Wenn einer von ihnen seine Befehle nicht befolgt, bringt de Gredin ihn kaltblütig um. Ich hielt mich selbst für einen harten Mann, aber diese Männer … Sie nennen sich übrigens selbst ›Assassinen‹.«

»Das Wort habe ich noch nie gehört«, sagte sie.

»Es stammt aus den Zeiten der Kreuzzüge, sagt de Gredin, und bezeichnet eine Gruppe von Männern, deren Ziel es ist, Stammeshäuptlinge oder Herrscher zu ermorden, die ihrem Anführer missliebig sind. Da man derartig hochstehende Personen nur töten kann, indem man sein eigenes Leben dabei opfert, werden den Mördern herrliche Belohnungen im Himmelreich versprochen. Wenn sie heute siegen, sind wir alle verloren. Die scheren sich weder um meine Stellung noch darum, dass Ihr eine Frau seid. Ach, ich sollte eigentlich mit dem Schwert in der Hand dort draußen sein und kämpfen!«

»Seid nicht albern«, sagte Sidony. »Beide Seiten würden Euch als Feind betrachten.«

»Sucht Ihr mich, *Monsieur?*«

Bevor er überhaupt wusste, dass es de Gredin war, der hinter ihm stand, wirbelte Giff herum und riss sein Schwert hoch, um einen kraftvollen Hieb abzuwehren. Der Chevalier war von hinten gekommen und hatte für seinen Angriff genau den Augenblick gewählt, als Giff gerade einen anderen Gegner besiegt hatte.

»Ihr hättet mich nicht warnen sollen«, sagte Giff und ging seinerseits zum Angriff über.

De Gredin parierte den Stoß mit einer solchen Wucht, dass es Giffs Schwert zum Klingen brachte, bevor er antwortete: »Ach, das wäre doch unsportlich, nicht wahr? Und dabei liebe ich *le sport* doch so.«

Da erklangen Rufe vom Bug, und Giff hörte Hob Grants Stimme, die alle anderen übertönte: »Schiffe voraus, Sir!«

Für einen kurzen Moment wandte de Gredin den Blick ab, und Giff nutzte die Gelegenheit, um ihm mit aller Kraft das Schwert aus der Hand zu schlagen. In hohem Bogen flog es ins Wasser.

»Ergebt Euch!«, forderte er knapp, als de Gredin ihn ansah. Doch stattdessen machte der Chevalier einen Satz auf ihn zu. Giff duckte sich, senkte die Klinge, packte – ohne die Waffe loszulassen – de Gredin und warf ihn ebenfalls über Bord.

Der Kampf stockte, denn rings um ihn her hielten die Männer inne und blickten den Schiffen entgegen, die sich von Kyle Akin näherten. Eines war den übrigen ein ganzes Stück voraus, und Giff kniff die Augen zusammen, um das Banner zu erkennen. Dabei hoffte er, dass dort Ranald und nicht ein weiterer Feind käme.

Das Banner war weiß mit einem roten Herz in der Mitte – ein Herz, durchbohrt von einem Nagel.

Das Banner der MacLennans.

Sidony hörte von draußen Rufe, konnte aber leider nichts verstehen.

Währenddessen saß Fife, der sich langsam von den Strapazen zu erholen schien, auf der hinteren Bank und betrachtete gedankenverloren seine auf dem Tisch gefalteten Hände.

Jake stieg auf die andere Bank und streckte seinen Kopf durch das Bullauge.

»Hat der Junge mich auf diese Art entdeckt?«, fragte Fife Sidony.

»Ja«, antwortete sie und fügte hastig »Mylord« hinzu, als ihr einfiel, dass sie es wohl an Respekt ihm gegenüber hatte fehlen lassen.

Er bedachte sie mit einem schiefen Lächeln und sagte: »Meine Feinde wären vermutlich der Meinung, dass mir diese

Reise eine heilsame Lehre sein sollte. Ich könnte es Euch nicht verdenken, wenn Ihr es genauso sehen würdet.«

Sie zog es vor, ihm darauf keine Antwort zu geben.

Jake zog den Kopf aus dem Bullauge. »Da kommen Schiffe! Hunderte!«

»Hunderte?«, fragte Sidony zweifelnd.

»Na, jedenfalls mehr, als ich je gesehen habe.«

»Dann muss es Donald sein«, sagte Fife. »Auf ein Zusammentreffen mit ihm wird de Gredin mit seinen zwei Langbooten nicht erpicht sein. Seine übrigen Schiffe sind alle gesunken oder im Sturm gekentert.«

»Mensch, das Erste hat genauso ein Banner wie das, was Sir Giff von seiner Mam bekommen hat!«, rief Jake. »Und die Männer, die uns angegriffen haben, fischen gerade einen von ihren Leuten aus dem Wasser.«

Sidony hatte den Türriegel schon in der Hand, als ihr Giffs drohende Worte wieder einfielen.

Während sie noch zögerte, meldete Jake: »Der, den sie aus dem Wasser gezogen haben, war damals mit Euch im Hafen, Mylord.«

»De Gredin«, knurrte Fife. »Ich hoffe, er ersäuft.«

»Na, das kann ja noch werden«, erwiderte Jake und fügte hinzu: »Nein, jetzt ziehen sie ihn gerade auf das Boot, auf dem ich Euch gefunden habe. Sie haben es von unserem losgemacht und wollen anscheinend weg.«

Ein lautes Klopfen an der Tür ließ Sidony zusammenfahren, doch dann schob sie den Riegel beiseite und öffnete Giff die Tür. Er zog sie in die Arme, drückte sie an sich und murmelte in ihr Haar: »Verflixt schnell an der Tür für jemanden, der sich im Laderaum versteckt hat, mein Mädchen.«

»Ja, Sir«, sagte sie. »Jake behauptet, de Gredin wäre ins Wasser gefallen, und das erste der fremden Schiffe würde das Banner der MacLennans tragen. Ist es Euer Vater?«

»Ja, gefolgt von so ziemlich allen Männern von den Inseln, wie mir scheint. Was zum Teufel macht *der* denn hier?« Als er

Fife bemerkte, schob er Sidony zur Seite und stellte sich zwischen sie und den Grafen, der sich erhoben hatte.

»*Pax,* MacLennan«, sagte der Graf und reichte ihm die Hand. »Ihr könnt es zwar nicht wissen, aber ich schulde Euch Dank. De Gredin hielt mich nämlich gefangen, und wenn Jake Maxwell die Stricke nicht durchgeschnitten hätte, läge ich noch immer gefesselt auf de Gredins Langboot.«

»Die Geschichte möchte ich doch zu gerne hören«, erwiderte Giff mit einem Unheil verkündenden Blick auf Sidony und Jake. Dann setzte er hinzu: »Aber wenn Ihr mir wirklich Eure Dankbarkeit beweisen wollt, Mylord, dann kommt jetzt sogleich mit mir aufs Achterschiff.«

Neugierig folgte ihm Fife, und auch Sidony und Jake gingen mit ihnen nach. Draußen stellte Sidony fest, dass die beiden fremden Schiffe, die längsseits gelegen hatten, bereits ein Stück entfernt waren. Dasjenige an Backbord schien leckgeschlagen zu sein. Ohne auf seine um Hilfe rufenden Ruderer zu achten, entfernte sich de Gredins Schiff rasch, nachdem es das Segel gesetzt hatte.

Giff winkte zwei Männern, ihm und Fife zu folgen, und rief Hob Grant zu: »Behaltet die Männer auf dem sinkenden Boot im Auge und rettet alle, die Hilfe brauchen. Wo wollt ihr beiden denn hin?«, fragte er und blickte Sidony und Jake streng an.

»Wir kommen mit Euch«, erwiderte Sidony bestimmt.

»Jawohl«, fügte Jake ebenso bestimmt hinzu.

Giff zögerte kurz, dann deutete er in die andere Richtung und sagte: »Jake, dein Vater ist verletzt und liegt dort hinten. Ein paar Männer kümmern sich um ihn, und er sagt, er hätte sich nur den Kopf gestoßen, aber du …«

Doch der Junge hatte schon auf dem Absatz kehrtgemacht und war davongestürzt.

»Dann kommt jetzt, Liebste«, sagte Giff, bevor er sich an Fife wandte: »Mylord, ich bin Giff MacLennan, und dies ist meine Gemahlin, die Tochter des Macleod von Glenelg.«

»Ich weiß, wer Ihr seid, Sir Giffard. Wohin werdet Ihr mich führen?«

»Ich will Euch etwas zeigen, worauf Ihr es schon lange abgesehen habt.«

Fast hätte Sidony vor Überraschung laut nach Luft geschnappt, doch dann folgte sie den beiden Männern schweigend bis zum hinteren Laderaum, wo sich die geheimnisvolle Kiste befand. Dort befahl Giff den beiden Ruderern, die mitgekommen waren, die Ladeluke zu öffnen.

»Gut«, sagte Giff, nachdem er sich umgeblickt hatte. »Sowohl von de Gredins Boot als auch von Donalds Flottille aus sind wir gut zu erkennen. Mylord, ich wäre Euch sehr verbunden, wenn Ihr uns ein wenig zur Hand gehen würdet.«

»Was soll das heißen? Was habt Ihr vor?«, wollte Fife wissen.

»Ich werde sie ins Meer werfen«, erwiderte Giff. »Sie hat ihren Zweck erfüllt, und als verheirateter Mann habe ich keine Lust mehr, mich durch die Gegend jagen zu lassen, nur weil alle wissen wollen, was sich auf meinem Schiff befindet.«

»Aber …«

»Du da«, wandte sich Giff an einen der Männer. »Öffne die Kiste, damit Seine Lordschaft mit eigenen Augen sehen kann, was sie enthält.«

Vor Spannung hielt Sidony den Atem an.

»Großer Gott, das ist ja nichts als Schutt!«, rief Fife.

»Sehr richtig, Sir. Und den werde ich jetzt über Bord werfen. Habt Ihr etwas dagegen?«

Sidony atmete auf. Jetzt war sie froh, dass sie keinen Mucks von sich gegeben hatte.

»Nein, wenn sonst wirklich nichts darin ist. Aber wo ist dann …«

»Das ist die einzige Fracht, die wir an Bord haben. Darauf gebe ich Euch mein Wort«, sagte Giff. »Aber Ihr könnt das Schiff gerne selbst durchsuchen, wenn Ihr möchtet. Wie ich schon sagte, werde ich dem Possenspiel hier und jetzt ein Ende machen. Wollt Ihr mir dabei helfen?«

»Dann war also alles nur eine verdammte List«, erwiderte Fife und verzog das Gesicht.

»Nennt es, wir Ihr wollt«, antwortete Giff. »Ich habe mir sagen lassen, dass Ihr und Eure Leute fast das ganze letzte Jahr damit verbracht haben, Euch bei einigen Leuten höchst unbeliebt zu machen. Ist es da ein Wunder, wenn ein paar von ihnen es Euch jetzt heimzahlen wollen?«

»Aber was wollt Ihr damit erreichen, dass Ihr die Kiste ins Meer werft?«

»Dank der Verfolgungsjagd, die Ihr mir geliefert habt, ist jetzt auch Donald auf meine Fracht aufmerksam geworden und ...«

»Du lieber Himmel, und ich dachte, Ihr bringt sie zu Donald!«

»Das hatte ich nicht vor«, erwiderte Giff. »Doch als Donald merkte, dass Ihr uns verfolgt, wollte er natürlich wissen, worum es geht. Und deshalb ist er nun hier. Als ich ihn kommen sah, machte ich mich davon und bestärkte ihn damit in dem Glauben, ich hätte etwas Wertvolles an Bord. Wenn er sieht, wie wir zusammen die Kiste über Bord werfen, wird ihn das eines Besseren belehren. De Gredin dagegen wird annehmen, dass wir die Fracht versenken, um ihm eins auszuwischen.«

»Ich helfe Euch«, erklärte Fife. »Vielleicht dreht de Gredin ja um und versucht, den Inhalt der Kiste zu bergen. Wenn seine Männer dabei ihr Leben riskieren wollen, dann sollen sie das tun. Von mir aus kann Donald sie auch allesamt hängen!«

Sidony sagte nichts, doch sie wusste nun, warum Giff den Jungen fortgeschickt hatte. Es wäre eine große Enttäuschung für Jake gewesen, dass die Kiste nichts als Schutt enthielt.

»Und jetzt mach den Deckel wieder fest zu«, sagte Giff zu einem seiner Männer. »Sie sind nahe genug, dass sie etwas erkennen könnten, wenn er sich öffnen würde.« Kurz darauf, nachdem die Kiste mit lautem Platschen auf den Grund des Sundes gesunken war, schlossen sie die Ladeluke.

Auf dem Weg zurück zum Vorschiff sagte Giff zu Fife: »Das ist wirklich ein großartiges Schiff, Mylord. Ich nehme an, Ihr möchtet es jetzt wiederhaben.«

Fife zuckte förmlich zusammen. »Ich sollte Euch eigentlich dafür hängen lassen, dass Ihr es gestohlen habt, aber offen gestanden will ich mich nicht eine Sekunde länger auf dem Wasser aufhalten als nötig ist, um nach Hause zu kommen«, erwiderte er. »Außerdem bin ich Euch, wie gesagt, etwas schuldig. Vielleicht können Ihr, ich und Donald uns ja darauf verständigen, dass Ihr die *Serpent* hier auf den Inseln behaltet und sie in den Dienst Schottlands stellt.«

»Das ist sehr anständig von Euch«, sagte Giff. Als sie an die Reling traten, bemerkten sie, dass das Schiff der MacLennans längsseits gegangen war, und Giffs Vater gerade an Bord der *Serpent* ging. »Kennt Ihr meinen Herrn Vater schon, Sir?«, fragte Giff.

Bevor Fife antworten konnte, trat MacLennan auf sie zu und zog seinen Sohn in eine stürmische Umarmung. »Ach, Junge«, sagte er, »ich wäre fast in Ohnmacht gefallen, als ich das Banner dort sah.«

»Ich war auch sehr überrascht, Euch an der Spitze all dieser Schiffe zu sehen, Sir. Ich dachte …«

»Ich weiß, was du dachtest, denn deine Mam hat es mir schon tausendmal gesagt. Und ich glaube, wir haben uns beide wie komplette Dummköpfe benommen. Aber in meinem Fall war es noch schlimmer, denn du warst schließlich noch ein Junge, und ich hätte es besser wissen müssen. Und dass ich mich an die Spitze der Flottille gesetzt habe – nun, dazu wird mir Donald gewiss noch ein Wörtchen sagen. Aber als Ranald uns berichtete, dass du Seine Lordschaft retten wolltest …«

»Retten?«, rief Fife. »Wusstet Ihr denn, dass de Gredin mich gefangen hielt?«

»Ich habe es vermutet«, erwiderte Giff, wobei er taktvoll verschwieg, dass es ihm nicht im Traum eingefallen wäre, den Grafen zu retten. Also setzte er nur hinzu: »Schließlich wusste ich, dass Ihr kein eigenes Schiff zur Verfügung hattet, und dass de Gredin bei Euch war. Nach dem, was mir Logan von Lestalric und die Sinclairs über ihn erzählt haben, kam mir Gedanke, er könnte Euch betrogen haben.«

»Ich verstehe«, sagte Fife. »Normalerweise handele ich nicht so unüberlegt, doch ich glaubte ihm eben, als er mir sagte, er stünde im Dienst des Papstes. Mittlerweile frage ich mich allerdings, ob er überhaupt jemals im Auftrag Seiner Heiligkeit gehandelt hat.«

»Das werden wir vielleicht nie erfahren«, erwiderte Giff.

Die übrigen Schiffe hatten die *Serpent* inzwischen ebenfalls erreicht, und ihre Besatzungen waren damit beschäftigt, die Ruderer des sinkenden Langbootes aus dem Wasser zu ziehen.

»Mensch, seht mal, dort hinten!«, rief Jake, der in der Nähe des Steuerruders stand, und zeigte nach Norden, wo eine dicke schwarze Rauchwolke am Horizont aufstieg. »Diese Halunken haben bestimmt den Feuertopf umgestoßen.«

Giff und Sidony traten neben ihn und spähten ebenfalls angestrengt in die Ferne. Dann sagte Giff: »Das sieht mir so aus, als würde dort mehr brennen als nur ein aus der Kontrolle geratenes Kochfeuer.«

»Aber ein Brand an Bord ist doch schrecklich gefährlich. Das sagt jedenfalls mein Dad immer.«

»Damit hat er auch recht«, erwiderte Giff. »Die Männer auf dem Schiff dort werden weit schwimmen müssen. An der Stelle ist der Sund sieben Meilen breit, und sie befinden sich genau in der Mitte.«

Fife, der die Bemerkung mitbekommen hatte, wurde vor Schreck ganz bleich. »Sir Giffard«, sagte er, »nun habe ich noch mehr Anlass, dem Jungen dankbar zu sein, denn er hat mir zweifellos das Leben gerettet. Vor einiger Zeit hat er mir erzählt, dass er Kapitän werden will. Wenn Ihr versprecht, für seine Ausbildung zu sorgen, dann soll die *Serpent* Euch gehören.«

Jakes Augen wurden ganz groß. »Das würdet Ihr wirklich tun?«

»Aber gewiss«, erwiderte Fife. »Du bist ein anständiger Kerl und hast eine anständige Belohnung verdient.«

»Aber ich …«

Da legte Sidony ihm die Hand auf die Schulter und sagte: »Wo sind denn deine Manieren, Jake? Bedanke dich bei Seiner Lordschaft, und dann sehen wir nach, wie es wohl deinem Vater geht.«

Giff berührte Fifes Arm. »Mylord, Donalds Schiff ist da, und Ihr möchtet bestimmt mit ihm fahren. Wir werden ihm auch unsere Gefangenen übergeben, und was etwaige Überlebende von dem brennenden Schiff betrifft, so soll er nach Belieben mit ihnen verfahren.«

»Ich glaube kaum, dass viele das Feuer überlebt haben«, antwortete Fife. »Bei seiner Verfolgungsjagd trieb de Gredin seine Männer so unerbittlich an, dass ich gar nicht begreifen konnte, wie sie es schafften, auch noch derart erbittert zu kämpfen und danach in aller Eile davonzurudern. Ich kann mir nicht vorstellen, dass sie jetzt noch die Kraft haben, ans Ufer zu schwimmen.«

Mit diesen Worten ging er davon, um seinen Neffen zu begrüßen, während Giff die folgende Stunde damit verbrachte, den Neuankömmlingen zu danken und alles für die Abfahrt klarzumachen.

Endlich gesellten er und Sidony sich zu dem Grüppchen von Männern, die am Heck saßen, wo sie sich um Maxwell geschart hatten. Der Kapitän trug einen Arm in der Schlinge und einen Verband um den Kopf, doch abgesehen davon schien es ihm schon wieder recht gut zu gehen.

Giff schickte die übrigen Männer fort, bevor er sich nach einem kurzen Blick zu Sidony an Jake wandte: »Jetzt mal raus mit der Sprache, Junge. Wie ist das mit dem Feuer an Bord passiert?«

Jake wollte schon mit den Achseln zucken, doch dann überlegte er es sich anders und erklärte mit Unschuldsmiene: »Mein Dad würde es eine grobe Unachtsamkeit nennen.«

»Und wie würde ich es nennen?«, erkundigte sich Giff streng.

Zu seiner Überraschung hellte sich die Miene des Jungen auf. »Na, das kann ich mir schon denken«, erwiderte er. »Ihr würdet sagen, wenn man glühende Kohlen neben einer Kiste mit teerverschmiertem Werg findet, ist genau der rechte Augenblick gekommen, um zu tun, was getan werden muss.«

Als Sidony sich nur mit Mühe das Lachen verkneifen konnte, legte Giff ihr den Arm um die Schultern und sagte mit fester Stimme: »Ihr kommt jetzt mit mir, mein Mädchen.«

Ohne auf Maxwells Lachen und Jakes verdutzte Miene zu achten, schob er sie in die Achterkajüte, schloss die Tür und nahm sie in die Arme.

»Jetzt ist der rechte Augenblick für etwas anderes«, sagte er, indem er sie an sich drückte. Als er spürte, wie sie sich an ihn schmiegte, wusste er, dass er sie bis in alle Ewigkeit lieben würde.

Epilog

Chalamine Castle, Glenelg, vierzehn Tage später

Das Feuer im Kamin der großen Burghalle brannte mit lautem Prasseln, doch Giff, der verstohlen durch eine Seitentür hereinschlüpfte, bezweifelte, dass es bei dem lebhaften Stimmengewirr im Raum jemand hören konnte. Ihn hatten sie ganz sicher noch nicht bemerkt.

Jetzt, zwei Tage nach der Hochzeit zwischen Macleod von Glenelg und Ealga Clendenen, waren die meisten Gäste bereits abgereist, und der engste Kreis der Verwandten war unter sich. Doch angesichts der Geschwindigkeit, mit der die Macleod-Schwestern Babys in die Welt setzten, hatte die Familie sicher bald mehr Mitglieder als ein Hochlanddorf Einwohner. Die Kinder abgerechnet, saßen im Augenblick jedoch nur etwa zwei Dutzend Menschen in kleinen Grüppchen beieinander: die sieben Macleod-Schwestern und ihre Ehemänner, Hector Reaganachs Zwillingsbruder Lachlan und seine Gattin, Mairi von den Inseln; dazu Macleod mit seiner Braut und seiner Schwester Euphemia Macleod sowie Giffs Familie.

Gerade als Giff sich an sein nichtsahnendes Opfer anpirschen wollte, wandte Lady Adela den Kopf und sah ihn. Doch er legte einen Finger an die Lippen, worauf sie sich wieder umdrehte und die Unterhaltung mit ihrer frischgebackenen Stiefmutter, die neben ihr saß, fortsetzte.

Auch Lady Cristina warf ihm einen flüchtigen Blick zu, wandte sich jedoch sogleich wieder ab, als wollte sie sich an dem freundschaftlichen Streitgespräch zwischen ihrem hünenhaften Gatten Hector Reaganach und Sir Hugo Robison beteiligen. Mochte der Himmel wissen, worum es diesmal ging;

Giff war es jedenfalls einerlei, denn er konzentrierte sich einzig und allein auf sein Ziel.

Sie saß mit ihrer Stickarbeit am Feuer, ein wenig abseits wie immer in einer größeren Gesellschaft, und die anderen benahmen sich noch immer so, als sei sie gar nicht vorhanden. Das konnte Giff nicht verstehen, denn sein eigener Blick wurde magisch von ihr angezogen, sobald er einen Raum betrat, in dem sie sich aufhielt.

Es war verblüffend zu sehen, wie rasch sie sich im Schoße ihrer Familie wieder in das unauffällige Geschöpf verwandelt hatte, das ihre Verwandten in ihr sahen. Er kannte sie besser, doch er wusste nun auch, dass sie es genoss, stillvergnügt inmitten der lebhaften Unterhaltungen zu sitzen. Glücklicherweise fühlte sie sich auf Duncraig ebenso wohl und kam bestens mit seiner Mutter aus.

Als er ihre Schulter berührte, hoffte er, sie würde nicht erschrecken. Doch sie schaute nur auf, mit diesem Lächeln, das ihm allein vorbehalten war, und da wusste er, dass sie seine Anwesenheit schon die ganze Zeit über gespürt hatte und sich freute, dass er da war.

Abermals legte er einen Finger an die Lippen und deutete auf die nahegelegene Tür. Ohne ein Wort legte sie ihre Stickerei aus der Hand, erhob sich anmutig und folgte ihm hinaus, wo er ihr auf der Treppe den Vortritt ließ.

Er zog die schmale Tür hinter sich zu und ging hinter ihr her, doch als sie ihm über die Schulter einen schelmischen Blick zuwarf, ihre Röcke raffte und die Stufen hinauflief, rannte er ihr nach und holte sie auf dem ersten Treppenabsatz ein. Da sie eine Stufe höher stand, konnten sie einander genau in die Augen blicken – oder sich küssen, was sie auch taten.

»Ich wusste, Ihr würdet mich holen kommen«, sagte sie schließlich ein wenig atemlos und legte die Hand auf seine Wange. Da küsste er sie noch einmal ganz zart, doch als sie sich abwenden wollte, hielt er sie fest und fragte: »Woher wusstet Ihr, dass ich Euch holen komme, Madam?«

Sie lachte leise. »Ich sah Euch verschwinden, als Hugo sich zu Hector setzte, und dachte mir, Ihr würdet mal wieder eine günstige Gelegenheit nutzen.«

»Für diese Gelegenheit habe ich selbst gesorgt, indem ich mich schleunigst empfahl, bevor sie mich in eine ihrer endlosen Diskussionen hineinziehen konnten. Dabei geht es sowieso immer nur darum, wer bei irgendeiner Schlacht was auf welche Art und Weise hätte machen sollen«, erwiderte er.

»Können wir uns für eine Weile davonstehlen?«, fragte sie.

»Für ein Stündchen schon«, antwortete er. »Und morgen kehren wir dann mit meinen Eltern nach Duncraig zurück.«

»Das habe ich Adela schon mitgeteilt.«

»Adela? Hat sie jetzt hier das Sagen?«

»Ja, natürlich«, erwiderte Sidony. »Sie kann es einfach nicht lassen, und Ealga macht es nichts aus. Sie sagt, sie hätte schon eine Menge von Adela gelernt in den vierzehn Tagen, seit sie aus der Stadt hierher gekommen sind.«

»Ich habe keine Lust, mich über die anderen zu unterhalten«, sagte er, drehte Sidony herum und schob sie sanft an. »Ich möchte mit meiner Frau schlafen.«

»Dann trifft es sich ja gut, dass Adela uns eine eigene Kammer zugewiesen hat«, sagte sie mit einem Blick zurück. »Bis auf meinen Vater und Ealga müssen nämlich alle – nach Männern, Frauen und Kindern getrennt – mit einem Gemeinschaftslager vorliebnehmen.«

»Es hat schon seine Vorteile, wenn man jung verheiratet ist«, sagte er und langte an ihr vorbei, um die Tür zu ihrer exklusiven privaten Schlafkammer aufzustoßen. »Aber dieser Raum hier ist nur einer davon«, fügte er hinzu, während er mit Rücksicht auf eine Horde neugieriger Kinder die Tür verriegelte.

»Ihr habt mir immer noch nicht erzählt, was Ihr mit dem Stein der Vorsehung gemacht habt«, sagte sie. »Jetzt wäre doch eine gute Gelegenheit dazu, findet Ihr nicht?«

***

Seine verdutzte Miene verriet Sidony, dass sie mit ihrer Vermutung richtig gelegen hatte.

Doch er fing sich schnell wieder und sagte gleichmütig: »Wie kommt Ihr darauf, dass ich den Stein hatte?«

»Lord Fife sprach von einem heiligen Gegenstand, der offensichtlich nicht zu dem Schatz gehörte, hinter dem der Chevalier de Gredin her war. Trotzdem war ich mir nicht vollkommen sicher, bis wir hierher kamen. Nein, ich habe nicht gelauscht«, setzte sie eilig hinzu, als er die Stirn runzelte. »Ich habe auch nicht versucht, jemanden auszuhorchen, sondern den Stein der Vorsehung nur einmal ganz beiläufig Sorcha und Isobel gegenüber erwähnt. Als Sorcha dann sagte, wir dürften nicht darüber reden, wusste ich jedoch, dass meine Vermutung richtig war.«

Er schüttelte den Kopf. »Rob hat recht, es ist verteufelt schwer, ein Geheimnis zu bewahren. Am besten, wir vergessen die ganze Sache so schnell wie möglich und hoffen, dass auch sonst keiner mehr daran denkt.«

Sie blickte ihn nur schweigend an.

Da sagte er seufzend: »Na gut, dann lass dir gesagt sein, dass es zum großen Teil deine Schuld war. Du und Henry und die anderen haben mir zwar schon immer vorgeworfen, ich wäre zu leichtsinnig, doch erst als du mich unbedingt begleiten wolltest, wurde mir klar, dass ihr recht hattet, vor allem im Hinblick auf deine Sicherheit. Ehrlich gesagt wollte ich dich ungern auf Girnigoe lassen, doch andererseits konnte ich dich auch nicht mit zu Ranald nehmen. Als ich überlegte, wie ich dich am besten beschützen könnte, fiel mir auch ein, was ich mit dem Stein machen sollte. Aus diesem Grund sind wir nach Duncraig gefahren.«

»Er befindet sich also auf Duncraig?«

»Eigentlich nicht, aber das spielt jetzt keine Rolle«, erwiderte er. »Hauptsache, er ist in Sicherheit. Den Männern, die mir geholfen haben, kann ich vertrauen. Sie stehen schon ihr Leben lang im Dienst meiner Familie, und ihre Vorfahren waren die

Gefolgsleute meiner Vorfahren. Von ihnen abgesehen, werden nur Rob und Henry erfahren, was ich getan habe.«

»Aber ich möchte den Stein sehen«, sagte sie.

»Vielleicht wirst du ihn eines Tages zu Gesicht bekommen«, antwortete er. »Dann wird ganz Schottland ihn sehen, wenn Frieden auf der Welt herrscht und die schlechten Menschen auf dem Grund des Meeres liegen.«

Ein friedliches Schottland, das klang wundervoll, aber Sidony bezweifelte, ob es jemals eine Welt ohne Schurken geben würde. Jedenfalls nicht, solange Menschen nach Macht und Reichtum strebten und bereit waren, jeden zu töten, der ihnen im Weg war oder eine andere Meinung vertrat. Der bloße Gedanke daran ließ sie schaudern.

»Halt mich fest«, flüsterte sie.

»Aber gerne.« Er zog sie an sich und wärmte sie mit seinem Körper. Dann murmelte er verführerisch: »Ich würde dir sogar beim Ausziehen helfen, mein Kind.«

Sofort versteifte sie sich. »Ich bin kein Kind mehr, das habe ich Euch schon einmal gesagt.«

»Ich vergesse es eben immer wieder«, erwiderte er mit einem schelmischen Lächeln und gab ihr einen Kuss. »Und deshalb musst du jetzt mit ins Bett kommen und es mir beweisen, meine Liebste.«

Das tat sie nur zu gerne, und als sie kurz darauf nackt auf dem Bett lagen, reagierte ihr Körper auf ihn wie in dem Augenblick, als er sie auf der Treppe geküsst hatte.

Seine Berührung wärmte sie durch und durch, doch den gleichen Effekt hatte auch sein Blick über eine weite Halle hinweg oder ein gewisser Tonfall in seiner Stimme. Zudem war er überaus einfallsreich, wenn es, wie jetzt, darum ging, sie zu erregen, und so dauerte es nur wenige Minuten, bis ihre Leidenschaft entfacht war und sie sich erhitzt und feucht vor Wonne wand.

Sie wusste, dass er im Bett gerne den dominierenden Part übernahm. Als er sich daher über sie beugte und behutsam in sie eindrang, war sie nicht darauf gefasst, dass er sie plötzlich mit einem übermütigen Grinsen umschlingen und sich auf den Rücken rollen würde, sodass sie auf ihm zu liegen kam. »Das wollte ich schon tun, seit ich dich zum ersten Mal auf einem Pferd gesehen habe, Mädchen. Jetzt zeig mir mal, wie gut du mich zu reiten verstehst.« Mit diesen Worten schob er sie in eine sitzende Haltung.

Zuerst war ihr ein wenig sonderbar zumute, doch bald schon entdeckte sie, dass diese Stellung ihr selbst genauso viel Genuss bereitete wie ihm. Schließlich, als ihre Leidenschaft sich immer mehr steigerte, fand sie sich abermals unter ihm, und gleich darauf erreichte sie keuchend kurz vor ihm den Höhepunkt.

Danach ließen sie sich in die Kissen sinken, und sie schmiegte sich zufrieden an ihn.

»Es ist gut, wieder zu Hause zu sein«, seufzte er.

»Aber Chalamine ist doch nicht unser Zuhause.«

»Mein Zuhause ist da, wo du bist, mein Liebling. Wir beide gehören zusammen.«

»Ja, das tun wir. Deine Mutter möchte, dass wir auf Duncraig wohnen. Sie sagt, wenn du willst, können wir den gesamten Nordflügel für uns haben.«

»Ich weiß, und ich freue mich darauf, wieder nach Hause zu kommen«, erwiderte er. »Aber wenn es dir nichts ausmacht, würde ich es gerne so einrichten, dass wir die Mahlzeiten immer gemeinsam mit den anderen in der Halle einnehmen.«

»Tust du das mir zuliebe, weil du so oft fort sein wirst?«

»Nein, Liebste. Ich würde meine süße, anspruchsvolle Gattin viel zu sehr vermissen. Es ist nur so, dass ich schon viel zu viel Zeit mit meiner Familie versäumt habe. Wie wär's, möchtest du noch einen Ritt wagen?«

»Meine Güte, du etwa?«

»Aber natürlich«, antwortete er und nahm sie in die Arme. »Ich hatte ja keine Ahnung, wie herrlich es ist, sich einfach mal entspannt zurückzulehnen.«

Liebe Leserin, lieber Leser,

ich hoffe, *Der Fluch des Highlanders* hat Ihnen gefallen. Einen Helden für Lady Sidony zu finden, die immer ein wenig im Schatten ihrer Schwester Sorcha gestanden hatte, erwies sich als gar nicht so leicht.

Sidony brauchte einen durchsetzungsfähigen Mann, der sie davon abbringen konnte, heimlich andere Leute zu belauschen. Daher erinnerte Giff anfangs an die Rolle, die Mel Gibson in dem Film *Lethal Weapon – Zwei stahlharte Profis* verkörpert. Doch bald schon entwickelte er eigene Züge, denn mir schwebte eher ein Mann vor, der ihr half, ihre wahre Persönlichkeit zu entdecken, als jemand, der sie nach seinen Vorstellungen zu formen versuchte.

Darüber hinaus sollte sie mit seiner Hilfe lernen, dass sie ein selbstständiger Mensch mit eigenen Ansichten ist. In großen Familien neigen gerade die jüngsten Kinder dazu, sich stark an ihren älteren Geschwistern zu orientieren, und vergessen dabei (oder erkennen es gar nicht erst), dass sie einfach nur sie selbst zu sein brauchen. Allerdings wollte ich Giff nicht ausschließlich in der Rolle des Lehrers zeigen. Schließlich hatte Sidony ihr Leben lang andere beobachtet und verfügte daher über beträchtliche Menschenkenntnis. Aus diesen und anderen Grundgedanken heraus entstand *Der Fluch des Highlanders.*

Und falls Sie am weiteren Schicksal des Earl of Fife interessiert sind: Von 1382 bis 1402 bekleidete er den Rang des Obersthofmeisters von Schottland. Als ihm sein Vater schließlich zu alt und gebrechlich erschien, um auch nur dem Namen nach zu regieren, ließ sich Fife im Jahre 1389 von den Adeligen zum Statthalter von Schottland ernennen. Nachdem sich der geistige und körperliche Zustand seines ältesten Bruders, des Earl of Carrick, nach dem Tritt eines Pferdes noch weiter verschlechtert hatte, setzten die Adeligen Fife außerdem als Regenten ein, bis es Carrick besser ginge oder sein ältester Sohn David den Thron besteigen konnte.

Als daher Robert II. 1390 starb und ihm Carrick als Robert III. auf den Thron folgte, fuhr Fife einfach fort, das Land zu regieren. Im Jahre 1397 wurde er vom Parlament zum Herzog von Albany ernannt (nach dem alten Namen Albania für das Gebiet zwischen dem Firth of Forth und dem Fluss Spey im Norden). Gleichzeitig erhielt sein Neffe David den Titel Herzog von Rothesay, den Prince Charles heute innehat. Damals wurde zum ersten Mal in Schottland ein Herzogtitel verliehen.

In den Ansichten, die die Sinclairs, Sir Hugo, Rob Logan und Giff über Fife äußern, spiegelt sich die Haltung der zeitgenössischen Adeligen wider. Im Mai 1402 verkündete das schottische Parlament, dass der Herzog von Rothesay, Carricks Sohn und rechtmäßiger Thronerbe, als Gefangener des Earl of Fife eines natürlichen Todes gestorben sei. Die Mehrheit der Bevölkerung war, gelinde gesagt, nicht völlig davon überzeugt, dass es sich wirklich um einen natürlichen Tod handelte, zumal Fife und seine Mitverschwörer das Parlament dazu veranlassten, sie von jeder Mitschuld freizusprechen.

Carrick starb im Jahre 1406, worauf sein zweiter Sohn und offizieller Thronerbe, der spätere James I., nach Frankreich geschickt wurde. Auf dem Weg dorthin wurde er jedoch von den Engländern gefangen genommen und jahrelang als Geisel in London festgehalten. Fife blieb Regent bis zu seinem Tod im Jahre 1420. So herrschte er beinahe vierzig Jahre lang über das Land, ohne jemals König der Schotten zu sein.

Was die Abenteuer des Earl of Fife in diesem Buch betrifft, so wird es wohl keinen verwundern, dass er sie vor den Historikern geheim hielt. Hätte man ihn nach seiner ominösen Abwesenheit von Edinburgh gefragt, so hätte er vermutlich erklärt, er sei auf Besuch bei seinem Neffen Donald und auf der Hochzeit einer entfernten Verwandten gewesen.

Denjenigen unter Ihnen, die sich für meine Quellen interessieren, sei gesagt, dass ich mich bei der Beschreibung des Hafens von Leith auf zahlreiche Werke gestützt habe, von denen das interessanteste *The Story of Leith* von John Russell ist.

Auch für die Darstellung der diversen Galeeren, Langboote und anderer Wasserfahrzeuge habe ich verschiedene Quellen zu Rate gezogen, vor allem *The West Highland Galley* von Denis Rixson (Edinburgh, 1998). Bei der Beschreibung der *Serpent Royal* standen die *birlinn* der schottischen Inseln sowie die norwegischen Schiffstypen *esnecca* oder *snekkjur* Pate. Im Unterschied zu den gewöhnlichen Galeeren des westlichen Hochlandes, die lediglich Ersatzriemen, Segelleinwand, Tauwerk sowie Wasser und Proviant für die Besatzung mitführten, handelte es sich bei den erstgenannten Schiffstypen um Frachtschiffe, die sowohl Ruder als auch ein Segel besaßen.

Informationen zum Stein der Vorsehung fand ich im Wesentlichen in dem Buch *Stone of Destiny* von Pat Gerber (Edinburgh, 1997).

Falls Sie mehr über die Tempelritter erfahren möchten, empfehle ich Ihnen wiederum die folgenden Titel: *Holy Blood, Holy Grail (Der Heilige Gral und seine Erben)* von Michael Baigent und Richard Leigh (New York, 1982); *The Temple and the Lodge (Der Tempel und die Loge),* ebenfalls von Michael Baigent und Richard Leigh (New York, 1989); *Pirates & the Lost Templar Fleet* von David H. Childress (Illinois, 2003) und *The Lost Treasure of the Knights Templar* von Steven Sora (Vermont, 1999). Weitere Informationen zu den Assassinen finden Sie in *The Assassins (Die Assassinen. Zur Tradition des religiösen Mordes im radikalen Islam)* von Bernard Lewis (London, 1967).

Wie immer danke ich Beth de Guzman, Vizepräsidentin und Cheflektorin von Warner Books, meinen großartigen Agenten Lucy Childs und Aaron Priest, meiner wunderbaren Lektorin Frances Jale-Miller sowie all jenen bei Hachette Book Group, die zur Entstehung dieses Bandes beigetragen haben.

Bis zum nächsten Mal, herzliche Grüße und *Suas Alba!*
Ihre Amanda Scott

Deutsche Erstausgabe 2009
Weltbild Buchverlag –Originalausgaben–

Dieses Werk wurde vermittelt durch die
Literarische Agentur Thomas Schlück GmbH, 30827 Garbsen.

Projektleitung: Almut Seikel
Übersetzung: Carola Kasperek
Redaktion: Carmen Dollhäubl
Umschlaggestaltung: Hauptmann und Kompanie Werbeagentur GmbH, München
Umschlagabbildung: © Franco Accornero via Agentur Schlück GmbH
Satz: Lydia Kühn
Gesetzt aus der Garamond 11,2/12,5 pt
Druck und Bindung: CPI Moravia Books s.r.o., Pohorelice

Gedruckt auf chlorfrei gebleichtem Papier

Printed in the EU

ISBN 978-3-86800-122-8